中国文学通史系列

唐代文学史

The History of Tang Dynasty Literature

中国社会科学院文学研究所 ◎ 总纂

吴庚舜 董乃斌 ◎ 主编

下

人民文学出版社

目　录

下编　中唐、晚唐与五代文学

第一章　概论
第一节　相对岑寂的大历文坛 …………………………… 004
第二节　元和、长庆时代文学盛况 ……………………… 007
第三节　晚唐文学及其历史地位 ………………………… 009
第四节　五代十国文学概貌 ……………………………… 013
第五节　唐后期及五代文学的几个特征 ………………… 016

第二章　大历至兴元时期文学（上）
第一节　社会动荡和文坛风尚 …………………………… 022
第二节　大历十才子与台阁诗人 ………………………… 026
第三节　江南地方官诗人 ………………………………… 040

第三章　大历至兴元时期文学（下）
第一节　方外诗人 ………………………………………… 053
第二节　陆贽及其政论文 ………………………………… 070
第三节　李益及其作品 …………………………………… 076

第四章　贞元至大中时期文学概说
第一节　社会与文化状况 ………………………………… 084

第二节　文学状况 …………………………………………… 092

第五章　古文运动
第一节　柳冕、梁肃、权德舆、欧阳詹与李观 …………… 102

第二节　古文运动的高潮 …………………………………… 108

第三节　李翱与皇甫湜 ……………………………………… 116

第四节　樊宗师 ……………………………………………… 122

第六章　韩愈
第一节　韩愈的生平 ………………………………………… 128

第二节　韩愈的思想 ………………………………………… 134

第三节　韩愈的古文 ………………………………………… 141

第四节　韩愈的诗 …………………………………………… 151

第七章　柳宗元
第一节　柳宗元的生平 ……………………………………… 172

第二节　柳宗元的思想 ……………………………………… 176

第三节　柳宗元的山水游记、寓言与其他古文作品 ……… 181

第四节　柳宗元的诗 ………………………………………… 188

第八章　刘禹锡和其他作家
第一节　刘禹锡的生平和思想 ……………………………… 197

第二节　刘禹锡的诗 ………………………………………… 200

第三节　刘禹锡的文 ………………………………………… 204

第四节　吕温　吴武陵　刘轲 ……………………………… 206

第九章　新乐府运动
第一节　唐代乐府诗创作的盛行 …………………………… 210

第二节　元和以前乐府诗的发展 …………………………… 217

第三节　新乐府运动 ………………………………………… 220

第十章　张籍、王建及李绅

第一节　张籍的生平和思想 …………………………… 229

　　第二节　张籍的诗 ……………………………………… 232

　　第三节　王建的生平和思想 …………………………… 236

　　第四节　王建的诗 ……………………………………… 240

　　第五节　李绅及其诗 …………………………………… 245

第十一章　白居易(上)

　　第一节　白居易的生平 ………………………………… 252

　　第二节　白居易的思想 ………………………………… 258

　　第三节　白居易的创作发展 …………………………… 264

　　第四节　白居易的古文 ………………………………… 270

第十二章　白居易(下)

　　第一节　《新乐府》与《秦中吟》 ………………………… 273

　　第二节　《长恨歌》与《琵琶行》 ………………………… 285

　　第三节　白居易的抒情诗 ……………………………… 290

　　第四节　白居易的诗歌艺术 …………………………… 292

第十三章　元稹

　　第一节　元稹的生平 …………………………………… 297

　　第二节　元稹的思想 …………………………………… 302

　　第三节　元稹的乐府诗 ………………………………… 308

　　第四节　元稹的其他诗 ………………………………… 314

　　第五节　元稹的传奇和骈、散文 ……………………… 319

第十四章　孟郊、贾岛与姚合等

　　第一节　孟郊的生平 …………………………………… 326

　　第二节　孟郊的诗 ……………………………………… 328

　　第三节　贾岛的生平 …………………………………… 333

　　第四节　贾岛的诗 ……………………………………… 335

  第五节　姚合 …………………………………………………… 342

  第六节　方干与李频 ………………………………………… 345

第十五章　李贺

  第一节　李贺的生平 ………………………………………… 351

  第二节　李贺诗的思想内容 ………………………………… 354

  第三节　李贺诗的艺术特色 ………………………………… 362

第十六章　杜牧

  第一节　杜牧的生平和思想 ………………………………… 370

  第二节　杜牧的诗歌 ………………………………………… 372

  第三节　杜牧的文 …………………………………………… 379

第十七章　李商隐

  第一节　李商隐的生平、思想和创作概况 ………………… 384

  第二节　李商隐诗歌的思想内容 …………………………… 388

  第三节　李商隐诗歌的艺术特色 …………………………… 393

  第四节　李商隐的文 ………………………………………… 398

第十八章　贞元至大中时期其他作家（上）

  第一节　令狐楚　李德裕 …………………………………… 403

  第二节　卢仝　马异　刘叉 ………………………………… 408

  第三节　张祜　朱庆馀　殷尧藩　雍陶　李涉 …………… 412

  第四节　马戴　鲍溶　施肩吾 ……………………………… 420

第十九章　贞元至大中时期其他作家（下）

  第一节　许浑　刘沧　刘得仁 ……………………………… 428

  第二节　薛涛　鱼玄机 ……………………………………… 433

  第三节　赵嘏　李群玉 ……………………………………… 436

  第四节　薛逢　薛能 ………………………………………… 439

  第五节　刘驾　曹邺　司马札 ……………………………… 444

第二十章　咸通至天祐时期文学概说
第一节　社会与文坛状况 …………………………… 450
第二节　本时期文学的主要特点 …………………… 453

第二十一章　皮日休和陆龟蒙
第一节　皮日休的生平 ……………………………… 467
第二节　皮日休的诗文 ……………………………… 469
第三节　陆龟蒙的生平 ……………………………… 479
第四节　陆龟蒙的诗文 ……………………………… 481

第二十二章　咸通至天祐时期其他作家（上）
第一节　聂夷中　杜荀鹤 …………………………… 490
第二节　于濆　李昌符　来鹄　章碣 ……………… 495
第三节　唐彦谦　秦韬玉　崔道融 ………………… 500
第四节　钱珝　郑谷　吴融 ………………………… 504

第二十三章　咸通至天祐时期其他作家（下）
第一节　刘蜕、孙樵的文 …………………………… 510
第二节　罗隐的诗和文 ……………………………… 517
第三节　司空图和他的《诗品》 …………………… 524
第四节　张为《诗人主客图》 ……………………… 528

第二十四章　唐代小说（上）
第一节　唐代小说概说 ……………………………… 531
第二节　唐传奇的繁荣及其原因 …………………… 536
第三节　《古镜记》和《补江总白猿传》 ………… 540
第四节　张鷟　张说 ………………………………… 544
第五节　唐代早期小说集 …………………………… 548

第二十五章　唐代小说（中）
第一节　陈玄祐　沈既济　许尧佐 ………………… 554

第二节　陈鸿　白行简 …………………………………………… 559
　　　第三节　李公佐　沈亚之 ………………………………………… 565
　　　第四节　蒋防　李朝威 …………………………………………… 568
第二十六章　唐代小说（下）
　　　第一节　唐中期小说集 …………………………………………… 574
　　　第二节　唐后期小说集 …………………………………………… 580
　　　第三节　《虬髯客传》及其他 …………………………………… 586
　　　第四节　唐传奇的价值 …………………………………………… 589
第二十七章　唐代通俗文学（上）
　　　第一节　敦煌莫高窟与敦煌遗书 ………………………………… 592
　　　第二节　变文的兴起和特征 ……………………………………… 595
　　　第三节　变文的思想内容 ………………………………………… 598
　　　第四节　变文的艺术特色 ………………………………………… 603
第二十八章　唐代通俗文学（下）
　　　第一节　唐代话本小说 …………………………………………… 610
　　　第二节　唐代俗赋、词文及其他 ………………………………… 614
　　　第三节　唐代民间歌辞 …………………………………………… 619
　　　第四节　唐代民间诗歌 …………………………………………… 625
第二十九章　唐代的词
　　　第一节　词的起源 ………………………………………………… 635
　　　第二节　民间作者的贡献 ………………………………………… 640
　　　第三节　唐代文人词的发展 ……………………………………… 645
第三十章　温庭筠和韦庄
　　　第一节　温庭筠的生平 …………………………………………… 660
　　　第二节　温庭筠的诗词 …………………………………………… 663
　　　第三节　韦庄的生平 ……………………………………………… 673

第四节　韦庄的诗词 …………………………………… 676
第三十一章　五代十国文学(上)
　　第一节　分裂局面与南北文化发展的不平衡 ………… 689
　　第二节　五代十国的诗 ………………………………… 693
　　第三节　五代十国的文 ………………………………… 708
　　第四节　五代十国的小说 ……………………………… 720
第三十二章　五代十国文学(下)
　　第一节　五代词的发展 ………………………………… 734
　　第二节　中原和荆南词人 ……………………………… 740
　　第三节　西蜀词人 ……………………………………… 748
　　第四节　南唐词人 ……………………………………… 757
第三十三章　李煜
　　第一节　李煜的生平 …………………………………… 768
　　第二节　李煜词的思想内容 …………………………… 773
　　第三节　李煜词的艺术成就 …………………………… 778

后记 ……………………………………………………………… 788

下 编

中唐、晚唐与五代文学

第一章　概　论

李唐王朝自公元618年开国,至公元907年朱温废黜唐昭宣帝(即哀帝)、建立梁朝止,共历时二百九十载。

对于这近三百年的历史,通常以安史之乱划界,将其分为前后两期。天宝十四载(755)以前,加上安史之乱的八年(755—763)为前期。此后到唐亡,则为后期。前期相当于习惯上所说的初、盛唐,后期相当于中、晚唐[1]。

我们的文学史在分卷时,参照了这种以政治兴衰为依据的分期,大体以前期为上卷,后期为下卷。其中在两期结合部亦有一些交叉的现象,如唐代宗大历时期(766—779),上卷述盛唐诗歌至于此,而下卷述中唐文学亦起于此,其中不免重叠。具体到某些作家,如诗人高适、杜甫、岑参等,其创作活动一直延伸到唐代宗永泰、大历年间,实已进入中唐。但从他们一生主要经历、创作的根本精神来看,则以置于盛唐为宜。而另一位身跨盛、中两期的作家刘长卿,大历、建中年间仍然在职为官,其卒已在贞元中,但从其创作的总貌加以权衡考虑,仍将其置于上卷之末,作为联系盛唐和中唐的一位过渡人物。

大致说来,唐朝从代宗开始,进入它的后期。代宗之后,又经历德、顺、宪、穆、敬、文、武、宣、懿、僖、昭、哀十二朝而终至灭亡,历史进入五代十国时期。与上卷的内容相衔接,叙述唐后期一百四十多年及五代十国五十多年的文学,是本卷的任务。

为了叙述的方便与清晰起见,本卷拟将唐后期与五代文学史划分为四个阶段。即:

大历至兴元时期(766—784);

贞元至大中时期(785—859);

咸通至天祐时期(860—906);

五代十国时期(907—959)。

这样的划分,一方面参考了政治的变迁,照顾到以帝王年号为分期起讫的传统习惯,但主要的,还是以文学史发展的状况与线索作为基本依据。本来,贞元至大中时期还可以细分为两段,即贞元、永贞、元和、长庆(785—824)和宝历、大和、开成、会昌、大中(825—859)。本书上卷总论正是这样说的。但我们考虑到,这一时期的文学具有某些前后贯通的特点,前后连观,较为清晰;并且有一批重要作家的生活年代和创作活动也恰在这一时期之中,不再切割,也较有完整感。所以我们便将贞元至大中合为唐后期文学的一个时期。当然,这样的划分同样不可能是绝对的。为了和上卷总论的分期相呼应,也为了突出这一时期中有些有特殊意义的阶段(如元和、长庆),本章在总说唐后期文学概况时,特辟专节予以论述。任何分期都是人们为更好地把握研究对象而做出,却很难十全十美。本书上、下两卷的分期,在总体原则一致的前提下,具体论述时为说明各自特点而稍作调整,可以说是一种尝试,应该是可以允许的。

第一节 相对岑寂的大历文坛

本卷叙述唐后期文学,始于大历。这是因为唐后期文学中真正值得入史的开端,应该是从以"大历十才子"为代表的作家群算起。

唐代宗李豫在改年号为大历之前,已经做了好几年皇帝,可是不但那几年,就连大历年间以及此后唐德宗建中、兴元年间,唐朝的政治局面都还处于风雨飘摇之中。此时安史之乱刚刚平息,唐王朝虽已度过最艰危的日子,但却是元气大伤。朝廷对于全国各地的控制力大为削弱。不少地方节镇,特别是那些迫于形势而向政府投诚的安史叛军,成为割据一方的雄藩。他们或你攻我伐,或互相勾结,甚至称王开国,建元改号,与唐王朝分庭抗礼。所谓"四镇三王"和李希烈、朱泚称帝之事,即发生在这一时期。他们以武力胁逼长安,曾迫使唐德宗不止一次地仓皇出逃。与此同时,西北边境的吐蕃也趁机派兵袭扰,攻城夺地、掳掠破坏,给唐王朝和边地居民带来莫大威胁。

连年战争使农业生产和商业、交通等遭到严重破坏,经济损失巨大。此时,唐前期施行的均田制和租庸调制已完全破坏,而新的土地和赋役制度,即后来由宰相杨炎建议推行的两税法尚未颁布。李唐统治集团的用度和庞大的军费支出,全赖江南数道的赋税输贡。江南人民负担过于沉重,曾爆发过多次武装起义。

总之,这时的唐朝社会生活,是处于一个百业荒废而重新振兴尚未见端倪的低谷时期。

大历初的前后几年间,高适、杜甫、岑参、元结等文坛耆宿相继亡故,而后来在元和、长庆文坛上叱咤风云、开宗立派的韩愈、柳宗元、白居易、刘禹锡、元稹诸人,有的刚刚出世,有的尚未降生。因此,这时的诗文创作,与此前此后相比,都远为萧条岑寂,恰同整个社会生活氛围的压抑低沉相应。

此时也有一批比较活跃的作家,如李益、钱起、郎士元、李嘉祐、韩翃等人。若论学力、才情,似也各有所长,但他们的精神世界基本上被笼罩于安史之乱带来的巨大惶惑之中。唐帝国从极盛的峰巅猛地跌落，一切美好远大的理想突然成了泡影，这在他们每个人的心上和诗中留下了程度不等的痕迹。他们在动荡不安的现实中深感忧危，非常留恋或向往辉煌的过去。对于国家和自身的前途，却感到十分渺茫、悲观，更缺乏那种支撑大厦、力挽狂澜的雄心和意志，因此他们的创作便往往失去前辈诗人那样发自顽强信念、关切国家和人民命运的大声疾呼，而表现出逃避现实、遁入个人天地的倾向。他们既无力也无心于创作盛唐诗人那样元气淋漓、"既多兴象，复备风骨"[2]的长篇巨制，便把聪明才智投向字句的锤炼、格律的斟酌、幽微闲雅和清奇新赡风格的追求[3]。他们在诗艺上，特别是在五言律诗艺术的完善上，做出了可贵贡献。但由于他们未能从主导方面磨砺自己，只肆力于偏锋，"才力既薄，风气复散，其气象风格宜衰；而意主于清空流畅，则气格益不能振矣"[4]，结果自然难入胜境。

在对大历诗人作总体的审视时，我们一方面同情于时代对他们的限制并肯定其在唐诗史上的应有地位，一方面也很难不同意下述几乎是公认的历史裁定：

> 详大历诸家风尚，大抵厌薄开、天旧藻，矫入省净一途。自刘（长卿）、郎（士元）、皇甫（冉、曾）以及司空（曙）、崔（峒）、耿（湋），一时数贤，窍籁即殊，于嚆非远，命旨贵沉宛有含，写致取淡冷自送。玄水一歃，群酦覆杯，是其调之同。而工于浣濯，自艰于振举，风干衰，边幅狭，专诣五言，擅场饯送，此外无他大篇伟什肖望集中，则其所短耳[5]。

第二节　元和、长庆时代文学盛况

"诗到元和体变新"[6]。其实不仅是诗，文也是到元和有所新变的。唐宪宗的元和时代，不但在政治、经济和文化上表现出一定的中兴之势，而且是唐代文学史上差堪与盛唐媲美的另一个高峰。

这时，韩、柳、元、白、刘禹锡、李绅、王建、张籍诸人已度过头角峥嵘的青壮年时代，经历过多年政局变幻、宦海升沉的磨炼，进入了各方面成熟的中年时期，也进入了各自创作的鼎盛阶段。在他们周围还有一大批同志、好友、学生和追随者，向他们学习，同他们唱酬，切磋技艺，讲论文章之道。于是一个群星璀璨、众花争妍的文学局面，便引人注目地出现于大历、兴元乃至贞元年间的相对岑寂之后。

中唐的政局远不能与盛唐相比。唐宪宗在宦官扶持下即位，一上台就扼杀了矛头指向弊政的"永贞革新"，制造了"二王八司马"事件。从此藩镇割据、宦官专权、朋党之争等问题重叠交叉、有增无已，并逐渐显露出陷入死结的苗头。然而，尽管如此，由于实行了两税法等新的赋役制度，由于比较开放宽松的内外政策，社会生产力还是得到了一定程度的复苏，商业、交通、手工业和对外贸易，也开始回升并有所发展。随着城市生活渐趋安定，各种文化生活，从宗教讲唱到说话、戏弄、杂技、音乐、舞蹈之类，也都重新繁荣起来。这时，唐朝的"中兴"似已有了某种现实可能，但究竟如何克服天宝末年以来的积弊和安史之乱造成的积弱，而使"煌煌太宗业"真正得以继承光大，依然是个困难的问题。时代在给众多文士、作家以希望与振奋的同时，也给了他们沉重的责任心和使命感。这一时期发生的两大文学运动，即以元、白为首的新乐府运动和以韩、柳为首的古文运动，虽然着力的具体方向不同,规模、持续时间、发生的影响和取得的成就也不相同——比较起来,古文运动的声势和实绩都要比新乐府运动更大,但究其实质和症结所在,却都反映了站在时代前列的作家们以文学为利器,全身心地投入实现中兴梦想的努力[7]。

新乐府运动和古文运动,是中唐时代政治性和思想性很强的两大文学运动。除了它们都对现实持批判态度,渴望通过这种批判去推动中兴事业这个重要的相同点之外,从文学角度而言,它们还有着一系列不可忽视的共同特征。那就是它们各自都拥有公认的领袖人物,都有自成体系的文学主张和实践这个主张所取得的创作成就。由于这两个运动都有不少参与者和同情者,因此在客观上就形成了一个既有核心,又有外围的势力,用文学术语来说,它们各自都是具有鲜明特色和相当规模的流派。横向地看,它们的产生都与一定的文化背景与现状有关,如新乐府运动颇得力于当时民间文学的繁荣,而古文运动实即绵延多年的儒、道、释三教争胜的组成部分。纵向地看,它们又都并不是偶然地、突如其来地发生的。在政治思想和文化观念上,它们各自都有着很悠长深厚的历史渊源。而且作为一次运动,虽然总会在短暂的高潮之后销歇下去,但它们对后世的影响也都颇为深远。

可以说,新乐府运动和古文运动是绚丽多姿的中唐文学的纲,抓住它们并顾及围绕其领袖人物而形成的不同层次的作家圈,也就基本上把握了这个时期文学的主流。

当然,两大运动之外,也还有许多值得留意的文学人物和现象。例如同时代另一些卓然独立的诗人、作家:刘禹锡、吕温、权德舆、孟郊、贾岛、李贺等等。他们与两大运动及其领袖有或多或少的瓜葛,但他们的成就却不是两大运动所能涵盖。又如通俗文学(俗赋、变文、讲唱),特别是传奇小说作家的成批涌现和各类题材、各种艺术风格传奇小说的繁荣。毫无疑问,这些在本时期文学史中都该获得其应有的地位,忽略了它们,元和、长庆年间的文学盛况便残缺不全了。其实,就是身属两大运动之中的作家,甚至是它们的首脑或中坚人物,一生的创作也是有发展变化的,其才能和成就也往往是多方面的,因此绝不能加以简单、片面地描述,否则就会对他们的全人和全部创作成就造成偏见和误解。

第三节　晚唐文学及其历史地位

从唐敬宗宝历初年到唐宣宗大中末的三十多年,在本书中被划在贞元至大中这个长阶段中,而在传统的唐诗分期"四分法"中,通常则将它连同此后从咸通到天祐的四十多年,合称为晚唐。本书上卷总论也采取了这一观点。

晚唐文学在历代诗文评论家心目中,地位是不高的。"晚唐人诗多小巧,无风骚气味"、"晚唐诗句尚切对,然气韵甚卑"[8]。"近世诗人好为晚唐体,不知唐祚至此,气脉浸微,士生斯时,无他事业,精神技俩,悉见于诗,局促于一题,拘挛于律切,风容色泽,轻浅纤微,无复浑涵气象"[9]。"晚唐诗,萎薾无足言"[10],"晚唐气卑格弱,神韵又促,即取盛唐人语入其集中,但见斧凿痕,无复前人浑老生动之妙矣"[11]。人们并不否认晚唐诗人艺术上的工巧精丽,但批评他们有气弱格卑之弊,却几乎众口一词。

诚然,由于在这段时间,唐朝国运腐朽衰颓之势渐成,敏感的知识分子们普遍挚生起"运去不逢青海马,力穷难拔蜀山蛇"[12]的危机感和失望颓唐心情。愈到后来,统一的中央政权愈显屡弱,国家在分裂的道路上愈走愈快,广大知识分子仕进无路、报国无门,即使已在朝为宦者,也痛感国事日非、无力回天,于是在这些人中间便不可避免地产生了对于李唐王朝的离心倾向。不少人怀着恋恋不舍而又无可奈何的心情逃离未来事变的中心,投奔相对比较安全的地方。

这个时期的作家作品,从数量上来说并不亚于中唐,也出现了不少卓然成家的人物和脍炙人口的篇章。但与中唐不同,文坛上没有涌现出像韩、柳、元、白那样有号召力的领袖,也没有形成什么运动,诗文创作基本上成为作者舒泄内心愤懑和为每况愈下的现实存照的个人活动。国破家亡的不祥预感,使他们的创作充满悲鸣和哀叹,很难看到有什么亮色,一种世纪末的惶恐不安的颓丧凄凉,日益成为这个时代诗文创作的主旋律。

晚唐文学的局限与不足是明显的,前人对它的批评也颇有道理。但如果我们不是就晚唐文学论晚唐文学,而是从文学史承前启后的作用这个角度来观察,那么观感当有所不同。

众所周知,唐代文学是中国古代文学的一个高峰、一个无比辉煌的里程碑。可是唐代文学在中国文学史上的意义不仅于此,它还是这漫长历史中的一个分水岭和转折点。唐和唐以前的文学在许多方面不同于唐以后的文学。一个最明显的差异是,唐及唐前文学,占主导地位的是诗歌(尤其是抒情诗歌),散文虽与之并列而实为其辅翼;但在唐以后的文学中,以叙述故事为主要目的、以散体文字为主要载体的小说,特别是白话通俗小说,迅速地由文坛边缘移向中心。后来,以在接受者面前直接展现场景和人物活动为根本特征的戏剧渐渐与之并驾齐驱。小说与戏剧遂成为两种最重要的文学样式。自宋代以后,传统形式的诗歌,作者仍多,成就不一,有的可以说非常杰出,如苏轼。但总的来看,基本上局限在上层知识分子之中,从内容到形式均难有重大发展,于是不能不在向民间形式学习和自身的变异中求生存,于是自宋代起长短句的词曲便逐步取代了齐言诗体在文坛上的重要位置。

　　文坛中心的变化迁移，无疑是文学史上极重要的事。而其最初的征兆，便出现在诗歌最为繁荣的唐代，说得更确切些，则是在晚唐。一方面，晚唐文学是全部唐代文学的殿军，既显示了唐代文学最后的辉煌，也暴露出唐代文学的种种局限。另一方面，晚唐文学又在一定意义上，成为唐以后文学主流的先声和萌芽。向回看，晚唐文学具有某种总结性，标志着诗歌艺术的成熟和所能达到的最高成就；朝前看，它又包含着许多生机勃勃的新的因素，预示着词、小说等类文学样式的美好未来。晚唐文学正处于中国文学史酝酿已久的重大变迁即将发生的关键时刻。要研究至此为止的文学史上一切旧有与新生的因素，就都离不开对它的全面审视和把握。

　　持此观点以览察晚唐文学，我们不难发现它的独特历史价值。

　　我们将充分肯定晚唐诗歌作为诗艺全面成熟的标识意义。齐言体诗歌中以七律的艺术要求最严[13]。杜甫晚年的七律，在形式美上达到前所未有的高度。但这种诗体的全面成熟，却是在晚唐。许浑、李商隐、赵嘏、刘沧、薛逢、薛能、郑谷、司空图、吴融、韩偓诸人在这方面的造诣虽然不等，与李商隐齐名的杜牧、温庭筠其出名虽并不专以七律，但总而观之，在七律写作上均有上乘表现。尤其是许、李二人。许一生专攻七律，李的诗集中也以七律数量最多。他们对七律的全部形式要素掌握精熟、运用自如，森严的格律不但不成为他们抒情言怀的障碍，反而给其作品增添了特殊的美。李商隐的七律无论思想感情之深邃细腻，还是声韵境界之绮丽优美，均可谓登峰造极，有口皆碑。许浑的七律，虽有"熟套"之讥，但这也正是一种诗体成熟初期难以避免的现象。中国古典诗歌中，五七言中五律乃至五七言绝句均比七律成熟得早，晚唐七律集杜甫以来之大成，臻于极盛与化境，标志着所有齐言诗体到此均已发育成熟。后人自然可以在唐诗馀荫下做出各自的成绩,但若想有突破性的超越,实在是难乎其难了。晚唐诗歌的状况表明齐言诗体的生命已达其顶峰,而翻过顶峰,也就意味着下坡。晚唐诗歌所显示的这种历史动向,恐怕比其自身的绝对价值要高得多。

晚唐又是一种来自民间而为众多文人作家所接受的新诗体——词——方兴未艾的时期。词的光辉顶峰是在宋代,可是它的初步繁荣则在晚唐五代。在这方面,李商隐的诗友温庭筠贡献突出。可以说他们一个总结了诗的时代,另一个则开创了词的时代。人们研究词的形成发展,追溯其繁荣的源头,就不能忽略晚唐。

这个时期在诗歌范畴以外,也发生着许多重要变化。一是各类通俗文学继前一阶段的兴盛又有新的进展。这里有与宗教关系密切的变文、讲唱,也有民间色彩鲜明的俗赋、话本。如今日益为国际学者所注意的敦煌文学中,就保留了大量这方面的文献资料。这种通俗文学在文体上与诗有着程度不等的关系,但无论哪一种都已摆脱了"纯诗"的模式,至多只是诗文并用。而且这里的诗不是直接用来叙事,就是间接为叙事作导引或铺垫,作者直陈胸臆的主观抒情已经很少见了。在这个领域中,同样可以感受到诗(尤其是抒情诗)地盘萎缩这一历史性消息。

另一个是晚唐小说创作的新变。唐传奇在中唐大繁荣,使小说文体从一般散文中彻底独立出来。晚唐时,小说挟中唐传奇之馀势,又有所发展。一方面载录奇闻异事的志怪、轶事、笔记类小说重新增多,不少作家精心撰写小说集;另一方面,继承中唐作家"有意为小说"的创作旨趣,晚唐仍有作家专门从事传奇小说的创作。裴铏《传奇》一书,就包含了三十篇精心结撰的单篇传奇,其奇特的想象、瑰丽的文风,在唐人小说中可谓别具一格。在上面提及的那些以志怪、轶事为主的小说集中,也有不少堪称传奇的篇章。

文言短篇小说发展到晚唐,也到了一个重要关口。它既表现了这种文体的潜力,同时,晚唐小说的状况,已预示出白话小说将具有比它更为宏阔的前景。这些由后来文学史所证实的事实,在晚唐文学中已看到某种端倪,不能不说是晚唐文学的特殊价值所在。

本时期文学中还有值得一提的,是诗歌理论和批评。司空图《诗品》以四言诗形式辨析二十四种诗歌风格与境界,是一部本身具有美感和欣赏价值的审美理论著作。加上他一系列论诗文章,他所提倡的"韵外之致"、"羚羊挂角,无迹可求"之类批评标准,对后世神韵派诗论影响巨大。张为的《诗人主客图》,以分别主宾、列举代表诗作的方式,论析唐诗风格流派,反映了晚唐人对唐诗流派沿革作宏观考察和总结的努力。虽然所列主客关系有的未必尽当,有的因资料佚失而颇难理解,但其开创之功仍不可没。《诗品》与《主客图》这样的著作,只有在阅尽了唐诗而又心存总结之愿的晚唐人手中才能产生。诗话式的文学批评在宋代大为发达,应该说,晚唐人对他们也是有一定启示作用的。

第四节 五代十国文学概貌

唐昭宣帝天祐四年(907)三月,垂亡的唐朝君臣迫于压力,演出一场禅让的活剧。四月,原是唐臣的朱温,在汴州(今河南开封)即帝位,国号梁,年号开平,昭宣帝降位为济阴王,李唐王朝正式宣告覆亡。早在朱梁开国之前,在南方已有杨氏的吴国、钱氏的吴越国、刘氏的南汉国。朱梁开国后,又封马殷为楚王,王审知为闽王。同年九月,蜀王王建也在成都称帝,建立了蜀国。中国历史从此进入分裂割据的五代十国时期。

这一时期中国的政治状况有一个显著特点,那就是占据北方中原地带的五个王朝,政权更迭异常迅速。五十三年时间,换了五朝十三帝。最长的后梁十六年,最短的后汉,连头带尾不到四年。政局和社会生活的动荡不安,于此即可想见。

从唐末开始就在文士、知识分子中日益扩散开来的离心倾向,此时更加浓重。许多人为躲避中原战乱,或遁迹于山林,或迁居南方小国。人才的大量流失,造成了五代中原地区文化,特别是文学创作衰落不振的局面。

在这五十多年中,中原没有能够产生杰出的文学家。后唐庄宗李存勖颇具文学才华,且重视伶官、艺人,但所存作品极少。另一位比较著名的作家,是一生历仕五朝,有"曲子相公"之称的和凝。他官运亨通而又多产,曾有集百卷。从现存于《花间集》中的二十首词看,作风以香艳秾丽为主。据说他在后晋天福五年入相以后,曾设法销毁此类作品。这或许是他的作品大量散佚的一个原因,同时也就使我们难以全面地了解他。除此以外,能够入史的中原文学家就不多了。

与中原的情况相反,五代时期先后有九个小国偏安于南方(十国之中,仅北汉在北方,首都太原)。这些小国虽然据守一隅、形势逼仄,但统治者为巩固其政权,都能一定程度地采取保境安民、与民休息政策,有的国家且能保持二三十年和平环境,故而社会相对比较安定。农业、手工业、商业与对外贸易在以往就比较优越的基础上,继续有所发展。大量南逃的农民,为这些小国补充了劳动人手,那些避乱而来的士人则带来了文化、艺术,加强了南方诸小国的文学创作力量。

以杭州为中心的吴越国,从钱镠为镇海节度使时开始割据自立,是建国较早的南方小国。钱镠及其后人比较重视文学之士。如诗僧贯休,浪迹天下,曾晋谒钱镠,得到礼遇。

占据今福建一带的闽国,实力并不强大,但距离动乱中心更远。在王审知统治期间,曾大力鼓励农耕、发展商业,并建立学校,提倡文化。当地著名文人有黄滔、徐夤、翁承赞等,相互过从甚密。深受唐昭宣帝器重而为权臣忌恨排挤的韩偓,在唐亡前就投奔王审知,从此不再回朝,在闽国度过晚年。闽国还收容其他由中原迁来的文人,如崔道融等。就连荆南和楚这样地小力弱的国家,也拥有诗僧齐己、词人孙光宪(荆南)和孟宾于、翁宏、僧虚中(楚)这样的作家。

十国中文学最盛的自然要数西蜀和南唐。

西蜀包括王建建立的前蜀和孟知祥建立的后蜀。王建之子王衍、孟知祥之子孟昶,虽都是荒淫昏聩的亡国之君,但在文学上均有一定造诣。西蜀山川险固,易守难攻,数十年间相对和平安定,这不但使统治者得以享尽声色犬马之乐,而且也养育出一批具有高度文学修养、在曲子词创作领域中成绩显著的作家。后蜀广政三年(940),赵崇祚编辑晚唐以来词的选集《花间集》,共收录十八位词人的作品五百阕,绝大部分(十三人)是蜀产或仕于蜀的作家。

南唐在十国中最为富强。陆游《南唐书·元宗本纪》说它"比同时割据诸国地大力强,人才众多,且据长江之险,隐然大邦"。尤其难得的是几代皇帝都重视文化建设,建学校、兴科举,以致"俊杰通儒,不远千里而家至户到"[14]。当时南唐的著名文人有韩熙载、李建勋、冯延巳、沈彬等。中主李璟、后主李煜,作为皇帝极是庸懦无能,但作为文学家却艺能全面,才气横溢。南唐后期政治的腐朽与其文学的昌隆兴盛,同样令读史者印象深刻、叹息不已。

李煜不但是南唐,而且可以说是整个五代十国时期最杰出的词人。他在政治上的彻底失败和悲惨下场,恰恰成为他文学创作取得卓越成就的重要原因。他的词,由前期的轻倩流丽变为后期的深沉凝重，由擅长表现宫廷逸乐生活到能够一定程度地触及并揭示人生哲理，从而获得广泛的共鸣和历久不衰的感染力，关键就在于他经历了由皇帝到囚徒的突变，经历了欲为一个普通人而不可得的巨大内心痛苦。王国维说"词至李后主而眼界始大，感慨遂深，遂变伶工之词而为士大夫之词"[15]，恰当地指出了李煜词在词史上拓宽表现范围、加深思想境界的历史作用。词在宋代超过齐言诗体而成为主要的、有代表性的文学样式，花间词的影响固然非常明显，李煜词潜移默化的作用却是更深远的。

第五节　唐后期及五代文学的几个特征

　　以上对唐后期及五代十国文学状况作了简要概述。倘对这一时期文学的特征与性质试作概括，则我们想着重指出以下几点。

　　（一）这一时期文学（特别是占主导地位的诗歌散文）的总体风格，经历了由盛唐之风力强劲、气度轩昂到格局窄狭、气韵衰飒的重大变化。严羽所云"大历以前分明别是一副言语；晚唐分明别是一副言语"[16]，大体上就是这个意思。

　　当然，这变化不是一泻千里式的，而是曲折缓慢的。在向下、向弱转变的大趋势中，也曾有几度振兴。例如大历的相对岑寂之后，贞元时代便酝酿着某种新变，到元和、长庆间，果有元、白、韩、柳等一批杰出作家崛起以及新乐府、古文两大运动。而在宝历、大和的消沉之后，又有会昌、大中年间以杜牧、李商隐、温庭筠诸人为代表的时代歌声……然而，无论如何，总的趋势不可逆转，是向着衰颓低沉、萎弱卑琐而去的。

　　这一趋势在客观上是由时代气氛所决定，而在作家主观方面，则是因为他们在日益不景气的现实影响下,对李唐王朝、对自身前途失去了信心所致。从中晚唐到五代时期,知识分子的心态普遍发生变化。他们原本渴望中兴,愿为中兴出力,愿将自身命运同李唐王朝紧紧相连,但种种事实迫使他们对中兴从热望到失望、到绝望,使他们害怕与李唐王朝同归于尽。既然如此,他们便只能以逃避现实,全身免祸为务。这种消极颓唐情绪便是造成文学风格衰变的重要内在原因。明人许学夷说:"唐人之诗虽主乎情,而盛衰则在气韵。如中唐律诗、晚唐绝句,亦未尝无情,而终不得与初、盛相较,正是其气韵衰飒耳"。[17]人的感情受时代气氛支配,同时又汇成时代气氛,中晚唐五代人的心情大不同于初、盛唐人,其诗文的气格韵致自然差异甚巨。许氏所言实已触及时代对文学风格的决定作用。而这正是唐后期及五代文学值得重视的一个特征。

(二)这一时期文学总体风貌虽处于衰化过程之中,但这并不意味着文学创作的停滞和枯竭。这一时期作家作品数量可观。值得注意的是,涌现了一批擅长各种文体而不是偏攻一门的作家。如元、白以诗名,古文也写得很好;韩、柳以文名,诗作亦极佳。有些作家更是兼诗人、散文家和小说家于一身,如沈亚之。这些杰出人才保证了唐后期文学的繁荣,本身也是这种繁荣的一个标志。在作家们的共同努力下,这一时期各种文学样式均有所进展。诗的成熟、词的成长、小说和通俗文学的繁荣,前面所论已多。这里仅以散文为例。文学散文的表现力,是在韩、柳诸人手中才达到随心所欲、无施不可的程度。宋代散文异常发达,成就很高,其坚实基础即由中唐诸家奠定。另一方面,与散文的艺术规范迥然异趣的骈体文,虽受到韩、柳古文的巨大冲击,但在这段时间中仍有优秀作家作品产生,那就是擅长以骈文作政论的陆贽和以骈文写公文的令狐楚、李商隐。中晚唐堪称骈散二体文章共同的黄金时代。总之,中晚唐以至五代时期,一些历史悠久的文体成熟了,一些具有崭新特征的文体产生了并茁壮成长着。这是一个文学创作极富活力,因而文学现象极为错综复杂、丰富纷繁的时代,一个正在从文学内容到文学形式都酝酿着新旧交替的时代。

(三)这一时期的文学,存在着"俗化"和"雅化"两大潮流的相互激荡、相互融渗。

所谓"俗化",包含几方面涵义。作家的注意力和描写笔触向帝王、官宦、士大夫之家以外的乡镇、市井、商贾细民方面转移;作家有意识采用通俗文学样式进行创作,或对传统文学样式进行通俗化的改造,都是本时期文学"俗化"的表现。"俗化"还深入到风格的变迁这一层次。许学夷曾指出自韩翃、李贺起到李商隐、温庭筠、韩偓等人所写诗作的"诗馀化"倾向[18]。诗馀者,词也。诗与词之形式差异一目了然,两者在内容上亦有严肃庄重与轻松琐屑之别。诗而被视为诗馀,所指主要即在于其韵味、境界、风格发生了与正统、主流的偏异,发生了由雅向俗的变化。究之于韩、李、温诸人诗作,则这种偏异和变化,确实是不同程度存在着的。

我们曾指出中晚唐文学存在着叙事化加强的趋势。文学由侧重抒情变为侧重叙事,也是"俗化"的一个重要方面,因为这样才能更符合广大接受者的欣赏心理,也才能够为更广大、文化水准更低者所喜闻乐见。

应该说,文学的"俗化"趋势是中晚唐五代文学的一个重要动向。这动向一直延伸到宋以后,直到中国古典文学的终结。

然而,这一时期的文学发展趋势,同时又存在着"雅化"的一面。文人作家将本来属于民间的、通俗的文学样式取来,运用自身的文化修养,赋予其词藻、声律、形象、意境之美,提高其艺术品位,使之文雅化。刘禹锡据西南民歌作《竹枝词》、《杨柳枝词》,是较早的成功例子。晚唐五代人对于曲子词的热衷和改造,则更为突出。试比较单纯朴野的敦煌曲子词和文人们的词作,便可明显看到雅俗之别。敦煌文学中的俗赋、话本、变文,也都俗气十足,受其影响甚或直接取材于民间传闻的唐传奇,就雅驯得多——但同正统叙事散文(如史传文)相比,传奇小说却又显得颇具俗气。因此,若从雅俗两大潮流的相激相渗相融这个角度来看,我们正不妨将唐五代词及唐人传奇视作它们交汇的产物,或者说是两大潮流形成的张力为它们的腾飞创造了必要条件。

(四)最后,关于这一时期文学的性质,或曰它在中国文学史上地位的确定,可以指出两个相关的方面。一则它是唐代文学高峰的完成。说得具体些,就是它(主要是中唐元和时期的文学)与盛唐文学共同构成了唐代文学的高峰。没有盛唐的辉煌,固然不会有中唐的灿烂;但若没有中唐的杰出贡献,唐代文学也就不可能成为中国文学史上难以企及的巅峰。一则它又是中国文学史上一个举足轻重的转捩点,是这部历史由前期向后期演变的重要过渡阶段。从文学发展的大势看,这种过渡主要体现在文坛中心由诗歌向小说的递嬗,亦即诸文体分割文坛的旧均势被打破并建立起新的均势;体现在艺术思维和艺术表达方式由抒情为主日益向以叙事为主转化;还体现在文学创作中雅、俗二潮由互激互渗互融渐渐更多地向"俗化"方面倾斜,"俗化"终于成为此后文学史发展中的一个主要倾向。这种过渡的三方面体现,在中晚唐及五代文学中,越到后来便越为明显。这一时期文学状况头绪错综、现象纷繁原因即在于此,而这一时期文学不可替代的历史作用和价值,也在于此。

〔1〕 将唐代分为初、盛、中、晚四期以研究和论析其诗歌的发展演变,始于明人高棅的《唐诗品汇》。但早在宋代,严羽《沧浪诗话》即有所谓"盛唐之诗"、

"大历以后之诗"、"晚唐之诗"的分别。元杨仲弘《唐音》则将初、盛合为一期，与中、晚并列为三，实为唐诗分期"四分法"之滥觞。此后许多诗评家对四期的起讫说法颇有参差，也有不少论者不赞成这种"四分法"。本书在分期时参照了前人说法，并在行文中的一些地方沿用了习惯提法。

〔2〕 殷璠《河岳英灵集》评陶翰诗语。

〔3〕 请参高仲武《中兴间气集》评钱起、郎士元语。

〔4〕 许学夷《诗源辩体》卷二一。

〔5〕 胡震亨《唐音癸签》卷七。

〔6〕 白居易《馀思未尽加为六韵重寄微之》。

〔7〕 唐代是否曾有过一次"新乐府运动"，近年来有学者持否定意见。如罗宗强《"新乐府运动"种种》（载《光明日报》1985.11.19）、周明《论唐代无新乐府运动》（载《唐代文学研究》第二辑）。但也有人著文论证这个运动，如蹇长春《新乐府诗派与新乐府运动——关于白居易评价的一个问题》（载《西北师大学报》,1986年第4期）。这是一个值得深入探讨并展开争论的问题。

〔8〕 宋蔡居厚《诗史》，见郭绍虞《宋诗话辑佚》。

〔9〕 宋俞文豹《吹剑录》。

〔10〕 明王世懋《艺圃撷馀》。

〔11〕 清贺贻孙《诗筏》。

〔12〕 李商隐《咏史》。

〔13〕 胡应麟《诗薮》内编卷五："七言律最难，迄唐世工不数人，人不数篇"；"古诗之难，莫难于五七言律"；"五言律规模简重，即家数小者，结构易工。七言律字句繁縻，纵才具宏者，推敲难合"；"至七言律，畅达悠扬，纤徐委折，而近体之妙始穷"。沈德潜《说诗晬语》卷上："七言律，平叙易于径遂，雕镂失之佻巧，比五言为尤难。贵属对稳，贵遣事切，贵揎字老，贵结响高，而总归于血脉动荡，首尾浑成。"前人论此甚多，如叶燮《原诗》、钱良择《唐音审体》等，均可参。

〔14〕 刘崇远《金华子杂编》卷上。

〔15〕 《人间词话》。

〔16〕 严羽《沧浪诗话·诗评》。

〔17〕《诗源辩体》卷三二。

〔18〕《诗源辩体》卷二一:"韩(翃)七言古,艳冶婉媚,乃诗馀之渐。……下流至李贺、李商隐、温庭筠,则尽入诗馀矣。"卷二六、卷三〇、卷二又多次论及,如谓韩偓诗"曲尽艳情""诗馀变为曲调矣",谓李商隐、温庭筠不少七言古诗"皆诗馀之调也"。

第二章 大历至兴元时期文学(上)

第一节 社会动荡和文坛风尚

经过八年的艰苦挣扎,唐王朝终于在广德元年(763)平息了安史之乱,勉强保住社稷。可是失去的永远失去了。昔日的繁华已似流水落花,一切美丽的辉煌的都化作梦里烟云。更可悲的,是大乱虽平,整个社会局势却并没有多少改善。在战乱中占据了地盘、蓄积了武力的藩镇纷纷割据,"自署文武将吏,不供赋贡"(《通鉴》代宗永泰元年),严重影响了中央集权和财政收入。朝廷稍加约束,他们就联合反叛。大历年间,朝廷先后与田承嗣、李纳、李惟岳、梁崇义、田悦、朱滔、李希烈、刘展、朱泚、李怀光等人作战,烽火遍及淮河以北的半个中国。在这同时,吐蕃、回纥乘边境虚弱,屡屡侵犯,使唐朝疲于防范。内忧外患、频繁的战争使刚遭安史之乱巨创尚未平复的唐王朝陷入极度的经济窘困之中。"征师四方,转饷千里,赋车籍马,远近骚然。行赍居送,众庶劳止,力役不息,田莱多荒。暴令峻于诛求,疲民空于杼轴。转死沟壑,离去乡里,邑里丘墟,人烟断绝。"(《旧唐书·德宗纪》上)这就是当时的社会现状!不仅如此,在朝廷内部,政治上元载、卢杞这类奸臣当道,宦官势力自李辅国开始,也向财、政、军大权渗透,阁僚与阉寺之间、阁僚与阁僚之间的权力斗争日益尖锐起来。肃宗软弱、代宗平庸,德宗猜忌,既无回狂澜于既倒的魄力,也无整治朝纲的才具,于是现实给人的只有失望,看不到光明的前景。

到大历五年(770),饱经忧患的伟大诗人杜甫也在耒阳的孤舟上凄凉地终结了他坎坷漂泊的一生。开天盛世的重要作家都相继从文坛消失了,剩下的是一批成长于盛世、在乱中进入中年的诗人。对他们来说,开天盛世和安史之乱都恍如一梦,现在他们从梦中醒来,却又陷落在一个空虚而令人失望的现实里,"烽火有时惊暂定,甲兵无处可安居"(郎士元《赠韦司直》),这样的日子不能不教人感到忧伤,不能不产生忧伤的歌吟。

从代宗大历到德宗兴元二十年间的文学创作主要是诗歌。对这一阶段的诗歌,明代胡应麟一言以蔽之曰"气骨顿衰"[1]。这是个非常笼统却又不能不说是非常准确的评价。通观大历诗,盛唐诗中的慷慨之气消失了,那一向高亢昂扬的歌喉喑哑了,不再有热烈蓬勃的激情、恃才傲物的狂态;边塞诗中销尽了奋发乐观的豪迈情调,不再充满建功立业的雄心与渴望,更多的是描绘边庭戍卒的凄苦生活,写他们"无复生还望,翻思未别前"(李约《从军行》)的绝望心理。即使有"报恩唯有死,莫使汉家羞"(李端《送彭将军云中觐兄》)的壮怀激烈,也充满了决然赴死的悲剧意味,与王翰"醉卧沙场君莫笑,古来征战几人回"的豪迈不可同日而语。抒怀才不遇之恨的感兴诗中也不再有狷急愤懑的不平之气,受到压抑不再一味地怨天尤人,只是"自嗟兼自疑",嗟"遭逢好交日,黜落至公时",疑"才薄命如此"(杨凝《下第后蒙侍郎示意指于新先辈宣恩感谢》)。他们的确是没那点狂气了。非但狂气,那骏发的少年侠气也不知何时已烟消云散。总之,到此刻,交汇成盛唐之音的观念、气魄、情调全都黯淡了、失色了、低沉了,为一种疲倦、衰顿、苍老而又冷淡的风貌所取代。八年安史之乱,摧垮了一代人的精神!

大历诗中主体精神的变化在艺术上最显著的标志就是"建安风骨"被遗忘被丢弃了,这与盛唐对建安风骨的尊崇正好形成鲜明的对照。高适《淇上酬薛三据兼寄郭少府微》云:"故交负灵奇,逸气抱謇谔。隐轸经济具,纵横建安作。"李白《古风》云:"自从建安来,绮丽不足珍。"高适将"建安作"与"经济具"、"逸气"联系起来,突出的是建安诗中建功立业、经国济世的慷慨之气;李白将建安与六朝的绮丽相对立,突出的是建安诗质朴刚健的风骨。这两方面正是盛唐人所追求的事功和审美的理想。然而曾几何时,风会已变,杜甫《戏为六绝句》开了重新评价六朝的先声,大历诗人不仅不复神往汉魏,反而对齐梁诗青眼相看起来。编成于大历末年的高仲武《中兴间气集》正是这种趣向的代表。与《河岳英灵集》相比,它在诗型上由重刚健质朴的古体转向重婉转流利的近体尤其是五律;在审美趣味上,"移风骨之赏于情致"[2]。李嘉祐诗评云:"袁州自振藻天朝,大收芳誉,中兴高流,与钱郎别为一体,往往涉于齐梁,绮靡婉丽,盖吴均何逊之敌也。如'野渡花争发,春塘水乱流',又'朝霞晴作雨,湿气晚生寒',文章之冠冕也。"在盛唐,绮靡婉丽风格是被鄙薄的,而到大历时代这位"大收芳誉"、为高仲武激赏的"中兴高流",诗风竟是接武为殷璠、元结所不齿的齐梁体,可见当时对诗的趣味、作者和读者所欣赏的美与盛唐相比已有了多么惊人的不同!概括地说,不同主要体现在:由崇尚汉魏风骨转向追慕六朝清丽纤秀之风,由阳刚之美转向阴柔之美,由健朗的气骨转向悠远的韵致,由豪迈的气势转向幽隽的情调,由雄浑凝重的格调转向清空闲雅的意趣。

在这样的趋势下,谢朓作为六朝诗风的代表取代建安风骨成了诗人们崇拜的偶像,他的名字在诗中频频出现,显示出他受到的无限景仰。这不奇怪,谢朓诗中着重抒发的是友情、乡情和内心深处留恋爵禄与寄想栖隐的矛盾心情。他在诗中给自己留下了一个忧谗畏祸、厌倦官场生活、渴望归隐故园可又不忍丢掉爵禄,充满着矛盾心情的诗人形象。大历诗人由于同样的境遇,对他产生了深深的共鸣。

大历诗人生活在那动荡的年月,因避地、仕宦、贬谪,漂泊不定,因此诗的主题取向集中在羁旅、相逢、离别等内容的抒发。他们感叹战乱流离,自伤穷愁潦倒,厌倦宦游漂泊,渴望着归隐田园,过安定舒适的生活;可迫于生计又下不了决心,内心常充满矛盾,于是他们放浪山水、寄心佛老,希望在其中忘却世间的苦难。丧失理想、浪漫豪气和生命激情,消沉的生活态度使他们不再像盛唐人那样以主体为中心,以一种主观的态度把握客观世界,而是用一种较客观较现实但同时也是较冷漠的眼光静观世事的沧桑变化、人情的云雨翻覆,同时也冷静地内省自我。这样,诗的世界就从广阔的社会转向个人生活的小圈子,生老病死、离散聚合以及盛唐人所不顾的一些身边琐事便成了他们的主要题材;时序的迁流,节物的变化,人事升沉离合等方面的感触,伴随着悯乱哀时的情绪,就成了大历诗的基调。诗人们以敏锐的艺术感觉,捕捉到动乱年代人们典型的心理活动,深刻地展现了特定时期的特定心态,因而他们的作品有着浓郁的人情味。

大历诗在体式方面长于近体,工于五言,总的来说是古体成就不如近体,七言的成就不如五言,长篇的成就不如短章。在创作方法上与盛唐瑰丽奇恣的浪漫主义一派不同而倾向于朴实的现实主义,注重写实,擅长白描,写情细腻深刻,写景生动逼真,言情体物富有表现力。大历诗的意象主要是描述性的,以静态呈示为主,较多地运用象征、移情手法。语言追求清新的风格,甚为炼饰,但句式圆活,意思明快,又很少用典,因而有一种明晰流利之美。

以上只是大历一代诗歌的总体倾向和共同特征,实际上活动在这一时期的诗人在这大势态下还纷呈着各异的色彩。除了前面已论述的韦应物、顾况、《箧中集》诗人共同具有一种复古倾向外,当时的诗坛起码还可以划成两个中心,三个群体:一是以长安、洛阳为活动中心的大历十才子等台阁诗人;一是以江东吴越为活动中心的刘长卿、李嘉祐、戴叔伦等地方官诗人。另外还有一批僧人、隐士,虽也活动在吴越一带,但作品的内容与风格自成一路,形成独特的一派。由于避地、仕宦、隐逸等原因,诗人们相对集中于这两个地区,政治地位的差异、生活环境不同,使他们的创作显示出不同风貌。

第二节　大历十才子与台阁诗人

大历初年,战乱甫平,烽火未熄,正是财政窘困、国步维艰的时刻,朝廷上层贵族却在虚幻的"中兴"歌舞声中铺张着豪奢惊人的宴席。大历二年二月,"郭子仪自河中来朝,癸卯,宰臣元载、王缙、左仆射裴冕、户部侍郎第五琦、京兆尹五人各出钱三十万贯,置宴于子仪之第"。三月甲戌,"鱼朝恩宴子仪、宰相、节度、度支使、京兆尹于私第。乙亥,子仪亦置宴于其第。戊寅,田神功宴于其第。时以子仪元臣,寇难渐平,蹈舞王化,乃置酒连宴。酒酣,皆起舞,公卿大臣列坐于席者百人。子仪、朝恩、神功一宴费至十万贯"(《旧唐书·代宗纪》)。而当时朝廷穷得只能靠每年税青苗地钱来支付已被削减的官吏俸钱,大历元年所得仅四百九十万,权贵一宴竟费一百五十万,这是多么惊人的奢侈!就是在这种宴会上,在那些送往迎来的觥筹交错间,有一群官位不高但富于才情的诗人,作为风雅的点缀,陪从游宴,即席赋诗,时称"十才子"。他们是钱起、卢纶、韩翃、李端、耿沨、崔峒、司空曙、苗发、夏侯审、吉中孚[3]。此外还有郎士元、皇甫冉皇甫曾兄弟、包何包佶兄弟等也是同一流人物。他们大都在朝中做官,虽未见显达,生活总算安定。没有萍飘蓬转的奔波之劳,却有出入王公贵主之邸的荣遇。他们依附权贵,趋走高门之下,陪侍燕饮之末,酒席上的分题限韵、酬唱赠答便是他们施展才华、沽名争价的机会。李肇《国史补》卷上的一条记载可以说是他们创作活动的一个缩影:

> 郭暧,升平公主驸马也。盛集文士,即席赋诗,公主帷而观之。李端中宴诗成,有"荀令"、"何郎"之句,众称妙绝。或谓宿构,端曰:"愿赋一韵。"钱曰:"请以起姓为韵。"复有"金埒"、"铜山"之句,暧大出名马金帛遗之。是会也,端擅场。送王相公之镇幽朔,韩翃擅场;送刘相公之巡江淮,钱起擅场。

钱起集中今存的《郭司徒厅夜宴》是在郭子仪宴席上作,《奉陪郭常侍宴浐川山池》、《陪郭常侍令公东亭宴集》是在郭暧宴席上作。置身在"舞衫招戏蝶,歌扇隔莺啼"、"地满簪裾影,花添兰麝香"的旖旎光景中,耳不闻金鼓,眼不见烽烟,当然只能写一些歌功颂德、流连光景的无聊作品,为权贵们的奢靡生活作点高雅的点缀了。其间总是阿谀逢迎,用浮华之词歌舞升平,尽管还战祸频仍,民生日蹙,他们却称颂"不愁欢乐尽,积庆在和羹"(钱起《陪郭常侍令公东亭宴集》),这种虚伪的应景作品是毫无艺术生命力可言的。这一派诗人作品中还有大量为文造情的应酬之作,最突出的是送行。钱起、郎士元的诗竟成了一种装饰,"自丞相以下,更出作牧,二公无诗祖钱,时论鄙之"[4]。可是他们赋诗送行的人却未必就值得称道。钱起送元载赴江淮转运使诗云:"薄赋归天府,轻徭赖使臣。"然而实际上元载的贪婪是有名的,其于江淮转运之任就以"白著榷酤"臭名昭著于史籍。其他如王缙、杜鸿渐出行,十才子的送行诗也多为言不符实的谀词[5]。以大历十才子为代表的这派诗人总的说来多写闲情逸致,客观上起着歌舞升平、粉饰现实的作用。

这一派诗人都有良好的艺术素养,写诗技巧熟练,其作品在艺术上的成熟颇为后人称道。一般来说,他们短于古诗而擅长律诗,风格清空闲雅,韵律和谐流利,在技巧上显出相当高的水平,留下了一些短小而意味隽永的佳作。而在气象上,钱起、卢纶、韩翃等人尚有盛唐馀韵,"前辈典型,犹有存焉"(《四库全书总目提要·钱仲文集提要》)。在这派诗人中,成就较高的是钱起、卢纶、韩翃和郎士元。

钱起(720?—783?),吴兴人(今浙江湖州市)。唐玄宗天宝九年(750)进士及第,他的应试诗《省试湘灵鼓瑟》在当时十分著名,脍炙人口。因为传说他曾在月夜闻人朗吟"曲终人不见,江上数峰青",以为是鬼怪,后应举就试时韵有"青"字,即以"曲终"二句作结,深得考官赞赏,许为绝唱。(《旧唐书·钱徽传》)登第后,释褐授秘书省校书郎。入仕虽说顺利,但以后的几年诗人却一直沉迹下僚。安史乱起,他仓皇避兵,经历了战乱流离之苦,到肃宗至德二载(757)朝廷收复长安时,他也曾欢呼"欃枪一扫灭,阊阖九重开。海晏鲸鲵尽,天旋日月来"(《观法驾自凤翔回》)。可是瞬间的沧桑巨变、世运隆替已使他心灰意懒,豪情顿销。当乾元初他被授予蓝田尉一职时,竟再没有热切的功名之念了:"官小志已足,时清免负薪。卑栖且得地,荣耀不关身。"(《县中池竹言怀》)从此他就营居终南山,过起半官半隐的生活来。虽然官职由司勋外员郎逐步升迁到司封郎中、考功郎中,但他的生活始终没发生什么变化。直到德宗建中末去世[6]。诗编为《钱考功集》。

在蓝田尉任上,钱起与当时也隐居终南山中的前辈诗人王维过从甚密。王维《春夜竹亭赠钱少府归蓝田》、《送钱少府还蓝田》两首诗就是写给他的,他有《酬王维春夜竹亭赠别》、《晚归蓝田酬王维给事赠别》两首酬答。王维去世后,他又有《故王维右丞堂前芍药花开凄然感怀》一绝伤悼:"芍药花开出旧栏,青衫掩泪再来看。主人不在花长在,更胜青松守岁寒。"由此可以想见两人情谊之深。《中兴间气集》卷上云:"(钱起)员外诗,体格新奇,理致清赡。越从登第,挺冠词林,文宗右丞,许以高格。右丞没后,员外为雄。芟齐宋之浮游,削梁陈之靡嫚,迥然独立,莫之与群。"王维称许钱起诗现已无材料可印证,但王维殁后钱起作为他的传人得代其位置却是毫无疑问的。钱起诗,无论是写山林隐逸之情的主题取向,还是体格新奇、理致清赡的诗风,都和王维有着一脉相承的关系。其《蓝田溪杂咏二十二首》摹拟王维《辋川集》更是不待详辨的事实。

然而钱起与王维终究还是有着很大的不同,那就在于一浑厚含蓄,一刻削直露。王维诗"词秀调雅,意新理惬"(殷璠语),然而遣字造语却很平常,极少雕琢,在自然浑成中以意胜,而钱起则不免刻削,即使是古体诗也不能免。像《蓝田溪与渔者宿》、《杪秋南山西峰题准上人兰若》、《游辋川至南山寄谷口王十六》等篇,清空闲雅,韵致清绝,粗看颇近王维之风,细味之乃觉殊欠王维的自然平淡而有人工斧凿的痕迹。如《登胜果寺南楼雨中望严协律》诗云:

> 微雨侵晚阳,连山半藏碧。林端陟香榭,云外迟来客。孤村凝片烟,去水生远白。但佳川原趣,不觉城池夕。更喜眼中人,清光渐咫尺。

诗中用字都很平常,但搭配和造句却别出心裁,"晚阳"和"远白"是较生的搭配,"片烟"也是颇新鲜的用法,第七句将形容词"佳"用作动词殊为少见,末句以副词修饰名词,使之具有形容词的意味,更是打破常规的组合。这些别致的雕镂使古体诗失去了盛唐的质朴浑厚,显出一点尖新的味道。

  王维诗通过具体、细致入微的描写来表现环境、气氛和自己的感受,而钱起则每以概念代替形象,于是就有了含蓄和直露的差别。同是写幽静,《辋川集》中《鹿柴》、《辛夷坞》等篇不言幽而幽自见,钱起《蓝田溪杂咏》却总把"幽"挂在嘴边:"那知幽石下,不与武陵通"(《石井》)、"幽人对酒时,苔上闲花落"(《古藤》)、"净与溪色连,幽宜松雨滴"(《石上苔》)、"幽鸟清涟上,兴来看不足"(《竹屿》)、"能资庭户幽"(《砌下泉》)、"幽石生芙蓉,百花惭美色"(《石莲花》)。诗一这样直说,就浅露而少回味的馀地了。这是大历诗的通病之一。

  由于生活态度消极,钱起很少有壮怀激烈的时候。他欣赏"幽"的环境、"清"的景色,总保持着一种淡泊而漠然的心境,淡淡的欣喜,淡淡的哀愁。他的诗相应地也写得平淡、萧散,而很少用典,又多用流水对的特点更给诗增添了流利活脱之感。从技巧上说,钱起的五律写得非常熟练,结构完整,造语妥帖,可是因为含蕴较浅又没什么特色,所以缺少动人的魅力。只有其中一些较出色的作品如《裴迪南门秋夜对月》、《苏端林亭对酒喜雨》、《山斋独坐喜玄上人夕至》等能给人留下较深的印象。另外一些雕琢精巧的诗句或洗练、或潇洒、或清丽,有一种玲珑剔透的工艺美:

    星影低惊鹊,虫声傍旅衣。(《秋夜梁七兵曹同宿》)
    碧空河色浅,红叶露声虚。(《秋夜寄张韦二主簿》)
    秋日翻荷影,晴光脆柳丝。(《秋夕与梁锽文宴》)
    带竹新泉冷,穿花片月深。(《春夜过长孙绎别业》)

这样的诗句，无论是取意的空灵、造语的雅洁，在盛唐诗中都是不多见的。

钱起七律写得很多，但真正出色的篇章屈指可数，与刘长卿一样大多平易流利有馀而奇警不足。而且诗人在字句雕琢上花的功夫显然比结构创造要多，所以他的胜处往往在局部和细处，一个片断、一个场景的速写："渔浦浪花摇素壁，西陵树色入秋窗"（《九日宴浙江西亭》）、"四野河山同远色，千家砧杵共秋声"（《乐游原晴望上中书李侍郎》）、"幽溪鹿过苔还静，深树云来鸟不知"（《山中酬杨补阙见过》）、"兴过山寺先云到，啸引江帆带月行"（《送李评事赴潭州使幕》）。这种特点在绝句中表现得尤为突出，《蓝田溪杂咏》中的《衔鱼翠鸟》就是一例：

有意莲叶间，瞥然下高树。擘波得潜鱼，一点翠光去。

四句如一组动画，简洁而生动地再现了一个连续的动作，十分传神。七绝《归雁》则将环境描写打上神话传说的背景，成功地渲染出一种凄清哀怨的情调，竟有点接近他的成名作《湘灵鼓瑟》。

钱起是大历十才子中成就最高的诗人，他的诗具有十才子常有的特点，同时也带有和他们一样的缺点。由于生活态度的消极冷淡，他的诗闲适有馀而热情不足，缺乏让人激动、震撼人心的力量。如今保存在《钱考功集》中的四百馀首诗[7]，技巧上一般都过得去，挑不出毛病却也说不上特别的好处，像不甜不酸的橘子，没什么味道，这是与他的名气不太相称的平庸。

十才子中与钱起诗风最相近的是李端。李端（？—785？），字正己,赵郡(今河北赵县)人,唐代宗大历五年(770)进士,任秘书省校书郎。德宗贞元初年官终于杭州司马。《全唐诗》收其诗三卷。

李端在当时是个才名卓著的诗人,无论从前引《国史补》所载的赋诗擅场的佚事还是他留下来的诗作,都能看出他是个敏捷而富有才情的诗人。他在郭暧席间当场赋韵的两首诗是这样的:

青春都尉最风流,二十功成便拜侯。金距斗鸡过上苑,玉鞭骑马出长楸。熏香荀令偏怜少,傅粉何郎不解愁。日暮吹箫杨柳陌,路人遥指凤凰楼。

方塘似镜草芊芊,初月如钩未上弦。新开金埒看调马,旧赐铜山许铸钱。杨柳入楼吹玉笛,芙蓉出水妒花钿。今朝都尉如相顾,愿脱长裾学少年。

说实在的,今题作《赠郭驸马》的这两首七律,内容十分空洞,可是对偶工整,音韵铿锵,用典贴切,当场立成也不是那么容易的事。由此我们可以窥见大历十才子这批诗人的本领。李端集中多五、七言律诗,大部分是钱送及同人间酬赠之作,有着与钱起同样的浓重的归隐之思,也有同样的应酬习气,但像下面这样的作品则写得情真意挚,富有人情味:

秦人江上见,握手泪沾巾。落日见秋草,暮年逢故人。非夫常作客[8],多病浅谋身。台阁旧亲友,谁曾见苦辛。(《江上喜逢司空文明》)

愁心一倍长离忧,夜思千重恋旧游。秦地故人成远梦,楚天凉雨在孤舟。诸溪近海潮皆应,独树边淮叶尽流。别恨转深何

处写,前程唯有一登楼。(《宿淮浦忆司空文明》)

李端创作中一个值得注意的方面是女性题材的作品,各种体式共计十八首。其中《闺情》、《听筝》将女性心理刻画得惟妙惟肖,《春游乐》写少男少女踏青时"意合辞先露,心诚貌却闲"的情态,《拜新月》描绘女儿夜中拜月的绰约风姿,都是唐代女性题材作品中的出色篇章。尤其应该提到的是《王敬伯歌》:

妾本舟中女,闻君江上琴。君初感妾意,妾亦感君心。遂出合欢被,同为交颈禽。传杯唯畏浅,接膝犹嫌远。侍婢奏箜篌,女郎歌宛转。宛转怨如何,中庭霜渐多。霜多叶可惜,昨日非今夕。徒结万重欢,终成一宵客。王敬伯,青山绿水从此隔!

在短短的篇幅里,诗人取传说题材(《太平广记》卷三一八引《山河别记》王恭伯条)娓娓有致地述说了一个一对青年男女邂逅相逢,由相慕到结合最终又不得不凄然而别的哀艳的浪漫故事,女主人公大胆多情、勇于追求幸福的性格闪耀着动人的光彩。这样的题材、这样的形象无论在唐代还是在中国诗史上都是不多见的。

卢纶字允言,河中蒲州(今山西永济)人。约生于玄宗开元二十五(737)年前后,数举进士不第,大历中元载取其文以进,补阌乡尉,累任密县、昭应县令,贞元元年(785)入浑瑊幕府为判官,贞元十四年(798)、十五年间,因舅氏韦渠牟荐,入朝任户部郎中,旋卒。他的诗《全唐诗》编为五卷,三百三十馀首,数量仅次于钱起。

卢纶在十才子中代表着别一种风格,他的诗比钱起等人稍具浑雄之气,长篇歌行富有气势,《送张郎中还蜀歌》、《慈恩寺石磬歌》、

《萧常侍瘿柏亭歌》都写得气力充沛、虎虎有神,特别是《腊日观咸宁王部曲娑勒擒豹歌》前半部,写得惊心动魄,富于戏剧性:"山头曈曈日将出,山下猎围照初日。前林有兽未识名,将军促骑无人声。潜形跧伏草不动,双雕旋转群鸦鸣。阴方质子才三十,译语受词蕃语揖。舍鞍解甲疾如风,人忽虎蹲兽人立。欻然扼颡批其颐,爪牙委地涎淋漓。既苏复吼拗仍怒,果协英谋生致之。拖自深丛目如电,万夫失容千马战。传呼贺拜声相连,杀气腾凌阴满川。"在整个擒豹过程中,诗人对勇士搏击的场面只简笔带过,而着意渲染事前事后、场内场外的紧张气氛,使整个擒豹过程显得有声有色,扣人心弦。由于作者多年在浑瑊军幕中,熟悉边戎生活并深有体验,所以集中写军事题材的作品出手不凡。像《送韩都护还边》的"阵合龙蛇动,军移草木闲"、《代员将军罢战后归旧里赠朔北故人》的"枕戈眠古戍,吹角立繁霜"、《从军行》的"覆阵乌鸢起,烧山草木鸣"、《送颜推官游银夏谒韩大夫》的"猎声云外响,战血雨中腥"、《送鲍中丞赴太原》的"白草连胡帐,黄云拥戍楼",这样的诗句都不是凭空想象所能写出的。卢纶边塞诗的代表作无疑当推《和张仆射塞下曲》六首中的二、三两首:

林暗草惊风,将军夜引弓。平明寻白羽,没在石棱中。

月黑雁飞高,单于夜遁逃。欲将轻骑逐,大雪满弓刀。

前首隐括李广故事,简洁而富有戏剧色彩;后者写事言情含而不露,给人无穷回味,都是唐人五绝中的杰作。

卢纶长于写事言情,他能捕捉日常生活中一些极平常的感触,在诗中加以艺术表现,因而富于人情味。"两行灯下泪,一纸岭南书"

（《夜中得循州赵司马侍郎书因寄回使》），"渐知欢澹薄，转觉老殷勤"（《春思贻李方陵》），"貌衰缘药尽，起晚为山寒"（《卧病书怀》），"闲夜贫还醉，浮名老渐羞"（《元日朝回中夜书情寄南宫二故人》），"衰颜重喜归乡国，身贱多惭问姓名"（《至德中途中书事却寄李僴》），这样的诗句可以说是典型的大历诗。他也善于把一些生活小景写得饶有情趣，如送行："送客随岸行，行人出帆立"（《送吉中孚校书归楚州旧山》），何等生动！又如写行船生活："估客昼眠知浪静，舟人夜语觉潮生"（《晚次鄂州》），诗人竟能在单调乏味的航行中捕捉到如此平常而富有诗意的镜头，多么敏锐的艺术感受力！当然，这类好句子在他的集中不是很多，首尾具足、精工严整的诗篇就更少了。相对数量而言，卢纶诗的质量不能算高，但这不妨碍他成为大历诗坛的一位重要诗人。

耿湋，河东（今山西）人，宝应元年（762）进士，官右拾遗；崔峒，进士及第，历任拾遗、补阙、潞州功曹参军之职；司空曙（？—790？），字文明，一字初，广平（今属河北）人，官左拾遗，长林县丞，后入韦皋剑南幕府，约卒于贞元六年前后[9]。这三位诗人均沉迹下僚，诗中写得较多的是自己穷愁潦倒的境遇，情调低沉："投人心自切，为客事皆难"（耿湋《秋夜思归》），"客久多人识，年高重病归"（耿湋《巴陵逢洛阳邻舍》），"家贫童仆慢，官罢友朋疏"（耿湋《春日即事》），"吏欺从政拙，妻笑理家贫"（崔峒《书怀寄杨郭李王判官》），"泪流襟上血，发变镜中丝"（崔峒《江上书怀》），这样的诗句在他们的集中是较有代表性的。三位诗人都只作近体，不作古体。其中耿湋诗风朴实，不事雕琢，在十才子中别具一格。崔峒诗造语雅洁，清迥脱俗。"清磬度山翠，闲云来竹房"（《题崇福寺禅院》）、"白日空山梵，清霜后夜钟"（《宿禅智寺上方演大师院》）、"流水声中视公事,寒山影里见人家"(《题桐庐李明府官舍》),韵致清绝,高出流辈之上。司空曙诗设色明丽,每以青白相对,十分和谐,如"绿田通竹里,白浪隔枫林"(《送乐平苗明府》)、"他乡生白发,旧国见青山"(《贼平后送人北归》)、"白波连雾雨,青壁断蒹葭"(《送卢使君赴虁州》)、"青镜流年看发变,白云芳草与心违"(《酬李端校书见赠》)、"前登灵境青霄绝,下视人间白日低"(《送张炼师还峨嵋山》)等,不一而足。五律是司空曙的所长,很有些脍炙人口的佳作,以下两篇可以代表他的水平:

  故人江海别,几度隔山川。乍见翻疑梦,相悲各问年。孤灯寒照雨,湿竹暗浮烟。更有明朝恨,离杯惜共传。(《云阳馆与韩绅卿宿别》)

  静夜四无邻,荒居旧业贫。雨中黄叶树,灯下白头人。以我独沉久,愧君相见频。平生自有分,况是蔡家亲。(《喜外弟卢纶见宿》)

前诗将战乱年月人们迷惘自失的心态表现得极为深刻;后诗取眼前自然景物与人事相对照,寓象征于写实,平淡中含无穷的言外之意,成为大历诗中杰出的艺术表现。

  大历十才子还有韩翃、苗发、夏侯审、吉中孚,后三人作品均已失传,只馀一二断简零章,难窥全貌。夏侯审今存《咏被中绣鞋》七绝一首,格调低俗,纯为宫体馀孽,殆属于元结斥为"与歌儿舞女生污惑之声于私室"(《箧中集》序)的作品之列。只有韩翃不独在十才子,就是在整个大历诗坛也是个别具一格,让人另眼相看的诗人。

  韩翃字君平,南阳(今河南南阳)人。天宝十三年(754)进士,历任幕府之职,建中年间为驾部郎中、知制诰,终于中书舍人。他在当时是个著名诗人,"一篇一咏,朝士珍之"(《中兴间气集》卷上),《寒食》一绝尤其脍炙人口。孟棨《本事诗》载:

> 制诰阙人,中书两进名,御笔不点出。又请之,且求圣旨所与,德宗批曰:"与韩翃。"时有与韩翃同姓名者为江淮刺史,又具二人同进,御笔复批曰:"春城无处不飞花,寒食东风御柳斜。日暮汉宫传蜡烛,轻烟散入五侯家。"又批曰:"与此韩翃。"

由此可见他在当时才名之大。《寒食》这首诗主旨虽暗含讥讽,调子却仍然是潇洒轻扬的,很能体现韩翃诗的基本风貌。下面三首七绝也有代表性:

> 鸳鸯赭白齿新齐,晚日花中散碧蹄。玉勒乍回初喷沫,金鞭欲下不成嘶。(《看调马》)
> 王孙别舍拥朱轮,不羡空名乐此身。门外碧潭春洗马,楼前红烛夜迎人。(《赠李翼》)
> 长乐花枝雨点销,江城日暮好相邀。春楼不闭葳蕤锁,绿水回通宛转桥。(《江南曲》)

多么倜傥的情调,多么轻扬的韵律,完全是一派翩翩少年的骏发意气和倜傥风度,最接近盛唐的崔颢。在大历诗人中,唯有韩翃从不鼓吹隐逸,没有一点颓唐情调。送别诗中没有凄怆哀怨之词,却不无感慨激昂之气。他的歌行写得颇为雄健,有李颀、崔颢遗风。《送孙泼赴云中》云:"黄骢少年舞双戟,目视旁人皆辟易。百战能夸陇上儿,一身复作云中客。寒风动地气苍茫,横吹先悲出塞长。敲石军中传夜火,斧冰河畔汲朝浆。前锋直指阴山外,虏骑纷纷胆应碎。匈奴破尽人看归,金印酬功如斗大。"在韩翃之后,就再也没有如此慷慨的盛唐馀音了,即使李益也不免杂有凄凉哀怨的调子,因此我们不妨说韩翃是盛唐之音的尾声。

如上引诸例所示,韩翃七绝爱以流动的对句收束,于是产生一种轻快的效果。他的七律也同样有这种活脱流利之风。《送故人赴江陵寻庾牧》、《送客水路归陕》、《送客归江州》、《又题张逸人园林》、《送王少府归杭州》、《送冷朝阳还上元》、《同题仙游观》等一系列作品都写得洗练明快,毫不费力,显出作者成熟的艺术技巧。不过流利而没有顿挫,很容易陷于油滑,大历诗人多不能免,而韩翃还能恰到好处,"枕上未醒秦地酒,舟前已见陕人家"(《送客水路归陕》),过此就妥溜可厌了。

韩翃诗最醒目的特点是爱嵌入许多人名、地名,爱用珠玉金银一类色彩浓烈的字面,把诗句装点得珠光宝气:

玉佩迎初夜,金壶醉老春。(《田仓曹东亭夏夜饮得春字》)
上路金羁出,中人玉筯齐。(《送戴迪赴凤翔幕府》)
玉杯分湛露,金勒借追风。(《送田仓曹汴州觐省》)
金盘晓鲙朱衣鲋,玉簟宵迎翠羽人。(《送蓨县刘主簿楚》)
醉舞雄王玳瑁床,娇嘶骏马珊瑚柱。(《别李明府》)
玉树群儿争翠羽,金盘少妾拣明珠。(《送端州冯使君》)

这种特点是承汉乐府的装饰风格来的,在盛唐诗中很普遍,可到整个诗风趋于清空澹净的大历,就像天宝时世装一样显得不合时宜了。《本事诗》载建中初韩翃在汴宋节度使李勉幕中时,一些新进后生鄙其作品为"恶诗",恐怕与此有关。说来,色彩浓重的装饰美虽然是韩翃诗的特点，但实际上他在洗净铅华的时候反而更动人："雨馀衫袖冷，风急马蹄轻"(《送故人归鲁》)、"星河秋一雁，砧杵夜千家"(《酬程延秋夜即事见赠》)、"荷香随云棹，梅雨点行衣"(《送李秀才归江南》)、"露色点衣孤屿小，花枝妨帽小园春"(《又题张逸人园林》)、"落日澄江乌榜外，秋风疏柳白门前"(《送冷朝阳还上元》)、"山色遥连秦树晚，砧声近报汉宫秋"(《同题仙游观》)。这些诗句才真正向我们展示了作者的艺术才能，无论将它们放到哪个一流诗人的集子里去都是毫不逊色的。而他最终没能跻身于大诗人的行列，根本原因就在于他始终回避现实，诗中不仅不触及社会的矛盾和苦难，反而有意地加以粉饰，这就使他的诗难免流于褒衣大袑式的虚假和空洞，缺乏内在的生命力。

大历十才子之外，台阁派诗人中郎士元、包氏、皇甫氏兄弟都是当时著名的作家。其中包佶还是一时文坛盟主，文士得到他的赏识等于跳了龙门[10]。但这些诗人的创作大都取材较窄，在技巧上比前述诸人也稍逊一筹，只有郎士元比较突出。郎士元(？—780？)字君胄。中山人，天宝十五年(756)进士，累任渭南尉、拾遗、员外郎、终郢州刺史。他在当时与钱起齐名，时称"前有沈宋，后有钱郎"[11]。这可能是由钱送诗而并称(详前)，实际上他在各方面都远逊钱起。即使高仲武称赞的"工于发端"(《中兴间气集》卷下)，我们从"暮蝉不可听，落叶岂堪闻"(《盩厔县郑碏宅送钱大》)这高氏激赏的例句中也领略不到什么高妙之处，倒见有合掌之嫌。郎士元的才能较窄，只能做律诗，且偏于五言。其律诗一般造语较平易，多流水对，多用衬字，每流于浮滑，但上者自有一种流畅圆活之美。如《春宴王补阙城东别业》云：

柳陌乍随州势转,花源忽傍竹阴开。能将瀑水清人境,直取流莺送酒杯。山下古松当绮席,檐前片雨滴春苔。地主同声复同舍,留欢不畏夕阳催。

这首七律句式宛转流利,多用衬字和流水对,典型地代表了郎士元律诗的特征。《送李将军赴定州》一首,则气格苍茫,不同寻常,是送行诗中的佳作。诗云:

　　双旌汉飞将,万里授横戈。春色临边尽,黄云出塞多。鼓鼙悲绝漠,烽戍隔长河。莫断阴山路,天骄已请和。

可惜这样的作品在郎士元集中真是凤毛麟角,难以造成声势。

　　在文学史上,有些诗人的作品不仅当世盛传,历经千载仍闪耀着动人的光彩,而有些诗人的作品虽名噪一时,但因内涵肤浅,随着时间的流逝便逐渐黯淡无光。大历十才子一派诗人的绝大部分作品就属后一类,它们只有历史的价值,没有永恒的价值。

第三节　江南地方官诗人

　　大历年间,有一批诗人由于仕宦、贬谪,生活在江南吴越荆楚一带,他们的创作因其社会地位、地理背景的相同而表现出共同的倾向,形成一个江南地方官诗人群。这批诗人以刘长卿为核心,主要有韦应物、戴叔伦、李嘉祐、独孤及、张继、戎昱、严维等人。其中刘长卿年辈稍长,恰成为将他们与盛唐诗人相连接的桥梁。

　　这群诗人大都是中下级地方官吏,长期为宦四方,羁旅辛勤,亲身体验到战乱流离之苦,目睹战争给社会造成的灾难,所以在他们的诗中经常出现战乱的鼓鼙和烽烟笼罩下的山河,"城池百战后,耆旧几家残"(刘长卿《穆陵关北逢人归渔阳》),"废戍山烟出,荒田野火行",对此情景,"举目伤芜没",谁能不关情(刘长卿《奉使至申州伤经陷没》)。在他们的笔下,整个时代的丧乱图被清晰地描绘出来。可是在这无可作为的乱世,他们至多只能与民同苦乐,因此他们除了"自惭居处崇,未睹斯民康"(韦应物《郡斋雨中与诸文士燕集》)、"智力苦不足,黎甿殊未安"(戴叔伦《将赴湖南留别东阳旧僚兼示吏人》)的歉疚外,同时又不免有归欤之叹:"身多疾病思田里,邑有流亡愧俸钱。"(《寄李儋元锡》)韦应物这一名句深刻地表现了他们思想深处的矛盾:作为地方官,看到民生艰虞,他们想尽力做点好事,济世爱民,同时为自己的无能为力感到惭愧;但作为饱经颠沛之苦的诗人,他们更对"白头悲作吏,黄纸苦催人"(李嘉祐《登溢城浦望庐山初晴直省赍敕催赴江阴》)的动荡生活感到厌倦,而向往隐逸,希望避世退居于一个平静安宁的幽闲去处。因而他们诗中咏歌得最多的是对游宦生活的愁叹和对隐逸生活的企慕,带有浓厚的消极色彩。与此相关,他们写了大量的山水诗,状景清丽工致,在刻画中又显出淡远的趣味,传达出一种幽宁静谧的审美体验。他们想在这种幽美的体验中忘却世间的苦难,忘却自我的忧愁,可是做不到。"思苦自看明月苦,人愁不是月华愁。"(戎昱《秋月》)多愁善感的心境和消极的生活态度影响了他们的审美心理,使他们眼中、笔下的山水景物都蒙上了一层冷落幽寂的色调。

在艺术形式上,这派诗人既能用古体淋漓地抒情叙事,描绘山水之美,也善于用律体抒写一时一地的瞬间情绪、心态。尤其是律诗,在精工中透出萧散旷远之致,不露雕琢痕迹,表现出纯熟的技巧和功力。他们的缺陷是气象衰飒,境界略显局促,诗中语意雷同处较多,而且多直露少含蓄,结尾缺少悠扬的馀韵。关于刘长卿、韦应物、独孤及的生平创作上卷已有论述,这节只谈另几位诗人。

戴叔伦(732—789)字幼公,一字次公,润州金坛(今属江苏)人。天宝中曾师从于著名文学家萧颖士,以才艺闻于士林。代宗初由刘晏荐为秘书省校书郎,并在刘晏盐铁转运使幕中任湖南、河南转运留后多年,深得刘晏赏识。德宗建中元年(780)刘晏遭贬后,出为东阳县令,后入李皋江西节度使幕为判官。兴元元年(784)守抚州刺史,未满任去官。贞元五年(789)因病罢容管经略使,上表请度为道士,未及还,卒于途中。著有《述稿》、《书状》、诗集,均佚。明人辑有《戴叔伦集》二卷,《全唐诗》存诗二卷,其中多杂有他人之作[12]。

戴叔伦在大历时期是和韦应物、独孤及齐名的"位卑而著名"的循吏(《唐国史补》卷下),一生政绩卓著。任抚州刺史时,为政"清明仁恕",曾受到德宗诏书褒美。他自幼受家传儒学熏陶很深,为人廉正,关心民生疾苦,长年的奔波行役使他对社会现实有深刻的了解,因此能写出一些发人深省的作品,《女耕田行》便是其中的优秀代表。

乳燕入巢笋成竹,谁家二女种新谷。无人无牛不及犁,持刀斫地翻作泥。自言家贫母年老,长兄从军未娶嫂。去年灾疫牛囤空,截绢买刀都市中。头巾掩面畏人识,以刀代牛谁与同。姊妹相携心正苦,不见路人唯见土。疏通畦陇防乱苗,整顿沟塍待时雨。日正南冈下饷归,可怜朝雉扰惊飞。东邻西舍花发尽,共惜余芳泪满衣。

诗中通过对女子耕田情景的描绘反映了战争给农村带来的破坏和给

人民造成的不幸,对妇女的悲惨命运寄予了深深的同情。其细腻的外观描写和心理刻画,以及象征手法的巧妙运用,成为元白新乐府的先声。

戴叔伦在地方官诗人中很独特的一点是山水诗写得极少,他既不像刘长卿那样一味地在自然美的体验中求得解脱,也不像韦应物那样常常沉入对昔日的怀恋。他只着眼于现实的人生,他的诗首先忠实地再现了安史之乱后满目疮痍的社会现实:

> 井邑初安堵,儿童未长成。凉风吹古木,野火入残营。(《过申州》)
> 邑中残老小,乱后少官僚。廨宇经兵火,公田没海潮。(《送谢夷甫宰馀姚县》)

诗人以白描的手法向我们展现了当时城池毁圮、农村凋敝的萧条景象,"廨宇"二句富有表现力,曾被高仲武赞为"指事造形之工者"[13]。事实上,戴叔伦不只工于指事造形,在反映客观现实的同时,他的笔也深刻地触及了人的精神世界,表现出当时饱经战乱流离的人们那独特的复杂的心态。在这方面,他最著名的作品是《除夜宿石头驿》:

> 旅馆谁相问,寒灯独可亲。一年将尽夜,万里未归人。寥落悲前事,支离笑此身。愁颜与衰鬓,明日又逢春。

寻常的旅愁由于被纳入到除夜这个"每逢佳节倍思亲"的特殊时点上,变得格外强烈、浓郁。更兼衰顿之叹、身世之感,落魄、潦倒、孤独、怅惘,种种情绪交织在一起,在四十字中抒发得淋漓尽致。戴叔伦长于写情，如《送友人东归》的"积梦江湖阔，忆家兄弟贫"、《过陈州》的"对酒惜馀景，问程愁乱山"、《留别宋处士》的"夜深愁不醉，老去别何频"等都是语言朴实而内涵丰富的佳句，细腻地传达出诗人不同场合下的情绪和心理状态。

戴叔伦最擅长五律，集中佳作颇多。此外五绝也写得不错，《过三闾庙》就是历来广为人传诵的绝唱：

> 沅湘流不尽，屈子怨何深。日暮秋风起，萧萧枫树林。

此诗发语高亢、收束纡徐，化用屈原作品中的景象为眼前景，"并不用意，而言外自有一种悲凉感慨之气"（施补华《岘佣说诗》）。从现存文献来看，戴叔伦在诗学上曾作过深入的研究和广泛的探索。他编过诗选、写过诗论[14]，可惜今已失传，只留下司空图《与极浦书》所引的一句：

> 诗家之景，如蓝田日暖，良玉生烟，可望而不可置于眉睫之前也。

这句话显示出当时人们对诗中意象之主观性和虚幻性的明确认识，在诗学理论发展史上占有重要地位。在创作方面他不仅写过古近体的所有诗型，还尝试过曲子词《转应词》（一作《调笑令》）的写作，是最早的文人词作者之一。

戴叔伦诗在大历时期无论就思想内容还是艺术形式而言都有过人之处。主题侧重于离情别绪、羁愁旅恨和归隐之思，集中体现了大历诗的主题取向。他的诗里完全涤尽了盛唐馀风，流露出低沉、苍老、喑哑的情调，在大历诗中很有代表性。

李嘉祐(728？—783？)字从一，赵郡(今河北赵县)人。唐玄宗天宝七年(748)进士，官秘书省正字。肃宗时历任鄱阳、江阴县令，代宗大历中由司勋员外郎出任袁州刺史。后侨居苏州，建中年间复刺台州[15]。著有《李嘉祐集》(一称《台阁集》)。如前引高仲武《中兴间气集》所载，他在当时是个很有名的诗人，诗风清丽，且长于白描，近于六朝阴铿、何逊等人。这从他今存的一百三十馀篇作品中可以看得很清楚。他曾在诗中描绘了吴越一带因战乱与横征暴敛而造成的破败凋敝景象：

南浦菰蒋覆白蘋，东吴黎庶逐黄巾。野棠自发空临水，江燕初归不见人。远岫依依如送客，平田渺渺独伤春。那堪回首长洲苑，烽火年年报房尘。(《自苏台至望亭驿人家尽空春物增思怅然有作因寄从弟纾》)

移家避寇逐行舟，厌见南徐江水流。吴越征徭非旧日，秣陵凋弊不宜秋。千家闭户无砧杵，七夕何人望斗牛。只有同时骢马客，偏宜尺牍问穷愁。(《早秋京口旅泊章侍御寄书相问因以赠之时七夕》)

这两首七律及五律《自常州还江阴途中作》的"处处空篱落，江村不忍看。无人花色惨，多雨鸟声寒"，《南浦渡口》的"寡妇共租税，渔人逐鼓鼙"都是诗人任江阴令时所作，当时正是袁晁农民起义，"民疲于赋敛者多归之"(《通鉴》肃宗宝应元年)，"东吴黎庶逐黄巾"忠实地记录了当时的历史状况。不过，同是写萧条之景，同是用白描手法，他与戴叔伦的着眼点却不一样。戴叔伦是正面着笔，直接描绘破败之景，而李嘉祐却是侧面着笔，以野棠空发、江燕独归等反衬人烟荒凉,这样的间接表现不仅含蓄有味,也给灰暗的景物涂上了一抹亮色,显出一点凄清冷艳之美。他写哀景如此,写乐景那么清丽就不足为奇了:

> 向日荷新卷,迎秋柳半疏。(《送王正字山寺读书》)
> 卷箔岚烟润,遮窗竹影闲。(《题裴十六少卿东亭》)
> 野渡花争发,春塘水乱流。(《送王牧往吉州谒王使君叔》)
> 清明桑叶小,度雨杏花稀。(《春日淇上作》)

李嘉祐长于七律,结构完整,笔法熟练,在技巧上具有相当高的水平。佳作如《送朱中舍游江东》云:

> 孤城郭外送王孙,越水吴洲共尔论。野寺山边斜有径,渔家竹里半开门。青枫独映摇前浦,白鹭闲飞过远村。若到西陵征战处,不堪秋草自伤魂。

纯用白描勾勒出一幅清幽淡远的画面,造语闲雅而自然,于不着力处显出风韵。而《承恩量移宰江邑临鄱江怅然之作》则写得十分朴实而深情:

> 四年谪宦滞江城,未厌门前鄱水清。谁言宰邑化黎庶,欲别云山如弟兄。双鸥为底无心狎,白发从他绕鬓生。惆怅闲眠临极浦,夕阳秋草不胜情。

从整个大历诗创作来看,五律是诗人们刻意用功的体式,水平普遍都很高,而七律则有高有低。李嘉祐的七律高出一般诗人之作,在结构完整和对仗工稳而不失自然两点上突出地显示了七律技巧的日益成熟。

和李嘉祐正好形成对照的是戎昱,这位诗人生平富于传奇色彩,但诗歌创作后人的评价却不高,严羽曾说:"戎昱在盛唐为最下,已滥觞晚唐矣。"(《沧浪诗话·诗评》)照严氏的划分,大历也是算盛唐的,说戎昱是在盛唐最下,无异说在大历也是最下。现在看来,这一断语下得虽严厉,但从艺术上来衡量却也并非毫无根据。

戎昱(744?—801?),扶风(今陕西扶风)人。少举进士不第,浪游名都。大历年间曾入崔瓘、卫伯玉、李昌夔幕府为僚,建中年间官辰州刺史,贞元十二年(796)任虔州刺史〔16〕。他是大历诗人中明显继踵杜甫的作家。他有《耒阳溪夜行》一诗,自注"为伤杜甫作";他的创作也继承了杜甫关心现实、反映社会矛盾和民生疾苦的精神。如当时唐借回纥兵平叛,回纥攻入东京便肆意杀戮掳掠,诗人宝应年间(762—763)过滑州、洛阳,作《苦哉行五首》记述了当时洛阳遭劫的情景:

官军收洛阳,家住洛阳里。夫婿与兄弟,目前见伤死。吞声不许哭,还遣衣罗绮。上马随匈奴,数秋黄尘里。生为名家女,死作塞垣鬼。乡国无还期,天津哭流水。(其二)
前年狂胡来,惧死翻生全。今秋官军至,岂意遭戈铤。匈奴为先锋,长鼻黄发拳。弯弓猎生人,百步牛羊膻。脱身落虎口,不及归黄泉。苦哉难重陈,暗哭苍苍天。(其四)

这与杜甫"闻道杀人汉水上,妇女多在官军中"(《三绝句》)所表达的愤怒之情,精神上是一脉相承的。建中四年(783),朱泚据长安作乱,诗人在辰州写下了一系列忧时之作:"天涯忧国泪,无日不沾襟"(《辰州建中四年多怀》)、"梦随行伍朝天去,身寄穷荒报国难"(《谪官辰州冬至日有怀》);长安收复后他又写了《辰州闻大驾还宫》:"闻道銮舆归魏阙,望云西拜喜成悲"、"自惭出守辰州畔,不得亲随日月旗",忧国之情,报国之志溢于言表。在大历时代,在"时危且喜是闲人"(卢纶《无题》)那么一种心理氛围中,这杜甫式的殷忧和悲慨显得十分可贵。

戎昱诗悲歌慷慨、气势刚健,有盛唐的骨力,《赋得铁马鞭》、《咏史》、《辛苦行》、《从军行》等都能代表这一特点。《上湖南崔中丞》一诗云:

山上青松陌上尘,云泥岂合得相亲。举世尽嫌良马瘦,唯君不弃卧龙贫。千金未必能移性,一诺从来许杀身。莫道书生无感激,寸心还是报恩人。

诗在求援和感恩的表白中透露出刚直和自尊,决不同于十才子上达官贵人诗的一副柔媚之态。

戎昱诗全在于慷慨任气,长于胸臆之辞而拙于工秀之巧,故律诗遣词造句时有拙累。《送郑炼师贬辰州》、《晚次荆江》、《桂州岁暮》、《闰春宴花溪严侍御庄》、《成都送严十五之江东》、《江上柳送人》等诗或章法不严、或轻重不称、或对仗欠稳,瑕疵显然,若就功力技巧而言,他在擅长律诗的大历诗人中的确是最下,但他是个有个性的诗人,而个性恰恰是大历诗人最缺乏的。

戎昱写了不少七绝,约占作品总数的四分之一,其中不乏清新可喜的佳作。如《旅次寄湖南张郎中》:

寒江近户漫流声,竹影临窗乱月明。归梦不知湖水阔,夜来还到洛阳城。

又如《移家别湖上亭》:

好是春风湖上亭,柳条藤蔓系离情。黄莺久住浑相识,临别频啼四五声。

大历七绝不像盛唐那么委婉曲折,讲究结构开阖转接之妙,一般比较散淡,但有情趣,戎昱这两首就是这样的。

地方官诗人里不能不谈张继,他存诗虽不多,可《枫桥夜泊》一首却几乎是大历诗中最著名的作品,千百年来,传诵人口,蜚声海外:

月落乌啼霜满天,江枫渔火对愁眠。姑苏城外寒山寺,夜半钟声到客船。

尽管前人对夜半钟声的真实性和乌啼、愁眠是否地名有过许多争议,但不妨碍它成为一首杰作。诗中以景写情,在声色交融的画面中烘托出浓重的愁绪和凄苦的心境,成为抒写旅愁的千古绝唱。

张继(?—776)字懿孙,南阳(今属河南)人。天宝十二年(753)进士,大历年间以检校祠部员外郎为盐铁判官,在洪州分掌财赋。他的作品流传至今,可靠的只有三十馀首[17],不过从《春夜皇甫冉宅欢宴》"兴因尊酒洽,愁为故人轻。暗滴花垂露,斜晖月过城",《游灵岩》"风满回廊飘坠叶,水流绝涧泛秋花",《城西虎跑寺》"出涧泉声细,斜阳塔影寒"等句,我们还是能看出高仲武所谓的"清迥"(《中兴间气集》)来。而《送邹判官往陈留》写中原板荡和农村生产遭到的破坏云"女停襄邑杼,农废汶阳耕"、"火燎原犹热,波摇海未平",《酬李书记校书越城秋夜见赠》写朝廷库藏乏匮和财政窘迫云"量空海陵粟,赐乏水衡钱",也的确可以说是"事理双切,比兴深矣"(同上)。诗人善于选择、组织意象,以极经济的文字表现丰富的内容,所以他的诗给人以洗练精纯的感觉,很有表现力。

这一派诗人还有严维、张南史、柳中庸、张谓、刘商等人,他们在当时虽然都名重一时,但从流传下来的作品来看成就并不高,只有一两首绝句较佳,如柳中庸的《征人怨》、张谓的《早梅》等。严维长于写景,梅尧臣极赏其"柳塘春水漫,花坞夕阳迟"(《酬刘员外见寄》)一联,以为天容时态,融合骀荡,如在眼前(《六一诗话》)。严维另有"柳塘薰昼日,花木溢春渠"(《酬王侍御西陵渡见寄》)之句,取景略同,堪称有异曲同工之妙。此外,如"竹翠烟深锁,松声雨点和"(《同韩员外宿云门寺》)、"闲灯忘昼永,清漏任更疏"(《自云阳归晚泊陆澧宅》),都能生动地再现特定场合特定时刻的景色和气氛。刘商诗近百首,绝句多达七十馀篇,却没什么引人注目之作。值得一提的是《胡笳十八拍》。与传为蔡琰作的《胡笳十八拍》比起来,刘商所作最明显的长处是结构合理,情节张弛有度,情感层次也更分明。旧作只有大致的线索,而每拍之间内容的安排较随意,刘商却按照主人公生活和情感发展的逻辑,细心设计每拍的内容,使拍与拍之间环环相扣,通篇浑然一体。如旧作第十一拍写生子,第十二拍接着就写汉使来迎;而刘商在第十拍写生子后,又写了表现主人公时间感受的一拍,然后才在第十二拍写汉使来迎。这样不仅使人物的内心世界表现得更为充分，也为下面的母子诀别的高潮场面作了必要的铺垫，使情节发展呈现出波澜起伏的戏剧性。其次，刘作在具体的艺术表现上也胜过旧作。如写蔡琰到胡地后的生活，作者就在五、六、七三拍中依次从日常生活不适应、语言不通、行动不自由三方面来加以表现；第十二拍写得知汉使来迎的消息："梦魂几度到乡国，觉后翻成哀怨深。如今果是梦中事，喜过悲来情不任。"这都比旧作表现得更细腻更丰富。另外，刘诗语言朴实自然，可以说是纯净的歌行体叙事语体，也优于旧作；旧作中常杂有古书成语，文白相间，让人很不舒服。当然，刘商为此也付出了代价，整齐划一，流利宛转的歌行体语言失去了骚体那沉郁跌宕的声情，再也表现不出旧作那种呼天抢地的凄绝悲号。可以这么说，刘商的《胡笳十八拍》在内容、结构安排上的变化是戏剧性、叙事性上的进步，而节奏韵律的变化却是抒情性上的退步。结果就成了刘作在许多方面看上去都比旧作好，却就是不如旧作感人这么一种结局。

〔1〕 胡应麟《诗薮》，上海古籍出版社 1979 年版第 50、78 页。

〔2〕 胡震亨《唐音癸签》，上海古籍出版社 1981 年版第 122 页。

〔3〕 关于"大历十才子"的具体人员，历来有不同说法，此据姚合《极玄集》与《新唐书·艺文志》。

〔4〕 高仲武《中兴间气集》卷下郎士元诗评，上海古籍出版社 1978 年版《唐人选唐诗》。

〔5〕 参看傅璇琮《唐代诗人丛考·钱起考》，中华书局 1980 年版。

〔6〕 钱起生卒年系据傅璇琮《钱起考》及王定璋《钱起诗集校注》的考证拟定。

〔7〕 《钱考功集》混入有钱珝作品，如《江行无题一百首》之类，吴企明《钱起、钱珝诗考辨》(《唐音质疑录》)一文有辨证，今不计入。

〔8〕 "非夫"疑应作"非才"，《送友人关》诗文字与此相似，作"非才常作

客,有命懒谋身"。

〔9〕 三位诗人生平可参看傅璇琮《唐代诗人丛考》。

〔10〕 见皎然《赠包中丞书》,四部丛刊本《吴兴昼上人集》卷九。

〔11〕 高仲武《中兴间气集》卷上钱起诗评。

〔12〕 参看蒋寅《戴叔伦作品考述》,《中华文史论丛》1985年第四辑。

〔13〕 高仲武《中兴间气集》卷上戴叔伦诗评。"之工者"三字原阙,据《唐诗纪事》卷二十九引补。

〔14〕 见梁肃撰《戴叔伦神道碑》,载《重修戴氏宗谱》。参看蒋寅《梁肃所撰〈戴叔伦神道碑〉的文献价值》,《文献》1991年第一辑。

〔15〕 李嘉祐生卒年据储仲君《李嘉祐诗疑年》(《唐代文学研究》第二辑)及蒋寅《大历诗人札记·李嘉祐》(《河北师院学报》1993年第2期)的考证结果拟定。

〔16〕 戎昱生平据傅璇琮《唐代诗人丛考·戎昱考》、陶敏《中唐诗人事迹小考》(《唐代文学研究》第二辑)。

〔17〕 据周义敢《张继诗考辨》,《中国古典文学论丛》第三辑,人民文学出版社1985年版。

第三章　大历至兴元时期文学(下)

第一节　方外诗人

大历诗坛一个引人注目的现象是僧、道、隐士诗人很多,形成一个有影响的群体。翻开大历诗人的诗集,皎然、灵一、灵澈、清江、太易、法照、法振、护国、惟审、秦系、朱放、张志和、张潮、于鹄、陆羽、刘方平、章八元这一串名字频频出现,显示他们在当时是多么活跃的人物。

在大历时期短短二十年间,有如此众多的方外诗人涌现在诗坛,这是和当时的社会状况分不开的。在国力强盛、政治开明的初盛唐,许多士人憧憬着布衣卿相,立功扬名,出世的宗教和隐逸生活对多数诗人还没有太大吸引力。对朝廷推尊的道教,士人们至多也不过利用它走"终南捷径",不会真正沉浸于其中。可是到大历时代情况就不同了,君臣上下佞佛者日多,失去理想、日益消沉的士人也在佛门中觅得清静所在,栖身山林野寺,寄心释伽,蔚为一时风气。这一来大大增加了僧俗交流的机会[1],而在交流中,诗歌又往往成为证悟心印的媒介,所谓"莫非始以诗句牵劝,令入佛智,行化之意,本在乎兹"(《宋高僧传·皎然传》)。于是不仅出现了刘长卿、韦应物、钱起、李端这样耽于禅理的诗人,也出现了皎然、灵一、灵澈、清江这样溺于诗情的僧流,而介乎两者之间的就是秦系、陆羽、于鹄这些隐士。

唐代宗教戒行本来就不深严,僧徒道士常有违法越轨之举,安史之乱后,社会的动乱使得释道戒律的约束更加松弛,纲纪日坏。同时,慧能南宗禅宣称"于一切时中,行、住、坐、卧常行直心"即是一行三昧[2],提倡一种自然主义的修行方式,对僧人的坐禅修行观念产生了极大的冲击。到大历后期,洪州道一的马祖禅更煽起一股狂荡之风,缁流不拘细行,饮酒放纵,出入市肆官邸,与士大夫交结一如俗人。他们预游宴饯送之会,大写充满世俗情调的作品,甚至作闺情诗、与女性倡和,也是一时习见。大历中颜真卿为湖州刺史,皎然与颜真卿、张荐、李萼的联句中有大言、小言、馋语、醉语、滑语、粗语、恼语、狂语等名目,一反佛氏所戒六十四种恶口,大写特写粗、狂、馋、恼诸相,又有远意、暗思、乐意、恨意诸题亦涉闺情,足见洪州禅风的影响之巨。灵澈受知于皎然,皎然有《山居示灵澈上人》诗云:"身闲始觉鬵名是,心了方知苦行非。"在他们看来,早期禅宗的苦修慎行毫无意义,直是违背天真之趣的错误行为。"乐禅心似荡,吾道不相妨。独悟歌还笑,谁言老更狂"(皎然《偶然作》),他们要的是这样的禅法。在这宗教风气的变异中,禅宗愈益走向世俗化。这种任行直心、无拘无束的禅风不只影响到僧人的生活作风,也影响了他们的诗歌创作,无形中流露出一种清逸、疏狂的气质。

方外诗人的作品大都写自己的修行、隐逸生活,以及空寂之情或山林之趣。适意放荡的生活作风决定了他们不再像早期禅僧那样一味寻求内心的空寂清净,而是处处在生活中感觉着活泼的情趣,因此他们的创作倾向也由王维式的凝心静观、由形传神,一转而为即事成真、坦荡写意,从静穆清空演变为清逸、疏狂。在技巧上,他们与前两派诗人略有不同,不是侧重于写实的白描,而是侧重于写意的挥洒叙述。与此相应,他们在体式上也不像前两派诗人那样偏重于律诗,而是什么都写,作了很多杂体、俗体诗,联句中常有三言、四言、五言、六言、拟五杂俎等,带有明显的游戏性质。由于取材过于随便,抒写过于率意,他们这一派诗人没能取得较高的成就。但凭着意诚,又有着真实的体验,他们也常常能在日常生活中捕捉到一些富有诗意的情景。这尤其表现在隐士诗人的创作中。

大历时代的隐士诗人首推秦系。秦系(720—800?),字公绪,越州会稽(今浙江绍兴)人。遭遇安史之乱,长期隐居,自号东海钓客。有《秦隐居诗集》。他在当时不仅以高行闻名,也是个为人推重的诗家。权德舆《秦征君校书与刘随州唱和诗序》称他"当天宝理平之世,兴丽则、鼓盛名于当时"、"慕风骚者多所向仰"[3]。避地剡溪时,任性放达,不拘常礼,自谓"终年常裸足,连日半蓬头。带月乘渔艇,迎寒绽鹿裘"(《山中崔大夫有书相问》)。到大历末年近六十时竟与糟糠之妻谢氏离婚,几年后又"近作新婚镊白髯",颇招物议。尽管如此,也未妨他的高名,名公举荐征辟书问踵至,集中有不少作品就是酬答之作。大历五年(770)北都留守薛嵩曾荐秦系为右卫率府仓曹参军,他以疾辞,作《献薛仆射》诗云:

由来那敢议轻肥,散发行歌自采薇。逋客未能忘野兴,辟书翻遣脱荷衣。家中匹妇空相笑,池上群鸥尽欲飞。更乞大贤容小隐,益看愚谷有光辉。

诗写得不卑不亢,用敬而远之的态度表明自己的操守,作为拒绝应辟的婉词是再得体不过了。诗中情调之诙谐,造语之率意接近口语,很能体现他本人乃至方外一派诗人的特点。

秦系诗中有不少题僧道隐士所居或与之酬唱的作品,内容多属无聊,今天看来尤其无甚意思,倒是写他自己隐逸生活的作品,活泼而富有生活气息。如《春日闲居三首》之一云:

一似桃源隐,将令过客迷。碍冠门柳长,惊梦院莺啼。浇药泉流细,围棋日影低。举家无外事,共爱草萋萋。

从这朴实无华的叙述中,我们不仅可以想见诗人宁静而悠闲的隐逸生活,也能体会到他自得其乐的平和心境。隐士的生活是单调的,正因为诗人有这种愉快的心境,所以能从单调的岁月中体味到天放适意的情趣和恬淡的诗意。他写食物:"时果连枝熟,春醪满瓮香"(《山中枉张宙员外书期访衡门》);写幽居:"流水闲过院,春风与闭门"(《山中赠张正则评事》);写小景:"游鱼牵荇没,戏鸟踏花摧"(《春日闲居三首》之三);写闲行:"偶逢野果将呼子,屡折荆钗亦为妻"(《耶溪书怀寄刘长卿员外》),无不亲切有味,有一种可爱的野趣。

与秦系最相似的是于鹄,这位诗人的生卒里贯均不详,只知道他曾隐居汉阳(今湖北武汉)一带,一度任诸府从事。《全唐诗》所收他七十多首诗,与秦系一样,大都取材于释道方外生活,如《赠不食姑》、《寄续尊师》、《题树下禅师》、《题服柏先生》、《宿王尊师隐居》等,头巾气很浓。然而实际上他对道家的长生之说是不无怀疑的。《宿西山修下元斋咏》一诗说:"学道能苦心,自古无不成";而《宿王尊师隐居》却说:"从来此峰客,几个得长生?"这矛盾的心理表明他对道家长生理想的态度是有保留的。唯其如此,他才更热爱现实的

日常生活,充分享受隐逸的闲情逸致。《春山居》一诗便是很好的例子:

独来多任性,惟与白云期。深处花开尽,迟眠人不知。水流山暗处,风起月明时。望见南峰近,年年懒更移。

淡淡的情怀伴着淡淡的叙述,在平淡中得自然之真趣,这是大历隐士诗的本色。

于鹄诗多叙事写意而少写景体物,因此富有特征的细节表现在他的作品中占有较重要的地位。如《题邻居》诗便用了一系列日常生活中的细节来表现邻居相处和睦亲切的气氛:

僻巷邻家少,茅檐喜并居。蒸梨常共灶,浇薤亦同渠。传屐朝寻药,分灯夜读书。虽然在城市,还得似樵渔。

他以细节写女性,生活气息浓厚,尤为人所称道,如:

偶向江边采白蘋,还随女伴赛江神。众中不敢分明语,暗掷金钱卜远人。(《江南曲》)
巴女骑牛唱竹枝,藕丝菱叶傍江时。不愁日暮还家错,记得芭蕉出槿篱。(《巴女谣》)

在写道流酬赠的诗中,他也常用切合彼等身份的典故、细节表现人物。如《题南峰褚道士》的"得道南山久,曾教四皓棋"、《赠不食姑》的"不知何代女,犹带剪刀钱"、《题服柏先生》的"仍闻枕中术,曾授汉淮王",都是将现实中的人物与历史上特定的人物事件相联系,赋予他们一种超越时空的永恒色彩,这与秦系"一去何时见,仙家日月长"(《送王道士》)的直叙是不同的。

在秦系、于鹄之外,隐士诗人著名的还有刘方平、陆羽、朱放、朱湾、章八元、张潮、张志和等,他们的作品大都失传,由现存的少量作品来看成就都不高。张志和将在后面谈词的章节论及,这里我们稍提一下张潮、刘方平的创作。这两位诗人的作品体现了隐士诗人的另一个倾向,即关心妇女生活,多写以女性生活为题材的作品。

张潮,润州曲阿(今江苏丹阳)人,生平不详。《唐诗纪事》说他是大历中处士,但殷璠《丹阳集》已收了他的作品,可见他成名很早[4]。其诗今存五首(其中《长干行》或作李白、或作李益之作),都是取女性生活为题材。《江风行》、《襄阳行》托商人妻之口,写她们对丈夫思念中又含有忧怨的复杂情绪,把她们惧遭弃捐的怨慕心理刻画得惟妙惟肖。《江南行》一绝更为出色:

> 茨菰叶烂别西湾,莲子花开犹未还。妾梦不离江上水,人传郎在凤凰山。

前两句用两种与女性采摘活动有关的水生植物来暗示节候转换,既有生活气息又带有女性味道,纯然是清新动人的民歌风;而后两句的韵律则有着说不出的美妙,悠扬动人。

刘方平,生卒年不详。河南府河南(今河南洛阳)人。能诗善画,有志于用世而不能实现,遂隐居山林。《全唐诗》存诗二十七首,其中十八首是写女性生活的,或咏其事,或代其言,婉丽纤秀,有着缠绵悱恻的情致。

画舸双艚锦为缆，芙蓉花发莲叶暗。门前月色映横塘，感郎中夜度潇湘。(《乌栖曲二首》之二)

纱窗日落渐黄昏，金屋无人见泪痕。寂寞空庭春欲晚，梨花满地不开门。(《春怨》)

诗人有一颗多情敏感的心，善于体会、表达女性复杂的心理和细腻的感受。这两首诗一喜一悲情调虽不相同，但那清丽的景物、细腻的感触、柔婉的笔调，却都流溢着温柔纤秀的女性气息。《月夜》是刘方平最为人称道的名篇：

更深月色半人家，北斗阑干南斗斜。今夜偏知春气暖，虫声新透绿窗纱。

诗中的环境描写十分出色，"虫声"一句静中有动，生机盎然，非常典型地表现了中国人独有的敏锐的季节感受，千百年来让无数读者产生深深的共鸣。方平早擅文名，李颀赠诗称"二十工词赋，唯君著美名"(《送刘方平》)，张彦远《历代名画记》说他"工山水树石"，是个多才多艺的人物。他的诗除七绝外，五律中的"一花开楚国，双燕入卢家"(《新春》)，"万影皆因月，千声各为秋"(《秋夜泛舟》)也是为人传诵的名句，很能显示他的表现能力。

如果说隐士诗人在大历诗坛已是一个不可忽视的存在，那么诗僧就更是一个令人瞩目的群体。刘禹锡《澈上人文集序》说："世之言诗僧，多出江左。灵一导其源，护国袭之，清江扬其波，法振沿之，如幺弦孤韵，瞥入人耳，非大乐之音。独吴兴昼公，能备众体。昼公后，澈公承之。"这里刘禹锡已为我们开列了一个可观的诗僧名单，在这群诗僧中,灵一最长,成就也较高,诗派溯源,当首论其人。

灵一(727—762)本姓吴,扬州(今江苏扬州)人。九岁出家,后居会稽南山云门寺,又移杭州宜丰寺。他在玄宗、肃宗两朝有大名,当时名诗人李华、刘长卿、张继、李纾、严维、朱放、皇甫冉、陆鸿渐、张南史、独孤及都从之游。据独孤及《扬州庆云寺一公塔铭》载:"宜丰寺地临高隅,初无井泉,公之戾止,有灵泉呀然而涌。"灵一有《宜丰新泉》诗纪其事,严维、刘长卿均有和作,为一时盛事。灵一今存诗四十二首,多为与僧友酬唱之作,但可贵的是其中很少蔬笋气,既不以诗讲禅,也很少空寂之思;感怀多情,带有很浓的世俗色彩。如《送明素上人归楚觐省》云:

能将疏懒背时人,不厌孤萍任此身。江上昔年同出处,天涯今日共风尘。平湖旧隐应残雪,芳草归心未隔春。前路倍怜多胜事,到家知庆彩衣新。

这首诗是写给僧友的,诗中没用内典,却用了儒家孝道中的老莱娱亲的故事;没有释家语,却有孤萍、出处、芳草之类俗人常用的词语。如隐去作者姓名,恐怕很少有人会认为它出于僧人之手。这预示了大历僧诗向世俗化发展的趋向。

灵一诗工于写景,刻画入神,高仲武称赞他《宿天柱观》中的"泉涌阶前地,云生户外峰"一联迥出前辈,说"道猷、宝月曾何及此"(《中兴间气集》卷下)。他爱描写幽暗沉静而略带冷僻的景色,刻意表现光与影的变化。如"松风静复起,月影开还黑"(《栖霞山夜坐》)、"寒光生极浦,落日映沧州"(《酬皇甫冉西陵见寄》)、"乱峰寒影暮,深涧野流清"(《送范律师往果州》)、"水容愁暮急,花影动春迟"(《送殷判官归上都》)、"孤烟生暮景,远岫带春晖"(《自大林与韩明府归郭中精舍》)。作者不像大历十才子一流诗人那样,突出表现景物色彩的鲜艳明丽,他欣赏的是光线,仔细捕捉不同时刻不同环境下光线的反差和折射,因此他笔下的景色具有一种黑白摄影式的独特的美感,可以说是"刻意精妙"(高仲武语)。

不过,灵一这种"刻意精妙"随着他本人的圆寂在僧诗中就成了绝响,代之而起的是坦荡写意。稍后于灵一的太易、法照、护国、清江、法振、灵澈,从他们现存数量不多的作品来看,都有这种倾向。这些诗人在当时都有大名,如活动于大历、贞元间的清江,与皎然并称"会稽二清"(《唐国史补》),法照赠诗赞他"一国诗名远"(《送清江上人》)。而灵澈,皎然荐之于权德舆,称其"具文章,挺瑰奇,自齐梁已来诗僧未见其偶"(《答权三从事德舆书》);又荐之于包佶,称"观其风裁,味其情致,不下古人,不傍古人"(《赠包中丞书》),评价都极高。但从他们流传下来的篇章来看,水准一般都平平,尤其很少全篇出色的佳作,往往只有一联一句可诵。如清江的"万里江湖梦,千山雨雪行"(《早发陕州途中赠严秘书》)、"卷帘花雨滴,扫石竹阴移"(《长安卧病》);法振的"风吹雨色连村暗,潮拥菱花出岸浮"(《丹阳浦送客之海上》)、"山翠自成微雨色,豁花不隐乱泉声"(《张舍人南豁别业》);灵澈诗,皎然在《赠包中丞书》中曾举了一连串的佳句,但那是从僧人的眼光来看的,真正值得赞赏的恐怕只有"绿竹岁寒在,故人衰老多"(《答范校书》)、"窗风枯砚水,山雨慢琴弦"(失题)、"山僧不记重阳日,因见茱萸忆去年"(《九日》)几联。灵澈诗最脍炙人口的要数《东林寺酬韦丹刺史》:"年老心闲无外事,麻衣草座亦容身。相逢尽道休官好,林下何曾见一人?"末二句针对韦丹原唱中寄托的思归之意,对士大夫口是心非的虚伪之情给予了尖刻的嘲讽,诙谐之极,痛快之极。

唐代僧人素来就是比较开放的，世俗色彩较浓，作诗也没什么忌讳。盛唐时期的宝月，今存《行路难》一诗即写游子思妇之情："空城客子心肠断，幽闺思妇气欲绝。凝霜夜下拂罗衣，浮云中断开明月。夜夜遥遥徒相思，年年望望情不歇。取我匣中青铜镜，情人为我除白发。"自是而降，诗僧更变本加厉，灵一有《送人得荡子归倡妇》云："垂涕凭回信，为语柳园人。情知独难守，又是一阳春。"这虽是送别时拈得的题目，并非作者自发之咏，但其中流露出的对人间情爱的理解，仍然向我们敞露了他未至寂灭的一片心地。清江还写了一首《七夕》：

　　七夕景迢迢，相逢只一宵。月为开帐烛，云作渡河桥。映水金冠动，当风玉珮摇。惟愁更漏促，离别在明朝。

诗中满怀同情地咏歌牛郎织女的缱绻恩爱，笔调如此缠绵，哪还有点出家人本色，简直是凡心未泯，六根不净！《云溪友议》卷上"四背篇"云："卢员外纶作拟僧之诗，僧清江作七夕之咏，刘随州有眼作无眼之句，宋雍无眼作有眼之诗。诗流以为四背，或云四倒，然辞意悉为佳致乎？"可见连唐人也觉得清江作这样的诗有悖出家人的身份。在这点上皎然更为开放，他作有《拟长安春词》《效古》《昭君怨》《铜雀妓》《长门怨》《观李中丞洪二美人唱歌轧筝歌》等一系列女性题材的作品。《答李季兰》一诗云：

　　天女来相试，将花欲染衣。禅心竟不起，还捧旧花归。

语虽不及乱，而调侃戏谑的意味却显然可见。《观李中丞洪二美人唱歌轧筝歌》写李洪"高情放浪出常格，偶世有名道无迹。勋业先登上将科,文章已冠诸人籍。每笑石崇无道情,轻身重色祸亦成。君有佳人当禅伴,于中不废学无生。……吴兴客舍幽且闲,何妨寄隐在其间。时议名齐谢太傅,更看携妓似东山"。李洪是个嗜佛之士,精于禅学,就连皎然也向他"先问宗源,次及心印"(《诗式》序),而此诗津津乐道的却是他"有佳人当禅伴"、挟妓作东山之游的风流禅法。在皎然看来,只要不是像石崇那样重色轻身,而是有"道情"在心,那么美色与禅悦尽可两不相妨。在这里,禅理的幽邃、佛法的庄严、戒律的神圣都被丢在一边,被放旷逸乐的生活观念所取代。无论从哪方面说,大历诗僧的风度都在皎然身上得到了最典型的体现。

皎然(720—805?),字清昼,吴兴长城(今浙江长兴)人。俗姓谢,自称是谢灵运十世孙。早年出家,安史之乱前在庐山从守真律师受具足戒,潜心修行,兼攻子史经书,尤耽于诗咏。与当时著名文士包佶、韦应物、刘长卿、颜真卿、秦系、皇甫曾、梁肃等过从甚密,深得天下景仰,"凡所游历,京师则公相敦重,诸郡则邦伯所钦"。在大历贞元文坛,他可以说是位举足轻重的人物,诗僧灵澈就是靠他的推誉而扬名于公卿间的。皎然毕生的经历比较简单,大部分岁月都是在越中度过的,过着并不寂寞的半是僧侣半是名士的悠闲生活。一生著述颇丰,贞元八年(792)诏写其文集入藏秘阁,即今传《吴兴昼上人集》十卷。

皎然的文学创作主要是诗歌,今存作品约四百八十篇,数量在大历诗人中仅次于韦应物、刘长卿。从现存诗作来看,他的创作可分为前后两期,前期比较凝重,后期则颇放旷。早年的皎然信守传统禅学,大历四年(769)作的《苕溪草堂自大历三年夏新营洎秋及春弥觉境胜因纪其事简潘丞述汤评事衡四十三韵》一诗,在叙述了"自从东溪住,始与人群隔"及于山水之中悟道的种种体验、感触后,写道:

外事非吾道,忘缘倦所历。中宵废耳目,形静神不役。色天夜清迥,花漏时滴沥。东风吹杉梧,幽月到石壁。此中一悟心,可与千载敌。

这是说在与山水对晤中,达到了无住(忘缘)、无我(废耳目)的境地,心灵摆脱了一切尘扰,澄静空明(形静神不役),于是眼前顿时出现了夜空月明的迥远境界。这正是由性空而致"森罗万象一时皆现"(《坛经》)的南宗禅理。而"伊予战苦胜,览境情不溺。智以动念昏,功由无心积",则坦白了为臻此境而作的"无念"的艰苦努力。由此可知,在这个时候,他还谨修慎行,没有放纵自己[5]。

然而到大历末年,他的观念起了变化。大历十三年(778)皎然在桐江让童儿仿秦僧遗制,戛铜碗作龙吟声,"人或有讥者,(皎然)曰:'此达僧之事,可以嬉娱,尔曹无以琐行自拘。'"(《戛铜碗为龙吟歌》序)大历末正是洪州马祖禅风靡天下的时候,皎然显然也受到影响,不愿再谨守僧条,开始放达不拘形迹了。前引的"心了方知苦行非"(《山居示灵澈上人》)就是他当时启迪后辈的心得之谈,而《出游》一诗则为我们勾勒了一幅自画像:

狂发从乱歌,情来任闲步。此心谁共证,笑看风吹树。

这种"好僻谁相似,从狂我自安"(《独游》)的禅风影响到诗风,便是由工于形似转向坦荡写意。最典型的是那些打着"戏作"的幌子写的小诗:

乞我百万金,封我异姓王。不如独悟时,大笑放清狂。(《戏

作》)

乐禅心似荡，吾道不相妨。独悟歌还笑，谁言老更狂。(《偶然五首》之一)

喧喧共在是非间，终日谁知我自闲。偶客狂歌何所为，欲于人事强相关。(《戏题二首》之二)

这类作品率意而近口语的语言风格令人想到寒山、王梵志的作品，但情调却不是他们所有的。那是代宗末德宗初年特有的由马祖禅风鼓起的狂荡之风。大历诗人年寿较高，活到贞元以后的如顾况、司空曙、戴叔伦、秦系、朱放、灵澈等人晚年的诗中均有浸染的痕迹，只是没有皎然这般突出罢了。

皎然诗从总体上看，情兴繁富，有一种清壮之气。长篇歌行气势充沛，挥洒纵横，在大历诗人中允为上乘；律诗则较平，因重写意而轻体物，多直抒胸臆而疏于对客观景物作工细刻画，所以诗中意象陈熟，圆熟平易有余而锻炼精严不足，同时构思造语亦嫌落套，缺乏新颖奇警之美。尽管刘禹锡称他"能备众体"，严羽肯定他的诗"在唐诸僧之上"(《沧浪诗话·诗评》)，但若以整个大历诗的水平来衡量，就正像叶梦得说的"亦无甚过人者"了(《石林诗话》卷中)。真正树立起他在文学史上的地位的，是他的诗学。

皎然的诗学著述有《诗式》五卷，《诗评》三卷，《诗议》一卷。后二种今已失传，《诗式》今传本也非原貌。《诗式》今传本以十万卷楼丛书中的五卷本为最完备，前卷总论诗法，后面按"不用事"、"作用事"、"直用事"、"有事无事"、"有事无事，情格俱下"五格，列汉至唐名篇佳句近五百条，作为诸格的举例；并按照他所分的"十九字"诗体，于有关例句下标明它所属的体类；在举例之中还对一些诗句略加评论。据自序说，书成于贞元五年(789)，属于他晚年的著作，应是基于多年创作实践写成的理论总结。

所谓《诗式》，就是作诗的法式、标准，序中自陈写作动机是"将恐风雅寝泯，辄欲商较以正其源"，"使偏嗜者归于正气"，也就是说要给诗歌创作树立一个理想的准则。唐代在皎然以前，诗学著作以"格"、"式"标名的不少，大多论述各种作法及修辞造句的法则，如对仗、声调、病犯等，琐碎苛юл。日僧空海在《文镜秘府论》序中就曾批评这类著作"卷轴虽多，要枢则少，名异义同，繁秽尤甚"。皎然此书没有停留在那些细节的罗列，而进入诗歌内部结构和创作思维的探讨，在诗的本质、构成创作、风格、鉴赏等各方面都作了比较深刻的认识和阐述。

统观《诗式》全书，贯穿在其中的美学理想就是自然。他崇尚的是"天真挺拔之句，与造化争衡"，因此他赞美苏、李五言诗"天予真性，发言自高"；欣赏曹植诗"不由作意，气格自高"；而尤其推重的是谢灵运，认为他的诗"发皆造极"、"上蹑风骚，下超魏晋"，乃"诗中之日月也，安可扳援"。究其所以，则在于谢灵运"为文真于性情，尚于作用，不顾词彩而风流自然"。自然，向来就是中国美学的最高理想，它意味着由本色、适度而造的和谐的极境。举凡人为的做作、矫饰，过度的藻绘刻削，都是和自然背道而驰的。皎然崇尚自然的美学趣味决定了他对一系列诗学问题的通达态度和辩证观点。首先，从创作动机上说，他反对刻意于形式、为文造情的倾向，强调以"情兴"作为创作的出发点，随着情兴的自然生发而取境遣词，所谓"语与兴驱，势逐情起"。其次在风格的把握上，他从风格的丰富性和随机性出发，主张顺其自然，"取由我衷"，反对不顾自己的情兴，盲目模仿前人，对当时"作古诗者，不达其旨，效得庸音，竞壮其词，俾令虚大"的风气，十分鄙夷。复次，在声调格律方面，他不拘泥于前人的琐细规则，如沈约等人的声病说，他就斥其"酷裁八病，碎用四声，故风雅殆尽"。对王昌龄《诗格》提出的"不可以虚无而对实象"的对仗规则，他也不同意，在《诗议》中倡言："夫境象不一，虚实难明，有可睹而不可取，景也；可闻而不可见，风也；虽系乎我形而妙用无体，心也；义贯众象而无定质，色也。凡此等，可以对虚，亦可以对实。"在他看来，对偶本身"盖天地自然之数。若斤斧迹存，不合自然，则非作者之意"。同样，在对待用事的态度上，他也是从自然这一美学标准出发，把"不用事"奉为最高格；在用事中则推崇以情兴熔铸故事，使典实"成我诗意"的"作用事"。总之，他主张的是顺其自然，摈弃一切人为的桎梏，让心灵活动像"庆云从风，舒卷万状"一般自由地表现，尽情地抒发。

当然，皎然所倡导的自然不等于自然主义，既非照搬客观亦非随心所欲地一任主观宣泄。恰恰相反，那是出自作家辛苦构思和精心雕塑的自然，是高度艺术化的自然。他针对所谓"不要苦思，苦思则丧自然之质"的说法指出："夫不入虎穴，焉得虎子？取境之时，须至难至险，始见奇句；成篇之后，观其气貌，有似等闲不思而得，此高手也。"这正是道家"既雕且琢，复归于朴"的自然说。它意味着一种经过陶炼得到的赤金纯银般本色的精纯，如刘熙载说的"极炼如不炼，出色而本色，人籁悉归天籁"（《艺概·诗概》）。达到这种境地，不仅需要贯注刻意的努力，还需要保持适当的量度，因此皎然就提出如下一连串的原则：

　　气高而不怒，怒则失于风流；力劲而不露，露则伤于斤斧；情多而不暗，暗则蹶于拙钝；才赡而不疏，疏则损于筋脉。
　　要力全而不苦涩，要气足而不怒张。
　　虽欲废巧尚直，而思致不得置；虽欲废言尚意，而典丽不得遗。

> 虽有道情,而离深僻;虽用经史,而离书生;虽尚高逸,而离迂远;虽欲飞动,而离轻浮。
> 至险而不僻,至奇而不差,至丽而自然,至苦而无迹,至近而意远,至放而不迂。

这些命题包含的内容不一样,语言形式也不一样,但其中体现的思维方式却完全相同,那就是具有辩证色彩的折中原则,他自己称之为"诗家之中道"。不过他这"中道"并非来自儒家的中庸思想,而是比附佛家"空门证性"的"中道";他着重阐发诗歌内部规律的自然论的立足点,也不同于儒家中和美学的教化论。作为古代最高审美理想的自然,在皎然笔下第一次得到全面、丰富而又切实的理论阐述,这是皎然诗学的一大贡献。

皎然诗学中另一个富有理论价值的内容,是从诗歌创作和鉴赏的角度较深入地探讨了诗歌的本质构成。《诗式》序指出:"夫诗人造极之旨,必在神诣,得之者妙无二门,失之者邈若千里,岂名言之所知乎?""至如天真挺拔之句,与造化争衡,可以意冥,难以言状"。这是说语言的表达能力是有限的,不能尽道作者的意旨,所以,最精妙入微的思致只能存在于神诣即想象之中,就像谢灵运的名句"池塘生春草",实际上"情在言外"。读者读诗必须透过文字去领会作者那无法纳入字句中的"造极之旨",达到"但见性情,不睹文字"的境地,那才是"诣道之极"。皎然这种说法虽带有佛学色彩,但骨子里仍是六朝美学中的意象之辨,即审美中介和审美对象的关系。六朝人是以"象"为审美中介的,唐代直到殷璠《河岳英灵集》、王昌龄《诗格》依然如此。但"象"意味着具体的物象,六朝人用来讨论视觉艺术中的形象问题(如宗炳《画山水序》、谢赫《古画品录》)是合适的,以之论诗就不够了。《诗式·辨体有一十九字》论"静"、"远"二体曰:"静,非如松风不动,林狖未鸣,乃谓意中之静";"远,非如渺渺望水,杳杳看山,乃谓意中之远"。皎然的意思是说,风格意义上的静、远不是指那些寂静、渺远的景致,乃是指体现在作品的心境、情趣。而心境、情趣当然不是通过具体的象而是通过整首诗体现出来的,对这整首诗的表现媒介的总和,他借了佛学中的"境"这个词来指称。《诗式·辨体有一十九字》"情"字曰:"缘境不尽曰情。"《奉应颜尚书真卿观玄真子置酒张乐舞破阵画洞庭三山歌》一诗云:"眄睐方知造境难,象忘神遇非笔端。"前者说情是境中逸出的"文外之旨",那么说明境是缘以求情的审美中介;后者说造境必须忘象而以神遇,又说明境是超越象的想象产物,这两条材料恰好说明了境的性质和生成。这样,构思就顺理成章借了佛家成语"取境"[6]。取境决定了作品的基调,因此说:"夫诗人之思初发,取境偏高,则一首举体便高;取境偏逸,则一首举体便逸。"《俱舍诵疏》卷一释"境"曰:"心之所游履攀援者,故称为境。"这意味着境是人意识中的景象、场所,它和人的心灵活动是分不开的,有道是"境不自生,由心故现,心空即境谢,境灭即心空,未有无境之心,曾无无心之境"(宗密《禅源诸诠集都序》卷上之二)。诗歌创作从根本上说,就是将自己的情感与获自客观世界的感觉经验相交融,使客观景象成为心灵化的意象并凝结为一个表情的有机结构。也就是说要创造一个苏珊·朗格所说的作为情感形式的"幻象"[7]。皎然用作为意识的幻象、与心灵的外化有如此密切关系的"境"来指称表现媒介的总体,显示了他对诗歌本质的深刻认识。中国诗学的意境理论由此奠定了基础。

皎然诗学从指导创作的目的出发,还涉及了体格的变与复、语言的沿袭与更新、才性与灵感、对偶与用事等一系列理论问题,并且都不乏妙解,难能可贵。但是,其理论中的缺陷也是很显然的:时时冒出的佛家话头带有浓厚的主观先验论色彩;趣味的偏嗜影响到对前代作家尤其是谢灵运、陈子昂两人褒贬的失当;十九体划分的逻辑标准不统一;"重意诗例"对所谓一重意、两重意、三重意、四重意的区分也缺乏清晰的说明,殊伤琐碎。诸如此类,自然免不了要遭后人讥弹,王夫之甚至斥之为"画地成牢以陷人者",并断言"有皎然《诗式》而后无诗"(《夕堂永日绪论》)。这当然不太公平,他很可能没看到五卷足本。不管怎么说,皎然诗学的意义和价值还是不可低估的,作为现存第一部比较完整而有系统的诗学著作,《诗式》不仅总结了汉魏至盛唐诗歌创作的经验,还弘扬了探讨诗歌内部规律的风气,给唐代后期的诗格类著作以很大影响。此外,它还是"以禅喻诗"的滥觞,流波所及,直接影响了司空图、严羽、王士禛一路的诗论。

第二节 陆贽及其政论文

世乱多故,不仅需要诗歌来宣泄浓重的哀思,也需要文章来记录深沉的理性思考,陈述匡时救弊的良方。时势决定了大历时期政论文的发达。尽管不少著名文学家的政论(如戴叔伦《述稿》)和文集(如刘长卿、韦应物)不幸失传,但陆贽《陆宣公奏议》的传世稍为弥补了这一遗憾。仅这部彪炳千古的政论集就足以让我们对这个时代的文章刮目相看,在文学史上为它留下一个特殊的位置。

陆贽(753—805),字敬舆,嘉兴(今属浙江)人。卒谥宣,后世通称陆宣公。《旧唐书》本传称他少孤,特立不群,颇勤于儒学,大历八年(773)年十八登进士第,又应博学宏词科,授郑县尉。当年进士科试《东郊朝日赋》与《禁中春松》诗,陆贽诗做得平平,赋却写得气势充沛,条理清晰,叙事写景也得心应手,初步显示出熟练地驾驭骈体文的能力。之后他又以书判拔萃调渭南主簿,迁监察御史。德宗为太子时已闻其名,登基后召对翰林,即授翰林学士,由祠部员外郎转考功郎中。陆贽感知遇之恩,尽忠报效,朝廷政有缺失,巨细必陈,德宗愈加倚重。据本传载:"贽初入翰林,特承德宗异顾,歌诗戏狎,朝夕陪游。及出居艰阻之中,虽有宰臣,而谋猷参决,多出于贽,故当时目为'内相'。"

陆贽博通古今,才识练达,审时度势,敏于机变。在建中至兴贞元初仓皇反覆之际,全靠他过人的洞察力和冷静的应变能力,德宗才得以避免许多困厄,安然度过险境。建中四年(783)冬,朱泚乱京师,德宗被围困在奉天(今陕西乾县)。当时北面诸军被敌牵制,"南方藩镇多闭境自守"(《通鉴》德宗建中四年),观望不动,形势十分危急。值此人情向背之际,陆贽对德宗说"欲纾多难而收群心,唯在赦令诚言"。德宗在陆贽反复劝谏下,终于在兴元元年(784)元旦向天下颁布了由陆贽拟的罪己诏,其文略云:

> 立政兴化,必在推诚;忘己济人,不吝改过。朕嗣服丕构,君临万邦,失守宗祧,越在草莽。不念率德,诚莫追于既往;永言思咎,期有复于将来。明征其义,以示天下。小子惧德不嗣,罔敢怠荒。然以长于深宫之中,暗于经国之务,积习易溺,居安忘危,不知稼穑之艰难,不恤征戍之劳苦。致泽靡下究,情不上通,事既壅隔,人怀疑阻。犹昧省己,遂用兴戎。征师四方,转饷千里,赋车籍马,远近骚然;行赍居送,众庶劳止,力役不息,田莱多荒。暴令峻于诛求,疲民空于杼轴,转死沟壑,离去乡里,邑里丘墟,人烟断绝。天谴于上而朕不寤,人怨于下而朕不知。驯致乱阶,变起都邑,贼臣乘衅,肆逆滔天,曾莫愧畏,敢行凌逼。万品失序,九庙震惊,上累于祖宗,下负于蒸庶。痛心胂面,罪实在予,永言愧悼,若坠泉谷……[8]

这道诏书原由别人起草,陆贽阅后以为太浮泛,如例行公事,用于平日还凑合,施于眼下这非常时刻则不足以震撼人心,他告诫德宗态度必须诚恳,"悔过之意不得不深,引咎之辞不得不尽"(《奉天论赦书事条状》)。他拟的这篇诏文情词恳切,一味引咎自责而毫不文饰。历数自己的幼稚暗昧,斥逆臣之狂肆,哀民生之多艰,令人在感动之余顿生同情和谅解之心,并激发起慷慨报效之志。翌年叛平后李抱真来朝,对德宗说:"陛下幸奉天、山南时,赦书至山东,宣谕之时,士卒无不感泣,臣即时见人情如此,知贼不足平也"(《旧唐书·德宗纪》)。由此可见陆贽察人情、识时务的王佐之才。

陆贽虽自幼习儒学,却并非房琯那种不免迂阔的书生。他博学多才,精于谋略,是个真正有远见的政治家。读他的奏议如《奉天论赦书事条状》、《奉天论李晟所管兵马状》、《奉天奏李建徽杨惠元两节度兵马状》、《兴元请抚循李楚琳状》、《兴元奏请许浑瑊李晟等诸军兵马自取机便状》等,可以清楚地看到他那"识大体"、"有远虑"(刘辰翁语)而又见几察微的宰相风度。在对待李楚琳的问题上,德宗从其奏,得以免遭不测;论李晟与李、杨两节度兵马的两篇奏文,德宗准前者而未允后者,结果李晟军得以保全,两节度兵马尽落李怀光之手。先见之明,一一应验。其他论财政之文也应时救弊,堪称治世良方。苏东坡曾感叹:"德宗以苛刻为能,而贽谏之以忠厚;德宗以猜疑为术,而贽劝之以推诚;德宗好用兵,而贽以消兵为先;德宗好聚财,而贽以散财为急;至于用人听言之法,治边驭将之方,罪己以收人心,改过以应天道,去小人以除民患,惜名器以待有功,如此之流,未易悉数。可谓进苦口之药石,针害身之膏肓,使德宗尽用其言,则贞观可得而复。"(《乞校正陆贽奏议进御札子》)可是以刻忌闻名的德宗能尽用么?

如果说在奉天危难之中德宗迫于形势还勉强能采纳陆贽的意见,那么一旦局势转变他就要自行其是了。还朝后,陆贽由谏议大夫转中书舍人,迁兵部侍郎,贞元八年(792)参知政事。因直言谏诤,屡致德宗不悦,又遭裴延龄、吴通玄等谗嫉,终于在两年后被罢为太子宾客,再贬为忠州别驾,十年不召。等到顺宗即位征他还朝,诏书未到,他已去世了,享年才五十二岁。一代英才,未尽其用,举世叹惋!

陆贽的著作,据权德舆《陆宣公文集序》载,有制诰集十一卷、奏草七卷、中书奏议七卷、文集十五卷。今文集十五卷已佚,诗只存三篇试帖诗,奏草与中书奏议后人合刻为《陆宣公奏议》,流传极广。《全唐文》编世传宣公文为十六卷。

陆贽以文著称。他的文章和遭遇令人想到汉代贾谊,后人论及他的政论文也每每用贾谊来作对比。苏东坡称其"论深切于事情,言不离于道德;智如子房而文则过,辩如贾谊而术不疏"(《乞校正陆贽奏议进御札子》)。陆象山说:"贾谊是就事上说仁义,陆贽是就仁义上说事。"刘熙载则指出:"陆宣公奏议,妙能不同于贾生。贾生之言犹不见用,况德宗之量非文帝比,故激昂辩折有所难行,而纡徐委备可以冀人。且气愈平婉,愈可将其意之沈切。"(并见《艺概·文概》)

刘熙载之论准确地指出了陆贽奏议的辞令风格,如果说贾谊之文激越骏发,逞才使气,那么陆贽之文则委婉沈切,辞理温厚。陆贽深知德宗的褊狭,所以文辞极尽婉曲,不露锋芒,而且每从德宗的立场考虑问题,推己及人,使德宗听来亲切入耳。如《奉天请数对群臣兼许令论事状》论诚信云:

唯天下至诚为能尽其性,能尽其性则能尽人之性。若不尽于己而望尽于人,众必绐而不从矣;不诚于前而曰诚于后,众必疑而不信矣。今方岳有不诚于国者,陛下则兴师以伐之;臣庶有亏信于上者,陛下则出令以诛之。有司顺命诛伐而不敢纵舍者,盖以陛下之所有责彼之所无故也。向若陛下不诚于物,不信于人,人将有辞,何以致讨?是知诚信之道,不可斯须去身。

陆贽先论述诚信之必要,继而肯定德宗素来以诚信待人,所以能以其有责彼之无,推己及人,知诚信必不可少。这样的劝谏显得是设身处地替德宗思考,且恭维了德宗,所以比直讲道理更有说服力,难怪刘辰翁读到这里称赞道:"辞婉意如,得告君之道。"[9]又如《论叙迁幸之由状》云:

陛下又以百度弛废,志期肃清,持义以掩恩,任法以成理。神断失于太速,睿察伤于太精。断速则寡恕于人,而疑似之间不容辩也;察精则多猜于物,而臆度之际未必然也。寡恕则重臣惧祸,反侧之衅易生;多猜则群下防嫌,苟且之风渐扇。是以叛乱继起,怨谪并兴,非常之虞,亿兆同虑。惟陛下穆然凝邈,独不得闻,至使凶卒鼓行,白昼犯阙。重门无结草之御,环卫无谁何之人。自古祸变之兴,未有若斯之易,岂不以乘我间隙,因人携离哉?陛下有股肱之臣,有耳目之任,有谏诤之列,有备卫之司,见危不能竭其诚,临难不能效其死,所谓致今日之患,是群臣之罪者,岂徒言欤?

朱泚之乱发生后,德宗虽引咎自责,但实际上他既不清楚也不甘心承认自己的失政,陆贽于是故意说此乱之起,罪在群臣"见危不能竭其诚,临难不能效其死",而造成这种局面的则是德宗的睿察太精,神断太速。这是委婉地批评了德宗的失政之由——苛察猜忌。这种寓贬于褒的笔法在陆贽的奏议中很多,形成一种"辞婉而意严"(刘辰翁语)的特点。

陆贽的政论文都是骈体,语句工整、声韵铿锵,富有排宕偶俪之美,却绝无呆板僵滞之弊,可以说陈情言事,无不畅达。这从上引几段文字已清楚可见,而《奉天论奏当今所切务状》中的一段尤有代表性:

> 顷者窃闻舆议,颇究群情:四方则患于中外意乖,百辟又患于君臣道隔;郡国之志不达于朝廷,朝廷之诚不升于轩陛;上泽阙于下布,下情壅于上闻。实事不必知,知事不必实;上下否隔于其际,真伪杂糅于其间;聚怨嚣嚣,腾谤籍籍,欲无疑阻,其可得乎?物论则然,人心可见,盖谓含弘听纳,是圣主之所难;郁抑猜嫌,是众情之所病。伏惟陛下神无滞用,鉴必穷微,愈其病而易其难,如淬锋溃痈,决防注水耳。可以崇德美,可以济艰难,陛下何虑不行而直为此憪憪也?

虽是排偶骈骊,却流利条畅一如散行,丝毫无牵拘生硬之感。骈文到陆贽,真可以说精纯圆熟,已到炉火纯青的境界。当然,陆贽并不因此就一律不用散句,像上引文字中末尾就是一句散句,在一段陈述结束时,它使语气变得纡徐舒畅,在整齐铿锵的韵律中制造了一点波折变化。《奉天奏李建徽杨惠元两节度兵马状》在论及处置两节度兵马的具体措施时也用散笔直叙,并不强作骈骊,由此可见陆贽以意为主,不拘泥文辞的通达态度。正因为有这种通达态度,贞元七年他以兵部侍郎知贡举时,能放韩愈、欧阳詹、李观等古文巨子及第,时称"龙虎榜"(《新唐书·欧阳詹传》)。陆贽不只是一个有政治家风度的文学家,也是一个有文学家眼光的政治家。他的政论文影响深远,以其"辞婉而意严,得告君之体",所以"后世进言多学宣公一路,惟体制不必仍其排偶耳"(《艺概·文概》)。

第三节 李益及其作品

在分别论述了大历诗坛的不同流派之后,本节专谈李益的创作。李益是一位诗名早著而又长寿的诗人,在大历贞元时期的诗人中,他对中晚唐的影响最大,也最突出地体现了大历诗风格上的两重性——既有盛唐的馀韵也有中唐的先声。

李益(748—829)字君虞,凉州姑臧(今甘肃武威)人。代宗广德二年(764)凉州陷于吐蕃前,随家迁居洛阳(今河南洛阳)。大历四年(769)二十二岁时进士及第,两年后又登制科举,才名播于天下。韦应物曾称他"二十挥篇翰,三十穷典坟。辟书五府至,名为四海闻"(《送李侍御益赴幽州幕》)。在大历到大和年间,李益一直是声华藉甚的诗家。

李益毕生的经历和创作活动可以分为三个时期。第一是二十六岁以前的青少年时期,他由白衣登进士第而取得功名,并被擢授华州郑县尉和主簿之职。这一时期的作品留存下来的不多,但从中仍可以清楚地看到当时诗坛风气的影响。《送同落第者东归》诗云:"东风有行客,落日满前山。圣代谁知者,沧州今独还。片云归海暮,流水背城闲。余亦依嵩颍,松花深闭关。"诗中没有盛唐人怀才不遇的梗概不平之气,情绪淡漠而懒散,是典型的饱经战乱、心灰意懒的大历人的心态,与钱起《阙下赠裴舍人》、包何《长安晓望寄崔补阙》、司空曙《下第日书情寄上叔父》等乱前之作已自不同;颔联对仗宽松,造语闲散,从语言看也完全是大历五律的格调。同为这一时期作的《喜见外弟又言别》也是典型的大历诗,"问姓惊初见,称名忆旧容"两句,把久经离乱,人们乍然相见时的情态写得细腻入微。李益与卢纶为中表,与大历才子有交往,作为一位青年诗人他正是在大历诗风的熏陶下成长起来的,他青年时代的创作基本上体现了大历诗风。

李益才华出众,少年成名,结果却未得其用,沉迹于县尉、主簿一类的卑职,这使他非常失望,以至转而到幕府中寻求机会。大历九年(774)他入渭北节度使臧希让幕,随军北征备边,从此开始了"五在兵间"的漫长的军旅生涯。德宗建中二年(781),他转入朔方节度使李怀光幕,曾巡行朔野。两年后以书判拔萃授侍御史。贞元元年(785)复入灵州大都督、西受降城天德军、灵盐丰夏等州节度使杜希全幕,再次从军塞上,直到贞元六年前后,入邠宁节度使张献甫幕。贞元十三年(797),他又被幽州节度使刘济辟为从事,进为营田副使。就这样,他在军幕中度过了他的青壮年也是他创作最重要的第二个时期。诗人是在郁郁不得志时,怀着"一旦承嘉惠,轻身重恩光"(《从军有苦乐行》)的感恩心情入军的,对青眼眷顾的刘济,他献诗中甚至有"感恩知有地,不上望京楼"(《又献刘济》)的句子,流露出对朝廷的怨望和对刘济的感戴。然而从他的频频转幕来看,他始终未得重用,未得伸展抱负和才干。《闻鸡赠主人》一诗就婉曲地表示了对自己不见倚重的不满:"胶胶司晨鸣,报尔东方旭。无事恋君轩,今君重凫鹄。"贞元十六年(800)他终于脱离幕府,结束了他长达二十余年的军旅生活。驰骋边塞,锻铸了他的性格,也磨砺了他的笔锋,成就了他沉雄多气、风骨凛然的边塞诗。

离开幽州幕时,诗人五十二岁,已是垂暮之年,不料从此他竟时来运转。在江淮漫游了几年后,他被宪宗召为都官郎中,迁中书舍人,累任河南少尹、秘书少监、集贤殿学士、右散骑常侍。文宗大和元年（827）加礼部尚书衔致仕，两年后逝世，享年八十二岁。最后这三十年台阁生活，他仕途虽青云得意，但诗歌创作却逐渐枯萎，流于平庸的应酬、琐碎的赋咏而不能自振。早岁在《入华山访隐者经仙人石坛》、《罢秩后入华山采茯苓逢道者》等诗中流露出的求仙向道之心，也在《置酒行》、《长社窦明府宅夜送王屋道士常究子》、《晚春卧病》诸诗中得到更进一步的发挥。从各方面看，李益晚期的作品都很接近元白一般诗的风格了。

李益在世时有《从军诗》诗集单行。后人辑有《李君虞诗集》、《李益集》传世。

李益写得最多成就也最高的是边塞诗，数量约占现存诗作的三分之一。他是大历唯一"走马曾防玉塞秋"、有着长期边庭生活经历的诗人，无论就边塞生活之长还是就边塞诗成就之高而言，在当时都是无人可比的。他熟悉塞上风情和军旅生活，对于边患的后果和征人的和平愿望有切身体验，因此他的边塞诗内容丰富，思绪深沉，有浓郁的生活气息。《塞下曲》、《边思》、《上黄堆烽》、《从军有苦乐行》等篇抒写慷慨从戎、以身报国的豪迈心情；《度破讷沙二首》、《观石将军舞》、《观骑射》、《暖川》诸诗不仅描绘了塞上的自然风光，也叙述了边民的社会风情和军中的日常生活。这些以征人的眼睛和心灵实地观察、体验而写出的作品，极其真实，为同代诗人的虚拟想象之作所难以企及。

大历时代，边塞游猎民族乘唐内乱，边庭空虚，屡屡进犯。吐蕃频陷西北边州，朝廷疲于防范。在这种形势下，诗人的歌咏就同抗击侵扰、守卫边疆的防御战争联系在一起。他多次以"匈奴寇六城"（《夜发军中》）、"边城已在虏尘中"（《赴渭北宿石泉驿南望黄堆烽》）等诗句表明唐朝举兵的正义性质，在《送辽阳使还军》、《送柳判官赴振武》、《再赴渭北使府留别》、《送客归振武》、《夜发军中》、《五城道中》等一系列诗中抒发了捐躯报国、立功扬名的壮烈情怀。《塞下曲》云：

伏波惟愿裹尸还，定远何须生入关。莫遣只轮归海窟，仍留一箭定天山。

这雄壮、高昂而豪迈的情调直承王昌龄之风，回荡着盛唐之音的馀响。

当然，置身于大历时代，李益的边塞诗不可能尽与盛唐相仿，他的独特之处，除了因战争性质不同没有对穷兵黩武、边将骄奢等加以抨击外，还在于忠实地记述了戍边将士的艰苦生活尤其是他们凄苦的心境。诗人是怀着"苦乐身自当"（《从军有苦乐行》）的决心和心理准备投军的，并没有把从戎想象得太浪漫。因而他能冷静地观察戍边的艰苦生活，如"寝兴倦弓甲，勤役伤风露"（《五城道中》）、"年年移帐雪中天"（《暖川》），并能切身体会戍卒的心理："未知朔方道，何年罢兵赋"（《五城道中》）。当时府兵制度已经破坏，边庭将士久戍不调，加之环境艰苦，音信阻隔，普遍怀有浓重的乡愁。李益诗中突出地表现了这一主题：

天山雪后海风寒，横笛偏吹行路难。碛里征人三十万，一时回首月中看。（《从军北征》）
回乐烽前沙似雪，受降城外月如霜。不知何处吹芦管，一夜征人尽望乡。（《夜上受降城闻笛》）

这些在当时广为流传、至今仍脍炙人口的名篇，极真实极深刻地表达了边庭将士久戍思归的无尽乡愁。这凄苦哀怨的情调，在李益边塞诗壮烈的底色中渗进了一抹悲凉的色彩;而成功的心理刻画,则在盛唐边塞诗之外别开了一个新的境界。

与大历其他诗人相比,李益的诗歌创作题材比较广泛,他的笔触及了社会生活的各个方面。《汉宫少年行》借咏史揭露宫廷政治的险恶;《过马嵬》抨击玄宗声色误国,指责朝臣知情不谏,嫁祸女宠;《来从窦车骑行》、《轻薄篇》,流露出对权贵的不满;《喜见外弟又言别》、《赠内兄卢纶》寓悯乱伤时之感于个人悲欢之中,富有时代特色。其他如《江南曲》、《写情》、《宫怨》、《春夜闻笛》、《诣红楼院寻广宣供奉不遇留题》、《隋宫燕》等诗作,或抒情、或写景、或咏物,均情真景切,意趣盎然。在艺术风格上,李益诗以雄浑深婉为主,兼有清奇秀朗之致。前者主要表现在边塞诗,内涵深厚,气势雄健,声韵铿锵。后者主要表现在写日常生活的抒情小诗,笔触细腻,音调和婉,清新可人。有些作品如《江南曲》、《莲塘驿》、《杂曲》、《效古促促曲为河上思妇作》还具有浓郁的乐府民歌风味。

李益诗各体均长,以七绝成就最高,夙为后人推崇。胡应麟说:"七言绝,开元之下,便当以李益为第一。如《夜上西城》、《从军北征》、《受降》、《春夜闻笛》诸篇,皆可与太白、龙标竞爽,非中唐所得有也。"(《诗薮》内编卷六)李慈铭也肯定"若论绝句,则李十郎之雄浑高奇,不特冠冕十子,即太白、龙标亦当退让"(《越缦堂读书记》卷十二)。李益七绝善用递进结构,使句与句之间意思跳宕,涵蕴丰富。如《度破讷沙》"莫言塞外无春到,纵有春来何处知";《夜上西城听梁州曲》"金河戍客肠应断,更在秋风百尺台",都是更进一层的写法,意思深沉含蓄。《上汝州郡楼》云:

黄昏鼓角似边州,三十年前上此楼。今日山川对垂泪,伤心不独为悲秋。

卅年重登旧楼,已不胜今昔盛衰之感;秋日登楼,更令人不堪;而诗人伤心垂泪者复在此之外,那是多么深重的忧伤!诗层层递进,含蓄地抒发了作者强烈的哀时悯乱之情。可以说李益的七绝,不仅在大历,就是在整个唐诗中也是一流水平的。他的五绝也不乏佳作,如:

> 嫁得瞿塘贾,朝朝误妾期。早知潮有信,嫁与弄潮儿。(《江南曲》)
> 早雁忽为双,惊秋风水窗。夜长人自起,星月满空江。(《水宿闻雁》)

前者托女子之口吻写来,有朴素的民歌风趣;后者清空澹净,品格极高,都是清新、可喜的小诗。李益的五古质朴浑雄,有汉魏风骨,《从军有苦乐行》、《送辽阳使还军》、《置酒行》、《答郭黄中孤云首章见赠》、《将赴朔方早发汉武泉》等作铿锵可讽;七古气势奔放、慷慨有崔颢之风,《汉宫少年行》、《轻薄篇》在大历诗中堪称佳作。五律水平稍次,但《喜见外弟又言别》、《竹窗闻风寄苗发司空曙》两篇非常出色,是大历五律中不可多得的优秀作品。七律写得不多,《同崔邠登鹳雀楼》、《过五原胡儿饮马泉》气势苍茫,在当时独标异格,有过人之处。

总的来说,李益诗的水准是较高的,在大历到元和之间他是仅次于韦应物、刘长卿的诗人。在大历诗坛,他的边塞诗独树一帜,取得了非凡的成就,并产生广泛的社会影响。李肇《唐国史补》卷下载:"李益诗名早著,有'征人歌且行'一篇,好事者画为图障。又有云:'回乐峰前沙似雪,受降城外月如霜。不知何处吹芦管,一夜征人尽望乡。'天下亦唱为乐曲。"到元和时代,诗人已届暮年,又身居高位,远离社会现实,不可能像元白一批初露锋芒、充满锐气的青年诗人一样写出反映现实矛盾的新乐府和讽谏诗了,但他的成就却受到后辈的敬仰。王建曾寄诗申述自己的仰慕之情说:"少小慕高名"、"每读常焚香";并高度评价他对诗坛的影响:"大雅废已久,人伦失其常。天若不生君,谁复为文纲。"(《寄李益少监兼送张实游幽州》)孟郊、贾岛也曾向他投诗,尊为宿德。元和十二年(817)令狐楚奉旨编《御览诗》,选李益诗三十六首,为集中之冠。唐末张为作《诗人主客图》,以李益为"清奇雅正主",中唐的张籍、杨巨源、贾岛、姚合、朱庆馀,晚唐的方干、马戴均列为门下客,可见他的影响之深远。从大历到元和之间,李益可以说是连接两个时代的桥梁。

俯瞰大历贞元前期文坛,没有伟大作家,也没有公认的文坛领袖。虽然诗人和作品都不算少,但整个成就却不高,在开元、元和两大高潮之间它只能说是个低沉的波谷。从诗歌艺术的发展来说,大历诗人的贡献首先是细腻深刻的情绪描写和心态刻画,即古人所谓"以道得人心中事为工"。其次是纯熟的律诗技巧,以婉转流利之调写萧散闲雅之景,"隽不伤炼,巧不伤纤,又通体仍必雅令温醇"(《读雪山房唐诗序例》),在盛唐精工浑整之外另辟清空流畅一途。第三是清新、炼饰而又流利自然的艺术语言,工于白描,绘声绘色,富于表现力。缺点则在于大多数作家取材过窄,多应酬饯送,境界狭小,开掘不深,而且章法结构单调,表现多直露少含蓄,因而缺少馀韵远致。以上这些优缺点直接影响了中唐尤其是元白一派诗人的创作。总之,大历诗是由盛唐过渡到中唐的一座桥梁,杜甫诗中露出的某些苗头被大历诗发扬光大,到元白终于形成一股新的潮流。

〔1〕 皎然与韦应物、皇甫曾、梁肃、吕渭、李萼等文士游,曾作《儒释交游传》。

〔2〕 郭朋《坛经校释》,中华书局 1983 年版第 28 页。

〔3〕 此文载《文苑英华》卷七一六,《权载之文集》未收。"盛名"原作"盛多",形近之误。

〔4〕 据陈尚君《殷璠〈丹阳集〉辑考》,《唐代文学》第八辑,陕西人民出版社 1986 年版。

〔5〕 关于这个问题,赵昌平《从王维到皎然——贞元前后诗风演变与禅风转化的关系》一文有详论,文载《中华文史论丛》1987 年第 2—3 合辑。

〔6〕 《大乘义章》卷三:"六识相望,取境各别。"

〔7〕 参看苏珊·朗格《艺术问题》,中国社会科学出版社 1983 年版。

〔8〕 《陆宣公集》卷一作《奉天改元大赦制》,此处引文据《旧唐书·德宗纪》上。

〔9〕 元至正刊本《注陆宣公奏议》刘辰翁批语。

第四章 贞元至大中时期文学概说

第一节 社会与文化状况

自天宝十四载(755)安史之乱爆发,至宝应二年(即广德元年,763)初,史朝义自杀,叛乱宣告最后平息,唐王朝在艰难竭蹶中度过八年。这八年形成一条界线,在此之前是唐朝的前期,习惯上称为初、盛唐;在此之后是唐朝的后期,习惯上称作中、晚唐[1]。本章论述的唐德宗贞元至唐宣宗大中(785—859)时期,即相当于一般所说的中唐和晚唐的前期。

唐德宗即位于大历末(779),他在位的二十多年,唐朝政局始终动荡不安。尤其是最初数年间,当时安史余部表面虽已归顺朝廷,受命为地方节镇,但割据之心犹存,不但相互争斗、混战不已,甚至窥视皇权帝位。朱滔、田悦、王武俊、李纳四镇先后称王,朱泚、李希烈更建元称帝,几次军逼长安,迫使德宗仓皇逃离。后来诸镇虽然撤去王号,朱、李也先后败死,但河北三镇的割据自雄局面则一直未变。在此期间,朝廷平藩虽也取得过一些成效,如宪宗元和年间的平淮西、武宗会昌年间的平泽潞,但这些战争所付的代价极高,问题却未根本解决。所以清代史论家赵翼在《廿二史札记》中论唐代藩镇之祸,说:"安禄山以节度使起兵,几覆天下。及安史既平,武夫战将以功起行阵,为侯王者,皆除节度使,大者连州十数,小者犹兼三四,所属文武官悉自置署,未尝请命于朝,力大势盛,遂成尾大不掉之势。或父死子握其兵而不肯代,或取舍由于士卒,往往自择将吏,号为留后,以邀命于朝。天子力不能制,则含羞忍耻,因而抚之。姑息愈甚,方镇愈骄。……迨至末年,天下尽分裂于方镇,而朱全忠遂以梁兵移唐祚矣。"具有严重离心独立倾向的藩镇割据,始终是中晚唐时期的政治痼疾之一,也是唐朝政治腐朽的一个标志和终于灭亡的直接原因。

藩镇割据给广大人民带来巨大的危害。各藩镇既要对付朝廷的征讨,又要防备邻道的侵掠,更要维护统治、穷奢极欲,便不能不加多重赋役的征发和财帛的搜括,而朝廷调集各地兵马讨伐叛镇也往往是穷年累月,竭尽财力物力。因此,无论是藩镇割据,还是朝廷进行削藩之举,真正尝尽战争离乱和被驱遣、被压榨之苦的还是广大的平民百姓。

进入中唐以来,唐朝百姓的经济负担日益沉重。特别是南方江淮一带,因为战争较少,相对处于和平环境,成为唐政权筹集军饷赋役的主要依靠。元和年间平藩战争频繁,江南八道一百四十万户百姓,负担了唐朝八十多万军队的供给,"率以两户资一兵,其他水旱所损,征科妄敛,又在常役之外[2]"。当时租庸调制早已无法实施,改行以户税、地税为主,统一各项税收的两税法也有了一段时间,由于两税法规定夏秋纳税均必须折合成钱币,当发生钱重物轻的情况时,人民的实际负担就极大地增长了。而由于政府铸钱有限,大官僚大商人有意积贮,甚至熔钱铸为铜器,市上流通的钱币日益减少。在钱物换算过程中,人民的大量财富和劳动果实就被强行剥夺了去。随着时间推移,原先关于两税之外不得另有征敛的规定也在无形中废止，各地在两税外加征名目多样的赋税，有所谓进奉钱、借商钱、间架税、除陌税、茶税等等，甚而至于"通津达道者税之，莳蔬艺果者税之，死亡者税之"〔3〕。

苛重的剥削迫使一部分破产农户当了逃民，离乡背井，流浪谋生。而沉重的赋税又被加于暂时未逃的农户身上，于是逼得更多的人离开土地。一旦遇到农民起义，这些人便是踊跃的参与者和生力军。因此，中唐以后逃户日增成为严重的社会问题，成为动摇唐政权统治基础的又一个重要因素。

唐自代宗宝应元年（762）浙东发生袁晁起义，此后规模大小不等的农民起义便此起彼伏，接连不断。这些起义以在江南淮南爆发的为多，西南少数民族聚居区和北方也时有发生，虽然每一次都被唐政府军残酷地镇压下去，但也每一次都多少削弱了唐朝的统治，加速着这个政权的衰亡。就在本章所叙述的时间刚刚结束，即大中十三年岁尾（860年1月），在浙东又爆发了一场规模更大的裘甫起义。以此为发端的农民起义贯穿整个晚唐，直到黄巢率领的义军于唐僖宗广明元年（880）攻克长安，建立大齐国，给予唐王朝以致命一击。

如果说藩镇割据和农民因忍无可忍而揭竿起义，是唐政权在其统治后期所面临的两大难题，也是中唐以后两个从外部给唐政权最严重威胁的社会问题，那么，宦官专权和朋党之争便可以说是从朝廷内部危及唐政权的腹心之患，是唐历代皇帝极想克服而无法克服的膏肓之疾。

宦官专权，也许可以追溯到唐玄宗的重用高力士，但真正对唐政权和皇帝本人造成威胁的，则是从德宗贞元初年宦官专典禁军制度化以后。

《旧唐书·宦官传序》说："德宗避泾师之难幸山南（按：事在建中四年，783），内官窦文场、霍仙鸣拥从。贼平之后，不欲武臣典重兵,其左右神策、天威等军,欲委宦者主之。乃置护军中尉两员、中护军两员,分掌禁兵。以文场、仙鸣为两中尉。自是神策亲军之权全归于宦者矣。"节度使拥重兵成为桀骜难制的藩镇,在安史之乱中长大成人的唐德宗,即位后又亲遭朱泚之叛,几乎危及身家性命,因此对节度使戒惧之心倍增。他以为只有家奴宦官比较靠得住,便把禁军之权全盘交付宦官。眼光短浅,顾此失彼,从此形成固定制度。为了更好监视诸道节度使,又以宦官为监军使,凌驾于主将之上。后来又设立由宦官担任的枢密使、宣徽使等,执掌机要,传宣诏令,宦官俨然成了朝廷的代表。

宦官掌握重权后,不再驯顺,唐德宗的如意打算落空。而且因为宦官处身于皇帝身旁,自然形成狐假虎威的态势,其危害更大、更直接。中唐以后,不但朝廷大臣的任免进退常被宦官操纵,就是皇帝的废立生死也几乎全在宦官掌握之中。德宗以下顺、宪、敬、文诸帝均由宦官所立,又均为宦官所杀。可以说皇帝与宦官的关系,简直已是"顺之者昌,逆之者亡"了。唐文宗痛感自己受制于宦官,想用朝官之力剪灭他们,先谋之于宋申锡,不慎被宦官察知,宋申锡被杀破家;后谋之于李训、郑注,因仓促发动而酿成甘露之变,几乎败国。唐文宗在宦官的凌辱下生活,毫无威权可言,皇位岌岌可危,只得哀叹自己"不如周赧、汉献",最后还是未能逃过宦官的毒手。再后来宦官所选立的皇帝年龄愈来愈小,于是他们与皇帝的关系,实质上已类似父子,唐僖宗就称大宦官田令孜为"阿父",成为田的政治傀儡。

"万机之与夺任情,九重之废立由己。"(《旧唐书·宦官传序》)宦官在朝廷的权势如此之大,他们及其爪牙在社会上横行不法,鱼肉百姓,自然毫无忌惮。他们大肆掠夺田产,建造园林,"甲舍名园,上腴之田,为中人所名者,半京畿矣"(同上)。京城如此,州县地方更不必说。又设"宫市",以宫中需要为名,直接在市上低价强买,有时不但不给钱,还要敲诈勒索,让人送货入宫,倒赔脚钱和门户钱。至于宣徽院的"五坊小使",即为皇宫豢养雕、鹘、鹞、鹰、狗的小宦官,更是仗势欺人,无恶不作,在唐史中多有记载。

在唐朝的诸种政治势力中,也有出而抑制宦官的。例如某些藩镇,有时宦官过于嚣张,藩镇发出的"清君侧"的威慑,可以使他们暂时稍加收敛。甘露之变后,泽潞镇刘从谏屡次上表问宰相王涯(他被宦官冤杀)罪状,表示必要时将兴兵进京辨明是非,对于稳定动乱的政局确起过一定作用。但一来藩镇兵临都城,容易造成以暴易暴的局面,因而未必为朝廷欢迎;二来藩镇虽有与宦官争斗的一面,但更重要的还是同宦官勾结和相互利用,所以他们并不能真正抑制宦官的专权。

真正与宦官抗争的,是唐朝的朝官。当然也有自甘堕落的士人官吏为私利而钻营依附于宦官门下,但在士流的舆论中,这种人的行为是不齿的。也有许多朝官不能不与当权的宦官保持一定关系或虚与委蛇,这在朝廷共事中实属难免。但无论如何,朝官们的基本态度是不满乃至意欲克服宦官专权的。中晚唐之际,南衙(指朝官,因诸官署多在居南的皇城)北司(指宦官,因禁军衙署在北面的宫城)之争时松时紧、始终不断的根本原因即在于此。王叔文、柳宗元、刘禹锡诸人"永贞革新"的一大矛头就是指向宦官的。他们的新政宣布废止"宫市"、"五坊小儿",裁减宫中闲杂人员,停发内侍(宦官)郭忠敬等十九人俸钱,委派老将范希朝、改革派韩泰分别为京西神策诸军节度使和行军司马去接管禁军兵权。这些措置如果一一实现,对于宦官势力显然是严重打击。但是,宦官勾结方镇和守旧官僚猛烈反抗,"永贞革新"夭折了。唐文宗统治时期两次以朝官为谋主,设法剪除宦官,使南衙北司之争达到了白热化的程度。可惜,这两次也都以朝官失败和被残杀告终。很明显,关键在于宦官手握兵权,唐朝廷内部已经没有什么力量可以遏制这股黑暗势力。这是唐政权腐朽的又一个重要标志。

宦官制度是和封建国家紧紧联系在一起的,只要有封建皇帝,有那种三宫六院七十二妃的后宫生活,就不可能没有宦官。一般宦官身体受到戕残,心理也往往变态。他们本质上是皇宫中的奴婢,也是受残害、受压迫之人。然而其中少数人一旦凭借封建皇权,成为政治生活中举足轻重的力量,那就会几乎无例外地代表着腐朽、黑暗和罪恶,一直到他们自己恶贯满盈,他们所依附的皇权也被彻底葬送,他们才会被扫荡出政治舞台。

朋党之争,指朝士间党同伐异的斗争。所谓朋党,并不是一种有政纲的党派,而是以人事关系(亲属戚谊、座主门生、师弟友好、同年同僚等)为基础的松散结合。政见的一致或接近是这种结合的重要条件,但也不一定。同一朋党中可以存在不同政见,相反,分属不同朋党者,却不妨有相同的政见。真正关键的问题是利害关系。相同的、一荣俱荣一衰俱衰、进则同进退则同退的利害关系,是朋党得以形成并长期存在的基础。

唐代朝士间的朋党之争并非起始于中晚唐,"朋党"也不是参与斗争者自己的命名,而是旁观者主要是史家根据实际情况所作的概括。起于唐宪宗元和初,直到唐宣宗大中初年才结束的牛李党争,是唐史上公认的时间最久、反复最多、影响最大的朋党之争。而文、武两朝则是两党争斗得最激烈的阶段。

所谓牛党,指牛僧孺、李宗闵、杨嗣复、杜悰等,人数相当多。所谓李党,指李德裕、郑覃、郑亚等,人数相对较少[4]。一般史书都认为元和三年(808)策试贤良方正直言极谏的制科考试是牛李党争之始。当时举人牛僧孺、李宗闵等尖锐指陈时政之失,语无所避,考官给予好评,置为上第;而宰臣李吉甫(李德裕之父)却以为是攻讦自己,向宪宗泣诉,贬逐考官,并压抑牛僧孺等,不予升迁。此后,关于李吉甫为人的忠奸一直是两党争论不休的问题之一。李吉甫死后,李德裕官位渐高,继续与牛僧孺等对立。两党无论在人事任免、科举考试,还是在对待藩镇和边境少数族关系等问题上,意见与做法总是相左。在数十年的时间里,李德裕、牛僧孺、李宗闵及其党人曾几度分别入相或担任地方大僚,治绩各有长短得失,而以李德裕的"会昌之政"(武宗会昌年间独任李德裕为相)比较突出。两党人士有时你沉我浮,由一方独掌朝政,有时平分秋色同在朝廷,但相互之间攻击排陷,指责对方为"奸邪",则始终如一。

关于牛、李党争的性质与是非,历代史家和近人陈寅恪、岑仲勉、范文澜等均有所评述,意见极为纷歧,至今学术界仍未有一致看法[5]。对此,本章不一一介绍而只谈与文学史关系较密切的两个问题。

其一,对牛、李两党及其中人物要历史地、具体地看,不作笼统结论。牛、李两党中每一个人都有自己的具体情况,切不可以党划线。他们又各有自己发展变化的历史,对其行事、著述不能不加分析,尤其不能将政治观点、政绩与文学观念、文学作为相混淆。牛僧孺和李德裕都是在各自的创作领域中取得相当成就的文学家,对牛僧孺的小说集《玄怪录》、李德裕的诗赋杂文都应就其作品本身的文学特色和价值作评价。

其二,牛李党争贯串中晚唐数十年历史,许多文士、作家不可避免地与他们发生种种关系。其中情形极为复杂,有诗人即为党人的,如杜牧;有被视为党人而实非党人的,如李商隐;有既与某党关系颇深而又矛盾重重的,如温庭筠。这几位都是这段时间中的重要作家,我们在论述中自然不能回避他们与党争的关系问题,但必须客观公正,既不可以古人的是非为是非,亦不应简单套用今人政治路线斗争的概念。

朝士间的朋党之争暴露了中国古代文人根深蒂固的党同伐异恶习和他们对于权位的迷恋。不顾大局而又无休止的相互攻讦争斗,消耗掉许多元气,使许多有为之士不幸掉入漩涡而失去为国效力的机会。牛、李党争绵延数十年而无法解决,从一个角度说明唐政权已从内部腐朽,失去了自我调节和保健的能力。

从政治上看,中、晚唐时期虽有个别阶段某些方面情况尚好,但总的来说是在走下坡路。与此不同,经济生产和文化创造却依然有着向上的发展趋势。

在农业生产发展的基础上,唐朝后期的手工业、商业、交通运输、对外贸易都有所进步,相当繁荣。

手工业方面,制茶、酿酒、纺织、造纸、陶瓷、木版雕印、造船不但规模扩大,而且品种、质量均大为提高。各行各业都有自己的名品,如茶中的剑南蒙顶石花、顾渚紫笋、霍山黄牙、蕲门团黄,酒中的郢州富水春、荥阳土窟春、富平石冻春、剑南烧春以及河东干和葡萄酒,纸中的藤苔笺、十色笺、六合笺等[6]。最负盛名的还是各色丝绸绫罗和陶瓷制品,它们不但供皇宫豪贵之需,也相当普及于民间,不但满足国内市场,而且是出口贸易的大宗,通过陆上和海上几条丝绸之路,源源流向中亚和西欧。

物质产品的丰富必然刺激商贸和交通运输。除长安、洛阳外,全国出现许多商业集中、歌舞繁华的大都市,如扬州、广州、杭州、成都等。在那里,中外客商云集,进出口交易频繁。由于它们的带动,内地城镇也纷纷设市(包括各种草市、墟集乃至夜市)。邸店(旅馆)、柜坊(稍具银行的职能)、飞钱(汇票)以及形形色色的贷款方式等也相应出现。

当时国内水陆交通相当发达,与国际联系则有多条途径。这在李吉甫所著《元和郡县图志》，特别是贾耽（贞元年间曾任宰相）的《古今郡国县道四夷述》（原书已佚，宋人征引较多）等书中均有反映。

中西交通和贸易的发展，大大促进了中外文化的交流。与经济上的开放相适应，这一时期唐朝的文化也呈现为全面开放态势。一方面辉煌的大唐文化使东南亚各国，尤其是日本景慕钦羡，不断派来遣唐使节和留学生，高度发达的中华文明，大量东渡扶桑；另一方面，西域文化则从宗教、哲学、音乐、绘画各方面给敏感好学的唐人以滋养、启发，使这一时期唐朝的文化艺术创造带上了许多新的色彩。敦煌石窟艺术、壁画以及变文讲唱等便是具有代表性的成果。至于更广泛而深刻的文化交流，则是渗透于中土百姓意识、行为和民俗之中的种种影响。

以上简略地叙述了贞元至大中时期唐朝的政治、经济、社会和文化概况。这就是本时期那些作家、诗人进行创作大致的背景和氛围，上述种种情况，必然这样那样地制约着影响着他们的创作活动，也必然或明显直接或隐晦曲折地反映于他们的作品之中。

第二节　文学状况

安史之乱平定之初，文坛一度比较岑寂，贞元元和时期，这种岑寂被打破，文学创作重新走向繁荣。统观唐代文学史，贞元至大中时期的文学成就可与盛唐比拟，成为盛唐之后的又一个高峰。

这当然并不是偶然的。中晚唐社会生活一方面由于经济、文化的发展而显得十分丰富多彩，一方面又由于种种矛盾的激化而变得问题重重。一般文士、作家带着对于盛唐的追忆和恋慕，对每况愈下的政治现实非常不满。虽然他们自己的物质生活基本上有所保证，但狭窄的仕途和浑浊的官场使他们深感压抑，劳苦而贫穷的人民使他们备感同情，种种不合理的社会现象则使他们既愤慨又痛心。他们极想力挽狂澜、振兴唐朝，而在冷酷的现实中却往往碰壁，抱负无从实现，人生之途充满坎坷，心中自然积郁着许多不吐不快的情愫。传统的文学观念又使他们认为诗文应该用于"美刺"，用于揭露时弊陈述政见，乃至用于教化人民、移风易俗，等等。同时，以诗赋取士的科举制度继续实行，文学创作依然是文士们成名博誉和取得官职、步入仕途的重要途径。因此，中晚唐时代的能文之士，尽管怀抱的动机各自不同，却无不以积极的态度投入诗赋文章的写作。此外，对于文学传统，特别是近世名家（如李白、杜甫）创作成就的继承弘扬，一定程度的文化普及使文学得到广大民众的关注，民间口头文学创作的勃兴和域外文化文学的刺激与影响等等，也都是这一时期文学发达繁荣的重要原因。

古文运动 以韩愈、柳宗元为首的古文运动是本时期最重要的文学现象之一。这个运动以隋末唐初文体改革的要求和理论为前导，其矛头指向南北朝以来已流行了数百年的骈俪文体，号召恢复先秦两汉的散文传统。韩愈宣布"非三代两汉之书不敢观，非圣人之志不敢存"（《答李翊书》），柳宗元也要人向"六经"、《论语》、孟、荀、老、庄诸子以及《离骚》、《国语》、《左传》、《史记》等古代经典学习（《答韦中立论师道书》），表面看来具有明显的复古倾向，但究其实质而言，则是一次文体的革新，甚至可以说是一次思想运动。

"古文"是韩、柳树立的一种文体样板，一种理想鹄的，也是他们用以攻击浮靡竞丽、华而不实的骈俪之风的武器。他们之提倡古文，真正的目的还在于发扬古道。"道"，在韩、柳心目中才是真正主宰一切，值得追求的东西。前引韩愈所说的"圣人之志"，也就是他心目中的"道"。柳宗元更明确提出了"文以明道"的口号,将文与道紧紧地联系在一起。而他们所谓的"道",其核心乃是指儒家经邦治国、为人处世、修身养性的根本原则。中唐之世,正是儒、道、释三教鼎立抗衡的时代。全社会从上而下信道、信佛的思潮很盛。宪宗及以后诸帝,不是崇道,就是佞佛。韩、柳正是有感于儒教统治的危机,而在举世披靡的情况下,揭橥儒学大旗,宣扬儒家精神。文体上的骈散之争,是其突破口,古文则是他们的"载道"之具而已。就这个意义而言,古文运动实质上是一场思想上的斗争。

韩、柳以复古为创新,突出地表现在他们的理论和创作实践之中。他们并不机械照搬经典上的古文,而是主张辞必己出,陈言务去,不蹈袭前人一言一句,要求文章写得朴实简洁,文从字顺。韩愈写诗追求险怪,有的作品用了不少怪字僻字,但他的文则以达意为主,力求清通晓畅。柳宗元的文章也是既洗尽华靡,又不为古所限。他们散文创作的杰出成就,大大增强了古文运动的影响。

当时与韩、柳主张、作风相近的散文作家有吕温、刘禹锡等,元稹、白居易的文章也具有时代特色。追随韩、柳而取得相当成绩的有李翱、皇甫湜、樊宗师、李汉诸人,古文运动一时声势颇大。其后杜牧、孙樵等人继承了这一运动提倡的创作精神。

古文运动以其进步的文学主张和辉煌的创作实绩,在中国散文发展史上留下了不可磨灭的痕迹。不过在当时尚未取得绝对的胜利。中晚唐朝廷文告和官府文书,大量的或者说基本上仍然通行骈四俪六的形式,并且也涌现出一些名家,如令狐楚、李商隐。直到宋代,经欧阳修的大力宣扬和实践,古文才进一步占领了文坛。然而即使到那时,骈文仍有相当的市场。骈文以及行文中的骈偶现象,是中国古代文学的一大特色,自不能因其本身的局限和散文的成就,就给予完全的抹杀。

新乐府运动 与古文运动相呼应，贞元、元和诗坛出现了声势浩大的新乐府运动。元稹、白居易、张籍、王建、李绅以及唐衢、刘猛、李馀等人以乐府形式创作了许多新诗，其中除部分沿用乐府旧题外，具有革新意义的是杜甫式"即事名篇，无复依傍"的新题乐府。这场运动是《诗经》、汉乐府以来比兴美刺传统的弘扬和振兴，也是对杜甫、元结等前辈现实主义创作精神的继承。元、白二人，特别是白居易，以更明确的语言系统地阐发运动的纲领和理论依据："诗者，根情，苗言，华声，实义"；"文章合为时而著，歌诗合为事而作"（《与元九书》）；"为诗意如何？六义互铺陈，风雅比兴外，未尝著空文"（《读张籍古乐府》），并且有意识地相互唱和、鼓吹宣扬。如元稹因李绅所贶乐府新题而作和诗十二首，继而又"见进士刘猛、李馀各赋古乐府诗数十首，其中一二十章咸有新意"，"因选而和之"（《乐府古题序》、《和李校书新题乐府序》）。如白居易，一面将自己的新乐府诗送给唐衢、邓鲂，一面作诗品评他们和张籍等人的乐府，并借以宣阐新乐府理论："非求宫律高，不务文字奇。惟歌生民病，愿得天子知"（《寄唐生》）。至于元稹、白居易之间的诗歌往还以及各自对对方诗歌的评价和推崇，更是众所周知的。这样就在一定范围内造成一种气氛和声势，形成了运动。

新乐府运动在文学上的一大贡献，是它对于诗歌叙事功能的深入探索。自杜甫以来的新乐府诗，特别是白居易的《新乐府五十首》，具有明显的叙事成分。以一定的史实或现实事件为依据，以忠实载录的诗史精神为指导，采用故事化乃至典型化的方式向读者作具体的描述和真切的如可闻见的传达，是新乐府诗人努力追求的艺术目标。白居易的《上阳白发人》、《新丰折臂翁》、《杜陵叟》、《卖炭翁》诸篇以其故事的新颖生动、人物形象的鲜明突出代表了这类作品的最高成就。从某种意义上可以说，新乐府运动其实又是诗歌叙事化运动。

中唐以后，文学的叙事意识进一步在作家思想中抬头。这也是日益丰富纷繁的社会生活和文学发展趋势（包括读者期待）的必然要求。新乐府诗人在把诗当做武器的时候，便不能不考虑读者接受，也就不能不考虑加强叙事成分的问题。事实上，不仅在新乐府诗中，而且在当时整个诗坛，叙事之风都大为兴盛起来，出现了不少篇幅曼长、叙事色彩浓重的诗作，如《长恨歌》、《琵琶行》（白居易），《连昌宫词》、《会真诗》（元稹），《泰娘歌》、《插田歌》（刘禹锡），《莺莺歌》（李绅）。这就又使新乐府运动与勃兴于同一时期的传奇小说创作发生了共鸣和呼应。古文运动、新乐府运动和传奇小说的繁荣，是中晚唐文学史上三桩意义重大的事，它们之间有着内在的联系，并不是互不相干的现象。

诚然，随着年岁增长、思想变化，白居易等人后期创作更多地倾向于闲适与感伤，与新乐府运动期间有颇大的不同，即在大量创作新乐府诗用以针砭时弊的同时，他们也有许多并不涉及政治的言情咏怀之作。大作家的创作总是存在多个侧面、多种倾向，一种运动既有高潮也就有销歇之时，这是毫不足怪的。正因为如此，他们才能共同创造出被称为"元和体"的诗歌流派。"元和体"自然不能排除新乐府，又绝不限于新乐府。但新乐府运动影响非常深远，直到晚唐仍有回声馀响，如曹邺、刘驾、皮日休、陆龟蒙、杜荀鹤诸人的创作，就清楚地打着这种影响的印记。

传奇小说的兴盛　中国古典小说的原初因素蕴含于诸子寓言和史部著述之中，至魏晋以后，志怪体小说和轶事体小说兴起。干宝《搜神记》、王嘉《拾遗记》、刘义庆《世说新语》便是这一时期小说的代表。它们或述怪记异，或载录历史人物的妙语遗闻，故事性增强，形象刻画益佳，但大抵仍按实录精神行事，因而尚未从根本上脱离子、史的范围，亦即尚未形成一种具有独立意义的小说文体。

唐人始有意为小说，即有意识地取历史上或现实中人物的命运遭际为题材，加以想象虚构，采用各种艺术手法，如集中、夸饰、移花接木、铺张描写等等，构成完整的、足以乱真的生活场景和故事情节，从而使小说突破子、史的叙事规范，成为一种崭新的文学体裁。这就是具有划时代意义的唐传奇。

唐传奇作品，初盛唐时代已经出现，如王度的《古镜记》、张鷟的《游仙窟》、佚名的《补江总白猿传》等。但中唐则是唐传奇的全盛期，涌现了大批著名作家和优秀作品，出现了不少小说集，文学史上负有盛名并且至今传诵的唐代传奇小说，几乎都产生于这一时期。例如描写少女热烈追求爱情以致身、魂分离，以灵魂与爱人相结合的《离魂记》（陈玄祐）；描写狐女的聪明、美丽、自尊和不屈于强暴的《任氏传》（沈既济）；将现实政治遭遇予以变形，寄寓人生如梦、富贵如浮云感慨的《枕中记》（沈既济）、《南柯太守传》（李公佐）；叙述张生与莺莺曲折爱情故事的《莺莺传》（元稹）；糅合史实与传闻以诗意的笔调演述唐明皇、杨贵妃生活和爱情悲剧的《长恨歌传》（陈鸿）；刻画沦落烟花的女子对幸福的渴求和不同命运的《霍小玉传》（蒋防）、《李娃传》（白行简）；描绘一位女子忍辱负重终报父夫被害之仇的《谢小娥传》（李公佐）；一位游侠在法场上勇担罪责解救他人的《冯燕传》（沈亚之）；以及借民间关于龙宫传说为基础和框架，叙述爱情故事并成功塑造了一个不屈于威武、不惑于富贵的书生形象的《柳毅传》（李朝威）等等，就都产生于这一时期。此外，牛僧孺的《玄怪录》、薛用弱的《集异记》、李复言的《续玄怪录》、郑还古（谷神子）的《博异志》、张读的《宣室志》等则是本期内重要的传奇小说合集，其中尤以牛、李二书思想、艺术成就最高，对后世影响也最大。段成式的《酉阳杂俎》虽然是一部杂记琐闻异事的笔记体小说，但其中也包含有不少合乎传奇小说要求的作品,尤其珍贵的是该书记述了不少来自域外的民间传说和故事,颇有助于了解某些故事原型的渊源流变。

传奇小说在中唐以后的兴盛,是由于文学内部和外部两种因素共同作用的结果。就外部而言,城市繁荣、商品经济发达、城镇居民闲暇时间增多、对文化生活要求的普遍提高、西域文化的影响、宗教宣阐讲唱活动的刺激和启发,乃至进士行卷之风和士人的爱好等等,均对传奇的发达有程度不等的促进。就内部而言,则叙事意识的抬头、叙事思维的成熟、文体发展趋于细密的自然趋势、民间文学叙事传统的滋养、说话(即说书)和戏弄(即萌芽期的戏剧)的兴起和受到欢迎、古文运动和新乐府运动对小说家创作的推动和帮助等等,则是传奇小说发达根本的内在动因。

唐传奇以其巨大的文学价值和高度的文学成就,宣告了小说这一近世最重要的文学体裁已由子、史孕育之中脱胎而出,并且昭示了它无限美好的发展前途。小说文体的独立,是一个里程碑和分水岭,它标志着以抒情议论为主的诗歌散文,将不再能够完全地代表中国文学,以叙述故事、塑造人物形象为特长的小说一旦形成,便表现出极强的生命力,便一定会向文坛的中心逼近。小说将与随后产生并成长起来的戏剧,共同成为中国文学的主要样式,从而使中国古代的文学体制真正地完善起来。

除了古文运动、新乐府运动和传奇小说的兴盛三桩大事以外,中晚唐文学还有一些必须提到的情况。

其一是这一时期作家作品灿若繁星,流派甚多,成就杰出。应该承认,由于传统的关系,诗歌创作在贞元至大中的文坛上仍然占据着重要位置,而其表现之一便是多种诗派的形成和竞争。就一个诗人而言,独特风格的形成是其诗艺成熟的标志;就一个时代的诗坛而言,不同流派的形成则是其富于活力、繁荣昌盛的标志。因此,我们前面虽着重谈了新乐府运动,但这一运动还不能笼括整个元和诗坛。元稹、白居易等新乐府诗人的成就尚不止于新乐府一体,更何况别的许多诗人呢。贞元至大中时代,卓然成家或赫然成派的诗人确实还有不少。

例如,高举古文运动大旗的韩愈,便和他的一班诗友形成了一派。他们作风险怪,爱用僻字、拗句,想象奇特,常常出人意表乃至令人匪夷所思。韩愈的《南山》、《陆浑山火》,卢仝的《月蚀诗》、《与马异结交诗》,马异的《答卢仝结交诗》,刘叉的《冰柱》、《雪车》等读来佶屈聱牙、生涩拗折,就与元、白的平易晓畅迥异其趣。文学史上习惯称他们为"险怪派"。同属这一派的还有孟郊,他诗风寒瘦,喜用冰棱、雪刃之类意象,但怪异程度则与前述诸人不同。当然,他们也都写出清新流丽的诗,由此更可见出"险怪"正是他们的刻意追求和艺术探索。稍晚于孟郊,有先为僧人后又还俗的贾岛,作风与孟相近,却更显清峻枯瘠,当时"郊岛"并称,后由苏轼加以"郊寒岛瘦"的评价,遂成千古定论。贾岛服膺韩、孟,与他们为诗友,笼统算来也可说是险怪派中人,但他又是自具特色的。与贾岛并称的还有一位姚合,时称"姚贾"。他们都擅长五言诗,多写闲适生活、萧瑟景象,诗风淡远峭拔。但姚合虽与贾岛友好,其诗风距险怪就更远了。

又如早夭的诗人李贺,一生辛勤创作,呕尽心血,成为中唐独树一帜的诗人。有的文学史把他列入韩孟诗派,显然不够准确。像柳宗元、刘禹锡、张籍、王建等人,虽与元、白、韩、孟同时,却也不是某一个诗派可以笼括的。稍后,又有张祜、朱庆馀、雍陶、李涉、殷尧藩、马戴、鲍溶、施肩吾、许浑、赵嘏、李群玉、薛逢、薛能、刘驾、曹邺以及女诗人薛涛、鱼玄机等,均足以名家。

元、白、韩、柳之后诗坛的翘楚,无疑当推杜牧、李商隐,他们合称

"小李杜",共同把唐诗艺术推上了它的新的高峰。

另一个值得提到的情况是,这段时期中曲子词这种新的诗歌样式取得了重大发展。虽然初盛唐时期,在民间和文人中已有人写作曲子词,并有了李白《菩萨蛮》、《忆秦娥》和张志和《渔父词》这样的作品,但大量词作开始出现是在中唐,而到了晚唐前期才出现了温庭筠这样的杰出作者。温庭筠的诗、文成就均高,与李商隐并称"温李"。但其在词创作方面贡献更大,影响更巨。五代人编《花间集》,收入他的大部分词作,遂有"花间之祖"的称号。齐言的律绝体诗,发展到晚唐,其格律已达到十分完美的地步。诗人们必然要探索新的表现形式,诗坛也在呼唤新的诗体。于是,这种与音乐关系格外密切,又为广大民众喜闻乐见的新诗体——词,便获得了大发展的机运。果然,到宋代,它就成了最主要的诗歌样式,而究其根基,则在唐代,尤其是中晚唐和五代。

最后,与宗教活动和民间说唱演艺关系至为密切的通俗文学,如变文、讲唱、俗赋等等,也在这一时期获得长足发展。这就是当今国际学术界都十分重视、研究正日益深入的敦煌文学。这不但是唐代文学的一个组成部分,也是构成中晚唐文学繁荣景象所不可忽视的一个方面。

〔1〕 参见第一章"概论"注〔1〕。

〔2〕 《唐会要》卷八四《户口数杂录》。

〔3〕 《旧唐书》卷四八《食货志》。

〔4〕 岑仲勉认为,"牛李党争"的"牛李"指牛僧孺、李宗闵,李德裕实际上无党。关于牛李党争的性质是非等,岑氏亦有许多独见。请参其所著《隋唐史》,高等教育出版社1957年版。中华书局1989年重印为新1版。

〔5〕 关于牛李党争的性质与是非,有几种主要观点。一种认为牛、李分别

代表科举出身的进士阶层和士族高门,因此前者较进步,后者较保守(见张采田《玉谿生年谱会笺》卷三引沈曾植说;陈寅恪《唐代政治史述论稿》中篇)。有人进而认为牛党是继承"永贞革新"精神的改革派(见韩国磐《隋唐五代史纲》修订本)。一种认为两党争权夺利,均不可取(见翦伯赞《中国史纲要》、范文澜《中国通史简编》)。一种认为,李德裕政绩突出,其政策具有进步性;牛党则保守乃至反动(见胡如雷《唐代牛李党争研究》,载《历史研究》1979年第6期;傅璇琮《李德裕年谱》、《李商隐研究中的一些问题》,载《文学评论》1982年第3期)。至于牵涉到中晚唐文士、作家与牛李党争关系的论文专著更多。台湾亦有《牛李党争与唐代文学》(傅锡壬著,东大图书公司印行)等专著。中国唐代文学学会主办的《唐代文学研究年鉴》,曾于1984、1988年号两次综述关于这个问题的研究概况,可供参考。

〔6〕 均见李肇《唐国史补》卷下。

第五章　古文运动

骈文在齐梁时代已在文坛占有统治的地位，到唐朝仍具有继续发展的趋势。不过，对抗骈文发展的古文运动在唐朝却也逐渐发展起来。唐朝古文运动的先驱人物，自陈子昂以后，有萧颖士、李华、颜真卿、贾至、元结、独孤及等人，他们作为先驱者的业绩，上卷已经叙及。紧接着他们之后出现的又一批重要的古文作家是柳冕、梁肃、权德舆、欧阳詹、李观、韩愈、柳宗元、吕温、刘禹锡、白居易、元稹、李翱、皇甫湜等人。这批作家以他们的创作与理论使古文运动终于进入成熟与兴盛的时期。其中，韩愈与柳宗元是杰出的代表，而韩愈更是这一运动的中心人物。本章将叙及韩、柳等人，但关于韩、柳这两大古文作家的较为详细的论述，又另有专章。至于吕温、刘禹锡、白居易与元稹等四人，他们在古文上的成就以下另叙，在本章里不涉及。

第一节　柳冕、梁肃、权德舆、欧阳詹与李观

柳冕、梁肃与权德舆开始活动于韩愈稍前，欧阳詹、李观则与韩愈大致同时而早卒；而在前面的三人中，最早开始活动的当是柳冕，然后才是梁肃与权德舆。

柳冕(？—804？)[1]，字敬叔，河东(今山西永济市)人。大历年间为右补阙、史馆修撰。建中元年(780)德宗贬刘晏，他因受牵连也被贬为巴州司户。贞元初，还为太常博士。后以吏部郎中出为婺州刺史。贞元十三年至二十年任福州刺史，充福建观察使。原有集，已佚，今《全唐文》存文十四篇。

柳冕出身于一个史官家庭，父亲柳芳撰述过国史，他自己也做过史官，《旧唐书》本传称他"文史兼该"。骈文的缺点之一是不宜于叙事，骈文兴起后撰史书于论赞外仍须用散文；而如陈隋唐初姚察、姚思廉父子撰《梁书》与《陈书》，甚至论赞也多用散文。史家有不废古文的传统，柳冕作古文，提倡"古人之文"(《与徐给事论文书》)，也是史家传统影响于他的表现。后来韩愈特别推崇司马迁，则又说明了史家的杰出成就对于古文运动发生过怎样巨大的作用。

现存柳冕的文章多数是以书信体写的文论，他是一个鼓吹古文的理论家。他的理论纯是儒家的文学理论，主张文道结合，十分注意反对"道不及文"、"文不知道"。针对当时"文多道寡"的现实情况，他更为强调"道"，但他以为最为理想的还是既有"道"，又有"文"。他觉得他自己所欠缺的正是"文"，为此一再引为遗憾。《答荆南裴尚书论文书》说："夫君子之儒，必有其道，有其道必有其文。道不及文则德胜，文不知道则气衰。文多道寡，斯为艺矣！语曰：'文质彬彬，然后君子。'兼之者斯为美矣。昔游夏之文章，与夫子之道通流，列于四科之末，此艺成而下也。苟言无文，斯不足征。小子志虽复古，力不足也。言虽近道，辞则不文，虽欲拯其将坠，末由也已。"这类议论，在他的其他文章中都反复申述过。他的理论，正是韩愈古文理论的先声。

但是，柳冕所提倡的"道"是纯而又纯的，因而合乎他的标准的古人就少而又少了。《答徐州张尚书论文武书》说："文而知道，二者兼难;兼之者大君子之事。上之尧、舜、周、孔也,次之游、夏、荀、孟也,下之贾生、董仲舒也。"在《与徐给事论文书》中,屈、宋、杨、马、曹、刘、潘、陆等等,一概都被否定了。《答孟判官论宇文生评史官书》意思还是为司马迁辩护的,但说司马迁"虽不得圣人之道,而继圣人之志;不得圣人之才,而得圣人之旨",也不过是贬而后才褒的。柳冕对文学发展历史的评价,最为偏颇,比起梁肃、韩愈等人来都要偏颇得多。柳冕的文学观,是很狭隘的。

梁肃(753—793),字敬之,一字宽中,新安(河南今县)人[2]。幼时逃难旅于吴越。建中元年(780)登文辞清丽科,授太子校书郎。后杜佑辟为淮南掌书记。贞元五年(789)召为监察御史,转右补阙、翰林学士、皇太子诸王侍读。原有集三十卷,已失传,其文收于《全唐文》,编为六卷。

梁肃写古文,曾得独孤及传授,所以也很尊崇两汉散文。不过梁肃认为两汉的文章又有两种不同的文风,他作《补阙李君前集序》说:"炎汉制度,以霸王道杂之,故其文亦二:贾生、马迁、刘向、班固,其文博厚,出于王风者也;枚叔、相如、扬雄、张衡,其文雄富,出于霸途者也。"以他自己的古文作品来说,大约如《通爱敬陂水门记》、《观石山人弹琴序》等,是学的博厚;如《盐池记》,则是学的雄富。但梁肃不是才思富赡的作家,所以近于雄富的文章很少见。

崔恭作《唐右补阙梁肃文集序》(《全唐文》卷四八〇),以为梁肃不具有"留心济世"的政治家的资质,而与魏晋间人皇甫谧志趣相仿佛。皇甫谧撰《高士传》,梁肃也爱慕高士,有《四皓赞》、《汉高士严君钓台碑》、《梁高士碣》等文。崔恭文中又强调梁肃"心在一乘,故叙释氏最为精博"。梁肃是佛教天台宗荆溪大师湛然的弟子,他所撰写的《天台法门议》、《止观统例议》、《维摩经略疏序》、《台州隋故智者大师修禅道场碑铭》等文,阐述与宣扬天台宗教义,都不遗馀力,也确实是既精且博。梁肃的古文作品,很多都成为崔恭所谓"释氏之鼓吹、诸佛之影响"的工具。在此之前的古文作家中,几乎再也没有比他更为佞佛的了。

权德舆(759—818),字载之,天水略阳(今甘肃秦安县东北)人,徙居润州丹徒(今江苏镇江)。十五岁时即已为文数百篇,编为《童蒙集》。后唐德宗征为太常博士,转左补阙。唐宪宗元和五年(810),累升至礼部尚书、同中书门下平章事,参预朝政。今存《权载之文集》五十卷。

权德舆的文章,《旧唐书》本传评为"雅正而弘博",说是"王侯将相洎当时名人薨殁,以铭记为请者什八九"。所以在他的文集中,大量的自然是碑铭、墓志与行状。在这一方面,他可算是宗匠大师。但是,《新唐书》本传又指出他有"善辨论"的特点,所以他又能写出《两汉辨亡论》、《答客问》、《酷吏传议》、《世祖封不义侯议》这样一些好文章。其中《两汉辨亡论》以为亡西汉的是张禹,亡东汉的是胡广,"皆以假道儒术,得伸其邪心,徼一时大名,致位公辅,词气所发,损益系之,而多才善柔,保位持禄,或陷时君以滋厉阶,或附凶渗以结祸胎";指出他们所造成的危害,远远超过了王莽与董卓。这样的眼光是深刻的,见解是独到的。不但持论正大,而且笔力雄健,鼓气而不类于怒,言理而不伤于懦。批判以学术为外衣的封建官僚,能击中要害,十分尖锐,确是一篇难得的杰作。

皇甫湜作《谕业》评论诸家的文章,是把权德舆的文章比喻做"朱门大第",以为"气势宏敞,廊庑廪厩,户牖悉周,然而不能有新规胜概,令人竦观"。一般说来,这一评论是准确的,不过如《两汉辨亡论》等文,却也有"新规胜概",足以"令人竦观";见不到这一点,也未免失之片面。

梁肃与权德舆在年岁上稍长于李观、韩愈等人,所以李观、韩愈等人曾经共游梁肃之门,向梁肃请教。欧阳詹、李观与韩愈同时进士及第,那一科还是由梁肃参与阅卷的。权德舆自贞元至元和三十年间,在政治上较为活跃,地位也较高;梁肃则在文坛上更为人重视,影响也较大一点。不过,梁肃给予古文运动主要人物韩愈的影响却又很有限,原因就在于他是佞佛的,而韩愈却要把这一运动引向一个与此完全相反的方向。

欧阳詹,字行周,泉州晋江(今福建泉州)人。贞元八年登进士第,贞元十五年为国子监四门助教,约贞元十八年(802)卒,年四十馀。今存《欧阳行周文集》十卷。

欧阳詹是韩愈的挚友,他去世后,韩愈作《欧阳生哀辞》说:"其文章切深,喜往复,善自道,读其书,知其于慈孝最隆也。"这是很为精当的评论。欧阳詹虽然很早就有名气,但他"五试于礼部,方售乡贡进士;四试于吏部,始授四门助教",而且"一生不睹高衢远途"(欧阳詹《上郑相公书》);他所撰写的书、序,其中有些叙及自己的经历,确很感人。他又作《南阳孝子传》与《甘露述》以表扬孝子,不过后者是表现得过于愚妄了。比较突出地具有"切深"而又"喜往复"的特点的,应该是《吊九江驿碑材文》。这篇文章叙述一块碑材由贱而贵、复由贵而贱的曲折经历,写出一个美好事物如何遭受妄人毁灭的悲剧,寓意非常深刻,是欧阳詹的代表作。在当时的古文创作中,他以这样的作品显出独具特色。

李观(766—794),字元宾,其先陇西(今属甘肃)人,徙居江东(今安徽芜湖以下长江南岸地区)。贞元八年(792)登进士第,同年又中博学宏词科,授太子校书郎。年二十九卒。后世陆希声等辑有《李元宾文集》六卷。

李观为文,喜爱评论历史人物。《辨曾参不为孔门十哲论》、《大夫种铭》、《项籍碑铭》、《周苛碑》、《晁错论》、《古受降城铭》、《赵壹碑》等等,都见解深刻,时有新意。如说曾参"乃孝其孝矣,非孝也",又如批评汉武帝"何必征而降之,降而城之",就很令人注目。至于写得有血有肉,深沉感人的,却是《吊监察御史韩弇没蕃文》与《泾州王将军文》。这两篇作品悼念忠魂,批评时事,抒情与议论相结合,从中表现出爱国精神,最能代表李观的古文成就。

晚唐陆希声作《李元宾文集序》比较李观与韩愈的古文说:"文以理为本,而辞质在所尚。元宾尚于辞,故辞胜其质;退之尚于质,故质胜其辞。"又说文章发展"至退之,乃大革流弊,落落有老成之风;而元宾则不古不今,卓然自作一体,激扬超越,若丝竹中有金石声"。所谓"不古不今",换言之也就是"亦古亦今",这是说李观为文与韩愈不同,他是倾向于把先秦、两汉与魏、晋、宋、齐、梁、陈、隋以至初唐这两个历史时期的两种不同的文风融合在一起,并且推陈出新、创造出自己的风格。这样,他的古文就好像是以丝竹合着金石一样,奏出了动听的音乐。

李观长韩愈两岁而早卒,他去世时韩愈的重要作品尚未产生。韩愈后来作《送孟东野序》说:"唐之有天下,陈子昂、苏源明、元结、李白、杜甫、李观,皆以其所能鸣。"李翱作《与陆傪书》也说:"观也虽不永年,亦不甚远于扬子云矣。"这都是承认李观在当时文坛上的突出地位。古文创作后来又由韩愈、柳宗元取得辉煌的成就,那是他去世之后的事情。《新唐书·文艺传》评述说:"观属文,不旁沿前人,时谓与韩愈相上下。及观少夭,而愈后文益工,议者以观文未极,愈老不休,故卒擅名。"所说不无道理,李观可以看做是文学史上一个夭折的文豪。

唐朝的古文运动从陈子昂发展到元结、独孤及，已经由细流变成巨流。嗣后柳冕、梁肃、权德舆、欧阳詹与李观等人又推波助澜，预示出这一运动即将迎来它的高潮。可以设想，如果韩愈的同辈友人李观与欧阳詹不早逝，古文运动在它的高潮时期必会更加丰富多彩。

第二节　古文运动的高潮

梁肃卒于贞元九年，李观卒于贞元十年，他们两人的相继去世，可以看做是古文运动前一阶段的结束。自此以后，即自贞元十一年（795）起，直至长庆四年（824）韩愈去世时止，这三十年期间，就是古文运动的高潮阶段了。活跃在这个高潮阶段的古文作家很多，杰出的首先是韩愈，其次是柳宗元。韩愈的古文创作虽然开始得较早，但他的重要作品却都是产生在这三十年里。柳宗元的古文创作活动则几乎自始至终都是在这一时期里进行的。

作为对抗骈文发展的古文运动的历史，如果是从西魏大统十一年（545）宇文泰命苏绰撰《大诰》（《周书》卷二三）作为文章的程式算起，则自那时发展到迎来运动的高潮，当中足足经历了二百五十年的时间。古文是指的往古以来的散文形式。在骈文形成以前，自然只有散文；在骈文兴起以后，散文创作也并未绝迹，优秀的散文作品仍时或可见。因此，古文是拥有悠久的传统与丰富的遗产的。而另一方面，骈文作品又相当普遍地表现出浮艳纤巧、空虚贫乏的倾向。既然是这样，为什么古文运动又必须要花去漫长的时间才能形成高潮，取得卓著的成效呢？当然，骈文这种艺术形式所造成的对称美，是它在古代中国文学史上能够不断地得到发展的重要原因之一。但它甚至能够在一个较长的时期内压倒散文,抗住古文运动,显然还有其他一些重要的原因。

北方文风质朴,南方文风浮丽,骈文是在南朝这样的适宜它生长的土壤上繁荣起来的。由于北方士人也承认南朝是华夏正统所在,在文学上不免也很欣羡南朝作家的成就,于是骈文也在北方风靡开来。北朝的统治集团,在文风的问题上则有两种截然相反的态度。一种是扶助北方的质朴文风来对抗南朝的浮丽文风,宇文泰与苏绰是这样,后来隋文帝与李谔也是这样。另一种是提倡浮华靡丽,要以南方文风来统一南北文苑,隋炀帝就是一个典型的代表。隋炀帝自己是文学家,喜爱而又擅长的正是靡丽之文。隋文帝要求"天下公私文翰并宜实录"(《隋书·李谔传》)的诏令,到隋炀帝时代自然就失效了。隋炀帝在文风问题上的方针,为唐太宗继承下来。唐太宗功业雄卓,为文却也要学庾信。骈文经唐太宗亲自提倡,声势更加浩大,应用极为广泛,当时文士要进入仕途,能作骈文是起码必有的本领。隋、唐帝室来自北方,与鲜卑贵族存在千丝万缕的联系,他们在统一中国后要表明自己确有资格成为华夏正统的继承者,首先就有必要表明自己确是南朝文化的继承者[3]。隋炀帝与唐太宗都很懂得这个道理。古文运动之所以发展迟缓,在它的初期一百多年时间以内甚至会一再停顿下来,原来是有深刻的政治上的原因的。然而到中唐时代,唐朝帝室作为华夏正统继承者的地位早已为人所公认,这个问题就不存在了。政治上的阻力既已大为减弱,古文运动才有可能得到迅速的发展。

苏绰撰《大诰》,模仿《尚书》的文体,这是矫枉过正。这种早已死去的语言与形式,其实并不比骈文更切实用,所以远不及庾信的文体得人喜爱。李谔上书隋文帝请正文风,但他的那封奏章大体仍是一篇骈文,足见他所要求的又只是枝节的改良。按照这样的做法,散文当然仍不会得到复兴,文风的浮丽也就不可能得到根本的纠正。因此,苏绰与李谔的两次尝试都遭到失败,更是不足为怪的。后来陈子昂提出"汉魏风骨",独孤及与梁肃主张师法两汉文章,而从陈子昂到李观,在大量的创作实践中都表现出刻意为高标准的古文,显然是比运动初期的苏绰与李谔前进了许多。不过对于汉魏散文来说,骈文是新体,自齐梁时代以来即以它的新颖的形式在文坛取得统治的地位,而且以它的某些优秀的作品在文学史上放出异彩,赢得广大读者的喜爱,因此,古文运动如果只知取法汉魏,重弹老调,仍是难以与它对抗的。古文运动号召复古,这是可以的,也是必要的,但在实质上又必须有所创新。只知复古,不知创新,缺乏时代的气息,就不能赋予古文以新的生命,古文就终将死去,正如《尚书》的典谟训诰之类的文体曾经死去的一样。

古文运动必须创造出新的散文艺术,这一历史任务是在韩愈与柳宗元写出了他们的重要作品之后才得以完成的。韩愈与柳宗元两人可说都是古文创新的大师,不过他们的创新又有所区别。

韩愈学古文,"口不绝吟于六艺之文,手不停披于百家之编"(韩愈《进学解》),是广泛地而且勤奋地钻研过先秦两汉的典籍的,其中尤其推崇西汉司马迁、司马相如与扬雄的作品。但是,韩愈又认为,学习古人固然是必要的,而摹拟古人却是错误的,所以他自始至终都在反对摹拟,提倡创新。大约在贞元十七年,他作《答李翊书》,说到他创作古文从一开始就是以"惟陈言之务去"为目标;元和年间作《答刘正夫书》,主旨也是说为文必须"能自树立";晚年作《南阳樊绍述墓志铭》,又一再强调"词必己出"。韩愈的古文创作,确实充分实践了他自己的主张,足能使人耳目一新。与他以前古文运动中所有的作家比较起来,他是最富有创造才能的了。创新当然是十分艰巨的劳动。在《答李翊书》里,韩愈说到他以务去陈言为目标,文思是经历了"戛戛乎其难哉"、"汩汩然来矣"这样两个阶段,而每个阶段都花去若干年的时间,才终于到达"浩乎其沛然矣"的境界。创新又是十分需要勇气的行为,因为在一般人的眼中,新的也就是奇怪的,而奇怪的也就是可笑的。不能抗住非议讥评,创新势必会夭折,然而韩愈是能够抗住的。《答李翊书》说到他因努力于务去陈言而遭到人们的非笑,他的态度起初是"不知其非笑之为非笑",后来是"笑之则以为喜,誉之则以为忧";到最后他差不多已经达到了成功的地步,但仍不为人所取,则抱定"用则施诸人,舍则传诸其徒,垂诸文而为后世法"的主意。可以说再也没有比他更为勇敢更为坚定的了。韩愈以前古文运动中的作家,不要说都没有充分认识到创新的重要意义,即使能够认识到,也未必肯像韩愈那样下苦功;即使肯下苦功,也未必会像韩愈那样敢于抗住人们的非笑。古文运动必须要在继承古文传统的基础上创造出一种新的完美的散文形式,才足以抗住骈文,恢复散文这一文体在文学上的重要地位,这一历史任务韩愈完成得很好。而在此之前的所有的先驱者,最多也只不过是做了一些探索与准备的工作。

《旧唐书》本传评韩愈说:"愈所为文,务反近体,抒意立言,自成一家新语。"韩愈所创的散文新体,确实是与骈文完全对立的。对于骈文,韩愈几乎不把它放在眼里。《答李翊书》自称"非三代两汉之书不敢观",固然未免言过其实,但他瞧不起骈文以至全部六朝文学,却也是事实。但是,骈文作品并非全无可取之处,六朝文学也自有其成就,如果在古文的基础上适当地从中吸取一些有益的成分,使南北两种不同的文风得到结合,是也可以创出一种散文新体的。这样的工作韩愈不屑去做,在当时最适合于去完成这一任务的就是柳宗元。

早在唐初,已有不少人提出过融合南北文风的主张。魏徵等撰

《隋书·文学传》,序说:"江左宫商发越,贵于清绮;河朔词义贞刚,重于气质。气质则理胜其词,清绮则文过其意;理深者便于时用,文华者宜于咏歌,此其南北词人得失之大较也。若能掇彼清音,简兹累句,各去所短,合其两长,则文质斌斌,尽善尽美矣。"在一个统一而且繁荣的国家里,南北文风融合本来是自然的趋势。不过从唐代文学发展的情况来看,这样的融合在诗歌里要比在散文里更早地得到实现。在盛唐时代,李白与杜甫的诗已经完全达到了文质彬彬的理想境界,而与他们同时代的古文作家却与这样的境界还有一段不小的距离。后来到贞元前期,李观曾从这方面作过努力,取得一些新的成就。所谓"不古不今"、"若丝竹中有金石声"云云,正是指这种情况而言。可惜李观早逝,他的作品毕竟还不能说是十分成熟的。

柳宗元比韩愈年轻五岁,开始从事古文创作也比韩愈晚。《答韦中立论师道书》自述:"始吾幼且少,为文章,以辞为工。及长,乃知文者以明道,是固不苟为炳炳烺烺,务采色,夸声音而以为能也。"足见柳宗元最初在文学上不免也很趋附时风,不像韩愈那样从一开始就是"非三代两汉之书不敢观,非圣人之志不敢存"的。当贞元十七年左右韩愈作《答李翊书》自述已在古文创作上取得成功的时候,柳宗元所作的古文有些还未摆脱骈文的羁束。他真正从骈文的枷锁下解放出来,认真去做在仕途上用处不大的古文,看来还是从他被贬到炎荒才开始的。然而,务采色,夸声音,炳炳烺烺,以辞为工,这些却是他素所擅长的,不过自此以后只是在古文创作中被作为艺术手段而运用罢了。方苞《书柳文后》以为柳文"杂出周秦汉魏六朝诸文家",这虽是贬词,却说得很准确。对于魏晋六朝文学,韩愈拒绝向它学习与借鉴,其实是一种偏激的态度;柳宗元则在予以批判之后又从中吸取精华,作为营养,应该是有益无害的。韩愈是坚决要保持北方文风的纯洁性,不过他能以自己的杰出创造去提高、丰富与充实北方的文风;柳宗元则是要顺应自然发展的趋势,使南北文风的融合也在散文领域里最后获得成功。柳宗元融合南北文风创作的古文作品,可以"永州八记"为代表。这种作品就不可能出之于韩愈的笔下,比之于李观的文章,则更显得文质彬彬,真正是达到了尽善尽美的地步。

韩愈的古文首先以独创性开辟出一个新的境界,柳宗元的古文跟着又以融合南北文风开辟出另一个新的境界。至此,古文运动才在艺术上取得足能抗住骈文的巨大的成功。

但是,古文运动如果只在艺术上取得成功,而在思想上却没有强大的号召力的话,那么,就仍不能迎来它的高潮。只凭一定的文学形式,不可能在文学史上形成这样一个有力的运动。古文运动是文体、文风与语言的改革运动,同时又是思想斗争运动。在中国文学史上有过两次重大的文体、文风与语言的改革运动,一次是这里所说的古文运动,另一次是现代的白话文运动。这两次文学上的运动都与当时的思想斗争运动相表里,彼此紧密得不能分割开来。

魏晋以来骈文兴起,逐渐在文坛占据统治地位。从思想史上来考察,伴随骈文发展这一过程的,是玄学、佛教与道教的泛滥。到唐朝,玄学倒是已经成为历史的陈迹,道教的泛滥却还在持续,佛教则更是声势浩大。道教尊崇老子,实际上与老子之学没有多大的关系,它的思想比较贫乏。佛教的创始者释迦牟尼算是对宇宙与人生作过观察与思考的;而自释迦以后,自天竺而至中国,自东汉而至唐朝,它已造出一套庞大、精细而又烦琐的宗教哲学思想体系,并且也有了一些适合中国人口味的变化,足以俘虏中国的很多士人,以致在思想领域越来越具有权威。但是,佛教毕竟是与中国的传统学术思想,特别是与儒学在根本上是对立的,同时僧侣地主经济也早已对封建国家财政与世俗地主阶级构成很大的威胁,所以它又一直受到猛烈与深刻的批判,有时甚至遭到朝廷严厉的取缔,即所谓"灭佛"。现在古文运动既然号召复古,要直接继承与发扬先秦两汉的光辉传统,而且一定要在思想上有突出的建树,因此,很为自然地,势必也要把批判的矛头指向佛教,而不能限于批判骈文这一文体;势必也要以另一种思想代替佛教占据思想领域的权威地位,而不能限于以散文代替骈文占据文学领域的统治地位。在当时的历史条件下,可以用来批判佛教而且代替佛教在思想领域占据权威地位的思想体系,只可能是儒学。古文运动之所以终于又成为一个儒学复兴运动,其原因就在这里。佛教的唯心主义宗教哲学是与真理背道而驰的,极端谬误的。诚然,在有些问题上它也确实接触到了真理的边缘,也有一些可取之处,不过它又总是立刻从真理的边缘朝着相反的方向滑入谬误的轨道,而且愈走愈远,再不回头。总的说来,佛教各宗派无不坚持神不灭论,无不以为人的个体的意识、灵魂都是永恒流转如川流不息一样,生死轮回,因果报应,苦不堪言,因而只有求得从轮回中解脱出来,才能永远安乐。这样的教义,特别是其中的因果报应之说,是把现实世界中的种种问题全部都取消掉了。因此,佛教的广泛流行对于人民与社会必然要造成巨大的危害。儒家思想则无论它有多少可以批判之处,比起佛教来却要健康得多,对于当时的人民与社会也有益得多。古文运动在思想上发展到具有复兴儒学以批判佛教的鲜明倾向,这样的趋势应该承认很有进步的意义,决不能说它是反动的或者保守的。

唐代古文运动在它的高潮到来之前,确实也一直打着儒学的旗帜。但是,有些古文作家不免又佞佛。而且,从陈子昂直到李观,在思想上完全没有一点佛教印痕的古文作家,实在很少见。同一个作家在一些文章里述圣道、扬儒风,在另一些文章里又崇释氏、演佛说,这样的现象倒相当普遍。很多人如此自相矛盾,从未认识到佛教是儒学当前的大敌,所以古文运动早已打出的复兴儒学思想的旗帜,一直并不鲜明,也一直未曾起到振聋发聩的作用。这样的情况,是到韩愈奋起才得到根本的改变。

古文的形式,可以用来宣传儒学,也可以用来宣传佛教,不问内容如何,只求运用奇句单行的散体形式,这不过是为古文而古文。针对以往古文运动中这种形式主义的严重偏向,韩愈创立了必须以古文兴儒反佛的理论。他的理论中最为重要的是这样两点:(一)学古文的出发点应是"学古道","古道"是古文的内容,它比古文的形式更为重要。《题欧阳生哀辞后》说:"愈之为古文,岂独取其句读不类于今者邪?思古人而不得见,学古道,则欲兼通其辞。通其辞者,本志乎古道者也。"这是把他的这一基本观点反复地阐述得再也明确不过了。(二)"古道"是古圣贤人之道,最主要的就是指孔孟的仁义学说思想。他以为一般所谓"道"或"德",还都是"虚位",即抽象的范畴。儒、佛、道三家都在使用这样的范畴,各自赋予的涵义却很不相同,必须把它们严格地区别开来。所以《原道》说:"博爱之谓仁,行而宜之之谓义,由是而之焉之谓道,足乎己无待于外之谓德。仁与义为定名,道与德为虚位。故道有君子小人,而德有凶有吉。"韩愈的理论,鲜明而尖锐。利用古文的形式同时宣传儒佛思想的作家,在古文形式与古文内容的关系、儒佛思想的区别这些问题上的认识,原是模糊不清的,自相矛盾的,牵强附会的,甚至是自欺欺人的,韩愈的理论是要使他们清醒过来,摆脱佛教的纠缠,坚持儒学的立场。对于其他同时代的古文作家,韩愈是以他的理论的力量与创作的成就,把他们号召在兴儒反佛的旗帜下,共同把古文运动推进到高潮。韩愈掀起的这次古文运动的高潮,在思想领域里是使佛教遭到一次严重的打击。自此,佛教才开始走向下坡路,古文运动因而获得空前的胜利,在历史上作出重大的贡献。

然而,当韩愈在古文运动中高举起兴儒反佛的旗帜的时候,柳宗元却唱起了"统合儒释"的反调,而且以古文写出许多宣扬佛教的作品。柳宗元精于儒学,不下韩愈;邃于佛理,甚至超过梁肃。他中佛毒很深,有时简直进入了昏迷的状态,比起梁肃来也有过之而无不及。所谓"统合儒释",无非仍是李华、独孤及、梁肃以来混同儒佛的那条思想路线,只不过他是更为自觉地更为明确地予以理论化罢了。柳宗元的理论,一经韩愈批判,立即显得破绽百出,一点也经不起推敲。古文运动中韩柳并称,那是因为柳宗元确实也写了不少无涉于佛理的古文杰作,在创作业绩上足以与韩愈相抗衡。但如果没有韩愈,柳宗元即使以加倍的努力,也不可能掀起一个古文运动的高潮。古文运动没有一面鲜明的战斗的思想旗帜,基本上仍将处于停滞不前的状态。

第三节 李翱与皇甫湜

韩愈不仅敢于高举兴儒反佛的旗帜,而且敢于抗颜为人师,传道授业,能把一群与他同龄的和较为年轻的作家吸引在他的周围,以各种方式给予他们以深刻的影响,使他们在古文运动的高潮中能与他并肩战斗。柳宗元的旗帜不鲜明,又不敢公然为人师,加之以长期被贬在炎荒,远离政治与文化的中心地区,所以他对同时代青年作家的影响远不能与韩愈相比。

经柳宗元指引的进士,并不见有名的古文作者。向他请教过的年轻一点的友人,也只有吴武陵还能写出很好的古文[4]。一篇《遗吴元济书》,指陈利害,确是警悚异常。但经韩愈培养的战士,其中却有李翱与皇甫湜作为有所成就的重要的古文作家在文学史上占有一定的地位。其次又有樊宗师、张籍与李汉[5],不过他们三人的古文作品只有极少数得以保存至今。其中张籍主要是诗人,古文今仅存两篇,以下另章将附带叙及。李汉的功绩主要是后来搜集了韩愈的遗文,编成文集,并且写了一篇很有见地的序文。他还有一篇《仆射不当受中丞侍郎拜议》,意义不大,无须赘说。樊宗师倒是较为重要,情况也特殊,当于下节专述。这一节只叙李翱与皇浦湜。

李翱(774 或 773—836[6]),字习之,自称陇西人。贞元十四年(798)登进士第,授校书郎。元和初,为国子博士,史馆修撰。在唐文宗大和年间,历任要职。大和九年(835),为襄州刺史,充山南东道节度使。今存《李文公集》十八卷,《补遗》一卷。

李翱在贞元十二年结识韩愈,后来又成为韩愈的侄婿、深受韩愈的影响,在古文运动中是韩愈的战友,韩愈古文的主要继承人。

韩愈强调独创,李翱也强调独创。他作《答朱载言书》,着重指出"六经"之词、屈原与庄周的作品,无论创意造言,都是各具特色的,互不雷同。韩愈倡导务去陈言,李翱把此点更发挥到极致。他说:"假令述笑哂之状曰莞尔,则《论语》言之矣;曰哑哑,则《易》言之矣;曰粲然,则谷梁子言之矣;曰攸尔,则班固言之矣;曰囅然,则左思言之矣。吾复言之,与前文何以异也。"文学创作当然不可避免地要运用前人留下来的艺术遗产,包括前人所创的词汇,但要求作者要以自己的创造去丰富文学的宝库,始终都是必要的,否则文学的财富就不能有所增加,而文学的历史也就不能向前发展了。所以从根本的精神上来说,李翱此论,并不为过。李翱自己写得最好的文章是《题燕太子丹传后》、《与陆俦书》,这两篇短文全是神来之笔,奇妙莫测,令人不可思议,确实是实践了他的理论主张,富有艺术创新的意味,足能与韩文相媲美。李翱的其他文章,有不少仍是很好的,不过还都没有达到如此使人惊听的程度。陈振孙《直斋书录解题》说："习之为文,源委于退之,可谓得其传矣,但其才气不能及耳。"但才气并非全出于天赋,如韩愈的才气就可说主要是从艰苦锻炼中获得的。李翱所写艺术成就最高的文章表现出他也有才气,所缺少的恐怕正是艰苦的锻炼。《答皇甫湜书》自称他的《高愍女碑》、《杨烈妇传》不在班固、蔡邕之下,实际上这样的碑传远不能与《汉书》里最好的文章相提并论。稍有成就,便沾沾自喜,大言不惭,自许太过,又怎么肯去下苦功呢？李翱学韩愈,并不处处都学,在下苦功这一点上看来就没有去学,所以他终于不能像韩愈那样攀登上古文艺术的高峰。

韩愈强调学古文的出发点应是学古道,李翱《答朱载言书》也说："吾所以不协于时而学古文者,悦古人之行也；悦古人之行者,爱古人之道也。"与韩愈的理论完全一致。不过他在《寄从弟正辞书》里又说："夫性于仁义者,未见其无文也。"却是强调得过了头。照这样说,只要有了仁义之道,也就有了"文",文不文就都是无足轻重的了。其实,《答朱载言书》里本来是这样说的："义虽深、理虽当、词不工者不成文,宜不能传也。"可见在"文"与"道"的关系上,他的认识还是有自相矛盾之处,不能像韩愈那样始终辩证地把这两者统一起来。李翱只能偶尔写出一两篇艺术成就极高的古文来,不肯在古文艺术上多下苦功,与他多少有点轻视古文艺术的思想,也不能说完全没有关系。

韩愈据儒学反佛,李翱作《去佛斋论》、《与本使杨尚书请停率修寺观钱状》、《再请停率修寺观钱状》等文,也据儒学反佛。他以为"佛法害人,甚于杨墨","浸溺人情,莫此之甚",反佛的态度是坚决的。佛徒说李翱曾向药山惟俨禅师问道,因而转宗释氏,那是造谣。《四库全书总目》说得很好："亦如韩愈大颠三书,因其素不信佛,而缁徒务欲言其皈依,用彰彼教耳。"不过《去佛斋论》里倒是有这样的见解:"惑之者溺于其教,而排之者不知其心,虽辨而当,不能使其徒无哗而劝来者,故使其术若彼其炽也。"看来李翱为要在论战中战胜佛徒而去研究佛教,大约是事实。李翱作《复性书》,以为性善情恶,主张灭情复性,也显然是在《中庸》的心性学说的基础上吸取了佛教的见性成佛说。谈性是佛徒所长,所谈的与儒学中某些唯心主义的观点也有相通之处,完全不去理会似乎不足以穷尽性命之道,也不足以令佛徒信服。但《复性书》认定必须制礼作乐才能达到灭情复性的目的,又强调要从格物致知做起,逐步经历诚意、正心、修身、齐家、理国等阶段而完成平天下的事业,却是与佛教的出世哲学完全对立的。可见吸取佛说,用意是要使儒学具有足够的力量排斥掉佛教。不过,这样做去的结果当然是把更多的更为高度发展的唯心主义引进了儒学。后来宋朝的理学家有不少沿着李翱的这条道路走下去,确实达到了在哲学思想领域里排斥掉佛教的目的,但儒学的唯心主义思想也随之发展了起来。

韩愈《原性》论性情,以为性有上中下三品,情也有上中下三品,上品为善,下品为恶;这与李翱据佛学而提出的性善情恶说完全不同。《原性》又以为在一个人的身上,性与情两者不是对立的,而是统一的,彼此相应的。性是哪一品,情也相应地会是哪一品;反之,情是哪一品,性也相应地会是哪一品。所以说:"性之于情视其品。"反过来又说:"情之于性视其品。"所谓性善情恶,这在韩愈看来,是以上品之性而发下品之情,应为不可能出现的怪事。《复性书》下篇明说:"吾之生二十有九年矣。"当是作于贞元十七八年,看来有可能是在韩愈著成《原性》之前的论著。《原性》篇末"今之言者,杂佛老而言也"云云,也许正是针对李翱发出的讥评。李翱吸取佛说,韩愈恐怕是很难容忍的。

皇甫湜，字持正，睦州新安（今浙江淳安县）人。元和元年（806）登进士第，为陆浑尉。元和三年与牛僧孺、李宗闵等登制举贤良方正能直言极谏科，但因三人的对策指陈时政，触怒权要，以致考官遭贬，三人也都被斥。后任工部郎中。大和八年（834）裴度为东都留守至洛阳后，辟为判官。今存《皇甫持正文集》六卷，《补遗》一卷。

皇甫湜论文，主张"怪、奇"。《答李生第一书》说："夫意新则异于常，异于常则怪矣；词高出于众，出于众则奇矣。虎豹之文，不得不炳于犬羊；鸾凤之音，不得不锵于乌鹊；金玉之光，不得不炫于瓦石。非有意先之也，乃自然也。"实际上所谓"怪、奇"，指的就是创新。虽然称之为"怪、奇"，但又须是自然的，不是有意造作的。"奇"与"正"对立，但又可以使两者统一起来。《答李生第二书》以为"文奇而理正"最难做到，也最为理想，所以说："以非常之文，通至正之理，是所以不朽也。"这些理论，大致都与韩愈相合。不过在与李生的讨论中，皇甫湜也暴露出他在理论上是把"怪、奇"强调到过了头。李生以为松柏并不奇艳，取以比喻文章。《答李生第三书》反驳说："凡比必于其伦。松柏可比节操，不可比文章。大人虎变，君子豹变，此文章比也。"但以松柏比文章，其实是完全可以的，问题只是怎样去看松柏，又怎样去比文章。松柏常青不凋，不畏岁寒，在这一点上其他那些奇花异木都不能与之相媲美。这是不奇而真奇，不艳而真艳。李生与皇甫湜可说都没有认识到松柏的真正品格。李生以为松柏是凡品，皇甫湜也以为松柏是凡品。他们不知道文章果然能如松柏那样不奇而真奇，不艳而真艳，那才是绝好的文章。皇甫湜一味强调虎豹之文，鸾凤之音，金玉之光，自然难免要有意为奇，也难免要流于浮艳。从他的创作实践来看，如短论《公是》、哀辞《悲汝南子桑》等文，或意新，或词高，不奇而奇，很为自然，是很好的文章，也是他对古文运动所作的可贵贡献。但在另一部分作品里，确实也存在因追求怪僻而雕琢过甚以致格格不能达意的缺陷。比如"号猿贯虱,彻札饮羽,必非一岁之抉拾;仰马出鱼,理心顺气,必非容易之搏拊"(《谕业》)之类的形容,真是奇怪到令人费解了。

皇甫湜颇为留心政治,也敢于对时事提出批评。在元和三年科场案中同时被斥的三位应试者之中,只有他的对策保存了下来。这篇策论涉及的问题很多,如其中有一点是说:"夫褒狖亏残之微,褊险之徒,皂隶之职,岂可使之掌王命,握兵柄,内膺腹心之寄,外当耳目之任乎?"矛头指向掌握权要的宦官,锋芒确是尖锐的,虽然还不像二十年后刘蕡对策的危言竦论那样使人惊心动魄[7]。他又作《论进奉书》,反对税外加税的弊政,也表现得很有直谏的作风。古文作家大都能忧国忧民,皇甫湜同样具有这样的精神。

韩愈致力于反对佛老,皇甫湜也是他用心培养的战士之一。韩愈《与孟尚书书》说:"籍、湜辈虽屡指教,不知果能不叛去否。"皇甫湜作《送孙生序》,赞扬著书攻佛的孙生;又作《吉州送简师序》,表彰"虽佛其名而儒其行"的佛门叛徒。这些说明他在斗争中确也上过阵,打过仗。不过韩愈的担心看来也并非全是多余的。高彦休《唐阙史》记述了一个故事,说是裴度为东都留守时,修了福先寺,打算要请白居易写篇碑文,不料惹起皇甫湜发怒,说裴度"近舍某而远征白",是瞧不起他,结果裴度只好请他来做这篇文字。像这样硬要争取去为佛寺写碑文,就全不是一个反佛战士的姿态了。以前泗州僧澄观请李翱为开元寺作钟铭,李翱迟迟不愿答应,必不得已时,则作书申明:"吾之铭是钟也,吾将明圣人之道焉,则于释氏无益也;吾将顺释氏之教而述焉,则给乎下人甚矣,何贵乎吾之先觉也。"(光绪元年冯焌光刻《李文公集》卷六)现在看李翱的《泗州开元寺钟铭》,确实是并未"顺释氏之教"的。皇甫湜为福先寺所撰的碑文,今已不传;但他的《庐陵香城寺碣》与《护国寺威师碣》,我们还能在他的文集里读到。这两篇碣文的倾向不全相同。前一篇可以看出下笔还有分寸,不算怎么佞佛,然而后一篇却不能不说是已经丧失了反佛的立场。他又作《出世》一文,幻想过一种"旦旦侍玉皇,夜夜御天姝"的丑恶生活,一片妖妄,表现的全是道教的腐朽思想。在反对佛道的战斗行列里,皇甫湜的意志看来很不坚定。

皇甫湜的古文能得韩愈的"奇崛",他的才力并不弱于李翱,但韩愈古文的主要继承人却是李翱,而不是他。欧阳修作《苏氏文集序》说:"韩、李之徒出,然后元和之文始复于古。"以韩李并称,给予李翱的评价很高。皇甫湜因为没有一贯坚守儒学的阵地,所以不可能获得这样高的评价。不过孙樵《与王霖秀才书》却说过:"樵尝得为文真诀于来无择[8],来无择得之于皇甫持正,皇甫持正得之于韩吏部退之。"这当然是承认,在韩派文统中,皇甫湜仍占有重要的地位。

第四节　樊宗师

韩愈主张务去陈言,力求创新,功绩很辉煌;李翱把韩愈的理论发挥到极致,这也很好;皇甫湜虽然走得远一些,多少不免有点矫枉过正的意味,总还没有弄到违反语言常规的地步;然而樊宗师,却写过完全是另外一种面貌的古文。

樊宗师,字绍述,河中(今山西永济市)人。起初为国子主簿,元和三年(808)登军谋宏远堪任将帅科,授著作佐郎。以后历任金部郎中、绵州刺史、左司郎中、绛州刺史等职。卒于长庆三年(823)或四年(824)。生平著述极富,但今仅存文两篇,诗一首(有序)。

樊宗师有几乎完全违反语言常规的古文作品,艰涩难读,被称为

"涩体"。长庆三年他在绛州刺史任上,因见官署后面的园池构筑盛大宏丽,有慨于前任的作风奢侈,于是作《绛守居园池记》(《全唐文》卷七三〇),中述胜概,首尾警劝。这样的文章按说也有一点思想意义,但它的语言却使人很难索解。元刘埙《隐居通议》评述此文说:"好怪者多喜其奇古,以予观之,亦何奇古之有!硗戛磊块,类不可读。如第一句曰:绛即东雍,为守理所。犹为可晓。第二句曰:禀参实沉分;第三句曰:气蓄两河润。便已作怪。第四句曰:有陶唐冀遗风馀思。才觉平顺,第五句则又曰:晋、韩、魏之相剥剖云云。自此而下,皆层叠怪语矣。"樊宗师还有《蜀绵州越王楼诗并序》(《全唐诗》卷三六九)一篇,序文也是难读得很的。涩体文的语言与古文作品的规范化语言,已经没有多少相同之处。文学作品之所以能够把作者的思想感情传达给广大读者,就在于作品语言的规范化。要求务去陈言,正确的理解应是指语言要更准确、更精炼、更生动、更鲜明,这样的语言艺术也就富有创造性了。毫无疑问,务必弃去的只是千篇一律的陈词滥调,而不是文学语言的基本规范。文学语言的基本规范是不能弃去的,弃去了它作者也就失去了传达思想感情给予广大读者的渠道。樊宗师的涩体文那样难懂,就是几乎失去这条渠道的结果。这样的文章,废弃掉也是不足为惜的。

樊宗师的涩体文在当时发生过一定的影响,可说已成为古文运动的一股支流。李肇《国史补》说:"元和已后,为文笔则学奇诡于韩愈,学苦涩于樊宗师。"所谓"奇诡",就是奇异的意思。韩文超越凡俗,辞义全新,确是奇异得很。很多人都要学韩文,这是完全可以理解的。但何以苦涩的樊文,也有不少人要去学习呢?这是因为苦涩是很容易学到的缘故。涩体文违反语言常规,任意写去都算是文章,读者虽不懂,作者却仍可自诩,实在便宜不过,年轻无知的人与鄙陋无识之士难免就要避难就易了。比如韩愈的儿子韩昶,有《自为墓志铭》(《全唐文》卷七四一),序里就叙述过他少年时代的一段经历:"受诗未通两三卷,便自为诗。及年十一二,樊宗师大奇之。宗师文学为人之师,文体与常人不同,昶读慕之。一旦为文,宗师大奇,其文中字或出于经史之外,樊读不能通。"韩昶学樊宗师为文,樊宗师也读不懂,就算是学到了手,居然受到夸奖,这不是一条"成功"的捷径吗?

樊宗师的涩体文不仅在当时被人奉为典范,而且在以后的长时期里发生过不小的影响。《宋史·欧阳修传》说欧阳修在宋仁宗嘉祐二年(1057)知贡举,当时士子都爱做险怪奇涩的文字,成为风尚。欧阳修力主排抑,凡做涩体文的一概黜退,才使文风得到改变。不过在科场受到排抑,在文坛却未必从此绝迹,只要一有机会,死灰就会复燃。涩体诗文是文学的糟粕,但又是文学史上一个重要的现象,应该予以严肃的批判,并且从中吸取经验与教训。

然而,樊宗师作为古文作家,还有另一面也须看到。韩愈始终都很推崇樊宗师的文学成就,这是见之于文字的事实。但韩愈自己不曾做过涩体文,恐怕他也不会赞扬涩体文。《南阳樊绍述墓志铭》说樊文"必出于己,不袭蹈前人一言一句",想来未必就是指《绛守居园池记》这样的作品而言,因为铭文同时又说樊文也具有"文从字顺各识职"的优点,难道韩愈简直连起码的事实也不顾及了吗?较为合理的推测应是樊宗师固然写过典型的涩体文,但也写过不属涩体,却又颇具独创价值的作品,而韩愈本来是对这些作品表示他的赞赏。元吴师道补注《绛守居园池记》,跋说:"绍述文甚多,鲜有传。是篇独为好事者蓄示诡异,折儇浅以资笑,甚矣人情之好奇也。"人们的好奇心能使典型的涩体文得以流传,其他的作品却由于某种原因而遗佚了。因此,仅据《绛守居园池记》与《蜀绵州越王楼诗序》,就论定樊宗师在古文创作上一无是处,全无成就,恐怕是以偏概全,难以成立的。事实上樊宗师还有一篇已经被发现的遗文,即贞元九年所撰《大唐故朝散大夫太子左赞善大夫南阳樊府君墓志铭并序》[9],正好显示出樊宗师的另一个方面。这篇文章,当然仍不足以说明樊宗师的古文有怎样高的成就,但它并未违反古文语言的常规,并不艰涩难读,在文风上与涩体完全不同,却是不容否认的客观事实。樊宗师的涩体文对古文运动起过破坏性的作用,影响很坏,但他作为古文运动的积极参加者,既然得到过韩愈很高的评价,则在当时必定还是作出过一些贡献,写出过一些可读的作品。可惜文献遗缺,在今天已经无法再作进一步的考察了。

樊宗师的活动结束于古文运动高潮时期的末尾,李翱与皇甫湜的活动则结束得较晚一点。在韩愈晚年游于韩门的沈亚之,也是较为重要的古文作家,因他又写过传奇,还是诗人,而且主要是活动于古文运动高潮之后,以下另章再叙。嗣后,古文作家仍相继而起,最著者有杜牧、孙樵与皮日休,他们三人都属韩愈一派,继承了韩愈兴儒反佛的事业。五代至宋初,古文运动稍趋衰落,但后来经欧阳修等人提倡,又蓬蓬勃勃地开展起来,终于使古文这一文体在文坛奠定了它的不可动摇的地位。自此直至"五四"运动兴起,古文才被逐出历史舞台,让位于现代的白话文。

古文运动在唐宋时代完成了两重历史任务,一是以古文反对骈文,一是以儒学反对佛教与道教。以历史主义的观点来看,这一运动的成就是巨大的。不过在唐代,古文是比诗经历了更为漫长与更为曲折的道路,才形成创作繁荣、业绩辉煌的局面。因此,如就全体比较的话,唐代古文是不像唐代诗歌那样丰富多彩,境界全辟。但古文也正因为在唐代境界尚未全辟,所以到唐以后它还有继续发展的广阔天地,从中产生出一代又一代优秀的作家,创作出各种风格的杰作。

唐代重要的古文作家不少都有各自的文集行世,而大量辑入唐代古文作品的总集,最早则有诗文骈散兼收的《文苑英华》,由李昉、徐铉、宋白等人于宋太宗雍熙三年十二月(987年1月)编成,全书一千卷,上起萧梁,下迄晚唐五代,其中唐代作品约占十分之九。后姚铉于宋真宗大中祥符四年(1011)又编成《唐文粹》一百卷,选录唐代诗、文、歌、赋几乎只取古体,骈文入选极少;而且特立"古文"一体,编为七卷(卷四三——四九),以韩愈的"五原"(《原道》、《原性》、《原毁》、《原鬼》、《原人》)冠于卷首,影响很大。清嘉庆十九年(1814)由董诰、阮元、徐松等多人编成的《全唐文》一千卷,裒辑唐、五代古文与骈文一万八千四百八十八篇,作者三千零四十二人,可算是一部唐文巨帙。但它仍有不少遗漏,所以清光绪年间又有陆心源辑缀《唐文拾遗》与《唐文续拾》问世。其后陆续出土的大量唐代碑文墓志,则尚待编印成书。

〔1〕 804年即贞元二十年。《旧唐书·德宗纪下》:贞元二十年七月,"辛卯,福建观察使柳冕奏置万安监牧于泉州界"。元稹《唐故越州刺史兼御史中丞浙江东道观察等使赠左散骑常侍河东薛公神道碑文铭》:"值冕病……冕卒,阎济美代冕使福建。"郁贤皓《唐刺史考》卷一五一叙福建观察使引《三山志》:"贞元二十年,阎济美。"据此,似柳冕应于804年卒于任所,卒后即由阎济美继任。但《旧唐书》冕传却说:"以政无状,诏以阎济美代归而卒。"《新唐书》冕传所叙略同。据此,则柳冕的卒年不必是804年。

〔2〕 陈铁民同志考证:梁肃自称"安定梁肃",按唐崔元翰《右补阙翰林学士梁君墓志》云:"其先安定人。"则安定实为郡望。《新唐书》本传云:"世居陆浑。"但梁肃《过旧园赋》序说:"八月,过峣、渑,次于新安,东南十数里,旧居在焉。"又文中自注:"高祖父赵王府记室宜春公洎曾王父侍御史府君已降,三世居陆浑,有田不过百亩,开元中为大水所坏,始徙于函关。"汉武帝置函谷新关于新

安东北,故梁肃实为新安人。

〔3〕 此据范文澜说,见范著《中国通史简编》修订本第三编第二册,人民出版社1965年版第713页。

〔4〕 吴武陵,信州贵溪(在今江西)人,元和二年(807)登进士第,不久坐事流永州,与被贬在永的柳宗元交往密切。

〔5〕 李汉,字南纪,韩愈的女婿。元和七年(812)登进士第,文宗时为史馆修撰,预修《宪宗实录》。历仕至吏部侍郎,出为汾州刺史,改贬司马。宣宗大中年间,召拜宗正少卿,卒。

〔6〕 参阅岑仲勉的考证,见岑著《郎官石柱题名新考订(外三种)》,上海古籍出版社1984年版第292页。

〔7〕 刘蕡,字去华,幽州昌平(今北京昌平西)人,客梁、汴间。宝历二年(826)登进士第。大和二年(828)举贤良方正能直言极谏,以对策忤宦官被黜,一时物论喧然不平。令狐楚在兴元,牛僧孺镇襄阳,皆表蕡幕府,授秘书郎,待如师友。而宦官深嫉蕡,诬以罪,贬柳州司户参军,卒。叶适《习学记言序目》(卷四三)评论说:"唐贤良策惟有刘蕡。……进士之俊杰,无能及矣。"

〔8〕 来无择,名择,宝历元年(825)登贤良方正能直言极谏科,有《秣陵子集》一卷,经《新唐书·艺文志》著录,但已佚。

〔9〕 《千唐志斋藏石目录》(新安张钫藏石、洛阳郭玉堂编次)著录,岑仲勉《续贞石证史》录出全文,并说明如下:"志共三十一行,题识及撰人各占一行,铭三行,行三十三字。"见岑著《金石论丛》,上海古籍出版社1981年版第237—239页。

第六章　韩　愈

第一节　韩愈的生平

韩愈(768—824),字退之,河阳(今河南孟州)人,自称郡望昌黎,出身于一个小官僚家庭。他的曾祖父韩泰,做过曹州司马;祖父韩睿素,做过朝散大夫、桂州都督府长史;父亲韩仲卿,做过好些地方的县令。韩愈有三个叔父,其中以韩云卿为最能文章,做过监察御史。

韩愈三岁时父亲去世,抚育他的是他的长兄韩会。柳宗元《先君石表阴先友记》说韩会"善清言,有文章,名最高"。韩会有《文衡》一篇,宋人王铚所撰的《韩会传》(《全唐文纪事》卷三九)里保存了它的片断。《文衡》说:"学者知文章之在道德五常,知文章之作以君臣父子,简而不华,婉而无为,夫如是则圣人之情,可思而渐也。"韩愈后来为古文致力于兴儒反佛,也可说是继承与发扬韩会的家学。

大历十二年(777),韩会因受宰相元载被诛一案牵连,由起居舍人被贬为韶州刺史;韩愈当时十岁,随着也到了韶州(今广东韶关)。两三年后韩会去世,韩愈的嫂嫂郑氏单独负起了教养他的责任。郑氏率全家回到故乡;不久藩镇李希烈、朱滔、王武俊谋叛,中原爆发战争,全家又避难到宣州(今安徽宣城)。在宣州的几年,韩愈苦学,为他日后的文学活动作了充分的准备。

贞元二年(786),韩愈十九岁,离别家庭去长安参加进士科考试。从此时到贞元八年(792),韩愈一共考了四次,才得登第。嗣后韩愈又去应吏部的博学宏辞试,但三次都遭到失败,因而也就没有求得官职。韩愈这一段应举求官的经历是非常困苦的,后来他在《与李翱书》中沉痛地回忆说:"仆在京城八九年,无所取资,日求于人,以度时月。当时行之不觉也;今而思之,如痛定之人,思当痛之时,不知何能自处也。"

贞元十二年(796),韩愈二十九岁;这时董晋受命为宣武节度使,韩愈参加了他的幕府,到了汴州(今开封),这是韩愈实际从政的开始。贞元十四年(798),韩愈第一次正式得到观察推官这样一个微小的官职。贞元十五年(799)二月,董晋病故,汴州发生兵乱,韩愈到了徐州。这时在徐州的节度使是张建封,韩愈又去他的幕府,仍旧做推官。贞元十六年(800)夏天,韩愈离开了徐州。

贞元十八年(802),韩愈三十五岁,被任命为国子监四门博士。贞元十九年(803),韩愈忽然被撤去职务,但不久又被任命为监察御史。监察御史官职虽不高,却有权劝谏皇帝,弹劾官吏,地位是重要的。在已罢博士而未授御史之际,有《上李尚书书》,是向工部尚书京兆尹李实献文求助。这一年长安附近地区发生严重的旱灾,人民的生活困苦不堪,境遇十分凄惨,作为京兆尹的李实依然不顾一切横征暴敛,并且对德宗隐瞒真相。然而韩愈上书却称颂李实"赤心事上,忧国如家",甚至说,"百坊百二十司六军二十四县之人,皆若阁下亲临其家"。以前韩愈为谋求官职,常向达官要人投献诗文,自我推荐,单刀直入,很为坦率,虽不免也要说些恭维的话,但大多还算得体。这也是当时的风气使然,未可厚非。而如此次这样枉尺直寻,真是如顾炎武所说是"不自觉其失言"(《日知录》卷一九《文非其人》)了。但是韩愈做了监察御史后,却又立刻写出一封言词激烈的奏疏,揭示天旱人饥的实际情况,请求"特敕京兆府"停止征发,让老百姓能勉强活下去。显然这是在指责李实了。这一行动当然值得赞扬,不过与前此所为却形成矛盾,足见以前对李实的称颂全是违心之论。

这次上疏,一时也使德宗受到感动,宰相杜佑还打算接受他的建议,但是事情又突然发生变化,反倒给他以处分,把他贬到连州阳山(在今广东)去做县令。事情变化的缘由连韩愈自己到后来也不清楚。两《唐书》本传又都说是因上疏极论宫市而遭贬,但论宫市之文不传,所以也不可信。

贞元二十一年(805),德宗死去,顺宗继位,韩愈遇赦,夏秋之交离开阳山,去郴州(今属湖南)待命,秋末被派往江陵府(今湖北江陵)做法曹参军。很快顺宗又因病退居太上皇,宪宗继位。元和元年(806),韩愈三十九岁;六月,自江陵召拜为国子监博士,才又回到长安。

在三十九岁以前,韩愈已经写出《答李翊书》、《送李愿归盘谷序》、《送孟东野序》、《师说》、《祭十二郎文》等等名篇,在文学史上建立了不朽的业绩。其中《答李翊书》大约是他三十四岁时的作品,从中可以看出他已经在领导古文运动,指导青年作者了。

元和二年(807)春,因有人在宰相郑絪与翰林舍人李吉甫、裴垍面前说他的坏话,韩愈作《释言》解谗,并且托词请调东都洛阳的国子监,于夏末离开长安。

在洛阳的几年,聚集在他周围的朋友与学生很多,说明他所领导的古文运动与新诗派的创建运动都在积极地开展起来。这时期韩愈的官职得到几次升迁。元和三年(808),正式任博士,在此以前是只算代理性质的。元和四年(809),改东都都官员外郎,兼领祠部(掌管祭祀),曾抵制中官,闹到"日与宦者为敌"(《上郑尚书相公启》)的地步。元和五年(810),任河南县(今洛阳)县令,曾惩罚不法军人,因而得罪上级亦无所畏忌。元和六年(811),调回长安,升任职方员外郎(属兵部,掌管全国地图、军备等事)。

但是,元和七年(812)二月,韩愈又被降为国子博士,原因是华阴令柳涧确实犯了罪,而韩愈曾经为他申辩过。于是韩愈作《进学解》以自喻。宰相武元衡、李吉甫、李绛读了这篇文章,很抱同情,因而在元和八年(813)三月,把他改为比部郎中(官衔)、史馆修撰(实职)。制词中称赞他"学术精博,文力雄健,立词措意,有班、马之风",可以看做是当时人们对他学术文章的评价。这一年韩愈有四十六岁。

韩愈任史官后,有《答刘秀才论史书》,强调史不易为:"传闻不同,善恶随人所见;甚者附党,憎爱不同,巧造语言,凿空构立善恶事迹;于今何所承受取信,而可草草作传记令传万世乎?"这是要求撰史必须极其严肃,所论是很对的。至于又说:"夫为史者,不有人祸则有天刑,岂可不畏惧而轻为之哉!"却是强调得过了头,也歪曲了事实。柳宗元因而作《与韩愈论史官书》批评他说:"退之之恐,唯在不直,不得中道。刑祸非所恐也。"说的自然很有道理,不过就韩愈的本意来说,着重的似乎还不在畏惧刑祸,而是怕去取失实、褒贬不当以致在社会上产生严重的不良后果;而这些问题却并非只凭"直"与"中道"就能完全解决的。

元和九年(814)十月,韩愈转考功郎中(官衔),仍任史馆修撰;十二月,以考功知制诰,担任了代皇帝撰写制词的职务。元和十一年(816)正月,迁中书舍人。这时他上书论淮西事,积极主张用兵,与多数执政者的软弱态度相对立,因而被降为太子右庶子。

元和十二年(817),韩愈五十岁,平定淮西之役终于发动起来,裴度以宰相节度彰义军,并奏韩愈为行军司马。军出潼关,韩愈就请先去汴州,说服宣武节度使韩弘,叫他出力。同时韩愈又看出蔡州的精兵已经分散到边界,认为仅用三千人前去夺城,必可擒得吴元济。当时裴度还未来得及这样做,唐、邓、随节度使李愬却也看出这一着来了,遂先入蔡州,成了首功。在淮西一役中,韩愈表现出具有处理军国大事的卓越才能。淮西之役胜利后,韩愈因功迁为刑部侍郎,进入统治集团的上层。

元和十四年(819),唐宪宗有迎佛骨之举,整个长安城都为之轰动起来。"群臣不言其非,御史不举其失",惟独韩愈挺身而出,上表力谏,要求将这节指骨"付之有司,投诸水火,永绝根本",甚至还说信佛的皇帝都要短命,都会得祸。这封奏章极大地触怒了宪宗,一时竟打算要将他处死,幸得裴度、崔群一般人力救,算是免去死罪,贬为潮州刺史。在去潮州(今广东潮安)的途中,有《左迁至蓝关示侄孙湘》一诗,其中说:"欲为圣明除弊事,肯将衰朽惜残年!"可见胸怀是很坦荡的。

但是韩愈一到潮州写的《谢上表》,意思又是向宪宗承认自己说信佛会短命、事佛会得祸是"言涉不敬",并且建议举行封禅大典。后来欧阳修不胜感慨说:"每见前世有名人,当论事时,感激不避诛死,真若知义者。及到贬所,则戚戚怨嗟,有不堪之穷愁,形于文字。其心欢戚,无异庸人。虽韩文公不免此累。"(《与尹师鲁书》)不过也应该注意到,在反对迎佛骨这一主要问题上,韩愈毕竟没有任何自责的表示。

《谢上表》使宪宗很有些动心,不过由于宰相皇甫镈憎恶韩愈太好直言,结果还是只能改授袁州刺史,向内地移一移。韩愈于元和十四年十月去袁州(今江西宜春)。在袁州他把当地已没入富家为奴的七百多人赎还各家父母,禁绝了押卖儿女的风俗,做了一件有利人民的好事。

元和十五年(820)正月,宦官杀宪宗,立穆宗继位。九月,召拜韩愈为国子监祭酒。长庆元年(821)七月,韩愈转为兵部侍郎。这时镇州(今河北正定)发生叛乱,杀田弘正,立王庭凑,对抗朝廷,围困深州(今属河北),又是一次藩镇割据自立的重演。穆宗派韩愈去宣抚,韩愈奉命启程后,大家都为他担心,穆宗也有些后悔,连忙派人追去叫他看情形再定,并不一定须入镇州。但是韩愈却对使者说:"安有受君命而滞留自顾!"(《新唐书》本传)于是疾驱到镇州,居然以他的忠勇与胆识说服了王庭凑及其部下,使深州守将牛元翼得以溃围而出,后来苏轼因而称赞说:"勇夺三军之帅。"(《潮州韩文公庙碑》)自镇州回朝后,穆宗大喜,把他转为吏部侍郎。

长庆四年十二月二日(公元824年12月25日),韩愈病逝于长安,终年五十七岁。张籍祭他的诗说:"公有旷达识,生死为一纲。及当临终晨,意色亦不荒。赠我珍重言,傲然委衾裳。"可见在生死问题上,韩愈是持唯物主义的态度。

韩愈去世后,他的门人李汉收集他的作品,"得赋四、古诗二百一十、联句十一、律诗一百六十、杂著六十五、书启序九十六、哀词祭文三十九、碑志七十六、笔砚鳄鱼文三、表状五十二,总七百,并目录合为四十一卷,目为《昌黎先生集》";但到后世,传本却各有不同。韩集后来经宋人辑佚补缀,于正集外又有外集,而且把《顺宗实录》也附入外集。不过外集中有的篇如《与大颠师书》,实是伪作[1];甚至现今所见正集中有的篇如《柳州罗池庙碑》,其真伪问题也是值得研究的[2]。而另一方面,又有些作品早已失传。如柳宗元《答韦珩书》所说"韩愈相推以文墨事"的书信,如刘禹锡《唐故尚书礼部员外郎柳君集记》所引韩愈对柳宗元的评价,这些文章就都不见于韩集。

韩集版本繁多。宋大中祥符二年（1009）所刊，是宋代最早的刻本。后来重要的版本与注本有方崧卿《韩集举正》、祝充《音注韩文公文集》、朱熹《韩文考异》、魏怀忠《新刊五百家注音辨昌黎先生文集》、王伯大《朱文公校昌黎先生集》、廖莹中《昌黎先生集》等等。现代重要的校注本有马通伯《韩昌黎文集校注》、钱仲联《韩昌黎诗系年集释》、童第德《韩集校铨》。

第二节　韩愈的思想

韩愈不仅是一个文学家，而且是一个思想家，一个很为重要的思想家。

唐朝是一个诗歌的时代，艺术的时代，同时又是一个宗教的时代，却不是一个儒学的时代。道教在唐朝得到尊崇，佛教到唐朝达到了它在中国发展的顶点；儒学这时却已很衰微，它的地位常在佛道之下。不过儒学的社会基础是雄厚而牢固的，潜在的力量也是巨大的，足以战胜佛道，恢复已经失去的权威。佛教在当时的思想界虽然占有优势，同时却也把它的危害性暴露无遗，反倒为儒学的重新兴盛提供了条件。在韩愈的时代，正是儒学方要大兴而佛教将趋衰败的关键时代。韩愈最早顺应这一发展趋势，复兴儒学，排斥佛老，从而成为中国思想史上一个关键的人物。

孔子创儒学，以维护礼乐与提倡仁义为主要内容。后来孟子充分发挥仁义学说，荀子则把礼乐学说加以改造。荀子承认新的礼乐刑法，很适合当时统治阶级的需要。不过荀子公然宣称要利用刑法对人民实行专制主义，却又很易导致走向极端，使统治者失去自我控制，加重剥削与压迫，从而激起人民的反抗。因此，后世儒家依然以孟子的仁义学说为儒学的正统。韩愈《读荀子》也认定孟子之学是"醇乎醇者",但又以为荀子之学是"大醇而小疵",大旨还是与孔子没有多大的区别。《进学解》则以孟荀并举,以为都已"优入圣域"。而从实际情况来看,韩愈的儒学思想可说是以孟学为主,而以荀学为辅的。《送浮屠文畅师序》说:"是故道莫大乎仁义,教莫正乎礼乐刑政。"可说是他对他自己的儒学思想主要方面与次要方面的准确概括。

《原道》一篇是韩愈宣传儒学、批判佛老的代表作,文中首先阐明儒家之道以仁义为具体的内容,这些当然是《原道》的基本观点。但《原道》又说:"君不出令,则失其所以为君;臣不行君之令而致之民,民不出粟米麻丝、作器皿、通货财以事其上,则诛。"这却是根据于荀子的专制主义思想,而与孔孟的仁义学说不很相同。显然,在《原道》文中,仁义学说是针对老子的,专制主义则是针对佛氏的。据韩愈看来,老子论道,"去仁与义",这还是学术之争,自然可以以阐述仁义学说与之争鸣;但佛氏宣扬"弃而君臣,去而父子,禁而相生养之道,以求其所谓清净寂灭者",并且身体力行,在当时影响巨大,这却是直接动摇社会的根本,严重破坏社会的生产,推至极端则势必是僧侣地主阶级掌握政权,统治一切,以致使中国封建社会堕入黑暗的深渊,因此,不得不以专制主义作为武器与之作斗争了。宗教当然不是以运用专制主义的行政手段就可以消灭的,但韩愈依据荀子的专制主义学说,把佛教无父无君、不事生产以求达到死后解脱轮回之苦、永远无为和安乐这一终极目的作为一个整体予以批判,却的确是有力地击中了佛教思想体系中的一些要害,使佛教受到重创,在思想斗争中取得了巨大的胜利。

荀子创专制主义学说具有进步的意义,韩愈继承这种专制主义学说也具有进步的意义。任何一种理论是进步是保守还是反动,都取决于具体的历史条件,不能抽象地评价。不过韩愈拟文王《拘幽操》说"臣罪当诛兮,天王圣明",甚至为暴君唱起颂歌,却是把他的专制主义观点推进到了极端。这是韩愈思想中历来最受攻击的一点。孔子修《春秋》,承认国人有权杀暴君,韩愈在这一点上可说是背叛了原始儒学的精神。在中国历史上,以韩非为代表的极端专制主义思想,只在战国末年起过推动统一的作用,但一到秦始皇完成统一事业后就立刻令人无法容忍。能够容忍的时候是极少的。然而极端专制主义思想在韩愈只是偶尔有所表现,实在并不重要,而另一方面他倒也有一些民主思想的萌芽因素的。《子产不毁乡校颂》赞扬子产不压制批评执政者的言论自由,是较为突出的一例。《左传》记孔子评论子产不毁乡校一事说:"以是观之,人谓子产不仁,吾不信也。"孔孟仁义学说中所保留的那些原始民主遗风,对于韩愈具有深刻的影响,所以他的思想毕竟还是以仁义学说为主,并没有完全走向专制主义的极端。

佛教追求所谓"清净寂灭",韩愈《原道》又指出这是"欲治其心,而外天下国家"。针对这一点,《原道》第一次引用了《礼记·大学》的一段话:"古之欲明明德于天下者,先治其国;欲治其国者,先齐其家;欲齐其家者,先修其身;欲修其身者,先正其心;欲正其心者,先诚其意。"本来,这段话说的是为学的步骤,是说必须先从诚意、正心做起,然后经过修身、齐家,才能谈得到治国以至平天下。然而韩愈据此强调的,却是为学的目的,说是"所谓正心而诚意者,将以有为也",不能局限于内省修身的范围,眼光应该是向着整个天下国家的。诚然,无论是说为学的步骤,或是说为学的目的,都是要把道德修养、人伦日用、治国淑世这几个方面全部贯串起来,不过比较而言,韩愈强调为学的目的,却是更能显示出儒学本来具有的积极意义,因而也更能显示出儒释两者的根本区别。韩愈从儒家经典中发掘出重要的理论,并且根据它的基本精神予以创造性的发挥,使它足以对抗佛教学说,这样,也就开始改变了长期以来儒经研究上专重训诂章句、墨守成说以致远离现实的风气,其影响之大,是不容低估的,因为后来的理学就是由此开端的。不过后来有的理学家只在正心诚意上做功夫,却是违背了先行者韩愈思想的根本精神。

自先秦两汉以来,中国学术都很重视传授渊源。源流不明,学无师承,不足以征信于人。后来的中国佛教诸宗派,特别是所谓教外别传的禅宗,也很懂得这个道理,所以十分热心于建立与标榜他们的祖统。在这样的形势下,儒家如果不着重地重新提起自己的道统,在与佛教的斗争中必将处于劣势的地位。何况佛家居然说:"孔子,吾师之弟子也。"如此不择手段地混淆视听,真是到了令人难以容忍的地步!因此,韩愈很有必要提出一个儒家的道统,以与佛教的祖统相对抗,同时用以粉碎佛家所制造的谣言。《原道》所述儒家的道统谱系,是依据于《孟子》卒章,但又加以必要的改造。这个儒家的道统,自尧、舜、禹、汤、文、武、周公、孔子而至孟轲,以下又有保留地提及荀卿与扬雄。这样,它所列出的每一个名字都很光辉,从而成为佛教诸宗派祖统的一个强大的对立面。以后的历史事实证明韩愈这样做是非常成功的,因为从此这一儒家道统真正是深入人心,家喻户晓,而佛教诸宗派的祖统却是很少有人知道的了。而且,从此再也没有人相信孔子竟是释迦的弟子了。

《原道》篇排斥佛道二教很为彻底。文中主张举凡文化、政治、经济、伦理以至日常生活各个领域,都要以儒学为指导思想,使儒家的仁义道德从各个方面都得到体现,在任何一个方面都不容许佛道有立足之地。从以后宋、元、明、清时期的情况来看,这一主张在基本上是得到了实现,却并未完全实现,因为佛教与道教始终还能发生一些作用。既是在基本上得到实现,自然也就在基本上使宗教的危害得到遏制，不过另一方面，儒家所要维护的封建秩序与封建伦常却是加强了，儒家所宣扬的封建思想对人民的束缚也更加严酷了。

韩愈辟佛老，一般并不包括庄子而言，只在《送王秀才序》一文里，才把"杨、墨、老、庄、佛之学"相提并论，以为都不能经由它们而到达"圣人之道"。然而，也就在同一篇文章里，韩愈又说孔子之道到后世分成了三派：一派由曾子传子思再传于孟轲，一派由商瞿传驺臂子弓而至荀卿，还有一派是由子夏传田子方流而为庄周。可见在韩愈看来，庄子之学虽然已经偏离儒学很远，但毕竟还是源出于孔子的。《送孟东野序》说："周之衰，孔子之徒鸣之，其声大而远。传曰：'天将以夫子为木铎。'其弗信矣乎！其末也，庄周以其荒唐之辞鸣。"其实这也是关于学术源流的论述，也是说孔子是源头，庄周是末流。庄子之学由孔子之道发展而来，所以庄周与下文所说"以其术鸣"的杨朱、墨翟、老聃、韩非等等人物并不属一类。由于韩愈认为庄学仍是儒学的末流，所以他有时也要从庄子思想里吸取一些他认定是有益的成分，而且也学庄子的文章。《与孟尚书书》据《庄子·德充符》里申徒嘉的故事，称赞大颠"能外形骸"[3]。《送高闲上人序》用以说明"机应于心"、"神完而守固"的典型事例，其中实以"庖丁治牛"最为恰切。这篇文章的精神当然是韩愈的，风格却又是庄子的。诸如这些，都说明庄子对韩愈有一定的影响。

韩愈《与孟尚书书》推崇孟子排杨、墨，功不在禹下。但《争臣论》却把夏禹、孔子与墨子三人同列，称之为"二圣一贤"。《读墨子》更以为"上同、兼爱、上贤、明鬼"，也与孔子学说相一致，而且说"儒墨同是尧舜，同非桀纣，同修身正心以治天下国家"，好像儒墨本来是一家。韩愈对墨子的认识，是有难于自圆其说的矛盾之处。不过，墨学确也有一些与儒学可以沟通的方面，这却是事实。韩愈《读仪礼》承认百氏杂家都有可取，所以他立足于儒学，而又试图从墨学中吸取一些为儒学可以容纳的思想，本来是无可指责的，问题是《读墨子》一文不免夸大了孔墨学说的共同点。

柳宗元《天说》以韩愈天能赏"功"罚"祸"的言论为辩论的对象，因而提出天不能赏功罚祸的非天命论观点。好像在这一问题上与韩愈是完全对立的。但是应该注意到，韩愈所说人类败坏元气阴阳的行为，如"垦原田、伐山林"等等，如据《原道》篇来说，却都是圣人教给人民的"相生养之道"，因而在他看来，这些本来无疑是"功"，绝不是"祸"；反之，"残斯人使日薄岁削"，在他看来则当然是"祸"，绝不是"功"。因此，韩愈其实是说天是偏要赏祸罚功的。毫无疑问，他是因为有所愤激才会发出这番议论来的，柳宗元也承认这一点。不过这段议论又把极其愤激的情绪隐藏起来，表面上倒是很为冷静地在解释天之所以要赏祸罚功是由于天的功祸标准完全不同。这样表达思想的方式是十分曲折的，富有文学特质的，正如柳宗元所说"信辩且美矣"。但不论说得怎样曲折，韩愈的本意还是非常清楚非常鲜明的。他的本意，与一般人在被疾痛、倦辱、饥寒折磨得不能忍受仰而呼天时所说的"残民者昌，佑民者殃"，实在并无实质的不同，不过因表现的曲折又显得深刻得多。这些都是对天的抗议，是不平之鸣。而在这样的抗议声中，天又怎么还能作为一个聪明正直无私无畏的神存在于抗议者的心目之中呢？天的权威被动摇了，也就说明韩愈的思想并非真正的天命论。实事求是一点的话，只能说这种思想是在天命论与非天命论之间徘徊不定的。正是因为徘徊不定，所以又可能一时倾向天命论，一时倾向非天命论。例如《争臣论》说"天授人以贤圣才能"，但《师说》又以为"人非生而知之者"，又如《送孟东野序》说"三子者之命，则悬乎天矣"，但《孟东野失子》诗又说"天曰天地人，由来不相关"。《孟东野失子》诗里所表现的思想，简直与柳宗元《天说》篇里的非天命论思想完全一致。总之，在天命问题上,韩愈的思想是很为矛盾的。

佛教造出种种祸福报应的谎言与骗术,居然能俘虏柳宗元,却不能使坚决反佛的韩愈有丝毫的动摇。《论佛骨表》要求把佛骨投诸水火,同时毫无畏惧地说:"佛如有灵,能作祸祟,凡有殃咎,宜加臣身,上天鉴临,臣不怨悔。"《与孟尚书书》说:"假如释氏能与人为祸祟,非守道君子之所惧也,况万万无此理。"什么祸福报应,全都被他踩在脚底下了。不能否认,韩愈的思想确有倾向无神论的一面。不然的话,他又怎么会成为一个反宗教的思想家?当然,中国传统的有神论也对他发生过影响。《原鬼》篇说在正常情况下鬼神无形无声,似乎否认了鬼神的存在;但又说在反常情况下鬼神也会有形有声,有时也能祸福于民,似乎又承认鬼神的存在。韩愈的鬼神论,也是徘徊于无神论与有神论之间的。

孔子自称到五十岁时懂得了天命,但他始终不很谈天命。他也不愿意谈论鬼神,对于鬼神的存在既未明确地承认过,也未痛快地否认过。可见,儒学本来是在唯物论与唯心论即非天命论与天命论、无神论与有神论之间徘徊不定的。后来孟子把儒学引向唯心主义的方向,荀子却把儒学引向唯物主义的方向。韩愈继承孔孟之学,又接受荀子的影响,他的思想有时会倾向非天命论与无神论,有时又会倾向天命论与有神论,自然是很好理解的。

戴震《绪言》说:"孔子之后,异说纷起,能发明孔子之道者,孟子也;卓然异于老聃、庄周、告子而为圣人之徒者,荀子也。释氏之说盛行,才质过人者无不受其惑,能卓然知宗信孟子而折彼为非者,韩子也;尝求之老释,能卓然觉悟其非者,程子、张子、朱子也。"这一段评述,指出在儒学的发展上,韩愈是起过承先启后的历史作用,承担过批判佛教的历史任务。韩愈在中国思想史上的重要地位,应该是确定无疑的。

第三节　韩愈的古文

韩愈学古道,作古文;韩文从思想到艺术,可说都是根源于先秦、两汉的经典与典范作品。但是,推陈出新以至富有独创性,却又是韩文的主要成就与主要特色。

韩愈自称"约六经之旨而成文"(《上宰相书》)。把儒家经典的丰富内容自出机杼概括出它们的大旨,因而自成理论系统,独具艺术风格,是韩文推陈出新的一个重要方面。比如孔子论仁,针对不同情况提出过许多名言警句,但《原道》都不引述,而说"博爱之谓仁"。"博爱"一词出自《孝经》[4],借来作为仁的定义,所涵很广。当然也有为它涵盖不了的部分,因为孔子又说过:"唯仁者能好人,能恶人。"(《论语·里仁》)可见仁又不仅是爱而已;必须能得好恶之正,这才真正是仁。但是,《原道》下文据《中庸》说"行而宜之之谓义"[5],可说又弥补了这一缺陷。行为既然适宜,合乎准则,博爱自然有别于姑息之爱了。仁与义的两个定义相辅相成,语极简练,笔有断制,在理论上很为谨严,无懈可击。下文又说:"由是而之焉之谓道,足乎己无待于外之谓德。"认定仁义之途就是道,主张明确,意向坚定,虽然这一论断也是源自经典,却又表现出韩愈自己的个性。至于"无待于外",这个意思却是《庄子》文章的一点融化[6]。不过庄子说的是一种无条件的绝对自由的精神境界,而韩愈用来说的却是一种因实践仁义而在内心感到十分充实与愉快的心理状态,两者又截然不同。《原道》开头这四句是全篇的纲领,写得思想深邃,笔力千钧。儒家典籍中关于仁义道德的论述很多,其中精义也不少,但能讲得这样简明扼要却还是难得的,有些新意的。

《原性》文中的观点,也都是根据于儒家的旧说。除上下品不移之说明说是据孔子之外,其他如区别性与情,是据《乐记》与刘向的论述[7];性三品说,是据荀悦的《申鉴》[8];以为所以为性者是仁礼信义智,则自然是根源于孟子的人皆有仁义礼智四端之说。韩愈所论,都有所本。但是,要把前人的这几种人性论结合在一起,却也不免会存在一些困难。比如孟子以为人皆有仁义礼智四端,似乎由此导出性善论才是合乎逻辑的,而韩愈却不以性善论为然。他以仁礼信义智言性,却又倡性三品说,以下品为"恶"。这样论人性很易陷于自相矛盾的境地,然而韩愈却把这一难题解决得很圆满。试看《原性》文中固然以下品为恶,但于五德却只是"反于一而悖于四"。从修辞学的角度来看,既说"反",又说"悖",显然是表示在程度上多少有点差别(否则,既不应分别地使用两个词,也不应把"一"与"四"分开来讲)。"反",可以认定是完全违背的意思;"悖",在此处则应该是意味着还不到那一地步。这也就是说,即使是下品的人,也还不是五德全无,起码五德中有四德,他们总还多少具备一点。但既然完全违背了五德中的一德,于其余四德也不很符合,无疑也就是恶了。这样,本来是彼此不同的两种观点,在韩愈的理论里却被统一起来了。能够综合各家旧说,构成新的严密的体系,这样的推陈出新,很见用心的精细。

然而在一个疑难问题上,韩愈却也敢于破除儒家的旧说,提出完全是属于他自己的崭新的见解。《对禹问》以为"禹之传子也,忧后世争之之乱也",这与孟子所说"天与贤,则与贤;天与子,则与子"(《孟子·万章上》),当然毫无相同之处。孟子没有认识到,由"传贤"而发展到"传子",本来是历史的进步与必然。他以天命来解释,实际上等于说他无法解释。韩愈的解释则很切合实际。在私有制度形成之后,再要"传贤",势必会引起纷争,甚至爆发残酷的冲突,危害社会与人民,"传子"则能避免发生这样的问题。可见韩愈肯定"禹之传子"的合理性,理由是充足的。韩愈能自创新说,超越孟子,是由于他对历史的理解比孟子要较为深刻一些,正确一些。

韩愈强调创新,反对摹拟,然而韩文中确也有摹拟之作,看来好像不免自相矛盾,实则这些摹拟之作大都是推陈出新的绝好的作品。比如《进学解》摹拟《答客难》(东方朔)、《解嘲》(扬雄)与《答宾戏》(班固),比较起来,却以韩文为最好。好像韩愈是立意要在同一题目与同一形式上与古人争个高下,全不似摹拟。同样的,他的《送穷文》也高出扬雄的《逐贫赋》。再看《画记》,前半篇记画中的事物,是模仿《周礼》;但于整齐之中有点变化,又记人最详,马次之,自牛以下则很简略,这些却不同于《周礼》。前半的记录虽极平实,后半的故事却使人感慨万端,前后形成对照,别有一种情趣,这与《周礼》文章的旨趣更大异。《毛颖传》摹拟《史记》的列传,故事本系虚构,却又利用了文献典籍中大量的材料,连缀编织,改造制作,由此及彼,天衣无缝,俨然就像司马迁的手笔。司马迁是立志要以文学家的生动笔触来传历史人物,韩愈则是故意要学历史家的严肃口吻来写戏谑文学。可见正是由于摹拟,才使这篇戏谑之作更加显得妙趣横生。摹拟,在韩文中事实上又往往不是摹拟,而是自出心裁的创造。

从雄辞宏论到游戏笔墨,韩愈都留下他的业绩。综观全部韩文,众体兼备,风格多样,能喜能怒,宜短宜长,确乎如他自己所说是"不专一能,怪怪奇奇"(《送穷文》)。不过所谓"怪怪奇奇",主要又应该是指他的各类作品往往具有一种因融汇经典、超越传统或破除惯例而使人人为之惊讶的独创性。韩愈的古文,是以这种独创性在文学史上开创出新的局面。

一个杰出的散文作家,必须在他的散文作品中表现出他自己的个性。这样的表现愈充分,作品才愈有光彩。能够充分表现出自己的个性,这也是韩文的一大成就与一大特色。

王安石批评韩愈颂伯夷不同于孔孟,因据《史记》致与伯夷的事迹也不符,是"偏见独识"(《伯夷》)。其实,韩愈作《伯夷颂》,无非是借题发挥,真正的用意则是要表现他自己的志趣。"士之特立独行,适于义而已。不顾人之是非,皆豪杰之士,信道笃而自知明者也。"——应该认为这是在描绘他自己的形象。韩愈自觉他是这样一个人,我们也觉得韩愈正是这样一个人。"举世非之",这是不是伯夷遭逢的命运还很难说;但韩愈自己有这样的经历,却是斑斑可考的。韩愈是有"特立独行",勇于向世俗挑战,也敢于坚持到底的。这是韩愈个性的一个最主要的方面。在韩文里,如《原道》《论佛骨表》《与孟尚书书》《师说》这些名篇都充分流露出韩愈这样的个性,固不待说;其他如《送文畅师序》《送高闲上人序》《送廖道士序》《唐故监察御史卫府君墓志铭》《故太学博士李君墓志铭》《答张籍书》《重答张籍书》等等,难道不也是这样?难道给佛僧赠序不该举浮屠之说,反要试图改变他的信仰,而把儒家之道教给他吗?难道在给佛僧或道士的赠序里,可以尖锐地批判佛教或含蓄地讥刺道教吗?为什么甚至不给他们一点面子呢?碑志例应称善,难道可以把墓中人当做批评的对象,惋惜他们耗神炼丹或死于服食吗?友人批评自己与人商讨问题总是好胜人,难道居然可以宣称:"抑非好己胜也,好己之道胜也;非好己之道胜也,己之道乃夫子、孟轲、扬雄所传之道也。若不胜,则无以为道。"友人又批评自己好为无实驳杂之说,难道可以这样回答他:"此吾所以为戏耳。比之酒色,不有间乎?吾子讥之,似同浴而讥裸裎也。"所有这些为当时社会风气所不能容许的作为,韩愈却都力行而不惑。从中流露或者直接表现出来的个性鲜明得很,文章自然十分动人。柳宗元《答韦珩书》称韩愈文"猖狂恣睢,肆意有所作",很为确切。

韩愈的自信心极强，所以才敢于坚持他的"特立独行"。这种自信心是来源于儒学的力量。当时儒学尽管衰微，但儒学的一些基本观念却已深入人心，很难从根动摇。何况儒学又方要由衰而兴，佛教又方要由盛趋败，韩愈是顺应这一发展趋势，推动历史前进。因此，在韩文里，韩愈的自信心又必然要表现为一种势顺气壮的风格。尤其是那些批判的与论辩的文章，总是那样富有战斗精神，旗帜鲜明，所向披靡。比如《原道》文中批判佛教弃君臣、去父子、禁生养等等，佛徒如何能置辩？忠孝观念在当时仍被认为是天经地义的，吃饭穿衣的重要性也人人皆知，假如佛徒迫于这种形势，说佛教也讲忠孝，承认佛徒也不能不依赖生产，这在实际上就已经背叛了佛教的本义，等于表示认输。又如《送高闲上人序》尖锐地指出，作为佛徒的高闲在精神状态上既然与草圣张旭完全相反，由此也就决定了他不能把张旭草书艺术真正学到手，无非只知追逐形迹而已；这叫高闲又如何能反驳？说张旭很像佛徒吗？但张旭的癫狂本是出了名的，哪有一点像佛徒！说自己也像张旭那样吗？但这又显然不是事实。而如不顾事实的话，却又无异承认自己已经成为佛门的叛徒。照这样，则反倒证明了韩文的理论是颠扑不破的真理。其他如《师说》、《讳辩》、《张中丞传后叙》诸文所论，也都莫不具有无可辩驳的气势与力量。韩文足能使论敌屈服，看得出作者也确信自己能获胜。作者"信道笃而自知明"，这样的个性，很令人神往。

韩愈《答李翊书》说："气盛，则言之短长与声之高下者皆宜。"这是说文章的语言艺术决定于文章的气势。气盛则言宜，无论语句的长短，声调的高低，运用起来自然都会得心应手。反之，气不盛则言不宜，无论怎样讲究语言艺术，也没有多大的用处。韩文气盛，所以各种艺术风格的语言都能驾驭，都显得恰到好处。以下试比较韩文中两个语言艺术风格不同的例子：

> 周道衰,孔子没,火于秦,黄、老于汉,佛于晋、魏、梁、隋之间。其言道德仁义者,不入于杨,则入于墨;不入于老,则入于佛。入于彼,必出于此。入者主之,出者奴之;入者附之,出者汙之。噫!后之人其欲闻仁义道德之说,孰从而听之?(《原道》)

> 守一城,捍天下;以千百就尽之卒,战百万日滋之师;蔽遮江、淮,沮遏其势;天下之不亡,其谁之功也!当是时,弃城而图存者不可一二数,擅强兵坐而观者相环也!不追议此,而责二公以死守,亦见其自比于逆乱,设淫辞而助之攻也!(《张中丞传后叙》)

前者多短句,后者多长句;前者调缓且低沉,后者调急且高昂;前者情绪沉痛,后者情绪慷慨;前者语重心长,促人警觉;后者言辞激烈,势能伸张正义。两种不同风格的语言,分别完成了作者的两种不同的意图。韩文的语言艺术才真正达到了这样的成就:"其富若生蓄,万物必具,海含地负,放恣横从,无所统纪。然而不烦于绳削而自合也。"(韩愈《南阳樊绍述墓志铭》)而语言艺术之所以能如此丰富多彩,又都是由于作者气盛的缘故。因此,韩文的语言,又是个性化的语言,从中显然可以见到一个因出入仁义而自觉理直气壮的性格。

韩愈借伯夷自况,但他与伯夷却在根本上有一点不同。伯夷乐于隐居,愿意做岩穴之士,而韩愈的个性却是不甘寂寞的。所谓"江湖余乐也"(《与孟东野书》)、"思自放于伊、颍之上"(《与崔群书》)云云,都不过是说说而已,实际上这不是他一贯的志愿。试看《送李愿归盘谷序》,文中极力形容得志的"大丈夫"与尚未得志的小人,这些部分充满强烈的愤世嫉俗的批判精神,笔力很为深刻。比较起来,描写隐居生活的部分就显得过于一般化,缺乏个性的表现,笔力很弱。这就是因为韩愈并不真正向往隐居的生活,并不真想做隐士。韩愈不是陶渊明,他是写不出《归去来兮辞》、《五柳先生传》那样的作品来的。

韩愈在早期为生活所迫,自然不得不努力谋求官职。不过他之所以不甘寂寞,一生都要追逐于政治舞台,主要的原因还不在于生活穷困。韩愈立志兴儒反佛,他是强烈地希望在政治活动中把他的这一抱负付诸实践,而不以著书立言为满足。所以《重答张籍书》说:"得其时行其道,则无所为书。书者,皆所为不行乎今而行乎后世者也。"《与卫中行书》说得更明白:"其所不忘于仕进者,亦将小行乎其志耳。"了解了这些,再来看《应科目时与人书》、《上宰相书》、《后十九日复上书》、《后二十九日复上书》等等,就不大好一味地去嘲笑韩愈了。人们可以笑他卑词乞怜,也许还可以笑他是个不谙世事的书呆子,不懂得言辞再美妙也未必能使居高位者听得进去。但是对于他迫切地要求得到一个官职,却是不该嘲笑的。滔滔者天下皆是,其中更多的还不在于成就事业,不过是追求名利,为什么反倒独要笑他呢?其实,比起那些故作清高、阴求阳辞的姿态来,韩愈所为倒是坦率可爱得多。韩文中这类文章也有可取之处,主要就是因为从字里行间人们可以感受到他那个性中坦率的一面。这样的坦率与世俗的虚伪作风是完全对立的。

韩愈作《送孟东野序》,指出在自然界有两种不同的现象:一是"物不得其平则鸣",如"草木之无声,风挠之鸣;水之无声,风荡之鸣"等等;一是"择其善鸣者而假之鸣",如"以鸟鸣春,以雷鸣夏,以虫鸣秋,以风鸣冬"等等[9]。至于人类社会历史上的"鸣",又更为复杂一些。在盛世,如咎陶、禹、伊尹、周公等,都属善鸣者,他们是鸣国家之盛;但在衰世,如孔子创儒学,传于弟子,"其声大而远",自然最善鸣,但这是另一种性质的鸣了。把文学(广义的)看做是时代的反映,认为歌颂产生于盛世,不平产生于衰世,而这两者又都有善与不善的区别,这是贯彻于全篇的基本观点。说到当时的唐朝,究竟是盛世还是衰世,诗人作家究竟是要"鸣国家之盛"还是要"自鸣其不幸",文中以为还不得而知。若从全部韩文来看,则是既有歌颂之鸣,也有不平之鸣的。不过韩文中作歌颂之鸣的作品好的并不多,即如《平淮西碑》摹拟《尚书》的文体,虽然后来受到李商隐的热烈颂扬,其实是件假古董。一味摹拟而无创造,与苏绰的《大诰》并无实质的区别,也违反了韩愈自己所说"师其意不师其辞"(《答刘正夫书》)的原则,从中更难见到他的个性的表现,在此都无须细说了。

韩愈的个性是好鸣不平的,所以他更多的还是作不平之鸣,这类作品也几乎篇篇是杰作。其中最有代表性的自然是上述的《送孟东野序》。文章表面上是劝孟郊不必在个人穷通问题上发牢骚,但其实是代他发了更大的牢骚。韩愈的意思其实是说,如孟郊这样杰出的诗人,他的穷通就是国家盛衰的标志,孟郊如始终被埋没,这个国家也就离衰世不远了。就全篇来看,理论精警,锋芒隐约,实在是韩文中不平之鸣的纲领之作。另一篇《蓝田县丞厅壁记》,是为崔立之想要做好县丞而不可得鸣不平的,从中揭露官场的弊病,生动深刻得很,也是极好的文章。韩愈为自己鸣不平的作品也不少,其中最为重要的是上文已经提到过的《进学解》与《送穷文》。为什么这两篇文章会胜过它们所摹拟的古人的作品呢?这就是因为它们把韩愈自己的个性与形象描绘得活生生的,使人觉得可亲可敬,也使人自然要为他抱不平。韩愈无论是为友人或为自己鸣不平,都是于婉转中包藏怨恨,诙谐中寄寓讽刺,这是它们共有的艺术特色。但如《杂说》(四)为人才遭埋没而抒不平,却是不加掩饰地流露出愤激的情绪。必须有愤激才能鸣不平,只不过在涉及具体的人事时,韩愈有意要把他的愤激隐藏起来。这样的含蓄能促人深思,艺术效果是很好的。

然而韩愈虽好为人鸣不平,却也能坚持原则,这种既仁且义的正直性格,十分鲜明地体现于《送董邵南序》一文里。从这篇文章,人们可以明显地看出,韩愈不仅是在理论上提倡仁义道德,而且是把仁义道德贯彻于他的实践之中的。

韩愈为人,又最富情感,所以韩文每当写到亲友故旧存亡离合这些事情时,文中所表现的悲痛、思念、爱慕、依恋,都真正是从肺腑中流露出来的,十分感人。他的侄子老成去世,他作《祭十二郎文》,一反祭文须用韵语的惯例,纯以散体抒写哀感,文不加饰,朴素无华,在琐琐家常的诉说中,贯注着诚挚的骨肉之情。字字句句,凄楚动人,确是不可多得的杰作。自韩愈此文开始,在祭文这种应用文体中,也有了抒情的散文作品。这种抒情散文浸透泪水,又不同于一般的抒情散文,是在抒情散文园地中增加了一个新的品种。孟郊、崔群是韩愈最知心的朋友,《与孟东野书》、《与崔群书》描述别后的系念,诉说多年的倾慕,安慰劝勉,期约祝愿,无不表现出友谊的深厚与真挚。文字也是不假雕饰的,韩愈只是在给友人写信,并非存心要做传世的文章,但正是由于这样的原因,倒反而成为千古传诵的好文章。人生有生离与死别,使人怅恨,使人悲痛,因而替代晤谈的书信与寄托哀思的悼文,是可以写得十分动人,以至成为文学珍品的,不过这样的作品,是最要自然,而最忌矫揉造作。

能够在散文(包括议论文、应用文)作品中充分表现出自己个性的各个侧面,使作品显得有血有肉,生气横出;使读者读来如见其人,如闻其声;从中不但能看清作者的形象面目,甚至还能听到他的心跳脉搏。这样的成就,不是杰出的作家是不可能达到的。正是因为韩文具有这种特色与成就,所以他的思想、艺术与他的个性才能结合为一体,以致显出独特的人格特征,从而韩愈这一历史人物也就能长久地活在人们的心中。

韩愈一生所注意的是思想、政治、人才、教育这些战线上的斗争，在这些方面韩文所取得的成绩是很为光辉的。比较起来，对于人民的生活，他就关心得不够了，有时甚至表现得很不了解。韩文中凡是涉及人民生活的作品，大都显得缺乏光彩，苍白无力。韩文势顺气壮的风格在这样的作品里不见了。

《圬者王承福传》传述一个体力劳动者的事迹，赞扬他自食其力的精神，似乎很好，然而因王承福不肯娶妻成家就批评"其自为也过多，其为人也过少"，以为是奉行杨朱哲学，却是不适当地以儒家衡量士大夫的尺度来衡量劳动人民。其实王承福无非是怕养不活老婆小孩罢了。这里暴露出韩愈对于人民生活的实际状况缺乏足够的认识。

人民的疾苦似乎只有成为当时一个政治问题的时候，才会引起韩愈的注意，在这样的情况下韩愈会同情于人民，而且见之于文字。即使如此，韩文的反映还是不很充分的，不很深刻的。如果当着事情牵涉到他的仕途出路问题时，他不免还要说些违心的话。对李实是这样，对于頔也是这样。山南东道节度使于頔拼命榨取人民血汗，史称"公敛私输，持下益急"（《新唐书》本传），但贞元十八年韩愈向于頔上书求助，却也称颂他"特立而独行，道方而事实，卷舒不随乎时，文武唯其所用"（《与于襄阳书》）。贞元十九年左右，韩愈作《送许郢州序》与《赠崔复州序》。许、崔二人是要到于頔管辖的地区去做刺史；刺史的职责包括催科，而节度使于頔就是督饬刺史的上级长官。这两篇序文都说到"财已竭而敛不休，人已穷而赋愈急"、"赋有常而民产无恒"、"民就穷而敛愈急"这样一些情况，可算难得。后一篇还写到小民大多有苦无处诉说，又较为深刻一些。两篇序文都希望于頔要停止横征暴敛，不过都是以称美他的词句婉转表达出来的。序文实际上是要让于頔去看的，韩愈确实用心良苦，但这又能起多大的作用！到元和元年，韩愈还有《上襄阳于相公书》，仍在称颂于頔"负超卓之奇材，蓄雄刚之俊德"，虽说这是应酬文字，却也稍嫌过分一点。

杜诗韩文，历来相提并论，被认为是文学史上诗歌与散文的两座丰碑。杜甫教子学诗"应须饱经术"（《又示宗武》），又说"法自儒家有"（《偶题》），他与韩愈一样也得力于儒学。不过杜甫"穷年忧黎元，叹息肠内热"（《自京赴奉先县咏怀五百字》），却是与韩愈大不相同了。儒学本来具有繁富的内容，杜甫从儒学中吸取的主要是爱民思想，韩愈从儒学中吸取的主要是反宗教思想。因此，尽管两人的学术宗尚相同，但表现于作品却有畸轻畸重的区别。杜诗韩文，可说是各有千秋，各自都完成了自己的历史使命。

第四节　韩愈的诗

韩愈首先当然是一个散文大家，但同时也是一个大诗人；首先当然是古文运动的领袖人物，但同时也是新诗派的开创者。韩愈的诗，在文学史上也占有重要的地位，产生过重大的影响。

李白去世后六年，韩愈诞生；杜甫去世的那一年，韩愈三岁。在韩愈之前不久，有过李白与杜甫这样两位伟大的诗人，因之韩愈这一代诗人，是在唐诗发展到它的顶点之后紧跟着又要来推动唐诗向前发展的。不过有一点值得注意：李白与杜甫在诗歌上虽都有难于企及的成就，而这在韩愈的时代却尚未得到公认。诗人如元稹虽尊杜，却贬李；白居易不但抑李，而且于杜也不很满意。然而韩愈却认定李杜两人的地位都不可动摇，所以《调张籍》诗说："李杜文章在，光焰万丈长。"又说："伊我生其后，举颈遥相望。"韩愈在诗歌创作上所心慕力追的，就是李白与杜甫。他的超人卓识使他深知自己应该学习的典范是谁与谁，从而也深知又该作出怎样的努力才能有所创造。

唐诗自陈子昂提倡复古，古体诗逐渐得到恢复，取得应有的地位。李白的绝句天然美妙，人皆惊赏，但其实他很鄙弃近体声律，所以他多作古体诗，他的代表作几乎都是古体。杜甫倒是十分致力于声律的，但也不偏废古体，于近体与古体都有杰出的成就。韩愈《荐士》诗说："国朝盛文章，子昂始高蹈。勃兴得李杜，万类困陵暴。"可见他在诗歌方面也倾向于继承与发展自陈子昂以来的复古传统。他与李白一样更爱在古体诗上下功夫，他的代表作也几乎都是古体。不过与"为文务反近体"有点不同，韩愈于诗却是在古体之外又写近体的。这是因为他当然深知诗与文究竟有别；诗歌的特点使它不妨多讲究点声律，所以近体诗作为诗歌的一体，他并不绝对地排斥。

李白古体诗变化无穷，想落天外，显然给予韩愈以极大的影响。韩诗中甚至有直接源自李白的篇章，例如《杂诗》。韩愈是反对道教神仙之说的，但这首诗自"当今固殊古，谁与为欣欢"以下转入"独携无言子，共升昆仑颠。……"居然也像李白那样多作神仙语。韩愈当然不是真想做神仙，这些在韩愈的笔下无非是寓言，用作寄托，真正的意思是在于批判不分黑白的世俗之辈，不过在想象中忽而"长风飘襟裾，遂起飞高圆"，忽而"翩然下大荒，被发骑骐驎"，确实神似李白。又如《记梦》诗，叙梦中攀登到仙山，见到神仙做诗，并不高明，因而反复诘问，使得神仙也不喜欢起来；幻想奇异，出人意外，也很有李白诗的风味。李白作《游太山》诗，说他在山上见到神仙："遗我鸟迹书，飘然落岩间。其字乃上古，读之了不闲。"居然在神仙面前承认自己不识字。然而韩诗却说："乃知仙人未贤圣，护短凭愚邀我敬。我能屈曲自世间，安能从汝巢神山！"其精神与李白诗正好完全相反。李白崇拜神仙，韩愈对神仙却一点也不肯买账，他的头脑比李白是要清醒得多。虽然如此,但韩愈仍然认真地向李白学习诗歌艺术。

韩诗中还有《谢自然诗》、《谁氏子》等篇,都是否定神仙之说的;又有《送灵师》、《送惠师》、《和归工部送僧约》、《广宣上人频见过》等篇,都表现出批判佛教、讽刺僧徒的思想倾向。《华山女》诗叙一个佛道两教斗俗讲的故事,则同时揭示出佛教的虚弱与道教的卑劣。这首诗含蓄地引导读者透过现象看到本质,描述生动,意味深长,是很具艺术特色的讽刺佳作。韩诗排斥佛道,这与李白诗欣羡神仙固然直接抵触,与杜甫诗多少掺杂一点道教与禅宗的思想也有所不同。韩诗在思想方面有它自己开拓的领域,就这一点说韩愈超出了李杜。不过杜甫的主导思想是儒学,表现于杜诗是十分关心人民疾苦与时事政治。韩愈提倡仁义,又以杜诗为楷模,韩诗自然也会触及人民的疾苦。如《古风》诗中写到:"彼州之赋,去汝不顾;此州之赋,去我奚适?一邑之水,可走而违;天下汤汤,曷其而归?"这是直接《诗经》之脉,由《硕鼠》篇脱胎而来,但说当今天下已经再也找不到一片"乐土",忧愤深广却超过《硕鼠》。又如赴江陵途中寄赠三学士的那首诗[10],其中追述到贞元十九年长安地区旱灾的惨象:"传闻闾里间,赤子弃渠沟,持男易斗粟,掉臂莫肯酬。我时出衢路,饿者何其稠!亲逢道边死,伫立久咿嚘。归舍不能食,有如鱼中钩。"好像对于人民的悲惨遭遇,韩愈还很少有这样沉痛深切的描述。如果说从这里可以见出韩愈也注意学习过杜甫的"朱门酒肉臭,路有冻死骨"等等名句,该是符合实际情况的吧。不过韩诗中如以上这类的描写也实在太为难得,毕竟不能形成一种较为鲜明突出的倾向。此外,韩诗中如《归彭城》这样的诗,也要算是忧时感事之作,却远不如杜甫同类杰作那样深刻。至于如《永贞行》斥王叔文集团改革弊政为"小人乘时偷国柄",则全是政治上偏见的表现了。宋王应麟《困学纪闻》(卷一八)说:"少陵善房次律,而《悲陈陶》一诗不为之隐;昌黎善柳子厚,而《永贞行》一诗不为之讳。公议之不可掩也如是。"但是,房琯是指挥失误,柳宗元是无辜获罪,两者又怎么能相提并论呢?杜甫对房琯所率四万义军战败覆没深表痛心,是立足于大局,很为公正;而韩愈惋惜柳宗元、刘禹锡等人遭贬,告诫将来朝士应以他们的往事为惩,起码也可说不过是着眼于仕途的升降荣辱;足见韩诗确实不像杜诗那样出之于公心。总之,在思想方面,韩愈从杜诗学到的可说很有限。

韩愈从李白那里是学习诗歌的艺术,从杜甫那里主要也是学习诗歌的艺术。宋叶梦得《石林诗话》(卷上)论杜诗说:"长篇最难,晋魏以前,诗无过十韵者。盖常使人以意逆志,初不以序事倾尽为工。至老杜《述怀》、《北征》诸篇,穷极笔力,如太史公纪、传,此固古今绝唱。"的确,长篇自述,穷极笔力,抒发倾吐,淋漓尽致,这是杜甫在诗歌艺术上的一大创造。韩诗中如上文论及的寄三学士诗以及《此日足可惜一首赠张籍》、《寄崔二十六立之》等篇,显然是在刻意学习杜诗的这一艺术创造。其中如赠张籍诗,它以奇句"此日足可惜,此酒不足尝"为开头,转而追溯结交之始;结尾感叹别后重逢,又将别去;当中则历叙数月内自己遭逢董晋病故、随丧离汴、汴州兵乱、妻子陷于围城之中以及闻变惊惶种种情事,很有风雨骤至、波涛夜惊的气势。于此又写到:"骄女未绝乳,念之不能忘。忽如在我所,耳若闻啼声。"几句描述极琐细而极感人,颇得一点杜诗善于以骄儿不袜、小女补缀之类的琐事细节为穿插这种艺术构思的神髓。然后又叙全家脱险后先去徐州,自己则匆忙由洛赴徐,一路心如发狂,饮食无味,辛苦跋涉,艰险备尝。但于百般忧虑之中居然又发思古之幽情:"甲午憩时门,临泉窥斗龙。"同时也不忘摹绘突然出现于眼前的景物:"道边草木花,红紫相低昂。"杜诗《北征》中"或红如丹砂,或黑如点漆"等句点缀的美妙,韩诗确乎也能仿佛一二。全篇于意境纡折、忽喜忽悲、若整若乱、时断时续之处,很能搏控操纵,表现出劲气直达的笔力,所以内容虽杂沓而结构却完整。杜诗长篇叙事的法度,韩愈运用起来,也算差不多到了得心应手的地步。不过因为韩愈主要是学杜诗的艺术,杜诗的思想对他影响不大,所以韩诗中这类作品并不能如杜诗《北征》等篇那样成为"古今绝唱"。

韩愈《调张籍》诗说:"精神忽交通,百怪入我肠。"这是就他自己同时学习李杜两人的心得来说的。可见韩诗千奇百怪,又不仅得自李白,而且也得自杜甫。杜甫说:"语不惊人死不休。"(《江上值水如海势聊短述》)韩愈说:"险语破鬼胆。"(《醉赠张秘书》)在诗歌艺术上,杜甫全力追求语必惊人,韩愈极力赞赏造语奇险。很为显然,韩诗的奇险是源自杜诗的惊人,不过又比杜诗镌刻得更为用力一些,因之往往显得尤其奇肆怪诞,才气横溢,另具一种特色。例如《苦寒》诗,它先把苦寒从各个方面穷形极相地加以刻画,几乎已经到了无以复加的地步,然而接下去还要极写麻雀受冻的难堪:"举头仰天鸣,所愿晷刻淹。不如弹射死,却得亲鱼炰。"这是反过来又从另一面再着重写它一笔,真正是愈翻新愈见奇了。另一首《郑群赠簟》诗也与此相仿佛。它先是极写竹席的珍贵可爱,又写自己由于太怕热是怎样迫切地希望得到这样一床竹席,一旦得到了,果然出现奇迹:"呼奴扫地铺未了,光彩照耀惊童儿。青蝇侧翅蚤虱避,肃肃疑有清飙吹。"竹席带来的凉意,已经要算被夸张到极点了,但还不算,紧接着的两句还要更进一步,翻转一层:"倒身甘寝百疾愈,却愿天日恒炎曦。"至此确实是太为出人意表了。那么,如像韩诗这样翻转见奇地写苦寒,写竹席,是不是写得有点过火呢?赵翼《瓯北诗话》说得很好:"不免过火。然思力所至,宁过毋不及,所谓矢在弦上,不得不发也。"是的,夸张是为艺术所允许的,也是为艺术所必须具有的;无论翻来覆去地夸张到怎样叫人难以想象的地步,如果依然符合情理发展的逻辑的话,就依然还在情理之中,依然具有现实生活的充足根据。因此,对于韩诗如《苦寒》、《郑群赠簟》这类作品的奇险艺术风格,人们完全没有理由不为之击节称赏。

《苦寒》诗中有"羲和送日出"、"六龙冰脱髯"等句,这样的形象源自神话,不过在这里刻画得不算十分突出,还不能给人以较为深刻的印象。韩诗中另有些篇章,描写的对象虽然也是平常的或者真实存在着的事物,但为神话、寓言、经传、子史取材去形容它们,却极尽刻画与夸张之能事,以致显得光怪陆离,骇人耳目。例如形容赤藤杖:"共传滇神出水献,赤龙拔须血淋漓;又云羲和操火鞭,瞑到西极睡所遗。"(《和虞部卢四汀酬翰林钱七徽赤藤杖歌》)又如形容柿林:"光华闪壁见神鬼,赫赫炎官张火伞。然云烧树大实骈,金乌下啄赪虬卵。"(《游青龙寺赠崔大补阙》)又如形容无本(即贾岛)在诗歌创作上的大胆:"蛟龙弄角牙,造次欲手揽。众鬼囚大幽,下觑袭玄窞。天阳熙四海,注视首不领。鲸鹏相摩窣,两举快一啖。"(《送无本师归范阳》)这些形容已经很为绚烂,堪称奇观。至于描述陆浑的一场山火,则更是大奇观。看吧,"山狂谷狠","风怒不休",风助火势,烧得"天跳地踔","神焦鬼烂",甚至连日月星辰也都被烧毁,并且旁及一切飞禽走兽与水族。再看火神及其僚属的饮宴欢庆;于此写到席间的陈设、音乐、酒肉、饮啖以及赴宴所乘的车舆、排列的仪仗等等,无不极意侈张,采缋满眼。这一大段所写,基本上是根据于《周易·说卦》里"离为火,为日,为电……为甲胄,为戈兵;其于人也为大腹"这几句文字[11]。作为根据的文字其实不过如此,很为简单,而由此变化出来的形象却是那样丰富多彩,那样离奇怪诞。火神的难于抗拒的威力,因之从侧面又得到一次很为充分的表现。作为与火神的对比,以下还着力刻画出对立面水神的狼狈可怜相。而且写到不但水神一败涂地，即使上帝也无可奈何，只好说是火行于冬，不可禁绝，水要得势，须待来春；又说水火两族世代互为婚姻，假使一旦彼此为仇，日后两族的子孙如何相处。从一场野火，引出水火相克相济之说，而且予以有声有色的表现，这是十分奇特的构思。韩愈的这首诗题为《陆浑山火一首和皇甫湜用其韵》，可惜皇甫湜原诗不传，无从比较。皇甫湜是力主为文怪奇的，所以原诗或许会更怪一些，也未可知。但就韩诗来说，造语奇险的艺术风格却可说已经达到了登峰造极的地步。这首诗足可算是韩诗奇险艺术的代表之作了。不过由于着力于竞奇逞诞，时露斧凿的痕迹，以致不免缺少一点诗的风致；而且间用奇字奥义，也使人只觉佶屈聱牙，难读得很，所以又并不能算是十分完美的杰作。

由杜诗的语必惊人，到韩诗的造语奇险，韩愈确实已经在诗歌艺术上开辟出一个新的境界。无论存在怎样的缺点，也都应该承认这是韩愈的创造，是他对唐诗的一大贡献。

细读韩愈《调张籍》诗，似乎可见韩愈学习李杜的诗歌艺术，是经历了两个阶段，呈现出三种状态。最初的第一个阶段是"夜梦多见之，昼思反微茫，徒观斧凿痕，不瞩治水航"，这是一种状态。经过努力追求与揣摩，突然飞跃地进入第二个阶段。"精神忽交通，百怪入我肠。刺手拔鲸牙，举瓢酌天浆"，这是这一阶段的一种状态。处于这种状态能把诗写得怪怪奇奇，确乎也很有成就，但好像还不算是他所认为的理想境界。另一种状态才最为符合他的理想，那是这样的："腾身跨汗漫，不著织女襄。顾语地上友，经营无太忙。"即使是天上织女织成的衣裳，都不屑穿着了；诗歌创作中那些徒然骇人耳目的捋撼撰造，都不必忙着去经营了。虽然不忙于经营，却能自然而然地合于李杜，与李杜诗精神融合为一体[12]。学习李杜，至此才算达到最高的标准。其实韩诗中符合这一标准的作品并不少，如《卢郎中云夫寄示送盘谷子诗两章歌以和之》这一首就是很好的一例：

> 昔寻李愿向盘谷，正见高崖巨壁争开张。是时新晴天井溢，谁把长剑倚太行？冲风吹破落天外，飞雨白日洒洛阳。东蹈燕川食旷野，有馈木蕨芽满筐。马头溪深不可厉，借车载过水入箱。平沙绿浪榜方口，雁鸭飞起穿垂杨。穷探极览颇恣横，物外日月本不忙。归来辛苦欲谁为？坐令再往之计堕眇茫。闭门长安三日雪，推书扑笔歌慨慷。旁无壮士遗属和，远忆卢老诗颠狂。开缄忽睹送归作，字向纸上皆轩昂。又知李侯竟不顾，方冬独入崔嵬藏。我今进退几时决？十年蠢蠢随朝行。家请官供不报答，何异雀鼠偷太仓。行抽手版付丞相，不待弹劾还耕桑。

对于这首诗，古代诗论家有的说似子美，有的说似太白，近人高步瀛《唐宋诗举要》则说："奇思壮采以闲逸出之，或云似杜，或云似李，仍非杜非李而为韩公之诗也。"其实这些议论是都可以综合起来的。所谓"非杜非李"，无妨说就是亦杜亦李，也就是似杜又似李；似杜而又似李，由此也就形成韩愈自己的风格。

韩愈从学习杜诗而创出一种奇险的诗歌艺术，又与李杜诗融合为一体而形成他自己的一种独特风格，这两点都是由追踪李杜而获得的新的创造。然而韩愈又在李杜之外开辟出另外两个几乎纯粹是属于他自己的新的境界，这才是韩诗的更为重要的创造。韩诗之所以为韩诗，多半还是在于从这一方面表现出十分突出的特色。

韩愈有一点与李杜很不相同。杜甫不致力于为文，杜文不工无疑是事实；李白虽能文，但他显然更醉心于诗歌；韩愈则不然，他是兼擅诗文的，既是大文豪，又是大诗人。不过韩愈认定他的主要事业是兴儒反佛，而这就要求他把主要的精力用于古文；相对说来，也很自然地就把诗放在了次要的地位,所以《和席八十二韵》诗中说:"馀事作诗人。"把写诗作为"馀事",这与李杜的区别是太大了。

因为是把写诗作为"馀事",所以韩诗在题材内容上会有一种特殊的表现。欧阳修《六一诗话》说:"退之笔力无施不可,而尝以诗为文章末事,故其诗曰:'多情怀酒伴,馀事作诗人'也。然其资谈笑,助谐谑,叙人情,状物态,一寓于诗,而曲尽其妙。"所谓"叙人情,状物态",这里可以不论,因为人情与物态在许多诗人的诗作中都会写到;而如人情,即使韩文也不少涉及。这些题材都不算怎样特殊。然而"资谈笑,助谐谑",却特别值得注意,因为谈笑谐谑之类的题材,在诗歌领域中只有少数诗人喜爱运用。韩愈为人是最爱谈笑谐谑的,这也是他个性的一个突出的方面。张籍对于他这样的作风很不以为然,韩愈《重答张籍书》就说:"昔者夫子犹有所戏,《诗》不云乎:'善戏谑兮,不为虐兮。'《记》曰:'张而不弛,文武不能也。'恶害于道哉?"诚然,韩文不免也有游戏笔墨,不过比较起来,谈笑谐谑之类的题材在韩诗中却是更为大量出现的,而且往往写得有趣得很,真正是"曲尽其妙"。除欧阳修之外,近人程学恂在《韩诗臆说》里也明确说到韩愈"于诗中多谐言之以写情"。谈笑谐谑确是韩诗在题材内容上的一大特色。韩愈喜爱谈笑谐谑的个性特点,是在他作为"馀事"的诗歌创作里才得到最为充分的表现。

韩诗谈笑谐谑,涉及的范围十分广泛。这里有韩愈自己的漫画式肖像,如《郑群赠簟》诗中所说"腰腹空大"、"慢肤多汗",如《落齿》诗中所说"叉牙妨食物,颠倒怯漱水",如《赠刘师服》诗中所说"匙抄烂饭稳送之,合口软嚼如牛呞"等等。这里又有韩愈在生活中扮演过的一幕小喜剧:友人侯喜邀他去钓鱼,按说该是赏心的乐事,不想却叫人扫兴得很。《赠侯喜》诗说那次他们两人骑马去温水,不但一路都无景可观,而且温水这地方也无鱼可求:"我为侯生不能已,盘针擘粒投泥滓。晡时坚坐到黄昏,手倦目劳方一起。蹔动还休未可期,虾行蛭渡似皆疑。举竿引线忽有得,一寸才分鳞与鬐。"本来是一件毫无诗意的事情,却被从头到尾描述得很为精细生动;幽默的情趣,令人回味无穷。孟郊是韩愈尊重的诗友,《醉留东野》诗极写他对孟郊的倾倒,但诗中有几句却别有风味:"东野不得官,白首夸龙钟。韩子稍奸黠,自惭青蒿倚长松。"说孟郊只剩得能够倚老卖老,又不怕说自己能得官是由于有几分奸猾,这当然又是谐谑了。张籍平日与韩愈讨论问题,韩愈总是好胜得很,务求驳倒张籍才肯罢休。《病中赠张十八》诗叙一次辩论的全过程:先是韩愈设法引导张籍发言,然后像作战一样,卷起旗帜,设下埋伏,以待张籍进攻。张籍的攻势果然猛烈异常:"夜阑纵捭阖,哆口疏眉厖。势侔高阳翁,坐约齐横降。连日挟所有,形躯顿胮肛。"当着张籍得意收兵之际,韩愈这才从容地发起反攻:"将归乃徐谓,子言得无哤?回军与角逐,斫树收穷庬。"张籍一败涂地,不得不投降服输:"雌声吐款要,酒壶缀羊腔。君乃昆仑渠,籍乃岭头泷。譬如蚁垤微,讵可陵嵌岘。幸愿终赐之,斩拔柟与桩。"张籍不喜欢韩愈开玩笑,韩愈却偏爱跟他开玩笑,辩论之后居然还写出这样的诗来调侃他,就不怕他气破肚子,也难怪张籍会对他很有意见了。卢仝住在洛阳城里,穷困已极,当时韩愈正做河南县令,时时设法周济他。有一回卢仝差人来控告邻居恶少窥屋,全家惊怕;《寄卢仝》诗叙事至此,跟着就说:"嗟我身为赤县令,操权不用欲何俟?立召贼曹呼五百,尽取鼠辈尸诸市。"跟着又说:"先生又遣长须来,如此处置非所喜。况又时当长养节,都邑未可猛政理。"恶少所犯,当然罪不至死,假使以为韩愈真是打算要滥用权力,作威作福,徇友枉法,草菅人命,那是未免过于老实一点,上了韩愈的当;又是未免过于武断一点,冤枉了韩愈。其实诗中所说韩愈对此事的处置,不过是一句笑话;甚至卢仝所表示的态度,也可能是韩愈所虚拟。也许事实上根本就没有后来这些情节,而韩愈偏要这样写,那也无非是想在这首诗里添上最为精彩的一笔罢了。对于韩愈这种诗人的狡狯,切不可认真地看待。以上所述,都要算是韩愈的自我表现,夫子自道,此外韩愈往往又爱作为一个旁观者去观察他人有何可资谈笑谐谑的材料,一旦有所发现与体会,自然也会形之于诗歌。例如《嘲少年》诗:"直把春偿酒,都将命乞花。只知闲信马,不觉误随车。"说是"误随",也许又不是"误随",嘲笑之中隐藏的趣味,还是较多的。又如《嘲鼾睡》诗中说:"顽飙吹肥脂,坑谷相嵬磊。雄哮乍咽绝,每发壮益倍。"又说:"吾尝闻其声,深虑五藏损。黄河弄溃瀑,梗涩连拙鲧。"又说:"迥然忽长引,万丈不可忖。谓言绝于斯,继出方衮衮。幽幽寸喉中,草木森苯蓴。……"形容鼾声之大及其种种变化,堪称妙绝。鼾声是扰人的,但经韩愈描述出来的鼾声,却像一支奇异的乐曲,可供欣赏,而且准会使人开怀大笑,拍手叫好。韩愈擅长谈笑谐谑的艺术,这一本领于此是得到了一个足可尽情发挥的绝好题目。

前面所论《赠侯喜》诗所叙的钓鱼故事,给予人们这样一种启示:人的主观努力不能获得相应的效果,既是由于受到客观环境条件的限制,所以就必须首先去改变现有客观环境,或者选择另一适宜的客观环境,不然则终将一事无成。难道不是这样吗?难道在一片几乎快要干涸了的河床里,居然还能钓出一条大鱼?因此,诗篇是以如下两句来结束的:"君欲钓鱼须远去,大鱼岂肯居沮洳!"可见韩愈运用谈笑谐谑的题材,也能写出很有意义的诗歌,并非都是止于谈笑谐谑而已。这样的诗作以下还可以再举几篇。

韩愈自阳山贬所北还经衡山,有《谒衡岳庙遂宿岳寺题门楼》诗。诗从祭秩之尊与岳神之威写起,说到衡山绝顶从来都不易登临,然后又说:"我来正逢秋雨节,阴气晦昧无清风。潜心默祷若有应,岂非正直能感通？须臾静扫众峰出,仰见突兀撑青空。紫盖连延接天柱,石廪腾掷堆祝融。"这里说的"若有应",意思是似乎有应,并非真是说有求必应。"若"当然是传疑之词,并非肯定之词。下句的"岂",则自然是不定推度之词,不应是无疑反诘之词。这也就是说,此刻阴转晴究竟是不是由于神与我真正有什么感通,却是不得而知的。本来是神情严肃地在叙重典,步骤从容地在做大题,至此却又把默祷有应之事写得似真非真,疑信参半,谐谑的趣味已经多少有所流露了。以下"升阶伛偻荐脯酒,欲以菲薄明其衷",也不过是入乡随俗的意思,是致敬而非祈福,尽管当时会有人要那么认真地来对待:"庙令老人识神意,睢盱侦伺能鞠躬。手持杯珓导我掷,云此最吉馀难同。"这位游客也只好跟着逢场作戏,真使人不禁要会心而笑。很明显这已经完全是谐谑的笔墨,虽然对于老人却是善意的。然后诗人才顺便说起:"侯王将相望久绝,神纵欲福难为功。"其实这只是无心流露而又轻描淡写的感慨,然而一个志坚气劲不能转移于神人的性格与形象,忽然便屹立在读者面前。孔子所说"敬鬼神而远之",孟子所说"贫贱不能移",在这里都以半庄半谐之态与游戏跌宕之词表现出来,意味不是很为深长吗？韩愈第二次被贬赴潮,途经韶州境内的昌乐泷,《泷吏》诗叙他在这里向一个小吏打听潮州的情况,突然便奇波顿起:"泷吏垂手笑,官何问之愚！"小吏当然一眼就看出韩愈是有罪遭贬,因之虽然口口声声称他为"官",同时却又毫无顾忌、旁敲侧击地对他发出一连串的嘲笑、恐吓与讽刺,最后甚至大言不惭地把他教训了一顿:"瓴大瓶罂小,所任自有宜。官何不自量,满溢以取斯？工农虽小人,事业各有守。不知官在朝,有益国家不？得无虱其间,不武亦不文。仁义饰其躬,巧奸败群伦。"这一番话,真把韩愈说得羞愧难当,使他忽然也觉得:"历官二十馀,国恩并未酬。凡吏之所诃,嗟实颇有之。"这是一个富有戏剧性的故事,一吏一官,形象生动；设为问答，滑稽有趣；吴音野谚，朴拙真切。韩愈故意把小吏当做教育者，把自己当做受教育者，这样的谈笑谐谑，不也是很有意义吗？

韩愈为《石鼎联句》诗作序，序中的轩辕弥明，纯属子虚乌有，实在并无其人。韩愈把他刻画得形貌很丑，本事很大。侯喜做诗一时也算有点名气，却经受不住他的挑战。在联句中他似不经意就压倒侯喜与刘师服，使两人甚至"思竭不能续"，"愿为弟子，不敢更论诗"。他的诗句如"龙头缩菌蠢，豕腹涨彭亨"，形容石鼎，妙不可言，而且双关二意，是兼指鼎与人两者而言的。有的人不也是只会缩着头，挺着大肚子，不敢对问题表示什么意见，但能大吃大喝吗？其实，弥明的诗句，想来也是韩愈所拟；甚至联句全篇，都可能是韩愈一人所构。韩愈虚构出这样一个游戏人间的滑稽人物，赋予他以慧思奇才，借他的诗句讽刺调和鼎鼐的当权大臣，用意无非是要把自己隐藏起来。原来谈笑谐谑，在韩愈笔下，有时还是作为斗争中一种极为有利的武器被运用的。韩愈又有一首《月蚀诗效玉川子作》；玉川子即卢仝，他的《月蚀诗》是有名的诗篇。韩愈这首诗虽然是就卢诗删节而成，却又另有新的创意。比如卢诗说："大蟆一脔，固当软美。见似不见，是何道理？"再看韩诗说："毙蛙拘送主府官，帝箸下腹尝其膰。"卢诗是指责西方攫虎，说是为害月亮的虾蟆，它的肉好吃得很，你既然好吃，为什么偏偏不去吃掉它？韩诗却是诱使上帝毙蛙还月，说是蛙腹下呈白色的那块肉，味道好极了，您要是接受我的请求，把蛙捉来，您就有一顿美食可餐了。韩诗是在跟上帝开玩笑，卢诗所表现的却纯是愤怒。从全诗的风格来看，卢诗显得很为认真，认真到直接述及时事政治，而韩诗却不失比兴之体，始终是把月蚀作为隐喻，并无一语涉及时人。韩诗含蓄，富有风趣，依然是谈笑谐谑的艺术风格。然而韩诗的讽刺锋芒同样十分尖锐，一点也不弱于卢诗。

在中国文学史上，自屈原为始，出现过很多悲剧性诗人，包括李白与杜甫都在内。从一方面来看，韩愈也写悲剧性诗歌，如《八月十五夜赠张功曹》、《题驿梁》[13]等等名篇都是典型的例证，所以他也是悲剧性诗人；但从另一方面来看，他又有不少谈笑谐谑的诗歌，所以他又是喜剧性诗人，而且至少是空前的第一人。这是他作为一个诗人的突出特点之一，这一点把他与许多诗人都区别开来。喜剧性诗人是少见的，因而也是难能可贵的，但在韩愈的时代，要以喜剧性诗人的姿态出现于诗坛，必须具有极大的勇气。按当时一般人的眼光来说，无论诗文，是都不允许有游戏笔墨的。韩愈作《毛颖传》，时人大笑以为怪，致使柳宗元不得不为韩愈写出辩护的文章。裴度十分赏识韩愈，但他作《寄李翱书》（《全唐文》卷五三八），却也要这样严厉地批评韩愈："不以文立制，而以文为戏，可矣乎！可矣乎！"这里所说的"文"，应是包括诗在内的。韩愈敢做喜剧性诗人，他的特立独行果然又经受住了一次严重的考验。

韩愈以古文大家而写诗，一方面是把做诗人视为"馀事"，另一方面好像又是有意识地要做一些被后人称之为"以文为诗"的试验，这样，就使韩诗得以在一个谈笑谐谑的新境界之外，又开辟出另一个新境界。

当然，说韩愈"以文为诗"，只是就韩诗中部分古体诗来说才是符合实际情况的。因为律诗是与骈文关系密切，而与古文关系却疏远，要以古文而为律诗，几乎不可能，所以韩愈不大爱写律诗，他的律绝诸作确乎也很难说有多少以文为诗的表现[14]。与古文关系密切的是古诗。韩愈多写古诗，而他写古诗有时确实运用过古文的句法与章法，而且以议论入诗，这些可说就是"以文为诗"。虽然这并非韩愈自我作古，但到韩愈却有所发展，以致成为韩愈古体诗的一个显著的特点。

既然诗与文是两种不同的文学形式，那么，"以文为诗"又从何而有成立的可能呢？这是因为诗与文固然有所区别，但两者之间却没有绝对不可逾越的界限。因此，本来是属于古文的某些因素，在一定的条件之下，是可以被移植到古诗领域里来，并且使之变化成诗歌艺术的因素的。只要善于作这样的变化，虽是以文为诗，却仍然可以写出十足是诗的诗来，就是说几乎可以做到完全不着一点痕迹。

这里可举韩愈的《山石》诗为例，看看其中是不是有古文章法与句法的因素：

> 山石荦确行径微，黄昏到寺蝙蝠飞。升堂坐阶新雨足，芭蕉叶大支子肥。僧言古壁佛画好，以火来照所见稀。铺床拂席置羹饭，疏粝亦足饱我饥。夜深静卧百虫绝，清月出岭光入扉。天明独去无道路，出入高下穷烟霏。山红涧碧纷烂漫，时见松枥皆十围。当流赤足踏涧石，水声激激风吹衣。人生如此自可乐，岂必局束为人鞿。嗟哉吾党二三子，安得至老不更归！

于荒山古寺之中，自黄昏入夜而至天明的情景，在诗里逐一描叙。一句一景一情，节奏进行迅速，转折似不经意，其实却是把一幅用心结构而丰富多彩的画卷从头展开在读者的面前。方东树《昭昧詹言》论此诗说："只是一篇游记，而叙写简妙，犹是古文手笔。"这个意思是说，韩愈写这首诗，是运用了古文的章法，所以它简直好像是一篇游记。程学恂《韩诗臆说》论此诗则说："李杜《登太山》、《梦天姥》、《望岱》、《西岳》等篇，皆浑言之，不尽游山之趣也。"这个意思是说，李白与杜甫的那些游山诗，都不逐一描叙游览的始末经过，与韩愈这首诗有所不同，而如韩愈这样写，才能尽游山之趣。可见在这首诗里，确实是有古文章法这一因素存在的；而且正是由于具有这一因素,才使它与以往李杜等诗人的同类诗篇比较起来,显得独具特色,别有优点。再看诗中"嗟哉吾党二三子"一句,其中有一个语气词"哉",用以加重感叹,这也显然是古文的句法。这首《山石》诗,确乎可算韩愈以文为诗的代表作,然而它又是十足的诗,真正的诗,是古今公认的杰作,历来的评论都赞誉不绝,比如方东树与程学恂都是给予很高评价的。

诗歌主要用以抒情,但也不排斥叙事与说理,这是自《诗经》以来历代诗歌中存在的客观历史事实。不过以诗歌叙事与说理,也须与抒情很好地结合起来。其中叙事与抒情是较为容易结合的,而说理与抒情的结合却要困难得多。以诗歌说理即以议论入诗,是一个诗歌艺术的难题,难就难在必须把经由冷静思考获得的观点、见解与理论,变化成热烈的或深挚的情感,然后以诗的语言抒发出来。既要克服如此尖锐的矛盾,诗人的眼光就不能不是深刻的,感觉就不能不是敏锐的,才思就不能不是富赡的。韩愈充分具备了这些条件,所以他以议论入诗,往往会获得很大的成功。如《调张籍》诗评论李杜,《荐士》诗评述自《诗经》直至他那时代的诗歌发展,《石鼓歌》议论石鼓文等等,都是人所熟知的例证。这些诗篇都具有纵观古今、牢笼万有的气概,从中流露的一种磊落豪横的情绪,足能发挥鼓舞的作用。这些诗是议论,但又是诗人的心声,所以又是真正的诗。韩愈确实爱以议论入诗,这也是他以文为诗的一个重要方面,应该承认他在这一方面的成就很为可贵。

古代五言诗句的结构是上二字下三字,七言诗句的结构是上四字下三字,但在韩诗古体中却出现过上三下二的五言句与上三下四的七言句,例如"乃一龙一猪"、"在纺绩耕耘"、"落以斧引以缰徽"、"子去矣时若发机"等等。这些拗句也被诗论家看做为散文化的句式,也算是以文为诗的一种表现。诗歌艺术要求和谐,在古代的五言诗与七言诗中偶尔夹有这样的拗句,的确显得很不和谐,读到的时候确乎好像是突然碰上了一个散文的调子。韩愈当然是故意要做得有点不和谐,是试图打破原有的和谐。诗歌形式是应该有所发展的,不能永久原地踏步,不向前进。在中国诗歌史上,韩诗的这些拗句最早透露出一点要求诗体发展的消息。假使韩愈更为大胆一些,在一首诗里多写一些这样的拗句,致使拗句与非拗句在数量上几乎不相上下,于是拗句不再成其为拗句,新的和谐也就形成了。这样,就可以认为是创出了一种新的诗体。可惜的是韩愈还没有走到这一步。

汉赋尚铺排,韩诗中有的作品也多铺排。《南山诗》历叙春夏秋冬四时之变,列写山势与景物,又连用数十"或"字句,是极意铺排的一例。诗多铺排,可说是以赋为诗。赋本来兼具诗与散文的性质,所以从一方面来说,赋也要算是古文的一体,以赋为诗则要算是以文为诗的一种吧。不过诗贵精粹,以赋为诗则恰好丢掉了诗的这一可贵的特点。然而又不应完全否定这样的形式。《南山诗》于铺排中表现重峦叠嶂,层出不穷,显得气象瑰丽。而且有的描写,如"微澜动水面,踊跃躁猱狖。惊呼惜破碎,仰喜呀不仆"等句,确实体物入微,新奇可喜。这首诗确也有它可取的一面。足见诗中有此一格,也是无妨的。偶一为之,同时不忘是在写诗而不是真在做赋,也未尝不可。

陈师道《后山诗话》引黄庭坚的评论说:"诗文各有体,韩以文为诗,杜以诗为文,故不工尔。"的确,诗与文究竟是有所区别的,而且区别很大,以文为诗自然更不应无视这种区别,更应细心地注意掌握分寸,否则就很易走向极端,以致产生荒谬的结果。韩愈以文为诗有时也不免走向极端。《嗟哉董生行》非诗非文,是最为典型的一例。而《谢自然诗》的后半,大致也只是把《原道》的意思编成韵语。《原道》一文对佛老二氏的批判倒还蕴含着一种愤怒而且沉痛的情感,

《谢自然诗》中的议论却是平直冷静的,毫无情致,简直不成其为诗。黄庭坚的评论如果只是针对这些极端的现象而言,那是正确的。但如是根本否定韩愈"以文为诗"的做法或是就韩诗的全体或基本面貌作评价,却太不公允。韩愈以文为诗,从诗文相通之处把古文的一些因素移植到古诗领域里来,这只会使古诗艺术进一步得到丰富、扩张与提高。韩愈古诗在艺术上富有创造性,在百花齐放的唐代诗歌中独树一帜,与他以文为诗也有一定的关系。以文为诗,就韩诗来说成就还是主要的,缺点只是次要的。至于全面地评价韩诗,更不能说韩诗不工。韩诗在艺术上无疑还是一座高峰。

韩诗笔力雄健,气势宏伟,由追踪李杜而又在李杜之外创出新的诗歌艺术风格,从而在诗国里开辟出一个又一个新的天地,这样的业绩是光辉的。司空图评韩诗说:"韩吏部歌诗数百首,其驱驾气势,若掀雷挟电,撑抉于天地之间,物状奇怪,不得不鼓舞而徇其呼吸也。"(《题柳柳州集后》)这是把韩诗新创的艺术风格的特征准确地表达出来了,不算夸张。

韩愈《荐士》诗说:"横空盘硬语,妥帖力排奡。"实际上这是韩愈针对当时诗歌创作的现实状况而提出的重要主张。自大历以来,至贞元、元和之间,诗风流于平庸圆熟,支离褊浅,以致陈词滥调,展转仿效,诗苑里是存在着危机的。要改变这样的趋势,扫荡多年的流毒,必须要有"硬语盘空"的硬体诗来抵制与代替普遍流行的庸俗化的软体诗[15]。韩愈以他的主张与他的创作实践负起了这一挽救诗风的历史使命,虽然不免也有矫枉过正的一面。在韩愈的影响下,一个以他为首的硬体诗派居然形成起来。属于这一派的,首先有他最为重视的诗友孟郊,所以这一派往往又被人称之为"韩孟诗派"。其他是贾岛、樊宗师、卢仝、马异、刘叉、皇甫湜、李贺等人。他们的诗歌固然都有各自的风貌,但是穷搜苦索,戛戛独造,务去陈言,异乎流俗,则是共同具有的特色。他们当中有的成就很大,有的成就较小,有的可惜存诗不多。其中樊宗师存《蜀绵州越王楼诗》一首,这首诗比它的序文好懂一些,还不算完全违反了语言常规。

韩诗对于后来的宋诗也产生过巨大的影响。叶燮《原诗》说:"韩愈为唐诗之一大变;其力大,其思雄,崛起特为鼻祖。宋之苏、梅、欧、苏、王、黄,皆愈为之发其端,可谓极盛。"苏舜钦、梅尧臣、欧阳修、苏轼、王安石与黄庭坚,都是北宋时期最为重要的诗人,叶燮说他们的诗歌创作都接受过韩愈的影响,这是符合实际情况的。其中推崇韩诗最力的当推欧阳修,其他人有的即使在理论上极力贬低韩诗的成就,但在实践中却又不自觉地追随着韩愈的足迹。当然,韩愈以文为诗,对于宋诗的影响也有很坏的一面。宋诗中那些押韵之文,确实也是渊源于韩诗。

〔1〕 清郑珍《书韩集与大颠三书后》(见《巢经巢文集》卷六)、近人黄天朋《韩愈信佛辨》(见黄著《韩愈研究》,1939年6月版)等文已有考证。宋赵明诚也早已说过:"退之《与大颠书》,乃国初一学佛者伪作。"(见《金石录》卷二九)此说必有所据。

〔2〕 可参考杨群《〈柳州罗池庙碑〉质疑辨伪》,见《韩愈研究论文集》,韩愈学术讨论会组织委员会编,广东人民出版社1988年版。但杨文说《罗池庙碑》"国内至今也不见有拓本流传下来",又说在书法上它"与颜真卿《多宝塔字帖》的风格有些相似",诸如这些却是不确的。《罗池庙碑》国内传世拓本有清何绍基藏本,后归罗振玉,曾公开陈列。杨震方《碑帖叙录》、张彦生《善本碑帖录》均有著录。现已按原本影印,见《书法》1986年第四期,上海书画出版社版。

〔3〕 《庄子·德充符》叙申屠嘉有残疾,同学子产因而瞧不起他,不愿与他一同进出,于是申屠嘉责备子产说:"今子与我游于形骸之内,而子索我于形骸之外,不亦过乎!"郭象注:"形骸外矣,其德内也。今子与我德游耳,非与我形交也,而索我外好,岂不过哉!"此为"外形骸"之说的出处。申屠嘉并不因身有

残疾而自惭,这就是"能外形骸"。

〔4〕 《孝经·三才章》:"先之以博爱而民莫遗其亲。"

〔5〕 《中庸》:"义者,宜也。"

〔6〕 《庄子·山木》:"不求文以待形,固不待物。"而"有待"在《庄子》书中则都被认为是未臻最高境界(见《逍遥游》),甚至被说成是"无特操"(见《齐物论》)。

〔7〕 《乐记》以为哀、乐、喜、怒、敬、爱,"六者非性也,感于物而后动"。《论衡·本性篇》引刘子政(向)所论:"性,生而然者也,在于身而不发;情,接于物而然者也,出形于外。"

〔8〕 荀悦《申鉴·杂言下》论性说:"有三品焉,上下不移,其中则人事存焉尔。"在荀悦以前,王充《论衡·本性篇》说过:"余固以孟轲言人性善者,中人以上者也;孙卿言人性恶者,中人以下者也;扬雄言人性善恶混者,中人也。"这固然是分人性为上中下三等,但与韩愈《原性》的观点不合。《原性》以为无论是孟子说性善、荀子说性恶或扬子说性善恶混,一概都是"举其中而遗其上下"。在王充以前,董仲舒也已分人性为三等,不过他又以为人性只是专就中等而言的,所以《春秋繁露·实性》说:"圣人之性,不可名性;斗筲之性,又不可以名性;名性者,中民之性。"

〔9〕 此据马通伯说,见马通伯《韩昌黎文集校注》,中华书局香港分局1972年版第136页。

〔10〕 《赴江陵途中寄赠王二十补阙李十一拾遗李二十六员外翰林三学士》。

〔11〕 清刘石麟说:"《易·说卦》:'离为火','其于人也为大腹'。故于'炎官热属',以'颓胸垤腹'拟诸其形容,非臆说也。又'彤幢'、'紫纛'、'日毂'、'霞车'、'虹鞘'、'豹'、'鞭'、'电光'、'赪目'等字,亦从'为日,为电'、'为甲胄,为戈兵'句化出。"见钱仲联《韩昌黎诗系年集释》上册所引,上海古籍出版社1984年版第699页。

〔12〕 此句本范文澜说,见范著《中国通史简编》修订本第三编第二册,人民出版社1965年版第691页。

〔13〕 全题为《去岁自刑部侍郎以罪贬潮州刺史乘驿赴任其后家亦遣逐小女道死殡之层峰驿旁山下蒙恩还朝过其墓留题驿梁》。

〔14〕 如长律《咏雪赠张籍》诗有"惟子能谙耳,诸人得语哉"一联,使用了语气词"耳、哉",但两句既然成对,恐怕最多也只能说是骈文的句式,不大好看做是运用古文句法,因而就不能作为韩愈"以文为诗"的例证。

〔15〕 硬体诗、软体诗之说创自范文澜,见范著《中国通史简编》修订本第三编第二册,人民出版社 1965 年版第 690 页。

第七章　柳宗元

第一节　柳宗元的生平

柳宗元(773—819),字子厚,河东解(今山西运城县解州镇)人,世居长安,出身于一个先世虽显赫却日见衰退的官僚家庭。他的曾祖父柳从裕,曾为沧州清池令;祖父柳察躬,曾为湖州德清令;父亲柳镇,曾为殿中侍御史。柳宗元的母亲卢氏,出身于范阳大族,柳宗元四岁时他母亲就开始教他识字读书。

柳宗元诞生在长安,童年时代是在长安度过的。兴元元年(784),柳镇为鄂岳沔都团练使判官,柳宗元当时十二岁,随父去过夏口。十三岁时,游览过长沙。

贞元九年(793),柳宗元二十一岁,登进士科;不久他父亲去世。嗣后他游历过邠州(今陕西彬州)。贞元十四年(798),柳宗元二十六岁,中博学宏词科,授集贤殿正字,掌刊辑经籍、搜集散失的图书。仕途的第一步很为顺利,求进之心更加勃发。三四年后自集贤殿正字被调为蓝田尉;蓝田是畿县,离京城长安不远。贞元十九年(803)闰十月,自蓝田尉调回朝廷任监察御史里行(御史见习官)。在做监察御史里行的时期,结识了王叔文。

贞元二十一年(805),柳宗元三十三岁;正月,德宗去世,顺宗即位。顺宗所亲信的王叔文被任命为翰林学士,不久又做了度支盐铁转运副使、户部侍郎,柳宗元因而也被提升为礼部员外郎。顺宗于上年得中风病,不能说话,是由王叔文、王伾替他出主意;柳宗元、刘禹锡、韩泰等名士则帮助王叔文议论政事,一时间形成一个掌握实权的政治集团。

王叔文集团立即对弊政实行改革:宣布京兆尹李实的贪污罪,贬为通州长史,蠲免民间对官府的旧欠,罢宫市与五坊小儿,停止地方官进奉和盐铁使的月进钱,减盐价,召回陆贽和阳城(诏下而陆、阳皆卒)等等。这些措施都于人民有利,于朝廷也有利。

王叔文集团又派老将范希朝为左右神策、京西诸城镇行营节度使,韩泰为行军司马,这是为要夺取宦官兵权而采取的一个重大的决策。但宦官密令诸将不接受范希朝的指挥,王叔文却毫无办法。王叔文与王伾原都是小官,没有声望,不但不能团结其他要求改革的地位较高的朝官,反而引起广大朝官的猜疑与嫉恨。他们这一集团依靠的只是顺宗,但顺宗病重,很快就要死去;在这种情况下执掌政权,脚跟未站稳就急于求成,也未免失策。宦官俱文珍等很快就和反王叔文集团的朝官联合起来,拥立顺宗的长子李纯为皇帝,是为宪宗。顺宗在位不过半年多,就退位称太上皇,王叔文集团也就随之失势而瓦解。

唐宪宗即位后,立即贬王叔文为渝州司户,王伾为开州司马。王叔文翌年被杀,王伾到贬所不久即病死。柳宗元、刘禹锡、韩泰等八人都算是王叔文党,被贬到远州做司马。王叔文集团在掌权的几个月内颁布的政令都是善政,宪宗把他们看做是异己者加以敌视,给以极重的处罚,这都是为的争权夺利,发泄愤怒,全无是非功过可言了。

柳宗元起初是被贬为邵州刺史,在赴贬所的途中,即在永贞元年(805)十一月,又被加贬为永州司马。永州(今属湖南)在唐属江南西道,当时这个地区还很荒凉。贬官对柳宗元是严重的打击,也是他一生中的转折点。在此以前,他是一帆风顺的;在此以后,他再也没有获得改变命运的机会。从朝廷权要忽然永远地贬为炎荒地方官,内心也永远地存在着不可解脱的苦恼。《新唐书》本传说:"宗元少时嗜进,谓功业可就,既废,遂不振。"这是可信的,因为与他的《冉溪》里的自述也相符:"少时陈力希公侯,许国不复为身谋。风波一跌逝万里,壮心瓦解空缧囚。……"

柳宗元在永州约十年,司马是定员之外的闲官,无事可做,因而这期间他有机会接近人民,而且能全力从事著述,写出许多重要的作品,获得很高的成就。韩愈后来为柳宗元写墓志铭,是这样描述他这一时期的生活的:"益自刻苦,务记览,为词章,泛滥停蓄,为深博无涯涘,而自肆于山水间。"

元和十年(815),柳宗元四十三岁;正月,王叔文集团中同时被贬为远州司马的除凌准、韦执谊已死在贬所,程异已在元和四年迁官外,其馀五人忽然都被召进京。似乎这是打算要重新起用他们了,但朝官中如武元衡等人坚决反对,宪宗也馀怒未消,因而他们二月到达长安,三月又都被改贬为远州刺史;其中柳宗元得柳州(今广西柳州市),刘禹锡得播州(今贵州遵义市西)。官职虽然都有所升迁,地区却是更远了。但柳宗元想到播州比柳州更艰苦,而刘禹锡还有一个年事很高的母亲必须随身奉养,因而就要请求以柳易播。后来幸得裴度的帮助,刘禹锡才得改为连州(今属广东)刺史。这件事表现出柳宗元能够舍己为人,在历史上被传为美谈。

柳宗元在柳州作为刺史,与在永州做员外司马有所不同。刺史是地方长官,虽是在贬,毕竟握有行政实权,可以有所作为,所以他说："是岂不足为政邪！"（韩愈《柳子厚墓志铭》）他在柳州四年多，政绩中最为值得称道的是帮助当地的奴婢获得解放。当时的柳州地区，"其俗以男女质钱，约不时赎，子本相侔，则没为奴婢"（同上韩文）。柳宗元制定办法，规定奴婢可以赎归；极贫而无力赎归的，则按时间计算应得的工钱，工钱与欠债相当时，就算赎了身。这项措施还被他的上级桂管观察使推广到其他几州，在一年之内约有一千奴婢恢复了人身自由。此外，如打井、植树等造福于民的好事，也在他亲自主持下做了起来。他又修了孔子庙，这件事的意义是在于宣扬文化，使当地落后的风俗以儒家思想为指导得到改造。柳宗元的政治主张，在柳州这一地区内得到了有限的实现。

元和十四年十一月八日（公元 819 年 11 月 28 日），柳宗元在柳州因病逝世[1]，终年四十七岁。柳宗元长期被斥，自然是他的政治悲剧，但也正如韩愈《柳子厚墓志铭》所说："然子厚斥不久，穷不极，虽有出于人，其文学辞章，必不能自力以致必传于后如今无疑也。虽使子厚得所愿，为将相于一时，以彼易此，孰得孰失，必有能辨之者。"

刘禹锡遵柳宗元遗嘱将他的遗作编次为三十通，行于世。不过到宋初，柳集已很少流传。当时穆修经多年求索，才得见其书，却是四十五卷的本子。这个本子经穆修录出校定后，于宋仁宗天圣元年（1023）撰成后序，称《唐柳先生集》，是为宋人编校的第一本。约九十年后，沈晦又编校柳集，当时得见四个本子：大字四十五卷穆修本、小字三十三卷本、曾丞相家本与晏元献家本。他以四十五卷本为正集，而以诸本所馀作外集，总计为六百七十四篇；参考互证，漫乙是正二千馀处；于宋徽宗政和四年（1114）撰成后序，称《河东先生集》，是为所谓"四明新本"。柳集的编辑在北宋大体已完成，自南宋开始则多做音释注解的工作。今刘禹锡本与北宋诸本都已亡佚，留传至今较为重要的版本与注本有《新刊增广百家详补注唐柳先生文集》、《增广注释音辨唐柳先生集》、《新刊诂训唐柳先生文集》、《新刊五百家注音辨唐柳先生文集》(残本)、《重校添注音辨唐柳先生文集》(残本)、世綵堂本《河东先生集》与蒋之翘辑注《唐柳河东集》等等。

第二节　柳宗元的思想

柳宗元的哲学思想存在深刻的矛盾。他的立足点固然是儒学,但又崇信佛教,企图"统合儒释"(《送文畅上人登五台遂游河朔序》)。儒释不可能互相包容,因而柳宗元的努力必然遭到失败,无法自立其说。只有立足于儒学而对佛教采取批判的态度,才能成功地从佛学中吸取某些有益的或与儒学相通的因素。

原始儒学徘徊于唯物论与唯心论、无神论与有神论之间,以为天命、鬼神以及一切虚玄的事物都不可知,应该重视的是人事。正如柳宗元《时令论上》所说:"圣人之道,不穷异以为神,不引天以为高,利于人,备于事,如斯而已矣。"因此,儒学固然可以发展为唯心论与有神论,但也可以发展为唯物论与无神论。甚至,后一种发展趋势才是合乎逻辑的,因为既然重视人事,讲究实际,总须有些唯物主义的精神。各种宗教都不能在汉族社会中真正生根,长久盛行,主要是由于对于任何一种宗教,儒学的鬼神不可知论以及由此而发展起来的唯物论具有一定的抗毒作用。董仲舒试图把儒学本身改造成宗教,毕竟也没有达到目的,后世儒学依然没有成为宗教。旨在治国平天下的儒学与追求天国乐土的宗教在根本上是不能调和的。

孔子说"获罪于天,无所祷也"(《论语·八佾》),但又说"四时行焉,百物生焉,天何言哉"(《论语·阳货》),究竟天是神还是自然,孔子的回答看来是不确定的,甚至是自相矛盾的。后来的大儒荀子作《天论》,则确定天是无知的自然。东汉王充也论证天是自然,没有作为;同时确认人死不能为鬼。柳宗元充分发挥这种唯物主义传统的思想,在《天说》文中阐述天与瓜果草木等自然界一切的事物一样,都是无知的,对人不能有赏功罚罪的作用;在《非国语》、《贞符》等等著述中,否定天命、鬼神与符瑞,反对迷信,批判的锋芒很为尖锐,表现出唯物论与无神论的战斗精神。柳宗元又作《天爵论》,否认道德原则如仁义忠信为人性所固有,以为天赋予人的只是明智与意志。这是以唯物主义人性论批判孟子的唯心主义人性论。不过《答刘禹锡天论书》以为天与人完全不相干,不承认两者存在"交相胜"与"还相用"即对立统一的关系,又足见他的唯物主义思想较为片面,不及刘禹锡。

王充说:"天地合气,万物自生,犹夫妇合气,子自生矣。"(《论衡·自然篇》)柳宗元也说:"莣黑晰眇,往来屯屯,庞昧革化,惟元气存,而何为焉!"(《天对》)以为"气"或"元气"是宇宙万物的源泉,物质世界的基本要素,这当然是朴素唯物主义的观点。如果到此为止的话,柳宗元确实是与王充完全一致的。但是柳宗元是要统合儒释的,所以他又要说:"一气回薄茫无穷,其上无初下无终。离而为合蔽而通,始末或异今焉同。虚无混冥道乃融,圣神无迹示教功。"(《南岳弥陀和尚碑》)这又承认在元气的离合变化之外,还有一种神秘的力量,它融合了"道",既"圣"且"神",虽然"无迹"可寻,却在显示"教功";——不但有作为,而且作为极伟大,对之真该顶礼膜拜,赞颂不绝。像这样"统合儒释",可以说是从唯物主义出发而以唯心主义为归宿了。

柳宗元《时令论下》说:"圣人之为教,立中道以示于后。"又说:"立大中,去大惑,舍是而曰圣人之道,吾未信也。"而《南岳云峰寺和尚碑》也说:"维大中以告,后学是效。"《南岳弥陀和尚碑》又说:"凡化人,立中道而教之权,俾得以疾至。"无论是阐述儒学或宣扬佛教,柳宗元往往提出"中道"、"大中",以为这是关键与根本。试图从两种不同的思想体系中抽象出"大中之道"(《断刑论下》)这样一个普遍的原则,似乎很有意义。但是,儒释两家的"中道",却有完全不同的具体内容。儒家讲中庸之道,主张"中立而不倚"(《中庸》),以为对上对下都要有些妥协,于君于民都要有所照顾,这是要调和阶级矛盾。佛教宗派林立,各抱门户之见,大别则不外主有、主空两大派。北齐僧人慧文依天竺人龙树所说,以为"有不定有,空不定空,空有不二,名为中道"(《佛祖统纪》卷六),这是要调和空有诸派,由此而发展为后来的天台宗。调和阶级矛盾,对于被统治阶级总要有些让步,所以中庸思想在一定的历史条件下对于人民多少是有利的。至于天台宗以中道调和空有诸派,则无非是些诡辩与戏论,其目的是谈"空"不废"有",以免祸福报应之类的说教也成为空无所有,这于人民就是有害无利的了。两种"中道"的实质如此截然不同,又怎么能将它们"统合"起来呢?因此,尽管柳宗元能把儒学的中道发挥得很好,但一到讲佛学的中道,仍是一无可取。

柳宗元《送僧浩初序》说韩愈对他嗜佛很为不满,指责他不批判佛教。文中讥讽地回答说:"退之好儒未能过扬子,扬子之书于庄、墨、申、韩皆有取焉。浮图者,反不及庄、墨、申、韩之怪僻险贼耶?"把庄、墨、申、韩都斥之为"怪僻险贼",以为佛教不知高出他们的学说多少倍,佞佛也算达到了极点。文中又说:"浮图诚有不可斥者,往往与《易》、《论语》合。"又说:"吾之所取者与《易》、《论语》合,虽圣人复生不可得而斥也。退之所罪者其迹也,曰:'髡而缁,无夫妇父子,不为耕农蚕桑而活乎人。'若是,虽吾亦不乐也。"但是,如《周易·系辞下》说:"天地之大德曰生。"而佛教却把人的生老病死整个生命过程渲染得苦不堪言,两者又有什么相合之处?如《论语·述而》记孔子"不语怪力乱神",而如佛经却满纸都是骇人听闻的怪力乱神,假如孔子也能见到,难道他能容忍?柳宗元《送浚上人归淮南觐省序》又说:"金仙氏(佛)之道,盖本于孝敬,而后积以众德,归于空无。"《送元暠师序》也说:"释之书有《大报恩》七篇,咸言由孝而极其业。世之荡诞慢诡者,虽为其道而好违其书。于元暠师,吾见其不违且与儒合也。"的确,孝在《论语》书中是讲得较多的,大约柳宗元主要是以为佛教也很重视孝道,这才觉得佛教不可斥,而且统合儒释也具有足够的根据。这当然说明柳宗元是坚守儒家伦理观念的,但也说明他为佛教所作的辩护全是自欺欺人。柳宗元"自幼好佛,求其道积三十年"(《送巽上人赴中丞叔父召序》),似乎不应不知佛教的本义原是要割断世俗因缘因而是要反对孝道的。在历史上,应该不应该孝敬父母,这本来也是儒释斗争的一个焦点。在这一问题上儒释是根本矛盾的,无法调和的。佛徒谈孝,只是他们在斗争中屈服于形势而不得不对儒家作出的一种让步。佛徒让步,就是自相矛盾,大背教旨。柳宗元以这种自相矛盾的佛教来与儒学统合,显然难于自圆其说。

从政治上来说,在封建社会里,佛教不过是供统治阶级用来对人民进行麻醉与欺骗的一个工具,佛教本身却谈不上有多少政治思想。柳宗元立志"辅时及物"(《答吴武陵论〈非国语〉书》),关心"生人之患"(《答周君巢饵药久寿书》),政治思想却是他的思想中的一个重要方面。在这一方面他不可能从佛教接受多大的影响,最多也只是以为佛教"事神而语大","有以佐教化"(《柳州复大云寺记》)而已。

柳宗元《寄许京兆孟容书》自述他的抱负说:"唯以中正信义为志,以兴尧、舜、孔子之道,利安元元为务。"可见他的政治思想还是渊源于儒学。儒学一贯反对横征暴敛的贪虐政治,孔子以为"苛政猛于虎"(《礼记·檀弓下》);柳宗元在永州作《捕蛇者说》,根据自己深入民间调查研究所得也作出"赋敛之毒"甚于蛇的结论。儒学较为重视人民群众,孟子有民贵君轻的思想,以为人民最为重要;柳宗元作《送宁国范明府诗序》、《送薛存义之任序》,则提出吏为民役的观点:"盖民之役,非以役民而已也。"这些都说明柳宗元的政治思想是从传统的儒学里吸取过民主性的因素,比韩愈更接近于人民。

然而柳宗元并非拘守经典的儒生,在儒家的政治思想史上又确实作出了独创的前所未有的贡献。主张统一,反对分裂,是儒家的一个基本的政治观点。但如孔子主张大一统,要求天子治天下,诸侯治本国,是把当时已经处于崩溃过程之中的分封制看做天经地义的制度。柳宗元作《封建论》,论证历史上的分封制不过是当时形势的产物,并不是"圣人之意",它不如郡县制有利于中央集权;分析精到,见解卓越,是以新的学说发展了儒家主张统一的传统观点,使后世顽固的分封制拥护者在理论上从此彻底破产,也为反对当时的藩镇割据提供了坚实的理论根据。

儒家学说如有彼此矛盾的观点,柳宗元则又能择善而从,不管支持这种观点会处于怎样孤立的地位。比如儒家主张"尊贤使能,俊杰在位"(《孟子·公孙丑上》),但又区别贵贱等级,讲究亲亲、尊尊、长长等等礼的规范,难免自相矛盾。只有孟子还肯明白承认在迫不得已的情况下,国君进贤可以使"卑逾尊,疏逾戚",但须经过慎重的考察:"左右皆曰贤,未可也;诸大夫皆曰贤,未可也;国人皆曰贤,然后察之;见贤焉,然后用之。"(《孟子·梁惠王下》)然而孟子的这点意思也未为人所重视。柳宗元作《六逆论》,谈"择君置臣之道",以为《左传》所说"少陵长"、"小加大"、"淫破义"固然是"乱之本",而"贱妨贵"、"远间亲"、"新间旧"也许反倒可算是"理之本",只须贱者、远者、新者确是圣且贤。柳宗元为要针砭现实而大胆地违反占有优势的古训与传统,致与孟子思想中的民主性精华相契合,这是为一般"拘儒瞽生"所不敢想象的。

柳宗元《答韦中立论师道书》提出"文以明道"之说,同时又自问:"凡吾所陈,皆自谓近道,而不知道之果近乎?远乎?"事实上柳宗元很有创新的精神,甚至能以批判的武器推动儒学向前发展,但是这只有在脱离佛教对他的深刻影响下才能获得成功,而当他试图统合儒释时,就不能不显得左右支绌,漏洞百出,甚至堕入宗教迷信的泥潭,不但远离了儒家之道,而且可以说是与之背道而驰了。

第三节　柳宗元的山水游记、寓言与其他古文作品

柳宗元的古文创作丰富多彩,其中山水游记与寓言在文学发展的历史上占有重要的地位;山水游记中的"永州八记"尤其是文学珍品,应该获得很高的评价。

以山水景物作为主要描写对象的文学作品产生于东晋、刘宋时期。刘宋时鲍照有《登大雷岸与妹书》,后来梁吴均有《与朱元思书》,在实质上可说已是山水游记,但在体裁上却是书信。北魏郦道元注《水经》,描述三峡、孟门山等处[2],峻洁层深已如山水游记,而且显然给予柳宗元游记以很大的影响,然而是地理科学著作中的片断。至于如王羲之的《游四郡记》、谢灵运的《游名山志》、梁陶弘景的《寻山志》等等,从题目上看虽然应是游记,但从保存下来的一些片断文字看却没有多少文学价值,很难说是游记文学作品。这些现象说明自东晋以来的一个时期虽然已经完全具有创造游记文学的条件,但毕竟尚未产生富有文学价值的游记体裁。到唐代,先于柳宗元

开始写出游记的是元结。元结放恣山水,在道州作《右溪记》,笔致凝练,自成境趣,已是一篇游记佳作,可说是以优秀作品创造出游记文学体裁了。然而较多地写游记,在艺术上获得很高的成就,从而为我国游记文学奠定坚实基础的,却是柳宗元。

柳宗元被贬到永州,哀怨疑惧,痛苦到极点,只有秀丽的山水景物可以使他暂时地得到一点快乐。《与李建书》说:"永州于楚为最南,状与越相类。仆闷即出游,游复多恐。涉野有蝮虺大蜂,仰空视地,寸步劳倦;近水即畏射工沙虱,含怒窃发,中人形影,动成疮痏。时到幽树好石,暂得一笑,已复不乐。何者?譬如囚拘圜土,一遇和景出,负墙搔摩,伸展支体,当此之时,亦以为适,然顾地窥天,不过寻丈,终不得出,岂复能久为舒畅哉?"而为要多次地获得一时的舒畅,所以他会不倦地寻山问水,探幽访奇;发为文章,就是脍炙人口的"永州八记"及其他游记。

"永州八记"包括《始得西山宴游记》、《钴鉧潭记》、《钴鉧潭西小丘记》、《至小丘西小石潭记》、《袁家渴记》、《石渠记》、《石涧记》与《小石城山记》。前四记作于元和四年(809)秋,后四记作于元和七年(812)秋,在创作时间上前后虽相距三年,在内容上却是首尾一贯的整体。柳宗元写的游记不少,除这八记外,如元和八年(813)夏又作《游黄溪记》,后来在柳州又有《柳州东亭记》、《柳州山水近治可游者记》,不过所有这些都不能与"永州八记"相媲美。

永州的山水并非名胜所在,不为人知,须待发现,"永州八记"叙述了作者发现山水自然美的过程,表现出对美的追求是怎样的努力。在炎荒发现多处奇美的山水,一处胜似一处,使人惊奇,同时也不免使人感慨。"不为之中州,而列是夷狄,更千百年不得一售其伎"(《小石城山记》);诸如这些,无疑是作者的自喻。山水被埋没,正如自己被遗弃,在他看来也是可悲的。不过这位被遗弃的作者一旦发现被埋没的山水,好像是在陌生的世界忽然遇到亲切的知己,心情的快乐又简直非笔墨所能形容。《钴鉧潭记》说:"孰使予乐居夷而忘故土者,非兹潭也欤?"《石涧记》说:"古之人其有乐乎此耶?后之来者,有能追予之践履耶?得意之日,与石渠同。"欢乐的情绪确实压倒了悲剧的气氛。山水游记要写出山水自然美足以使人愉快,使人忘忧。这是山水游记必须具有的基本特点。"永州八记"充分表现出这样的特点,才能成为游记中的杰作。这一组作品在柳文中因而也别具一格,很为难得。

"永州八记"写八景,各具特色,绝无雷同。西山是高峻特立的,"攀援而登,箕踞而遨,则凡数州之土壤,皆在衽席之下。其高下之势,岈然洼然,若垤若穴,尺寸千里,攒蹙累积,莫得遁隐。萦青缭白,外与天际,四望如一";小石城山则积石如堡坞,"无土壤而生嘉树美箭,益奇而坚,其疏数偃仰,类智者所施设也";钴鉧潭有悬泉,于是"崇其台,延其槛,行其泉于高者而坠之潭,有声潀然。尤与中秋观月为宜,于以见天之高,气之迥";钴鉧潭西小丘有无数奇石,"其嵚然相累而下者,若牛马之饮于溪;其冲然角列而上者,若熊罴之登于山";小丘西小石潭里的鱼儿最为可爱,"可百许头,皆若空游无所依。日光下澈,影布石上,怡然不动,俶尔远逝,往来翕忽,似与游者相乐";袁家渴水中小山岩洞下多植树木花卉,"每风自四山而下,振动大木,掩苒众草,纷红骇绿,蓊葧香气,冲涛旋濑,退贮溪谷,摇飏葳蕤,与时推移";石涧是"亘石为底,达于两涯。……水平布其上,流若织文,响若操琴"。坐下休息,如在石渠,"风摇其巅,韵动崖谷,视之既静,其听始远";如在石涧,"交络之流,触激之音,皆在床下;翠羽之木,龙鳞之石,均荫其上";如在小石潭,"四面竹树环合,寂寥无人,凄神寒骨,悄怆幽邃。"每一处都是一幅优美的或壮美的风景图画;幽邃与凄清是其中有些画面的基调,但有些画面却是开阔的,或者繁丽的。柳宗元观察入微,刻画细致,把千姿百态的自然美生动逼真地一一描绘出来;但自然美又不是被客观地予以表现,同时也融入了人的主观上的审美感,以致描写不但臻于化境,而且富于诗情,使人不能不神往,不能不陶醉,也使人不能不惊叹他的散文语言艺术的魅力。

"永州八记"从郦道元《水经注》里的写景文化出,是我国游记文学创始时期的作品,也是后世游记文学的典范;它们所达到的艺术成就,几乎是为后世游记文学所难于企及的。

寓言文学在我国文学史上产生很早,先秦诸子散文中常见有寓言故事,被作为比喻,用来阐明文中的观点。以此喻彼,以小喻大,由具体引向抽象,由浅近可悟高深,不仅使文章生动有趣,而且使理论易于为人所接受。后来逻辑思维得到发展,理论著作与文学作品逐渐分离,在理论著作中也就很少见到穿插寓言,寓言文学反倒远不似先秦时代繁荣了。柳宗元创作寓言,虽然在思想与艺术上都还没有达到先秦诸子已经达到的最高水平,却是使寓言成为一种独立的文学体裁,寓言文学的传统因而得到恢复和发展,在文学史上这也是一大贡献。

柳宗元被贬到永州,自然感触很多,或不便明说,而要曲折地表达,于是寓言成为适于运用的一种文学形式。他的某些寓言,古代有的注家与现今有的论者以为或许是因后悔自己及祸而作。从那些作品的内容来看,这样的可能性是存在的,不过也不易确指。只有《谪龙说》一篇,以龙女被贬人间、怒斥贵族少年的无礼行为、七天后又重返天宫的故事,寓"非其类而狎其谪不可"的教训,则确乎是作者在贬所"有激而然者也"(百家注本韩醇说)。不论作家的具体创作动机如何,寓言所表达的人生教训应该都具有普遍的意义,这才是寓言文学主要价值的所在。因此,以下只从这一角度出发来论述。

柳宗元的寓言名篇有《蝜蝂传》、《罴说》、《三戒》等。《蝜蝂传》写贪重负且好上高以至坠地而死的小虫，是向"日思高其位，大其禄，而贪取滋甚，以近于危坠"的人们提出警告。《罴说》叙一个猎人利用自己"能吹竹为百兽之音"的条件与罴、虎、貙可逐一制服的特点，逃避了貙与虎的侵害，却终于为罴所食的故事，以此来教育"不善内而恃外者"。两篇作品描述生动，教训深刻，富有说服力，堪称寓言文学中的佳作。

《三戒》包括《临江之麋》、《黔之驴》与《永某氏之鼠》三篇寓言。柳宗元在序中说他一贯厌恶世人"不知推己之本，而乘物以逞"，以致终于遭到祸害，所以借麋、驴、鼠三种动物的故事写了这一组作品，以为训戒。不过在这三者之中，实际上只有鼠是可恶可恨的。这群藏在阴暗地方活动的恶物，"窃时以肆暴"，确实令人切齿。麋与驴却都是可怜的。临江之麋所犯的过失不过是"忘己之麋也，以为犬良我友"，不过是"见外犬在道甚众，走欲与为戏"。它因此而被外犬杀食，这种悲剧所显示的教训诚然也很值得吸取，但文中把麋的过失算做是"依势以干非其类"，却是未免苛刻一点。按人类社会生活的准则来说，弱者要求与强者平等友好地相处，这在根本上原是无可指责的。至于黔之驴，它当然是一个无能而且愚蠢的形象，然而柳宗元从这个故事却引出这样的教训："噫！形之厖也类有德，声之宏也类有能。向不出其技，虎虽猛，疑畏，卒不敢取。今若是焉，悲夫！"可是，人若无德无才，难道可以永远装扮成有德有才吗？教给无德无才的人学会这样的"聪明"，究竟又有何意义呢？从这个故事本来是应该引出一种完全相反的教训，即人总须有点真实的本领，不能全靠虚张声势、吓唬别人过日子。在柳宗元的寓言作品中，《黔之驴》一篇影响最大，经常为人所引用。"黔驴技穷"早已成为家喻户晓的典故，"庞然大物"也是至今还流行于人们口头的成语。不过古今读者虽然喜爱这个故事,一般却都没有去理会柳宗元的训戒,而是从与他的训戒相反的方面去理解。由此可见,柳宗元的这则寓言,它的故事部分确是十分耐人寻味的,它的训戒部分却是不可取的。

天竺寓言极为丰富。释迦牟尼说教,常运用流传于民间的寓言,作为譬喻。柳宗元在当时文人中独爱写作寓言,与他多读佛经大约也不无关系。他的寓言中有《东海若》一篇,甚至就是宣传佛教思想的。文中前段叙述两个葫芦的故事,后段解释佛教教义,劝导人们"修念佛三昧一空有之说",无论在内容上或形式上都与《百句譬喻经》很相仿佛,不过故事不像《百句譬喻经》那么浅近有趣,而是艰深得多了。

在游记与寓言之外,柳宗元的传记文在文学上也有一定的成就。其中《段太尉逸事状》是最好的一篇,柳宗元自己也很为重视。这是经过调查研究才下笔写成的,事实确凿,可以传信,然而人物栩栩如生,情节引人入胜,很富戏剧性,充分体现出史传文学的特色。段秀实这个爱护人民、不畏强暴、洁身自好的封建时代正直官吏的形象,给人以很为深刻的印象。这篇文章可说是学《史记》而能成自然,比《汉书》也并不逊色的。《童区寄传》是以一个牧童智杀强贼、英勇自救的故事,来抨击落后地区贩卖人口的野蛮风俗,它虽以真人真事为依据却又带有传奇色彩,使人乐于传诵,也可说是古代一篇优秀的儿童文学作品。柳宗元的传记文中又有一种是前半叙事,后半议论,藉人物的事迹来阐述一定观点的。其中《宋清传》批判附炎弃寒的世风,由此又指出士大夫反倒不如逐利市民的眼光远大;《梓人传》叙自己作为士大夫逐步地认识到一个建筑工程师的作用与本领,不再嘲笑工程师是"无能而贪禄嗜取者"。都很有新意。在工商业还不发达的古代而具有这样的见解是难能可贵的,足见他的思想是怎样的敏锐。《种树郭橐驼传》以顺应自然的种树之道,说明组织生产与指挥生产不可干预过多,以免反而苛扰实际从事生产活动的群众,是针对政乱令烦的现状而提出清静无为的主张,对人很有启发作用。韩愈传述过一个泥水匠,柳宗元传述的下层人民更多,是古文运动接近人民群众的一种表现,很可注意。柳宗元又有《河间传》,故事纯属虚构,近乎小说,是用以对某些丧失节操的人们发泄愤恨的。文中叙事曲折,艺术技巧很高,却不免带有自然主义的色彩,可说已经初具后世如《水浒》书中潘金莲之类人物故事的规模。古文运动影响于小说的发展,这是一个具有特殊意义的具体事例。

柳宗元的书启中有些是诉苦告哀的,而且往往希望对方设法帮助他除去罪籍,再做朝官。这样的文章有时倒是很为真实地生动地描述出他在贬所时的精神状态,同时却也暴露了他的意志过于脆弱,心情过于悲观。前引《与李建书》中的一段文字,可见一斑。柳宗元又以为自己与屈原的遭遇有些相似,于是仿屈赋而为骚体,这类作品的数量也不算少。但是,元和年间的政治确乎一度还很有些新气象,足见柳宗元的进退并不如屈原那样关系着国家的兴衰,只是封建时代一个知识分子与政治家遭到遗弃的悲剧,而且柳宗元也缺乏屈原那样的爱国主义的激情,所以由此引起的读者的同情毕竟是较小的。

古文运动中韩、柳并称,两人都以丰富的创作实绩为这一运动作出了巨大的贡献。韩愈与柳宗元在散文上的地位,犹如李白与杜甫在诗歌上的地位一样,都是崇高的。不过韩柳两人作品的风格却不相同,特别是在议论文中表现得更为明显。以《原道》为代表作的韩文表现得畅通雄恣,以《封建论》为代表作的柳文表现得缜密谨严。柳宗元《答韦中立论师道书》自述写作经验说:"抑之欲其奥,扬之欲其明;疏之欲其通,廉之欲其节;激而发之欲其清,固而存之欲其重。"抑与扬,疏与廉,激与固,发与存,都是相反而又相成的。必须辩证地去理解与运用这些,文章才能做到既深入而又明朗,既流利而又有顿挫,既清扬而又凝重。柳文的风格,说明这样的经验确实反复地得到实践。韩愈与柳宗元两个大作家的两种不同风格的形成,说明古文运动在艺术上已经很为成熟,已经积累起两宗很为可贵的财富。

第四节　柳宗元的诗

　　与韩愈一样,柳宗元也是兼擅诗文的。柳宗元的诗今存一百四十多首,绝大多数是贬官以后所作,虽然作品的数量不算太多,但他作为诗人,在当时的诗坛上,却是在韩孟与元白两大派之外自成一家,值得重视。

　　魏晋六朝文学对于柳宗元的影响是相当深刻的。这种影响表现在他的古文创作上,是把南北两种不同的文风融合起来,创出一种新的散文艺术;而在诗歌创作上,这种影响则有更为突出的表现。柳宗元的诗,就其基本风貌来看,是取法于谢灵运与陶渊明。在生活态度上,陶诗的恬淡对他具有莫大的吸引力;在诗歌艺术上,谢诗的工妙是他追踪的模范,也是他试图超越的典型。在柳宗元之前不久的诗人韦应物,诗风也有些六朝馀韵。韦柳两人都学陶谢,不过韦较多近陶,柳较多近谢。陶渊明是难于企及的大诗人,所以尽管韦柳两人学陶功力很深,总是不能真正到达陶诗的境界。明李东阳《麓堂诗话》说得很好:"陶诗质厚近古,愈读而愈见其妙。韦应物稍失之平易,柳子厚则过于精刻。"柳诗精刻,是源自谢灵运。谢灵运却不是绝对不可企及与超越的。这里不妨从比较谢诗与柳诗开始,先从这一方面看看柳诗的得失。

柳宗元由于被贬而寄情山水,爱写山水诗,这与谢灵运多少有些相仿佛。清何焯《义门读书记》于柳诗《游南亭夜还叙志七十韵》"木落寒山静,江空秋月高"一联下,指出谢诗已有"野旷沙岸净,天高秋月明"一联(《初去郡》)。柳诗以谢诗为范本,这是一个再明显不过的例证。谢诗这一联直书所见,不事雕琢,为工于刻画的谢诗带来一点自然的风致,很为难得。谢诗中这类突出的名句还有"池塘生春草,园柳变鸣禽"、"明月照积雪,朔风劲且哀"等,都是脍炙人口的。柳诗"字字如珠玉"(张戒《岁寒堂诗话》),几乎可说是精而又精,学谢诗也算很到家了。谢诗不免有累于繁富的缺点,柳诗劲峭且森严,并不存在如谢诗这样的问题。令人稍觉遗憾的是柳诗不像谢诗那样,还有一些十分自然而且惊听的佳句。柳诗中为诗论家推重的佳句,如"壁空残月曙,门掩候虫秋"(《酬娄秀才寓居开元寺早秋月夜病中见寄》),是精刻的,而非自然的;如"回风一萧瑟,林影久参差"(《南涧中题》),虽见自然省力,却仍不算惊听,仍不能广泛地播于人口。然而柳诗有《江雪》一首:"千山鸟飞绝,万径人踪灭。孤舟蓑笠翁,独钓寒江雪。"这却是天然的一幅图画,传诵千古的名篇。这首诗寄托柳宗元的孤高情趣,才真正是柳宗元自己的山水诗,也才真正能与谢灵运的山水诗区别开来,显出独具的特色。谢灵运还写不出这种意境极高的诗来。

谢灵运的山水诗都是五言诗,柳宗元则于五言诗之外,也以七言诗来写山水风光。很为显然,这是完全独立于谢诗之外了。柳宗元的这些七言诗,如七绝《与浩初上人同看山寄京华亲故》、《柳州二月榕叶落尽偶题》,七律《登柳州城楼寄漳汀封连四州》、《得卢衡州书因以诗寄》等篇,描写海畔尖山、满庭榕叶、惊风密雨、秋雾夕阳,无不是触景生情,表现得愁复加愁,很为感人。更为值得提出的还是七古《渔翁》诗:

渔翁夜傍西岩宿,晓汲清湘燃楚竹。烟销日出不见人,欸乃一声山水绿。回看天际下中流,岩上无心云相逐。

这首诗与前引《江雪》诗一样,都是寄托诗人自己情趣的,不过前诗所写的是静态,此诗却一句一个场景,连续显现,流转活泼,生动之至。两首诗一静一动,珠联璧合,完美无缺地把诗人所向往的一种遗世独立、回归自然、无拘无束、自由自在、自食其力、自得其乐的理想生活境界表现出来,应该可算是浪漫主义诗歌的两篇杰作了。柳宗元在山水诗创作道路上如果只知跟随谢灵运的足迹,即使在艺术上有某些胜过谢灵运之处,也是不能越出谢诗规模的。然而柳宗元毕竟是唐代的诗人,当他不为六朝馀韵所限而唱出唐音时,却往往能够超越谢灵运。

《江雪》与《渔翁》两首诗所写的,也可以说是隐士的生活。柳宗元在诗里向往这种隐士生活,他的现实生活当然不是这个样子。不过在永州的十年,他作为被贬的司马,在政治上几乎彻底地被遗弃,实际上是萧散得很的,倒是与陶渊明隐居田园有几分相似。因此,陶诗也会成为他写诗的范本。陶渊明是真正的隐士,柳宗元写《江雪》与《渔翁》,在思想与情趣上显然受到陶渊明的影响。

前引李东阳的评论,以为与陶诗相比较,柳诗"过于精刻"。的确,柳诗有些篇章,好像是要把谢诗与陶诗结合起来,即以精刻的诗歌艺术表现恬淡的人生态度。这也要算是一种探索吧。不过陶诗的恬淡是与陶诗"质厚近古"的艺术风格不可分开的,所以柳诗学陶,而其精神风貌在很多时候却又不可避免地会与陶诗相去甚远。

李东阳主要还是从诗歌艺术的角度来立论,如果从思想倾向上来考察,则可见出柳宗元还在两个重要的方面与陶渊明很不相同。一是陶渊明绝意仕进,因而诗能做到真正恬淡;而柳宗元热衷仕进,横遭贬谪,即使学恬淡,不免也要流露出怨愤的情绪,或者表现出一种渺茫的希望。例如《溪居》诗:"久为簪组累,幸此南夷谪。闲依农圃邻,偶似山林客。晓耕翻露草,夜榜响溪石。来往不逢人,长歌楚天碧。"这是陶渊明式田园劳动生活的抒写,心情似乎是很闲适的。后半首的境界,也可与《渔翁》诗相印证。不过以"谪"为"幸",无疑言不由衷。而且明说"偶似",可见又并不以为自己就该真正做起隐士来,好像是说这不过是命运一时的捉弄。又如《南涧中题》:

秋气集南涧,独游亭午时。回风一萧瑟,林影久参差。始至若有得,稍深遂忘疲。羁禽响幽谷,寒藻舞沦漪。去国魂已游,怀人泪空垂。孤生易为感,失路少所宜。索寞竟何事?徘徊只自知。谁为后来者,当与此心期。

这首诗前半写游兴,写景,情绪是喜悦的;但后半写因林中羁禽的啼鸣与水中萍藻的漂流而引起种种忧愁,调子又是悲伤的了。苏轼说这首诗"忧中有乐,乐中有忧",以为"绝妙古今"(胡仔《苕溪渔隐丛话》前集卷一九引),这是从诗人很善于表现自己那种复杂而又统一的内心世界而言,评价虽不免夸张,分析却是很对的。但苏轼又批评说:"何忧之深也!"(同上书刊)的确,功名事业心给予精神上的负担太重,又怎么能像陶渊明那样达观呢?

陶渊明排斥佛教,这与柳宗元迷信佛教又是一个很为重要的区别。比如对于念佛三昧往生净土的骗局,陶渊明能拒不受欺,而柳宗元作《永州龙兴寺修净土院记》,却以为"有能求无生之生者,知舟筏之存乎是"，好像西方真有一片什么净土，也真有一条到达它的途径似的。柳诗中有《巽公院五咏》，其中《净土堂》一首甚至说："结习自无始，沦溺穷苦源。流形及兹世，始悟三空门。华堂开净域，图像焕且繁。清泠焚众香，微妙歌法言。稽首愧导师，超遥谢尘昏。"真是愚妄到极点！柳宗元所写宣扬佛教的诗，有的在艺术上也表现出很高的造诣。例如《晨诣超师院读禅经》诗，于"真源了无取，妄迹世所逐。遗言冀可冥，缮性何由熟"之下又写："道人庭宇静，苔色连深竹。日出雾露馀，青松如膏沐。"这四句却是绝好的诗句。据说黄庭坚就很喜爱前两句（《艇斋诗话》）；而对后两句，范温《潜溪诗眼》则论得很确："予家旧有大松，偶见露洗而雾披，真如洗沐未干，染以翠色，然后知此语能传造化之妙。"然而，从全诗来看，却又不能不使人感到作者完全是在糟蹋自己的才华。

不过，柳宗元学陶，也并非全无成绩可言。前面已经说到，《江雪》与《渔翁》两诗，其中显然涵有陶渊明的影响。当然，这种影响纯粹是思想上与情趣上的，并非同时又是诗歌艺术上的。苏轼说陶渊明与柳宗元的诗，"外枯而中膏，似澹而实美"（《苏轼文集》卷六七《题跋·评韩柳诗》），而如《江雪》与《渔翁》，表里显得都很丰美，与枯澹的艺术风格适成对照，足见在诗歌艺术上它们与陶诗没有多少相似之处。不但在思想上与情趣上，而且也在诗歌艺术上接受陶诗影响的，是另外一些诗篇。

柳诗中有《觉衰》、《读书》、《饮酒》等篇，这些才是真正接近陶诗风格的作品。其中前两首，宋曾季貍《艇斋诗话》评为"萧散简远，秾纤合度"，甚至说把它们"置之《渊明集》中，不复可辨"（这话不免有点夸张，但也有几分真实）。这几首诗学陶较为成功，从诗歌艺术上来看，是因为写得朴素自然，全不致力于精刻，以致使谢灵运的诗风一扫而尽，确乎很像是苏轼所说的枯澹。从思想倾向上来看，则是因为诗中表现出柳宗元对于他的萧散生活,也像陶渊明那样真正感到很有乐趣,态度很为乐观,而又无涉于佛理。可见柳宗元有时也能从功名事业心加予他精神上的负担下解脱出来,而在这样的状态中,他就多少有点接近陶渊明了。

陶渊明亲身参加劳动,喜爱劳动,也歌咏劳动;而且与农民亲密相处,共话桑麻,相与宴饮。柳宗元《首春逢耕者》诗自述"农事诚素务",又说"眷然抚耒耜",这些都未必可信,但他谪居时能深入民间,却是事实。《田家》诗写农民生活,如"蓐食徇所务,驱牛向东阡。鸡鸣村巷白,夜色归暮田",如"篱落隔烟火,农谈四邻夕。庭际秋虫鸣,疏麻方寂历",如"是时收获竟,落日多樵牧。风高榆柳疏,霜重梨枣熟"。这些都很真切。也确有陶诗的风味。陶渊明在诗里描述过他的田园生活的贫困,柳宗元自己还不至于那样饥寒交迫,但他很了解当时官府的横征暴敛给农民造成了多大的痛苦。《田家》诗里写:"蚕丝尽输税,机杼空倚壁。里胥夜经过,鸡黍事筵席。各言官长峻,文字多督责。东乡后租期,车毂陷泥泽。公门少推恕,鞭扑恣狼藉。努力慎经营,肌肤真可惜。迎新在此岁,唯恐踵前迹。"这里充满着对于人民的深厚的同情,很为可贵,虽然还不如散文《捕蛇者说》写得那样沉痛与深切。

以上论述柳宗元诗歌的基本风貌,涉及的主要是他的山水田园诗。但柳诗的题材内容还是相当丰富多彩的,因此,以下须就柳宗元的其他诗作,择要作一简述。

《韦道安》诗表扬在藩镇叛乱中愤而自杀的义士,《古东门行》抨击强藩制造盗杀宰相的事件,《哭连州凌员外司马》诗哀悼同遭贬谪的挚友,《行路难三首》痛惜国家不善于爱养杰出的人才,这些篇章政治色彩都很浓厚,富有思想意义。《跂乌词》、《笼鹰词》与《放鹧鸪词》隐喻诗人自己的遭遇,于惊伤恐惧中流露求生远害之意,读之使人惨然。当时政治斗争的残酷,人们由此可以得到一些深切的体会。《酬曹侍御过象县见寄》诗清丽无比,意在言外。"春风无限潇湘意,欲采蘋花不自由。"——为什么远来的故人虽近在咫尺却不得相见,这只好留给读者去想象了。《闻黄鹂》诗感物思乡,缠绵悱恻。"一声梦断楚江曲,满眼故园春意生。"——诗有不尽之意,而这两句尤其情深,最为动人。《别舍弟宗一》诗说:"零落残魂倍黯然,双垂别泪越江边。"——去国投荒,早已魂销,而今兄弟又要离别,自然会倍感悲伤了。《柳州城西北隅种甘树》诗说:"若教坐待成林日,滋味还堪养老夫。"——柑树成林,须待时日,莫非日后还能在这里尝到它们结出的果实?这样,谪居生活何时才告结束呢?柳宗元的政治命运真是不幸又不幸,他的诗往往能把他的痛苦心情表达得极其微婉,值得玩味。《岭南江行》与《柳州峒氓》两首诗,都是描述南国风土人情的。前一首说:"山腹雨晴添象迹,潭心日暖长蛟涎。射工巧伺游人影,飓母偏惊旅客船。"这是极力形容当地景象的可怪和可怕,所写不尽真实。后一首说:"青箬裹盐归峒客,绿荷包饭趁虚人。鹅毛御腊缝山罽,鸡骨占年拜水神。"这却是一幅可资征信的风俗画,也很难得。陶渊明写过《咏三良》与《咏荆轲》,柳宗元学陶,也有同一题目的两首诗。但柳诗甚至斥责秦穆公之子秦康公:"从邪陷厥父,吾欲讨彼狂。"又对荆轲刺秦王事持批判的态度:"奈何效曹子,实谓勇且愚。"这些都很有新意,表现出他对历史的理解比陶渊明深刻得多,在这一点上确实超出了陶渊明。柳诗中还有一首《掩役夫张进骸》,应该引起人们足够的重视。诗里说张进是个马夫,为役贱辱。张进死后既已给棺埋葬,在当时来说也算无负于他了,他的人生历程也已走到尽头了,为什么在墓地被山洪冲毁之后,诗人还要再一次收集、掩埋他的骨骸呢?诗里说这样做是为的:"我心得所安,不谓尔有知。"这首诗语气沉至,思想深邃,实在是一篇闪耀着人道主义光辉的杰作!

司空图《题柳柳州集后》论柳诗说:"味其探搜之致,亦深远矣。俾其穷而克寿,玩精极思,则固非琐琐者轻可拟议其优劣。"这是承认柳诗的成就,以为"探搜深远"是其显著的特色,但又深惜诗人早逝,来不及把这一特色最为充分地发挥出来,直至达到"玩精极思"的境界。的确,柳诗的风格,在当时既不同于韩孟的奇警,也不同于元白的平易,如以"深远"来作概括的表示,则上文所说的"精刻"、"枯澹"等等,都可涵盖在内,应该说还是相当恰切的。柳宗元能独树一帜,是很为可贵的。但是,韩孟与元白,各自都能形成诗坛的大派,在当时即已发生巨大的影响,比较起来,柳宗元却是很为寂寞的。柳宗元与刘禹锡为诗友,两人在来往赠答的诗里倒是讨论过书法,却不像韩愈与孟郊、元稹与白居易那样,彼此切磋过诗艺。两人诗风不同,互相并无多大的影响。刘禹锡注意学习民歌,大致是倾向元白平易一派的,所以后来他会与白居易为诗友。为什么柳宗元不能作为领袖开创一派,而与韩孟、元白形成鼎足三分的局面呢?除去是因为他长期谪居炎荒,交往甚少,以致在客观上受到限制之外,更是因为在主观上他的"深远"诗风还不够十分成熟。柳诗深远,其中六朝馀韵的影响还是略多一点,唐音的色彩还是略淡一点,而且两者还没有真正融合起来。唐诗发展到柳宗元的时代,其成就之辉煌,早已远远超出六朝。柳宗元以陶谢为出发点走上他的诗歌创作道路,也必须跟着自己这个时代的步伐前进。这样,他才能最终达到司空图所说的那个"玩精极思"的目标,也才会有同时代的诗人跟着走上他所开辟出来的这条道路。当然,这一切都是需要充分的时间才能完成的。柳宗元不幸,没有争取到更多的时间,这真是文学史上的一大憾事!

〔1〕 《旧唐书》本传作"元和十四年十月五日卒",此据韩愈《柳子厚墓志铭》。

〔2〕 郦道元《水经注》写三峡的一段文字,是就刘宋时盛弘之的《荆州记》里的一段文字加工而成。盛文见《太平御览》卷五三。

第八章　刘禹锡和其他作家

第一节　刘禹锡的生平和思想

刘禹锡(772—842),字梦得,籍贯河南洛阳[1]。其父、祖均为小官僚,父刘绪曾在江南为官,禹锡即出生于苏州嘉兴(今浙江嘉兴市),并在那里度过了青少年时期。他很小就开始学习儒家经典和吟诗作赋,既聪明又勤奋,在做诗方面,曾得当时著名诗僧皎然、灵澈的熏陶指点[2]。

贞元六年(790)十九岁前后游学长安,在士林中获得很高声誉。贞元九年,与柳宗元同榜进士及第,同年登博学鸿词科。两年后再登吏部取士科,释褐为太子校书,不久丁忧居家。贞元十六年(800),杜佑以淮南节度使兼任徐泗濠节度,辟刘禹锡为掌书记。后随杜佑回扬州,居幕期间代杜佑撰表状甚多。十八年,调任京兆府渭南县主簿,不久迁监察御史。当时,韩愈、柳宗元均在御史台任职,三人结为好友,过从甚密。

贞元二十一年(805)正月,唐德宗卒,顺宗即位。原太子侍读王叔文、王伾素有改革弊政之志,这时受到顺宗信任进入中枢。刘禹锡与王叔文相善,其才华志向尤受叔文器重,遂被任为屯田员外郎、判度支盐铁案,参与对国家财政的管理。这段时间刘禹锡政治热情极为高涨,和柳宗元一道成为革新集团的核心人物。"二王刘柳"集团在短短的执政期间采取了不少具有进步意义的措施,但由于改革触犯了藩镇、宦官和大官僚们的利益,在保守势力的联合反扑下,很快宣告失败。顺宗被迫让位于太子李纯,王叔文赐死,王伾被贬后病亡,刘禹锡与柳宗元等八人先被贬为远州刺史,随即加贬为远州司马。这就是历史上著名的"八司马事件"。

刘禹锡被贬在朗州(今湖南常德市)前后近十年。其间创作了大量寓言诗,表达了对当朝权贵的极大不满,又写了许多赋来表达自己不甘沉沦的雄心。由于接触当地民间歌谣,从中吸取了营养,他的诗歌创作表现出一些新的特点。在此期间,他还写了多篇哲学论文,最重要的便是与柳宗元《天说》相呼应的《天论》三篇。直到元和九年(814)十二月,他才与柳宗元等人奉诏还京。但不久又被贬谪到距离长安更远的播州去当刺史,幸有裴度、柳宗元诸人帮助,改为连州(今属广东)刺史。刘禹锡在连州近五年,元和十四年(819)因母丧才得以离开。穆宗长庆元年(821)冬,刘禹锡被任为夔州(今重庆奉节县)刺史。长庆四年夏,调任和州(今安徽和县)刺史。敬宗宝历二年(826)奉调回洛阳,任职于东都尚书省。从初次被贬到这时,前后共历二十三年。

大和二年(828)刘禹锡回朝任主客郎中。此后,他历任集贤殿学士、礼部郎中、苏州刺史、汝州刺史、同州刺史,最后以太子宾客分司东都,于会昌二年(842)病卒于洛阳,享年七十一岁。

刘禹锡从小接受正统儒家教育[3],儒家的仁爱和民本思想自然形成他世界观中的主导倾向。由于青少年时代生活比较接近普通百姓,对于社会现状有一定程度的了解,因而他对中唐时期朝廷统治的腐朽和藩镇割据、宦官专权等现象非常不满，渴望通过改革刷新政治。他之积极投入王叔文的革新活动绝非偶然。在改革失败、长期遭贬的过程中，他不但亲身尝到了官场倾轧之苦，而且进一步接触了社会实际，了解了人民的疾苦，因而当他任地方长官时总能尽力发展生产，减轻人民负担。如他在苏州刺史任上，面临"饥寒殒仆，相枕于野"的灾后惨象，曾深入民间调查情况，请准开仓赈济并蠲免赋税徭役，被当地百姓颂为德政。在他的许多诗文中，也流露出同情人民、痛恨弊政的思想。

在哲学思想上，刘禹锡持唯物主义观点。《天论》三篇认为，天和人都是有形体的事物，亦即是物质性的，但天并没有意志，更不能赏善罚恶。天与人各有各的职能："天之所能者，生万物也；人之所能者，治万物也。"他还提出了"天与人交相胜，还相用"、"人之道在法制，其用在是非"等观点。他用"理"、"数"、"势"三个哲学概念来论析天地万物的关系，认为"以理揆之，万物一贯也"，"必有数存乎其间焉，数存，然后势形乎其间焉"。这就反对了宗教迷信的天命论、有神论。当然刘禹锡的唯物思想又是不彻底的。他的"理"、"数"、"势"概念带有一定的宿命论倾向。他主要从人的主观意识方面寻找宗教有神论的根源，因而只是批判了政治混乱、赏罚不公、是非混淆等社会现象，而未能触及宗法等级和社会物质生产状况等更本质的原因。而且他还同佛教迷信思想有所妥协，在他阅尽沧桑之后的晚年更是如此。

刘禹锡性格刚毅、意志坚强，富于斗争性而不肯随波逐流，因此在长期贬谪生活中始终不屈不挠，时时以乐观进取的精神勉励自己。在他的诗歌中常流露出激昂奋发的意气而较少衰飒颓唐的语调。这一点在他的同时代人中是显得比较突出的。

第二节　刘禹锡的诗

　　刘禹锡生前曾自编文集两种,一种是四十卷的正集,另一是十卷的自删《集略》[4]。此外还有他和令狐楚、李德裕、白居易等人唱和诗的合集《彭阳唱和集》、《吴蜀集》、《汝洛集》等。但到宋代,诸集均已零落不全,各种目录书只记载刘禹锡有正集三十卷和宋敏求哀辑的外集十卷。这个四十卷本虽然已非原貌,但是目前流传的刘集最早版本,其中收诗七百多首,文二百四十篇。

　　纵观刘禹锡全部诗作,其思想、艺术价值较高者,可依内容分为以下四类:(一)比兴体制的讽谕诗,(二)借古讽今的咏史诗,(三)反映时世和个人遭际的感遇诗,(四)模仿与改造民歌体的竹枝词、杨柳枝词等。

　　学习《诗经》国风、汉乐府的现实主义精神和比兴手法以反映现实政治斗争的讽谕诗,大都作于刘禹锡被贬逐于朗州期间。当时由于政治气候恶劣,显言直斥难以做到,但对于朝中政敌所加的迫害既不能已于言,便不得不发为词旨隐晦而寓意深刻的诗歌,《昏镜词》、《养鸷词》、《聚蚊谣》、《百舌吟》、《飞鸢操》、《秋萤引》、《有獭吟》诸篇是其代表。这些诗从各个角度揭露封建统治者的丑恶面目和腐朽灵魂。《昏镜词》讽刺统治者炫美遮丑、讳疾忌医心理,宣示作者不避时忌针砭痛处的决心,实为上述诸诗的总纲。《飞鸢操》揭露手握重权却尸位素餐的守旧官僚,痛斥他们"鹰隼仪形蝼蚁心,虽能戾天何足贵"。《养鸷词》是对君主的谏诤,以鹰隼鸷鸟饱食之后不肯奋力追逐狐兔为例,说明朝廷不宜给各级官吏以过高过厚的物质待遇,一定程度上触及中唐朝廷腐朽的原因。其中爱憎最鲜明、批判力最

强的要数《聚蚊谣》:

> 沉沉夏夜闲堂开,飞蚊伺暗声如雷。嘈然欻起初骇听,殷殷若自南山来。喧腾鼓舞喜昏黑,昧者不分聪者惑。露花滴沥月上天,利嘴迎人看不得。我躯七尺尔如芒,我孤尔众能我伤。天生有时不可遏,为尔设幄潜匡床。清商一来秋日晓,羞尔微形饲丹鸟。

此诗显系"二王刘柳"革新失败后朝局的影写,"群蚊"不是个别政敌而是弥漫于朝廷上下的反改革势力的集体象喻。诗人当时虽处于劣势地位,但对政敌之痛恨藐视情见乎辞,表现出昂奋高扬的精神状态。

咏史怀古之作在刘禹锡诗中数量虽不算多,却是思想最深刻、艺术最精湛的部分。它们大多采用五七言律绝的形式,紧紧抓住与前朝史事有关的风景遗迹,突出地抒发了家国兴亡之感,往往由于其中包含着精辟的议论而促人深思和玩味。如《金陵怀古》:

> 潮满冶城渚,日斜征虏亭。蔡洲新草绿,幕府旧烟青。兴废由人事,山川空地形。《后庭花》一曲,幽怨不堪听。

不仅从六朝盛衰的演变和今昔对比之中流露出浓重的伤今吊古之情,而且从历史教训中引出极富卓识的议论,指出天下兴亡"在德不在险"之理。另一组受到白居易激赏,以为足以使"后之诗人不复措词"的七绝《金陵五题》更通过想象中六朝遗迹的精细描绘[5],将深沉的怀古幽思和深刻的现实忧患意识融为一体,使人既获得美感享受,又受到思想的启迪。尤其是其中的前三首,更是千百年来脍炙人口的杰作：

　　山围故国周遭在，潮打空城寂寞回。淮水东边旧时月，夜深还过女墙来。(《石头城》)
　　朱雀桥边野草花，乌衣巷口夕阳斜。旧时王谢堂前燕，飞入寻常百姓家。(《乌衣巷》)
　　台城六代竞豪华，结绮临春事最奢。万户千门成野草，只缘一曲《后庭花》。(《台城》)

白居易尝谓"彭城刘梦得，诗豪者也。其锋森然，少敢当者"(《刘白唱和集解》)，若以禹锡咏史诗当之，最是无愧。

历史固然是刘禹锡汲取诗意的源泉，但现实生活毕竟更为丰富而重要，所以他的诗直接反映现实的还是占了最大比重。此类诗又可大致析为两部分：其一主要以诗人自身遭际为素材，其二则更多地将笔触伸向社会，伸向民间。前者如《谪居悼往二首》、《元和十年自朗州至京戏赠看花诸君子》、《再授连州至衡阳酬柳柳州赠别》、《酬乐天扬州初逢席上见赠》、《历阳书事七十韵》等，通过不同时期思想和心理活动的舒泄，反映了中唐政治面貌的一个侧面。后者如《插田歌》、《莫徭歌》、《连州腊日观莫徭猎西山》、《畲田行》描写少数民族的生产习俗，《平蔡行三首》、《平齐行二首》歌颂平定淮西和淄青藩镇的胜利，《泰娘歌》历述一个歌女可悲的身世，等等。

由于长期贬谪生活，刘禹锡有机会接触到西南地区的民歌民谣。向民歌学习，本是我国古代进步诗人的优良传统。但在唐代，如此真挚地热爱民歌，甚至宣言"请君莫奏前朝曲，听唱新翻杨柳枝"，同时又如此认真地学习民歌并取得卓越成绩的，刘禹锡无疑首屈一指。

刘禹锡对古今民歌现实主义精神的学习贯穿于全部创作之中。

这里要着重评价的是他直接运用民歌曲调所创作的新诗。这些作品的特点是既保持了纯正的民歌风味,又提高了艺术水平,既有较丰富的思想内涵,又谐音合律便于传唱,亦即将民歌的雅化和文人诗的通俗化很好地结合起来,从而达到雅俗共赏的境界。这正是刘禹锡在《竹枝词》小引中标树过的效法屈原的理想目标:"昔屈原居沅湘间,其民迎神,词多鄙陋,乃为作《九歌》,到于今荆楚鼓舞之。故余亦作《竹枝词》九篇,俾善歌者飏之,附于末,后之聆巴歈,知变风之自焉。"刘禹锡的民歌体诗内容大体均与当地民众生活有关,有的讴歌风土人情和生产劳动,如"山上层层桃李花,云间烟火是人家。银钏金钗来负水,长刀短笠去烧畬"、"日照澄洲江雾开,淘金女伴满江隈。美人首饰侯王印,尽是沙中浪底来";有的描绘男女间纯真的爱情,如"杨柳青青江水平,闻郎江上唱歌声。东边日出西边雨,道是无晴却有晴"、"山桃红花满上头,蜀江春水拍山流。花红易衰似郎意,水流无限似侬愁"、"春江月出大堤平,堤上女郎连袂行。唱尽新词欢不见,红雾映树鹧鸪鸣"[6];也有一些则借民歌对官场和世俗的阴暗面作了有力鞭挞,表示了坚定的决绝态度:"瞿唐嘈嘈十二滩,此中道路古来难。长恨人心不如水,等闲平地起波澜"、"莫道谗言如浪深,莫言迁客似沙沉。千淘万漉虽辛苦,吹尽狂沙始到金"[7]。

在刘禹锡诗歌中,应酬唱和之作数量颇多。这些作品显示了诗人高度纯熟的文字技巧,但一般说来思想价值较逊于前述几类作品。

刘禹锡远绍《诗经》、《楚辞》的创作精神,近取杜甫博大浑涵之风、民歌俗谣清新刚健之气,在名家辈出的中唐诗坛卓然独树一帜,既不同于元、白的轻倩浅俗,也有异于韩、孟的刻深僻涩,其诗风的根本特征是骨气端翔、格意奇高,始终贯穿着一种豪迈刚劲之气,读之常令人起肃然敬畏之感。前引白居易的评论是最有代表性的,历代论者也几乎一致公认。如元方回说"刘梦得诗格高,在元白之上",

又说"此公笔端老辣,高处不减少陵"[8];明瞿佑说禹锡"英迈之气,老而不衰"[9];清沈德潜则说"大历十子后,刘梦得骨干气魄似又高于随州(刘长卿)"[10]。刘禹锡诗给予后人如苏轼、黄庭坚等的影响也主要在这个方面。清王夫之论梦得七绝"宏放出于天然",指出汤显祖、徐渭、袁中郎诸人"无不以梦得为活谱"[11],其着眼点也正在于此。

第三节　刘禹锡的文

刘禹锡的文兼备众体,除赋外,表状奏启、碑传铭诔、书信序记均有不少作品,而今天看来最有文学价值的是他的论文和杂文。

刘赋现存十篇,大部分作于被贬谪期间,有的抒发抑郁寡欢的意绪,如《问大钧赋》;有的用以砥砺意志,如《砥石赋》。《秋声赋》作于晚年,在舒泄孤愤之思的同时,一如既往地发出了乐观进取的呼声:

> 嗟乎!骥伏枥而已老,鹰在鞲而有情。聆朔风而心动,眄天籁而神惊。力将痑兮足受绁,犹奋迅于秋声。

与他在诗中抒发的"马思边草拳毛动,雕盼青云睡眼开"(《始闻秋风》)以及"莫道桑榆晚,为霞尚满天"(《酬乐天咏老见示》)可谓一脉相承。

《天论》三篇是哲学论文,其文学特点表现为层次井然,析理透辟,多用比喻,具有一定的形象性,善于运用设问、对答等形式,行文上注意排比句、对偶句的运用乃至声音韵律的安排。如上篇论天道人道之不同云："天之道在生植，其用在强弱；人之道在法制，其用在是非。阳而阜生，阴而肃杀；水火伤物，木坚金利；壮而武健，老而耗眊；气雄相君，力雄相长：天之能也。阳而艺树，阴而擎敛；防害用濡，禁焚用光；斩材竁坚，液矿硎铻；义制强讦，礼分长幼；右贤尚功，建极闲邪：人之能也。"一系列排比句摆出大量事实，使文章富于气势和说服力。中篇在阐述"天与人交相胜"、"数存而势生"、"形因物见"等观点时，又借助许多生活常识如旅行、操舟等做通俗的譬解。

《因论》七篇是一组介于论文和寓言之间的杂文，作者通过日常生活中七桩事情，挖掘有关政治、人生的哲理，很能启发人们的智慧。如《鉴药》篇通过良药有毒，用得恰当可以治病而"过当则伤和"的事例，引出"昧于节宣奚独吾侪小人理身之弊"的议论。《儆舟》篇讲述自己一次乘舟的经历，申说祸难危厄"不生于所畏而生于所易"的道理，其旨归显然超越个人的修身处世而达于国家的政治措置。

刘禹锡既有史识又有史才，所以史论与碑传均写得很好。史论如《华佗论》，剖析执权柄者"用一恚而杀材能"的教训，与《因论·说骥》申说的要重视"德蕴于心者"的道理是一个问题的两个方面，与韩愈《杂说》所云"千里马常有，而伯乐不常有"意思相通。碑传如《高陵令刘君遗爱碑》，抓住传主一生最典型的事实（抗命开渠兴修水利）刻画其思想品格，形象十分鲜明。

此外，刘禹锡尚有祭韩愈、柳宗元二文，以感情真挚深沉著称；有《机汲记》、《救沉志》等记叙性散文，不但题材新颖别致，记事详尽生动，而且富于文采，特别是《救沉志》，运用对话夹叙夹议，既富哲理又引人入胜。

刘禹锡散文创作的成就说明他是中唐古文运动的积极响应者，虽然他并未正面、系统地阐发过有关理论像韩愈和柳宗元那样。

第四节　吕温　吴武陵　刘轲

吕温(772—811),字和叔,又字化光,郡望东平,籍贯河中(今山西永济西),而实生长于洛阳,即以河南府乡贡入试京师,于贞元十四年(789)登进士第,次年中博学宏辞科,授集贤殿校书郎,擢左拾遗。贞元二十年夏,以侍御史充入吐蕃吊祭副使,被留经年,于次年秋始回到长安。此时"二王刘柳"革新已失败,吕温虽与王叔文等善,幸未遭贬,拜户部员外郎,转司封员外郎,迁刑部郎中。元和三年(808),因与宰臣李吉甫有隙,被谪出朝,先后为道、衡二州刺史,治有政声。元和六年(811)年仅四十,卒于任所。

吕温幼承家学,又曾从陆质治《春秋》,向梁肃学文章,颇留意于经世致用之学。与刘禹锡、柳宗元交好,志行德操,才器学识极得推崇。死后柳为作《祭文》与《诔》,称其"道大艺备"、"文章过人",刘禹锡为其编定文集,并作《集纪》。然其集早佚,《全唐文》编其文七卷,《全唐诗》编其诗二卷,收其诗文各百篇上下。

吕温诗佳作不多,其成就主要在文,尤其是铭赞一体。其代表作如《三受降城碑铭》,前有长序,历叙中国北方边患之多且巨,突出张仁愿筑三受降城之意义,其中描写三城之形势威力云:"分形以据,同力而守,东极于海,西穷于天,纳阴山于寸眸,拳大漠于一掌,惊尘飞而烽火耀,孤雁起而刁斗鸣,涉河而南,门用晏闲。"可谓豪迈生动、铿锵有力。以下述及后人未能继张仁愿遗志,致使边患复生,很自然地引出铭文,发出加强边防的强烈呼吁:"韩侯受命(张仁愿封韩国公),志在朔易。北方之强,制以全策。亘汉横塞,揭兹雄壁。如三斗龙,跃出大泽……曷若完守,推亡固存。于襄于夷,永裕后昆!"流露出一片忧国爱民之心。王士禛说吕温的赞颂之文"时有奇逸之气"(《香祖笔记》卷五),李慈铭说它们"置之韩、柳集中亦为高作"(《越缦堂读书记》),洵非过誉。

吴武陵(?—834),原名侃,后改名武陵,自号东吴王孙。郡望濮阳,信州贵溪(今属江西)人。元和二年(807)进士及第。次年,坐事流永州。时柳宗元正在永州为司马,武陵请柳为其父文集作序,"每以师道"事宗元,而宗元也很赞赏他的文才,有"一观其文,心朗目舒,炯若深井之下仰视白日之正中也"(《答吴武陵论非国语书》)的评语。后吴武陵被召还京师,曾为柳宗元的起用向朝廷多方呼吁。他有政治抱负,且富于谋略。平淮西之役前,曾通过韩愈向裴度献策,又致书吴元济,劝其归顺。元和末,在朔方主持盐务,曾对盐铁、度支的滥设冗员现象提出批评,认为这恰恰是财赋日蹙的重要原因。宝历元、二年间,任桂管(治所在今桂林)都防御判官。大和元年入朝为太学博士,约在此后,曾与刘轲同以史才为史馆修撰。后又出为忠州、韶州刺史,以赃罪贬潘(一作播)州司户参军,卒。

《旧唐书》载吴武陵有《十三代史驳议》二十卷(见《吴汝纳传》),《新唐书·艺文志》著录其《吴武陵书》一卷,均佚。其所作诗文散佚严重,《全唐文》仅存其文七篇,《全唐诗》仅存其诗一首。

从吴武陵现存作品看,他主要是一位古文家。《新唐书·吴武陵传》载录其《遗吴元济书》、《遗孟简书》均是笔意简古、朴实无华的散体文章。前者析理透辟,措辞有力;后者为柳宗元的不幸处境呼屈,可谓义愤填膺,情见乎辞。另有《新开隐山记》、《阳朔县厅壁题名》二文,描写桂林、阳朔一带奇丽的地形和山貌水态,令人历历如眼见身历。

群山发海峤,顿伏腾走数千里而北;又发衡巫,千馀里而南,咸会于阳朔。朔经四百里,孤崖绝巘,森耸骈植,类三峰九疑,析成天柱者,凡数百里。如楼通天,如阙凌霄,如修竿,如高旗,如人而怒,如马而骧,如阵将合,如战将败,难乎其状也。(《阳朔县厅壁题名》)

其风格明显受到柳宗元"永州八记"的影响,但又具有较为雄放的色彩,表现了作者的创造性。

刘轲,字希仁。郡望彭城,沛(今江苏沛县)人。早年出家为僧,精佛典,还俗后专攻史学,以史才著称于世。元和十四年(819)进士,历任使府从事、监察御史、史馆修撰及磁、洺等州刺史,仕终侍郎,约至懿宗咸通年间尚在世。据其自述,著作甚多,大抵属史部。《新唐书·艺文志》、《直斋书录解题》等均有所录,然大部已佚。有的作品如《牛羊日历》,有人疑为托名之作(胡应麟《少室山房笔丛·四部正讹》)。但仅从《全唐文》所收其十四篇遗文,已可见出刘轲是一位有自己风格的散文家。其文章主要特点是善于引述有关史迹进行说理论证,因此大都是"非凿空架虚事游谈者也"(《再上崔相公书》),而又能于平允质朴的总体风格之中,时时闪烁着雄辩和哲理的色彩。如《再上崔相公书》论"相公未得高枕于庙堂之上者有四"、《上韦右丞书》论用人之道与广开视听的必要,均突出地显示了这种特色。其叙事文颇具文采,《庐山黄石岩院记》描写一位耆年韶德的无名禅师,写人写景融为一片,读来诗意盎然;《大唐三藏大遍觉法师塔铭并序》则记述了不少关于玄奘法师的传说故事,可以说是史笔和小说的良好结合。此外有《代荀卿与楚相春申君书》一篇,似系成名前行卷之作,以论楚国的兴衰为由,陈述政治观点,其议论虽不出"亲君子、远小人"之类,值得注意的是假设代荀卿为言的构思和行文方式,说明作者具有较强的求新意识和想象力。

〔1〕 刘禹锡《汝州上后谢宰相状》:"家本荥上,籍占洛阳。"禹锡籍贯尚有二说:韩愈、柳宗元称其为"中山刘梦得",见韩《柳子厚墓志铭》、柳《亡友故秘书省校书郎独孤君墓碣》;《旧唐书·刘禹锡传》则称刘为"彭城人"。据岑仲勉《元和姓纂四校记》卷五,中山、彭城盖刘氏郡望耳。

〔2〕 见刘禹锡《澈上人文集序》、《刘氏集略说》。

〔3〕 权德舆《送刘秀才登科后侍从赴东京觐省序》:"始予见其艸,已习诗书,佩觽韘,恭敬详雅,异乎其伦。"

〔4〕 《直斋书录解题》卷十六、《郡斋读书志》卷四上。

〔5〕 刘禹锡《金陵五题·小引》云:"余少为江南客而未游秣陵,尝有遗恨。后为历阳守,跂而望之。适有客以《金陵五题》相示,迨尔生思,欻然有得。"可知这组诗是他在为和州刺史时所作,当时尚未游览金陵。诗中对金陵旧迹之描绘,自是想象之词。

〔6〕 上引诸诗分别为《竹枝词》九首之九、《浪淘沙词》九首之六、《竹枝词》二首之一、《竹枝词》九首之二、《踏歌词》四首之一。

〔7〕 上引二诗分别为《竹枝词》九首之八、《浪淘沙词》九首之八。

〔8〕 《瀛奎律髓》卷四七、卷二八。

〔9〕 《归田诗话》卷上。

〔10〕 《说诗晬语》卷上。

〔11〕 《薑斋诗话》卷下。

第九章　新乐府运动

贞元至大中年间，新乐府运动、古文运动和传奇创作并盛于一时，如前所述（详第四章概说），是有其共同的社会历史条件的。但这只是问题的一个方面，另一方面，这几种文学样式的兴盛又还有各自的特殊原因。以新乐府运动而论，它的倡导者白居易、元稹积极提倡用新乐府去反映现实，就与元和以前诗坛盛行写乐府诗及其经验积累分不开。

第一节　唐代乐府诗创作的盛行

唐朝是我国文学史上写乐府诗风气很盛的时代之一。在《乐府诗集》所收五代以前的历代乐府民歌作者五百六十馀家中，唐代占了二分之一强，有二百九十多家。至于作品所占的比例，较这更大。

宋郭茂倩《乐府诗集》作为特定历史时期的乐府诗总集虽号称完备，但这只是相对而言，因为它既有漏收的现象，而且也无法包括那些佚失的部分。唐代距《乐府诗集》编纂时代虽然较近，但经过安史之乱和唐末五代的长期战乱，乐府诗佚失的情况也很严重。在《乐府诗集》中，我们能看到的唐代民间作品是不多的。岑参听到的

"琵琶长笛曲相和,羌儿胡雏齐唱歌"(《酒泉太守席上醉后作》)的歌词、于鹄听到的"骑牛""巴女"所唱的《竹枝》(《巴女谣》)、刘禹锡在蜀中建平听到的"里中儿联歌《竹枝》"(《竹枝·序》)、皇甫松听到的"蛮歌《豆蔻》"(《浪淘沙》其二)都失传了。《竹枝》、《豆蔻》只是当时几百个有名的曲子中的两种。唐代的曲子并不都只能唱词,有的唱诗,有的诗、词兼唱。从这我们可以推知唐代属于民间作者的乐府民歌佚失的总数是极大的。相对来说,《乐府诗集》收入的唐代作家的乐府诗就多得多,但它也并不完备,它无法包括那些已佚作品。范摅在《云溪友议·艳阳词》中曾说中唐女歌唱家所唱《啰唝曲》"一百二十首,皆当代才子所作"。这些乐府诗在当时颇有社会影响,可是后来绝大部分失传了。郭茂倩大约也没有看到署名为刘采春的六首,所以在《乐府诗集》中,连《啰唝曲》的影子也找不到。除开大量已佚作品,存世的唐代作家的乐府诗,《乐府诗集》没有收入的也非常多。譬如杨炯的《从军行》,王翰的《凉州词》,杜甫的《新安吏》、《石壕吏》、《潼关吏》、《新婚别》、《垂老别》、《无家别》,张潮的《采莲词》,李益的《杂曲》,白居易的《秦中吟》,陈陶的《陇西行》等等都被遗漏了。如果我们把《全唐诗》中的乐府诗拿来和《乐府诗集》对照,便不难发现类似的例子俯拾即是。如储光羲有乐府诗二十馀首,《乐府诗集》只收了五首。著名的乐府诗作者王昌龄,他未被收入的作品如《箜篌引》、《悲哉行》、《乌栖曲》、《行路难》、《胡笳曲》等竟有二十多首,占他存世的乐府之作的一半。这些说明,上文提到的比例数字确实反映了唐代乐府民歌创作的盛况。这种盛况的出现,从文艺自身的影响说有两大原因:一是受音乐繁荣的刺激;二是受文学传统的影响。

唐代音乐繁荣给乐府诗创作带来的刺激非常明显。一般考察唐代音乐与文学的关系时,总喜欢把注意力集中在词的发展方面。其实,唐代音乐对于诗、词、曲的歌词创作都有积极的影响。在这个问题上,前人的认识是有分歧的。李清照在结合唐代音乐考察词的源流演变时曾说过"乐府、声诗并著,最盛于唐"(《苕溪渔隐丛话后集》卷三十三引),她认为这三种文学样式的兴盛都和音乐有关。而清代学者沈德潜却不承认这一点,所以他在《唐诗别裁集》中有意不立乐府一体。他的理由是:"唐人达乐者已少,其乐府题不过借古人体制写自己胸臆耳,未必尽可被之管弦也,故杂录于各体中,不另标乐府名目。"(《凡例》)

上述不同看法中,李清照的论述符合实际,沈德潜的见解是值得商榷的。因为由于年代久远,资料不足,沈德潜所谓"唐人达乐者已少",仅是一种推论,这是第一;第二,要求乐府诗作者人人或者大多数都精通音律,这是苛求,不但唐人做不到,自汉至隋各代也做不到;第三,唐代重要的乐府诗作者,从他们的作品和有关资料看,几乎无不爱好音乐歌舞。我们不会怀疑李白、杜甫、岑参、崔颢、刘禹锡、李贺等等的音乐修养。王维曾在国家音乐机关任职也是事实。元稹和白居易更是中国音乐史著作必然重点介绍的;第四,研究唐代乐府诗与音乐的关系,不能只看作家的音乐才能,还应该重视当时的音乐家、乐工、歌伎所起的作用;最后,沈德潜忘记了拟古乐府只是唐人乐府诗的一部分,他借口它们"未必尽可被之管弦"而抹煞整个唐代乐府诗作为当时的一种重要诗体所具有的独立存在价值,容易使人误以为唐代乐府诗创作的盛行与音乐繁荣无关,这是违背事实的。可以说不了解唐代音乐的繁荣状况,也就无法阐明唐代乐府诗创作何以盛行。

唐代音乐繁荣是以民间音乐和少数民族音乐为基础的。由于封建王朝的音乐官署得天独厚,它可以广泛地吸收中外古今音乐的营养,所以集中地反映了唐代音乐的繁荣。

唐代掌管国家祭祀礼乐等的最高机构是太常寺。在它所辖的八个署中，大乐、鼓吹署专门负责音乐、歌舞事宜。此外，还有专门管理、训练宫廷音乐的机构——教坊。这些音乐官署，除了缺少汉代那样的采诗制度，其馀职能，与前代的乐府基本相同，所以唐人往往用"乐府"一词来称呼它们。

唐代强盛时期，音乐官署的规模大大超过了前代乐府。安史之乱以前，唐王朝有一百多年的稳定发展，经济、文化的不断繁荣，加上各代帝王的爱好音乐歌舞，太常寺和教坊从机构到人员都在日益扩大，到唐玄宗时便形成盛况空前的局面。

唐高祖李渊曾在禁城中设置内教坊。武后时一度把它改为云韶府。唐玄宗即位后除了在太常寺设别教院，把内教坊迁于蓬莱宫侧外，又增设梨园院，并在京城长安和东都洛阳各设左、右教坊。《旧唐书·音乐志》记载当时音乐歌舞的表演和教练情形说：

> 太常大鼓，藻绘如锦，乐工齐击，声震城阙。太常卿引雅乐，每色数十人，自南鱼贯而进，列于楼下。鼓笛鸡娄，充庭考击。太常乐立部伎、坐部伎，依点鼓舞，间以胡夷之伎。日旰，即内闲厩引蹀马三十匹，为《倾杯乐》曲，奋首鼓尾，纵横应节。又施三层板床，乘马而上，抃转如飞。又令宫女数百人，自帷出，击雷鼓，为《破阵乐》、《太平乐》、《上元乐》，虽太常积习，皆不如其妙也。若《圣寿乐》，则回身换衣，作字如画。又五坊使引大象入场，或拜或舞，动容鼓振，中于音律，竟日而退。玄宗又于听政之暇，教太常乐工子弟三百人为丝竹之戏，音响齐发，有一声误，玄宗必觉而正之，号为"皇帝弟子"，又云"梨园弟子"，以置院近于禁苑之梨园。太常又有别教院，教供奉新曲。太常每凌晨鼓笛乱发于大乐署。别教院廪食常千人。

《新唐书·礼乐志》也说："唐之盛时，凡乐人、音声人，太常乐户子弟隶大乐及鼓吹署，皆番工，总号'音声人'，至数万人。"即使到唐宣宗大中年间，也有太常乐工五千馀人、俗乐一千五百馀人。这支庞大的队伍，加上更为庞大的州府、军队、民间的音乐队伍，通过其富有创造力的活动，不仅对唐代音乐的发展产生直接的作用，而且不可避免地影响到与音乐发生密切关系的诗歌创作。具体说来，音乐繁荣在以下两个方面对唐代盛行写乐府诗的风气有刺激作用：

一、唐代太常、教坊和民间演奏、演唱乐府诗，必然会引起许多诗人写乐府诗的兴趣。当时演奏、演唱的乐府诗有两种，一种是配合新兴音乐的唐人乐府，另一种就是古乐府。唐人乐府如《渭城曲》、《凉州》、《伊州》、《陆州》、《竹枝》、《雨淋铃》、《清平调》、《何满子》、《婆罗门》、《黄竹子歌》、《江陵女歌》、《啰唝曲》、《水调》、《六幺》等，数量极多，受到社会上下一致的喜爱。白居易曾说"《六幺》、《水调》家家唱"（《杨柳枝》其一），反映的就是这一现实。古乐府指的是南北朝流传下来的"北歌"和《清商乐》。"北歌"，据《旧唐书·音乐志》说从唐太宗到唐玄宗时代都有"代传其业"的教坊乐工。"北歌"中的歌词虽然只有《钜鹿公主》、《白净王太子》、《企喻》等少数几篇可以读懂，但不少乐曲还能演奏。《清商乐》中的《春江花月夜》、《乌夜啼》、《石城》、《莫愁》、《襄阳》、《估客》等等古乐府，在武后时，"犹存六十三曲"。陈旸《乐书》又说教坊善歌者谢大，在玄宗时唱《乌夜啼》，玄宗"亲御箜篌和之"（卷一二八），可见古乐府在唐代也还有一定的影响。

二、唐代宫廷和民间常采用乐府诗或其他形式的诗作乐府民歌乐曲的歌词，这会促使众多的诗人对写乐府诗产生兴趣。魏徵、王维、李白、元稹、白居易等等诗人的乐府诗在宫中民间传唱的故事，是大家都知道的。当时流行的歌曲那么多,音乐家又富有创造才能(一般人以为唐代音乐家只能为律诗、绝句谱曲,其实并不如此。如唐太宗的《功成庆善乐舞辞》,五言二十句,长达一百字,《新唐书·礼乐志》就说它曾由"吕才被之管弦"。少数民族能唱《琵琶行》,更能说明唐代音乐家的艺术才能),歌词的需要量是很大的,在词还没有成为作家得心应手的工具的时代,乐府诗是理想的歌词,这样便出现了乐工歌伎竞相求取名诗人的作品入乐的情况。《旧唐书·李益传》说李益"长于歌诗,贞元末与宗人李贺齐名,每作一篇,为教坊乐人以贿求取,唱为供奉歌词"。《新唐书·李贺传》也说李贺"乐府数十篇,云韶诸工皆合之弦管"。这是人们熟悉的例子,但不是仅有的例子。譬如靳能说王之涣的乐府诗"传乎乐章"(《唐故文安郡文安县尉太原王府君墓志铭并序》),《旧唐书·武元衡传》说武诗"往往被于管弦",都是证明。另外边地将帅在向朝廷进新乐的时候,也绝不会有谱无辞。天宝年间人殷遥《塞上》诗说"将军正闲暇,留客换歌辞",可能就与配乐有关。《乐府诗集》所载《伊州》、《陆州》等乐府歌曲的确采用了沈佺期、王维等人的作品,为我们保留了唐人采诗配乐的实例。这种以诗入乐的情况在政府的音乐机构中是带有普遍性的。《旧唐书·音乐志三》曾提到整理歌词的事,它说"太常旧相传有宫、商、角、徵、羽谶乐五调歌词各一卷,或云贞观中侍中杨恭仁妾赵方等所诠集,词多郑卫,皆近代词人杂诗"。它还说开元二十五年又整理过一种,也是五卷。太乐、鼓吹两署有歌词集,教坊也不会没有。胡震亨在《唐音癸签·乐通二》里,录唐代二百九十七曲,他在谈到歌词时说:"其录自《乐府诗集》者,多谱初盛唐人绝句诗为曲;录自《教坊记》者,律、绝诗及填词者互有之;录自温、韦以下集者,并止是填词。"这里虽未明确提到乐府诗,但只要我们知道唐人乐府各体俱备,也包括律诗、绝句和某些词体在内,便不会将乐府诗排除在外了。更何况原来即使不是乐府诗,在入乐以后人们也会把它们当做乐府诗看待的。如魏徵的《述怀》后来成了《出关》,王维的《送元二使安西》后来成了《渭城曲》(一名《阳关曲》),王之涣的《度玉门关上吹笛》("黄河远上白云间")后来成了《凉州词》[1],崔国辅的《怨词》后来成了《墙头花》,岑参的《赴北庭度陇思家》后来成了《簇拍陆州》,杜甫的《赠花卿》后来成了《水调》入破的第二曲,李益的《夜上受降城闻笛》后来成了《婆罗门》等便是如此。这种以诗入乐的情况无疑是会刺激唐人写乐府诗的热情的。这也是唐人往往把乐府诗和音乐联系起来的客观原因。如李颀《送康洽入京进乐府歌》说:"新诗乐府唱堪愁,御妓应传鸲鹆楼。"[2]《国秀集·序》也指出这部唐人选唐诗的编辑曾考虑了配乐的问题,它说:"近秘书监陈公、国子司业苏公尝从容谓芮侯曰:'自开元以来,维天宝三载,遣谪芜秽,登纳菁英,可被弦管者都为一集'。"(《唐人选唐诗》)白居易的《读李杜诗集因题卷后》更说:"文场供秀句,乐府待新词。"他的《读张籍古乐府》又说:"愿播内乐府,时得闻至尊。"甚至后人以为与音乐无关的新乐府诗,白居易在写作的时候实际上是考虑了入乐问题的,所以他在《新乐府·序》中说:"其体顺而肆,可以播于乐章歌曲也。"如果没有现实条件,唐人的这些想法就不会产生了,因此论唐代乐府诗,不能离开音乐繁荣的背景。

　　当然,唐代盛行写乐府诗还有文学传统的影响。因为从建安诗人到齐、梁、陈、隋诗人,如曹氏父子、鲍照、谢朓、沈约、吴均、萧衍父子、庾信、徐陵、陈叔宝、杨广等都有大量的乐府诗,唐人读他们的作品自然也会从书本上受到启发,不过比起唐代音乐繁荣对诗坛风尚的影响就要小得多了。上述诗人对后代的影响也没有间断过,却不能在唐以后各代造成乐府诗的兴盛,就是有力的证明。

第二节 元和以前乐府诗的发展

元和以前,唐代乐府诗和整个唐诗的发展状况,基本上是一致的,都经历了一段曲折的道路,才走上康庄大道。

唐初,文化方面取得了不少成就,书法、音乐、绘画和史学都有引人注目的成绩,唯独诗歌除了个别诗人的作品外,大多浮艳柔靡,毫无生气。作为当时诗歌的一部分的乐府诗,也是这种不良诗风的产物。从现存作品看,参加写乐府诗的作者如唐太宗、虞世南、魏徵、李百药、上官仪、杨师道、袁朗、褚亮、长孙无忌、谢偃等人,或生活于宫廷之中,或与宫廷生活有着这样那样的联系。魏徵的《出关》写于他接近宫廷生活之前,所以显得质朴刚劲。他的郊庙歌词是后来的作品,就迥然不同了。李百药在《北齐书·文苑传序》中曾批判齐梁淫靡文风,但他写起乐府诗来,也难免有艳丽之作。长孙无忌的《新曲二首》,《乐府诗集》把它们作为早期"新乐府辞"。但像"回雪凌波游洛浦,遇陈王。婉约娉婷工语笑,待兰房。芙蓉绮帐还开掩,翡翠珠被烂齐光。长愿今宵奉颜色,不爱闻箫逐凤凰"这样的作品,和杜甫、白居易、元稹等的新乐府诗毫无共同之处,是典型的宫体诗[3]。总之,这个时期的乐府诗,不是"郊庙登歌赞君美",就是"乐府艳词悦君意"(借用白居易《采诗官》中语),难得有可读的。造成这样的局面,原因是多方面的,但帝王爱好靡靡之音是其主要因素。唐太宗在政治上表现出了他的雄才大略,在音乐、诗歌方面的喜好却有值得批评之处。他虽然说过"去兹郑卫声,雅音方可悦"(《帝京篇》),但这只是谈谈而已,在"二八尽妖妍"(同上)的宫廷里,他并未完全做到。唐太宗对待当时音乐舞蹈的态度有可取的一面,如他喜爱一些威武雄壮的乐舞，不赞成排斥俗乐等等，但他爱俗乐也爱它的糟粕就不对了。他和杜淹关于《玉树后庭花》等的辩论可以说明他也喜欢不健康的音乐。贞观二年大臣杜淹批评靡靡之音，说："前代兴亡，实由于乐。陈之将亡也，为《玉树后庭花》；齐之将亡也，为《伴侣曲》，行路闻之，莫不悲泣，所谓亡国之音也。以是观之，盖乐之由也。"（《旧唐书》卷二八）如果是分析齐与陈的亡国原因，不首先从社会政治方面看问题，当然是不对的，但杜淹批评坏的音乐却并不错。唐太宗出于个人偏爱，出来为《玉树后庭花》和《伴侣曲》辩护，说明他很欣赏这类音乐。他还喜欢宫体诗，宫廷诗人投其所好，乐府诗不能开创新风，也就不奇怪了。

武后时代，乐府诗作者增多，有武则天、陈子昂、杜审言、王勃、杨炯、卢照邻、骆宾王、李峤、崔融、沈佺期、宋之问、刘希夷、乔知之、张若虚等。这时的乐府诗创作呈现出复杂的情况，一方面仍有浮艳之风泛滥；一方面也开始了新的变化。不仅整个诗坛如此，在某些诗人的创作中也有类似的情况。这种现象，正是那个时代的反映。武则天时，宫廷音乐歌舞很发达，曾使吐蕃使臣叹为观止。这位女皇帝敕撰的《乐书要录》，共十卷，是一部关于音乐的论著，其中第五、六卷专论乐律及宫调，有一些进步的观点，反映了武则天的见解。

武则天对于文学爱好，也有两重性。她一方面提倡宫廷文学，一方面又能欣赏郭震《宝剑篇》那样的好诗。其他宫廷诗人在仕途得意时和犯罪远谪时，诗歌创作也不同。而更重要的是一些作者已有变革诗风的要求。杨炯就批评以往的文坛"骨气都尽，刚健不闻"（《王勃集·序》）。卢照邻批评乐府诗创作的弊病则更尖锐，他说："《落梅》、《芳树》，共体千篇；《陇水》、《巫山》，殊名一意。"（《乐府杂诗·序》）陈子昂存世乐府诗不多，但他反对齐梁时代的"采丽竞繁，而兴寄都绝"的形式主义诗风，标举汉魏风骨，大声疾呼诗坛革新,对乐府诗创作的影响也是深远的。正是在这样的背景下,产生了一些好的乐府诗(如张若虚的《春江花月夜》、刘希夷的《代悲白头翁》、杨炯的《从军行》、王勃的《采莲曲》等),数量虽然不很多,但却预示了乐府诗创作的新时期即将到来。

唐玄宗时代是唐代乐府诗创作的第一个高峰。如果说上两个时期许多乐府诗作者是徒有其名的话,这时不少诗人仅乐府诗的成就已可使他们在文学史上垂名了。李白的乐府诗又多又好,杜甫的乐府诗,元稹认为可以与李白的媲美,所以清人薛雪在《一瓢诗话》中说:"唐人乐府,首推李、杜。"李白、杜甫之外,各个流派的名诗人如高适、岑参、王昌龄、王翰、李颀、崔颢、王维、孟浩然、储光羲、张说、崔国辅、刘湾、元结等等,都为我们留下了乐府诗篇章。这个时期,如前所述音乐歌舞形成极盛的局面,宫中和民间流行的歌曲在数百种以上,这不仅直接影响到当时的乐府诗创作,而且也促进了人们对于乐府诗的研究,李白曾向人传授写古乐府的经验。传说王昌龄写过关于乐府诗的著作。而崔令钦的《教坊记》、吴兢的《乐府古题要解》、刘悚的《乐府古题解》等的应运而生,都和诗坛风尚有关。

盛唐时期,乐府诗创作有几个特点:一是作品数量激增;二是题材扩大,反映的社会生活面广阔;三是思想艺术成就大大提高;四是在古题乐府现实性加强的同时,名副其实的新乐府诗出现了。其中最有名的当然是李杜的作品。杜的新乐府诗,绝不止于那几首。清人钱木庵在《唐音审体·新乐府论》中,曾就这类诗提出过疑问,他说:"少陵《丽人行》及前后《出塞》,郭氏列之古题中;其《哀江头》等篇,元相(元稹)略举一二,他诗类此者正多,少陵新乐府或不止是,不知《乐府诗集》何以止载五首?"(《清诗话》)这个问题提得对,因为像杜甫的"三吏"、"三别"及《丽人行》、《兵车行》、《哀江头》、《哀王孙》、《悲青坂》、《悲陈陶》、《塞芦子》、《留花门》等都是值得人们高度赞扬的新乐府诗。至于其他盛唐新乐府名篇,如王维的《老将行》,李白的《塞下曲》("五月天山雪"),高适的《塞上》("东出卢龙塞"),岑参的《轮台歌》,王昌龄的《塞上曲》("边头何惨惨"),刘湾的《云南曲》,元结的《贫妇词》、《农臣怨》等,都能不用乐府旧题,深刻地反映现实生活,和杜诗一样显示了这类乐府诗的生命力。我们从上述特点不仅可以看出盛唐乐府诗的价值,而且也说明它为新的乐府诗创作高峰的出现,奠定了多么重要的基础。

唐肃宗至唐德宗时代,乐府诗创作基本是前一个时期的继续,虽然成就不如前一个时期,但也有乐府名篇传世。当时写乐府诗(包括新乐府诗)的,除顾况、戴叔伦、戎昱、刘长卿、皎然、李益外,还有"大历十才子"中的多数人。李益写了不少很有社会影响的乐府诗,顾况的《囝》、《采蜡》等算得上是"即事名篇"的作品,在唐代乐府诗发展史上都占有自己的位置。新乐府运动诗人王建曾经把李益看做诗坛领袖,顾况也受到白居易等后辈诗人的尊重,足见这个时期的优秀乐府诗作者承前启后的作用,对于后来的新乐府运动是有一定贡献的。

第三节　新乐府运动

白居易、元稹倡导的新乐府运动,在唐代诗歌发展史上具有划时代的意义。它的巨大成功,使贞元—大中时期诗歌的繁荣景象更为生色。

从白居易、元稹的文论和诗歌中可以看出,这个运动受陈子昂、杜甫以来诗坛风尚、现实主义传统的影响是非常明显的,但这个运动之所以产生在贞元、元和之际,又还有其更深刻的社会、思想原因。

当时是一个动乱的时代。尽管安史之乱已经过去了几十年,但从那时暴露出来的尖锐而复杂的社会矛盾,并没有解决。也就是说,中央集权未得到恢复,时有割据的藩镇称王称帝;宦官擅权,作威作福;官僚明争暗斗,政治腐败;边境少数民族统治者不断侵扰内地;封建剥削加重,人民苦不堪言。面对这样的现实,统治阶级内部的进步势力和有识之士,倡言改革、推动改革的活动不断发生。其中规模最大的便是新乐府运动起来前夕,由王叔文集团领导的政治革新。在这前后,韩愈、裴度、元稹、白居易、牛僧孺、皇浦湜等,或直言进谏,或抨击时弊,都说明揭露社会弊病已形成一种时代思潮。它反映在诗歌领域就是促使一些诗人正视现实,产生不吐不快的思想感情。元稹在《叙诗寄乐天书》里回忆元和以前现实生活对他的影响,就很有代表性。他说:

时贞元十年已后,德宗皇帝春秋高,理务因人,最不欲文法吏生天下罪过。外闻节将,动十馀年不许朝觐,死于其地不易者十八九。而又将豪卒愎之处,因丧负众,横相贼杀,告变骆驿(即"络绎"),使者迭窥,旋以状闻天子曰:"某邑将某能遏乱,乱众宁附,愿为帅。"名为众情,其实逼诈,因而可之者又十八九。前置介倅,因缘交授者亦十四五。由是诸侯敢自为旨意,有罗列儿孩以自固者,有开导蛮夷以自重者。省寺符篆,固于几阁,甚者拟诏旨,视一境如一室,刑杀其下,不啻仆畜,厚加剥夺,名为进奉,其实贡入之数百一焉。京城之中,亭第邸店以曲巷断;侯甸之内,水陆腴沃以乡里计;其馀奴婢、资财、生生之备称之。朝廷大臣,以谨慎不言为朴雅。以时进见者,不过一二亲信。直臣义士,往往抑塞。禁省之间,时或缮完隤坠。豪家大帅,乘声相扇。延及老佛、土木、妖炽,习俗不怪。上不欲令有司备官闱中,

> 小碎须求,往往持币帛以易饼饵。吏缘其端,剥夺百货,势不可禁。
>
> 仆时孩骏,不惯闻见,独于书传中,初习理乱萌渐,心体悸震,若不可活,思欲发之久矣!

白居易在《与元九书》里的回忆也反映了类似的思想感情。

元和元年,白居易和元稹为了参加"才识兼茂明于体用科"的制举考试,潜心研究广泛的社会问题,必然会引起他们更强烈的"心体悸震"和创作冲动。

这时的政治气氛对新乐府运动的产生也有刺激作用。唐宪宗是一个半明半昏的君主。他干过蠢事,但也做过得人心的事情,所以欧阳修在《新唐书》里曾肯定他"自初即位,慨然发愤"(卷七)的平定藩镇叛乱的功绩。他的"慨然发愤"也表现在他想要效法唐太宗的纳谏上。元和二年冬,他对宰相等说:"朕览国书,见文皇帝(按:即唐太宗)行事少有过差,谏臣论争,往复数四。况朕之寡昧,涉道未明,今后事或未当,卿等每事十论,不可一二而止!"(《旧唐书》卷十四)当然,事实上他并没有唐太宗那样的政治家风度,但这个愿望传播出去,客观上却会起到使统治阶级内部位卑而思想进步的官员"不识时忌讳"而去大胆揭露和批评当时封建社会黑暗现实的作用。这不是推测之词,因为新乐府运动诗人承认这一点。譬如白居易说他自己"自登朝来,年齿渐长,阅事渐多,每与人言,多询时务,每读书史,多求理(治)道,始知文章合为时而著,歌诗合为事而作。是时皇帝(按指唐宪宗)初及位,宰府有正人,屡降玺书,访人急病。仆当此日,擢在翰林,身是谏官,手请谏纸,启奏之外,有可以救济人病,裨补时阙,而难于指言者,辄咏歌之,欲稍稍递进闻于上。上以广宸聪,副忧勤;次以酬恩奖,塞言责;下以复吾平生之志"(《与元九书》)。

在谈论创作讽谕诗的主客观原因时，他告诉读者政治气氛起了不容忽视的作用。

从以上多方面看，产生新乐府运动的一切条件都已具备，因而只须星星之火，就可以引起燎原之势。元和三四年间，白居易、元稹的友人李绅写《新题乐府二十首》就起了这样一种触发作用。这种偶然性是寓于必然性之中的。李绅的新题乐府除《乐府诗集》保存了几篇小序（见卷九六、九七）外，诗已失传，我们今天只能从元稹和诗的题目与李早年所作《悯农》（一作《古风二首》）诗中窥见作者反映现实的广度和思想感情了。

元和四年，元稹读到李绅的诗，写了《和李校书新题乐府十二首》。诗序中他称赞李诗有意义有内容并择其"病时之尤急者，列而和之"，采用直抒胸臆的写法，不避时之忌讳。在李绅、元稹之后，白居易后来居上，写了《新乐府》五十首，其中不但包括了元稹选和过的十二首诗题，而且还增加了许多"病时之尤急"的篇章。它上承《诗经》、汉乐府、杜甫的优良传统，艺术上自辟蹊径，将视野朝向广阔的社会现实，被后人誉为"唐代《诗经》"（陈寅恪《元白诗笺证稿·新乐府》）。作者的《秦中吟》十首和《新乐府》在精神上是完全一致的。三位新乐府诗人以富有创造力和时代气息的作品使当日诗坛熠耀生辉。李绅在这次诗歌革新活动中起有先锋作用，但运动的倡导者却是白居易和元稹。元、白倡导新乐府有系统而明确的理论。他们认为"文章合为时而著，歌诗合为事而作"（《与元九书》），应"雅有所谓，不虚为文"（元稹《和李校书新题乐府十二首》）。他们强调诗歌的讽谕作用："救济人病，裨补时阙。"（《与元九书》）希望像古代理想社会一样，容许"士议而庶人谤"（《和李校书新题乐府十二首》），因而反对"嘲风雪，弄花草"（《与元九书》）的风尚。在诗歌内容与形式的关系上，他们主张"根情、苗言、华声、实义"（同上）"辞质而径"、"言直而切"、"事核而实"、"体顺而肆"(《新乐府序》)。在这一进步文艺理论基础上,他们通过自己的创作实践,集中精力所写的一大批很好的或比较好的新乐府诗,得到社会的承认,无形之间也促使其他诗人投入新乐府运动。

　　白居易、元稹倡导的新乐府运动,不能把它简单地理解为新题乐府运动。这个运动的起来是以写新题乐府开始的,但参加运动的诗人并不排斥能够"为事而作"、"讽兴当时之事"的古题乐府。当然,诗人们认为最理想的乐府诗应当是从内容到形式都是崭新的,即不必"沿袭古题,唱和重复",而应该像杜甫写新乐府那样,"即事名篇,无复依傍"(元稹《乐府古题·序》),以新题写时事。这种乐府诗和隋唐时代一般所说的"乐府新歌"[4]不同。后来,元稹在严酷的现实面前认识到"寓意古题"可以"刺美见(现)事",便在同时人刘猛、李馀的几十首"古乐府诗"中,选和了"咸有新意"(同上)的十九首。这些诗虽名曰"古题乐府",但实质上都可算作新乐府诗,所以《乐府诗集》也把《田家行》、《采珠行》等和张籍、王建的许多古乐府都收入"新乐府辞"里。

　　积极支持新乐府运动的除张、王而外,还有唐衢、刘猛、李馀、马逢等人。前三人的乐府诗已经失传,我们只能从白居易、元稹的诗文中了解它们的情况。元稹曾称赞马逢的作品,说他"旋吟新乐府,便续古《离骚》"(《送东川马逢侍御使回十韵》),但现存马逢的一首《新乐府》却是艳诗,其他真正的新乐府也佚失了。

　　元、白诗派之外写新乐府的还有孟郊、鲍溶、张仲素、李贺、刘禹锡等,他们显然是受时代潮流的影响或间接受到新乐府运动的影响。过去有的文学史把中唐不同流派之间的关系看成处处对立,实在是一种误解。元、白在中晚唐诗坛的影响是与日俱增的,威望很高,所以黄滔说:"大唐前有李、杜,后有元、白,信若沧溟无际,华岳干天。"

(《黄御史集·答陈磻隐论诗书》)这样的地位,对于传播新乐府诗非常有利。在当时现实生活的影响下,走元、白道路的绝对不会是少数几个人。张为撰《诗人主客图》以白居易为"广大教化主",除把元稹视为白的志同道合者外,还在白居易的门下列"入室"、"升堂"、"及门"的诗人杨乘、羊士谔、殷尧藩等十六人。既然标举"教化",说明他们的某些诗和白居易反映现实之作总有共通之处。

杜牧《李戡墓志铭》中的一段话转述李戡之言易使人误以为元、白新乐府诗没有社会影响。它说:"诗者可以歌,可以流于竹,鼓于丝,妇人小儿,皆欲讽诵,国俗薄厚,扇之于诗,如风之疾速。尝痛自元和以来,有元、白诗者,纤艳不逞,非庄人雅士,多为其所破坏;流于民间,疏于屏壁,子父女母,交口教授,淫言媟语,冬寒夏热,入人肌骨,不可除去。吾无位,不得用法以治之。"(《樊川文集》卷九)这样无视新乐府诗客观影响的偏见,到宋代引起了叶梦得的不满,他反对说:"杜牧作《李戡墓志》,载(李)戡诋元、白诗语,所谓非庄人雅士所为,'淫言媟语'、'入人肌骨'者,元稹所不论,如乐天讽谕、闲适之辞,可概谓'淫言媟语'耶?戡不知何人,而(杜)牧称之过甚。"(《避暑录话》)叶主张对元、白诗不要笼统否定,本来无可厚非,但陈寅恪却不赞成叶的话,他认为:

"乐天讽谕闲适之辞"乃微之上令狐楚启所谓"词直气粗,罪尤是惧,固不敢陈露于人"者,而当时最为流行之元白诗,除"千言或五百言律诗"外,唯此杯酒光景间小碎篇章之元和体诗耳。如《元氏长庆集》五一《白氏长庆集序》略云:"予始与乐天同校秘书之名,多以诗章相赠答。会予谴掾江陵,乐天犹在翰林,寄予百韵律诗及杂体,前后数十章。是后各佐江、通,复相酬寄。巴蜀江楚间泊长安中少年,递相仿效,竞作新词,自谓为元和体诗,而乐天《秦中吟》、《贺雨》、讽谕等篇,时人罕能知者。然而二十年间,禁省、观寺、邮候墙壁之上无不书,王公、妾妇、牛童、马走之口无不道,自篇章以来,未有如是流传之广者。"尤足证杜牧、李戡之所以痛诋,要非无故,而叶氏则未解此点也。(《元白诗笺证稿》附论《元和体诗》)

刘大杰《中国文学发展史》(1976年版)第二册第十章承袭陈说,流传很广,易使人误以为新乐府并无社会影响。

其实这是不足为据的。首先,《李戡墓志铭》所说的"元白诗"与《白氏长庆集序》所说的"元和体诗"的概念并不相等。李戡论元、白"元和以来"诗而无视他们的讽谕诗(包括新乐府诗在内),无论如何说都是不对的;第二,元稹所说"不敢陈露于人"的乐府诗并不包括《和李校书新题乐府十二首》等作品(当然更不包括白居易的《新乐府》、《秦中吟》等),而是指他在元和五年无辜贬官以后写的讽谕诗。这只要看看元和十四年元稹写的《上令狐相公诗启》就清楚了。他说:

> 稹自御史府谪官,于今十余年矣。闲诞无事,遂专力于诗章,日益月滋,有诗向千余首。其间感物寓意可备矇瞽之讽者有之;词直气粗,罪尤是惧,固不敢陈露于人。(《元氏长庆集·集外文章》)

最后,元稹《白氏长庆集序》所说白居易的《秦中吟》等讽谕诗"时人罕能知者"的"时人",不能解释为当时的一切人,"知"也不能解释为"知道",而是理解的意思,即理解作者写新乐府的苦心孤诣。因为元、白在元和五年以前写讽谕诗(主要是新乐府)时,还未遭受政治打击,并无避祸心理,也不想保密,而是希望它们能广泛流传,那些诗怎么会很少有人知道呢?而且事实上《秦中吟》等讽谕诗流传也是很广的,所以白居易在《伤唐衢》中说:"忆昔元和初,忝备谏官位。是时兵革后,生民正憔悴。但伤民病痛,不识时忌讳。遂作《秦中吟》,一吟悲一事。贵人皆怪怒,闲人亦非訾。"他在《与元九书》里也说:"闻《秦中吟》则权豪贵近者相目而变色矣。闻《乐游园》寄足下诗,则执政柄者扼腕矣。闻《宿紫阁村》诗,则握军要者切齿矣。大率如此,不可遍举。不相与者号为沽名,号为诋讦,号为讪谤。苟相与者,则如牛僧孺之戒焉,乃至骨肉妻孥皆以我为非也⋯⋯"还说:"昨过汉南日,适遇主人集众乐,娱他宾。诸妓见仆来,指而相顾曰:'此是《秦中吟》《长恨歌》主耳'。"这几段话把讽谕诗既在社会广泛流传,又不为某些人所"知"的矛盾现象写得十分清楚。这与元稹在《白氏长庆集序》里一面说《秦中吟》等诗"时人罕能知者",一面又详细叙述它的流传情况,并说"自篇章以来,未有如是流传之广者",完全是一致的。陈寅恪论证元、白的艳诗和长篇律诗的流传是对的,但他不承认元、白的讽谕诗在当时也极流行,却远离事实也无法解释新乐府诗在晚唐的巨大影响。

晚唐乐府诗的作者队伍很大,杜牧、张祜、温庭筠、李商隐、刘驾、薛能、李昌符、曹邺、赵嘏、于濆、皮日休、陆龟蒙、聂夷中、杜荀鹤、罗隐、秦韬玉等等都写过乐府诗。他们大体上可以分为两群,有的离开了现实主义道路,有的继承了元、白的优良传统,皮日休等就是后者的代表。

从中唐至晚唐,新乐府运动波澜壮阔,成就灿烂辉煌,整个新乐府诗反映的生活面非常广泛,当时社会的政治、经济、军事、文化等各个方面的问题,它都涉及了。各阶层的人物都被展现在病态社会的各种画面里。可以说《诗经》、汉代乐府民歌以来的现实主义传统在这个运动中得到最充分的继承,因而奠定了它在文学史上的历史地位。

〔1〕《国秀集》卷下高适和王之涣诗题为《和王七度玉门,关上吹笛》,可见王诗原题为《度玉门,关上吹笛》。这首诗当时已经用《凉州》曲来歌唱,所以《国秀集》卷下王诗被题为《凉州词》,而内容实与凉州无关。

〔2〕康洽乐府诗入乐的情况《唐才子传·康洽》有记载。它说:"洽,酒泉人,黄须美丈夫也。盛时携琴剑来长安,谒当道,气度豪爽。工乐府诗篇,宫女梨园,皆写于声律。玄宗亦知名,尝叹美也。"

〔3〕关于"宫体诗"的概念,此从闻一多先生之说。他在《唐诗杂论·宫体诗的自赎》中说:"宫体诗就是宫廷的,或以宫廷为中心的艳情诗。它是个有历史性的名词,所以严格地讲,宫体诗又当指以梁简文帝为太子时的东宫及陈后主、隋炀帝、唐太宗等几个宫廷为中心的艳情诗。"

〔4〕《隋书·经籍志》总集类已有《乐府新歌》两种,二十二卷。

第十章 张籍、王建及李绅

在新乐府运动中,张籍、王建与元、白齐名,李绅的新题乐府诗题响深远。

第一节 张籍的生平和思想

张籍(766—830?),字文昌,祖籍苏州(在今江苏),和州乌江(今安徽和县)人[1]。他生于唐代宗大历元年(766)[2],上距安史之乱的发生仅十年。那时大乱虽然初平,但地方藩镇叛变此伏彼起,吐蕃、回纥内侵时有所闻,政治腐败,民不聊生。人们渴望唐王朝中兴,对反对叛乱的英雄人物充满敬仰之情。安史之乱中,张巡是一个名震全国的传奇式英雄。在安禄山长驱直下中原,唐军兵败如山倒,地方官员纷纷献城投降,江淮岌岌可危的时候,张巡与许远坚守睢阳(在今河南商丘市南)近一年,保障了江淮,最后壮烈牺牲。少年张籍在乌江见到了张巡麾下的幸存者于嵩,向他询问当日抗敌的情况。于嵩给他有声有色地讲述了张巡读书、写文章以及从容就义的轶事(韩愈《张中丞传后叙》),使他永远铭记在心。唐德宗贞元初,张籍漫游至魏博镇,在邺下认识了王建,从师读书。他们比邻而居,互相切磋学问、诗艺。又曾在刺史府内听讲《易经》,在处士家里吟诗聚会,生活得十分愉快(张籍《逢王建有赠》)。后张籍西入长安寻求出路,失意离京,漫游四方。贞元十年前后张又重访王建于漳水之滨,然后南返省亲(王建《送张籍归江东》)。贞元十二年,孟郊自长安东归,经乌江,见张籍。后两年,张经孟郊之荐在汴州(今河南开封)拜识韩愈。时韩为府试考官,解送他入京应进士试,翌年及第。回徐州为韩所留,朝夕相处。晚年他回忆当时的情况说:"籍在江湖间,独以道自将。学诗为众体,久乃溢筐囊。略无相知人,黯如雾中行。北游偶逢公,盛语相称明。名因天下闻,传者入歌声。公领试士司,首荐到上京。一来遂登科,不见苦贡场。观我性朴直,乃言及平生。由兹类朋党,骨肉无以当。坐令其子拜,常呼幼时名。追招不隔日,继践公之堂。出则连辔驰,寝则对榻床。搜穷古今书,事事相酌量。有花必同寻,有月必同望。为文先见草,酝熟偕共觞。新果及异鲜,无不相待尝。"(《祭退之》)后一年亲死,回乌江守丧。期满,又第三次北游,曾居洛阳。宪宗元和元年(806),始调补太常寺太祝。时年已四十一岁。他和白居易开始建立友谊。白居易元和四年的《答张籍因以代书》诗写到他的贫病与二人的交往:"怜君马瘦衣裘薄,许到江东(曲江东)访鄙夫。今日正闲天又暖,可能扶病暂来无?"其后关系越来越密切,白的《酬张十八访宿见赠》说:"问其所与游,独言韩舍人(韩愈)。其次即及我,我愧非其伦。胡为谬相爱,岁晚逾勤勤。"从其他交往诗看,联系他们的纽带是诗。元稹和张籍也是诗友,但二人初交的作品今天已看不到了。主要原因有两点:一是元在元和初不是外贬、外放,就是出使巴蜀,留长安的时间不多,至元和五年就长期贬谪在外了;二是现存《元氏长庆集》只是原书的十分之六,许多作品佚失了。令张高兴的是元和八年王建已迁回故乡,故人重聚,张籍写了《逢王建有赠》。

张籍所任太祝,是正九品官,掌出纳神主及跪读祝文之类事务,职位既低,俸钱也少,所以白居易元和九年为他抱不平说:"如何欲五十,官小身贱贫!"(《读张籍古乐府》)元和十年,元稹回京,曾计划编《元白往还诗集》,将张籍古乐府、李绅新乐府收入。张籍等"众君子得拟议于此者,莫不踊踊欣喜,以为盛事"(白居易《与元九书》)。这一年,张籍的官职仍无变化。白居易对老友的不遇只有叹息:"独有咏诗张太祝,十年不改旧官衔。"(《张十八》)元和十一年,张籍转国子监助教。国子监为唐中央政府的教育机关,因玄宗时曾设广文馆,故时称张为"张广文"。元和十五年,迁秘书郎。当时元稹已回朝,为祠部郎中、知制诰。他替唐穆宗草拟的制书特别肯定张籍的乐府诗和人品说:"《传》云:'王泽竭而诗不作。'又曰:'采诗以观人风。'斯亦警予之一事也。以尔(张)籍雅尚古文,不从流俗,切磨兴讽,有助政经,而又居贫晏然,廉退不竟。俾任石渠之职,思闻木铎之音。"(《授张籍秘书郎制》)随着了解他的友人元、白、韩愈等在朝居举足轻重之地,他逐渐得到重用。长庆元年,由韩愈举荐,张升为国子博士。第二年,迁水部员外郎,时称"张水部"。文宗大和二年,迁主客郎中。翌年,任国子司业,时又称"张司业"。大和四年(830),刘禹锡《和令狐相公言怀寄河中杨少尹》诗已有悼张籍的诗句,说明本年或前一年诗人已卒于长安,年约六十四五岁。僧无可有《哭张司业》诗,伤其凄凉身后事。五代南唐时张洎曾将他所见的张籍存世诗四百多首辑集,钱公辅名为《木铎集》。明刻本题《唐张司业集》。今通行《张籍诗集》(中华书局上海版)。《全唐文》收录张上韩愈书两篇。所著《论语注辨》已佚。

张籍的儒家思想非常鲜明。他的《上韩昌黎书》批评韩愈爱"驳杂无实之说"、与人辩论好争胜、喜"博塞之戏",与人赌钱财。他认为这些都不合儒家之教。他强调当务之急是效法孟轲、扬雄著书以存圣道。他在信中具体勾画了儒家与异说之争。他说："宣尼(孔子)没后,杨朱、墨翟、恢诡异说,干惑人听,孟轲作书而正之,圣人之道,复存于世。秦氏灭学,汉重以黄老之术教人,使人浸惑,扬雄作《法言》而辩之,圣人之道犹明。及汉衰末,西域浮屠之法入于中国,中国之人世世译而广之。黄老之术,相沿而炽。天下之言善者,惟二者而已。"并说这样下去,使人伦遭到破坏,邦家继乱,不堪设想,所以必须排斥佛、道异说,捍卫儒道。孤立地看,作者笼统地否定异说,带有片面性和偏激情绪。但结合当时佛、道的流弊来说又有它的针对性。在《学仙》一诗里作者揭露求仙的虚妄就很能说明他排异说的实质。他说："炉烧丹砂尽,昼夜候火光。药成既服食,计日乘鸾凰。虚空无灵应,终岁安所望。勤劳不能成,疑虑积心肠。虚羸生疾疹,寿命多夭伤!身殁惧人见,夜埋山谷傍。求道慕灵异,不如守寻常。"从这些地方可以看出他的唯物主义倾向。在文学观上,友人论他的诗都强调他的儒家传统,而实际上他却是推尊李杜而又转益多师的。韩愈《送孟东野序》就说他与孟郊、李翱是上继陈子昂、苏源明、元结、李白、杜甫的人。张籍在《过沈千运旧居》里赞美沈千运"高议切星辰,馀声激喑聋",也透露出《箧中集》作者对他的影响。张籍的创作成熟得早,一生又长期处于困顿之中,了解社会和人民的真实情况,因而他的充满现实主义精神的名诗大多是青壮年时期的作品。

第二节 张籍的诗

《张籍诗集》有诗四百七十多首,置于卷首的是七十首乐府诗。它们或为新题乐府,或为寓意古题的新乐府,或为沿袭古题之作。

在张籍的乐府诗中写赋税繁重的很引人注目,如《山头鹿》说:

> 山头鹿,角芟芟,尾促促。贫儿多租输不足,夫死未葬儿在狱。旱日熬熬蒸野冈,禾黍不收无狱粮。县家唯忧少军食,谁能令尔无死伤?

诗的题目、内容、形式都很新颖。从官府为军食而横征暴敛的角度写去,写租税重,农妇的丈夫被逼死了,儿子也关进了监牢。偏偏又逢大旱之年,不但更无法纳租,恐怕连儿子在狱中的口粮也无着落,等待他的又是死亡。这样便把人民陷于水深火热之中的景况,淋漓尽致地表现出来了。《野老歌》写税重苦民,又是另一种景象:"苗疏税多不得食,输入官仓化为土。"辛劳一年,室无食粮,只能靠橡食充饥。他们的生活反不如富商之犬。《江村行》是具体刻画农民耕作之苦:

> 南塘水深芦笋齐,下田种稻不作畦。耕场磷磷在水底,短衣半染芦中泥。田头刈莎结为屋,归来系牛还独宿。水淹手足尽为疮,山虻绕衣飞扑扑。桑林椹黑蚕再眠,小姑采桑不饷田。江南热旱天气毒,雨中移秧颜色鲜。一年耕种长苦辛,田熟家家将赛神。

这是江南水乡,是诗人在和州或苏州之作,富于生活气息,字里行间流露出他对农民的同情。《牧童词》像牧歌,牧童也写得天真活泼,但结语"牛群食草莫相触,官家截尔头上角"却使人想到剥削压榨之苦甚至在孩子心上都蒙上了阴影。官家截牛角是借用北魏万州刺史拓跋晖横行霸道令随从截取农民耕牛牛角的典故以写官吏之暴行。

当时战乱频繁,内忧外患,令人民苦不堪言。张籍用乐府诗反映了时代的苦难。《筑城词》使人想到古老的孟姜女的丈夫的故事,想到杜甫的《潼关吏》,但意象是全新的。其他《寄衣曲》、《塞下曲》、《别离曲》、《将军行》分别写到战争给家庭造成的悲剧、穷兵黩武的危害、抗御扰边之敌的胜利。《征妇怨》以新题乐府一面写戍卒的惨死"万里无人收白骨,家家城下招魂葬",一面写征人妇的痛不欲生"夫死战场子在腹,妾身虽存如昼烛"。寥寥数语反映了敌军寇边的残酷性。《凉州词》反映了诗人渴望收复失地统一国土的爱国之心:

> 边城暮雨雁飞低,芦笋初生渐欲齐。无数铃声遥过碛,应驮白练到安西。

> 凤林关里水东流,白草黄榆六十秋。边将皆承主恩泽,无人解道取凉州。

凉州自唐代宗广德二年(764)失陷于吐蕃,至穆宗长庆(821—824)时尚未收复,半个多世纪的国耻,像巨石压在诗人心上,所以第一首写内地大量的丝织品被吐蕃夺走。第二首在极写失地荒芜之景以后将矛头指向失职的边将。白居易、元稹的乐府诗都有这方面的内容,是举国关心的问题。《董逃行》是诗人借乐府旧题写安禄山叛乱时洛阳的乱离景象,谴责官军如贼军:"洛阳城头火瞳瞳,乱兵烧我天子宫。宫城南面有深山,尽将老幼藏其间。重岩为屋橡为食,丁男夜行候消息。闻道官军犹掠人,旧里如今归未得。董逃行,汉家几时得太平?"诗人曾至洛阳,离宫的残破、故老的回忆都会引发他的创作冲动。同时军阀攻城略地不止,国多荒城。他的《羁旅行》所写为他亲眼所见的乱后之景:"荒城无人霜满路,野火烧桥不得度。"当时叛镇时时威胁着东都,所以诗人忧心忡忡,向往太平。《废宅行》写吐蕃侵扰京畿之惨象,与《董逃行》为姊妹篇。《永嘉行》一首借古讽今,斥责地方军阀只顾私利,不保护人民,不保卫国家:"妇人出门随乱兵,夫死眼前不敢哭。九州诸侯自顾土,无人领兵来护主。"

战争之外,张籍的乐府诗还将批判的笔锋转向上层统治者和社会恶势力。如《吴宫怨》暴露统治者的荒淫,《求仙行》鞭挞"汉皇"的求仙,都有现实针对性。《少年行》写羽林军军官的得宠和放纵,类似王建的《羽林行》。《猛虎行》以寓言写社会恶势力的无恶不作,是虽用古题全无古义之诗。

张籍的乐府诗也写其他内容,如《贾客乐》写商人逐利及其生活:"金多众中为上客,夜夜算缗眠独迟。""年年逐利西复东,姓名不在县籍中。"类似元稹《估客乐》的主旨。《成都曲》咏成都的美景和富庶。张籍的弟弟曾入蜀,所以他对那里特别有感情。其《送蜀客》说:"蜀客南行祭碧鸡,木棉花发锦江西。山桥日晚行人少,时见猩猩树上啼。"这首绝句与《成都曲》所写景物多出于想象。《白鼍鸣》是古诗中专写扬子鳄的作品。

> 天欲雨,有东风,南溪白鼍鸣窟中。六月人家井无水,夜闻鼍声人尽起。

诗如民歌,写出了大旱中人们预知雨之将至的欣喜之情。《节妇吟》是言志之作,有的版本题下注语说:"寄东平李司空师道。"李司空即平卢淄青节度使李师道,他想招张籍入幕,张籍答诗拒绝了他。诗的写法脱胎于汉乐府《陌上桑》、《羽林郎》,借男女之情表示了不与强藩合作的态度,文词华美,在他的乐府中别具一格。

张籍和王建齐名,乐府诗艺术上有共同的特点。他们紧承汉魏乐府的传统,语言以朴实美取胜,简练爽利,少铺叙和议论说教。诗多白描,构成的意境如线条遒劲的木刻画。诗人还善于吸收口语入诗,擅长对比,予人以深刻的印象。乐府大多采用七言歌行体和七言绝句,偶用五古。其主要风格使他与元、白新乐府形成各呈异彩之特征。

张籍的乐府诗在他在世时就得到高度的评价。白居易说:"张君何为者,业文三十春。尤工乐府诗,举代少其伦!""始从青衿岁,迨此白发新。日夜秉笔吟,心苦力亦勤。"(《读张籍古乐府》)姚合也说:"妙绝江南曲,凄凉怨女诗。古风无敌手,新语是人知。"(《赠张太祝》)张籍诗的自然浑成是苦心经营所致。宋代王安石深谙其中甘苦。他的《题张司业诗》说:"看似寻常最奇崛,成如容易却艰辛!"

张籍乐府之外的大量诗中不乏佳作。其五律平易流畅,抒情委婉深挚。七绝清新轻快,近于白居易。如《秋思》:

  洛阳城里见秋风,欲作家书意万重。复恐匆匆说不尽,行人临发又开封。

这写法,这心情,堪与岑参《逢入京使》比美。林昌彝《射鹰楼诗话》说:"文昌'洛阳城里见秋风'一绝,七绝之绝境,盛唐人到此亦罕,不独乐府古淡足于盛唐争衡也。"颇有见地。

第三节　王建的生平和思想

  王建(766—831?),字仲初,三辅(今陕西西安附近)[3]人。他和张籍齐名又巧合地生于同一年,所以张籍说他们二人"年状皆齐"

(《逢王建有赠》)[4]。王建生于清贫之家,自幼聪明活泼,童年过着无拘无束的生活:"忆昨痴小年,不知有经籍。常随童子游,多向外家剧。偷花入邻里,弄笔书墙壁。照水学梳头,应门未穿帻。人前赏文性,梨果蒙不惜。赋字咏春泉,探题得幽石。"(《送韦处士老舅》)及至父母早逝,王建兄弟便陷入了"孤贱相长育"(《留别舍弟》)的境地。才华不凡的王建在入仕的道路上历尽艰辛。唐德宗建中四年(783),他曾参加进士考试,但未被录取[5],这事刺伤了他的心。他先在《人家看花》诗中透露了憔悴京华的消息,事隔多年又在《送薛蔓应举》诗中愤懑地说:"自顾非国风,难以合圣人!"在科举失意的次年秋天,他决心远游谋求出路。他的《留别舍弟》诗写出了离家时的复杂心情:"孤贱相长育,未曾为远游。谁不重欢爱,晨昏阙珍羞。出门念衣单,草木当穷秋。非疾有忧叹,实为人子尤。世情本难合,对面隔山丘。况复干戈地,懦夫何所投?与尔俱长成,尚为沟壑忧。岂非轻岁月,少小不勤修。从今解思量,勉力谋善猷。但得成尔身,衣食宁我求。固合受此训,惰慢为身仇。岁暮当归来,慎莫怀远愁。"与他不久即归的初衷相反,他东出潼关竟成了他长达三十年的求学、从军、漫游天下生活的开始。

　　王建离乡的前一年,长安曾发生朱泚之乱。朱泚死后,中原地区仍兵燹未息。十九岁的王建怀着前途茫茫的心情,辗转飘流到了魏博镇的相州(即邺郡。今河南安阳一带)求学,和张籍、李肇(《国史补》的作者)成为同窗好友。后婚娶于李氏,与李肇成为亲戚[6]。魏博境内,漳水蜿蜒,有扁鹊、西门豹、曹魏遗迹,供人游赏。王建曾忆及当时狂放的生活:"年少同为邺下游,闲寻野寺醉登楼。"(《酬赵侍御》)和张籍的友谊更是铭记不忘。他说:"昔岁同讲道,青襟在师傍。出处两相因,如彼衣与裳。"(《送张籍归江东》)张籍追忆更具体,其《逢王建有赠》说:"年状皆齐初有髭,鹊山漳水每追随。使君座下朝听《易》,处士庭中夜会诗。新作句成相借问,间求义尽共寻思。"王建在漳水边上寓居约十年,过着半隐半为州郡刺史幕宾的生活。魏博是藩镇田氏的势力范围。田氏家族中的田兴(后更名田弘正)当时正任衙内兵马使。他"少习儒书,颇通兵法,善骑射,勇而有礼",心向朝廷,喜养士。王建久留魏博,可能与他有关[7]。大约在贞元十四年(798),王建荐张实往幽州幕府拜见李益,写有《寄李益少监兼送张实游幽州》,对李表示崇敬之情。不久,他亦因李益之荐入幽州刘济幕。李益离开幽州一年多,王建亦辞幽州前往岭南从军,路过江陵遇到久别的李肇。岁月流逝,妻子李氏亡故,王已再娶,仕途坎坷,王建写了感慨很深的《荆南赠别李肇著作转韵诗》。分手后,王建深入岭南桂州为从事。南中事物引起他的兴趣,诗歌增添了新的特色。宪宗元和前期,王建自岭南返江陵,入荆南节度使府为幕僚,初识掌书记杜元颖,并曾出使汝州。张籍在长安任太祝,病中寄诗江陵。王建答诗说:"风幌夜不掩,秋灯照雨明。彼愁此又忆,一夕两盈盈。"(《酬张十八病中寄诗》)元和四年元稹贬江陵士曹参军前,王建已离荆南回魏博寓所看望家小,故两位乐府诗人失掉一次早识的机会。

王建在漳水旧居又过了一段炼丹求仙的隐士生活。后为生活所迫,出山从军。其《从军后寄山中友人》诗说:"爱仙无药住溪贫,脱却山衣事汉臣。夜半听鸡梳白发,天明走马入红尘。[8]"元和七年八月,魏博节度使田季安卒。田兴被三军拥立主持军政,使他得以实现他将魏博地区归还朝廷的愿望。宪宗嘉奖他的行为,正式任命他为魏博节度使,并派司封郎中、知制诰裴度前往宣慰。王建拜识裴度。元和八年(813)初,四十八岁的王建抑止不住思乡之情,决定迁回关辅卜居杜陵。他告别田弘正说:"拟报平生未杀身,难离门馆起居频。不看匣里钗头古,犹恋机中锦样新。一旦甘为漳岸老,全家却作

杜陵人。朝天路在骊山下,专望红旗拜旧尘。"(《留别田尚书》)

回乡后,旧家已不复存,他在长安东南郊外安置,过着贫穷的生活。《原上新居十三首》写他"移家近住村,贫苦自安存。细问梨果植,远求花药根。倩人开废井,趁犊入新园。长爱当山立,黄昏不闭门。""弟兄今四散","家人初饱薇","春来梨枣尽,啼哭小儿饥","身闲时却困,儿病可来娇","借牛耕地晚,卖树纳钱迟",再现了他的困窘之态[9]。

王建经人荐举担任京畿官吏时已是白发人。他初任昭应(今陕西临潼)丞,继为渭南尉。沉沦下僚,使他心情抑郁。他在《昭应官舍》诗中孤傲地说:"朝客轻卑吏,从他不往还。"《自伤》诗又说:"衰门海内几多人,满眼公卿总不亲。四授官资元七品,再经婚娶尚单身。图书亦为频移尽,兄弟还因数散贫。独自在家长似客,黄昏哭向野田春。"他和孟郊同病相怜,郊卒他写有《哭孟东野》。此后从宪宗晚年到穆宗、敬宗朝他历任太府寺丞、太常丞、秘书丞、侍御史[10]。居京日久,交往的公卿也日多,如李吉甫、裴度、杜元颖、令狐楚、钱徽、李德裕、李愬等,他都有诗相赠。而有交谊的还是作家张籍、韩愈、白居易、元稹、刘禹锡、杨巨源、刘贲、蒋防等。韩愈贬潮州时,他写有《送迁客》。元稹、白居易回朝,他和他们诗酒唱和。他的《宫词一百首》,也写于这一时期。文宗大和二年(828),他已在陕州司马任上。外放原因不明。白居易过陕州,对他的遭遇十分同情,其《别陕州王司马》诗说:"争得遣君诗不苦,黄河岸上白头人!"贾岛集有《光州王建使君水亭作》、《留别光州王使君建》二诗,李嘉言《贾岛年谱》考证为大和五年的诗,时王建六十六岁[11]。王建卒于这年以后。著有《王建集》,后人刊为《王司马集》。今通行《王建诗集》(中华书局上海版)。

王建诗中屡言佛、道,但诗人的主导思想还是儒家的。如《励学》说:"若使无六经,贤愚何所托?"在文学上,他像李白一样主张恢复"大雅"的传统。其《寄李益少监兼送张实游幽州》说:"大雅废已久,人伦失其常。天若不生君,谁复为文纲?迷者得道路,溺者遇舟航。""少小慕高名,所念隔山冈。集卷新纸封,每读常焚香。古来难自达,取鉴在贤良。"他肯定张籍的诗也说:"君诗发大雅,正气回我肠。"王建的创作实践正符合他自己的主张。

第四节 王建的诗

王建现存诗五百来首,以乐府诗、宫词为最著名。其他抒情诗在当时也别具一格。

《王建诗集》首载乐府诗两卷馀,共八十六首,加上绝句、古风中的乐府诗,当在百首以上。像这样大量写乐府诗的当时只有张籍和元、白。王建的乐府诗虽然在系年上还是个空白,但一些名诗基本可以判断大致的写作年代。如《铜雀台》、《渡辽水》为魏博、幽州时期触景生情之词。《水运行》、《水夫谣》、《海人谣》、《簇蚕辞》、《当窗织》、《田家行》、《春来曲》、《荆门行》、《羽林行》、《射虎词》、《鸡鸣曲》、《织锦曲》、《宫中三台词》、《江南三台词》、《霓裳词》等都是元和以后岭南、荆州、长安所写的诗。王建和张籍的乐府诗有同题之作,如《白纻歌》、《寄远曲》、《北邙行》、《乌夜啼》、《思远人》等,应是唱和的诗。王建和元稹同题的《田家行》以及内容有联系的《白纻歌》与《冬白纻》,恐非偶然巧合。王建的乐府可分两类:一类是新题乐府,如《田家行》、《织锦曲》等;一类是寓意古题的新乐府,如《饮马长城窟行》、《从军行》等。它们都可称为新乐府。

王建的新乐府题材广泛,生活气息浓厚,时代特色鲜明。当时社

会动乱不止,人民苦于赋税劳役,王建长期宦游各地,体会深刻,他从不同角度写了民间疾苦。如《海人谣》:

> 海人无家海里住,采珠杀象为岁赋。恶波横天山塞路,未央宫中常满库。

诗写南海贡赋为害之烈,揭露皇家横征暴敛,对比鲜明。《田家行》写的是最普遍的农民之苦:

> 男声欣欣女颜悦,人家不怨言语别。五月虽热麦风清,檐头索索缲车鸣。野蚕作茧人不取,叶间扑扑秋蛾生。麦收上场绢在轴,的知输得官家足。不望入口复上身,且免向城卖黄犊。田家衣食无厚薄,不见县门身即乐。

这首诗反映现实的深刻在于他写农民在丰收后仍不免于饥寒,其平年、歉收之年的苦况可想而知。其他《织锦曲》写女工之劳,宫中之奢侈,《水运行》《水夫谣》写征粮之酷,运粮之苦,都刻画入微,令人不忍卒读。有的乐府诗借古讽今,直刺皇家羽林军的军官们:

> 长安恶少出名字,楼下劫商楼上醉。天明下直明光宫,散入五陵松柏中。百回杀人身合死,赦书尚有收城功。九衢一日消息定,乡吏籍中重改姓。出来依旧属羽林,立在殿前射飞禽。(《羽林行》)

这是诗人回长安后的作品,他耳闻目睹宦官统辖下的羽林军官无恶不作,用冷峻的笔勾画出他们的丑恶面目,反映了朝廷的昏暗。《射虎行》通过寓言形式暗讽讨伐叛乱藩镇战争中一些将领徘徊不前、胜则争功、养寇自重的行为。《白纻行》、《古从军行》、《送衣曲》等，或写君主纵情声色，或写征人夫妇的痛苦，以常见题材写众所关心的事。王建还有一部分关于妇女婚姻生活的诗。如《促刺词》写贫女"虽嫁不得归，头白犹著父母衣"。《去妇》写新妇无辜被弃。《望夫石》触景生情，写妇女的坚贞爱情："望夫处，江悠悠，化为石，不回头。山头日日风和雨，行人归来石应语。"充分表现了他对女性的同情。王建的乐府诗并非全为讽喻诗，也有写风土人情、咏物和娱乐生活的，如《赛神曲》、《田家留客》、《雉将雏》等。其中写杂技的诗在唐诗中是首屈一指的。

> 人间百戏皆可学，寻橦不比诸徐乐。重梳短髻下金钿，红帽青巾各一边。身轻足捷胜男子，线竿四面争先缘。习多倚附欺竿滑，上下蹁跹皆著袜。翻身垂颈欲落地，却住把腰初似歇。大竿百夫擎不起，袅袅半在青云里。纤腰女儿不动容，戴行直舞一曲终。回头但觉人眼见，矜难恐畏天无风。险中更险何曾失，山鼠悬头猿挂膝。小垂一手当舞盘，斜惨双蛾看落日。斯须改遍曲解新，贵欲欢他平地人。散时满面生颜色，行步依前无气力。（《寻橦歌》）

寻橦即顶竿，西汉时从都卢国传入，唐时盛行，为百戏之一。诗人把女子的绝技写得出神入化。王建百馀首乐府诗像一幅幅生活图画，其新乐府与那些唱和重复的乐府诗摹仿者的作品大异其趣，是唐代乐府诗革新运动的丰硕成果。

王建与张籍齐名，乐府在艺术上有共同特色。他直承汉魏民间乐府的语言艺术传统，不但在通俗性上与元、白新乐府诗呈现出同中之异,与张籍的乐府诗比较也自有风貌。他善于选取有特色的人物、事件,比张写得更为具体、细致和含蓄。如《水夫谣》写纤夫在官府强迫下牵引驿船的悲惨说:"辛苦日多乐日少,水宿沙行如海鸟。逆风上水万斛重,前驿迢迢后森森。半夜缘堤雪和雨,受他驱遣还复去。夜寒衣湿披短蓑,臆穿足裂忍痛何!"王建的乐府诗写人物心理状态多含而不露。如《新嫁娘词》其三说:"三日入厨下,洗手作羹汤。未谙姑食性,先遣小姑尝。"黄叔灿《唐诗笺注》说:"新妇与姑未习,小姑易亲,转圜机绪慧甚。入情入理,语亦天然。"王建乐府多采用七言歌行体,间亦变化为其他形式。如《思远人》用五古,《望夫石》、《雉将雏》、《短歌行》开端都连用四个三字句,然后再接以七言。《江南三台词》为六言体:"扬州桥边小妇,长安市里商人。三年不得消息,各自拜鬼求神。"自然流转,堪与顾况《过山农家》媲美,而为唐词之隽。

　　王建的《宫词》很有名。优秀的宫词和典型的宫体诗虽然都以宫廷生活为题材,但二者在思想格调上却大异其趣。这与前者源于同情妇女遭遇的乐府诗有关。《乐府诗集》中的《婕妤怨》、《班婕妤》、《长信怨》、《长信秋词》、《娥眉怨》、《宫怨》写宫廷妇女和她们的思想感情,一般都无轻佻之词。像王昌龄、崔国辅这一题材的作品,便可看做唐代宫词早期的名篇。王建的《宫词》以百篇七绝的大型组诗反映广泛的生活,在帝王的上朝问政、召对使节、褒扬将帅、征集图书、大兴土木、射猎游乐之外,重点表现了宫中妇女的骑射歌舞、温室养殖、酥油点花、弈棋刺绣、值班看园、孤眠幽闭等等。诗人轻轻撩开一层纱幕,虽然多数作品主旨并非讽刺,但在维护宫禁尊严者看来,却是太大胆了。当时宦官王守澄就企图以《宫词》为口实弹劾他,由于他的机智应对才得幸免于祸(详范摅《云溪友议》)。欧阳修《六一诗话》肯定王建《宫词》可补史传之不足。今天读它,人们自然

会联想到敦煌、永泰公主墓、章怀太子墓的壁画,在认识唐代社会生活的同时,还能感受到它的诗意美。如以下两首:

竞渡船头掉彩旗,两边溅水湿罗衣。池东争向池西岸,先到先书上字归。(其二十五)

树头树底觅残红,一片西飞一片东。自是桃花贪结子,错教人恨五更风。(其九十一)

第一首写划船竞赛,第二首写宫怨,都是情绪健康而富有诗意的作品,后者尤为优秀。陈辅说:"王建《宫词》,荆公(王安石)独爱其'树头树底觅残红'云云,谓其意味深婉而悠长也。"(《陈辅之诗话》)王建《宫词》影响很大,唐以后花蕊夫人、和凝、王珪、宋徽宗等都曾仿作,前人称王建为"宫词之祖"(宋顾乐《唐人万首绝句选》)洵非过誉。

王建的其他抒情诗亦不乏佳作。其五律《原上新居十三首》、《林居》等与贾岛、姚合风格相近,胡震亨《唐音癸签》认为姚合受其影响。《南中》写岭南风物,新颖生动,为唐诗增添色彩。《七夕曲》奇情异想,色彩斑斓,近于李贺风格。五古寄李益、赠张籍、和钱徽盆景诗风格颇类韩、孟。近体清新有味,接近元、白、刘禹锡诗。如:

中庭地白树栖鸦,冷露无声湿桂花。今夜月明人尽望,不知秋思落谁家?(《十五夜望月寄杜郎中》)

雨里鸡鸣一两家,竹溪村路板桥斜。妇姑相唤浴蚕去,闲着中庭栀子花。(《雨过山村》)

风格的多样化和形成自己的独特特色,是大诗人成熟的表现,也是诗人努力追求的结果。他自己说过"妻愁耽酒癖,人怪考诗严"、"有时看旧卷,未免意中嫌"(《闲居即事》)、"炼精诗句一头霜"(《维扬冬末寄幕中二从事》),正是这种不懈的追求,使他成为名垂诗史的作家。

第五节　李绅及其诗

李绅(772—846),字公垂,郡望赵郡,祖籍亳州谯县(今属安徽),父辈移居常州无锡(在今江苏)。他生于奉儒重学的仕宦之家。曾祖李敬玄,刚正爱才,博览群书,尤谙礼制。高宗朝,官至宰相。祖父两代仕途蹭蹬,官位不显。唐代宗大历十二年,李绅六岁,丧父。母卢氏亲授诗书。青少年时期他或攻读于无锡惠山寺,或放歌于雪溪上。二十三岁,以诗受知于苏州刺史韦夏卿。三十岁应进士试,西上长安。翌年,识韩愈、吕温。韩向祠部员外荐其文行出众。吕读其诗赞不绝口。考试落第,他不以为意,复游东南。唐德宗贞元二十年(804),三十三岁,再入长安,与元稹、白居易结为诗文之友。李绅为人短小精悍,白居易等戏称之为"短李"。他宿于元稹家中时,宵话征异,元稹为他讲了张生、莺莺故事,他卓然称异,写了长篇叙事诗《莺莺歌》。为了考取进士,他常和正预备应制考试的白居易、元稹切磋文字。后来白居易回忆这时的友谊说:"还似往年安福寺,共君私试却回时。"(《靖安北街赠李二十》)宪宗元和元年(806),三十五岁的李绅进士及第。归家途中经润州(今江苏镇江),浙西节度使李锜重其才,辟为掌书记。次年冬,李锜叛逆,不受诏令,嗾使心腹作乱,欲冒部众之意留任。召李绅草疏,绅至,"坐锜前,绅阳怖栗,至不能为字,下笔辄涂去,尽数纸。锜怒骂曰:'何敢尔,不惮死邪?'对曰:'生未尝见金革,今得死为幸。'即注以刃,令易纸,复然。或言许纵能军中书,绅不足用。……即囚绅狱中,锜诛乃免。或欲以闻,谢曰:'本激于义,非市名也。'乃止。"(《新唐书·李绅传》)后归乡居慧山寺,潜心于经史,手写书籍数百轴。元和四年,入朝为秘书省校书郎。元稹读其《乐府新题二十首》,选和十二首。白居易受二人启迪,后来居上写了《新乐府》五十首。四年后,李绅迁国子监助教。任职六年,过着清贫的生活。一度出任山南西道节度使崔从之幕,为观察判官。旋入朝为右拾遗,内供奉。穆宗即位,任翰林学士、司勋员外郎、知制诰、中书舍人、承旨学士,与李德裕、元稹号为"三俊"。在任时,与元稹共同举荐蒋防、庞严等有德有才之士。又与李德裕、元稹弹劾主试者钱徽取士中的问题。重试后,与事件有关者钱徽、李宗闵(时为中书舍人,事涉为女婿苏巢请托)等皆外贬,致与李宗闵结怨。长庆二年,李逢吉通过阴谋手段,使裴度、元稹罢相。李绅与韦处厚曾揭露李逢吉的奸邪,未被采纳,李逢吉取得相位。长庆三年,李逢吉又用权术将担任承旨学士、有希望出任宰相的李绅排挤出翰林院(也即皇帝身边),使皇帝一边任命李绅为御史中丞,一边任命韩愈为京兆尹、御史大夫,利用二人性格的矛盾,造成不和,然后以御史台与京兆府长官不协为由,出李绅为江西观察使,未行,改户部侍郎。长庆四年正月,穆宗卒,敬宗(李湛)即位。李逢吉与其党羽勾结宦官王守澄,诬陷李绅曾反对立李湛为皇太子[12],于是贬李绅为岭南端州司马,时李绅已五十二岁。后遇赦内迁,历任江州长史、滁州寿州刺史、太子宾客、浙东观察使、河南尹、宣武军节度使、淮南节度使。武宗会昌二年,拜中书侍郎,为宰相。在位一年馀,罢为淮南节度使。会昌六年七月卒,年七十五岁,谥文肃。著有《批答》一卷(已佚)、《追昔游诗》三卷。编纂《元稹制集》二卷。主持重修《宪宗实录》四十卷。后《全唐文》录其文十二篇,《全唐诗》除收入《追昔游诗》三卷外,又录入杂诗一卷。其佚文、佚诗分别见《唐文拾遗》、《唐文续拾》、《全唐诗外编》。

李绅是一个有抱负、有眼光的政治家、文学家。他性格峭直,为官清廉,能摧抑地方豪强,在浙东任上积极救灾,颇有政绩。可惜他的前半生怀才不遇,后半生又卷入牛、李党争的政治漩涡,宦海浮沉,不能实现他的济世之志。

他的文学成就主要在诗歌上。他是新乐府运动的先锋,对唐代长篇叙事诗的发展也有贡献。李、杜以后诗坛的经验和教训证明诗歌的繁荣是不能脱离现实的,诗人只有内容、形式并重,富于革新精神,才能取得成功。李绅走的正是这样一条正确的道路。他在诗坛崭露头角的作品便是闪耀着现实主义光辉的《悯农》二首:

春种一粒粟,秋收万颗子。四海无闲田,农夫犹饿死!

锄禾日当午,汗滴禾下土。谁知盘中餐,粒粒皆辛苦!

这组诗一题《古风》,是诗人进士及第前两年的作品。范摅《云溪友议》载其佳话说:"初,李公赴荐,尝以《古风》求知,吕化光温谓齐员外煦及弟恭曰:'吾观李二十秀才之文,斯人必为卿相。'"

奠定他在诗歌史上地位的是《新题乐府二十首》。原作已佚,据元稹和诗知有《上阳白发人》、《华原磬》、《五弦弹》、《西凉伎》、《法曲》、《驯犀》、《立部伎》、《骠国乐》、《胡旋女》、《蛮子朝》、《缚戎人》、《阴山道》等。这些诗有的有小序,现存《元氏长庆集》中。如《阴山道》是有感于"元和二年有诏悉以金银酬回鹘马价"而作。《驯犀》是有感于"贞元丙子岁,南海来贡,至十三年冬,苦寒,死于苑中"而作。它们题材广泛,讽喻性强,所以元稹在《和李校书新题乐府十二首》的序里,赞其"雅有所谓,不虚为文",有的是"病时之尤急者"。

白居易选和的当更多,因无题注,已无法在十二首之外指明了。李绅和元、白在乐府诗理论上都主张继承《诗经》、汉乐府、杜甫的传统,"即事名篇,无复依旁"、"讽兴当时之事"。元稹在《乐府古题序》里曾自豪地宣布说:"予少时与友人乐天、李公垂辈谓是为当,遂不复拟赋古题。"李绅的这些诗是以歌行体写成的,作者很自负。元稹也很珍视它们,元和十年曾拟将它们编入《元白往还诗集》中。如果原诗不佚,将并列于元、白、张、王乐府诗之林。

李绅具有写长篇叙事诗的才能,成就与影响仅次于元、白。其《莺莺歌》(一称《伯劳歌》)写成的第二年,元稹才写《李娃行》,到第三年,白居易才写《长恨歌》。《琵琶行》、《连昌宫词》更在其后。这现象说明以往对李绅在文学史上地位的估价仍嫌不足,因为他不仅在新乐府方面影响了元、白,而且在写长篇叙事诗方面也有倡导之功。

宋、金时代人们还能有幸地读到完整的《莺莺歌》。董解元创作《西厢记诸宫调》,李诗显然是他的主要依据之一。董的友人刘洇曾赞叹二者可以媲美说:"蒲东佳遇古无多,镂板将令镜不磨;若使徵之见新调,不教专美《伯劳歌》!"《莺莺歌》四段亦赖董作得以保存:

> 伯莺飞迟燕飞疾,垂杨绽金花笑日。绿窗娇女字莺莺,金雀鸦鬟年十七。黄姑上天阿母在,寂寞霜姿素莲质。门掩重关萧寺中,芳草花时不曾出。

> 河桥上将亡官军,虎骑长戟交垒门。凤凰诏书犹未到,满城戈甲如云屯。家家玉帛弃泥土,少女娇妻愁被掳。出门走马皆健儿,红粉潜藏欲何处?呜呜阿母啼向天,窗中抱女投金钿。铅华不顾欲藏艳,玉颜转莹如神仙。

此时潘郎未相识,偶住莲馆对南北。潜叹凄惶阿母心,为求白马将军力。明明飞诏五云下,将选金门兵悉罢。阿母深居鸡犬安,八珍玉食邀郎餐。千言万语对生意,小女初笄为姊妹。

丹诚寸心难自比,写在红笺方寸纸。寄与春风伴落花,仿佛随风绿杨里。窗中暗读人不知,剪破红绡裁作诗,还怕香风易飘荡,自令青鸟口衔之。诗中报郎含隐语,郎知暗到花深处。三五月明当户时,与郎相见花间路。

叙事诗和传奇小说一样需要有故事情节和人物形象。刘熙载说:"汉《焦仲卿妻诗》,叙述备首尾,情事言状,无一不肖。梁《木兰辞》亦然。"(《艺概·词曲》)唐代叙事诗继承了这一传统。不过叙事诗既然是诗,诗人在提炼故事情节和塑造人物形象时又得处处考虑诗歌的特征。特别是取材于传奇的作品,只是将散文变为韵文,缺乏艺术再创造,就会给人以平庸之感。对比《莺莺传》和《莺莺歌》,人们不能不佩服李绅匠心独运之妙。诗人把塑造莺莺的形象和情节的发展结得如此紧密,使人感到这确是一首语言华美凝练、意境动人的佳作。戴望舒曾据《莺莺传》推测,今存《莺莺歌》已得原作三分之一,这是不幸中的幸事。它像唐代太宗陵前残损的骏马浮雕,像古希腊的断臂女神维纳斯一样,仍能予人以美感享受。

《追昔游诗》是诗人六十七岁时在宣武节度使任上自编的诗集,是宦海沉浮录,不包括前期诗。其中或写伤谗遭贬、升沉感遇,或写帝京州郡风物、岭峤荒陬所见,非无病呻吟之作。《趋翰苑遭诬构四十六韵》及《悲善才》较有名。诗人在《追昔游诗序》里自述说:"追昔游,盖叹逝感时,发于凄恨而作也。或长句,或五言,或杂言,或歌,或乐府、齐梁,不一其词,乃由牵思所属尔。"明代胡震亨《唐音癸签》评其集说:"揽笔写兴,曲备一生穷泰之感,亦令披卷者代为怃然!"他的杂诗中亦有贬岭南时期作品,如《朱槿花》:

　　瘴烟长暖无霜雪,槿艳繁花满树红。每叹芳菲四时厌,不知开落有春风。

紫色木槿当时盛产于岭南,诗人咏物抒怀,流露出身在异乡之感。从总体上看,还是他前期的新乐府诗(包括《悯农》、《莺莺歌》)有生气,有创造性。贬谪及其后时期的诗没有发扬前期诗的优点,故其成就不如元、白、张、王。

〔1〕 张籍的籍贯旧说不一。韩愈《张中丞传后叙》称张为"吴郡张籍",并言少时在乌江。其《与孟东野书》又记载"张籍在和州居丧,家甚贫"。五代后唐张洎《张司业集序》始明言张籍为"和州乌江人"。《旧唐书·张籍传》不载籍之籍贯。《新唐书·张籍传》谓张为"和州乌江人"。宋番阳汤中《张司业集跋》以为"当是司业生于吴而尝居于和,故唐史误以为和人"。但未说明张何以在和州为亲守丧。故今以苏州为张之祖籍,和州乌江为其籍贯,即其父祖移居之地。

〔2〕 张籍的生年,《旧唐书》、《新唐书》本传均无记载。韩愈《与冯宿论文》仅言张籍年长于李翱(747—836),时限太宽。白居易为张之挚友。其元和九年(814)所写之《读张籍古乐府》说:"如何欲五十,官小身贱贫。"翌年(815)十二月所写之《与元九书》称"张籍五十,未离一太祝"。自元和十年上推五十年,为代宗大历元年(766),故可确定张籍生于本年。

〔3〕 王建籍贯,唐、宋均无记载。元代辛文房《唐才子传》始言王为颍川(颍川郡即许州,今河南许昌市一带)人。王建有《送山人二首》,其二说:"山客狂来跨白驴,袖中遗却颍阳书。人间亦有妻儿在,抛向嵩阳古观居。"辛误以为王建家于颍川而送友。明代高棅《唐诗品汇·诗人爵里详节》谓王为颍州(今安徽阜

阳一带）人，实袭辛说而更误。今人谭优学《王建行年考》据王诗《送韦处士老舅》"自从出关辅，三十年作客"认为王建生长于关中三辅之地。王建另有诗《早发汾南》："桥上车马发，桥南烟树开。青山斜不断，迢递故乡来。"亦可作证。

〔4〕 王建生年，谭正璧《中国文学家大辞典》、马茂元《唐诗选》等据《直斋书录解题》、《唐才子传》所言王建大历十年登第推算王约生于唐玄宗天宝十年（751），闻一多《唐诗大系》估计王约生于唐代宗大历三年（768），《王建诗集·序》承袭此说，均误。张籍与王建为莫逆之交，相知极深。张诗说二人同年生，必不误。

〔5〕 《郡斋读书志》说王建为唐代宗大历十年进士，这绝无可能，因当时王建仅十岁。后《直斋书录解题》、《唐才子传》、《全唐诗》、《登科记考》未作考订，均承其误。《唐诗纪事》说王建"大历进士"，时限虽可延至大历末（十四年），但诗人仍只有十四岁，实际也无登第之可能。

〔6〕 据王建《荆南赠别李肇著作转韵诗》。

〔7〕 谭优学《王建行年考》（《唐诗人行年考·续编》）据张籍《逢王建有赠》"鹊山漳水每追随"、《赠王秘书》"早在山东身价远，曾将奇策佐嫖姚"以及王建《上李吉甫相公》"曾向山东为散吏"诗句，谓"山东"为今之山东，鹊山在济南，所以认为张、王求学于淄青平卢镇的齐州（今山东济南市），王从军亦在齐州，值得商榷。因为唐人称华山以东为"山东"，魏博可称山东之地。另外，李吉甫《元和郡县志》载魏州有扁鹊墓，其地可称鹊山。

〔8〕 谭优学《王建行年考》以为这首诗是他二十九岁初隐出山之作，但与诗所写白发不合，应是第二次隐居后从军的诗。

〔9〕 王建退居原上的时间有不同的说法。谭优学《王建行年考》认为是他年近七十之作。与诗中累写尚有"娇儿"和"无名在圣朝"不符。

〔10〕 徐澄宇《张王乐府》的《导言》说他"只是衙署里的一名小吏"，与实际不符。

〔11〕 谭优学《王建行年考》怀疑此说，但无否定之确证。

〔12〕 《旧唐书·李绅传》说实际上李绅与裴度、杜元颖上疏是请立李湛为皇太子的。敬宗后曾亲见此疏，方了解真相。

第十一章 白居易(上)

第一节 白居易的生平

白居易(772—846),字乐天,晚年号香山居士。其先太原人,至曾祖父白温迁居下邽(今陕西渭南市东北)。祖父白锽、父亲白季庚,都是明经出身,游宦各地,但只做到县令郡佐。长兄白幼文,无称于世。自白居易起,随后其弟白行简与从祖弟白敏中都登进士第,白家的社会地位才有所上升。

大历七年正月二十日(公元772年2月28日),白居易出生于郑州新郑县(在今河南省)。他自述五六岁时便学做诗,九岁时已谙识声韵。大约在十一二岁时,随家人迁到符离(今安徽宿州北),又逃难于越中。十五岁时,在苏杭二郡,有《江南送北客因凭寄徐州兄弟书》一诗,是现存白氏文集中最早创作的一首诗。大约十七八岁时,又写出至今传诵不绝的名篇《赋得古原草送别》诗。二十岁以后,在符离,读书写作勤奋至极。二十三岁时,父亲去世。二十七岁时,长兄任饶州浮梁县主簿,家庭生计就依靠这份微薄的俸禄。白居易在登进士第以前是流离转徙居无定所的,生活艰难。

贞元十五年(799),白居易二十八岁,在宣城(在今安徽)应乡试。翌年到长安应省试,及第。嗣后游踪不定,至贞元十八年(802)冬,在长安应吏部试。十九年春,与元稹等同以书判拔萃科登第,授秘书省校书郎。元和元年(806),白居易三十五岁,校书郎任满,与元稹一起准备应制举。四月,应才识兼茂明于体用科,登第,授盩厔尉。在盩厔(今陕西周至县),写出杰作《长恨歌》,又写出《观刈麦》这种深切同情农民的作品。这一段时期,白居易三登科第,开始进入仕途。

元和二年(807)十一月,白居易开始以盩厔尉充翰林学士,三年四月改授左拾遗,五年五月除京兆府户曹参军,都仍充翰林学士。六年(811)四月丁母忧罢官,退居下邽,这时是四十岁。在这一段时期里,白居易屡陈时政,努力于反对腐朽势力,维护人民与朝廷的利益。他的意见与建议,有些是被采纳了的,但也有些不被唐宪宗所理会。其中一件大事是他当时极力反对过唐宪宗任命宦官吐突承璀为讨伐河北三镇的兵马统帅。这件事的结果是唐宪宗取消了吐突承璀的四道兵马使名义,并且改处置使为宣慰使。但这个宣慰使实际上也还是统帅,可见唐宪宗只不过是在敷衍了事罢了。后来的事实证明了唐宪宗的决策确是荒谬透顶的。这一时期白居易不但在政治上很为活跃,在诗歌创作上也进入黄金时代。《新乐府》始作于元和四年,《秦中吟》中有些诗篇也是在这时期写出的,这些都是白诗中的精华。这时期他已与元稹结为诗友,元和五年有《和答诗十首》,就是和答元稹的。

白居易退居下邽,直到元和九年(814)冬才回到朝廷,授太子左赞善大夫。这是一个闲官,职掌不过是向太子讽过失,赞礼仪。元和十年六月初三,宰相武元衡遇刺死,同时裴度也被刺客击伤,这是藩镇李师道、王承宗这般人的阴谋。一时京都震惊,举朝失措,只有白居易在当天就上疏主张捕贼雪耻，表现出果断与无畏的精神。然而宰相却以为白居易是东宫官，不该在台谏官之先言事。忌之者又诬说白居易的母亲因看花坠井死，而作《赏花》与《新井》诗，甚伤名教。于是被贬为江州司马，这时他是四十四岁。

白居易于元和十年十月到达江州（今江西九江市）。十二月，自编诗集十五卷，约八百首。又作《与元九书》，总结经验，创出诗歌理论。元和十一年（816）秋，写出有名的《琵琶行》。在江州的三年多时间里，白居易的诗歌创作很为丰富。元和十三年十二月，白居易四十七岁，由江州司马量移忠州刺史。

元和十四年（819）三月，白居易抵忠州（今重庆忠县）。十五年夏初，自忠州召还，回到长安，除尚书司门员外郎。十二月，改授主客郎中、知制诰，担任了草拟皇帝文告与命令的职务。穆宗长庆元年（821）十月，转中书舍人。

长庆二年，白居易五十一岁。当时诸道讨王庭凑兵多至十馀万，但半年来无事功，白居易上疏论河北用兵事，主张专委李光颜、裴度任东西二帅，其馀各节度各自防守所辖境界，以免虚费军粮，但未被采纳。于是白居易要求外任。七月，除杭州刺史；十月，至杭州。

白居易在杭州修筑起钱塘湖堤，蓄泄其水，溉田千顷。杭州有李泌守郡时所作的六井，白居易也都加以疏理，以供饮用。杭州在当时已是风景优美的繁华城市，白居易是很喜欢的，诗的产量因而也很丰富。长庆四年（824）五月，白居易杭州刺史任期满，除太子右庶子；秋，自杭州至洛阳。

当时牛李朋党之争已有进一步的表现，白居易极不愿卷入党争，所以到了洛阳就要求分司，不去长安，于是授太子左庶子分司东都。自此卜居于洛阳履道里。这年冬天，元稹为编《白氏长庆集》五十卷，凡二千一百九十一首，并制序。

敬宗宝历元年(825),白居易五十四岁。三月,除苏州刺史;五月,到苏州任。苏州政务殷繁,白居易身体多病,很有些支持不住。宝历二年二月,坠马受伤,卧病三旬,就准备告病退休。五月,眼病肺伤,请百日长假。九月,假满,获准休官。文宗大和元年(827)春,回到洛阳。不过他还来不及收拾他的园林,在三月又被征为秘书监,再一次来到长安。

秘书监是秘书省的长官,官职虽高,却是只管图书,不管政事的,所以白居易倒也愿意担任。但是到大和二年二月,由秘书监转刑部侍郎,又促使他决心退休了。这年十二月,他又请百日病假。翌年三月,假满,罢刑部侍郎,以太子宾客分司东都。四月,回到洛阳。自此直到逝世,白居易再也没有离开洛阳。从文宗时开始,牛李党争剧烈,白居易妻杨氏是牛党重要人物杨虞卿的从父妹,杨汝士的妹妹,所以白居易被李德裕视为牛党,但实际上白居易是在党争之外的。他是以不介入与不争名位的态度来对待党争,因而得免朋党的祸害。

白居易以分司官退居洛阳,虽不算是完全退休,却是并无职掌的,很为清闲。但是到大和四年十二月,忽然又被任为河南尹。大和五年(831)七月,元稹去世,此后他主要是与刘禹锡为诗友。大和七年二月,李德裕入相,同时白居易以病乞五旬假。四月,免河南尹,再授太子宾客分司。大和九年(835),白居易六十四岁,九月,被任为同州刺史,这一次却是以疾病为理由辞不赴任了。十月,改授太子少傅分司。开成四年(839)十月,得风痹之疾。武宗会昌元年(841),白居易七十岁,罢太子少傅分司。会昌二年,以刑部尚书致仕。会昌四年,开龙门八节石滩,以利舟楫。会昌六年(846)春,仍有诗作;八月,逝世,终年七十五岁。

白居易的一生,经历了唐朝的代宗、德宗、顺宗、宪宗、穆宗、敬宗、文宗、武宗、宣宗等朝代。他开始进入仕途是在德宗贞元末期,登上政治舞台并且积极从事政治活动是在宪宗元和初年。也是在元和年间,他留下了一生中最为重要的业绩与最为优秀的作品。

唐朝自肃宗以下可说都是昏君,比起这些先帝来,唐宪宗算是有一些振兴朝廷的意愿与作为,在政治上与军事上都取得一些成就。唐宪宗也羡慕贞观之治,想要效法唐太宗,所以他在即位之后,还能鼓励朝臣直谏。白居易于元和二年至六年充翰林学士,当时每有军国大事,唐宪宗都与几个翰林学士商量,白居易因而得以发挥作用,受到重视。白居易敢于犯颜直谏,论执强鲠,有时也使唐宪宗很不高兴。有一次唐宪宗对李绛说:"白居易小子,是朕拔擢致名位,而无礼于朕,朕实难奈!"(《旧唐书》本传)但经李绛解释,唐宪宗居然也能容忍下来,可见他还有一些纳谏的度量。在启奏之外,白居易还把有些不便明言直说的事写成诗歌,藉以表达自己的意见,希望唐宪宗看到后也能有所采纳。不过唐宪宗毕竟不是唐太宗,他在基本上还是腐朽势力的代表。他最宠信的是宦官吐突承璀。信任这个宦官超过信任李绛、白居易等直臣,就是他的腐朽性的集中表现。元和六年吐突承璀出为淮南监军,李绛被任为宰相,自此之后有两年一群直臣得势,朝廷才算确实展开一个新的局面,可是这时期白居易丁忧在家,不能有所作为。待到元和九年白居易回到朝廷时,李绛已罢相,吐突承璀又被召回来了。宦官压倒了朝臣中的耿直派,所以作为直臣的白居易,这时不但只能得个闲官,而且会很快遭到贬谪。唐宪宗在平淮西以后愈来愈骄侈,并不能改善政治以求统一的巩固,任何谏诤再也听不进去,白居易也就不可能在他在位时再做朝官。总之,在唐宪宗时期,虽然有几年白居易在政治上很为活跃,但他终于还是受到挫折,遭到失败,只是在诗歌创作上却取得光辉的成就。

唐宪宗以下穆宗、敬宗与文宗又都是昏君,政权实际上是掌握在宦官手里。朝官与宦官之间的斗争既激烈,朝官彼此之间的分化也随之而激烈,以致逐渐形成朋党。白居易于穆宗即位后不久被召回朝廷,很快就对朝政感到失望,甚至连朝官也不愿意做下去了。唐武宗要不同一些,他信任李德裕,用李德裕为宰相,唐朝的声威又有再振的趋势。李德裕富有政治才能,他的缺点是不能觉悟到自己也在闹朋党。会昌二年,唐武宗也想用白居易为相,李德裕说白居易既老且病,不堪作相。白居易这时已经七十一岁,患中风病也已有三四年,不堪作相是事实,不过不愿卷入党争的白居易,对于作为一个朋党的领袖人物的李德裕,一向是退避唯恐不及的,所以他的政治生命其实是早就被迫结束了的。

白居易的政治理想是贞观之治,但在他的一生中,只在元和初年才有可能为他的这个政治理想作出一些努力。而在这之后的漫长时期里,除去丁忧罢官与遭受贬斥应作别论之外,他都力求避祸。为避祸起初是求做地方官,后来是求做闲散官,无意仕进,远离政治斗争,在思想上是趋于消极的。

白居易生前多次编集自己的诗文。会昌五年,即逝世前一年,他作《白氏长庆集后序》说:"白氏前著《长庆集》五十卷,元微之为序;后集二十卷,自为序;今又续后集五卷,自为记。前后七十五卷,诗笔大小凡三千八百四十首。集有五本:一本在庐山东林寺经藏院,一本在苏州南禅寺经藏内,一本在东都圣善寺钵塔院律库楼,一本付侄龟郎,一本付外孙谈阁童。"因为五本分藏,所以他的诗文绝大部分得以保存下来。现存白居易诗二千八百多首,文八百多篇。南宋绍兴年间刻印的七十一卷本《白氏长庆集》,是现存最早的白集刻本。日本那波道圆活字覆宋本,渊源也较古,不过所有原注概行刊落,是其缺点。清汪立名编校《白香山诗集》,单行白诗,除原注外又增笺释,是第一个对白集加以整理的本子。朱金城《白居易集笺校》,则是近年所见重要的笺校本。

第二节　白居易的思想

考察白居易的政治思想与人生观以及这两者之间的关系,对于了解白居易及其创作,具有重要的意义。

白居易的政治思想在不少论著与诗歌里都有所表现,但他在元和元年为准备应制举著成《策林》七十五篇,却是使他的政治思想得到了系统而且明确的表达。

唐朝的贞观与开元两个时代,是白居易最为向往的盛世,《策林》八说这两个时代,"虽成、康、文、景,无以尚之"。不过唐玄宗在开元时代虽然还能继承唐太宗的事业,但他并不能贯彻始终,所以给予白居易政治思想以巨大影响的,实际上主要只是唐太宗的贞观之治。

隋末天下大乱,何以不久之后就会造成贞观之治呢?白居易以为这是由于"教化"。《策林》八引用魏徵的见解,认定"教化优深,则廉让兴而仁义作;刑政偷薄,则讹伪起而奸宄臻"。而且说:"尧舜率天下以义,比屋可封;桀纣率天下以暴,比屋可戮。斯则由上在教之明验也。"《策林》七又提出必须"顺人心立教",也就是要像唐太宗那样"以百姓心为心"。唐太宗认识到要巩固自己的政权,就不能得罪人民,白居易认为这就是他能够取得贞观之治的根本原因。

唐太宗不忘古训把人民比做水,人君比做舟;深知水可以载舟,也可以覆舟。白居易《策林》十四辨兴亡之由,把这一点加以发挥说:"君苟有善,人必知之。知之又知之,其心归之。归之又归之,则载舟之水,由是积焉。君苟有恶,人亦知之。知之又知之,其心去之。去之又去之,则覆舟之水,由是作焉。"从而他又发出令人震惊的警告："至高而危者,君也;至愚而不可欺者,人也。"唐太宗不敢纵欲,他知道纵欲就会产生严重的后果。白居易《策林》二十一也说："人庶之贫困者,由官吏之纵欲也;官吏之纵欲者,由君上之不能节俭也。"又说："君之静躁,为人劳逸之本;君之奢俭,为人富贫之源。故一节其情,而下有以获其福;一肆其欲,而下有以罹其殃。"封建统治阶级中有的人如果能够深切地认识到人民群众的巨大威力,真正懂得人心的向背决定政权的兴衰存亡,从而主张以缓和阶级矛盾的方法来处理与人民之间的关系,就算是很为难得的了。作为人君,他就有可能成为英明的君主;作为人臣,他就要算是有识之士。

唐太宗最善于纳谏与用人,这也是他在政治上留给后世统治者的宝贵遗产。能否纳谏,并且择善而从;能否知人,用人是否得当;这是区别明君与昏君的两个重要标准。白居易也很重视这两条经验,特别是纳谏。唐太宗曾经问魏徵,人君怎样才是明,怎样就是暗,魏徵据王符《潜夫论》回答说："兼听则明,偏听则暗。"白居易《策林》七十论纳谏也说得很好："天子之耳,不能自聪,合天下之耳听之,而后聪也。天子之目,不能自明,合天下之目视之,而后明也。天子之心,不能自圣,合天下之心思之,而后圣也。若天子唯以两耳听之,两目视之,一心思之,则十步之内(疑为外),不能闻也;百步之外,不能见也;殿庭之外,不能知也;而况四海之大,万枢之繁者乎?"缔造贞观之治的唐太宗、魏徵等人的政治思想,对白居易产生的影响确是极其深刻的,因而他的宣传也不遗余力。

贞观之治的指导思想显然是儒学,白居易在基本上也是以儒家的仁义学说来阐述贞观之治的。《策林》六十主张以礼、乐、诗、书"救学者之失",六十一主张"黜子书",更是明白地提倡与尊崇儒学的表现。白居易的政治思想基本上属儒家,这是无可怀疑的。不过白居易却不是纯粹的儒者,他的人生观又深刻地打上了老子、庄子与佛教哲学思想的烙印,甚至他的政治思想也受到过一点老子思想的影响。

白居易的人生观中最可注意的是一种知足思想。《闲居》诗说:"心足即为富,身闲乃当贵。"《知足吟》说:"自问此时心,不足何时足。"诸如这样的例子,还可以举出不少。他的这种知足思想,看来是有两个来源。一个来源是他的知愧心,如《秋居书怀》诗所说:"不种一株桑,不锄一垄谷。终朝饱饭餐,卒岁丰衣服。持此知愧心,自然易为足。"这种来源于知愧心的知足心,与劳动人民在精神上有所联系。另一个来源则是老子哲学。随着时光的推移,到后来他的知愧心已大为减弱,而他的知足心也更多地是受老子哲学的支配了。

老子看到了事物正反两个方面互相转化的法则,却又要尽力阻止这样的转化。因为正反易位是有一定的条件的,所以老子以为只要控制住这样的条件,正面就能保持常态,不致转化到反面去。比如已在正面的人,如果"知足、知止","去甚、去奢、去泰",他就能常保处在正面了。白居易的知足思想往往具有老子这种思想的特征。《感兴二首》其一说:"只见火光烧润屋,不闻风浪覆虚舟。"其二说:"鱼能深入宁忧钓?鸟解高飞岂触罗?"诸如这样的诗,可说都是在敷衍老子的哲理,宣传知足不辱的思想。知足不辱简直成为白居易立身处世进退出处所依据的理论原则。

老子把朴素的辩证法运用于统治阶级的生活实际,不仅教给统治阶级的人们应该怎样立身处世,而且教给统治者应该怎样治国驭众,统治人民。阐明统治术可说是《老子》书的主旨。白居易著《策林》,思想基础是儒学,但显然也吸收过老子的学说。主张"静",反对"躁";主张"俭",反对"奢";主张缓和阶级矛盾,反对过分使用民力与过度剥削人民;这些都不能说与老子思想没有关系。《策林》六十一固然主张"黜子书",但《策林》十一又提倡"黄老术",主张"尚宽简,务俭素,不眩聪察,不役智能",以求达到"人情俭朴,时俗清和"的目的。足见在白居易的政治思想体系中,是诸子都遭废弃,唯独老子之学则有一定的地位,因为它可以作为儒学的一种辅助。以儒学为主,以老学为辅,顺人心立教,清静无为,统治者不但以唐太宗为榜样,而且也学点汉文帝与汉景帝的作风,这是白居易最为理想的政治。

庄子见天不见人,以为与天相比,人是极其渺小的,人力也是极其微薄的,一切事物的发生都是必然要发生的,人不能根据事物的必然规律去改造客观的世界,只能改变主观的感情去随顺自然。在白居易表现他的人生观的作品中,庄子的这种命定论思想的影响随处可见。《咏怀》诗结尾数句最可注意:"穷通不由己,欢戚不由天。命即无奈何,心可使泰然。且务由己者,省躬谅非难;勿问由天者,天高难与言。"诗说"由天者"是"穷通","由己者"是"欢戚",也只是"欢戚"。以为在命运的摆布下,自己所能控制的只是自己的情感,即只能做到以泰然平静的心情来对待事变,这当然是与庄子只求"安时而处顺,哀乐不能入"完全一致的,而与孟子、荀子以至韩愈等儒家人物在这一问题上的态度,就很不相同了。《孟子·尽心上》说的"在我者",是指仁义之类;《荀子·天论》说的"在我者",是"志意修,德行厚,知虑明,生于今而志乎古"等等;韩愈《与卫中行书》说的"存乎己者",是"贤不肖";总之,都是强调人有自己的努力方向,并非只能在情感的领域里去寻求自由。这种态度就包含着与命运抗争的因素了。不过,在庄子的全部哲学思想中,也只有命定论这一点对白居易的影响最为深刻,也最为持久,其他如主张相对主义的齐物论思想,追求绝对精神自由的逍遥游思想,这些庄子思想体系的主干,在白居易的诗歌里有时固然也有所表现(例如以"齐物"、"隐几"、"逍遥"为题的诗就有好几首),不过都不算很突出,而且与庄子的思想也不很契合。

　　道教烧丹炼药，追求长生不死，在唐朝此风很为盛行，自皇帝至大臣名公因服药而致死的为数不少。白居易也曾参与过这样的活动，但他似乎只是抱着试试看的态度去进行一些试验，并未真正服用。而在另一方面，白居易却常在诗里反对采药与炼药，批判追求长生不死的神仙家之说。《戒药》诗说："朝吞太阳精，夕吸秋石髓。微福反成灾，药误者多矣！以之资嗜欲，又望延甲子。天人阴骘间，亦恐无此理。"从这样的诗来看，当时很多人到死也不懂得的道理，白居易却是懂得很为透彻的。白居易还能保持清醒的头脑，到底没有被药所误，他的这种认识应该起过很大的作用。

　　比起道教来，佛教对白居易的影响就要深刻得多。贞元二十年白居易作《八渐偈》，序中说到在三四年前他从佛僧凝公学习"心教"，凝公教给他八个字，即"观、觉、定、慧、明、通、济、舍"。他受教之后，已经做到"入于耳，贯于心，达于性"的地步。不过元和元年白居易著《策林》，其中《议释教》一篇却又主张排斥佛教，说是"区区西方之教，与天子抗衡，臣恐乖古先惟一无二之化也"。而且指出"僧徒月益，佛寺日崇；劳人力于土木之功，耗人利于金宝之饰；移君亲于师资之际，旷夫妇于戒律之间"，这些也都是极大的弊害。元和四年作《新乐府》，其中《两朱阁》一首，主题也是"刺佛寺浸多"。足见当他在政治上想要有所作为的时候，佛教种种祸国殃民的罪行，他还是洞察得很为透彻的。但到元和六年他丁母忧乡居，离开了政治舞台，继而爱女金銮子夭亡，他又要去向佛教寻求精神的解脱了。《自觉二首》其二说："我闻浮屠教，中有解脱门：置心为止水，视身如浮云；斗薮垢秽衣，度脱生死轮。胡为恋此苦，不去犹逡巡？"以生为苦，希望解脱生死轮回之苦；这种佛教的人生观，真是悲观到了极点。白居易早先从凝公受心教，还只是在理论上受到佛教的一次洗礼；而此次发愿从佛,却不是由于理论的灌输,而是由于情感的转变。这是具有镇痛作用的佛教人生观,趁他遭到巨大的不幸以致悲苦不堪的时机,侵入了他的情感领域的脆弱地带,终至占据了他的心灵。情感的转变,才是宗教所要求的真正的转变。这样的转变足以使人丧尽理智,进入昏迷的精神状态。所谓"贯于心,达于性",看来是到这时候才真正做到了。由于有了这样的转变,所以自此以后,直到晚年,他都是极其佞佛的。在这数十年的长时期里,只见他不断地写出许多宣扬佛教与讨论教义的诗文,再也听不到他批判释氏的声音了。他的人生观,更是时时受到佛教的纠缠与摆弄。

老子倡知足,庄子主命定,佛教演苦空寂灭,三者当然还有所区别,不过在一个人的人生观里彼此还不至于如水火不相容。但是,又要把它们与以儒学为主的政治思想杂糅在一个人的思想体系里的话,种种程度不等的矛盾势必就会在这一体系里显现出来,其中有的矛盾甚至可以是很为尖锐的。白居易必然会意识到他自己思想上的矛盾。《与元九书》说到他自己思想上的两个方面,即"兼济天下"与"独善其身"。他的思想上的矛盾,也可说就是所谓"兼济天下"与"独善其身"的矛盾。政治思想是"兼济天下"的,人生观却是"独善其身"的。

那么,白居易又怎样来解决他的思想上的这个矛盾呢?《与元九书》说:"古人云:穷则独善其身,达则兼济天下。仆虽不肖,常师此语。大丈夫所守者道,所待者时。时之来也,为云龙,为风鹏,勃然突然,陈力以出;时之不来也,为雾豹,为冥鸿,寂兮寥兮,奉身而退。进退出处,何往而不自得哉?"这就是说,当着政治形势是向好的方面发展,而自己又能得到统治者的信任,因而可望在政治上有所作为的时候,就要努力去实现"兼济天下"的志愿;否则,就去过"独善其身"的生活。这是在不同的时期,使矛盾的一个方面去起支配的作用。因此,在白居易一生的生活道路上,特别是在他的诗歌创造发展上,在不同时期里的变化之大,是很为令人可惊的。至于在同一时期里又不免存在程度不等的矛盾的现象,那是因为矛盾的另一个方面或多或少在发生它的作用的缘故。

第三节 白居易的创作发展

白居易很早就开始练习写作,十五岁时写的《江南送北客因凭寄徐州兄弟书》与十七岁时写的《王昭君二首》等诗,应该都是他的习作,但也算可读的了。大约在十七八岁时写的《赋得古原草送别》,已是优秀的诗篇,其中"野火烧不尽,春风吹又生"两句,出语很不寻常,可以说是向着诗歌艺术的高峰迈出了第一步。二十岁以后写作更加勤奋,到二十九岁登进士第以前,这时期留下来的作品就要多一些了。其中如《襄阳怀孟浩然》、《李白墓》、《望月有感聊书所怀》[1]等诗与《伤远行赋》等文,已经显得很为成熟。自及第之后,到三十二岁授校书郎时,他继续努力写诗。据《与元九书》说,到那时他写的诗已有三四百首。不过至此为止,他毕竟还是以普通文士的姿态在做普通诗赋,在艺术上固然并不具有多少独创的特色,在思想上则更是表现得还没有一个文学创作的宗旨与理论。

白居易《与元九书》自述说:"自登朝来,年齿渐长,阅事渐多,每与人言,多询时务;每读书史,务求理道。始知文章合为时而著,歌诗合为事而作。"这是说自三十二岁为校书郎起,经过辛勤的探索,他的文学思想终于出现了一个可贵的飞跃,开始认识到文学创作要为时代服务,文学作品要表现时代的事件与生活。这是寻找到一个很好的文学创作的宗旨与理论了。三十五岁罢校书郎后,他又系统地研究过时事与历史,著成《策林》,从而他的政治思想也成熟起来了。文学思想的飞跃与政治思想的成熟,是为他的诗歌创作的发展作了必要的准备。

然而,"文章合为时而著,歌诗合为事而作"的主张,又要求诗人要与人民保持必要的联系。否则,他就不可能较为充分地去实践这个主张。白居易在三十二岁以前生活穷困,与人民是接近的。这样的生活经历对于他的诗歌创作的发展具有重要的意义。三十二岁那年始授校书郎,比起以前来当然有些不同了,但究竟官卑俸薄,还不至于从此就完全脱离人民。三十五岁时做县尉,这是个直接面对人民的小官,这段经历使他对人民的痛苦产生出深刻的同情,同时也使他回忆起自己不久以前身受的痛苦。三十七岁除左拾遗,有《论和籴状》,其中说:"臣久处村间,曾为和籴之户,亲被迫蹙,实不堪命。臣近为畿尉,曾领和籴之司,亲自鞭挞,所不忍睹。"写得很为真切沉痛,如果没有亲身的体验,不可能说出这样感人的话来。四十岁至四十三岁丁忧乡居,这期间有《纳粟》诗,自叙以他当时的身份,仍不免要忍气吞声地去对付催索租税的胥吏。四十二岁时又有《村居苦寒》诗,诗中写到当时他很了解同村的农民在严冬受冻的苦楚情景。大致说来,到四十四岁被贬为江州司马以前,白居易确实是与人民保持着联系的。

由于以上所说到的这些情况,所以白居易的诗歌创作很自然地就要进入一个新的发展阶段。这个阶段的主要特点,就是致力于"讽谕诗"的创作。大致是如《寄唐生》诗所说:"惟歌生民病,愿得天子知。"又如《伤唐衢二首》所说:"但伤民病痛,不识时忌讳。"这样的特点把这个阶段与在此以前他以普通文士写普通诗赋的阶段明显地区别开来。

白居易四十四岁到江州不久即作《与元九书》,文中说到当时他把自己以前所写的约八百首诗歌,分成四类,编为集子,其中第一类就是"讽谕诗"。他解释说:"自拾遗来,凡所适所感,关于美刺兴比者,又自武德讫元和,因事立题,题为新乐府者,共一百五十首,谓之'讽谕诗'。"但是,在除左拾遗以前,他已经写了如《观刈麦》这样的讽谕诗作品。在充翰林学士的几年里,特别是自除左拾遗以后,应是更为有意识地大量地去写讽谕诗。讽谕诗里的主要作品,都是产生在这一时期。这些作品以它们"救济人病,裨补时阙"(《与元九书》)的内容,实践了"文章合为时而著,歌诗合为事而作"的主张,自丁忧以后,离开了朝廷,讽谕诗就写得少了。如《村居苦寒》等篇,可以看做是这个阶段讽谕诗创作的尾声。

然而,在白居易诗歌创作的这个新的阶段内,除去讽谕诗外,他又写过其他类型的诗,这就是《与元九书》里所说的"闲适诗"、"感伤诗"与"杂律诗"。

关于"闲适诗",白居易解释说:"或退公独处,或移病闲居,知足保和,吟玩情性者一百首,谓之'闲适诗'。"可见这一类作品,是与讽谕诗大异其趣的。在同一时期,既写"救济人病,裨补时阙"的讽谕诗,又写"知足保和,吟玩情性"的闲适诗,这就是白居易的政治思想与人生观的矛盾在诗歌创作上的表现。白居易在这时期是以"兼济天下"的政治思想来支配他的诗歌创作,因而他主要是致力于写讽谕诗。但是,矛盾的另一个方面,即他的"独善其身"的人生观,总还是要时刻发生一些作用的,所以他又不免要写一些闲适诗。而且,诗歌总是很自然地会要反映诗人的生活状况的,而从这时期白居易的生活状况来说,他当然是不再像以前那样穷困,而是逐步地过得悠闲舒适起来了。《常乐里闲居偶题十六韵》[2]这首诗就说:"茅屋四五间,一马二仆夫;俸钱万六千,月给亦有馀。既无衣食牵,亦少人事拘。遂使少年心,日日常晏如。"这是开始有点闲适了,虽然还不算太闲适。三十九岁得除京兆府户曹参军,是一个较大的变化。《初除户曹喜而言志》诗说:"俸钱四五万,月可奉晨昏。廪禄二百石,岁可盈仓囷。"显然感到很为满意,因为这是真正告别了穷困。自此以后,生活确乎是相当闲适了。可见闲适诗的产生,又是为他这一时期生活上的变化所决定了的,不可避免的。至于丁忧乡居的几年,那又因为他觉得自己当时的处境与陶渊明有些相仿佛,要学着过一过陶渊明式的闲适生活,所以闲适诗的创作更不会停止。

白居易自己所重视的是讽谕诗与闲适诗,感伤诗与杂律诗在他看来倒是无关紧要的。关于"感伤诗",他解释说:"事物牵于外,情理动于内,随感遇而形于叹咏者一百首,谓之'感伤诗'。"但这一类诗里却有值得重视的作品。其中三十五岁时写的《长恨歌》,更是不朽的诗篇。这首诗无可辩驳地说明了在当时白居易已经攀登上诗歌艺术的高峰。

讽谕诗、闲适诗与感伤诗都是古体诗,在它们之外的近体诗作品,包括"五言、七言、长句、绝句,自一百韵至两韵者",共四百馀首,则统称之为"杂律诗"。关于杂律诗的内容,他说:"或诱于一时一物,发于一笑一吟,率然成章,非平生所尚者;但以亲朋合散之际,取其释恨佐欢。"他甚至以为这些都是可以删去的。当然,杂律诗里也有可读的作品,但在基本上它们的价值远不如讽谕诗。

白居易被贬到江州做司马,在政治上处于穷困的地位,"独善其身"的人生观就开始起支配的作用了。当时他作《自诲》说:"汝不思二十五六年来事,疾速倏忽如一瞬?往日来日皆瞥然,胡为自苦于其间?"又说:"而今而后,汝宜饥而食,渴而饮;昼而兴,夜而寝。无浪喜,无妄忧;病则卧,死则休。"这是灰心到了极点,"兼济天下"的志愿已经被抛到了九霄云外。又须注意到,这时候他在政治上固然穷困不堪,但在生活上却还说不上什么穷困。《江州司马厅记》说:"上州司马,秩五品,岁廪数百石,月俸六七万,官足以庇身,食足以给家。"司马本是个闲官:"无言责,无事忧。"江州又是个好地方:"左匡庐,右江湖,土高气清,富有佳境。"因此,这时候他必然要而且也完全有可能去过"从容于山水诗酒间"的闲适生活,与人民的联系从此也就逐渐减少了。

白居易当时作《与元九书》,看来是有意识地在把他自己在此以前的诗歌创作作出一个总结,从而说明今后写诗何以要改变既定的方向与道路。《与元九书》说他认为诗歌应该"经之以六义",反映政治的昌盛荒衰,而最早的《诗经》正是这样的典范。但自周衰秦兴,中经汉、魏、晋、宋,至于梁、陈,六义已经由刓、缺、浸微,终于发展到完全被废弃的地步,甚至为人所传诵的名篇无非也只是"嘲风雪,弄花草而已"。唐兴二百年间,他以为陈子昂的《感遇》诗与鲍防的《感兴》诗还是值得重视的。至于李白,"索其风雅比兴,十无一焉";杜甫,他的诗可传者千馀首,尽工尽善,超过了李白;但杜诗如《新安吏》、《石壕吏》、《潼关吏》、《塞芦子》、《留花门》等篇,"朱门酒肉臭,路有冻死骨"等句,也只占十中三四。归结起来,他的意思是说他本来是主张诗歌创作应该继承《诗经》以来的优秀传统,特别是要学习杜甫为劳苦人民呼号的诗篇的。他说他时常痛心于诗道的崩坏,曾经废寝忘食地致力于创作"救济人病,裨补时阙"的诗歌,希望能够重新把诗道扶持起来,不料"志未就而悔已生,言未闻而谤已成矣"!总结过去这一时期的经验,他得到这样的认识:"古人云:名为公器,不可以多取。仆是何者?窃时之名已多;既窃时名,又欲窃时之富贵,使己为造物者,肯兼与之乎?今之迍穷,理固然也。"他又时刻不忘古人还说过:"穷则独善其身,达则兼济天下。"很为显然,他是打算今后要以"独善其身"的思想来支配他的创作了。正因为是这样,所以他居然又会把他以前所写的闲适诗与讽谕诗相提并论,给予同等的重视。

这样,白居易的诗歌创作开始进入了第三个阶段。这个阶段的特点就是不再写作意思激烈、批判尖锐的讽谕诗。因为"独善其身"的生活宗旨愈到后来愈加显示出它的支配作用,所以这个阶段也就成为他的诗歌创作的最后阶段。

在这个时间很长的阶段里,白居易写的诗歌,在数量上约占他全部诗篇的百分之七十。这些作品,绝大多数都是他所说的闲适诗、感伤诗与杂律诗,讽谕诗则只有寥寥可数的不引人注目的几首。后来白居易自己编集时,就不再把他的诗作这样的分类了,而只分"格诗"与"律诗"两类。"格"与"律"对言。"律诗"是近体诗,"格诗"就是古体诗[3]。这是只按诗体分类了。当然,白居易在这个阶段也写过一些很好的诗,其中还包括《琵琶行》这首传诵千古的杰作。

白居易以"穷则独善其身,达则兼济天下"来解决他的思想上的矛盾,使他到后来瓦解了"兼济天下"的志愿,陶醉于"独善其身"的生活,这是一个真正的悲剧!白居易自以为他这样做是在学习古代一个思想家的遗训,然而可以指出他的理解是完全错误的。

所谓"达则兼济天下,穷则独善其身",是出自《孟子》。《孟子·尽心上》说:"穷不失义,故士得己焉;达不离道,故民不失望焉。古之人得志泽加于民,不得志修身见于世。穷则独善其身,达则兼善天下。"《孟子·滕文公下》又说:"得志与民由之,不得志独行其道。富贵不能淫,贫贱不能移,威武不能屈。"足见孟子本来的意思是说不论是穷是达,都要始终坚持原则。行为因受客观条件的制约以致产生的效果可以有所不同,但行为的本身是不允许改变方向的。孟子自己一生从游说诸侯到退居讲学,就是这样实践的。然而白居易在穷达两种不同情况下的行为却很不相同,所写的诗也很不相同。几乎放弃讽谕诗的创作,无论如何都是背离了应该坚持的方向。

杜甫一生穷困,从未有过得志的时候,但他却是"穷年忧黎元,叹息肠内热"。"三吏"、"三别"等篇,"朱门酒肉臭,路有冻死骨"等句,无一不是写于极端穷困之中。白居易追慕杜甫,但他并不能坚持到底地学到杜甫那种顽强的精神,所以他的一部分诗篇虽然也获得很高成就,而总的说来他在文学史上的地位仍次于杜甫。

第四节　白居易的古文

白居易的时代,正是古文运动得到飞跃发展并且取得巨大成就的时代。白居易也写古文,这也是他的文学创作的一个方面。长庆年间,元稹首倡改良制诰,白居易赞许为"文格高古"(《馀思未尽加为六韵重寄微之》诗自注)。白居易的政论,如《策林》与《论制科人状》、《论和籴状》、《论承璀职名状》等奏状,议论深切,文字平易,都是可读的文章。《旧唐书》元白合传评论说:"元之制策,白之奏议,极文章之壸奥,尽治乱之根荄。"这是自元和至唐末五代时期流行的见解,元白的文章在当时的影响还是很大的。

在被贬以后的一段时期里,白居易有些文章更是写得有血有肉。其中有的在思想上虽然归宿到"独善其身",但表现得还是更为向往于"兼济天下",并非真是以以往的正直言行为非,所以那种抑制不住的愤慨,很能引起读者强烈的共鸣。《与杨虞卿书》、《与元九书》就是这样的作品。后者更是力作,是把他自己作为一个诗人的思想、性格、行为、志趣、生活与创作的道路以及他的诗歌理论与他对古今诗歌与诗人的评价,全部都表达出来,因而又成为古代诗歌史上一篇重要的文献。文中议论、叙事与抒情融为一体,一气呵成,洋洋洒洒,气势是浩大的。虽然在诗歌理论上不免表现出偏激狭隘的一面(把

《诗经》以后诗歌的发展看做是诗道的崩坏,对屈原、陶潜、李白等伟大诗人深表不满),但无论如何,在白居易的古文中,这一篇仍可算是压卷之作。《草堂记》则是具有另一种情调的佳作。文章写庐山风景的奇秀,山居生活的宁静,充分表现出在山水自然美的怀抱里享受到的高尚乐趣,使人颇为神往。不过儒、道、佛三教调和思想的流露,却是这篇作品的瑕疵。

文体可分记叙、议论与说明三大类,其中以说明文这种文体最不受文学家的重视,然而白居易却有《荔枝图序》、《木莲花诗序》等等很为出色的说明文传世。其中《荔枝图序》更是说明文的典范之作:

> 荔枝生巴峡间,树形团团如帷盖。叶如桂,冬青。华如橘,春荣。实如丹,夏熟。朵如蒲萄,核如枇杷,壳如红缯,膜如紫绡。瓤肉莹白如冰雪,浆液甘酸如醴酪。大略如彼,其实过之。若离本枝,一日而色变,二日而香变,三日而味变;四五日外,色香味尽去矣!元和十五年夏,南宾守乐天命工吏图而书之,盖为不识者与识而不及一二三日者云。

关于荔枝的产地、树形与它的叶、花、果以及开花结果的季节,关于果实的核、壳、膜、肉、汁与果实垂挂在树上所呈现的形状及其离枝后色香味三者分别所能保持的时间,所有这些在这篇只不过一百多字的短文中都有确切的说明。文章富有诗意,使人读后还能够深切地感受到荔枝是怎样的可爱,而荔枝鲜果又是怎样的可贵。这篇短文,千百年来给广大读者造成深刻的印象。直至今天,人们说及荔枝,都还不免要想到或者引用其中的描述。

白居易的古文与他的诗一样,大都不尚艰难,平易而流畅。这是在韩柳古文之外独树一帜,自有它的可取之处。从这一点来说,在古代散文发展史上白居易是作出过他的贡献的。不过,白居易主要是致力于诗歌艺术,是以优秀的诗篇在文学史上获得杰出的地位。《新唐书》本传评论白居易的文学成就说:"最长于诗,它文未能称是也。"这是说得很为中肯的。白居易在古文上所达到的成就,确实比不上他在诗歌上所达到的成就。总的说来,在古文方面他不能与韩愈、柳宗元相抗衡。

〔1〕《望月有感聊书所怀》一诗的全题为:《自河南经乱关内阻饥兄弟离散各在一处因望月有感聊书所怀寄上浮梁大兄於潜七兄乌江十五兄兼示符离及下邽弟妹》。

〔2〕 此诗全题为:《常乐里闲居偶题十六韵兼寄刘十五公舆王十一起吕二炅吕四颖崔十八玄亮元九稹刘三十二敦质张十五仲方时为校书郎》。

〔3〕 有时在"格诗"下复系"歌行杂体"或"杂体",陈寅恪以为那是意在说明这样的古体诗与他以前所写的讽谕诗、闲适诗与感伤诗三类里的部分古体诗即"古调诗"在格力、骨格上还有些不同。此说亦可供参考。见陈寅恪著《元白诗笺证稿》附论丙《论元白诗之分类》。

第十二章　白居易(下)

第一节　《新乐府》与《秦中吟》

《新乐府》五十首是一部关于唐代的诗史,这是新乐府运动的代表作。

从结构上来看,《新乐府》五十首诗可以分为前后两组,前组二十首叙历史,后组三十首述时事[1]。叙历史较略,述时事较详。述时事为的是要改革时政;叙历史则是要以历史为借鉴,以求达到同一个目的。

前组二十首诗又可分为三个部分:(一)前四首对唐创业以来的历史作概括的叙述,而且说及前代北周与隋皇室的子孙,也追溯到李唐皇朝攀认的祖宗玄元圣祖皇帝李耳。但是着重歌颂唐太宗的功业,同时陈述他的言行,意思是以唐太宗为典范垂诫后世。这一部分在全诗里又兼有点"序诗"的意味。(二)自第五首《立部伎》至第九首《新丰折臂翁》,专叙唐玄宗朝史事。前一部分已经颂扬过唐玄宗前期的功绩,批判过他后期的错误,这一部分是要使对他的批判得到具体与深入的表达。(三)自第十首《太行路》至第二十首《缚戎人》，专叙唐德宗朝史事，对当时的政治提出批评。前组二十首诗重点是在叙述唐太宗、唐玄宗与唐德宗，这是因为唐太宗是创业的明君，唐玄宗是由盛而衰的关键人物，而唐德宗则距唐宪宗时期很近，对当时有直接的影响。这一组诗里有好几首诗是借评述乐舞来评述政治，这是它的一个显著的特点。

后组三十首诗也可分为三个部分：（一）前两首为开头。因为这一组诗很多是直接向唐宪宗献谏，而在讽谏之先却有颂扬的必要，所以以《骊宫高》这首颂诗居前。在颂扬之外，自然又很希望唐宪宗能够纳谏，所以殿以《百炼镜》，提出唐太宗"以人为镜"的遗训。（二）自第二十三首《青石》至第四十八首《秦吉了》，就当时的政治以至社会风习提出一系列问题（其中有些问题是唐德宗时期遗留下来的或者是发展得更为严重的），内容相当广泛，批评也很尖锐。这是全诗的主要部分。（三）末两首为全诗的结束。白居易是以"鸦九铸剑"比喻自己创作《新乐府》，所以《鸦九剑》诗末说："不如持我决浮云，无令漫漫蔽白日。为君使无私之光及万物，蛰虫昭苏萌草出。"不过《新乐府》还是个人的作品，白居易认为更应该恢复早已废弃了的采诗制度，所以在《鸦九剑》之后又须殿以《采诗官》。《新乐府》全诗有首有尾，当中的叙述详略得宜，重点突出，结构是严密的，用意是周到的。

《新乐府》里有不少诗篇充分反映出唐德宗至唐宪宗这一时期里统治阶级与被统治阶级的生活实际，这些是这部诗史里的精华。《道州民》叙道州地方的侏儒，每年都被当做当地的贡品送到宫里，成为"矮奴"。自阳城为道州刺史，才停止这种奇怪的进贡。这是揭发出当时从皇帝到地方官都不把老百姓当做人看待，惨无人道到了极点。《杜陵叟》叙一个老农种薄田一顷，遇上旱灾霜害，即须典桑卖地，缴纳官租，这使他忍不住愤怒地控诉："剥我身上帛，夺我口中粟。虐人害物即豺狼,何必钩爪锯牙食人肉!"但更为可叹的是纳租后皇帝又免了当年的租税。"十家租税九家毕,虚受吾君蠲免恩",这是讽刺得再为深入不过了。这首诗写的是唐宪宗元和四年的事。引人注目的更有《卖炭翁》:

> 卖炭翁,伐薪烧炭南山中。满面尘灰烟火色,两鬓苍苍十指黑。卖炭得钱何所营?身上衣裳口中食。可怜身上衣正单,心忧炭贱愿天寒。夜来城外一尺雪,晓驾炭车辗冰辙。牛困人饥日已高,市南门外泥中歇。翩翩两骑来是谁?黄衣使者白衫儿。手把文书口称敕,回车叱牛牵向北。一车炭,千馀斤,宫使驱将惜不得。半匹红纱一丈绫,系向牛头充炭直。

诗里所写的就是所谓"宫市",一种最为凶恶的弊政。派宦官在宫外街市上以大约值百钱的东西,抑买人家值千钱的货物,这与掠夺究竟又有多大的区别!宫市起于天宝时期,经大历而至唐德宗贞元年间,最为猖狂。唐顺宗时曾下令取消,但到唐宪宗元和初年未必就已完全罢掉,不再发生。诗里所写的应是元和年间的情事。被统治阶级的生活是这样的困苦,处境是这样的悲惨,受到这样残酷的剥削、掠夺与迫害,那么,统治阶级的情况又是怎样的呢?缭绫是一种比罗绡与纨绮还要珍贵得多的丝织品,织来费功极大。丝细缫多,扎扎千声,织女手疼不忍,也难望织成一尺。但是皇帝还要指定织出各种奇异的花样,用来做舞衣,让他所宠爱的昭阳舞人随意糟蹋,毫不爱惜。红线毯是宣州所产的一种名贵的丝织地毯。太原的毛毯硬涩,成都的锦花褥太薄,都不如红线毯温而且柔,适于舞蹈。但是一丈毯需千两丝才能织成,如披香殿广十丈馀,这一幅地毯该费去多少彩丝!《缭绫》与《红线毯》两首诗告诉人们,从唐德宗到唐宪宗,他们是怎样的穷奢极欲而不惜大量浪费人力与财物！当时的大臣将军,他们的生活自然也是非常奢侈的。《杏为梁》诗写他们住宅的奢丽,即可见一斑。生活豪奢得令人注目的还有盐商。《盐商妇》写到他们的眷属不从事任何生产劳动,却也享有鲜衣美食。统治阶级的生活不但奢侈,而且富有闲情逸趣。《牡丹芳》写牡丹开花的时节,二十天内一城的王公、卿士、贵公主与豪家郎如狂一样都去赏花,至于庄稼长得如何他们却全不关心了。白居易广泛地揭示出当时社会的两个极端,把杜甫的名句"朱门酒肉臭,路有冻死骨"从各个方面予以展开与充实。看到这一幅又一幅彼此对比鲜明的图画,足以使人产生极其愤怒的情绪。《新乐府》里这些诗篇,呼喊出人民群众埋藏在心底里的声音,是富有人民性的,现实主义的精神从而也得到高度的发扬。

《新乐府》反映唐德宗以来统治阶级与被统治阶级的生活状况,当然就是对当时政治的批判。但是在《新乐府》里,对这一时期的政治还有更多的批评与谴责。《太行路》诗"借夫妇以讽君臣之不终",那是针对唐德宗听信谗言杀害大臣而言的。唐德宗喜怒反复无常的性格不能不使奔走在仕途上的人们感到十分可怕,甚至多少年后白居易在诗里说起来都有点不寒而栗,唯恐唐宪宗也受到他的影响。唐德宗最初还算多少有点励精图治的愿望,但很快就把他的昏君面目暴露无遗,所以《驯犀》诗借他初即位放驯象而后来却使驯犀死于苑中的故事,提出"感为政之难终"的忧虑。唐德宗在贞元十三年下令治理长安附近的昆明池,使它得到八条水流注入,池水涨满,景物改观。池中所产动植蒲鱼,成为当地渔者与贫人的生活来源。他又以昆明池靠近帝城为理由免去蒲、鱼的租税,使近水之人感受到他的恩惠。然而白居易在《昆明春水满》诗里却很敏锐地提出质问:"吾闻率土皆王民,远民何疏近何亲?"吴兴权茗,鄱阳贡银,要是也一齐罢掉该多好！实际上这是在指斥：在一小块巴掌大的地方施点小恩小惠，又于事何补？岂非沽名钓誉？这首诗寄慨至深，批评是很尖锐的。很为显然，所有对唐德宗的批判，目的都是在提供反面的历史教训，希望唐宪宗引以为戒。唐宪宗前期当然不像唐德宗那样昏聩，但他也继承过唐德宗时期某些最为扰民的弊政。除去前面所说到的宫市之外，进奉也经由裴均、王锷、于頔这些人的黑手恢复起来了。所谓"进奉"，就是节度使在正税外以各种名目加税，额外刻剥百姓，所得财物大部分节度使自吞，分出十分之一二给皇帝。《黑潭龙》诗意在"疾贪吏"，看来就是以极端愤怒的情绪在对进奉进行揭露。如"肉堆潭岸石，酒泼庙前草。不知龙神飨几多，林鼠山狐长醉饱"这些描绘，确是与进奉的情事很为切合的。唐宪宗亲信宦官，对于朝官则不免要借题发挥，施展压制的手段，企图以此使群臣畏服。元和三年他举行特试，要求应试者直言极谏。牛僧孺、李宗闵、皇甫湜等应试，指陈时政，无所避忌，被列为上等，唐宪宗也承认了这样的评定。但应试者的直言触怒了宦官，同时宰相李吉甫也对唐宪宗哭诉，说考试官作弊不公。于是唐宪宗又不问是非，把考试官都贬谪出京，牛僧孺等应试者自然也被斥退。白居易提出谏诤，唐宪宗却并未因而收回成命。《涧底松》诗里说："天子明堂欠梁木，此求彼有两不知。谁谕苍苍造物意，但与之材不与地。"看来就是为牛僧孺等人鸣不平的[2]。李吉甫出身山东旧门，以父荫得官，做到宰相。然而如牛僧孺等人则不从科举出身就不会有多少出路，白居易自己也属于这一类。所以《涧底松》诗里又说："金张世禄黄宪贤，牛衣寒贱貂蝉贵。貂蝉与牛衣，高下虽有殊；高者未必贤，下者未必愚。"这些都是对非从科场出身不可的寒士表示深切的同情，为他们受到无理的排斥感到极大的愤慨。李吉甫为人奸佞，善于揣摩唐宪宗与吐突承璀等宦官的心思，搬弄是非，陷害同僚，是一群佞臣的代表。有人这样描绘他的形象:"谄泪在脸,遇便则流;巧言如簧,应机必发。"(《唐会要》卷八〇《朝臣复谥》)《天可度》一诗说:"但见丹诚赤如血,谁知伪言巧似簧。"又说:"君不见李义府之辈笑欣欣,笑中有刀潜杀人?阴阳神变皆可测,不测人间笑是瞋。"恐怕就是针对他而言的[3]。这是讽刺得十分辛辣的了。唐宪宗当时对于朝官采取扶一起又压一起的做法,不幸已经种下了后来为害甚烈的朋党之争的祸根。不过后来的牛李党争,目的都是在争夺官位,性质已经有所改变。科场出身与非科场出身的互相排斥,也已不过是一种借口。因此,后来白居易又力求不卷入党争,不再在政治上支持牛僧孺、李宗闵等人了。

对外关系也是《新乐府》所涉及的一个重要方面。唐太宗对外取得大胜利,唐玄宗时这种胜利的形势发展到顶点。但是后来唐玄宗一心想要大立声威,以致挑动起对奚、契丹、吐蕃、南诏等邻国的战争,形势就开始有些恶化了。如对南诏的征伐,实在是一个历史的悲剧,当时杜甫写《兵车行》,已经表现过战争中人民的血泪控诉。然而由于这个历史悲剧带给人民的痛苦是经久难忘的,以致数十年之后,白居易又在《新丰折臂翁》诗里使它再一次得到真实而且深刻的反映。诗里叙天宝年间新丰地方一个青年为要逃避征兵,不得已偷偷地用大石锤断了自己的右臂,这才没有随军死在云南,成为万人冢里的一个望乡鬼。到元和年间,他已经是八十多岁的老翁了,一肢虽废,却总算保住了一条性命。像这样以终身残废的代价才求得生存的可悲经历,是很为令人感到辛酸的。这首诗在艺术上也极为杰出。诗里写老翁的自述,使人如闻其声。老翁提起往事,还是谈虎色变,那是生动地表现出诗人对穷兵黩武的对外政策的谴责。唐玄宗等人定要与南诏为敌,而其实南诏倒还是有意归唐的。后来到唐德宗贞元年间,南诏果然与唐恢复了亲善关系,甚至影响到它的近邻骠国也遣使来朝,并献乐舞。《蛮子朝》与《骠国乐》分别叙述了这两起历史事件。不过当时唐德宗很醉心于以远方异国的音乐舞蹈来粉饰太平,却不能不使人感到忧虑,所以《骠国乐》诗里借一个老农提出一针见血的批评:"感人在近不在远,太平由实非由声。"白居易认为"王化"要"先迩后远",主张首先致力于内政的切实改善,是很正确的。

自安史乱后,唐在对外关系上转而处于被动的地位,时常受到邻国的威胁、掠夺与侵略。吐蕃是唐西方的强国,安禄山反叛,它乘机夺取唐陇右与河西两镇。唐德宗贞元三年,又攻毁盐、夏二州城。《城盐州》诗所叙是贞元八、九年唐重新修筑盐州城的史实。盐州地当要害,城毁则塞外失去保障,修复旧制事实证明是很为有效的防卫措施,所以这首诗热情地歌颂了这一英明的决策。河陇失陷,到贞元、元和之际已经有四五十年了,中经多次激战,始终未能收复,令人十分痛心。因河陇为吐蕃所有,安西自然路绝,当年东来的西域胡人不能归国,有些就流落于唐边镇。其中有会表演狮舞的,边将往往取以为戏。西域的狮舞当然有值得欣赏之处,但是看到这样的表演却也应该联想起那一段使人感到悲愤的历史。《西凉伎》诗里写得十分沉痛:"泣向狮子涕双垂,凉州陷没知不知?狮子回头向西望,哀吼一声观者悲。"然而,"贞元边将爱此曲,醉坐笑看看不足。享宾犒士宴三军,狮子胡儿长在目"。写出这些人全不以国耻为念,是很为有力的鞭挞。吐蕃陷唐州郡,大批唐人沦为俘虏,广大农民被贬为农奴或奴隶,而且都被迫令改换服装,只许每岁元旦用唐衣冠祭拜祖先。每当这一天,唐人无不敛衣整巾,暗垂眼泪,想念故国更甚。《缚戎人》诗叙凉原地方一个居民,在代宗时被俘,到德宗时怀着一颗爱国心冒死逃归,却叫唐边将捉住,当做"蕃虏",被配流到南方。"自古此冤应未有,汉心汉语吐蕃身!"诗里所写的真是一个使人无比愤慨的大悲剧!当时边将拥兵不战,不但不去救援沦陷区的遗民,反倒把历尽艰险始得归来的爱国者当做吐蕃人员捕捉起来,虚奏邀功,不识羞耻到了何等的地步!而朝廷也只听信边将的奏报,不再甄别,残暴无理又到了何等的地步!《新乐府》里这几首诗的歌颂、批判与同情,无不表现出一种爱国主义的激情。

回纥是唐北方的强国,唐与回纥一般都保持和好的关系。唐平安史之乱,曾借回纥骑兵,为此约定每年赠回纥绢二万匹,并以高价收买回纥马。回纥驱来的马病弱不堪,唐也要照数付价,实际上是一种经济掠夺。《阴山道》诗叙此事,说是"五十匹缣易一匹,缣去马来无了日,养无所用去非宜,每岁死伤十六七"。换马的缣,因为人民不堪压榨,不免变成"疏织短截",犹如"藕丝蛛网"。马来疲瘦,缣去疏短,按说也算公平。但是唐不能嫌马瘦,回纥却要诉称缣无用处。于是唐宪宗只好返转来对江淮人民采取强制的措施,"从此不令疏短织"。回纥得到很大的好处,第二年竟驱来多一倍的病弱马。唐始终容忍这种经济掠夺,原因是怕回纥寇边,或与吐蕃结合,或被叛镇勾引,为害会更大。这首诗意在"疾贪虏",批评的矛头是对着回纥贵族的。回纥懂得与唐和好有利,因而取得以往漠北强国不曾有过的成就;但在交往中如此贪得无厌,致使它的统治集团反倒由于获得暴利而迅速腐化,发生内乱,回纥汗国也就崩溃四散了。《阴山道》诗固然还不可能揭示出这种历史教训,但是抓住回纥的贪婪予以批判,仍然具有深刻的意义。

以上论述的是《新乐府》这部诗史的主要内容。不过《新乐府》内容丰富,它还有不少诗篇也涉及一些重要的政治问题与社会问题。《胡旋女》诗痛斥安禄山、杨贵妃以胡旋舞取悦唐玄宗,使他迫近祸乱而犹纵情声色。《司天台》诗指责唐德宗时期身为三公之一的大臣,只知报喜,不敢报忧,不免有点媚君保禄的官僚作风。《官牛》诗,"讽执政也";《紫毫笔》诗,"讥失职也";《秦吉了》诗,"哀冤民也":这些则都是对唐宪宗时期大小臣僚的讽刺。被讽刺者中有的是宰相,却只知讲排场,摆架子;有的是起居郎、侍御史,却不能尽到"臣有奸邪正笏奏,君有动言直笔书"的职责;有的是言官,却不曾把民众身受侵害的冤苦诉之于君上;还有宪台京尹搏击肃理之官,省阁翰苑清要禁近之臣,也都对豪强侵凌弱小这类不平之事不闻不问。《青石》诗以颜真卿与段秀实为典型标举忠烈,鞭挞了不忠不烈的骄蹇的藩镇。《八骏图》,"戒奇物,惩佚游也";《李夫人》,"鉴嬖惑也":应是针对唐宪宗"颇出游畋"(《旧唐书·柳公绰传》)、"后庭多私爱"(《旧唐书·宪宗懿安皇后郭氏传》)这些情况而言的。《海漫漫》,"戒求仙也";《两朱阁》,"刺佛寺寖多也":是对道教与佛教的抨击,希望统治者不要迷信神仙之说,也不要提倡建佛寺。追求长生不死与佞佛,事实上正是唐宪宗的两处要害。后来唐宪宗的死因之一就是服用长生药。《二王后》与《隋堤柳》两首诗,甚至提出要吸取前朝亡国的历史教训,可说是向唐宪宗发出最为严重的警告。这不是杞人忧天,危言耸听。唐宪宗虽然有些作为,但他在根本上还是腐朽势力的代表。后来的历史事实证明,他在取得一些成就以后,很快就变得骄侈起来。他的成就反倒有助于腐朽势力的强固,唐朝由此也就走向了衰亡的道路。不能不承认,白居易的观察是深刻的,他的警告也是及时的。

《草茫茫》,"惩厚葬也";《古冢狐》,"戒艳色也";《时世妆》,则对当时流行的啼眉、赭面、圆鬟、堆髻等等失去自己民族风格的胡妆提出批评。它们触及的是当时的社会风气。但是在社会问题中,白居易更多注意的还是意义重大的妇女问题。《太行路》诗里说:"人生莫作妇人身,百年苦乐由他人。"可说是对封建时代妇女命运的概括。还有四首诗是专为各种不幸女人而写的。《母别子》,"刺新间旧也";《陵园妾》,"怜幽闭也"。这两首诗都很感人,而更为感人的还是《上阳白发人》与《井底引银瓶》。前者通过一个老宫女一生的悲剧,控诉了那种极端违反人道主义的封建宫廷的宫女制度。在古代许多同类的诗篇中,再没有比它写得更为真实、深刻与生动的了。后者的小序说:"止淫奔也。"意思当然是在于维护封建礼教,不赞成青年男女自由结合,并且着重劝告女方不要越礼。但是诗里所同情的却完全是受到封建礼教迫害的女性,实际上又揭露与批判了封建礼教的罪恶。在封建时代,青年男女自由结合以悲剧结束是普遍的规律,而受害最深的往往是女性,这是残酷无情的客观现实。这首诗着力于揭示现实,并不像后来元代作家白朴因受此诗影响而写的杂剧《墙头马上》那样,试图以幻想去填补现实生活的巨大缺陷,而是以很为真实的描写具有感人的艺术力量。

《新乐府》"为君、为臣、为民、为物、为事而作",涉及唐代历史与社会的各个方面,提出各种问题,就其内容的丰富来说,简直是一部唐代社会生活的百科全书。白居易以一个政治家的犀利眼光与一个诗人的敏锐感受,把当时的许多弊病都揭露出来,表现于诗歌,周详明直,确实能够达到"救济人病,裨补时阙"的目的。

当然,白居易有的指责也有可议之处。《捕蝗》诗反对捕杀蝗虫,有所谓"岂将人力竞天灾"之说,显然就是一种愚昧的观点。南诏复通确是得力于韦皋的谋略,《蛮子朝》诗却对他多有讥评,未免欠公允;修复盐州城原是由于杜希全的建议,《城盐州》诗却说是出自唐德宗英明独断,也与史实不符。大约因为韦、杜都有严重的缺点,以致连他们的功绩也被抹杀了,这不是实事求是的态度。白居易对于音乐有过精深的研究,在《新乐府》里,他肯定音乐反映政治,强调音乐内容的重要性,高度评价引人奋发的《秦王破阵乐》,这些都说明他的音乐思想很有可取之处。但是,在《立部伎》、《华原磬》等诗里,他又表现出一种音乐上的崇古贱今的观点。《五弦弹》诗则一方面描写赵璧演奏五弦琴十分神妙,另一方面又说"吾闻正始之音不如是",推崇的还是"曲淡节稀声不多"的"清庙歌"。这首诗的小序甚至说"恶郑之夺雅也",自相矛盾可说达到了极点。唐代音乐在发展中吸收过外来音乐的精华,如《法曲》诗所赞赏的《霓裳羽衣曲》,大致可以推定就是汉乐与胡乐融合的最高成就,但这首诗又主张正华声,废胡音,"不令夷夏相交侵",这样的观点恐怕经不起事实的检验,同时也显得很狭隘。诸如这些缺点都是不容讳言的,不过它们毕竟只存在于局部,而就这部诗史的整体来说,无疑还是能够在美刺之间收到补察得失的功效的。

《秦中吟》是《新乐府》之外又一组重要的诗篇,但它只有十首诗,内容当然不像《新乐府》那样丰富,从而也不像《新乐府》那样具有一个严密的结构。这也就是说,它不像《新乐府》那样是一部完整的有关唐代的诗史。

《秦中吟》中有四首诗的题材与《新乐府》有所重复,有的甚至在主题思想上也相同。《秦中吟·五弦》简直就是《新乐府·五弦弹》的翻版;《秦中吟·伤宅》与《新乐府·杏为梁》立意也略同;《秦中吟·买花》与《新乐府·牡丹芳》大致相近,不过《牡丹芳》有颂扬唐宪宗忧农的内容,而《买花》诗里的名句"一丛深色花,十户中人赋",却是更为令人警醒的;《秦中吟·立碑》与《新乐府·青石》也有些相似,不同的是《青石》诗以激发忠烈为主旨,而《立碑》诗则着重于对当时人们滥立石碣与文士虚为谀词这种不良的风气提出批评。这样,《秦中吟》只有六首诗的题材是《新乐府》所未曾涉及或者未曾具体涉及的。

《议婚》诗劝人娶妻宁择不易嫁出的贫家女,《伤友》诗同情于寒士失去旧友的可悲遭遇,《不致仕》诗讽刺年高不告老而仍贪恋权位的官僚,这三首各自都有一定的意义,但都不如另外三首那样重要。

《轻肥》与《歌舞》两首诗很出色,它们都以前面绝大多数诗句极力形容达官显宦生活的豪奢,而在诗末以两句写民众冻饿至死的惨状,以此构成强烈的对比。以下所引的是《歌舞》诗:

> 秦中岁云暮,大雪满皇州。雪中退朝者,朱紫尽公侯。贵有风雪兴,富无饥寒忧。所营唯第宅,所务在追游。朱门车马客,红烛歌舞楼。欢酣促密坐,醉暖脱重裘。秋官为主人,廷尉居上头。日中为一乐,夜半不能休。岂知阌乡狱,中有冻死囚!

白居易有《奏阌乡县禁囚状》,其中说到虢州阌乡、湖城等县及其他州县狱中有些囚犯,因为"欠负官物,无可填陪,一禁其身,虽死不放",甚至有"身死狱中,取其男收禁者"。当时民众受到这样的屈枉迫害,而主管刑狱审判的官僚却是歌舞荒宴,无休无止,这难道是能够令人容忍的吗?白居易诗中两个对立阶级生活的强烈对比,往往足以引起读者的愤怒,取得这样的艺术效果是他成为杜甫继承者的一个标志。

《重赋》诗所批判的是两税法。租庸调法早已崩坏,很长时期实际上只好乱收税,唐德宗时改行两税法,总算有个统一的税制,对于民众也就算有些好处,所以说:"国家定两税,本意在忧人。"不过唐朝廷已经很为腐朽,只知道要钱愈多愈好,结果两税法本身很快也变成乱收税,民众的负担并未见有所减轻。"税外加一物,皆以枉法论",这本是两税法的规定,事实上朝廷通敕各道所加以及默许各道私加的税却很多,所谓"以枉法论"变成了一种欺骗。两税法分夏秋两次纳税,但因税重实际上又弄成"敛索无冬春"了。农民被催逼得非常急迫,正如诗里所说:"织绢未成匹,缲丝未盈斤。里胥迫我纳,不许暂逡巡。"诗里描绘农民经过一年到头的压榨挨到岁暮时节的悲惨情况说:"幼者形不蔽,老者体无温。悲端与寒气,并入鼻中辛。"这首诗前面说税外加税全是贪吏所为,后面说输纳的缯帛丝絮却被积压在皇帝宫内的私库:"夺我身上暖,买尔眼前恩。进入琼林库,岁久化为尘。"通观全诗它还是触及皇帝支持加税的一点实际情况,不过意思却是过于委婉一些。对最高统治者避免作直接的揭露,讽刺很为委婉,甚至寓讽刺于颂扬之中,这也是白居易有些讽谕诗所使用的一种手法。从这些地方可以窥见古代一个诗人不得不如此去做诗的苦衷。

白居易的讽谕诗共有一百七十多首,《新乐府》五十首与《秦中吟》十首已占三分之一强,因为其中有不少杰出的作品是讽谕诗的最高成就,所以它们又是全部讽谕诗的代表作。在其他的讽谕诗中,有一些与"兼济之志"背道而驰,简直是不成其为讽谕诗的。又有一些固然可以算是讽谕诗,意义却较为平常。当然也有不少是堪称为杰作的。比如《观刈麦》、《村居苦寒》、《采地黄者》等诗,写农民的辛勤与贫困,很为真切。前两首还以农民的冻饿与自己的饱暖作对比,深觉自愧,很为难得。又如《宿紫阁山北村》诗,叙述掌握禁军军权的宦官纵容部下欺压民众的一个故事,情景逼真,讽刺深刻,是藏有锋芒的,难怪要为人所"切齿"。这些诗无论在思想上或艺术上,都可与《新乐府》、《秦中吟》里的最好的作品相媲美。

第二节 《长恨歌》与《琵琶行》

《长恨歌》与《琵琶行》是白居易诗歌中传诵最广影响最大的两首诗。在整个中国古代诗歌史上,像这样能够长久获得广大读者喜爱的诗篇,为数都是不多的。

《长恨歌》叙述唐玄宗与杨贵妃的爱情悲剧故事,全诗分三段,"君王掩面救不得,回看血泪相和流"以上为第一段。唐朝由强盛繁荣转向衰败危亡,唐玄宗的骄侈是这个转向的关键。唐玄宗在励精图治取得成就以后,就不免志得意满,同时也觉得精疲力竭了。他甚至懒得亲自处理政事,一心要纵情享乐。"汉皇重色思倾国,御宇多年求不得",《长恨歌》的叙述就是由这里开始的。而杨家的女儿一朝被选出,唐玄宗从此也就完全沉湎于爱情之中。享受爱情生活为个人带来的幸福,原是人的合理要求,但如超过常度,对于任何人来说就都可谓之为"荒淫",对于帝妃来说则又有可能要产生非同一般的极其严重的后果。《长恨歌》第一段着力刻画唐玄宗对杨贵妃宠爱无比,显然那是远远超过了常度,为历史所罕见。既然唐玄宗这时荒淫到极点,"渔阳鼙鼓动地来,惊破霓裳羽衣曲"这一事变的突然发生,"六军不发无奈何,宛转蛾眉马前死"这一悲剧的终于演成,就都是十分自然的事情了。《长恨歌》第一段揭示出唐玄宗与杨贵妃爱情悲剧的道路,包含着很可重视的历史教训。

然而《长恨歌》的叙述却并未结束在悲剧演成的时候,在这之后这首叙事诗还有很为重要的两段。当中自"黄埃散漫风萧索,云栈萦纡登剑阁"至"悠悠生死别经年,魂魄不曾来入梦"为第二段,这一段全部是在描写唐玄宗对杨贵妃的悼念。故事从前面又发展到这里,看起来十分自然,十分真实。唐玄宗曾经是超乎寻常地爱过杨贵妃,但他由于种种错误致使杨贵妃在马嵬兵变中不得不宛转就死时,却又爱莫能助,无能为力。在实质上这也就是使杨贵妃独自去承担他们两人而且主要是他自己的罪责。他是以牺牲杨贵妃的生命换得自己的苟活。《长恨歌》第二段生动地写出唐玄宗因此而在心灵上留下难以医治的创伤,以致长久地感到无比的痛苦,意义很为深刻。这是在继续描写唐玄宗的悲剧道路,也就是更为深入一层地鞭挞这个悲剧角色的灵魂,与第一段在思想倾向上是统一的,并不存在矛盾。不同的是在这一段里诗人运用的是一种十分含蓄的笔调,作为他的批判武器的是一把细小精巧却又锋利无比的心理解剖刀。假如没有这点最为重要的区别,而是把这一段也处理得如同前一段一样,那当然是明白得多了,但这首诗也就浅露得多了。

《长恨歌》第三段叙述方士觅魂,作为仙子的杨贵妃的心理状态是被描写得极其隐约迷离的。对于唐玄宗这时她究竟是怨恨、是谴责,还是思念、是追恋,使人很难准确地判断。譬如她提起一件最可纪念的往事:"七月七日长生殿,夜半无人私语时:在天愿做比翼鸟,在地愿为连理枝。"当然可以说这是要唐玄宗记忆起当年的誓言,但要他记忆起誓言又是什么意思,却很难说。也许是谴责他对誓言的背叛?也许是追念他们爱情生活中一个最为美好的时刻?也许两者兼而有之?总之从诗里是得不到明确的答案的。但不论怎样,记忆起这一誓言将会使唐玄宗感到更为巨大的痛苦,却是可以断言的。这时杨贵妃的心理状态当然是十分复杂的,这里把这种心理状态写得隐约迷离,作为诗可说是恰到好处。这一段里又有两句说:"但令心似金钿坚,天上人间会相见。"不过事实既已经证明唐玄宗经不起考验,自然日后以一种浪漫主义方式相见的可能性也就不存在。因此,这首诗到底只能这样来结束它的叙述:"天长地久有时尽,此恨绵绵无绝期!"写出唐玄宗永远也饮不尽他自己所斟下的苦酒,批判唐玄宗的主题从而也就得以彻底地完成。

《琵琶行》叙述一个在浔阳江头欣赏琵琶演奏艺术的故事,全诗也分三段,"东船西舫悄无言,唯见江心秋月白"以上为第一段。白居易在音乐鉴赏上具有极高的造诣,他有许多诗都生动地描写过音乐,而描写得最为美妙的就在《琵琶行》的第一段里:

转轴拨弦三两声,未成曲调先有情。弦弦掩抑声声思,似诉平生不得意。低眉信手续续弹,说尽心中无限事。轻拢慢捻抹复挑,初为霓裳后绿腰。大弦嘈嘈如急雨,小弦切切如私语。嘈嘈切切错杂弹,大珠小珠落玉盘。间关莺语花底滑,幽咽泉流冰下难。冰泉冷涩弦凝绝,凝绝不通声暂歇。别有幽愁暗恨生,此时无声胜有声。银瓶乍破水浆迸,铁骑突出刀枪鸣。曲终收拨当心画,四弦一声如裂帛。东船西舫悄无言,唯见江心秋月白。

琵琶女才在定弦调音,尚未成曲调,就已经酝酿着情绪,这样的开头就很有吸引力。当时她演奏的第一支曲子是《霓裳羽衣曲》,第二支曲子是《绿腰》。前者开始是散板初序,以琵琶弹奏应多用掩抑的指法,加之以琵琶女的艺术处理,听起来必是有吞咽幽怨的情致,所以说每一声都像是这位演奏者在诉说她平生的不得意。当着音乐由迟涩缓慢趋向流走活泼,演奏者似不经意,信手续续弹出,那又像是要把她满腹的心事都一一说尽。弹奏琵琶须左手拢、捻,右手抹、挑,左右手的技艺很难平衡,但诗里的这位女琵琶家,她左按右弹,却似都有功夫。以下的诗句就转而以各种比喻来形容了。音乐是无形的,听起来只是一缕流动的乐音,所以除去直接的描述外,往往还须运用比喻去作间接的形容,才能达到淋漓尽致的地步。这里用作比喻的是"急雨"、"私语"、"珠落玉盘"、"花底莺语"、"冰下泉流","瓶破水迸"、"铁骑突出"等等,这些都是人们在生活中十分熟悉的事物。它们各自不仅都有可以见到的形象,重要的是还都有可以听到的声音,而且当然也都有可以感到的情境,所以把它们作为比喻来描写音乐是具有丰富的表现力的。诗里按乐曲的进行又把这些比喻组织得十分恰当,当中还穿插着写出音乐休止时所产生的最佳效果,因而全部演奏的美妙动人之处都得到非常恰切的再现,使人读到诗犹如真正听到演奏一样。这次的演奏最后是终结在一个琵琶和弦上:四弦同时拨响,四音并为一声,犹如猛然裂帛,至此戛然而止[4]。诗里写这时听众不是赞叹不已,而是悄然无声;甚至整个世界都是悄然无声的,只见江心的秋月白茫茫一片,寂静到极点。这样的音乐把周围的听众全都吸引住,以致在演奏结束后他们仍然会长久地沉浸在音乐所造成的气氛里,该是具有怎样深沉的艺术魅力啊!古往今来有过多少描写音乐的诗歌,其中《琵琶行》大约要算是最为杰出的一首了。

自"沉吟放拨插弦中,整顿衣裳起敛容"至"夜深忽梦少年事,梦啼妆泪红阑干"写琵琶女自述她的身世遭遇,为《琵琶行》的第二段。诗里的琵琶女无疑是一位身怀绝技的音乐艺术家,但在古代如她这样的人却处于最为低贱的社会地位,因而她的一生注定会是一个悲剧。年轻时被侮弄,年长时被抛弃,这就是当时社会为她们这群人安排好了的生活道路。豪富子弟追求她们的只是美色,并不是什么音乐艺术。也许是直到在浔阳江头偶然为诗人所发现,她才第一次真正遇到了知音,她在音乐艺术上的卓越成就也才第一次得到一个士大夫公正而善意的评价。但白居易又不只是赞赏她的音乐艺术,更为可贵的还是对她的漂沦憔悴表现出深切的同情。在《琵琶行》第三段里,白居易甚至把她的可悲命运与他自己的不幸遭遇联系起来。"同是天涯沦落人,相逢何必曾相识!"这是全篇中最为重要最有概括性的两句,是《琵琶行》诗中之诗。陈寅恪评《琵琶行》说:"既专为此长安故倡女感今伤昔而作,又连绾己身迁谪失路之怀。直将混合作此诗之人与此诗所咏之人,二者为一体。真可谓能所双亡,主宾俱化,专一而更专一,感慨复加感慨。"(《元白诗笺证稿》第二章)应该说这样的评定是很为中肯恰当的。

《长恨歌》与《琵琶行》都是叙事诗,与文学史上早先产生的《焦仲卿妻》、《木兰诗》这两首杰出的诗篇一样,代表着中国古代叙事诗的最高成就。白居易在叙事诗方面的贡献是很为突出的。前一节论述到的《新丰折臂翁》、《缚戎人》、《卖炭翁》、《井底引银瓶》、《宿紫阁山北村》以及《江南遇天宝乐叟》、《霓裳羽衣歌》等等,也都是优秀的叙事诗。诗歌的本质是抒情的,以诗叙事也必须着重于抒情,凡是可读的叙事诗无不具备这一特点。《长恨歌》与《琵琶行》的这一特点表现最充分,所以它们在白居易所有的叙事诗中又最为人所喜爱。

第三节　白居易的抒情诗

　　白居易写过大量的抒情诗。在他自己所说的闲适诗与感伤诗里,或者在其他古诗与律诗里,抒情诗在数量上都占第一位。甚至在他自己所说的讽谕诗里,也有少数抒情诗。

　　白居易的抒情诗在思想方面是复杂的。大致说来,是可分为表现兼济志愿与描述独善情趣的两大类。前者有时学杜甫,后者有时学陶渊明,但杜甫的阔大深沉与陶渊明的恬淡强偭却都未真正学到手。比如白居易有《新制布裘》诗,结尾说:"安得万里裘,盖裹周四垠。稳暖皆如我,天下无寒人。"同样的意思后来又被写在《新制绫袄成感而有咏》一诗里:"争得大裘长万丈,与君都盖洛阳城!"很显然,这都是在模仿杜甫的《茅屋为秋风所破歌》。粗略地看,两人的诗里都有一种推己及人、民胞物与的思想,但是,杜甫是身处饥寒而悯人饥寒,甚至宁苦身以利人,而白居易是身处饱暖而悯人饥寒,是要推身利以利人。这样深入一层比较起来,就使我们觉得杜甫更为亲近可敬,他的诗自然也更为深切沉痛。杜甫与白居易一生的处境大不相同。白居易学杜甫写当世时务,同样也能称"诗史",足以成为杜甫的继承人,但他在抒情诗上模仿杜甫却是不免总要存在一些差距,足见处境的不同在抒情诗方面是要比在其他方面留下更为深刻的烙印。

但是,白居易自抒真情而不事模仿的抒情诗篇也不少,真正具有独创性价值的抒情佳作当然是在这一部分里。例如《别州民》诗,老实地承认他在杭州刺史任内对税重、农饥等重大问题无能为力,只有修筑钱塘湖堤贮水防旱算是为当地人民做了一件好事,聊可自慰。"唯留一湖水,与汝救凶年。"这里流露出一种关心人民疾苦的诚挚情感,很为感人。又如《山中独吟》诗,说他可以放弃对任何事物的追求,唯独诗歌艺术是例外,因为"高声咏一篇,恍若与神遇"。但是这种癖好却很难为世人所理解,所以有时写成一首新诗,只好去读给林壑猿鸟听。这首诗表现出他作为一个诗人所具有的精诚志趣,很为生动。这样的抒情诗因为不事模仿,个性鲜明,特色显著,自然会获得读者的喜爱。

中国古代抒情诗的题材非常广阔,白居易的抒情诗在这方面表现尤其突出。几乎生活中任何一点感触,任何一件小事,他都可以以诗的形式来表现,抒写得令人喜读。如七绝《建昌江》:"建昌江水县门前,立马教人唤渡船。忽似往年归蔡渡,草风沙雨渭河边。"这是一闪即逝的联想,被他抓住写成一首很有情致的小诗。白居易诗集中这类小诗不少,其中还有一首非常出色的,即五绝《问刘十九》:

绿蚁新醅酒,红泥小火炉。晚来天欲雪,能饮一杯无?

以诗代柬,自然而且生动,是极其亲切的邀请,又很富有诗趣。白居易所见到的世界,简直成了一个诗的世界!能够把很多平常的事物都化作诗材,使它们在诗里依然是平常的,却又是很为动人的,这是白居易作为一个大诗人所具有的一种非凡的本领。

抒情诗更多的当然还是写景,在写景中抒发爱自然与其他种种情感。白居易的抒情诗也不例外,在这方面也有一些脍炙人口的佳作。例如《钱塘湖春行》:

> 孤山寺北贾亭西,水面初平云脚低。几处早莺争暖树,谁家新燕啄春泥。乱花渐欲迷人眼,浅草才能没马蹄。最爱湖东行不足,绿杨阴里白沙堤。

又如《暮江吟》:

> 一道残阳铺水中,半江瑟瑟半江红。可怜九月初三夜,露似珍珠月似弓。

前一首写早春,表现得处处充满生机;后一首写秋暮,又使人觉得所见的景象可爱已极。把自然美写得十分真切,如在眼前,诗意盎然,也是白居易诗歌成就的一个值得注意的方面。

当然,在白居易那些不事模仿的抒情诗里,也有许多是糟粕,这是因为这些诗里的思想是消极的,颓废的,或者虚妄的。

第四节 白居易的诗歌艺术

赵翼《瓯北诗话》说:"中唐诗以韩、孟、元、白为最。韩、孟尚奇警,务言人所不敢言;元、白尚坦易,务言人所共欲言。"这是说得恰当的。白居易诗歌艺术的基本特点就是在于他能够把人人所能感受到却不见得能以语言表达出来的情景以通俗的但又是真正的诗的语言表达出来。在白居易以前,这种风格的诗是有过的,比如李白与杜甫就写过这样的诗。但是,明确地有意识地在诗歌创作上追求这种艺术风格,在大量的诗篇中实践这种主张,从而取得杰出的成就,白居易却是第一人。在这一意义上,可以认为白居易作诗力求通俗,是独创一格,为前人所未有。

通俗的诗要在文学史上获得重要的地位,就必须是雅俗共赏的好诗,即普及与提高高度结合的作品。这样的诗一方面要文字浅显,内容平易,另一方面格调要高,意境要深,足能沁人心脾,耐人咀嚼。比如《长恨歌》,它在当时已为"时俗所重"(《与元九书》),人人喜爱,流传很广,可算是通俗诗派的代表作。而它之所以能够获得这样巨大的成功,那就是因为它不仅在文字与内容上对于当时广大的读者没有什么难懂之处,而且诗里包含着深刻的历史经验教训,无论在思想上或艺术上都很杰出。

宋释惠洪《冷斋夜话》记白居易写诗的传说:"白乐天每作诗,令一老妪解之。问曰:解否?妪曰解,则录之;不解,则易之。故唐末之诗,近于鄙俚。"但是,如果只求把诗写得使一个老妪能够懂得,实在还是容易做到的,而要写得又能广播于人口,深入于人心,流传于后世,那就很难了。缺乏真正足以感人的思想与艺术的力量,无论如何也不能取得这样的成就。对于惠洪这条记述的真实性,古今都有人表示怀疑的态度,那就是因为这样的传说把白居易的诗歌创作活动的过程描写得过于简单,它所表现的观点也过于片面,远不足以说明白居易诗歌艺术的成就。

"务言人所共欲言",犹如"务言人所不敢言"一样,都是难于达到的目标。通俗诗派的作品也决不是草率轻易就可写成的。要把这样的诗写得很好,同样要求具有极高的艺术修养,再加之以创作过程中艰苦的锻炼。白居易诗才杰出,但他的诗往往也要经过多次的修改才能写定。白居易《诗解》自述说:"旧句时时改,无妨悦性情。"魏庆之《诗人玉屑》记:"张文潜云:世以乐天诗为得于容易,而未尝于洛中一士人家,见公诗草数纸,点窜涂抹,及其成篇,殆与初作不侔。"时时修改,甚至改得与初稿大不相同,在这过程中需要考虑的就不会只是一个老妪能否懂得的问题了。白居易的诗,平易得似乎张口就能吟成,实则这样的平易是来之于艰难。不经过艰巨的劳动,以致锻炼得炉火纯青,不可能达到自然生动的极致。

通俗的诗,能够得到广泛的流传,产生巨大的影响。白居易《与元九书》说:"自长安抵江西三四千里,凡乡校、佛寺、逆旅、行舟之中,往往有题仆诗者。士庶、僧徒、孀妇、处女之口,每每有咏仆诗者。"流传之广,确是前所未有。唐末张为撰《诗人主客图》,首先以白居易为"广大教化主",意思是表示他的诗题材繁富,风格多样,在诗歌史上影响广大深远,超过了同时代任何一个诗人。白居易的诗在他生前甚至已远传国外,会昌五年(845)白居易作《白氏长庆集后序》,文中就说到他的作品在日本、新罗诸国已有传写者。新罗在当时是文化很高的国家,来到中国江南一带贸易的新罗商人常要购买白居易的诗作,说是他们国家的宰相每以百金换一篇,如有假冒的,立刻就能辨别出来。白居易的诗文在日本也极负盛名。嵯峨天皇(809—823在位)是很有素养的诗人,他就最爱读白居易的诗。日本《江谈抄》书中还说嵯峨秘藏过《白氏文集》。日本《文德实录》又叙承和五年(838,唐开成三年),太宰少贰藤原岳守因检校唐人货物,获得《元白诗笔》,进献于仁明天皇,因而特予进阶,以示奖赏。在当时及以后一个很长时期的日本文学作品中,白居易的影响处处可见,甚至成为模仿的对象。

在中唐以韩愈为代表的奇警诗派与以白居易为代表的通俗诗

派,同样都对诗歌艺术的发展作出过巨大的贡献。不过若就获得读者的众多与流传地域的广大来说,通俗诗派显然远远超过了奇警诗派,从而显示出它所特具的优越性。

通俗诗派立意要使广大群众理解自己的诗歌,欣赏自己所创造的诗歌艺术,这种精神是极其可贵的。然而,任何一种艺术风格都不可能是绝对完美的,它本身既会存在一定的弱点,在客观上也难免要产生一些流弊。比如白居易作《新乐府》,在《序》里强调地标榜"辞质而径"、"言直而切"、"卒章显其志"等等,这些可说都是通俗诗派诗歌艺术观的具体体现。而《新乐府》中如《七德舞》、《法曲》、《二王后》等少数诗篇,按说也是很为符合上述这些要求的,然而它们实在枯燥乏味得很,简直不成其为诗,只能算是诗歌艺术上的糟粕。通俗诗派开创者白居易,确有部分诗歌在艺术上是未臻完善的,影响于当时的诗苑,就是在许多青年模仿者的笔下,通俗的诗变成了浅薄的诗。这样,通俗诗派在取得很大成就与发生很大影响的同时,又反过来否定了自己。

通俗诗派这种艺术上的不足以及因此而发生的危机,白居易自己是感觉到了的,而为要加以纠正与补救,于是他驱驾文字,穷极声韵,但这样的做法也并没有产生理想的效果。比如他作《游悟真寺诗》,多至一百三十韵,一千三百字,先写入山,次写入寺,先憩宾位亭,次至玉像殿,次登观音堂,点明夕宿寺中,然后叙天明经南塔路至蓝谷,登其巅,到蓝水环流处,上中顶最高峰,临一片石,谒仙人祠,寻画龙堂,观吴道子画、褚遂良书,总结登历游览,凡五昼夜。就其篇幅的庞大与内容的繁富来说,韩愈的《南山》诗比它还要差一点;就其把一首写景的诗写得犹如一篇游记来说,韩愈的《山石》诗与它相仿佛;而就其艺术成就来说,它与《南山》诗可算各有千秋,却比《山石》诗逊色得多了。韩愈作《山石》诗,固然可以说是"以文为诗",但在实质上它仍是真正的诗。白居易的这首诗却是太像一篇游记文了，丧失了不少诗的特点。

白居易自己并不能解除通俗诗派的危机，真正能够挽救诗苑中浅薄风气的，只能是韩愈与他的诗友孟郊等人。

〔1〕 陈寅恪说："其以时代划分，颇为明显也。"见陈著《元白诗笺证稿》，上海古籍出版社 1978 年版第 127 页。

〔2〕〔3〕 均从陈寅恪说，见陈著《元白诗笺证稿》第 234 页、第 292 页。

〔4〕 "曲终收拨当心画，四弦一声如裂帛。"下句是说奏出了一个和弦，上句是说怎样奏出这个如裂帛似的和弦。关于上句，顾肇仓、周汝昌注说："将拨在琵琶槽的中心并合四条弦用力一划——也就是'收拨'。现今曲艺伴奏的弦乐器上，也还有相似的收拨法。"此说可供参考。见顾、周选注《白居易诗选》，作家出版社 1962 年版第 223 页。

第十三章　元　稹

第一节　元稹的生平

元稹(779—831),字微之,别字威明,行九,世称元九[1]。祖籍洛阳(在今河南),六世祖元岩迁居长安(今陕西西安)[2]。元氏是鲜卑族拓跋部君长什翼犍的后嗣,北魏时为皇族,周、隋两代多显宦。入唐后,家族经安史之乱而衰微。祖父元悱,仅官县丞。父元宽,长期沉沦不遇,代宗大历十四年始迁舒王李谊王府长史。不久,即遭朱泚之乱。贞元二年卒。家富藏书,著有书稿《百叶书要》(已佚)。

元稹生于乱世,八岁丧父,家境清贫,他的母亲郑氏"截长补败,以御寒冻,质价市米,以给脯旦"(元稹《元氏长庆集·告赠皇考皇妣文》)。当年,郑氏携元稹兄弟赴凤翔依倚姻戚。凤翔是唐代都城的西北屏障,有重兵把守,社会比较安定。元稹在这里度过了他的童年。他栖栖勤勤求知如渴,除母亲亲授诗书外,还从邻人齐仓曹家借书,然后徒步去姊夫陆翰家求教。姨兄胡灵之又教他骑射和诗歌格律。元稹是一个早熟的作家,他的诗曾使长辈惊叹。由于长于民间,他对边塞风云和农村的凋敝已有所了解。随着年岁的增长,他开始

过着裘马轻狂的生活:"早岁颠狂伴,城中共几年。有时潜步出,连夜小亭眠。月影侵床上,花丛在眼前。"(《寄胡灵之》)

德宗贞元八年冬,十四岁的元稹回到长安。翌年即以明经及第[3]。科举初战告捷,没有使元稹终止他的勤奋学习。家庭藏书给他提供了博览群书的条件。京城的文化环境和他的广泛兴趣,陶冶了他的文化修养。陈子昂、杜甫的诗启迪了他。他专心磨练写诗技巧,与杨巨源日课为诗。但闲暇时生活浪漫,喜听说唱,善琴嗜诗酒:"尽日听僧讲,通宵咏月明。"(《答姨兄胡灵之见寄五十韵》)"工琴闲度昼,耽酒醉销炎。几案随宜设,诗书逐便拈。"(《开元观闲居酬吴士矩侍御四十韵》)经过几年赋闲,元稹像许多有科名而仕进不得志的士人一样,离家旅游,寻找出路。他寓居蒲州(今山西永济),曾仕于河中府境内[4]。贞元十五年冬,节度使浑瑊卒,驻军骚乱,蒲州不宁。元稹借助友人之力保护了处于危难之中的远亲。乱定,与其家少女相爱。不久,元稹牵于功名,西归长安应制科试。贞元十九年,他与白居易同中书判拔萃科,同入秘书省任校书郎。从此二人成为生死不渝的好友。这时,元稹二十五岁,风华正茂,被名重当世的太子宾客韦夏卿选为爱婿,蒲州之恋遂成泡影。韦充东都留守,元稹往来于两京之间,因韦之旧谊结识刘禹锡、柳宗元、樊宗师。次年,早为韦夏卿赏识的李绅入京,元、李一见如故。秋日宵话,元稹讲述崔、张奇遇,李绅卓然称异,感赋长篇叙事诗《莺莺歌》,元稹乘兴写成《莺莺传》。贞元二十一年白行简撰《李娃传》,元稹作《李娃行》(已佚)。

唐宪宗元和元年(806),元稹应才识兼茂明于体用科试,名列第一,授左拾遗。"既居谏垣,不欲碌碌自滞,事无不言"(《旧唐书》本传),上书论政,既指斥永贞时的王叔文、王伾,也言及其后的弊政。当监察御史裴度等奏论权幸问题时,元稹赞同其主张。宪宗召对,为宰相所恶，贬河南县尉，限期出京。三日后母卒，元离任守丧。在此前后认识张籍、韩愈、沈传师。元和四年，守丧期满，任监察御史，受知于御史中丞李夷简，上任后赴剑南东川复查泸州官员贪赃案。按察过程中，他发现故节度使严砺税外加税及擅没数十户家产的违法行为，上书弹劾，深得吏民之心。酷暑返京，他又纠弹山南西道税外加征驿草事。元稹尽职于监察，直言无畏，引起权贵忌恨，将他排斥到东都御史台任职。行前，妻子韦丛卒，韩愈为撰墓志铭。在政治上、生活上连遭打击之后，他仍不气馁，到任后对河南府尹、宣武及魏博节度使等的强娶民女、草菅人命、献谀宦官、贪赃枉法行为数十事进行弹奏，有的迅速得到处理。这一年，他读到李绅《新题乐府》，写了《和李校书新题乐府十二首》。

　　正当守官正直的元稹锐意执法除弊之时，一连串的打击却接踵而至。元和五年，河南尹房式违法，元稹加以弹劾，并援例将其拘至御史台。朝廷中私党房式者闻讯大怒，宰相借口"专擅"之过，罚元官俸，急召回京。三月六日，元稹行至华阴县敷水驿，宿于上厅。入夜，宦官仇士良、刘士元等至，欲强占上厅，元稹不让，刘士元逐稹，以马鞭击伤其面。按理，罪在宦官，但因宪宗偏袒，宰相便以稹轻树威，失宪臣体为由，将他贬为江陵士曹参军。赏罚不公，朝野哗然。虽经翰林学士李绛、崔群在皇帝面前论元稹无罪，又由白居易连上三状据理申冤，但宪宗仍不顾众议，一意孤行。贬官诏下之日，勒令元稹立即起程赴贬所，使他连辞别亲友的时间也没有。白居易只好让白行简赶赴长安远郊山北寺送行，携去新诗为友人"张直气而扶壮心"（白居易《和答诗十首序》）。元稹不负挚友厚望，怀着对自己正义作为的自信，路出商山，南达江陵，从此开始了他困顿州郡十余年的贬谪生活。不幸中的幸事是没有发生白居易为他担心的落入藩镇虎口之祸[5]。江陵尹严绶虽非将帅之才，但有爱士之心[6]，对元稹始终以礼相待。监军崔潭峻也喜诵其诗,"不以掾吏遇之"(《旧唐书·元稹传》)[7]。元和九年(814)秋,彰义节度使吴少阳卒,其子吴元济盘据淮西叛乱,严绶受命为山南东道节度使兼充申、光、蔡等州招讨使,进军唐州,与李光颜、乌重胤等将领合兵平叛。元稹随严至前线,为军中从事,反对藩镇叛乱,态度鲜明。在江陵、唐州时,元稹写有《思归乐》、《有鸟二十章》、《竹部》、《和乐天折剑头》、《梦游春》、《酬翰林白学士代书一百韵》、《哭吕衡州六首》、《与史馆韩侍郎书》、《唐故工部员外郎杜君墓系铭》、《代谕淮西书》等诗文名篇。

元和十年(815)正月,三十七岁的元稹奉诏回京,以为起用有望。途径蓝桥驿曾题诗留赠命运相似的友人刘禹锡、柳宗元。抵京后与白居易诗酒唱和,意气风发。他搜集诗友张籍的古乐府,李绅的新乐府,卢拱、杨巨源的律诗,窦巩、元宗简的绝句和他与白居易的好诗,拟编为《元白还往诗集》。但书稿未成却突然与刘、柳被放逐远州。元稹任通州司马四年,生活艰苦,患疟疾几乎病死。曾赴山南西道兴元府求医,见刘猛、李馀所作古乐府诗,受其中有新意者的启发,选和十九首,为《乐府古题》。此外,元稹在通州时期还写了《闻乐天授江州司马》、《连昌宫词》、《见人咏韩舍人新律诗因有戏赠》、《虫豸诗》、《叙诗寄乐天书》、《乐府古题序》、《告畲三阳神文》等诗文。

随着平淮西后的大赦和元、白的知己旧识崔群、李夷简、裴度相继为相,逐渐改变了他们在政治上长期受压抑的处境[8]。元稹于元和十三年已代理通州刺史。岁末,白迁忠州刺史,元迁虢州长史。十四年冬,宪宗召元稹还京,授膳部员外郎[9]。宰相令狐楚对其诗文深为称赏,"以为今代之鲍、谢也"(《旧唐书·元稹传》),"特于廊庙间"道其诗(元稹《上令狐相公诗启》)。元和十五年,唐穆宗及位后,因宰相段文昌之荐,元稹授祠部郎中、知制诰[10]。"变诏书体、务纯厚明切,盛传一时"(《新唐书·元稹传》)。穆宗为太子时已爱赏元稹歌诗[11]，此时特别器重他，经常召见，语及兵赋及西北边事，令其筹画。数月后，被擢为中书舍人，翰林承旨学士[12]，与已在翰林院的李德裕、李绅俱以学识才艺闻名，时称"三俊"（《旧唐书·李绅传》）。在迅速迁升的同时，元稹陷入了尖锐复杂的政治斗争漩涡。当时进士考试时有猥滥之弊，权势子弟，多侥幸及第，"寒门俊造，十弃六七"（《旧唐书·王起传》）。本年贡举问题更大，元稹、李绅和李德裕证实段文昌的揭发，经王起、白居易重试，黜落势门子弟十人，于是与李宗闵的积怨爆发，埋下党争的种子。不久，由于误会等原因，裴度弹劾元稹结交宦官魏宏简，元被罢承旨学士之职，官工部侍郎[13]。次年春，元稹、裴度先后为相。元欲效法姚崇，革除时弊[14]；裴出将入相，声望崇高。在唐王朝与地方军阀王廷凑、朱克融斗争时，元稹接受和王府司马于方之策，拟用反间计以解成德军节度使牛元翼于叛镇之围，觊觎相位的李逢吉与宦官王守澄、魏弘简勾结，派人诬告元稹谋刺裴度，虽经讯鞫于方，得知事实真相，但元、裴仍同时罢相。元出为同州刺史，在任关心民间疾苦，采用均田赋的办法，补救两税法之失，措施具体，切实可行[15]。长庆三年，调任浙东观察使兼越州刺史，奏罢明州岁进海产淡菜、海蚶的弊政[16]。次年，在辖区均税赋并为白居易编辑《白氏长庆集》。唐敬宗宝历元年，元稹命所属七州筑陂塘，兴修水利，发展农业。在浙东六年，颇有政绩。唐文宗大和三年（829），入朝为尚书省左丞。身居要职，有了兴利除弊的条件[17]，他又恢复了为谏官时的锐气，决心整顿政府官员，"振举纪纲，出郎官颇乖公议者七人"（《旧唐书·元稹传》）。这时李宗闵正再度当权，他又受到排挤。次年年初，出为武昌军节度使。第三年七月二十二日暴卒于任[18]，终年五十三岁。赠尚书右仆射。这十馀年间他忙于政务并活跃于文坛，与旧友唱酬之外，又与王建、蒋防等交游[19]，声名愈大。本期他写有《春晓》、《崔徽歌》、

《旱灾自咎贻七县宰》、《重赠》、《赠刘采春》、《上令狐相公诗启》、《许刘总出家制》、《文稿自叙》、《白氏长庆集序》、《授张籍秘书郎制》、《进诗状》、《同州奏均田状》、《浙东论罢进海味状》、《进西北边图状》等诗文,为他后期的写作生涯抹上了光明的馀辉。

元稹著述丰富,生前曾多次自编诗文集,后总汇为《元氏长庆集》。原书一百卷,北宋欧阳修尚获见原书,后陆续有佚亡。今存六十卷本,一为影抄宋本,一为翻刻宋本[20]。元稹还编有类书《元氏类集》三百卷,系集历代至唐的刑政之书而成(已佚)。他的《莺莺传》在唐单行,后收入唐人陈翰传奇选集《异闻集》(见《太平广记》)。元稹又是贾耽、李吉甫之后另一涉足地理学的学者,曾编纂《京西北图经》四卷,并绘成《京西京北图》、《京西京北州镇烽戍道路等图》、《圣唐西极图》,它们是当时最新的地理文献,惜久已失传,故鲜为人知。

第二节 元稹的思想

元稹在文学上取得重大成就和存在不足,有多种原因,政治、哲学、文学思想的影响,是其主要的因素。由于唐王朝陆续平定了安史、朱泚之乱和唐之盛世给人的印象尚深,人们渴望中兴,所以在元稹的思想中,积极入世建功立业的儒家思想占据主导地位。他从小熟读儒家经典,接受孔、孟学说中精华较多,其人生理想是"安人活国,致君尧舜,致身伊皋"(白居易《唐故武昌军节度处置等使正议大夫检校户部尚书鄂州刺史兼御史大夫赐紫金鱼袋赠尚书右仆射河南元公〔元稹〕墓志铭》)。辅佐时君,使之成为尧、舜般的帝王,使自己成为稷契,皋陶、伊尹般的贤臣,是初、盛唐以来名相和大诗人杜甫等的宏愿。元稹崇拜他们,自己也产生了这样的抱负。他曾回忆早年的志向说:"忆年十五学构厦,有意盖覆天下穷。"(《酬郑从事四年九月宴望海亭次用旧韵》)又说:"修身不言命,谋道不择时。达则济亿兆,穷亦济毫厘。济人无大小,誓不空济私!"(《酬别致用》)在信守儒家"达则兼济天下"这点上,他和白居易是完全一致的。欲兴利除弊,治理天下,必先认识社会的弊端。元、白对于当时社会问题的认识,一方面来之于耳闻目睹和切身体会,一方面来之于广泛收集资料和系统研究。元稹在《酬翰林白学士代书一百韵》"搜求激直词"的注中说:"旧说制策皆以恶讦取容为美,予与乐天指病危言,不顾成败","先是穆员、卢景亮同年应制,俱以辞直见黜。予求获其策,皆手自写之,置在筐篋。"元、白参加制科考试前,曾共同切磋,后白居易集有《策林》七十五篇,可见二人研讨时事之广泛。从元稹的诗文看,他强调以"百姓心为心",恤其困苦,轻其徭戍赋税,抑制权豪、藩镇、宦官,改进科举,选拔经世致用之材,广开言路,亲贤臣远小人,澄清吏治,去除宫市之弊,经略边疆,以重致贞观、开元之治[21]。元稹不仅提出了系统的革新主张,而且能身体力行。在拾遗、监察御史任上,他态度激进:"誓欲通愚謇,生憎效喔咿。佞存真妾妇,谏死是男儿。便殿承偏召,权臣怯挠私。""再令陪宪禁,依旧履贴危。"(《酬翰林白学士代书一百韵》)在近似于永贞革新失败的政治环境下实行近似于永贞革新的改革,注定了元稹的失败。贬谪时期,他的思想处于矛盾之中。一方面,他理直气壮,虽遭打击而无悔,曾说:"此意久已定,谁能求苟营!所以官甚小,不畏权势倾。倾心岂不易,巧诈神之刑。万物有本性,况复人性灵。金埋无土色,玉坠无瓦声。剑折有寸利,镜破有片明。我可俘为囚,我可刃为兵,我心终不死,金石贯以诚!"(《思归乐》)一方面,他彷徨苦闷,借酒浇愁,萌生归隐念头,并不时从佛、道说教中寻找精神寄托。他说:"况我早师佛,屋宅此身形。舍彼复就此,去留何所萦。"(《遣病》)白居易分析他"道胜心自平"的原因时,也说他"身委《逍遥篇》,心付《头陀经》"(《和思归乐》)。元稹读《老子》、《庄子》,炼服丹药,与白居易有相似之处,但他的旷达无为仅仅是处困境的一时之计,和白居易日益信奉老子"知足不辱"的思想大异其趣。元稹接触佛家确实较早,但"尽日听僧讲",主要兴趣在娱乐而不在教义。青年仕途蹭蹬时,他也曾亲近过僧侣,故其《伴僧行》说:"春来求事百无成,因向愁中识道情。"究其目的仅在破愁解闷而已。至贬谪时期,元稹的向佛又增添了韬晦的因素。他深知自己处境的危殆,在向知己倾诉心曲时透露了真情:"君今虎在柙,我亦鹰在羁。驯养保性命,安能奋殊姿。玉色深不变,井水挠不移。相看各年少,未敢深自悲。"(《酬别致用》)因而一当处境稍好,他的儒家思想又重新占据上风,兼济之志又重新显现。甚至在遭到罢相的打击之后,他仍抱有"誓致尧舜"(《刘颇墓志铭》)的信念。不过,从具体作为上看,这时的元稹思想已不如前期激进,而是带有较为温和的色彩了。白居易洞悉友人思想的变化并痛惜其不得志说:"予尝悲公始以直躬律人,勤而行之,则坎壈而不偶,谪瘴乡凡十年,发斑白而归来。次以权道济世,变而通之,又龃龉而不安。居相位仅三月,席不暖而罢去。通介进退,卒不获心。是以法理之用,止于举一职,不布于庶官;仁义之泽,止于惠一方,不周于四海,故公之心不足也。逢时与不逢时同,得位与不得位同,贵富与浮云同。何者?时行而道未行,身遇而心不遇也!"(《唐故武昌军节度处置等使正议大夫检校户部尚书鄂州刺史兼御史大夫赐紫金鱼袋赠尚书右仆射河南元公〔元稹〕墓志铭并序》)元稹政治、哲学思想的这些特征和变化,对他文学思想的形成和文学创作的发展有着密切的关系。

元稹的文学思想在当时的文学革新运动中具有突出的进步意

义。以往一般文学史只把他当做白居易理论的应和者,对其历史地位估计不足。唐代文学经过长期发展,到玄宗、肃宗时步入康庄大道并取得辉煌成就,从而形成这个朝代文学的第一个高峰。后继者欲再登新的高峰,除了要求作家具备高度的文学修养和杰出的才能外,更重要的是取决于作家是否善于总结文学历史的经验,是否能继承优秀传统,是否有非凡的创造力。元稹的文学思想与刘勰、钟嵘、陈子昂一脉相承,在上述各方面都提出了可贵的见解。首先,他认为诗歌与现实关系密切,"自《风》《雅》至于乐流,莫非讽兴当时之事","诗、行、咏、题、怨、叹、章、篇","皆属事而作"(《乐府古题序》);第二,重视诗歌的"骨格"、"兴寄"。主张诗人对待现实有"美"有"刺",态度鲜明(《唐故工部员外郎杜君墓系铭并序》、《乐府古题序》);第三,强调继承《诗经》、《离骚》以来的优良传统。他从正反两面总结经验说:"建安之后,天下文士遭罹兵战,曹氏父子鞍马间为文,往往横槊赋诗,故其遒壮抑扬冤哀悲离之作,尤极于古。晋世风概稍存。宋、齐之间,教失根本,士以简慢歙习舒徐相尚,文章以风容色泽放旷精清为高,盖吟写性灵流连光景之文也,意气格力无取焉。陵迟至于梁、陈,淫艳刻饰佻巧小碎之词剧,又宋、齐之所不取也。唐兴,官学大振,历世之文,能者互出。而又沈、宋之流,研练精切,稳顺声势、谓之为律诗,由是而后,文变之体极焉。然而莫不好古者遗近,务华者去实。效齐、梁则不逮于魏晋,工乐府则力屈于五言,律切则骨格不存,闲暇则纤秾莫备。"(《唐故工部员外郎杜君墓系铭并序》)同时,他又遵循杜甫"转益多师"的教诲,提出"集大成"的思想。于是包括"颜谢之孤高","徐庾之流丽",沈宋之格律,等等,凡有所长,都在汲取营养之列。尤为可贵的是他在唐人尚未公认李白、杜甫伟大成就的时候,能够并尊李、杜。千百年来不少论著认为韩愈《调张籍》的"李杜文章在,光焰万丈长。不知群儿愚,那用故谤伤。

蚍蜉撼大树,可笑不自量!"是针对元、白的。这实际是既不了解元、白,也不了解韩愈所致。因为元、白和韩愈一样都是并尊李、杜的,而且元稹还是现存唐人文献中并尊李、杜的第一人。他在唐德宗贞元十年(794)写的《代曲江老人百韵》中咏盛唐文学已做出"李、杜诗篇敌"的论断。四年之后,即贞元十四年(798),韩愈才有"昔年因读李白、杜甫诗,长恨二人不相从"(《醉留东野》)之句。又过了十八年,至唐宪宗元和十年(815),他才写出《调张籍》。而在这之前,元稹已于元和八年(813)写了《唐故工部员外郎杜君墓系铭并序》。它与韩诗堪称推尊李、杜的双璧。由于元序是散文,所以阐发见解较韩诗更充分。应当说,它是唐代唯一一篇系统地从理论上去分析杜诗出现意义的重要文献。元稹不但高度地评价了杜诗集大成的造诣,而且还再次论证了李、杜"诗篇敌"。他说李白"亦以奇文取称,时人谓之'李杜'。予观其壮浪纵恣,摆去拘束,模写物象,及乐府歌诗,诚亦差肩于子美矣"!"差肩"即比肩,是元稹李、杜论的大前提,是作者毕生从未动摇的一贯看法。此文不足之处是紧接上文,他又以排律一体对李、杜作比较说:"至若铺陈终始,排比声韵,大或千言,次犹数百,词气豪迈,而风调清深,属对律切,而脱弃凡近,则李尚不能历其藩翰,况堂奥乎。"杜甫的排律在同辈中的确堪称独步,但李白所作虽不多,从《送友人寻越中山水》、《中丞宋公以吴兵赴河南,军次寻阳,脱余之困,参谋幕府,因以赠之》等篇看,他如有意于排律,也并非不能与杜抗衡。更何况元稹既已承认李白不喜"拘束",就不必作那样的比较,否则易给人以错觉。五代后晋《旧唐书》编者误将元稹当做"李杜优劣论"的始作俑者,便是误会其文所致。其《杜甫传》说:"天宝末,诗人甫与李白齐名,而白自负文格放达,讥甫龌龊,而有'饭颗山'之诮。元和中,词人元稹论李杜之优劣……自后属文者以稹论为是。"发展至北宋魏泰《临汉隐居诗话》又附会上韩愈写《调张籍》斥责元稹之说。从古至今不少学者信之不疑,于是原本并尊李、杜的元稹,竟成了抑李尊杜或贬低李、杜的罪人[22],显然与元稹的文学思想不符。第四,提倡创新,与继承优良传统相辅相成。《南齐书·文学传论》曾说:"若无新变,不能代雄。"元稹从研究前人创作的得失中认识到创新的重要。他以乐府诗为例说:"沿袭古题,唱和重复,于文或有短长,于义咸为赘剩;尚不如寓意古题,刺美见事,犹有诗人引古以讽之义焉。曹、刘、沈、鲍之徒,时得如此亦复稀少。近代唯诗人杜甫《悲陈陶》、《哀江头》、《兵车》、《丽人》等,凡所歌行,率皆即事名篇,无复倚傍。予少时与友人乐天、李公垂辈,谓是为当,遂不复拟赋古题。昨梁州见进士刘猛、李馀各赋古乐府诗数十首,其中一二十章,咸有新意,予因选而和之。其有虽用古题,全无古义者,若《出门行》不言离别,《将进酒》特书列女之类是也。其或颇同古义,全创新词者,则《田家》止述军输,《捉捕》词先蝼蚁之类是也。"(《乐府古题序》)从思想内容到艺术形式都要求新变,是文学发展的普遍规律,元稹从纷繁复杂的文学创作现象中发现它,提倡它,其真知灼见不亚于韩愈、柳宗元、白居易。最后,元稹文学思想的进步性还表现在他肯定题材多样化上。以往某些文学史、文学理论批评史论元稹给人的印象是他在题材问题上看法偏激,似乎只主张写功利诗。实际上这不是元稹的文学主张。他虽然针对当时社会政治现实主张有为而作,但出于"集大成"的思想又并不否定其他题材。如自论其诗说:"每公私感愤,道义激扬,朋友切磨,古今成败,日月迁逝,光景惨舒,山川胜势,风云景色,当花对酒,乐罢哀馀,通滞屈伸,悲欢合散,至于疾恙穷身,悼怀惜逝,凡所对遇,异于常者,则欲赋诗。"(《叙诗寄乐天书》)他的题材论与他的其他理论相辅相成,构成较为完美的体系。

元稹和白居易的文学思想是互相影响的,不能把它看做是白倡元随。白居易在元和十年写的《与元九书》曾透露其中消息。他说："每诗来，或辱序，或辱书，冠于卷首，皆所以陈古今歌诗之义，且自序为文因缘与年月之远近也。仆既受足下诗，又谕足下此意，常欲承答来旨，粗论歌诗大端，并自述为文之意"，但"又自思所陈，亦无出足下之见，临纸复罢者数四"，经过深思熟虑，在江州才写出了《与元九书》。它与元稹的几篇书序，便成了元、白诗派的纲领性文献。

元稹的文学创作与他的文学思想是一致的。在他为自己的作品编集时也得到体现。元和七年，他应友人李景俭之求，曾将其诗编为二十卷，分为十类：古风、乐讽、古体、新题乐府、七律、五律、律讽、悼亡、古体艳诗、今体艳诗。它们或"旨意可观"，或"吟写性情"，或"止于模象物色"，或"稍存寄兴"，或"抚存感往"抒发"伉俪之悲"，或"以干教化"（《叙诗寄乐天书》），内容丰富，各有特色。其中尤以乐府诗、爱情诗、友谊诗、寓言诗最有特色。

第三节 元稹的乐府诗

在唐代乐府诗人中，元稹是一位大家，与白居易、张籍、王建齐名。他的成功，除了生活基础，多得力于他的乐府诗理论。早在武后时期，卢照邻的《乐府杂诗序》已指出乐府诗写作中弊端，但他没有找到正确的出路。玄宗时期、李白、杜甫、王昌龄等以创作实践显示了方向，但却没有留下乐府诗的理论。直到元白出来，才从根本上解决了问题。元提倡写新乐府，其心目中的最高境界之作是杜甫那些"即事名篇，无复倚傍"的诗。所以当他一读到李绅的新题乐府，便夸奖说："予友李公垂贶予《乐府新题》二十首，雅有所谓，不虚为文。"并立即"取其病时之尤者，列而和之"（《和李校书新题乐府十二首并序》)。白居易受其启发而写《新乐府》五十首,扩大了声势和影响。元稹贬官时期继续写着新乐府,开拓着新境界。由于严酷的政治形势,迫使他隐蔽锋芒;也由于思想更趋成熟,认识到新乐府之新在精神实质,在意新语新,所以这时的作品,或不标"新题乐府"(如《连昌宫词》、《有鸟》等),或以"新题"作"古题",或径标为"古题"(如《乐府古题》十九首)。宋郭茂倩深谙其中真意,已将这类作品内的《田家行》、《忆远曲》、《织妇词》、《梦上天》、《君莫非》、《田野狐兔行》、《人道短》、《苦乐相倚曲》、《捉捕歌》、《采珠行》等辑入《乐府诗集》的《新乐府辞》中。有的文学史家不明此理,竟说元稹在"贬谪之后,讽谕诗都不敢作了,走上了闲适的路"(胡适《白话文学史》)。从此以讹传讹,几成定论,使得饱受谣传之蔽的元稹又添一层迷雾。

《元氏长庆集》现存乐府诗四卷,有作品五十馀题[23]。它们涉及的对象很多,上自帝王、后妃、达官、权阉、藩镇、边将、富商,下至耕夫、织妇、征夫、宫女、艺人、采珠人,都被摄入诗篇。作者通过他们的五光十色的生活,反映了广阔的社会现实。其中写民间疾苦的历来为世所重。如《织妇词》写蚕尚未结茧,官府已开始征税,并限令织户交纳新花样的丝织品,害得织户苦不堪言:"东家头白双女儿,为解挑纹嫁不得。"她望着檐前蜘蛛发呆,心想如能像它们那样什么都不需要,想怎么织就怎么织就好了。如此结束是奇特语,也是沉痛语。《田家词》,写农民苦于重赋力役说:

牛吒吒,田确确,旱块敲牛蹄趵趵,种得官仓珠颗谷。六十年来兵簇簇,月月食粮车辘辘。一日官军收海服,驱牛驾车食牛肉。归来收得牛两角,重铸锄犁作斤劚。姑舂妇担去输官,输官不足归卖屋。愿官早胜仇早覆,农死有儿牛有犊,不遣官军粮不足。

诗人将农民无穷无尽的苦难置于当时兵连祸结的背景下叙写,令人伤心惨目。《采珠行》写入海采珠的艰险又是另一番情景:"海波无底珠沉海,采珠之人判(拚)死采。"即使如此,还要遇到官府与民争利的事,采珠人的不幸可想而知。元稹是反对藩镇割据的,但对平叛时任用将帅不当和军中决策受"牵肘之人"(指监军的宦官)牵制而造成的战败兵死的现象也不满。在《夫远征》里,他先咏战国白起坑赵降卒故事,然后借题发挥说:"坑中之鬼妻在营,髽麻戴绖鹅雁鸣。送夫之妇又行哭,哭声送死非送行。夫远征,远征不必成长城,出门便不知死生!"其精神与杜甫《新婚别》相近。元稹同情妇女,在乐府诗中也有表现。《上阳白发人》写宫人幽闭之苦,虽是常见的题材,但直接暴露皇帝在民间选美的暴政,在唐诗中却是绝无仅有的一篇。诗写良家妇女被"采取艳异"的"花鸟使"看中后的遭遇说:"良人顾妾心死别,小女呼爷血泪垂。十中有一得更衣,永配深宫作宫婢。""宫门一闭不复开,上阳花草青苔地。月夜闲闻洛水声,秋池暗度风荷气。日日长看提象门,终身不见门前事!"故事虽发生于玄宗朝,但在整个封建社会它又是屡见不鲜的。《忆远曲》写包办婚姻所造成的妇女之苦。新娘由婆婆选定,与丈夫心无灵犀相通:"水中书字无字痕,君心暗画谁会君?"丈夫夜夜醉宿在外,全家人除了婆婆都不跟她说话:"妾似生来无两耳。"她形销骨立,感到"郎身不远郎心远",只好"忍耐"着以了此一生。这样的社会问题因为在生活中太常见了,所以往往为其他唐代诗人所忽略。

元稹的新题、古题乐府诗中另一类值得重视的作品是那些揭露批判性强的诗篇。这类诗有写社会政治重大问题的,也有就一般社会丑恶现象着笔的。前者如《西凉伎》、《缚戎人》、《阴山道》、《冬白纻》、《胡旋女》等;后者如《苦乐相倚曲》、《估客乐》等。唐德宗时河西一带陷落,吐蕃占据包括凉州在内的西北数十州,长期没有收复,诗人深感痛心。在《西凉伎》、《缚戎人》里他批评边将无能和贪功。唐强盛时以帛与回纥换马有发展交通、增强军事力量的作用。后来国势日弱,以帛易马已成耗财伤民的事,诗人在《阴山道》里力陈其非,希望革除其弊。《冬白纻》感叹帝王昏庸,以直言为讳。《胡旋女》写帝王贪恋逸乐,佞臣奉承,投其所好,"君言似曲屈如钩,君言好直舒为剑",终至乱政危国,故应群起而攻之。《苦乐相倚曲》借古讽今,暗写官场世态,展示排挤他人的人自己也受到排挤之苦。《估客乐》写不法商人唯利是图,结交官府,横行社会的情景绘声绘色,入木三分。如写他们欺骗老百姓的行径说:"一解市头语,便无邻里情。输石打臂钏,糯米吹项璎。归来村中卖,敲作金石声。村中田舍娘,贵贱不敢争。所费百钱本,已得十倍赢。"他们后来贩卖人口、冒险入海,什么买卖都做,变成豪商,无法无天,如横海之鲸。本篇在唐人同类题材的诗中是最有特色的。

在元稹的新题、古题乐府中还有一些政治抒情诗也不可忽视。如《人道短》以人间不平事仰首问天,感叹天道茫茫,相信人定胜天。《五弦弹》希望帝王爱贤胜过爱娱乐。有了贤臣国家才会强盛太平。《骠国乐》主张效法帝尧"遍采讴谣",使"万人有意皆洞达,四岳不敢施烦苛"。《驯犀》以放象于野与圈犀于宫这一生一死的不同后果,说明治国之道在不扰民。《田野狐兔行》写狐兔为害田野而田主人却烹鹰烹犬,使狐兔暗暗得意。诗人用这个小故事讽喻朝廷用人之失。《捉捕歌》针对宦官、佞臣、强藩、贪官污吏,以灭害为喻,主张有步骤地进行,以达全歼之效。《当来日大难行》写行路难,痛惜自己的坎坷遭遇。《梦上天》借梦境中攀天之难,伤心抱负不能实现。《出门行》通过历史传说、神话传说写不畏艰险,不求侥幸。

元稹的乐府诗在艺术上也是有特色的。《和李校书新题乐府十二首》上继杜甫《丽人行》、《悲陈陶》、《哀江头》的传统,全用七言古诗写作。其中优秀篇章写得形象生动而富有感染力。如《西凉伎》一诗,先写边塞往日的繁荣,旅人乐而无愁,兵卒眷恋不归。紧接着又用浓墨描绘玄宗盛时凉州的迷人景象和大宛、吐蕃的朝贡,把丝绸之路写得生机勃勃。然后笔锋一转,写安史乱后河湟失陷,国境日蹙,河西荒凉,与盛时形成鲜明对比。篇末自然而然地发出对边将的责问,含蓄而能引人共鸣。元稹的新乐府诗还善用比喻。在《五弦弹》中他连用九种比喻形容赵璧弹五弦琴的技艺。其《琵琶歌》写艺人管儿的弹奏之美说:"平明船载管儿行,尽日听弹无限曲。曲名无限知者鲜,《霓裳羽衣》偏宛转。《凉州大遍》最豪嘈,《六幺散序》多拢捻。""泪垂捍拨朱弦湿,冰泉呜咽流莺涩。因兹弹作《雨霖铃》,风雨萧条鬼神泣。一弹即罢又一弹,珠幢夜静风珊珊。低回慢弄关山思,坐对燕然秋月寒。月寒一声深殿磬,骤弹曲破音繁并。百万金铃旋玉盘,醉客满船皆暂醒。""管儿还为弹《六幺》,《六幺》依旧声迢迢。猿鸣雪岫来三峡,鹤唳晴空闻九霄。逡巡弹得《六幺》彻,霜刀破竹无残节。幽关鸦轧胡雁悲,断弦砉騞层冰裂。"这首诗写于元和六年,对白居易元和十一年创作《琵琶行》显然有所启发。元稹的新题乐府在语言上具有明白晓畅的特点。这是诗人刻意追求的结果。他任谏官和监察官员时以为唐宪宗是能纳谏的皇帝,"故直其词"以写诗。新题乐府也有不成熟之处,如《华原磬》、《法曲》、《驯犀》等,议论过多,俨如政论。《上阳白发人》、《阴山道》等,一题数意,主题不集中。这些缺点,在他读到白居易的《新乐府》后,顿受启迪,所以在写《乐府古题》时,便得到了克服。像《田家词》、《估客乐》等诗都是新乐府的上乘之作,可与白居易的《卖炭翁》、《买花》媲美。最能说明他在新乐府创作上成熟程度的是他的《连昌宫词》。这首与白居易《长恨歌》齐名的诗,是唐代叙事诗的典范之作。二诗主题不同,写法也各有特色。《连昌宫词》通过唐代洛阳附近的离宫——连昌宫边老人的见闻和经历,把离宫的兴废与唐王朝的盛衰自然联系起来。从玄宗朝的兴衰到宪宗平定蜀中刘辟、吴地李锜、淮西吴元济之乱,半个多世纪的沧桑巨变,诗人尽收笔下。篇末借老人之口提出殷切希望:政治清明,国泰民安。这首新乐府像杜甫的《石壕吏》、《兵车行》一样,以诗人与人问答来表现主题,予人以身临其境之感。这样的写法,诗人十六岁时写《代曲江老人百韵》已用过。不过那是政治抒情诗,夹叙夹议,较少精细描写,又受排律限制,用典颇多,不能在一读之后立即给人留下深刻的印象。《连昌宫词》和它不同,作品以形象鲜明取胜。诗人通过艺术真实所反映的社会生活具有很高的概括性。语言生动丰富,叙事层次分明而无斧凿痕,作品波澜起伏,引人入胜。但元稹贬谪时期的新乐府诗中有的作品也出现晦涩的缺点,如《树上乌》究竟是讽刺"朝廷小人之多"(苏仲翔《元白诗选注》)呢,还是不满强藩及其子孙拥兵自立?至今归趣难求。这种新缺点的产生,与诗人造诣无关,而是"世忌则词隐"(《和李校书新题乐府十二首》序)所致。他在《上令狐相公诗启》中所说贬谪中"感物寓意,可备矇瞽之讽者有之,词直气粗,罪尤是惧,固不敢陈露于人",就是当时写作心态的注脚。"词直"句是自谦语,无自贬新乐府之意。"不敢陈露于人"主要是渲染避祸心理,绝非真的把新乐府诗藏了起来。他的新乐府诗早已为世所知。元和七年,他应友人李景俭之请,自编集时又把它们置于显著位置。元和十年,他计划编辑《元白往还诗集》,既有李绅"新歌行"和张籍的"古乐府",他自己的新乐府不可能不收。元和十四年,他上令狐楚的书启专门谈到这类诗,献诗时,必然包括它们。元和十五年,他写给穆宗的《进诗状》中还特别提到自己的乐府诗。他说:"凡所为文,多因感激,故自古风至古、今乐府,稍存寄兴,颇近讴谣。虽无作者之风,粗中遒人之采。"由此可见,他对新乐府诗自始至终是珍视的。当时,帝王将相和他的诗友都读过他的新乐府诗,社会不流传绝无可能。唐人张为《诗人主客图》将他列入"广大教化"诗派,不可能与重讽喻的新乐府无关。元稹的新乐府诗在后代的影响也是巨大的,宋代郭茂倩《乐府诗集》不仅收入他大量的作品,而且关于"新乐府"的理论也源于元稹。清人回顾乐府诗创作的发展史,对元、白的历史作用看得尤为清楚。何世璂说:"唐人乐府,惟太白《蜀道难》、《乌夜啼》,子美《无家别》、《垂老别》以及元、白、张、王诸作,不袭前人乐府之貌而能得其神者,乃真乐府也。"(《然灯纪闻》)冯班也说:"杜子美创为新题乐府,至元、白而盛,指论时事,颂美刺恶,合于诗人之旨。忠志远谋,方为百代鉴戒,诚杰作绝思也!"(《钝吟集》)一些论著否定元稹新乐府诗的影响是缺乏事实根据的。

第四节　元稹的其他诗

作为诗坛大家,元稹除著名的新乐府诗外,爱情诗、友谊诗、寓言诗也很有特色。

写男女相恋和夫妇情深的爱情诗,在先秦时代曾一度繁荣,《诗经》里就有不少这类脍炙人口的篇章。两汉至南北朝乐府民歌继承了这一优良传统,而在作家创作中则出现了两种趋势:一是大多数作家受封建礼教束缚,几乎不写爱情诗。少数作家涉笔其间,往往受到苛责。如陶渊明写《闲情赋》,竟被《文选》编者萧统视为白璧之瑕;一是"宫体诗"作者虽写男女生活,但文辞浮艳,诗多与爱情无关。随着唐诗的逐渐繁荣,爱情诗才又重新得到健康的发展。沈佺期的《杂诗》、张若虚的《春江花月夜》、崔颢的《长干曲》、王昌龄的《闺怨》、李白的《长干行》《长相思》、杜甫的《月夜》、张潮的《江南行》、张仲素的《秋闺思》、王建的《望夫石》等,写男女之间相识、相爱、相思,纯朴执著,隽永感人。不过这些作家除杜甫外,都是写他人的爱情,没有敞露自己爱情的心扉。元稹是李商隐之前大量写爱情诗的诗人,也是唐代唯一一位既大胆写自己恋爱生活又大胆写夫妇相爱的诗人。

元稹的爱情诗在存世的《元氏长庆集》卷九中有三十三首,在韦縠《才调集》中有五十来首,两者共计八十首左右。元和十年他写的《叙诗寄乐天书》曾提到他的爱情诗和其他妇女诗:"不幸少有伉俪之悲,抚存感往,成数十诗,取潘子'悼亡'为题。又有以干教化者:近世妇人,晕淡眉目,绾约头鬟,衣服修广之度,及匹配色泽,尤剧怪艳,因为'艳诗'百馀首,词有今、古,又两体。""悼亡"诗自然专指悼念妻子韦丛。"艳诗",陈寅恪《元白诗笺证稿·艳诗及悼亡诗》以为它们"虽非为一人而咏",但"多为其少日之情人所谓崔莺莺者而作"。把"艳诗"完全等同于写恋爱的诗是不确切的。因为按照上文文义,诗人所说的"艳诗"既有关"教化",可能是指涉及妇女风尚的讽喻诗。《才调集》所收元稹作品中确有写艳情的,与上两类写女性的诗性质不同。

元稹的恋情诗多写对青年时期的恋人的美好回忆。如《春晓》说:"半欲天明半未明,醉闻花气睡闻莺。狌儿撼起钟声动,二十年前晓寺情。"淡淡几笔含蓄地写出了蒲州奇遇。"莺莺"天姿绰约,淡妆宜人,所以《白衣裳》诗说:"藕丝衫子柳花裙,空著沉香慢火熏。闲倚屏风笑周昉,枉抛心力画朝云。"诗人对少女的活泼天真更是记忆犹新。他的《杂忆》其三、其四写她的游戏说:"花笼微月竹笼烟,百尺丝绳拂地悬。忆得双文人静后,潜教桃叶送秋千。""寒轻夜浅绕回廊,不辨花丛暗辨香。忆得双文笼月下,小楼前后捉迷藏。"这类诗流传最广的是《会真诗三十韵》和《梦游春七十韵》。前一篇借咏小说中人物的幽会抒发眷恋之情,它是《莺莺传》的有机组成部分,为小说增色不少。后一篇从恋爱的幸福写到分手的痛苦。再从与韦丛结婚的美满写到伤逝的悲哀。最后写仕途坎坷,一贬再贬,远赴江陵,幽愤难抑。贬地寂寞,使他情不自禁地又回忆起往日的美好生活来。元稹论诗以《焦仲卿妻》、《木兰诗》为乐府民歌的典范,又心仪李白、杜甫,并有写叙事诗《李娃行》的经验,所以《梦游春》和《会真诗》能融抒情于叙事之中,生动鲜明,一气呵成,是唐人爱情诗中的精品。陈寅恪说:"微之以绝代之才华,抒写男女生死离别悲欢之情感,其哀艳缠绵,不仅在唐人诗中不多见,而影响及于后来之文学者尤巨。"(《元白诗笺证稿》)但这些诗在当时却在两个方面遭到贬损。卫道者因它们违背礼法而粗暴地加以否定。如李戡说:"尝痛自元和以来,有元、白诗者,纤艳不逞,非庄士雅人,多为其所破坏。流于民间,疏于屏壁,子父女母,交口教授,淫言媟语,冬寒夏热,入人肌骨,不可除去。吾无位,不得用法以治之。"(杜牧《唐故平卢军节度巡官陇西李府君墓志铭》引)对照元白诗,显然不符事实。另外,一些浅薄轻狂的士人没有元稹的真挚感情而竞写艳诗,走上歧途,损害了诗人的声誉,以致李肇《国史补》有元和以后诗章"学淫靡于元稹"之说。其实元稹对这样的诗也是反感的,他在《上令狐相公诗启》中批评说:"江湖间多新进小生,不知天下文有宗主,妄相仿效,而又从而失之,遂至于支离褊浅之辞,皆目为元和诗体。"按照常理,效颦者的淫靡之风确不应由元、白负责。

元稹的悼亡诗,其成就不在他的恋爱诗之下。古人很少写夫妇之爱,一般悼亡诗泛泛而咏,颇似应酬之作,所以晋人潘岳的《悼亡诗》能写真情真意,便受到人们的赞许。其后长期无人相继,使它几乎成为空谷之音。直到元稹出来重新开拓诗境才改变了诗坛状况。

他的悼亡诗,无论是内容还是艺术都远远超过了潘岳的作品。元稹和妻子韦丛感情深厚,韦丛早逝,使他十分痛苦,触景生情,他写了许多悼亡之作,所谓"荀令香消潘簟空,悼亡诗满旧屏风"(《答友封见赠》)。在元稹看来,韦丛的可爱不仅在于她的情深,还在于她的品格,在于她能同甘苦共患难。他的《六年春遣怀》说:"检得旧书三四纸,高低阔狭但成行。自言并食寻常事,唯念山深驿路长。"诗写读往日书信的感慨,通过妻子在困苦的生活中虽食不果腹,还念念不忘自己出使东川的旅途艰辛,以表现其贤惠情深。《听庾及之弹乌夜啼引》写谏官任上遭受打击,"身作囚拘妻在远"时韦丛在家祝愿平安和夫妇重逢的细节,把患难与共的情景刻画得活灵活现。有时诗人也从自己方面着笔写哀思难忘:借酒消愁而愁依然如故,"怪来醒后旁人泣,醉里时时错问君"(《六年春遣怀》)。这类诗最有名的是《三遣悲怀》。第一首写贫穷的夫妇生活说:"顾我无衣搜荩箧,泥他沽酒拔金钗。野蔬充膳甘长藿,落叶添薪仰古槐。"而从高门下嫁贫寒之家的韦丛却安之若素。第二首写诗人对亡妻的思念:

  昔日戏言身后意,今朝都到眼前来。衣裳已施行看尽,针线犹存未忍开。尚想旧情怜婢仆,也曾因梦送钱财。诚知此恨人人有,贫贱夫妻百事哀!

诗以平常语写平常事,不矫饰,不夸张,直抒胸臆,纯朴感人。元稹悼亡诗的名篇都富于真实性,所以情文并茂,千古流传。唐以后只有苏轼的悼亡词《江城子》堪与媲美。

  元稹是一个珍惜朋友之情的人,和一些名诗人都有交往,所以表现友谊的诗也不少。他的《梁州梦》写身离长安,心怀友人说:"梦君同绕曲江头,也向慈恩院院游。亭吏呼人排马去,忽惊身在古梁州。"《哭吕衡州六首》盛赞吕温雄才大略,为痛失良友而伤心。《见人咏韩舍人新律诗因有戏赠》颂美韩愈诗歌,表现了大诗人间尽管诗风不同而互相宽容的气度。其他与张籍、刘禹锡等的赠答诗也透露了诗人间的交谊。然而他写得最有特色的还是赠答白居易的诗。他们在政治上、文艺上、生活趣味上都是志同道合者,是知音。他们情同手足,而且终身不渝。可以毫不夸张地说唐代诗人友谊之笃,前有李、杜,后有元、白,而元、白交往的密切又胜过李、杜。白居易《祭微之文》说"死生契阔者三十载,歌诗唱和者九百章",这在唐代诗坛是前无古人后无来者的。元白友谊诗,在元稹集中俯拾即是,如:

休遣玲珑唱我诗,我诗多是别君词。明朝又向江头别,月落潮平是去时。(《重赠》)

残灯无焰影幢幢,此夕闻君谪九江。垂死病中惊坐起,暗风吹雨入寒窗。(《闻乐天授江州司马》)

前一首是元稹晚年任越州刺史时所作,借伶人的歌唱内容写与白居易的伤别之感。后一首写惊闻白居易因直言极谏而遭贬的心情,以残灯风雨烘托气氛,令人倍觉凄凉,倍觉沉痛。故唐汝询《唐诗解》说:"非元、白心知,不能作此。"

元稹善写寓言诗。唐代是寓言诗发展的新阶段,许多诗人以之言志讽时,开拓了诗歌的领域。像李白的《枯鱼过河泣》、杜甫的《义鹘行》都是很有情韵的寓言诗。元和前后的诗人写寓言诗已蔚为风气。柳宗元、刘禹锡、白居易、韩愈、张籍、王建都有名作传世。元稹写的数量也不少。白居易在《禽虫十二章》的序中专门论及寓言诗的问题。他说元稹和刘禹锡认为这类诗是"九奏中新声,八珍中异味"。元稹除在乐府诗中写了《田野狐兔行》、《捉捕歌》、《有鸟二十章》外,还用其他诗体写了《雉媒》、《大嘴乌》等,讽喻意义很明显。

　　元稹的诗虽有缺点和不足,并受到一些人的误解和批评,但其成就却是不可磨灭的。所以黄滔说:"大唐前有李、杜,后有元、白,信若沧溟无际,华岳干天。"(《黄御史集·答陈磻隐论诗书》)赵翼也说:"中唐诗,以韩、孟、元、白为最。韩、孟尚奇警,务言人所不敢言;元、白尚坦易,务言人所共欲言。试平心论之:诗本性情,当以性情为主。奇警者,犹第在词句间争难斗险,使人荡心骇目,不敢逼视,而意味或少焉。坦易者,多触景生情,因事起意,眼前景,口头语,自能沁人心脾,耐人咀嚼。此元、白较胜于韩、孟。世徒以轻俗訾之,此不知诗者也。"(《瓯北诗话》)赵翼对两大诗派的比较虽然不够细致全面,但他充分肯定元、白诗歌的成就,却是颇有见地的。

第五节　元稹的传奇和骈、散文

　　在唐代文学发展的第二个高峰期中,当时的第一流作家,或兼工诗文,如韩愈、柳宗元;或兼擅诗词,如白居易、刘禹锡,人人多才多艺。元稹也不例外。他既是大诗人,又是传奇及骈、散文名家。

　　鲁迅在《中国小说史略》里专门论到的两大传奇家,一个是李公佐,另一个就是元稹。他的《莺莺传》一千多年来一直是读者喜爱的小说。它的影响之大,在古代短篇小说里是罕有其匹的。元稹在小说创作上的成功,具有多种因素。他酷爱民间文学,对包含了民间故事的僧讲、说话听得入迷。从《和乐天送客游岭南二十韵》、《出门行》等诗可以看出他对古今传说故事的熟悉,也听过外国故事。他在诗文上的素养,使他写起小说来挥洒自如。而更重要的是他有恋爱的亲身经历。他在初恋后因另娶而造成的有情人不能终成眷属,应负道义之责,但他又确实热爱昔日的情侣,始终保持着美好的记忆。《莺莺传》就是在这一背景下根据作家自己的生活经过艺术加工而创作出来的。这篇传奇也是作家着意好奇的产物,不过它的奇,与神怪无关,与梦境无关,与妓女无关。它的奇,奇在小说的主体部分写了封建婚姻所不容许的青年男女自己做主的恋爱生活。

《莺莺传》的故事发生在唐德宗贞元年间。男主人公张生,为人温良朴实,风度翩翩。年二十三尚未遇到合于心意的少女。他东游蒲州,寓居普救寺。巧逢远亲崔门孀妇郑氏携儿女返长安,亦借住寺中。这时,突然发生了节镇驻军骚乱,张生求友保护,郑氏一家才幸免于难。乱定,郑氏宴张生,命其女莺莺出谢,张一见倾心,但莺莺贞慎自持,张没有机会表达爱慕之情。后得婢女红娘相助,为传送《春词》,莺莺遂以彩笺题《明月三五夜》诗回赠说:"待月西厢下,迎风户半开。隔墙花影动,疑是玉人来。"张生喜出望外,乘夜攀杏花树逾墙而往。莺莺出见,端服严容,责以非礼。张生不知所措,感到绝望。谁知几天后的一个夜里,她又主动到张生处幽会。临别依依,但去后又不通音问,张生赋《会真诗》抒相思情怀,莺莺方与他重聚于西厢。张生牵于功名,入京应试。莺莺预感将有不幸,愁容惨淡。翌年,张生落第,滞留长安,寄书莺莺致意。莺莺复信,情词哀婉缠绵。友人知情,无不惊叹。诗人杨巨源为咏《崔娘诗》,元稹写了续张生的《会真诗三十韵》。小说结尾,写张生在女人祸水思想的影响下,忍情地与莺莺分手,一年后,女婚男娶,各有所归。张以旧情欲见莺莺,为莺莺所婉谢。

这篇传奇值得注意的一个现象是尽管作品说教处有为张生文过饰非的语言,但作品的形象描写和读者的感受,同情都在莺莺身上。李绅听元稹讲崔、张故事后写长篇叙事诗赞美的也是莺莺,并题为《莺莺歌》。《莺莺传》能与《李娃传》、《霍小玉传》媲美,正在它的作者塑造了一个形象鲜明,性格突出的女性。唐以前的短篇小说中已有类似于崔、张故事的作品,如《世说新语》里的《韩寿》。它写晋代贾充之女与韩寿互相爱悦,婢女同情相助,韩寿逾墙幽会,贾充发现可疑迹象,拷问婢女,后不得已许婚韩寿以掩盖"家丑"。作品虽被列于"惑溺"类,但客观上还是表现了贾充之女追求爱情自由的勇敢精神。不足之处是当时小说还处于不成熟阶段,作品写女主人公连粗线条的描绘都说不上。元稹笔下的莺莺则大不一样,他从不同角度进行的富于现实主义精神的细致刻画,把她塑造得栩栩如生。作品写她被郑母催促出见张生就运笔不凡:"常服睟容,不加新饰。垂鬟接黛,双脸断红而已。颜色艳异,光辉动人。张惊,为之礼。因坐郑旁,以郑之抑而见也,凝睇怨绝,若不胜其体者。""张生稍以词导之,不对。"这样,少女的个性已活脱而出。接下去,借红娘回答张生的问话,进一步写她的教养与爱好:"崔之贞慎自保,虽所尊不可以非语犯之。下人之谋,固难入矣。然而善属文,往往沉吟章句,怨慕者久之。君试为喻情诗以乱之,不然,则无由也。"作品写她的日常生活也起到了丰富人物形象刻画的作用,如说:"艺必穷极,而貌若不知;言则敏辩,而寡于酬对。待张之意甚厚,然未尝以词继之。时愁艳幽邃,恒若不识;喜愠之容,亦罕形见。"她"独夜操琴,愁弄凄恻,张窃听之。求之,则终不复鼓矣"。就是这样一位女性,作品通过她与张生相爱的曲折过程,表现了她的矛盾心理活动以及她之冲破封建礼教束缚的不易与大胆。作品后半部分写她的爱情得而复失,反映了悲剧的社会性。张生在作品中居于从属地位,虽有才华,而且也追求过真正的爱情,但始乱终弃,又为"忍情"行为找借口,贬低莺莺,使作品的思想光辉受到损害。好在瑕不掩瑜,人们仍把它视为唐代传奇的代表作之一。它的影响深远,题咏、改编者代不乏人。如宋代秦观、毛滂的《调笑令》词、赵令畤的《商调蝶恋花》鼓子词、话本《莺莺传》、官本杂剧《莺莺六幺》、金代董解元《西厢记诸宫调》、元代王实甫《西厢记》杂剧等,也都成了古代文化遗产宝库中的瑰宝。

元稹为《崔徽歌》写的诗序,后人也把它视作爱情小说传诵。他读白行简的《李娃传》写了长篇叙事诗《李娃行》,对扩大传奇影响起有积极作用。他不愧为中国小说史上现实主义传统的发扬光大者。

与在传奇创作上孤篇横绝竟为大家不同,元稹在散文、骈文上的成就,是以写作众多的作品达到的。《元氏长庆集》存文三十馀卷,另有补遗五卷。其中策、书、奏、表、状、制诰、序、记、碑铭、行状、祭文、启、议、判,诸体具备。他的制诰革新取得了成功,颇受古今学者称许。白居易曾说:"制从长庆辞高古"(《余思未尽加为六韵重寄微之》)其自注说:"长庆初知制诰,文格高古,始变俗体,继者效之也。"在《元稹墓志铭》里他重申了他的见解。《旧唐书》的《元白传论》肯定这一贡献说:"元之制策,白之奏议,极文章之壸奥,尽治乱之根荄。"宋初古文运动的先驱王禹偁给的评价更高。《丁晋公谈录》说:"王二丈禹偁,忽一日阁中商较元和、长庆中名贤所行诏诰有胜于《尚书》者,众皆惊而请益之,曰:只如元稹行牛元翼制云:'杀人盈城,汝当深诫;孥戮示众,朕不忍闻。'用《尚书》云'不用命,戮于社'。又云'予则孥戮汝'。以此方之,《书》不如矣。"使朝廷的应用文字由华而不实改为雅正实用非常之难,所以陈寅恪称元稹为古文运动之健者。高步瀛《唐宋文举要》骈文类列有元稹一家。其实,元稹的散文成就更高,他和白居易的平易文风合于语言发展的大趋势,对宋文平易文风的形成的影响不可低估。这两类佳作有《唐故工部员外郎杜君墓系铭》、《叙诗寄乐天书》、《论谏职表》、《叙奏》、《代谕淮西书》、《乐府古题序》、《许刘总出家制》、《浙东论罢进海味状》、《上令狐相公诗启》等。历来对元稹的骈、散文研究不够,其历史作用须重新评价。

〔1〕 元稹有胞兄元沂、元秬、元积,本来排行第四,但按大家族排却在第九。

〔2〕 元稹籍贯,史书说法不一:《旧唐书》本传称其为"河南人"。《新唐书》本传称其为"河南河内人"(《唐宋诗举要》元稹小传同)。河南,唐有道、府、县之分,仅称河南,泛而不切。河内,唐属河北道怀州,与河南道无关,且与元稹《夏阳县令陆翰妻河南元氏墓志铭》及林宝《元和姓纂·元氏》称"河南洛阳"人,矛盾,显系宋祁之误。但"河南洛阳"仅是拓跋氏改姓元后的郡望或祖籍。从隋代开始,元稹的祖辈已迁居长安靖安里(见元稹《告赠皇祖皇妣文》,《元氏长庆集》卷五十九)。

〔3〕 元稹参加明经考试而没有应进士试,有些学者说他是趋易避难,但并无根据。其实,据韩愈《赠张童子序》,考取明经也并不容易。元稹之前,徐浩、贾耽、冯伉等有成就者皆出自明经科,说明应此科者并非都是投机者。又唐人康骈《剧谈录》载元稹明经及第,欲结交李贺,为贺所轻。这是小说家言,李贺时年五岁,元不可能往谒。

〔4〕 据卞孝萱《元稹年谱》。

〔5〕 白居易《论元稹第三状》曾向皇帝列举事实说明将反对藩镇之士送给藩镇,易遭毒手。

〔6〕 《旧唐书·严绶传》说"(严)所辟士亲睹为将相者凡九人"。

〔7〕 在江陵时,元稹有《奉和严司空重阳日同崔常侍、崔郎中及诸公登龙山落帽台佳宴》一诗咏及"贵重近臣光绮席",是一般的应酬语。旧说元稹勾结宦官崔潭峻,从元稹在江陵及其后的作为看,并无事实根据。

〔8〕 白居易元和十三年春夏之际所写《闻李尚书(李夷简)拜相因以长句寄贺微之》说"怜君不久在通川,知己新提造化权",透露了此中消息。

〔9〕 元稹《同州刺史谢上表》说:"元和十四年,宪宗皇帝开释有罪,始授臣膳部员外郎。"这是直接写给唐穆宗的,当不误。白居易《元稹墓志铭并序》说穆宗时召还,系误记。

〔10〕 据元稹《文稿自叙》及卞孝萱《元稹年谱》考证。唐时于元稹多谣传之词,故后世之《旧唐书》、《新唐书》、《资治通鉴》等,均谓元稹知制诰得力于宦官崔潭峻。

〔11〕 《旧唐书·元稹传》:"穆宗皇帝在东宫,有妃嫔左右尝诵稹歌诗以为乐曲者,知稹所为,尝称其善。"

〔12〕 从白居易《元稹除中书舍人翰林学士赐紫金鱼袋制》看,元之迁升,一是知制诰时显示出有才能,二是召对语及时政,深得穆宗青睐。

〔13〕 吴伟斌《元稹与宦官》(《苏州大学学报》,1986,第1期)认为裴度弹劾之词不可信。

〔14〕 白居易《为宰相谢官表》(《白居易集》卷六十一)曾转述元稹心意。

〔15〕 详范文澜《中国通史简编》第三编,第一册,第二章第四节。参看元稹《同州奏均田状》(《元稹集》卷三十八)

〔16〕 据元稹《浙东论罢进海味状》,知劳民扰民之状,类似玄宗时涪州之进荔枝。

〔17〕 《旧唐书》卷四十三,《职官志》二说:"左丞掌管辖诸司,纠正省内,勾吏部、户部、礼部十二司,通判都省事。若右丞缺,则并行之。""御史有纠劾不当,兼得弹之。"

〔18〕 白居易《思旧》诗说:"退之服硫黄,一病讫不痊。微之炼秋石,未老身溘然。"透露了暴卒的原因。

〔19〕 元和十五年元稹为祠部郎中时,王建写有《题元郎中新宅》及《和元郎中从八月十二至十五夜玩月五首》,可见其密切关系。《旧唐书·庞严传》说元稹与李绅保荐蒋防为翰林学士。

〔20〕 《新唐书·艺文志》载"《元氏长庆集》一百卷,又《小集》十卷,《元白继和集》一卷,《三州唱和集》一卷。"可见欧阳修曾见原书。北宋徽宗宣和时刘麟刻元集六十卷,明世宗嘉靖时东吴董氏曾翻刻,为《四部丛刊》影印本的底本。影宋抄本为明孝宗时杨循吉据宋本抄成,1956年文学古籍刊行社曾据以影印。元稹的诗,《全唐诗》录存较《元氏长庆集》为多,系据唐人韦縠《才调集》增补。今中华书局《元稹集》(冀勤点校)增补更多,较诸本完备。

〔21〕 参看元稹《才识兼茂明于体用策》、《论教本书》、《叙诗寄乐天书》、《旱灾自咎贻七县宰》及乐府诗。

〔22〕 参看张戒《岁寒堂诗话》、元好问《论诗绝句三十首》、方世举《韩昌黎诗编年笺注》、钱仲联《韩昌黎诗系年集释》、刘大杰《中国文学发展史》,郭沫若《李白与杜甫》及多数文艺理论批评史等。

〔23〕 《元氏长庆集》四卷乐府诗中,有少数作品不能算乐府诗,如《志坚师》、《酬郑从事四年九月宴望海亭次用旧韵》等,可能是后世刻书所附辑佚诗。但四卷之外也有乐府诗,详郭茂倩《乐府诗集》。

第十四章　孟郊、贾岛与姚合等

第一节　孟郊的生平

孟郊(751—814)，字东野，湖州武康(今属浙江德清县)人。韩愈《贞曜先生墓志铭》说孟郊先人的坟墓在洛阳东，洛阳应该是他的家庭早先流寓过的地方。他的父亲孟庭玢，做过昆山尉，是个小官吏。两《唐书》本传都说孟郊青年时代隐居于河南嵩山，但关于这段经历的起讫时间与具体情况，已不可考。

自唐德宗建中元年(780)至贞元六年(790)，即孟郊三十岁至四十岁这段期间，他在河南目睹过当时的藩镇之变，在信州上饶为陆羽新开的山舍题过诗，后来又在苏州与诗人韦应物唱酬。由中原而江南，行踪不定，却是除去写诗以外，并没有其他什么事业可以记述。

贞元七年(791)，孟郊四十一岁，才在故乡湖州举乡贡进士，于是往长安应进士试。贞元八年，下第。可能就是在这次应试期间，他结识了李观与韩愈。《旧唐书》本传说孟郊"性孤僻寡合，韩愈一见以为忘形之契"；两人的性格都异乎流俗，是他们订交的基石。孟郊固然比韩愈年长十七岁，写诗笔力也足与韩为敌，但他命运坎坷，仕途多蹇,所以反倒是他因为得到韩愈的表扬推崇,才诗名大振,成为韩愈这一诗派的名士。

贞元九年,孟郊又在长安应进士试,再下第。贞元十二年(796),孟郊四十六岁,奉母命第三次来应试,才得进士登第;随即东归,告慰母亲。贞元十三年,寄寓汴州。贞元十五年,在苏州与友人李翱相遇,嗣后又历游越中山水。贞元十七年(801),孟郊五十一岁,又奉母命至洛阳应铨选,选为溧阳(在今江苏省)县尉。贞元十八年赴任,韩愈作《送孟东野序》说:"东野之役于江南也,有若不释然者。"去做县尉是与他的愿望很相违背的,因而也就不可能尽到一个县尉的职责。溧阳城外不远有个地方叫投金濑,又有故平陵城,林薄蒙翳,下有积水,孟郊往往去游,坐于水旁,徘徊赋诗,以致曹务多废。于是县令报告上级,另外请个人来代他做县尉的事,同时把他薪俸的一半分给那人。孟郊穷困至极,于贞元二十年(804)辞职。

唐宪宗元和元年(806),河南尹郑馀庆任孟郊为水陆运从事,试协律郎。自此,孟郊定居于洛阳立德坊。他的生活是到这时候才富裕一点,可以免于冻饿了。然而不久他又遭到丧子之痛。

元和九年,郑馀庆为兴元尹,奏孟郊为兴元军参谋,试大理评事。孟郊闻命自洛阳往,八月二十五日(公元814年9月12日),以暴疾卒于河南阌乡县,终年六十四岁。坎壈终生,身后萧条。韩愈与樊宗师为之经营后事,张籍提议私谥为贞曜先生,但不知为什么,却没有把他的作品编辑成集。宋代《崇文总目》著录《孟郊诗》五卷,不是完书;后经宋敏求搜集编缀,才成《孟东野诗集》十卷行世。

第二节　孟郊的诗

　　孟郊与韩愈都是硬体诗派的开创者。追求硬语盘空,反对平庸圆熟,这是他们两人诗歌艺术共有的特色。不过韩愈力大思雄,不须穷搜苦索,而孟郊则必须经由苦吟去获取戛戛独造的成就,所以他又成为著名的苦吟诗人。

　　然而孟郊的苦吟并不是为艺术而钻研艺术,他所努力追求的是要使他亲身体验到的不平遭遇与穷困生活在诗里得到深刻有力的表现。《夜感自遣》诗说:"夜学晓不休,苦吟神鬼愁。如何不自闲,心与身为仇?死辱片时痛,生辱长年羞。清桂无直枝,碧江思旧游。"这里明说是人生途中受尽屈辱所带来的无限痛苦,迫使他朝夕苦吟。他是把他感到的痛苦反复咀嚼,仔细体味,然后精确宛转地形之于文字,作为诗歌,因而他自信是足以使神鬼读了也会为之惆怅的。

　　如果不是孟郊自己在诗里描写出来,人们很难想象他会穷困到那一地步。《借车》诗说:"借车载家具,家具少于车。"《秋怀》诗说:"秋至老更贫,破屋无门扉。一片月落床,四壁风入衣。"诗句很朴素,情景很真实。但如说这仍不免有点夸张,那么,《答友人赠炭》诗里的描述:"吹霞弄日光不定,暖得曲身成直身。"那就真正是"非其身备尝之不能道"(欧阳修《六一诗话》)的了。其实,孟郊倒是很为知足的。只要生活多少有些改善,他就不再诉说贫苦,而是急于要在诗里把他的满足情绪表现出来。他晚年依郑馀庆住在洛阳,有份薪俸,算是能够过得下去了,所以《立德新居》诗就说:"寺秩虽未贵,家醪良可哺。"又说:"宾秩已觉厚,私储常恐多。"由此也可以反证,孟郊诗所写穷困不堪的情状,确实是他的亲身体验。

孟郊为什么会穷困到这一地步呢？这是因为他的耿介品质为那个社会所不容。"万俗皆走圆，一身犹学方"（《上达奚舍人》），难怪就要处处遭到排斥了。穷困不堪固然是难以忍受的，但要他由方变而为圆却不可能，所以说："一不改方圆，破质为琢磨。贱子本如此，大贤心若何。岂是无异途，异途难经过。"（《上张徐州》）无论怎样吃尽苦头也不肯改变操守，孟郊是够倔强的了。《自惜》诗把他这种倔强的性格与坚定的志趣描述得极好："零落雪文字，分明镜精神。坐甘冰抱晚，永谢酒怀春。"不过这首诗的结尾却有点可议之处。"始惊儒教误，渐与佛乘亲。"试问佛乘又能给予他什么实际的好处呢？其实孟郊也只是偶尔去佛教中寻找寄托，从未真正背离儒学的。他的倔强显然正是孟子所说"贫贱不能移"（《孟子·滕文公下》）这种儒学精神的体现。

韩愈《送孟东野序》说到"物不得其平则鸣"，"不平之鸣"确实是孟郊诗最为确切的概括。因为深感不平，他又总是咒骂世道不古，人心险恶。他的咒骂甚至是咬牙切齿的。比如"今人表似人，兽心安可测。虽笑未必和，虽哭未必戚。面结口头交，肚里生荆棘"（《择友》），又如"因冻死得食，杀风仍不休。以兵为仁义，仁义生刀头。刀头仁义腥，君子不可求。波澜抽剑冰，相劈如仇雠"（《寒溪九首》其六）等等，都充分表现出他对那个不合理的社会是怎样深恶痛绝。他所信赖与敬爱的，只有那种"道出古人辙"（《投所知》）的君子。失去古道，他以为那是最为可怕也最为可悲了，所以说："失古剑亦折，失古琴亦哀。夫子失古泪，当时落漼漼；诗老失古心，至今寒皑皑。"（《秋怀》）当然，最有意义的还是他为民众鸣不平的那些诗篇。如果说"乃知田家春，不入五侯宅"（《长安早春》），"如何织纨素，自着蓝缕衣"（《织妇辞》）这些诗句还不免平常一点的话，那么，如《寒地百姓吟》一诗却是很为深刻有力的：

无火炙地眠,半夜皆立号。冷箭何处来,棘针风骚骚。霜吹破四壁,苦痛不可逃。高堂捶钟饮,到晓闻烹炮。寒者愿为蛾,烧死彼华膏。华膏隔仙罗,虚绕千万遭。到头落地死,踏地为游遨。游遨者是谁,君子为郁陶。

这是在鲜明的对比中揭露出阶级的尖锐对立,足可与杜甫的同类诗歌相媲美。孟郊能够写出这样的诗来,自然是因为他自己对冻饿生活也有同样的体验。想象出寒地百姓宁愿变做飞蛾,扑向富贵人家的灯烛去烧死,然而又竟不可得,结果飞蛾只能落地而死,为游乐的人所践踏——这就是孟郊式的苦吟。这样的苦吟主要是在表现诗人积聚的悲愤,足能引起人们的共鸣,想来大约也真会感动鬼神的吧。

从生活穷困与对诗歌艺术的刻苦追求来看,孟郊与杜甫有某些相似之处。但孟郊毕竟没有成为杜甫。孟郊诗歌的成就,总的说来远不能与杜甫相比,原因是在于他对人民的关心与对政治的关注还是少一点,而且他的胸怀也远不如杜甫的广阔。《赠崔纯亮》诗说:"食荠肠亦苦,强歌声无欢。出门即有碍,谁谓天地宽!"有人说这是取法于杜甫的诗句:"每愁悔吝作,如觉天地窄。"(《送李校书二十六韵》)但杜甫又有诗说:"纳纳乾坤大。"(《野望》)而且这是在颠沛流离的晚年发出的赞叹。可见杜甫说的"天地窄",只是某些时候的感触,然而在孟郊看来,广阔的天地好像总是一个囚笼,生活中也几乎不可能有任何一点乐趣,这是过于悲观了,也表现出他的眼界太狭小。因此,读孟郊的诗,更多的只是觉得他可怜,显现出来的并不是一个伟大诗人的形象。在孟郊的一生中,也有一件足可庆幸的喜事,这就是进士及第。当时他作《登科后》诗说:"昔日龌龊不足夸,今朝放荡思无涯。春风得意马蹄疾,一日看尽长安花。"表现出得意非凡,简直有点失常,宜乎会引起后人那样多的讥评。

　　登科后的狂喜,反而会使我们觉得可悲,也并不表示孟郊走出了他的精神囚笼。当然孟郊偶尔也能从他那精神囚笼中暂时地解脱出来,在这样的情况下他就能写出另一种风格的很好的诗来,例如《游终南山》:

　　　　南山塞天地,日月石上生。高峰夜留日,深谷昼未明。山中人自正,路险心亦平。长风驱松柏,声拂万壑清。到此悔读书,朝朝近浮名。

山里有正直的人,使他也变得心平气和起来,不为险路所苦,不为浮名所牵,这样,他的诗也就能使读者从雄奇的山景中领略到一种愉悦。韩愈《荐士》诗所说"杳然粹而精,可以镇浮躁",应是指孟郊这样的作品而言。又如《洛桥晚望》:

　　　　天津桥下冰初结,洛阳陌上人行绝。榆柳萧疏楼阁闲,月明直见嵩山雪。

虽是硬语却很妥帖,做到了刚柔相济,末句突兀而来,又戛然而止,读去使人精神高举,全无那些穷蹙的意态。可惜这样的诗在孟郊集中毕竟不多见。冰雪寒冷这类自然景观孟郊常写,但往往被描绘成一幅愁惨的图画。例如《苦寒吟》:

　　　　天色寒青苍,北风叫枯桑。厚冰无裂文,短日有冷光。敲石不得火,壮阴正夺阳。调苦竟何言,冻吟成此章。

第三、四两句下语惊人,却没有斧凿的痕迹,真正是"刿目铢心",而又好像"神施鬼设"(韩愈《贞曜先生墓志铭》)一样,自然得很。但全诗气促词苦,整个情调与《洛桥晚望》诗是很不相同的。韩愈《荐士》诗说:"横空盘硬语,妥帖力排奡。"孟郊有许多诗都当得起这样的赞誉。至于"敷柔肆纡馀,奋猛卷海潦"之类的形容,那就只能适用于少数诗篇如《洛桥晚望》了。

孟郊诗现存四百多首,绝大多数是古体,近体极少见,严格说来也可算没有。力追汉魏,既硬且古,不屑拘束于声律骈偶,这是孟郊的诗风。在这一方面他比韩愈表现得还要突出一点,甚至也可说还要成熟一点,所以他又能写出很好的乐府诗,例如传诵最广的《游子吟》:

> 慈母手中线,游子身上衣。临行密密缝,意恐迟迟归。谁言寸草心,报得三春晖。

可以说写母爱再也没有比这更为真切更为感人的了。其他如《灞上轻薄行》、《古怨别》等等,也都表现得很为深沉。当时韩愈、李观与李翱对于孟郊的诗极力推崇,主要都是着眼于他在学习与继承古典诗歌优秀传统上确有值得注目的建树。

在诗歌艺术发展史上,孟郊以他的"盘空硬语"作出了富有特色的贡献,占有相当重要的地位。不过气象穷蹙,很难鼓舞读者,也不易引起很多人的兴趣,因而他对后世诗人虽有影响,却不算很大。唐李肇《国史补》说元和以后,"诗章则学矫激于孟郊",这也只是部分人一时的崇尚。自宋代以来,诗歌鉴赏家给予他的评价出入很大,有的赞扬他,有的鄙视他,看来都不免有点片面。苏轼《读孟郊诗二首》说是"孤芳擢荒秽,苦语馀诗骚","诗从肺腑出,出辄愁肺肠",然而又好比是"水清石凿凿,湍激不受篙",不足以与韩愈诗歌的雄豪风格相媲美,这倒是评得较为全面、准确与深刻的。清施补华《岘佣说诗》则说:"孟东野奇杰之笔万不及韩,而坚瘦特甚。譬之偪阳之城,小而愈固,不易攻破也。"这也很中肯。苏轼又说:"我憎孟郊诗,复作孟郊语。"的确,孟郊的诗是使人既不愿读又很爱读的。

第三节　贾岛的生平

贾岛(779—843),字浪仙(一作阆仙),范阳(今河北涿州)人。苏绛《贾司仓墓志铭》(《全唐文》卷七六三)说:"祖宗官爵,顾未研详,中多高蹈不仕。"可见他是出身于一个卑微的家庭。他早年做过和尚,法名无本。当他在洛阳结识韩愈与孟郊的时候,他还是一个和尚,所以当时韩、孟两人的赠诗都是称他的法名。

结识韩愈,是贾岛一生中的一个关键。长庆四年(824),贾岛作《黄子陂上韩吏部》诗说:"石楼云一别,二十二三春。"据此推算,并按韩愈的行踪来说,贾岛结识韩愈应是在唐德宗贞元十七年(801),这一年贾岛二十三岁,韩愈三十四岁。但韩愈《送无本师归范阳》诗里有"老懒无斗心"一句,却不像是三十四岁时的口气。一说他们最初相识是在唐宪宗元和六年(811),按之情事虽也相符,但自那时到长庆四年又只有十三四年。可见贾岛结识韩愈是在何时,很难考定。

韩愈十分赞赏贾岛能大胆写诗,同时还说:"家住幽都远,未识气先感。来寻吾何能,无殊嗜昌歜。"说明贾岛早就敬慕韩愈,是很希望得到韩愈指导的。《新唐书》本传说韩愈"教其为文,遂去浮屠,举进士"。自此,贾岛才从出世的道路上回过头来,重新走上入世的道路。

元和十四年(819),韩愈因谏迎佛骨被贬潮州,贾岛曾寄诗给韩愈及韩愈的侄孙韩湘。长庆二年(822),贾岛应进士试,以其僻涩之才无所采用,与平曾等人同遭贬斥,时称"举场十恶"。然而姚合《送贾岛及钟浑》诗说:"日日攻诗亦自强,年年供应在名场。"足见贾岛落第决不止这一次。

贾岛是著名的苦吟诗人。《新唐书》本传说:"当其苦吟,虽逢值公卿贵人,皆不之觉也。一日见京兆尹,跨驴不避,呼诘之,久乃得释。"这个故事应该承认是合乎情理的。《刘公嘉话》还把这个故事描述得很为详尽生动:"一日,于驴上得句云:'鸟宿池边树,僧敲月下门。'始欲着'推'字,又欲着'敲'字,练之未定,遂于驴上吟哦,时时引手作推敲之势。"这也就是"推敲"这一典故的由来。不过《唐摭言》所述却要不同一些,说是"时秋风正厉,黄叶可扫,岛忽吟曰:'落叶满长安。'……求之一联,杳不可得,不知身之所从也。"究竟具体的情况是怎样,是无从去深究的了。至于《刘公嘉话》说被他冲撞的京兆尹是韩愈,两人因此才得订交;《唐摭言》又说京兆尹是刘栖楚,而且说刘栖楚为这事把他拘囚了一夜,则都是附会,不可信。

贾岛终身不第。唐文宗开成二年(837),贾岛五十九岁,才被任命为遂州长江县(治在今四川蓬溪县西)主簿。开成五年秩满,迁普州(治在今四川安岳县)司仓参军。唐武宗会昌三年八月,转授普州司户参军,但贾岛已先于七月二十八日(公元843年8月27日)去世了,终年六十五岁。

贾岛自名其诗集为《长江集》。唐末齐己《读贾岛集》诗说:"遗篇三百首。"当时所见大约只有三百首诗。《长江集》后世有十卷本,诗三百七十八首。《全唐诗》分贾岛诗为四卷,诗四百零一首。宋代以来所补诗有百首左右,其中自然难免羼有一些伪作。

第四节 贾岛的诗

贾岛写诗,曾经受教于韩愈与孟郊,也是韩孟硬体诗派的诗人;而且他与孟郊一样,也必须苦吟。不过贾岛努力追求的纯粹是诗歌的艺术,这却与孟郊不同。看他《戏赠友人》诗所说:"一日不作诗,心源如废井。笔砚为辘轳,吟咏作縻绠。朝来重汲引,依旧得清泠。书赠同怀人,词中多苦辛。"像这样写诗从不间断,全部生命就是苦吟,究竟是为的什么呢? 就是因为如果有一天间断了,心灵的源泉就会干枯,就会变得犹如一口废井,再也没有艺术创造的乐趣。他吟成"独行潭底影,数息树边身"(《送无可上人》)一联,自注绝句说:"二句三年得,一吟双泪流。知音如不赏,归卧故山秋。"这一联刻意描写的是他孤寂的精神世界,他希望人们欣赏的是他的诗歌艺术,不像孟郊那样是要以在生活中感到的痛苦去感动鬼神。因此,如果说孟郊的苦吟是为人生的,则可说贾岛的苦吟是为艺术的。

诚然,贾岛穷困,与孟郊正不相上下;他在生活中感受到的痛苦,也不比孟郊更少一点;而且他也在诗里表现了这些的。不过,深入地比较一下,两人的区别还是很为显著的。

贾岛怎样描写他的穷困呢?《冬夜》诗说:"羁旅复经冬,瓢空盎亦空。"《寄乔侍郎》诗说:"近日营家计,绳悬一小瓢。"这些,与孟郊的描写看去还很相仿佛。但如《朝饥》诗所说就不同了:"市中有樵山,此舍朝无烟。井底有甘泉,釜中乃空然。"没有柴烧还可以说是因为没有钱去买柴,但没有水喝恐怕只能说是自己懒得去汲水。把懒也当做穷来写,出乎一般情理之外,这是孟郊诗里所没有的。《朝饥》诗又说:"坐闻西床琴,冻折两三弦。"——冻折的究竟是他的琴弦,还是他的神经?《客喜》诗说:"鬓边虽有丝,不堪织寒衣。"——难道有人用鬓边的丝,织出过寒衣?孟郊想象寒地百姓冻得宁愿变做飞蛾扑向灯火去烧死,这样的想象虽是翻转一层,但却在情理之中,其实并不算怎样奇怪;贾岛想象要是能以鬓织衣,足可御寒,那该多好,却真是有点想入非非了。贾岛主要是想表现他奇特的才思,更多的是要引起人们对他的艺术的赞叹,希望使人不禁要拍案叫绝,并不太顾人们能否真正与之共鸣起来,自然更不想要使鬼神有什么感动的。

因为穷困至极,而且屡举不第,贾岛自然也会对当时的社会流露出不满。《古意》诗说:"志士中夜心,良马白日足。俱为不等闲,谁是知音目?"如果说这还是一种怨而不怒的风格,则《送沈秀才下第东归》诗就很有一点不平了:"毁出疾夫口,腾入礼部闱。下第子不耻,遗才人耻之!"再到他因自己不第而作《病蝉》诗以刺公卿时,竟至会说:"黄雀并鸢鸟,俱怀害尔情!"他又有一首脍炙人口的《剑客》诗:"十年磨一剑,霜刃未曾试。今日把示君,谁有不平事?"面对不平之事极想有所作为的愤激情绪,在这首诗里可说是表现得十分突出了。他与孟郊一样,在深感不平的同时,衷心赞许的也是古道,所以《和刘涵》诗说:"闭扉一亩居,中有古风还。"《送陈商》诗说:"君于荒榛中,寻得古辙行。"对于"曲言"、"苟合"、"多毁訾"、"容飞不容步"等等不古而且险恶的世象,他也是痛心疾首的。贾岛十分推崇孟郊,孟郊的不平之鸣在贾岛诗里仿佛也能见到一二。

然而贾岛在精神上往往能从生活的困境中解脱出来,一心去追求艺术,藉以忘忧,所以他倒不像孟郊那样总是反复地去咀嚼痛苦,也并不总是去写"读之使人不欢"(《沧浪诗话》评孟郊语)的诗篇。贾岛虽穷,却对生活抱有无穷无尽的兴趣。孟郊诗说"出门即有碍,谁谓天地宽",贾岛却没有这样的感觉。贾岛诗说"茫然九州内,譬如一锥立"(《重酬姚少府》),可见他深感自己所处地位的卑微与孤立。细味起来,这与孟郊感到天地狭窄还有不可忽略的区别,因为卑微与孤立并不妨碍他对九州之内的种种事物发生兴趣,并且把他的这些趣味一一表现于诗歌,虽然这些趣味有时又不免带有一个卑微者与孤立者的烙印。因此,孟郊往往会要咬牙切齿地诅咒生活,而贾岛则会更多地以欣赏的态度去吟唱生活。

诗论家说贾岛爱静,爱瘦,爱冷,爱深夜过于黄昏,爱冬过于秋,爱写琐细衰败之景。的确,如"鸟宿池边树,僧敲月下门"(《题李凝幽居》),这是极静;如"独鹤耸寒骨,高杉韵细飔"(《秋夜仰怀钱孟二公琴客会》),这是极瘦;如"樵人归白屋,寒日下危峰"(《雪晴晚望》),这是极冷;如"月落看心次,云生闭目中"(《寄华山僧》),这是在深夜;如"石缝衔枯草,查根上净苔"(《访李甘原居》),"萤从枯树出,蛩入破阶藏"(《寄胡遇》)等等,这些都极琐细,极衰败。贾岛的诗,在风格上确有孤峭僻涩的一面。苏轼说"郊寒岛瘦"(《祭柳子玉文》),是有道理的。不过也不尽然。如"角咽狖猴叫,鼙干霹雳来"(《送李傅侍郎剑南行营》),能说他爱的只是静寂? 如"一莺啼带雨,两树合从春"(《题刘华书斋》),如"半没湖波月,初生岛草春"(《送韩湘》),爱的难道不是春天? 如"南游衡岳上,东往天台里。足蹑华顶峰,目观沧海水"(《送郑山人游江湖》),如"泝流随大斾,登岸见全军。晓角吹人梦,秋风卷雁群"(《赠李金州》),这些怎能说是琐细衰败之景?"寒草烟藏虎,高松月照雕"(《寄龙池寺贞空二上人》),这是怎样一幅雄奇的图画! "长江人钓月,旷野火烧风"(《寄朱锡珪》),这又是怎样浪漫的想象! 怎样开阔的视野! "芦苇声兼雨,菱荷香绕灯"(《雨后宿刘司马池上》),固然揉进去一丝凄清,但温馨毕竟是基调。"秋风生渭水,落叶满长安"(《忆江上吴处士》),景象倒是衰败的,气势却是阔大的,写秋天还有比这写得更为壮美的吗? 其实,"孤鸿来半夜,积雪在诸峰"(《寄董武》),应该能使人体味到深夜并不寂寞,冰雪也会很壮观。何况还有"月出行几步,花开到四邻"(《过唐校书书斋》),"雪来松更绿,霜降月弥辉"(《谢令狐相公赐衣九事》)等等,更可从中见出夜的妩媚,松的风格,月的精神。总之,传统诗人所爱的,贾岛也都爱,而且有时由于爱得深切,他还能描写得更为动人一些。

韩愈《送无本师归范阳》诗说:"奸穷怪变得,往往造平淡。"贾岛追求艺术,努力不懈,由一个层次又进入另一个层次,平淡是得于奇怪能变之后,所以虽是苦吟,却不像孟郊诗那样苦涩生硬。许多极其平凡的情景,贾岛好像都是信手拈来,却又写得诗意盎然,独具特色。如写僻县,有"竹笼拾山果,瓦瓶担石泉"(《题皇甫荀蓝田厅》);如写水边松竹,有"竹密无空岸,松长可绊舟"(《宿池上》);如写久雨初晴,有"秦分积多峰,连巴势不穷。半旬藏雨里,此日到窗中"(《晚晴见终南诸峰》);如写失眠,有"宿客未眠过夜半,独闻山雨到来时"(《宿村家亭子》);如写暑月访友,有"就凉安坐石,煮茗汲邻泉"(《过雍秀才居》);如写怀念,有"对雨思君子,尝茶近竹幽"(《雨中怀友人》);怀念中回忆起往昔相聚,则有"雪压围棋石,风吹饮酒楼"(《怀博陵故人》);与旧友相遇,则有"羡君无白发,走马过黄河"(《逢旧识》),又有"美酒易倾尽,好诗难卒酬"(《酬姚校书》)。贾岛写他自己所在的官厅,有"归吏封宵钥,行蛇入古桐"(《题长江厅》)。这一联看似古怪,实则写的本是当地的风光,并非有意猎奇,生硬造作。这样的情景是丑和恐怖吗?但在诗里也都化作了美。何况紧接的一联又是:"长江频雨后,明月众星中。"在任何时候,在任何环境,贾岛都能以他自己的眼力去发现富有诗意的事物,所以才有可能要一天也不间断地写诗。认识到这一点,对于理解贾岛是很为重要的。

贾岛早年做过和尚,佛教思想对他一直是有影响的。《夜坐》诗说:"三更两鬓几枝雪,一念双峰四祖心。"可见他直到晚年也没有除尽禅味。不过贾岛在生活中对各种事物各种情景都表现得那样兴味无穷,却又说明他并不真正想要解脱什么,在人生观上已经背叛了佛教。韩愈是贾岛弃佛还俗的引路人,《卧疾走笔酬韩愈书问》诗说:"愿为出海月,不作归山云。"出海的月与归山的云是沿着不同的轨道运行的,前者喻入世,后者喻出世。他向韩愈表示仍愿入世,不再出世,这个决心还是可信的,因为事实上无论怎样穷困,碰尽钉子,他还是沿着入世的道路走下去了,并没有回头。思想上始终存在佛教的影响,那是难免的。这种影响最为深刻而且持久不衰的一点,是他极少关心时事政治。诚然,他的诗也不是完全没有接触过这方面的题材,但如"寰海多虞日"(《送友人弃官游江左》)、"关山多寇盗"(《送李戎扶侍往寿安》)、"青冢骄回鹘,萧关陷吐蕃。何时霖岁旱,早晚雪邦冤"(《寄沧州李尚书》)这样的诗句,只不过偶尔出现于寄赠送别之作里,显得是轻描淡写,没有多大的分量。孟郊不只为他个人鸣不平,他还有几首诗揭露过阶级的对立,然而贾岛却连一首反映人民疾苦的完整诗篇也没有写过。从这一方面来看,贾岛显然不及孟郊。王夫之《薑斋诗话》以为贾岛的诗仍是衲子本色,"衲子非无小慧",但其识量不高,所见有限,"古今上下,哀乐了不相关,即令揣度言之,亦粤人咏雪,但言白冷而已"。批评得很深刻,击中了要害。贾岛背叛佛教,确实还没有到达彻底的地步,还没有突破佛教为他设下的最后一道樊篱。

韩愈用心写七古,孟郊用心写五古,贾岛也写过一些五古,但他更致力于五律。贾岛屡举不第,年年应试,五律对于他最有用处。闻一多说得很对:"一则五律与五言八韵的试帖最近,做五律即等于做功课,二则为拈拾点景物来烘托一种情调,五律也正是一种标准形式。"(《贾岛》)做五七言律诗最要讲究的是当中的两联,贾岛苦吟,也多半是在五律的这两联上下功夫。上文说过,贾岛自己很得意于"独行潭底影,数息树边身"一联,其实在他的五律里,比这一联更为出色的还有不少,上文所引已有几例,其他如"鸟从井口出,人自洛阳过"(《原上秋居》),"怪禽啼旷野,落日恐行人"(《暮过山村》)等等,也都为人所激赏。这些名联的杰出之处都是在于极其用工锤炼,却又显得十分自然。而且如"怪禽"一联写出"道路辛苦,羁愁旅思",真是"含不尽之意见于言外"(《六一诗话》引梅尧臣语)了。对偶工整而又不觉其雕琢,确是很为可贵的。然而贾岛有时又宁愿不甚工整,但求自然。例如"身事岂能遂,兰花又已开。病令新作少,雨阻故人来"(《病起》),这正如方回《瀛奎律髓》所评:"昧者必谓'身事'不可对'兰花'二字,然细味之,乃殊有味。以十字一串贯意,而一情一景自然明白。下联更用'雨'字对'病'字,甚为不切,而意极切,真是好诗变体之妙者也。"再如"帆随风便发,月不要云遮"(《送金州鉴周上人》),这是简直不求成对了,因而也才会使人觉得活泼得很。最为突出的还是"瀑布五千仞,草堂瀑布边"(《送田卓入华山》),甚至根本不要对偶,突兀独立,表现出天然的奇美,真是不可多得的创造。不过,因求对偶巧变而显得矫揉造作的例子也是可以发现的。"往往语复默,微微雨洒松"(《净业寺与前鄠县李廓少府同宿》),方回说是"其变太厓异而生涩矣";"高人餐药后,下马此林间"(《张郎中过原东居》),王夫之以为以"下马"对"高人","适足取笑而已",简直不成话。这些批评都很中肯。此外,因为只着重推敲当中的某一联,并不十分顾及其他,以致一联虽极为出色,但全篇仍不免平庸,这样的例子也是存在的。"秋风生渭水,落叶满长安"一联何等的好,然而《忆江上吴处士》这首诗却不见得十分好;一首诗的艺术不完整,真使人觉得是个很大的遗憾!

韩孟硬体诗派追求的"硬",本来是与"古"联系着的,所以韩愈与孟郊多写古体诗。贾岛主要写近体诗,则是使硬体诗派又占领了近体的阵地,开辟出一个新的境界。贾岛苦吟,耗尽心血,写的虽是眼前景、易见事,看似平常,实则奇崛,那种摇笔即来然而难免平庸圆熟的诗风,在他的五律里一扫而尽,硬体诗派因而确实在近体诗里也取得了成功。不过多写近体,讲究对偶,硬体诗派所重视的古意也就丧失了大半。因此,贾岛虽然是出自韩孟硬体诗派,但他其实又已经自立门户了。在诗歌艺术成就上,贾岛与孟郊各有千秋,难分高下,然而韩愈于诗友之中十分推崇孟郊,比较起来可说是不太重视贾岛的,这就是因为在诗风上孟郊与他相近,而贾岛却与他距离较远。

贾岛确实是卓然自成一家了,他又自有他的诗友,他的追随者,他的崇拜者,如姚合、方干、李频、李洞、孙晟等等。晚唐李洞"酷慕贾长江,遂铜写岛像,戴之巾中"(《唐才子传》卷九);南唐孙晟"画唐诗人贾岛像,悬于屋壁,以礼事之"(《旧五代史》卷一三一),这真是诗人未曾有过的殊荣!贾岛当然算不上是第一流的大诗人,但他对晚唐、五代、两宋诗苑的影响,却并不亚于任何一个大诗人,有时甚至还有所超过。宋方岳《深雪偶谈》论贾岛竟说:"凡晚唐诸子皆于纸上北面。"这话固然有点夸张,但晚唐学贾岛的诗人也确实是很多的。在一定的意义上,晚唐也可说是贾岛的时代。还有南宋以贾岛、姚合为师的四灵诗派,反对声势浩大影响深远的江西诗派,他们的作品与主张居然也能风靡一时。大诗人如李白与杜甫,胸襟阔大,气势恢宏,才华杰出,他们站在诗歌艺术的高峰,这样的高峰可望而不可即,一般诗人是难于攀登上去的。那些与贾岛在生活、经历、思想、志趣、才能等方面相仿佛的诗人,自然宁肯把贾岛看做他们学习的典范。贾岛注目于生活中一切寻常的事物,包括那些冷僻角落里的琐屑的事物,惨淡经营,把一个平凡的环境,变化成一个奇美的诗的世界,使自己可以陶醉于其中,也可以从中享受到艺术创造的乐趣,这样一条诗歌创作的道路,对于古代许多诗人还是很有吸引力的。因为这条道路的要求不是很高的,既不需要深刻洞察复杂社会的眼光,也不必抱有伟大高超的理想。在这里只要求要具有很高的审美能力,因为没有美,也就没有诗,任何一种风格的诗也不会有的。贾岛不是伟大的诗人,却能产生很大的影响,其原因主要是在这里。

第五节 姚合

姚合与贾岛是诗友,互相赠诗也甚多,到后世两人齐名,称"姚贾"。姚合《寄贾岛时任普州司仓》诗说:"吟寒应齿落,才峭自名垂。"《哭贾岛》诗说:"从今旧诗卷,人觅写应争。"这些都说明姚合对贾岛的诗给予了很高的评价。姚贾两人的诗风,也确有相近之处。

姚合(779?—846?),吴兴(今浙江湖州市)人,宰相姚崇的曾侄孙。元和十一年(816)登进士第,授武功主簿。元和十四年(819)后任富平、万年尉。宝历年间除监察、殿中御史。之后历户部员外郎,金州刺史,刑部、户部郎中。大和九年(835)任杭州刺史。罢杭州任回朝任谏议大夫,给事中。开成四年(839)八月起为陕虢观察使。会昌年间任秘书监。有《姚少监集》十卷行世。在谏议大夫任上编《极玄集》,选二十一人诗一百首(今本缺一首),其中多为中唐诗人的五律。

贾岛终穷,姚合终达,两人后半生的命运很不相同。不过姚合大约在三十六七岁以后才进入仕途,四十五六岁以前都在僻县做小官,前半生的境遇与贾岛还是有些相似之处,所以两人才有可能成为诗风相近的诗友。《武功县中作三十首》五律诗是姚合的代表作,诗中说:"微官如马足,只是在泥尘。到处贫随我,终年老趁人。"可见当时他虽然不像贾岛那样穷困,却也好不了太多。诗中的警句,如"马随山鹿放,鸡杂野禽栖"、"小市柴薪贵,贫家砧杵闲"、"吏来山鸟散,酒熟野人过"、"野客嫌杯小,山翁喜枕低"、"夜犬因风吠,邻鸡带雨鸣"等等,写山县荒凉,官况萧条,很为真切,与贾岛同类的描述也相仿佛。又如"移花兼蝶至,买石得云饶"、"读书多旋忘,赊酒数空还"、"山宜冲雪上,诗好带风吟"、"移山入院宅,种竹上城墙"等等,也都充分表现出他那颓然自放的性格。他虽然在做官,但爱的仍然是诗、酒、花、竹,那些簿书、户籍之类,很难使他发生浓厚的兴趣。后来他的官大多了,先前这样的作风也没有尽改,所以《杭州官舍偶书》诗说:"钱塘刺史谩题诗,贫褊无恩懦少威。春尽酒杯花影在,潮回画槛水声微。闲吟山际邀僧上,暮入林中看鹤归。无术理人人自理,朝朝渐觉簿书稀。"当然,要是他完全不理政事的话,也不可能由穷而达。看来姚合一方面嗜酒吟诗,赏花种竹,另一方面还是积极参与过政治活动的,只不过后一个方面在他诗里很少得到反映,他的诗反复描写的几乎总是前一个方面,也就说明他的爱好始终是这些。《新唐书》本传倒是记述了他的一项政绩:"奉先、冯翊二县民诉牛羊使夺其田,诏美原主簿朱俦复按,猥以田归使,合劾发其私,以地还民。"据此看来,所谓"贫褊无恩懦少威",恐怕还多少有点谦虚。姚合又有《庄居野行》诗,说是"官家不税商,税农服作苦。居人尽东西,道路侵垅亩。采玉上山巅,探珠入水府。边兵索衣食,此物同泥土"。这是真实地反映出两税法的弊病。所谓"不税商"固然有点夸张,但商贾在所在州县按资产三十税一,比税农确实轻得多。商贾的资产如珠玉之类可以隐藏,也就可以逃税,农民的土地却无处隐藏,自然无法逃税,难怪会产生诗中所说"如今千万家,无一把锄犁"这种很可忧虑的社会问题。姚合还能关心国计民生,眼光也还算深刻,这一点超越于贾岛。

贾岛的诗在风格上有孤峭僻涩的一面，形成一种特色，这对姚合产生过一些影响。姚合《答韩湘》诗说："诗人多峭冷，如水在胸臆。岂随寻常人，五藏为酒食。"很像是在宣传贾岛的诗风。姚合自己的诗，如"蚁行经古藓，鹤毳落深松"（《过无可上人院》），如"松影幽连砌，虫声冷到床"（《和李舍人秋日卧疾言怀》），如"竹深行渐暗，石稳坐多时。古塔虫蛇善，阴廊鸟雀痴"（《题山寺》），如"细草乱如发，幽禽鸣似弦。苔文翻古篆，石色学秋天"（《题宣义池亭》）等等，写琐屑幽深之景，楚楚动人，与贾岛诗也确有相似之处。姚合到后世居然能与贾岛齐名，南宋"四灵"之一的赵师秀且选贾岛与姚合诗二百馀首为《二妙集》，这些都是很好理解的。不过，还应看到两人的诗风也有不很相同的一面。贾岛善苦吟，因而在诗歌艺术上往往有惊人的创造，能进入较高一层的审美境界。比较起来，姚合才华不及贾岛，对诗歌艺术的追求也不如贾岛那样刻苦，所以他的诗很多都显得平淡无奇，境界与格调也并不是很高的。姚合能写出"鸟穿山色去，人歇树阴中"（《夏日登楼晚望》）这样的佳句，却写不出"鸟从井口出，人自洛阳过"这样的奇句，这个例子最能说明两人诗歌艺术造诣的高下。

贾岛还要算是韩孟硬体诗派的诗人，姚合诗大多平淡无奇，与硬体诗派的关系就不密切了，所以方回揣测说姚合"似未登昌黎之门"（《瀛奎律髓》卷一〇）。然而姚合有《和前吏部韩侍郎夜泛南溪》诗，至少可以说明在长庆四年韩愈去世前患病休养的几个月里，他是陪伴过韩愈的。特别是应该注意姚合偶尔也直接模仿韩愈险怪的诗风，如《恶神行雨》诗所写："风击水凹波扑凸，雨濛山凹地嵌坑。龙喷黑气翻腾滚，鬼掣红光劈划挦。"如《天竺寺殿前立石》诗所写："补天残片女娲抛，扑落禅门压地坳。霹雳划深龙旧攫，屈蟠痕浅虎新抓。……"方回评论后一首诗说:"押险韵而加以剜剔之工,殆亦戏笔。"(《瀛奎律髓》卷三三)在姚合诗集里居然有几首险怪诗,也难怪要被人看做是一时的游戏笔墨,然而毕竟不能否认韩愈的诗风对他还是很有一些吸引力。

贾岛善于把他周围那个很为平凡的环境,在笔下变化成一个奇美的诗的世界。姚合也与贾岛相仿佛,只不过他的这种变化的本领要稍差一些,大约只能做到十之七八。贾岛的影响很大,姚合的影响自然不及贾岛,但也不算小。追随与敬慕贾岛的诗人,有很多同时也追随与敬慕姚合。南宋的"四灵"不仅同样重视姚贾,而且据方回说:"姚少监合诗选入《二妙》者百二十一首,比浪仙为多。"(《瀛奎律髓》卷二四)也许,对于有些诗人来说,即使是贾岛,他的成就还是太高了,也未必能接近,比较起来,姚合好像更宜于作为他们学习的典范。

第六节 方干与李频

姚合与贾岛是同时代的诗人,方干、李频则要稍后一点,对于姚、贾来说他们是年轻的一代。因为他们是姚、贾的追随者,而且与姚合的关系很为密切,所以连带地在本章叙及。

方干,字雄飞,桐庐(浙江今县)人[1]。大历年间的诗人章八元是他的外祖父。元和年间的诗人徐凝是他的老师,曾授他以格律。大和末至开成初姚合做杭州刺史时,方干携诗访谒。据说姚合起初见他貌陋兔缺,很有点瞧不起他的意思,待坐定读了他的诗卷,竟不觉骇目变容,十分赞叹。当时方干则赞扬姚合说:"才高独作后人师。"(《上杭州姚郎中》)开成、会昌年间贾岛任普州司仓参军时,方干寄诗表示过他对贾岛的同情与崇敬："岂料多才者,空垂不世名!"(《寄普州贾司仓岛》)大中年间,方干举进士不第,自此隐居于会稽镜湖。家贫,日以诗酒自娱。及卒,门人谥曰玄英先生。有《玄英先生诗集》十卷行世。

孟郊与贾岛终生穷困,但不是隐士;姚合由穷而达,自然更不是隐士。方干不仅举进士不第,而且连个小官也未曾做过,后来长期过隐居生活,倒是有点像个隐逸之士。不过,据《唐才子传》说,早年他除去参加过进士考试之外,还"往来两京",当时"公卿好事者争延纳",可见还是有过不少追求功名的活动的。追求不到,终于决心隐居;虽然隐居了,追求功名的念头有时不免又会萌动。方干的精神状态就是处于这样一种矛盾之中,他的诗主要也是这一矛盾两个方面的反映。有时候,他陶醉于湖光山色,对自己的隐居生活感到十分惬意。例如《湖北有茅斋湖西有松岛轻棹往返颇谐素心因成四韵》一诗所写,就很有代表性:"湖北湖西往复还,朝昏只处自由间。暑天移榻就深竹,月夜乘舟归浅山。绕砌紫鳞欹枕钓,垂檐野果隔窗攀。古贤暮齿方如此,多笑愚儒鬓未斑。"但是有的时候,物质生活的贫乏又会迫使他要谋求出路,求人推荐,所以《镜湖西岛言事寄陶校书》诗说:"文字不得力,桑麻难救贫。"又说:"未必圣明代,长将云水亲。知音不延荐,何路出泥尘?"从这些诗来看,他对他生活的这两个方面都有些深切的体验,所以写得也还算动人。到他晚年,寻求功名出路的幻想早已完全破灭,隐居的生活道路再也无从改变,这时候他倒完全解除了沉重的精神负担,他的诗也能表现出一种真正逍遥自在的情调了,例如《山中》诗:

爱山却把图书卖,嗜酒空教僮仆赊。只向阶前便渔钓,那知枕上有云霞。暗泉出石飞仍咽,小径通桥直复斜。窗竹未抽今夏笋,庭梅曾试当年花。姓名未及陶弘景,髭鬓白于姜子牙。松月水烟千古在,未知终久属谁家。

前诗说"多笑愚儒鬓未斑",似乎总还有一丝牢骚不平的痕迹;这里说"髭鬓白于姜子牙",就纯是一种乐天知命的态度。随着岁月的流逝,方干达到了他所能达到的最高精神境界。

方干大约活得很为长久,应该亲眼见到过唐末社会的动乱,人民的痛苦,但他很少关心这些,他的诗也只偶尔接触到这些。《过黄州作》诗说:"傍村林有虎,带郭县无官。"唐乾符四年(877)十月,王仙芝农民军攻黄州,被曾元裕率领的唐军打败,牺牲四千人。这首诗很像是作于这次大战之后。诗的这一联把战后地方残破的景象刻画得很好,但从诗里却看不出诗人同情的是什么。方干好像是躲在世外桃源,然而桃源实不在世外,剥削与压迫同样存在于这里。方干有一首《赠东溪贫道》绝句,咏叹的大约正是发生在他那桃源里的故事:"非唯剑鹤独难留,触事皆闻被债收。赖是豪家念寒馁,却还渔岛与渔舟。"这个贫道爱剑也爱鹤,志趣与爱好多少有点近似方干,而且两人的境遇可能也有点近似,所以这件事居然引起方干很大的同情,并且对债主豪家表示出愤慨。

方干也爱标榜苦吟,诗里一再说:"才吟五字句,又白几茎髭。"(《赠喻凫》)"吟成五字句,用破一生心。"(《贻钱塘县路明府》)他也确实有一些佳句,大约就是苦吟的成果。如"潮落海人散,钟迟秋寺深"(《旅次钱塘》)、"野渡波摇月,空城雨霭钟"(《送从兄郜》)、"败叶平空堑,残阳满近邻"(《白艾原客》)、"唯有半庭竹,能生竟日风"(《赠江南僧》)、"义行相识处,贫过少年时"(《途中逢进士许巢》)、"留醉悲残岁,含情寄远书。共看衰老近,转觉宦名虚"(《送饶州王司法之任兼寄朱处士》)等等,写景抒情,都很精妙,近乎姚贾。名句

"鹤盘远势投孤屿,蝉曳残声过别枝"(《旅次洋州寓居郝氏林亭》),更是绘形绘声,惟妙惟肖,宜乎会为人所激赏。但他也写出过一些拙劣的诗句,如"年到白头日,行如新戒时"(《清源标公》)、"山叠云霞际,川倾世界东"(《夏日登灵隐寺后峰》)等等。宋葛立方说"山叠"一联简直是"儿童语"(《韵语阳秋》卷二),是很对的。葛立方又批评说:"《湖心寺中岛》云:'雪折停猿树,花藏浴鹤泉。'而《寄越上人》又云:'窗接停猿树,岩飞浴鹤泉。'《于使君》诗云:'月中倚棹吟渔浦,花底垂鞭醉凤城。'而《送伍秀才》诗又云:'倚棹寒吟渔浦月,垂鞭醉入凤城春。'观其语言重复如此,有以见其窘也。"(同上书)这是击中了方干诗的一处要害。重复是由于偷懒,苦吟诗人应该是不能容许重复的。可见方干虽标榜苦吟,实则却不能时刻都做到,比起孟郊与贾岛这两位苦吟大师来还相差很远。

李频(? —876),字德新,寿昌(今属浙江建德市)人。寿昌距桐庐很近,都属睦州,所以李频与方干也可算是同乡。李频师方干,两人又有师友关系。开成年间姚合做给事中时,在诗坛上已很有名气,李频曾不远千里去求姚合品评自己的诗作,姚合大加奖挹,而且把女儿嫁给他。唐宣宗大中八年(854),李频擢进士第。以后历任秘书省校书郎、南陵主簿、武功县令。在武功任内戢豪猾,赈饥民,修水利,颇多建树。不久擢升侍御史,迁都官员外郎。唐僖宗乾符二年为建州刺史,乾符三年(876)卒于任[2]。建州人为立庙于当地的梨山。有《梨岳集》一卷行世。

李频努力写诗,更努力从政。他写诗也有苦吟的经验,所以《及第后归》诗说:"苦吟身得雪,甘意鬓成霜。"他又倡导用这种苦吟的精神去从政,所以《送德清喻明府》诗说:"但如诗思苦,为政即超群。"李频是个能干的官吏,能把一个地方治理得井井有条。《之任建安渌溪亭偶作二首》说:"想取烝黎泰,无过赋敛均。"又说:"所幸分尧理,烝民悉可封。"这是明确地表示他是以儒学作为从政的指导思想。他也很关心边事,《送凤翔范书记》诗说:"江山通蜀国,日月近神州。若共将军语,河兰地未收。"指点形势,不忘失地,表现的是一个爱国政治家的怀抱与眼光。其他如《送边将》、《朔中即事》、《赠长城庚将军》等诗,也颇多壮语。

李商隐《无题》诗说:"梦为远别啼难唤,书被催成墨未浓。"李频《寄范评事》诗说:"梦即重寻熟,书常转达迟。"同样是以写梦与书信来表达一种深切怀念的情绪,李频所写却要朴素得多。李频有《太和公主还宫》诗说:"禁花半老曾攀树,宫女多非旧识人。"宋范晞文《对床夜语》(卷五)以为在唐人咏同一历史事件的众多诗篇中,唯李频这一联最佳。范晞文还说如"河声入峡急,地势出关低"(《送友人之扬州》)这样的诗句,可与大历十才子并驱。李频又有《过巫峡》诗说:"削成从水底,耸出在云端。"刻画精确,也极为出色。《留别山家》诗说:"已与山水别,难为花木留。"说已别难留,更可见出山水花木事事都可留恋。《夏日题盩厔友人书斋》诗说:"修竹齐高树,书斋竹树中。四时无夏日,三伏有秋风。黑处巢幽鸟,阴来叫候虫。窗西太白雪,万仞在遥空。"把一个可以避暑的阴凉宜人的书斋描写得多好!多么令人向往!总的看来,李频的诗风是较为接近姚合的,虽然还不及姚合。明胡震亨说得大致不差:"李建州频诗松活似姚监;其不全似者,意思少,更率于选琢也。然亦可谓才倩矣。"(《唐音癸签》卷八)李频还有一些诗句,如"秋尽虫声急,夜深山雨重"(《送刘山人归洞庭》)、"巢鸟寒栖尽,潭泉暮冻馀"(《华山寻隐者》)等等,从中显然可以感到贾岛诗对他的影响。李频《哭贾岛》诗说:"无限风骚句,时来日夜闻。"足见他对贾岛的诗是怎样的倾倒。李频作为一个政治活动家,与贾岛完全不同,但在诗歌艺术趣味上,两人却有共同点。

方干与李频作为姚贾的追随者也小有成就,具体地说明了姚合与贾岛在文学史上的作用不容忽视。至于晚唐其他诗人所受贾岛影响及其所得深浅,以下另章将会提及。

〔1〕 唐末王赞撰《玄英先生诗集序》(《全唐文》卷八六五),孙郃撰《玄英先生传》(《唐诗纪事》卷六三),都称方干是新定人,此说后人多袭用,实不确,应从《唐摭言》卷一〇定为桐庐人。方干《思桐庐旧居便送鉴上人》诗说:"闻师却到乡中去,为我殷勤谢酒家。"《思江南》诗说:"昨日草枯今日青,羁人又动望乡情。夜来有梦登归路,不到桐庐已及明。"可证他是桐庐人。方回《瀛奎律髓》卷二三说:"此吾家处士玄英先生方干也。远祖居歙之东乡,曰真应仙翁,名储。先生家在桐庐白云原,又曰鸬鹚原。……钓台书院与严子陵、范文正公并祠。一原数百家方姓,至今衣冠不绝。"方回自称与方干同族,他是徽州歙县人,离桐庐不远。宋末方回知严州,当时的严州即先前的睦州,桐庐即属睦州。因此,方回所说,也必有据,应可信。方回稍后的辛文房著《唐才子传》,卷六自叙他去过桐庐,见有"古碑、石刻、题名等,相传不废"。卷七叙方干,卷四叙方干的外祖父章八元,都说是桐庐人。

〔2〕 闻一多《唐诗大系》定李频卒于876年,但未言所据。魏玉侠《李频生平及其诗》(1988年中国唐代文学学会第四届年会交流论文)文中所考,是可信的。魏考大意如下:《旧唐书·僖宗纪》载乾符二年正月,"都官员外郎李频为建州刺史"。《新唐书》本传:"建赖频以安,卒官下。"《唐才子传》则说"未几卒官下"。按,《旧唐书·僖宗纪》又载乾符三年十一月,"度支分巡院使李仲章为建州刺史"。可证李频必卒于是年。

第十五章　李　贺

第一节　李贺的生平

李贺(790—816),字长吉,河南福昌(今河南宜阳)人。他自称"陇西长吉""成纪人",不过是因为唐王室以陇西成纪为郡望。其实,福昌县境的昌谷才是他实际的出生地。两《唐书》都说他是"宗室郑王之后"。唐代有两个郑王,近人考定,他的远祖是唐高祖李渊的叔父大郑王李亮,而不是李渊第十三子小郑王李元懿。李贺上距李亮几近二百年,同皇族的关系已极为疏远。父李晋肃官职亦不高。杜甫于大历三年(768)有《公安送李二十九弟晋肃入蜀,余下沔鄂》诗。史料记载,贞元九年(793)还有一个陕西县令叫李晋肃。这两处所说的李晋肃很可能就是他。李贺就出生于这样一个旁支远裔的、家境破落的宗室之家。

李贺少年能诗,早露头角。五代王定保《唐摭言》载,"贺年七岁,以长短之歌名动京师",韩愈、皇甫湜闻讯走访,贺当面赋《高轩过》,"二公大惊","亲为束发"。《新唐书》本传曾采用这一传说故事。尽管《高轩过》不可能作于七岁,而是他青年时期所写;但从现存李贺二十岁左右所写大量成熟而具有特色的诗篇看,他确实是一位早慧的作家。

李贺十五岁左右就以乐府诗出名。人们把他同老一辈著名诗人李益并称为"二李"。他写诗有自己怪僻的习惯,不愿闭门命题作诗,而喜欢到家门以外较广阔的生活天地中去寻求诗的灵感。"恒从小奚奴,骑距驴,背一古破锦囊,遇有所得,即书投囊中。及暮归,太夫人使婢受囊出之,见所书多,辄曰:'是儿要当呕出心乃已尔!'上灯,与食,长吉从婢取书,研墨叠纸足成之,投他囊中。非大醉及吊丧日率如此,过亦不复省。"(《李贺小传》)

十八岁时,李贺从昌谷来到东都洛阳。这时韩愈任国子博士,分司东都。李贺携《雁门太守行》诗拜谒他,得到赏识。两年后,韩愈改任都官员外郎,皇甫湜任监察御史,到东都巡视,两人曾同访李贺。上面提到的《高轩过》应是这时所写。

元和五年(810),二十一岁的李贺参加了河南府试,写成《十二月乐辞并闰月》。由于成绩优异,被荐应进士举。他于当年冬赴长安,准备参加次年二月的考试。这时他遭到了"争名者"的攻击。他们说,进士的"进"字与贺父李晋肃的"晋"字同音,根据当时"避讳"的封建礼法,李贺不应参加礼部考试。韩愈为此专门写了《讳辩》一文,驳斥说:"父名晋肃,子不得举进士,若父名仁,子不能为人乎!"然而,在顽固的社会舆论面前,辩解终难奏效,李贺还是被迫放弃了考进士的权利。

在李贺生活的时代,仕进是读书人的唯一出路,而考进士又是仕途中最重要的门径。不得考进士就杜塞了建功立业、致身通显的坦途,因而对他是一个致命的打击。李贺既有皇孙的优越感,又自负才华出众,并有远大的抱负,因此上述打击对李贺就变得更加难以容忍,而使他陷于极度抑郁愤懑之中。这就是李贺诗具有凄戾的感情色彩和磊落不平之气的一个重要原因。

"雪下桂花稀,啼乌被弹归"(《出城》),李贺像一只受伤的小鸟回到了昌谷。在家期间,他写了《咏怀二首》抒发被迫闲居的苦闷心情。

元和六年(811)春,李贺重返长安,就任太常寺奉礼郎。这是一个具体执行宗庙祭祀赞礼的卑微小官,品阶仅为从九品上。傲岸而自尊的李贺将它视为奉箕帚的臣妾,不堪屈辱与冷落,任职不到三年就告病辞官。"自言汉剑当飞去,何事还车载病身"(《出城寄权璩杨敬之》),在失望和痛苦中,他再次离开了长安。

在京期间,李贺写了《李凭箜篌引》、《听颖师弹琴》和《赠陈商》、《送沈亚之歌》等不少诗篇。《金铜仙人辞汉歌》也很可能是他告别长安之作。从铜仙人惜别长安的泪水中,我们可以感到作者的凄凉悲愤。

李贺家境穷困,未成年而丧父是生活困窘的原因之一。"我在山上舍,一亩蒿磽田。夜雨叫租吏,春声暗交关。"(《送韦仁实兄弟入关》)他甚至受到过催租之苦,因此能写出《感讽五首》(其一)那样的深切同情劳动人民的作品。由于衣食所迫,他的弟弟不得不远出谋生。他也在回乡的第二年(814)秋,前往潞州(今山西长治市),投奔友人张彻。张彻是韩愈的侄婿,那时刚刚就职于昭义节度使幕府。李贺沿途写了《长平箭头歌》等作品。他在潞州,寄食三年,无所获而归。不久,死于家中,卒年二十七岁。

李贺生前曾将自己的诗二百二十三首,编为四编,托付友人沈子明,后杜牧为之撰序。北宋时流传的李贺集分四卷本和五卷本两类,后者多外集一卷,但均非唐本旧貌。北宋五卷本题《李贺歌诗编》。南宋本题《李长吉文集》。《四部丛刊》影印蒙古时期刊本题《李贺歌诗编》。明清又有称《昌谷集》的。李贺集南宋时已有注本。清代王琦选辑历代评、注编撰《李长吉歌诗汇解》。建国后中华书局出版的三家评注《李长吉歌诗》包括王琦本、姚文燮注和方世举批注三种，为汇编本。

第二节　李贺诗的思想内容

对李贺诗，历来评价颇为纷歧。有人将其比美于杜甫诗，赞誉为"唐《春秋》"（姚文燮《昌谷诗注自序》）；有人认为它的"思想核心"就是"功名利禄"、"富贵享乐"；有的人斥之为"鬼魅世界"；也有的人说它"描写肉欲与色情以外，内容是什么也没有的"。这些评论，往往是以偏概全，有的甚至是一种歪曲。透过引起分歧评价的现象看，李贺诗的思想内容涉及以下几个重要方面，即揭露时弊、感愤不遇、咏仙讽鬼和抒写艳情。

揭露时弊，是李贺诗中最有社会意义的部分。李贺是一个关心国事、思想进步的青年诗人，他继承了《楚辞》、《乐府》以诗歌讽咏时事的传统，当他怀着理想走向社会时，看到的却是皇帝迷信、藩镇割据、宦官专权和人民受熬煎的种种黑暗，于是便以"宁能锁吾口"的精神，写出了一篇又一篇的优秀诗歌。

李贺以诗讽时，首当其冲的是唐宪宗李纯。李纯非常迷信，热衷于服丹求仙，下诏书从全国征求方士，后来竟荒唐到任命方士柳泌为刺史。对皇帝的愚妄，李贺连连写诗加以讽刺。他用"神君何在？太一安有"（《苦昼短》）这样有力的反问，否定神仙的存在；又用"背有八卦称神仙，邪鳞顽甲滑腥涎"（《拂舞歌辞》）这样漫画式的笔法，嘲笑求长生者羡慕的神龟；特别是，反复以秦始皇、汉武帝这两个迷信神仙的皇帝为例，一再挖苦他们难逃一死说："何为服黄金、吞白玉……刘彻茂陵多滞骨,嬴政梓棺费鲍鱼"(《苦昼短》)、"碾碎千年日长白,孝武秦皇听不得"(《官街鼓》),利用这种项庄舞剑的笔墨,把讽刺的锋芒,指向唐宪宗的迷信误国。

李贺还愤怒地声讨了割据一方、祸国殃民的藩镇。当时遍布各地的节度使,据地自专,封官敛税,父职子袭,抗命朝廷,甚至称王称帝,起兵叛乱,大大加重了人民的苦难。李贺写了《猛虎行》把藩镇比作吃人的猛虎:

乳孙哺子,教得生狞。举头为城,掉尾为旌。东海黄公,愁见夜行。……泰山之下,妇人哭声。官家有程,吏不敢听。

诗中穿插用典,揭露藩镇纵子为虐,像鲧利用猛兽作乱那样据城而叛,其凶焰使得黄公那样的制虎能手也害怕,使得妇人因亲人被虎吃掉而痛苦,而有责任打虎的官吏却不敢奈何它,对叛镇跋扈一方、投民水火的罪行,以及朝廷的束手无策,进行了有力的抨击。

又如《公无出门》:"天迷迷,地迷迷。熊虺食人魂,雪霜断人骨。嗾犬狺狺相索索,舐掌偏宜佩兰客。"用天昏地暗、猛兽食人等象征性的描写,揭露了藩镇统治下社会的阴森恐怖。

宦官专权,当时已成为王朝的腹心之患,其根源又在于皇帝对他们的宠信。元和四年,成德军留后王承宗抗命,宪宗发诸道兵讨伐,竟然任命宦官吐突承璀为统帅。这一贻笑四方、丧失军心的决策导致战事的失利,也开了宦官帅军的先例。李贺作《吕将军歌》痛加抨击。诗中以勇武的吕将军被闲置为衬托,着重描绘了宦官临阵的丑态:"槭槭银龟摇白马,傅粉女郎火旗下。恒山铁骑请金枪,遥闻箙中花箭香。"只见他骑马挎印煞有介事,却像个傅粉女郎躲在战旗之下,他用来回答敌军挑战的,只是箭袋中散发的香气。在《感讽六首》其三中,李贺还作了与前诗类似的描写:"妇人携汉卒,箭箙囊巾帼。不惭金印重,踉跄腰鞬力。"这些讽刺宦官的笔墨,很容易使人想到那个重用宦官的宪宗。

对皇亲国戚、势要权豪的作威作福、穷奢极欲,李贺也没有放过。他借古讽今,在《荣华乐》中极写东汉外戚梁冀的劣迹:"气如虹霓,饮如建瓴","将回日月先反掌,欲作江河惟画地","丹穴取凤充行庖,玃玃如拳那足食","三皇后,七贵人,五十校尉二将军。当时飞去逐彩云,化作今日京华春。"诗中说,梁冀气焰冲天,恃势妄为,宴饮豪奢,一门显赫,到头来身死家败,有如云飞雾灭。作者借古讽今,给当时长安贵戚以当头棒喝。

李贺在愤怒鞭笞封建上层统治集团的同时,也像新乐府诗派诗人那样,对于备受压榨的劳动人民寄予深厚的同情。他写了《老夫采玉歌》、《感讽五首》(其一),反映劳动人民的悲惨命运。虽然作品不多,却都深切感人。

> 采玉采玉须水碧,琢作步摇徒好色。老夫饥寒龙为愁,蓝溪水气无清白。夜雨冈头食蓁子,杜鹃口血老夫泪。蓝溪之水厌生人,身死千年恨溪水。斜山柏风雨如啸,泉脚挂绳青袅袅。村寒白屋念娇婴,古台石磴悬肠草。(《老夫采玉歌》)

诗中通过一个老玉工的采玉活动,表现了玉工们为了满足贵族的享乐需要,被迫在死亡线上挣扎,甚至不断惨死于溪水之中的残酷现实。既写出了玉工劳动艰险之苦,更写出了他们内心折磨之痛。与《老夫采玉歌》堪称姊妹篇的是《感讽五首》的第一首:

> 合浦无明珠,龙洲无木奴。足知造化力,不给使君须。越妇

未织作,吴蚕始蠕蠕。县官骑马来,狞色虬紫须。怀中一方板,板上数行书。不因使君怒,焉得诣尔庐。越妇拜县官,桑牙今尚小。会待春日晏,丝车方掷掉。越妇通言语,小姑具黄粱。县官踏飧去,簿吏又登堂。

蚕子刚刚变成幼蚕,织作远远没有开始,官吏们却已像走马灯一般,轮番到农家催逼租税来了。农民只能忍气吞声地用款待来应付贪酷的官吏们。诗中用白描手法,再现了贫苦农民喘息于封建盘剥之下的困苦生活。

以上从各个方面揭露时弊的作品,不仅思想倾向同当时其他进步诗人完全一致,而且有些内容如揭露藩镇、讽刺宦官等,还表现出李贺有观察锐敏、感受独到之处,清人姚文燮说:"其命辞、命意、命题,皆深刺当世之弊,切中当世之隐。"(《昌谷诗注自序》)这个评语如果用来专指上述作品,李贺是完全当之无愧的。

抒发怀才不遇的愤懑情怀,是李贺诗中又一个突出的内容,也是他的作品中占比重最大的部分。这方面的代表作有《浩歌》、《致酒行》、《开愁歌》、《长歌续短歌》、《秋来》、《赠陈商》、《马诗二十三首》等。

在这些作品里,他用"不须浪饮丁都护,世上英雄本无主。买丝绣作平原君,有酒唯浇赵州土"(《浩歌》)这样的诗句,抒发英雄无主的感叹;他以"秦王"作为英主的代表,发出了"秦王不可见,旦夕成内热"(《长歌续短歌》)这样渴望知遇的呼声;在更多的情况下,他抑郁地写下了"长安有男儿,二十心已朽"(《赠陈商》)、"我当二十不得意,一心愁谢如枯兰"(《开愁歌》)之类的诗句,表现自己蹭蹬不遇的愤懑。

纵观屈原、宋玉以来"感士不遇"作品的传统,李贺这类诗歌,在思想内容上有他自己的特点。

特点之一,是在悲叹穷愁之中交织着振奋自勉的少年向上的精神。例如,他常常在低沉的歌中唱出"看见秋眉换新绿,二十男儿那刺促"(《浩歌》)、"少年心事当拿云,谁念幽寒坐呜呃"(《致酒行》)这样高亢的声音,来表示要珍重年少有为的时刻,不忘壮志凌云的初衷。

特点之二,是诗中充满了对人生短促、时光飞逝的焦虑,以及对建立功业的急迫追求。这种心情有时表现为对似水流年的感叹。例如,在"日夕著书罢,惊霜落素丝"(《咏怀二首》其二)、"我待纡双绶,遗我星星发"(《感讽五首》其二)的诗句里,他为功业未就而头发已经变白、脱落感到震惊。作者这种心情,有时又表现为希图阻止岁月运行的狂想。在《日出行》中,他对太阳说:"奈尔铄石,胡为销人?羿弯弓属矢,那不中足,令久不得奔,讵教晨光夕昏。"埋怨太阳销蚀人的生命,并为后羿当初没有射伤第十个太阳,使它不能旋转,感到万分遗憾。在《苦昼短》中,他又说:"吾将斩龙足,嚼龙肉,使之朝不得回,夜不得伏。"幻想杀死衔烛普照的神龙,来留住岁月。有时候,这种心情又以消极的形式凝结成"生世莫徒劳,风吹盘上烛"(《铜驼悲》)、"劝君终日酩酊醉,酒不到刘伶坟上土"(《将进酒》)这样颓丧消沉的诗句。

特点之三,是诗中充满了磊落不平之气、激越凄戾之情。对比前人咏士不遇之作,李贺诗,既没有陶渊明那样恬淡,又不像左思那样无可奈何,又不同于李白的豪迈决绝。他的不遇之情充满了愤恨。例如,"恨血千年土中碧"(《秋来》)、"休令恨骨填蒿里"(《绿章封事》)、"无情有恨何人见"(《昌谷北园新笋四首》其三)、"壮年抱羁恨"(《崇义里滞雨》),这些所想、所感、所泄,几乎无一不是愤恨。

这"恨"是由世道不公所激起。他多次以马为喻,对良才受屈、劣种得意表示愤慨;在《感讽六首》(其四)中,还将官宦子弟的享乐同寒士的萧索对比,倾吐不满;在"春卿拾才白日下,掷置黄金解龙马"(《送沈亚之歌》)诗句中,他甚至公开指斥朝廷不辨贤愚,为落第的友人,也为自己鸣不平。

在抒写怀才不遇的诗中,诚然反映出李贺有功名思想。不过他追求功名,并不是单纯着眼于利禄,他渴望为国所用、为国立功,为"收取关山五十州"而施展才华。更重要的是,这类诗中那股磊落不平之气指向了压抑人才的封建制度,揭露了封建社会的不合理。

描写鬼神幻境,是李贺诗中最有特色、最引人注目的部分。正是根据这一部分作品,人们把李贺同"牛鬼蛇神"联系在一起。

李贺诗中涉及神仙的作品,有《梦天》、《天上谣》、《瑶华乐》、《神仙曲》、《帝子歌》、《湘妃》、《巫山高》、《贝宫夫人》、《兰香神女庙》等等。它们有的袭用传统题材,有的敷演神话,有的写神庙。这些作品与讽刺求仙的作品不同,一般并无深意,不过是发挥想象,展现了一个有神话色彩的、富有神秘感的境界。在客观上,诗中也透露出当时社会热衷于求仙的风尚。然而,就其中成就最高的《梦天》、《天上谣》来说,诗中形象的意义又不止于此。

老兔寒蟾泣天色,云楼半开壁斜白。玉轮轧露湿团光,鸾珮相逢桂香陌。黄尘清水三山下,更变千年如走马。遥望齐州九点烟,一泓海水杯中泻。(《梦天》)

天河夜转漂回星,银浦流云学水声。玉宫桂树花未落,仙妾采香垂珮缨。秦妃卷帘北窗晓,窗前植桐青凤小。王子吹笙鹅管长,呼龙耕烟种瑶草。粉霞红绶藕丝裙,青洲步拾兰苕春。东指羲和能走马,海尘新生石山下。(《天上谣》)

两诗笔法相似,都写幻游仙界俯视人寰,意在对比仙境与人间。前诗侧重下瞰人间,后诗放笔于仙乡掠影。两诗以生动的形象表明,仙境是和谐、美好、宏阔而永恒的,相比之下,人间则极为渺小,而且处于不断生灭变化之中。与汉魏六朝的游仙诗相比,李贺两诗给人耳目一新之感。一是诗中的仙境更富有人间情味,一扫以往游仙诗中浓厚的道教丹药气息;二是从宏观的视野突现了人间的须臾沧桑。作者并没有借这些来宣扬服药求仙的思想,而是用来寄托他厌弃现实、探求理想的愿望。这样的幻想境界,就它否定现实的一面看来,具有积极意义。自然,也有高蹈离世的消极一面。

李贺对鬼魂幽冥境界的描写,尤其引人注目。《长平箭头歌》有"左魂右魄啼肌瘦"、"避风送客吹阴火"等诗句,写古战场上的鬼魂,意在强调化干戈为玉帛。这种写法并非开始于李贺。杜甫就有"新鬼烦冤旧鬼哭,天阴雨湿声啾啾"(《兵车行》)的描写。李贺还用"漆炬迎新人,幽圹萤扰扰"(《感讽五首》其三)、"鬼灯如漆点松花"(《南山田中行》)来写磷火阴森的秋野与坟墓,意境极为幽冷。这种望坟墓而感伤自己归宿的颓丧之作,在汉魏乐府诗中也有迹可寻,如《驱车上东门行》便是。李贺的《神弦》、《神弦曲》借鉴《楚辞·九歌》,反映巫术盛行的世风,但写降神的场面过于渲染,特别是《神弦曲》写驱妖的幻境过分幽森怪诞,沾上了"鬼气"。

构思最有新意的当推《苏小小墓》和《秋来》中的有关描写。《秋来》属于抒怀言志之作,前面已经提到。诗中有"思牵今夜肠应直,雨冷香魂吊书客。秋坟鬼唱鲍家诗,恨血千年土中碧"等诗句,表现作者在潦倒不遇之中,设想只有含恨于地下的前代诗人与自己同病相怜。虽然提到"香魂"、"鬼唱",不过是用夸张的想象,抒写作者的幽愤,这境界与其说是怪诞,不如说是凄苦。通篇着笔于幽灵的只有《苏小小墓》:"幽兰露,如啼眼。无物结同心,烟花不堪剪。草如茵,松如盖,风为裳,水为珮。油碧车,夕相待。冷翠烛,劳光彩。西陵下,风吹雨。"作者汲取《九歌·山鬼》的意境,采用南朝乐府《苏小小歌》的素材,还可能受当时传说苏小小墓"风雨之夕,或闻其上有歌吹之音"的启发,幻想南朝名妓苏小小的幽灵,为失去往日的爱情欢乐而忧伤。它不过是以幽灵形式出现的恋歌,其间寄托了作者对失恋者的同情。

李贺并非歌颂死亡,憧憬死亡。他时刻感到功业未就,死期已近的可畏。比起其他偶然涉笔幽冥的作家,李贺对于描写鬼魂表现得过分偏爱,这的确反映了他有时感情过于抑郁、艺术上过分追求怪僻的倾向。"鬼才"之称就是由此而来。但是,这类作品并不是一无可取。至于像历史上有的评论家那样,用"鬼魅世界"一笔否定李贺的全部作品,当然就更有欠公允了。

李贺还写了相当数量的闺情、宫怨和恋情诗,以及描写冶游生活的轻艳诗。这同样是李贺诗中不可忽视的部分。

井上辘轳床上转,水声繁,弦声浅。情若何?荀奉倩。城头日,长向城头住。一日作千年,不须流下去。(《后园凿井歌》)

诗中以井床与辘轳的和谐起兴,继以三国时因夫妇情笃而著名的荀奉倩作比,点出夫妇相爱的主题,最后以痴情的愿望作结,表现了夫妇间的深挚感情。

楼前流水江陵道,鲤鱼风起芙蓉老。晓钗催鬓语南风,抽帆归来一日功。鼍吟浦口飞梅雨,竿头酒旗换青苎。萧骚浪白云差池,黄粉油衫寄郎主。新槽酒声苦无力,南湖一顷菱花白。眼前便有千里思,小玉开屏见山色。(《江楼曲》)

作者选择特色鲜明的水乡风光作为背景,把闺中人眷念远人的情思,通过"语风"的细节、"寄衫"的动念,表现得细腻动人。此外还有《大堤曲》、《黄头郎》、《染丝上春机》等等,大都受到南朝乐府的影响,浓艳而不失清新,真挚而意趣活泼,属于健康无害的作品。

《宫娃歌》,写出了宫廷中特有的凄凉,反映了宫女们挣脱牢笼、向往自由的强烈愿望。《三月过行宫》,对青春被埋葬的宫女寄予同情。李贺这样的宫怨诗,揭露了封建皇帝幽闭、役使宫女的罪恶,比起那些专门表现后妃被冷落而幽怨的作品,思想境界显然高出一等。

同上述作品格调相左的是一些轻艳的狎妓之作。《恼公》、《河阳歌》、《石城晓》、《夜来乐》、《洛姝真珠》、《莫愁曲》、《花游曲》等都属于这一类。这些诗一般都用欣赏的笔调描写冶游生活和妓女情态,格调不高。李贺写出这些轻艳庸俗的作品,是当时文人冶游风气在李贺身上的反映。它们是李贺诗中的糟粕,但仅根据这少数作品就把李贺看做专写色情作品的宫体诗人,就未免片面了。

从李贺诗的总体看,他置身于时代的进步潮流,锐敏地揭示了时政弊端,深刻地暴露了社会矛盾,真切地描绘了时俗风尚,作品具有鲜明的时代特色。至于那些消极轻浮的作品,则是白璧之瑕了。

第三节　李贺诗的艺术特色

李贺在"笔补造化"、巧夺天工的艺术理想的激励下,呕心苦吟,独辟蹊径,力求创造出超越前人的、高于生活的美学境界。他的诗在艺术形式上取得的成就,较其思想内容方面更为突出。独具一格的"长吉体"的形成,就是其成就的集中表现。它在艺术形式上,以构思奇妙、意境瑰丽、结构跳跃和语言独造为最主要的特征。

历来对李贺诗艺术特色的评论，或说"奇险"，或说"幽奇"，或说"奇诡"等等，都离不开一个"奇"字。推究其所以奇，关键在于构思的奇妙。也就是说，他在酝酿成篇的时候，总要借助惊人的想象力，探求超脱常轨、出人意表的表现方法，做到思路奇特、设想精巧。例如《金铜仙人辞汉歌》：

> 茂陵刘郎秋风客，夜闻马嘶晓无迹。画栏桂树悬秋香，三十六宫土花碧。魏官牵车指千里，东关酸风射眸子。空将汉月出宫门，忆君清泪如铅水。衰兰送客咸阳道，天若有情天亦老。携盘独出月荒凉，渭城已远波声小。

对于汉武帝所建捧露盘铜仙被魏明帝拆迁一事，李贺之前，诗人们都没有注意铜仙流泪的传说，岑参仅仅在吟咏"甘露"时联想到"魏宫铜盘贮，汉帝金掌持"。吴少微倒是注意到了铜仙搬迁同国祚存亡的联系，在《过汉故城》中，有"金狄移灞岸，铜盘向洛阳"之句[1]，以抒发兴亡之感。不过，他们对"仙人临载乃潸然泪下"的传说，都不予理会。唯独李贺出于奇特构思的需要，紧紧抓住铜仙下泪这一点，沿着"铜仙有灵"这样离奇的思路，生发开去，想出了武帝幽灵的出没、衰兰的依依相送、铜仙的惜别怀旧之思，以及"天若有情天亦老"的遐想，编织出一个童话般的境界。

又如《苏小小墓》，按照通常的构思，就会像权德舆的同名作品那样，写成"万古荒坟在"、"吟眺一伤心"之类的即景凭吊之作。而李贺却偏偏设想苏小小地下有知，通篇从幽灵着笔，把坟墓的景物同幻想中为失去爱情而悲伤的苏小小亡灵相融合，这就创造了与权德舆诗迥然不同的幽冷奇幻的境界。

不仅写带有传奇色彩的题材时构思奇崛,就是写一般题材,李贺也要追求奇妙的构思以化凡为奇。他用"石破天惊逗秋雨"描绘箜篌的乐声,用"放妾骑鱼撇波去"表现宫女对自由的渴望,用"嫁与东风不用媒"写落花,用"羲和敲日玻璃声"写岁月的运行,用"天河夜转漂回星,银浦流云学水声"刻画银河,用"直是荆轲一片心,莫教照见春坊字"借宝剑写不遇之感。诸如此类的构思奇妙的名句,几乎在他的任何一篇优秀作品中都可以找到。

在奇妙构思的基础上,李贺还善于通过鲜明具体的形象,展现瑰丽的意境。《天上谣》中,群仙悠游、各得其所的天界,《老夫采玉歌》中,老玉工身悬绝壁、心系弱婴的惊心动魄的场景,《罗浮山人与葛篇》中"毒蛇浓吁洞堂湿,江鱼不食衔沙立"的古怪画面,《秦王饮酒》中"洞庭雨脚来吹笙,酒酣喝月使倒行"的宴饮排场等等意境莫不如此。再如《雁门太守行》:

> 黑云压城城欲摧,甲光向日金鳞开。角声满天秋色里,塞上燕脂凝夜紫。半卷红旗临易水,霜重鼓寒声不起。报君黄金台上意,提携玉龙为君死。

诗中绘声绘色,写态传神,黑云、金鳞、紫塞、红旗,色彩交映,时而号声嘹亮,时而战鼓低沉,把一场边城鏖战的激烈场面、守边将士的壮烈精神,扣人心弦地展现于浓彩重墨之间。这种壮丽而又辉煌的意境,只能出自李贺的笔下。又如《宫娃歌》:

> 蜡光高悬照纱空,花房夜捣红守宫。象口吹香毾㲪暖,七星挂城闻漏板。寒入罘罳殿影昏,彩鸾帘额著霜痕。啼蛄吊月钩阑下,屈膝铜铺锁阿甄。梦入家门上沙渚,天河落处长洲路。愿

君光明如太阳,放妾骑鱼撇波去。

作者以宫女的凄凉为经,以宫廷环境为纬,穿插以宫女捣守宫、蟋蟀夜鸣等特有的情景,以及宫女渴望骑鱼逃生的奇特幻想,描绘了一幅寓凄凉于富丽堂皇的"金屋锁娇"图,将它置于同样描写宫怨的李白《玉阶怨》、白居易《上阳人》中,人们一眼就可以辨出它的独特面貌。尤其是著名的《李凭箜篌引》,更为突出:

吴丝蜀桐张高秋,空山凝云颓不流。江娥啼竹素女愁,李凭中国弹箜篌。昆山玉碎凤凰叫,芙蓉泣露香兰笑。十二门前融冷光,二十三弦动紫皇。女娲炼石补天处,石破天惊逗秋雨。梦入神山教神妪,老鱼跳波瘦蛟舞。吴质不眠倚桂树,露脚斜飞湿寒兔。

诗人没有采用白居易《琵琶行》中那种日常形象摹拟乐声的写实手法,而着重从"惊天地,动鬼神"的音乐效果去渲染演奏的高超。他又避免了前人虽也写"惊天地,动鬼神"但描写过于简括抽象的缺点,而是想象出一个又一个形象鲜明的画面,利用比喻、联想和通感的规律,把音乐的旋律抑扬、感情变化,不断地转化为可闻可见可感可想的出神入化的艺术境界。

在把构思转化为意境的时候,李贺喜欢采用跳跃的艺术结构。这既是他奇特奔放的想象力所要求,也是他追求峭拔、力避平易的艺术趣味在结构上的表现。

诗歌相对于散文,本来就有结构跳跃的特点,而李贺则不满足于诗句之间一般的间隔,而是追求跨度更大的跳跃。这种跳跃有时表现于作品首尾同中段之间,有时表现于两种境界的转换与对比之间,有时表现于对话穿插之间,而更多的是表现于形象系列的各个形象之间。

李贺诗工于发端,尤其善用奇突的意境起兴,以振起全篇。例如《浩歌》前四句:"南风吹山作平地,帝遣天吴移海水。王母桃花千遍红,彭祖巫咸几回死";《感讽五首》(其一)的前四句:"合浦无明珠,龙洲无木奴。足知造化力,不给使君须";《老夫采玉歌》开端两句:"采玉采玉须水碧,琢作步摇徒好色。"都同它们的下文之间有一个明显的跳跃,这一跳跃起到了突出起兴并转入本题的作用。

其实,李贺也巧于结尾。《荣华乐》通篇描绘梁冀的劣迹,最后陡然以"三皇后,七贵人,五十校尉二将军。当时飞去逐彩云,化作今日京华春"收尾,点出借古喻今的命意。《黄家洞》在描绘了黄家洞人的种种情景之后,突然笔锋一转,以"官军自杀容州槎"作结,一针见血地揭露了官军杀民冒功的罪行。这种正文与结尾之间的跳跃,突出了"曲终奏雅"的艺术效果。

他采用跳跃结构,有时又为了强化两种境界的对比,如《梦天》的前四句与后四句之间的跳跃;有时是由于变换笔法,如《长歌续短歌》由描写诗人的处境,突然改用象征的笔法;在《致酒行》中,"我有迷魂招不得,雄鸡一声天下白。少年心事当拿云,谁念幽寒坐呜呃"几句之间的跳跃,又为了表现作者思绪的变化;至于插话、对话之间的跳跃,如在《公莫舞歌》中所用的,也是他经常采用的结构方法。

李贺诗歌结构跳跃最突出的,是表现在描写形象系列时各个形象之间的频频跳跃。《李凭箜篌引》中,刻画乐声的每一个诗句,几乎都互不相关,各自描绘了独立的形象。《听颖师弹琴歌》中,形容琴声变化的六句诗,也是天南海北,各自构成独立的意境。这种连续的跳跃,强化了对乐声的表现,反映了诗人想象力的丰富奇特。

李贺采用跳跃的结构,使作品显示了突兀险峭之感,增加了曲折跌宕的情致。但有时由于跳跃过大,加上造句简括、意脉隐蔽,使读者难以追踪,甚至感到晦涩费解,这又是结构跳跃带来的缺陷。

语言独造,也是李贺诗的重要艺术特色之一。他不愿使用"经人道语",修辞造句,极力追求精练、传神、形象和创新,形成独具特色的诗歌语言。

他的语言可以化虚为实,如"千岁随风飘"、"硾碎千年日长白",把岁月写成可飘可碎的实体;他的语言又可以化无形为有形,如"歌声春草露"把看不见的圆润的歌声,转化为春草上晶莹的露珠。在"细绿及团红,当路杂啼笑"、"冷红泣露娇啼色"等诗句中,他赋予无情的花草以悲欢。"古竹老梢惹碧云"、"山头老桂吹古香"的描写,又显示了静物的动态。这种造语神妙的例子,在他的作品中俯拾皆是。

在他的笔下,许多事物和情态有了新的性质:风可以酸("酸风射眸子")、笑可以浓("浓笑书空作唐字")、香可以寒("寒香解夜醉")、雨可以香("依微香雨青氛氲")、骨可以恨("休令恨骨填蒿里")。这样的造语尖新,尤其烙有李贺的印记。

他在使用语言上,挖空心思地避俗求新,不仅不屑拾人牙慧,就是自己用过的词,一般也避免重复,例如写银河,一会儿换作"天河",一会儿换作"银浦"、"天江"、"银湾"等等,就足以说明这一特点。

他还工于炼字。"长刀直立割鸣筝"以一"割"字,写出了鸿门宴中的杀气;"惊石坠猿哀"以一"惊"字,写出了蜀道山势的险峻;"更容一夜抽千尺"的"抽"字,又写出了竹笋猛长的态势。其炼字的特点在于能够传神。

总之,李贺善于使用多种修辞手法来锻造有特色的语言,如巧于比喻,用典灵活,工于着色,谙于拟人,精于运用通感进行联想,以及组词炼句不拘常轨等等,他都能运用自如,得心应手。

凡是优秀的诗歌,一般都应具备想象丰富、工于比兴、形象鲜明、语言精练等条件,而李贺在此基础上更加发挥了构思奇巧、意境瑰丽、结构跳跃、语言独造的长处,因而形成了他瑰奇的独特诗歌风貌。

李贺诗有总的特色,但也还有不同风格的作品。例如《南园十三首》其五:"男儿何不带吴钩,收取关山五十州。请君暂上凌烟阁,若个书生万户侯?"直抒胸臆,明快自然,表现出清新俊爽的风格。这一组绝句和《马诗二十三首》大都接近这种风格。像这样以一种风格为主又兼有其他风格的情况是一个诗人艺术上成熟的表现。

李贺之所以能够写出体现高度艺术成就的"长吉体",固然得力于他在写作中的勇于创新、戛戛独造,但同时也与他能广泛借鉴艺术遗产分不开。清人王琦指出:"(李贺)其源实出自楚骚,步趋于汉魏古乐府。"清人方扶南发现,李贺《将进酒》"太似鲍照"。明人胡应麟认为,"太白幻语乃长吉之滥觞"。的确,作为一个擅长乐府诗的浪漫主义诗人,李贺继承了屈原、鲍照、李白等人的积极浪漫主义传统,并且从汉魏六朝乐府中汲取了营养。这种借鉴不仅表现在有迹可寻的个别篇章之间——例如《帝子歌》之学《九歌》、《将进酒》之学鲍照《拟行路难十八首》(其一)、《苦昼短》之学李白《日出入行》、《大堤曲》之学古乐府《襄阳东》之类——更主要的,还表现在李贺汲取《楚辞》的奇诡变幻,鲍照的险峭夸饰,李白的想落天外,古乐府的绮丽清新,诗人将它们熔于一炉,构成"长吉体"瑰奇的新面目。名篇《金铜仙人辞汉歌》、《李凭箜篌引》就是这样的采花成蜜之作。

正像前辈作家给予李贺以不可忽视的影响一样,李贺对于当时以及后代诗人的影响,也是经久不衰、引人注目的。

李贺生前已蜚声诗坛,他的诗一经落笔,即广为传抄,并被乐府演唱。学习他的诗体,当时甚至成为一种时髦的风尚。"贺名溢天下。年二十七官卒奉常。由是后学争踵贺,相与缀裁其字句,以媒取价。"(沈亚之语)除初学者而外,当时一些有成就的诗人如张碧、刘言史、庄南杰和韦楚老等人也喜欢摹拟李贺诗,写了一批"长吉体"的诗歌,几乎可以称之为一个小小的长吉诗派。另外晚唐著名诗人李商隐、温庭筠也都学习李贺,写了不少"长吉体"的作品,有俨如出之李贺之手的名句如"凿天不到牵牛处"(李商隐)、"水客夜骑红鲤鱼"(温庭筠)等,但他们的诗歌成就并不表现于那些摹拟之作,而是得益于借鉴李贺的构思、意境和词采,将它们融入各自独立的艺术风格之中。

李贺诗对南宋的某些诗人和金、元两代的诗坛,也有显著的影响。明清两代,学习李贺的同样不乏其人。例如,南宋的刘克庄、谢翱,金代的李天英、王飞伯、刘龙山,元末的杨维桢,明代的徐渭,清代的曹雪芹、龚自珍、黄遵宪等人都善于学习或借鉴李贺诗的风格。

李贺诗的可贵处在于它的独创性,后世诗人接受李贺的影响,大体是学其神者活,师其形者死。

李贺在中唐诗坛以"长吉体"独树一帜,歌唱了他的时代,开拓了唐诗的艺术境界,丰富了浪漫主义的传统,影响深远,不愧为中国文学史上杰出的诗人。

〔1〕 此诗又见《王无功集》,《文苑英华》卷三〇八引为吴作,当以吴作为是。

第十六章 杜 牧

第一节 杜牧的生平和思想

杜牧(803—852),字牧之,唐京兆万年(今陕西西安)人。唐德宗贞元十九年生于世代仕宦并有浓厚文化气氛的家庭。他的远祖杜预为西晋著名的政治家和学者。曾祖杜希望为玄宗时边塞名将,为人正直,不肯阿附宦官,爱好文学,曾延揽崔颢诸人入幕。他的祖父杜佑,有富国安民的抱负,是中唐著名的政治家、史学家。先后任德宗、顺宗、宪宗三朝宰相。一生好学,博古通今,虽位至将相,犹手不释卷。与沈既济、权德舆友善,器重德才兼备的后进沈传师等。著有《通典》二百卷。作者根据大量政治、经济、文化史料,论述历代典章制度,材料翔实,影响巨大。杜牧的父亲杜从郁是杜佑的第三个儿子,官至驾部员外郎,早逝。杜牧对他的家庭始终引为自豪的是它的文化传统。他说:"旧第开朱门,长安城中央。第中无一物,万卷书满堂。家集二百编,上下驰皇王。"(《冬至日寄小侄阿宜诗》)家庭教育的潜移默化对杜牧的成长起了良好作用。

杜牧的童年,父祖在时,生活富裕而快乐。杜佑樊川别墅在长安城南,其地有林亭之美,卉木幽邃,杜牧常至园中嬉戏。祖、父相继去世后,他家日益贫困,仆婢或死于寒饿,或逃散不归。"长兄以驴游丐于亲旧",他与弟弟杜𫖮过着"食野蒿藿,寒无夜烛"的生活。穆宗长庆二年(822),杜牧二十岁,读《尚书》、《诗经》、《左传》、《国语》、十三代史书,尤专注于治乱与军事。二十三岁写《阿房宫赋》,借古讽今,讽刺敬宗沉溺声色游乐。上书昭义节度使刘悟,劝其讨伐河北叛镇朱克融、王廷凑、史宪臣,并望他不要骄纵。举进士前他还写了《燕将录》、《同州澄城县户工仓尉厅壁记》、《感怀诗》以抒发他对政治时事民间疾苦的感慨。文宗大和二年(828),二十六岁,进士及第。同年,考中贤良方正直言极谏科。授弘文馆校书郎、试左武卫兵曹参军。冬季,入江西观察使沈传师幕,后随其赴宣歙观察使任,为幕僚。大和七年,淮南节度使牛僧孺辟为推官,转掌书记,居扬州,颇好宴游。大和九年,为监察御史,分司东都。开成二年,入宣徽观察使崔郸幕,为团练判官。旋官左补阙、史馆修撰、膳部比部员外郎。武宗会昌二年(842),出为黄州刺史。后任池州、睦州刺史。为政能兴利除弊,关心人民。宣宗大中二年(848),得宰相周墀之力,入为司勋员外郎、史馆修撰,转吏部员外郎。大中四年,出为湖州刺史。次年,被召入京为考功郎中、知制诰。第三年,迁中书舍人。岁暮卒于长安,终年五十岁。著有《樊川文集》。

杜牧生当唐王朝似欲中兴而中兴梦又渐渐破灭的时代,面对内忧外患,他忧心如焚,渴望力挽狂澜,济世安民。他在《郡斋独酌》里说自己:"岂为妻子计,未去山林藏。平生五色线,愿补舜衣裳。弦歌教燕赵,兰芷浴河湟。腥膻一扫洒,凶狠皆披攘。生人但眠食,寿域富农商。"他主张削平藩镇,收复边疆。其"关西贱男子,誓肉虏杯羹",气概很像后来岳飞的《满江红》。他在《燕将录》里褒扬谭忠,是因为他能劝说河北诸镇不反抗朝廷。为了实现这些抱负,他主张读书应留心"治乱兴亡之迹,财赋甲兵之事;地形之险易远近,古人之长短得失"(《上李中丞书》)。他强调知兵与否关系着国家的兴亡:"主兵者,圣贤材能多闻博识之士,则必树立其国也;壮健击刺不学之徒,则必败亡其国也。然后信知为国家者兵最为大,非贤卿大夫不可堪任其事,苟有败灭,真卿大夫之辱,信不虚也。"(《注孙子序》)为此,他写了《原十六卫》、《罪言》、《战论》、《守论》和《孙子》注。由于怀才不遇,他的愿望不能实现,所以往往在生活上表现出旷放不羁来。这些思想感情和生活态度,都直接影响到他的创作。有《樊川文集》传世。

第二节 杜牧的诗歌

韩、柳、元、白之后的唐代文学,虽没有盛唐的宏伟气势,贞元、元和时期的繁荣多姿,却也馀波突起、风韵独存,在古代文学发展的长河中占有重要的位置。驰骋诗文领域的杜牧、李商隐正是这段文学的杰出代表。尤其是杜牧,多才多艺,工诗文,能书画,故前人甚至说"有唐一代,诗文兼备者,惟韩、柳、小杜三家"(洪亮吉《北江诗话》卷三)。

杜牧的诗现存至少有二百馀首,体裁多样,内容丰富,豪放爽朗,清新俊逸。

杜牧的诗,诸体齐备,形式多样。他的近体诗,历来受到人们的推崇,尤其是他的七言绝句更是名篇迭出,脍炙人口,如《过华清宫绝句》、《赤壁》、《题乌江亭》、《泊秦淮》、《江南春》、《寄扬州韩绰判官》、《山行》、《秋夕》等篇,历代传诵,家喻户晓。他的七律《早雁》、《河湟》、《润州二首》、《题宣州开元寺水阁,阁下宛溪,夹溪居人》、

《宣州送裴坦判官往舒州,时牧欲赴官归京》、《九日齐山登高》、《登池州九峰楼寄张祜》等篇也为人称道。至于他的五绝、五律、五言排律,亦不乏佳什,如《长安秋望》、《秋晚早发新定》、《题扬州禅智寺》、《华清宫三十韵》、《昔事文皇帝三十二韵》等便是这些诗体的代表作。由于杜牧在近体诗上成就卓著,有人似乎产生了杜牧"有近无古"的错觉,实际上杜牧的古体诗写得相当好,尤其是五言古诗写得非常出色,叙事议论,精彩感人,如《杜秋娘诗》、《张好好诗》、《郡斋独酌》、《感怀诗》等。

杜牧的诗歌,内容丰富,反映面广。晚唐时期,藩镇割据,宦官擅权,党争严重,社会动荡。杜牧从小有着经邦济世的抱负,但官场的险恶、仕途的坎坷使他壮志难酬,长时期的幕僚生活、不稳定的朝野升迁,使他感慨良多。杜牧的诗作就其内容题材而言,大致可分为以下几类。

关心世事,爱国忧民为第一类。此类为数虽不算多,但很有价值。杜牧在二十五岁时写的《感怀诗》,通篇夹叙夹议,笔力雄健,慨叹了安史之乱以来藩镇割据、急征暴敛造成的国弱民贫的深重灾难,歌颂了太宗李世民顺应民心,以文德治天下的业绩,肯定了宪宗李纯武力削藩平叛的措施,表达了希望朝廷励精图治、消灭战乱、实现安定统一的主张,抒发了壮怀难抒、良策难酬的苦闷慨叹心情。诗中"夷狄日开张,黎元愈憔悴"等句,质朴简洁,精警动人。在《郡斋独酌》这首诗中,杜牧更直接地抒发了自己的理想和抱负。而广为人们称道的两首七律更巧妙深刻地抒发了诗人对国事的关心、对人民的同情、对统治者误国的揭露:

元载相公曾借箸,宪宗皇帝亦留神。旋见衣冠就东市,忽遗弓剑不西巡。牧羊驱马虽戎服,白发丹心尽汉臣。唯有凉州歌

舞曲,流传天下乐闲人。(《河湟》)

金河秋半虏弦开,云外惊飞四散哀。仙掌月明孤影过,长门灯暗数声来。须知胡骑纷纷在,岂逐春风一一回?莫厌潇湘少人处,水多菰米岸莓苔。(《早雁》)

《河湟》一诗以对比的手法,将当时朝廷统治者和前朝宪宗李纯、宰相元载加以比较。李纯在看天下地图时,也曾感叹过河湟地区的陷没,常想恢复失地,元载更提出过收复失地的建议和具体办法,可是现今的统治者却苟且偷安,不思进取。不仅如此,当时统治者还沉溺于享受从河湟传来的凉州歌舞的欢乐中,这又和在异族统治下沦陷区人民怀念故国的丹心深情形成鲜明的对比。《早雁》一诗用比兴手法,借雁抒怀,以惊飞四散的哀鸿,比喻在异族的侵扰下被迫南逃的边地人民,对他们难以北回的悲惨处境寄予深切的同情,对当权统治者无能捍边、无视边民痛苦的昏庸腐败给予深刻的讽刺。

此外,《题村舍》直接描述了人民的饥饿惨状,控诉了贫富悬殊的社会黑暗,而像《东兵长句十韵》、《李甘诗》、《昔事文皇帝三十二韵》、《李给事》等篇也不同程度地触及了当时的朝政,流露了诗人对国事的忧思。

品评历史,借古讽今为第二类。杜作中咏史一类的作品引人注目。此类诗大体又可分为两种情况:一是诗直接评论历史人物、事件,对历史上兴亡成败的关键问题发表自己独到的见解。这类诗篇以七绝为代表,如《赤壁》、《题乌江亭》、《题商山四皓庙》、《春申君》等。杜牧平时读书很注意研究治乱的经验教训和经济军事问题,以及古人的得失,所以在咏史诗中往往有新颖独特的评论,如"东风不与周郎便,铜雀春深锁二乔。"(《赤壁》)"江东子弟多才俊,卷土重来未可知。"(《题乌江亭》)"南军不袒左边袖,四老安刘是灭刘。"

(《题商山四皓庙》)二是寓意深长地借古讽今。诗人针对晚唐朝廷的黑暗政治和腐朽没落的社会现实,借历史上盛衰兴亡的经验教训加以讽喻。历史人物吴王夫差、秦始皇、隋炀帝、陈后主,特别是本朝的唐玄宗,都是诗人笔下批判的对象。这类诗的代表作当数脍炙人口的《过华清宫三绝句》:

长安回望绣成堆,山顶千门次第开。一骑红尘妃子笑,无人知是荔枝来。

新丰绿树起黄埃,数骑渔阳探使回。霓裳一曲千峰上,舞破中原始下来。

万国笙歌醉太平,倚天楼殿月分明。云中乱拍禄山舞,风过重峦下笑声。

诗人借人们熟知的唐玄宗、杨贵妃荒淫误国的故事,选取几个典型的事件、场景,加以艺术的概括,既巧妙地总结了历史,又深刻地讽喻了当时现实。当时社会,世风败坏,王朝的统治者"大起宫室,广声色",过着醉生梦死,骄奢淫逸的生活,亡国没落之兆已随处可见,诗人既无力回天,只好借古讽今了。

写景抒怀,纪行咏物为第三类。此类数量不少,情景交融,佳作迭出。诗人或怀古寄慨,或即景生情,或咏物表意,或纪行述闻。《登乐游原》:"长空淡淡孤鸟没,万古销沉向此中。看取汉家何似业,五陵无树起秋风。"用比兴手法写孤鸟长空,抒发了盛衰兴亡之叹。《江南春》:

千里莺啼绿映红,水村山郭酒旗风。南朝四百八十寺,多少楼台烟雨中。

用写意的手法描绘了江南春景,含蓄地借前朝故事揭露当时崇佛修寺的情景。《泊秦淮》:

> 烟笼寒水月笼沙,夜泊秦淮近酒家。商女不知亡国恨,隔江犹唱后庭花。

写秦淮月夜,清淡朦胧,叹商女唱曲,世风日下。《题宣州开元寺水阁,阁下宛溪,夹溪居人》:

> 六朝文物草连空,天淡云闲古今同。鸟去鸟来山色里,人歌人哭水声中。深秋帘幕千家雨,落日楼台一笛风。惆怅无因见范蠡,参差烟树五湖东。

写秋雨落日,山色水声,叹六朝兴废,追慕古人。以上诗篇写景与抒情紧密结合,怀古与伤今起伏相因。

而脍炙人口的《山行》、《清明》,一写秋日山行所见,色彩鲜艳,感情激越,一写清明春雨所见,色彩清淡,心境凄冷。"停车坐爱枫林晚,霜叶红于二月花"、"借问酒家何处有,牧童遥指杏花村"更成为千古流传的佳句。在《齐安郡中偶题》中,诗人写道:"两竿落日溪桥上,半缕轻烟柳影中。多少绿荷相倚恨,一时回首背西风。"在《齐安郡后池绝句》中诗人写道:"菱透浮萍绿锦池,夏莺千啭弄蔷薇。尽日无人看微雨,鸳鸯相对浴红衣。"两首写景诗优美清新,一写初秋落日残荷,一写夏日细雨鸳鸯。两首诗虽然通篇写景,但并非单纯的写景诗,景中自有人在,自有情在,一借"绿荷倚恨"抒发诗人壮志难酬的隐痛,一借"无人看雨"引出诗人孤独生情的联想。至于《九日齐山登高》、《题扬州禅智寺》等诗则在写景中或重或轻、或繁或简地融进诗人的感情。

杜牧纪行诗,写山川风光,见闻感受也可大约分为两类:一类是以追忆的方式写从前飘泊游玩的情景,如《念昔游三首》:"十载飘然绳检外,樽前自献自为酬。秋山春雨闲吟处,倚遍江南寺寺楼。""云门寺外逢猛雨,林黑山高雨脚长。曾奉郊宫为近侍,分明拟拟羽林枪。""李白题诗水西寺,古木回岩楼阁风。半醒半醉游三日,红白花开山雨中。"另一类是以纪实的方式写旅途的所见所感。如《秋浦途中》:"萧萧山路穷秋雨,淅淅溪风一岸蒲。为问寒沙到新雁,来时还下杜陵无?"《南陵道中》:"南陵水面漫悠悠,风紧云轻欲变秋。正是客心孤迥处,谁家红袖凭江楼?"不论哪一类均写得有景有情,充满诗情画意。

杜牧诗中还有意味深长的咏物抒情诗,最著名的当数《叹花》一首:"自是寻春去校迟,不须惆怅怨芳时。狂风落尽深红色,绿叶成阴子满枝。"诗人借花开花落、子满枝头,喻少女青春已过,含蓄委婉地抒发叹息惆怅之情。至于《惜别》诗中"蜡烛有心还惜别,替人垂泪到天明",更成为历来传诵的咏物抒情的佳句。

关心妇女,同情妇女为第四类。杜牧诗有相当数量是描写妇女命运的作品。在《题桃花夫人庙》和《月》中,他同情被楚王虏获、终身不语的息夫人和被汉武帝遗弃、禁闭冷宫的陈皇后。在《金谷园》和《宫人冢》中,他感叹被逼跳楼的绿珠和身如囚犯的普通宫女。在长篇叙事诗《杜秋娘诗》和《张好好诗》中,他分别采用对比的手法具体写出杜秋娘和张好好两位女子今昔生活的坎坷变化,并从一个侧面反映了当时宫廷的斗争和社会的变化。在《题木兰庙》一诗中,诗人更把尽人皆知的花木兰和王昭君巧妙地联系起来,赞扬了古代两位急国家之危的杰出女性:"弯弓征战作男儿,梦里曾经与画眉。几度思归还把酒,拂云堆上祝明妃。"

此外,亲朋好友间的酬答题赠,诗人自己多角度地感慨抒怀,在杜牧诗中随处可见,名篇佳作如《寄扬州韩绰判官》:

青山隐隐水迢迢,秋尽江南草未凋。二十四桥明月夜,玉人何处教吹箫。

这首绝句风调悠扬,意境优美。《初冬夜饮》:"淮阳多病偶求欢,客袖侵霜与烛盘。砌下梨花一堆雪,明年谁此凭栏杆?"无限感慨,忧伤凄婉。其馀如《登池州九峰楼寄张祜》、《宣州送裴坦判官往舒州,时牧欲赴官归京》、《郡斋独酌》、《雪中书怀》、《将赴吴兴登乐游原》、《途中一绝》诸篇也广为人们称道。

总的说来,杜牧作诗是比较重视思想内容的,他的诗篇的主流是积极进步的。由于历史和个人的原因,他的确也写了一些挟妓醉酒、颓废庸俗的篇章,"十年一觉扬州梦,赢得青楼薄倖名"(《遣兴》)。此类诗内容虽不可取,但对了解复杂的社会现象和当时文人的生活思想也不无资料价值。

杜牧在《献诗启》中曾明确表示:"某苦心为诗,本求高绝,不务奇丽,不涉习俗,不今不古,处于中间。"他非常推崇李白、杜甫、韩愈、柳宗元:"李杜泛浩浩,韩柳摩苍苍。近看四君子,与古争强梁。"(《冬至日寄小侄阿宜》)杜牧本人才华横溢,又善于吸取前人的长处,形成了自己独特的风格。洪亮吉说得好:"杜牧之与韩、柳、元、白同时,而文不同韩、柳,诗不同于元、白,复能于四家外诗文皆别成一家,可云特立独行之士矣。"(见《北江诗话》)

前人评价杜牧诗歌的特色有"俊爽"、"俊迈"、"气俊思活"、"雄姿英发"、"情致豪迈"、"轻倩秀艳"、"豪而艳,宕而丽"等语。李商隐曾写诗极表自己对杜牧的关切倾倒之意："高楼风雨感斯文,短翼差池不及群。刻意伤春复伤别,人间唯有杜司勋。"(《杜司勋》)含蓄而准确地道出了杜牧诗歌的那种把忧国忧民的壮怀伟抱与伤春伤别的绮思柔情交织一起的豪放爽朗、清新俊逸的艺术特征。

杜牧既善用比兴手法,状物抒情,又善用白描手法,直叙见闻;既长于舒徐宛转地描述人物故事,更长于敏捷真切地捕捉景物的动态变化、自己的瞬间感受;既注意叙议结合,又注意情景交融;既常用对照手法,又巧以数字入诗。杜牧诗歌的语言风格既绚丽多彩,又清新自然;既明丽爽俊,又含蓄委婉;既风流华美,又神韵疏朗。诚如全祖望所说:"杜牧之才气其唐长庆以后第一人耶!"(《鲒埼亭集外编》)

杜牧的诗歌在当时就广为流传,享有盛名,唐以后各代更受到人们的推崇。尽管人们对杜牧的风流韵事和颓唐轻薄的作品不无微词,但对他的才气、他诗篇的艺术成就无不交口称赞,特别是他的抒情写景、咏史怀古的七绝,更是脍炙人口,千古流传,受到人们高度的赞扬:"杜紫微天才横逸,有太白之风,而时出入于梦得。"(管世铭《读雪山房唐诗钞》卷二十七)

至于杜牧的词作,据《尊前集》所载,有《八六子》一首,它以宫怨写妇女的寂寞苦闷,题材虽然常见,但借景抒情,时有可读之句。如"听夜雨冷滴芭蕉,惊断红窗好梦,龙烟细飘绣衾""正销魂,梧桐又移翠阴"。全词长达九十字,因此,有人认为杜牧可算作第一位写慢词的文人。

第三节 杜牧的文

杜牧不仅是杰出的诗人,也是继韩愈、柳宗元之后的散文大家。

韩、柳所领导的古文运动虽然声势浩大,成绩显著,但在当时还是受到非难的,后来文坛仍然是骈文通行,只有少数特立之士作古文,杜牧就是其中的佼佼者。

杜牧卒前曾焚烧过一些书稿,后来他的外甥裴延翰在《樊川文集序》中是这样记载他收集整理杜牧诗文的:"自撮发读书学文,率承导诱……其间逾二十年,凡有撰制,大手短章,涂稿醉墨,硕伙纤屑,虽适僻阻,不远数千里必获写示。以是在延翰久藏蓄者,甲乙签目,比校焚外十多七八,得诗、赋、传、录、论、辩、碑、志、序、记、书、启、表、制,厘为二十编,合为四百五十首,题曰《樊川文集》。"这传世的二十卷本的《樊川文集》中,杜牧的散文就占了十五卷二百馀篇,虽然其中表、状、制、令之类文牍应酬文字占有相当部分,但确也辑存了杜牧的不少优秀散文篇章。

以《罪言》为代表的议论类篇章,评论国家大事,阐述政治主张,提出具体办法,充分显示了杜牧卓越的才识抱负,也流露了他深切的忧国之情。《罪言》针对"长庆以来,朝廷措置亡术,复失山东"(《新唐书·杜牧传》)的现状,首先从山东(指今太行山以东,黄河以北地区)关系军事及历代的成败,论证了山东地区的重要,接着分析了安史之乱以来,强藩割据,战乱不已,以至"生人日顿委,四夷日昌炽",然后具体提出了上、中、下三策:上策莫如自治,即朝廷要自己检查缺点,改良政治;中策莫如取魏;最下策为浪战。并分别作了透彻精警的分析。这类篇章尚有《原十六卫》、《战论》、《守论》、《上司徒李公论用兵书》、《上李太尉论北边事启》等,或论用兵方略,或论战守态势,或论削平藩镇,或论巩固边防,无不分析深透,切中时弊。

以《答庄充书》为代表的议论类篇章,则着重阐述了杜牧的文学主张:"凡为文以意为主,气为辅,以辞采章句为之兵卫,未有主强盛而辅不飘逸者,兵卫不华赫而庄整者。……苟意不先立,止以文采辞句,绕前捧后,是言愈多而理愈乱,如入阛阓,纷纷然莫知其谁,暮散而已。是以意全胜者,辞愈朴而文愈高,意不胜者,辞愈华而文愈鄙。是意能遣辞,辞不能成意,大抵为文之旨如此。"杜牧针对当时重辞采的形式主义文风,强调意(即内容)的重要是有着特殊意义的。此类篇章还有为人所称道的《李贺集序》,杜牧在文中以充满感情而又富有文采的语言高度评价了李贺诗歌的艺术特点和思想意义,也客观准确地指出了李诗的不足之处。

以《窦烈女传》为代表的记叙类篇章,用清新简洁的笔触,记述见闻故事,刻画人物形象。这篇传记描述了窦桂娘设计诛灭军阀李希烈一家的故事,塑造了桂娘"不顾其私"的英勇形象。在生动描叙的基础上,作者加以画龙点睛似的议论,使人物形象更加鲜明。此类篇章著名的尚有《张保皋郑年传》,文中表彰了能以公义忘私仇的新罗人张保皋。其馀如《同州澄城县户工仓尉厅壁记》、《与汴州从事书》、《黄州祭城隍神祈雨第二文》、《唐故处州刺史李君墓志铭》等篇,或揭露官吏贪残,或记述民生疾苦,或赞扬兴利除弊,从不同方面使人对当时社会的现实状况有生动的了解。

杜牧胸怀济世经邦之志,注意关心国家大事,不仅多次撰文提出论兵论政的见解,而且长期研究兵法,曾注解《孙子》十三篇献给当时的宰相。在《上周相公书》中,他颇为自得地表示,《孙子注》"虽不能上穷天时,下极人事,然上至周、秦,下至长庆、宝历之兵,形势虚实,随句解析"。至今杜牧的《孙子注》仍受到人们的重视,成为《孙子注》十三家之一。

至于杜牧的不少书札和撰写的一些墓志铭均有相当的史料价值,成为研究中唐社会政治、文化、学术等方面的重要资料。

总之,杜牧的散文正如《四库全书总目》所评:"纵横奥衍,多切经世之务。"这些文章不仅内容充实,体现了他所倡导的"以意为主"

的精神,而且文笔雄健,清新质朴,有很高的艺术性。杜牧散文突出的艺术特色有以下两点:

第一,感情充沛,叙议结合。不仅在记叙性的文章中时时出现饱含激情的点睛之论,就是议论说理的文章也注意间接直接地抒发自己的感情,如《罪言》一文,开头就是深沉凝重的语言:"国家大事,某不当言,言之实有罪,故作罪言。"几句话语重心长,爱国忧国愤切之情溢于言表。而当论述到藩镇割据、战乱频生时,杜牧更情不自禁地呐喊叹息:"鸣呼!运遭孝武,浣衣一肉,不畋不乐,自卑冗中拔取将相,凡十三年,乃能尽得河南、山西地,洗削更革,罔不顺适。唯山东不服,亦再攻之,皆不利以返。岂天使生人未至于怗泰邪?岂其人谋未至邪?何其艰哉!何其艰哉!"杜牧散文笔端常带激情的特点和注意逻辑严密、夹叙夹议等特点相结合,使得他的散文更加气盛理直,增强了文章的说服力。

第二,善用比喻,寓理于形。为了增强文章的感染力,杜牧很注意将抽象道理形象化,如杜牧论兵论政之文"能采取前事,凡人未尝经度者,若绳裁刀解,粉画线织,布在眼前耳闻者。"(裴延翰《樊川文集序》)因而善用比喻、巧用比喻就成为杜牧散文的一大特色,如《答庄充书》中先用形象化的语言提出论点,然后用一系列的比喻指出意、气、辞采、章句四者的关系:"四者高下圆折,步骤随主所指,如鸟随凤,鱼随龙,师众随汤、武,腾天潜泉,横裂天下,无不如意。"形象生动,寓理于形。在《李贺集序》一文中,杜牧更从九个方面描绘了李贺诗歌的风格特色:"云烟绵联,不足为其态也;水之迢迢,不足为其情也;春之盎盎,不足为其和也;秋之明洁,不足为其格也;风樯阵马,不足为其勇也;瓦棺篆鼎,不足为其古也;时花美女,不足为其色也;荒国陊殿,梗莽丘垄,不足为其恨怨悲愁也;鲸呿鳌掷,牛鬼蛇神,不足为其虚荒诞幻也。"不仅感情激越,淋漓酣畅,而且比喻多姿,气盛言切。李贺诗歌的特色在杜牧笔下竟如此鲜明生动地展现在人们面前,令人赞叹不已。

杜牧推崇韩愈、柳宗元的古文,但"文不同韩、柳",能形成自己的特色,"别成一家"。他的散文虽受韩愈的影响,但绝少怪僻艰涩之处,他不愧是当时文坛中的"特立独行之士"。

尽管杜牧是坚持作古文的大家高手,但他的骈文辞赋也有不少精彩的篇章,最有代表性的莫过于家喻户晓、脍炙人口的名篇《阿房宫赋》。这篇文章辞采之华美,说理之精要,语言之流畅,历来为人们所称诵,而文中骈散结合、先骈后散的方法,不仅充分发挥了骈文辞赋的形式美和音乐美,也便于溶入古文的句式和笔法,使文章更加活泼多姿。其馀如《上吏部高尚书状》谈自己的坎坷遭遇,哀愤痛切,催人泪下:"三守僻左,七换星霜,拘挛莫伸,抑郁谁诉,每遇时移节换,家远身孤,吊影自伤,向隅独泣。""当道每叹,末路难循,进退唯艰,愤悱无告。"

杜牧才气横溢,文思敏捷。不仅有着进步的文学观,而且诗文成绩卓著;不仅继承、发展了韩愈、柳宗元所倡导的古文写作,而且将古文的精神、笔法注入骈文辞赋中,取得了积极的效果。在我国文学史上,像杜牧这样诗文皆长、骈散俱佳的人是不多见的,所以历来为人所推崇,宋代散文大家欧阳修就曾赞其"笔力"之"不可及"。

第十七章　李商隐

第一节　李商隐的生平、思想和创作概况

李商隐(约811—859)[1]，号玉谿生，又号樊南生。原籍怀州河内(今河南沁阳市)，自其祖辈起，移居郑州荥阳(在今河南省)。他的先世出陕西李氏之姑臧房，为李唐王室旁支，然而自其高祖以来家境已处于衰微之中，祖辈几代历官均不过县令。其父李嗣先任县令后为使府幕僚，携家在浙江东、西道辗转谋生，最后客死于他乡。

李商隐一生可略分为三个阶段：开成二年(837)进士及第前为早期，由及第至会昌末重返秘书省止为中期；从大中元年(847)入郑亚幕至逝世为后期。兹分别简述之。

早期　李商隐出生时，李嗣正任获嘉县令。三岁左右，随李嗣赴浙。不到十岁，李嗣去世。他只得随母还乡，过着艰苦清贫的生活。

他"五岁诵经书，七岁弄笔砚"，回乡后曾从一位精通五经和小学的堂叔受经习文，至十六岁，便因擅长古文而得名。大和三年(829)移家洛阳，结识白居易、令狐楚等前辈。令狐楚欣赏他的文

才,让他与其子令狐绹等交游,亲自授以今体(骈俪)章奏之学,并"岁给资装,令随计上都"。后又聘其入幕为巡官,曾先后随往郓州、太原等地。在这几年中,李商隐一面积极应试,一面努力学文,在科举上虽一再失败,但在写作上则完成了由散向骈的转变,此后他很少再写散文。大和七年(833)令狐楚调任京职,商隐离太原返乡,曾入王屋山学道二三年[2]。这对其思想与创作产生一定影响。开成二年(837)经过长期刻苦学习并由于令狐绹的延誉,李商隐得中进士。

幼年的环境和所受的教育使李商隐的世界观基本上属于儒家体系,他的人生态度是积极入世、渴望有所作为的。同时,他颇能独立思考,很早便对"学道必求古,为文必有师法"的说教不以为然,甚至萌生出"孔氏于道德仁义外有何物"这样大胆的想法。

在诗歌创作上,他起初醉心于李贺奇崛幽峭的风格和南朝轻倩流丽的诗体,曾仿照它们写了许多歌唱爱情的诗篇,如《燕台》、《河阳》、《河内》等。待屡次下第和被人谮毁的遭际向他显示了人生道路的崎岖不平,他的诗便开始表现出愤懑不平之气和对社会的某些批判。大和九年(835),甘露之变以血淋淋的现实打开他的眼界,使他在思想上和创作上都大进一步。这时他写的《有感二首》、《重有感》等诗,批判腐朽政治已相当深刻有力。

中期 李商隐进士及第后,一度赴兴元(今陕西汉中),入令狐楚幕。楚死,入泾原节度使王茂元幕,不久娶其女为妻。当时朝廷上"牛李党争"尖锐,令狐楚属牛党,王茂元被人视为李党。李商隐以令狐门人身份与王氏结亲,引起令狐绹等人嫉恨,被攻击为"背恩"、"无行"。次年他应博学宏词科考试,先已录取,吏部报中书省复审时被刷落,理由是"此人不堪",可能即与此有关。

开成四年(839)李商隐出仕秘书省,为校书郎,不久调弘农尉,因"活狱"触忤上司,受到申斥,他愤而辞职,新任陕虢观察使姚合予以慰留。他勉强留任一段时间,终于离去。此后他曾到潭州(今湖南长沙)一带漫游,寻找出路,没有结果[3]。会昌元年(841)春初返京途中在长沙附近遇到受宦官迫害被谪柳州的刘蕡。刘在开成二年的对策中猛烈抨击宦官专权的现象,震动朝野。李商隐一向把他尊为师友,不久刘蕡死于柳州贬所,使商隐感到异常悲愤,写过几首诗哭吊。

会昌二年(842),他再应书判拔萃试,被授秘书省正字,但很快因母丧去职。守制期间,他为家人迁墓,往来于京、洛、怀、郑之间,又曾短期迁居永乐(今山西芮城)。服阕,重入秘书省。不久唐武宗死。宣宗即位,牛党得势,李党纷纷被贬逐。李商隐放弃京职,随李党郑亚远赴桂海,任掌书记之职,结束了"十年京师寒且饿"的"穷冻"生活。

这个阶段是李商隐谋求京职以实现政治理想的时期。他有"欲回天地"的抱负,也曾"实怀殷浩当世之心机",实际上他主要是想做一个"中禁词臣",以文才为唐王朝服务。他在仕途上很不顺利,文名却很盛,被认为集"韩文、杜诗、彭阳(令狐楚)章檄"于一身,由于遭际坎坷、阅历渐广,他对官场、文场和朝廷政治的观察和思考均比前加深,诗歌艺术特别是五、七言律、绝的技巧越发纯熟精进,写出了《行次西郊作一百韵》、《赠刘司户蕡》、《哭刘蕡》等重要作品,由于碰壁甚多,对前途不免失望,诗风已表现出从悲愤激越向哀婉感伤过渡的趋势。

后期 李商隐生命的最后十二三年全部在唐宣宗大中年间度过。他三次离家远游去做幕僚:大中元、二年(847、848)在桂林郑亚幕;三年至五年春,在徐州卢弘止幕;五年冬至十年,在梓州(今四川三台县)柳仲郢幕。三位府主对他都很器重,官职品级也在逐步升迁,但始终只是作为一个文牍之才被使用着。在每次外出的间歇中,李商隐也曾在长安供职,如任京兆府掾曹、太学博士等,但为时均不久。

这段时间中,李商隐的政治理想濒于破灭,他朦胧地感到唐王朝中兴无望,崩溃日近,思想上产生了日益严重的危机感和幻灭感。个人生活的不幸更使他的感伤情绪逐步发展为颓唐乃至颓废。他青年时代曾学过道,这时又笃信起佛教来,甚至产生"愿打钟扫地,为清凉山行者"(《樊南乙集序》)的念头。当然,他并未完全超脱,他对国家、民族的前途还是十分关切,他的诗对时事政治仍然时有针砭。大中十年他随柳仲郢离开梓州回到长安,不久被荐为盐铁推官,出巡江东,在这次游历中,他写了一系列意在为统治者提供鉴戒的咏史诗,形成他创作活动的最后一个高潮。这时他的诗艺已臻炉火纯青,尤其是以七言律、绝为主体的大量无题诗和咏史诗,成为最具独特风格的代表性作品。

大中十二年(858),李商隐因病退职还乡。这年岁尾或下年年初寂寞地在郑州逝世,享年不足五十。

李商隐生前曾自编《樊南四六甲集》和《乙集》各二十卷。两集后皆散佚,后人搜集其遗文(包括骈、散、赋各体)并加笺注,以冯浩《樊南文集详注》、钱振伦《樊南文集补编》较详。李商隐的诗,据《新唐书·艺文志》记载,原为三卷。原本早已佚失,现存六百首左右是后人陆续搜求而得。从宋代开始就有人为李商隐诗作注,但早期注本均已佚失。现存的笺解评点本以清代学者朱鹤龄、程梦星、姚培谦、冯浩、屈复、何焯、纪昀等人的较著名,其中尤以冯浩的《玉谿生诗笺注》和近年出版的《李商隐诗歌集解》(刘学锴、余恕诚)最详尽赅博,李商隐尚有杂著数种,除《杂纂》片断地保留于《说郛》外,其馀均已佚失。

第二节　李商隐诗歌的思想内容

李商隐虽然长期以做幕僚、写骈文为主，但他的文学成就主要表现于诗歌创作。李商隐的诗一定程度地反映了晚唐时代人民生活极端贫困，政权内部矛盾重叠、危机四伏的现实状况，特别是通过对诗人自己身世的讴吟，深刻地表现出知识分子的苦闷和悲愤，从而使人们感到一种江河日下、黄昏渐近的时代气氛。

五言古诗《行次西郊作一百韵》是反映自"安史之乱"至"甘露之变"近百年历史、追溯唐朝由盛变衰的过程的一篇力作。诗人首先把一幅农村凋敝图展示在读者面前："高田长槲枥，下田长荆榛。农具弃道旁，饥牛死空墩。依依过村落，十室无一存。存者皆面啼，无衣可迎宾。"接着通过一位老农的诉说，回顾了自贞观、开、天以来，农民生活每况愈下，"国蹙赋更重，人稀役弥繁"的情况，以此为中心，触及藩镇割据、军阀混战、宦官专权、皇帝昏庸、吏治腐败、国库空虚、外族凭陵等一系列严重社会问题，最后揭出官逼民反、骚乱四起的现状。诗人鲜明地提出了"又闻理与乱，系人不系天"的观点，在诗中痛责掌权的宰相，并向"九重"呼吁，要他们任贤用能、励精图治，以使唐朝中兴。这首诗主题、风格、气度均酷似杜甫《北征》，是作者学习杜甫创作精神的产物，在唐诗史上占有重要地位。

除《行次西郊》外，《随师东》反映讨伐叛镇李同捷的三年战争造成"几竭中原"和"积骸成莽"的灾难性后果。《淮阳路》写到战后农村的残破："荒村倚废营，投宿旅魂惊"；写到朝廷和藩镇间的斗争："昔年尝聚盗，此日颇分兵；猜贰谁先致，三朝事始平"。一定程度上揭示了人民苦难的根源。出于对人民的同情，李商隐反对穷兵黩武，大中年间讨党项，师久无功，劳民伤财，他大声疾呼："几时拓土成王道，从古穷兵是祸胎！"（《汉南书事》）但对抗敌御侮之战，李商隐是赞成的。会昌年间回鹘乌介可汗侵掠大同、云州一带，朝廷下令征发许、蔡等六镇兵前往抗击，诗人忠实反映现实道："山东今岁点行频，几处冤魂哭虏尘。灞水桥边倚华表，平时二月有东巡。"他并不反对出战，但尖锐地责问：国势日衰、边防空虚的责任应该由谁来负？把矛头指向了统治者。

《异俗二首》、《昭郡》等诗是大中二年（848）李商隐代理昭州刺史时所作，一定程度地反映出那个少数民族聚居地区的自然风貌和贫穷落后的状况，并指出苛酷的法律和无情的诛求乃是造成这种状况的原因。

李商隐诗另一个重要内容是揭露统治者的骄奢昏聩和统治集团内部的矛盾斗争，从而对文、武、宣三朝政局作了相当深刻的透视。

《龙池》、《骊山有感》讽刺唐玄宗霸占儿媳的秽行，《马嵬二首》、《华清宫》、《思贤顿》等批评玄宗宠信安禄山、李林甫，沉溺声色，不恤国政，锋芒十分锐利。有些诗更触及在世的皇帝。像唐敬宗的荒嬉，唐文宗的庸懦，唐武宗的迷信，都遭到他的谴责。《富平少侯》、《陈后宫》两首、《有感二首》以及《瑶池》、《华岳下题王母庙》等就是有名的篇什。唐文宗和武宗死后，李商隐分别作《咏史》（"历览前贤国与家"）和《昭肃皇帝挽歌辞》，前者试图探讨唐文宗个人生活号称节俭而无补于国家政治的原因，后者在照例的颂赞之外含有颇为辛辣的讥嘲。他也不单着眼于现实素材，还有意联系历史上的教训，因此，便借咏叹"三百年间同晓梦"的南朝和短命速亡的隋朝，来向李唐君王进行棒喝和警诫。他的许多咏史诗，正是在这一指导思想下产生的。

唐代文、武、宣三朝是封建统治阶级内部矛盾异常尖锐激烈的时代。除王室内部斗争外，朝廷和藩镇统一分裂之争，南衙（朝官）北司（宦官）间、朝官朋党间的权位之争均很严重。李商隐诗对这些斗争均有所反映。

李商隐痛恨藩镇割据，反对对他们采取姑息忍让政策。开成二年，寿安公主下嫁成德镇王元逵，李商隐作《寿安公主出降》诗，一针见血地指出朝廷此举的性质是"事等和强虏"，并且对"四郊多垒在，此礼恐无时"的现状和前景深表忧虑。会昌三、四年朝廷讨伐泽潞叛镇刘稹。李商隐在《行次昭应县道上送户部李郎中充昭义攻讨》、《登霍山驿楼》等诗中表现了对刘稹的义愤和蔑视。与此相关，他便衷心地歌颂维护国家统一的平叛英雄，如《韩碑》之赞裴度，《复京》、《浑河中》之赞李晟、浑瑊，而在《井络》诗中则警告妄图割据西蜀的"奸雄"们"莫向金牛访旧踪"，被赞为"足褫奸雄之魄而冷其觊觎之心"。（冯浩《玉谿生诗笺注》引田篑山语。）

他在甘露之变后写的《有感二首》、《重有感》、《故番禺侯以赃罪致不辜事觉母者他日过其门》、《哭萧侍郎》、《哭虔杨侍郎虞卿》等一系列作品，集中地反映了朝廷内部各种力量间的复杂斗争。这里有朋党之争，有某些野心家（李训、郑注）借清除朋党之名，行排斥异己，夺取政权之实的阴谋勾当，以及他们以诛除宦官为赌注的政治投机，等等。这里还写到某些贪赃聚敛的大臣之家如何在事变中被宦官洗劫一空，写到宦官熏天的气焰和他们在京城造成的恐怖景象，写到事变之后，朝臣要在藩镇的声援下才能粗秉政事的情况。这些诗在客观上向读者显示，李唐王朝统治集团上层绝大部分人，这时都抱着末日来临的恐惧，竭力在有限的政治、经济权益中多攫取一些，正是贪婪、短视的阶级本性，促使他们加速走向毁灭。

李商隐更多的诗是对于自己凄凉身世的讴吟，是对于当时知识分子境况的写照和曲折反映。从自己的坎坷遭遇，李商隐看到官僚、科举制度的许多弊病。他的诗揭露贵戚和宦官用事阻塞了才识之士的仕进之路，对于"十三身袭富平侯"、"生年二十有重封"的现象极为不满，而对在"寒郊自转蓬"的士子和刘蕡那样因直言敢谏而横遭迫害的人才则充满同情，他的《无题》("何处哀筝随急管")借贵族少女早婚和贫家老女不嫁的对比，寓寒士怀才不遇的哀怨；《无题》("重帷深下莫愁堂")和《深宫》两诗借浓香的桂叶比喻寒士们的学识才华，以菱枝、萝茑比喻他们的地位低下缺乏奥援，而以狂飙、风波比喻摧残他们的黑暗势力，深细婉曲地宣泄了他们内心的痛苦和愤懑。他在哭刘蕡的几首诗中唱道："上帝深宫闭九阍，巫咸不下问衔冤"、"一叫千回首，天高不为闻"，怨望的对象已经暗指封建王朝的最高统治者。他反复抨击官场中蝇营狗苟、妒贤嫉能的恶劣风气。《赋得鸡》、《洞庭鱼》两诗看似咏物，实是讽刺官场丑恶的寓言。七绝《乱石》把官场中盘根错节，党同伐异的恶势力作象征化表现，"不须并碍东西路，哭杀厨头阮步兵"两句可以说是千古落魄书生的血泪之词。

李商隐写了不少标为《无题》的诗，另有一些摘取篇中二字为题，如《玉山》、《碧城》、《一片》、《哀筝》、《锦瑟》、《钧天》等，也等于无题。这两类诗共占其诗作总数的十分之一左右。它们除一部分主题比较显豁外，大多内容复杂，题旨深曲，历来引起许多争论。例如《无题》中"来是空言去绝踪"、"飒飒东风细雨来"、"凤尾香罗薄几重"、"重帷深下莫愁堂"等首。又如著名的《锦瑟》诗，一千多年来，读者无不赞叹其诗境之优美，受到它哀伤凄婉情调的感染，但对于这些诗究竟写的是什么内容，却见仁见智，推测纷纭，未有定说。对于上述《无题》诗，有爱恋女冠、陈情令狐、君臣遇合、党派争端诸说。

对于《锦瑟》,说法更多,截至近代,大致有以下几种:(1)艳情(宋刘攽、计有功,清纪昀);(2)悼亡(清朱鹤龄、朱彝尊、何焯、冯浩、程梦星、姚培谦,近人张采田、孟森);(3)自伤(清何焯、汪师韩、薛雪、宋翔凤);(4)咏物(宋许𫖮、黄朝英);(5)政治影射(清杜诏,近人张采田);(6)诗序(清王应奎);(7)寄托不明(清屈复,近人梁启超)。此外还有一些零星说法。其中以悼亡与自伤身世二说解释诗境较为圆妥,二说之间又本有某种内在联系,故影响较大,有个别人且游移于二者之间[4]。关于《锦瑟》及某些《无题》诗题旨的讨论,至今还在进行,以后亦难作出结论。如果将这些作品看做李商隐以爱情感受为主要依据,融合全部人生经验,而以感伤身世为基本主题的抒情诗,或许与事实相去不远。

李商隐确也写过许多旖旎缠绵的爱情诗,如《柳枝诗》五首、《春雨》、《无题》("相见时难别亦难")等,其中许多是脍炙人口之作:

相见时难别亦难,东风无力百花残。春蚕到死丝方尽,蜡炬成灰泪始干。晓镜但愁云鬓改,夜吟应觉月光寒。蓬山此去无多路,青鸟殷勤为探看。(《无题》)

帐卧新春白袷衣,白门寥落意多违。红楼隔雨相望冷,珠箔飘灯独自归。远路应悲春晼晚,残宵犹得梦依稀。玉珰缄札何由达,万里云罗一雁飞。(《春雨》)

此外,他也曾根据对象不同写过不少语调或庄或谐的赠答应酬之作,乃至在酒席歌筵上的游戏笔墨,这部分作品的思想性自然就差一些。

第三节　李商隐诗歌的艺术特色

李商隐诗在表现技巧上具有构思缜密、寄托遥深、语言清丽以及格律严整等显著特点。若再从文学家观察和感受世界的独特角度及其作品整体和基本的风貌来看,则其诗歌的主观化倾向和贯串感伤情调两大特色尤为重要。

所谓主观化倾向,首先体现于诗歌题材的选择上。李商隐的诗歌创作一贯侧重表现个人内心世界的活动。他的诗集中,像《行次西郊》那样细致描写现实生活画面的叙事名篇,为数极少,就是像《安平公诗》、《偶成转韵七十二句》之类记述生平踪迹的作品,也非常罕见。他最喜爱而且擅长的,是诸如《自喜》、《自贶》、《春宵自遣》、《秋日晚思》以及《有感》、《寓怀》、《漫成》等以自我情思为中心的题目。此外如《端居》写客居异地的寂寞,《幽居冬暮》写年渐衰而志不遂的苦闷,《花下醉》写"客散酒醒深夜后"的惆怅。《北楼》写思念首都、忧虑国事的心绪,也都是以自身生活经验和感受为基本内容,着力刻画心灵活动而不描绘客观事件。

他对题材的处理也表现出主观化倾向。他总是把自己的灵魂赋予所咏的风景、事物或历史人物,使它(他)们带上强烈的象征色彩,在很大程度上和作者融为一体,甚至成了诗人的化身。例如五律《蝉》所咏的与其说是一种夏虫,还不如说是诗人孤苦无告的生涯。纪昀指出:"前四句写蝉,即自喻;后四句自写,仍归到蝉"(《玉谿生诗说》)就指出本诗中蝉人合一、彼我难分的情况。又如《流莺》:

流莺漂荡复参差,度陌临流不自持。巧啭岂能无本意,良辰未必有佳期。风朝露夜阴晴里,万户千门开闭时。曾苦伤春不忍听:"凤城何处有花枝?"

这里所写的是一只体现着诗人独特生活感受和心理特征的鸣禽。李商隐把主观感情移入吟咏对象,使它成为有感情、有思想的"人化"了的物,从而更好地寄寓作者的身世之慨。这就大大超过了一般咏物诗的水平。就是对于那种客观性很强的题材,如某些纪游或反映真实历史事件的诗,李商隐也总是不愿描述具体过程而致力于写出感受和看法。如他有两首《岳阳楼》七绝,就是强烈地从自我感受出发,完全略去所见而仅写所感。又如《有感二首》写"甘露之变",只用寥寥数笔,以几个典故和比喻加以暗示,主要篇幅是发表评论和感慨,它是诗体的"史评"。李商隐诗历来被认为工于比兴寄托,其根源即在于他选择和处理题材的主观化倾向。

李商隐诗又一贯地表现出感伤的倾向。感伤——以自我感伤为主,扩大到为国家、社会、民生而感伤——是李商隐诗歌贯串始终的主旋律,也是他作品的基调。形成这个风格特色的原因是多方面的。诗人主观方面,气质、性格、美学趣味和坎坷遭际起着重要作用;而在客观上,危机四伏的社会现实、江河日下的时代气氛更是决定性的因素。

从时间的延续性看,他的早期作品《夕阳楼》已有"欲问孤鸿向何处,不知身世自悠悠"的慨叹。稍后的《十一月中旬至扶风界见梅花》借咏梅寄怀才不遇之恨,首联点明"非时"即生不逢辰之意,末联又说"为谁成早秀,不待作年芳",对前途的悲观溢于言表。他的《安定城楼》虽有"欲回天地"的豪语,但"贾生年少虚垂涕"一联却不免气短。他在《任弘农尉献州刺史乞假归京》中说"却羡卞和双刖足,一生无复没阶趋",在《自贶》中又高唱"谁将五斗米,拟换北窗风!"可谓孤傲倔强之极,但实在却是无奈何时的伤心话。长期充当幕僚,远离家乡到处漂泊,使他痛感老大无成,自然也容易陷入思亲念家的愁绪之中,发为诗歌,便出现"从来系日乏长绳,水去云回恨不胜"(《谒山》)、"人生岂得长无谓,怀古思乡共白头"(《无题》)等充满忧郁悲伤的句子。至于一向脍炙人口的《夜雨寄北》和《二月二日》:

　　君问归期未有期,巴山夜雨涨秋池。何当共剪西窗烛,却话巴山夜雨时。

　　二月二日江上行,东风日暖闻吹笙。花须柳眼各无赖,紫蝶黄蜂俱有情。万里忆归元亮井,三年从事亚夫营。新滩莫悟游人意,更作风檐雨夜声。

写出诗人在秋雨连绵的深夜或春色烂漫的郊游中不可遏止的对亲朋和故园的思念,更以其如水的柔情和深沉含蓄的伤感情绪感动着世世代代的读者。他晚年的作品如《夜饮》、《幽居冬暮》等,学习杜甫律诗的艺术方法,对时代、人生作凝练的形象概括,感伤情调愈益浓重。

　　从空间的广阔性看,几乎任何题材在李商隐手中都能用以表现感伤主题。例如从淘井挖出的泥土,他引出命运主宰一切的消极思想。《井泥》诗由井泥起兴,列举大量事例证明偶然机遇对人穷通祸福的巨大影响。末云:"我恐更万世,此事愈云为:猛虎与双翅,更以角副之;凤凰不五色,联翼上鸡栖。"这种悲观的展望,使全诗笼罩着沮丧低沉的气氛。又如《骄儿诗》前半畅写衮师骄憨之态,后半笔锋一转,用自己的潦倒身世教训儿子:"爷昔好读书,恳苦自著述。憔悴欲四十，无肉畏蚤虱。儿慎勿学爷，读书求甲乙。"我们不难从"儿当速成大，探雏入虎穴"的热望背后辨别出诗人对平生道路的否定和痛悔。李商隐给同时代齐名的诗人杜牧赠诗，着意渲染的是风雨飘摇的时代特征、杜牧备受挫抑的境遇及其诗歌俊逸潇洒外表下深藏的感伤实质。他的旅游写景诗常表露出悚然的危机感。如游曲江，想到的是"死忆华亭闻唳鹤，老忧王室泣铜驼"的亡国破家景象，流连筹笔驿、武侯祠，又想到"徒令上将挥神笔，终见降王走传车"、"玉垒经纶远，金刀历数终"的历史悲剧。他最善于创造凄清孤寂的意境。《落花》诗堪称典型：

> 高阁客竟去，小园花乱飞。参差连曲陌，迢递送斜晖。肠断未忍扫，眼穿仍欲稀。芳心向春尽，所得是沾衣。

处处表现出环境的萧条冷落与心情的抑郁悲伤，曲折地透露出诗人对已逝的东西（光阴、青春、友情、爱人、理想等）的留恋和惋惜。他的悼亡诗不必说了，就是爱情诗或寄内赠内之什，也往往浸透着悲戚。至于直接间接触及人民生活的作品其感情就更是哀痛而深沉。

李商隐诗艺术上另一重要特色是善于以委婉曲折的手法表现层次复沓的思想内容。他的许多诗隐晦难懂，即与此有关。《无题》诸诗可以说是这一特色的代表。它们当中不少篇具有爱情诗的外表，但又似有某种寄托，从李商隐人格、诗风的统一性来分析，人们不能把这些诗仅仅看做爱情之作。李商隐曾批评唐代许多诗人"陷于偏巧、罕或兼材"、"推李、杜则怨刺居多；效沈、宋则绮靡为甚"（《献侍郎钜鹿公启》），他自己的目标是要将讽谕怨刺的内容与委婉清丽的形式结合起来，是"徘徊胜境，顾慕佳辰，为芳草以怨王孙，借美人以喻君子"（《谢河东公和诗启》）。他又曾作诗云："非关宋玉有微辞，却是襄王梦觉迟。一自《高唐》赋成后,楚天云雨尽堪疑。"(《有感》)明白承认自己诗中颇多"微辞",但也并非到处都是。前人评李商隐诗,说他"言近旨远,其称名也小,其取类也大"(张戒《岁寒堂诗话》),"寄托深而措辞婉"(叶燮《原诗》),也都是针对这个特点而言。

李商隐诗形式优美,各体均有佳制。乐府如《江南曲》、《房中曲》、《无愁果有愁曲北齐歌》、《烧香曲》、《征步郎诗》[5],五、七言古诗如《骄儿》、《行次西郊》、《韩碑》、《偶成转韵》等,艺术上均达很高水平。排律也有精彩之作,除《有感二首》、《武侯庙古柏》外,《独居有怀》、《崇让宅东亭醉后沔然有作》、《杏花》、《摇落》、《念远》都是其中上乘。至于五、七言律绝,特别是七律,更集中地显示了他高度纯熟的艺术技巧。

他能够用白描手法写出清新优美的诗作,如《宿骆氏亭寄怀崔雍崔衮》、《临发崇让宅紫薇》、《晚晴》、《乐游原》等便是如此。但为了增加诗歌形象含义的深广程度,也为了文字的典雅凝练,李商隐又十分重视用典。《哭刘蕡》颈联"只有安仁能作诔,何曾宋玉解招魂"将古人比自己,是常见的浅显例子。《潭州》中二联"湘泪浅深滋竹色,楚歌重叠怨兰丛;陶公战舰空滩雨,贾傅承尘破庙风"用典稍稍深曲,四句忆古,目的是更好地宣泄伤今之情。《楚宫》的"枫树夜猿愁自断,女萝山鬼语相邀"采屈宋语意而自铸伟辞,用古人语如同己出,步入了用典的化境。当然,有时用典过多过僻,如生造"弘阁"、"董帷"、"曹蝇"、"韩蝶"之类缩语,则是李商隐诗的一种弊病。

李商隐诗有高度的语言美和声韵美。他的语言色泽丰富,有时深沉悲怆,有时妩媚流丽,更因仿效杜甫的锤词炼句,诗中多有警策。如"江海三年客,乾坤百战场"(《夜饮》)、"天意怜幽草,人间重晚晴"(《晚晴》)、"人生岂得轻离别,天意何尝忌崄巇"(《荆门西下》)

等均言简意深。他喜用叠词,并且善于根据心境加以选择。如同是写水,焦躁时是"伊水溅溅相背流"(《十字水期韦潘侍御不至》),恬静时却是"秋水悠悠浸野扉"(《访隐者不遇》)。他巧妙地使用双声叠韵词造成和谐的韵律。如"悠扬归梦唯灯见,濩落生涯独酒知"(《七月二十九日崇让宅宴作》)以平声的双声词状游子思乡梦之绵邈,以入声的叠韵词状寒士落魄相之凄楚。"悠扬"、"濩落"不但平仄为对而且双声叠韵为对,表现形式上达到贴切工巧、抑扬有致的美妙境地。他的诗句式灵活多变,"一名我漫居先甲,千骑君翻在上头"(《韩同年新居》)、"梅花大庾岭头发,柳絮章台街里飞"(《对雪》)、"胡马嘶和榆塞笛,楚猿吟杂橘村砧"(《宿晋昌亭闻惊禽》)等变格,读来有不同常调的节律之美。而"莫遣佳期更后期"(《一片》),"不是花迷客自迷"(《饮席戏赠同舍》)和"纵使有花兼有月,可堪无酒又无人"(《春日寄怀》)等句式则更具有回环往复、缠绵柔腻的艺术效果。

讲究对偶声律、隶事运典是骈文的必要条件。李商隐律诗技巧纯熟同他对四六文的精通是分不开的,甚至可以说上述种种艺术特色的形成正是他有意无意以骈文手法入诗的结果。唐代前有韩愈的以散文入诗,后有李商隐的以骈文入诗,两人都对唐诗的成熟和发展作出独特贡献,这也是李商隐给予后世影响的一个重要方面。

第四节 李商隐的文

李商隐生前曾自编《樊南四六甲集》和《乙集》各二十卷,收文八百三十多篇,他的散文从未编集。这些文章后来大量散失。今天能见到的李商隐骈、散文总共三百五十多篇,其中散文仅占二十分之一。

樊南四六前人给它的评价很高,如清人孙梅把它誉为"今体之金绳,章奏之玉律"(《四六丛话》)。但那些代人起草的公私文书,内容既已因时过境迁而失去意义,文字技巧也就无足多称。真正能代表他骈文成就的是哀诔文,其中尤以祭令狐楚、王茂元、两位姊姊、一个侄女的几篇[6]最有特色。它们在哀悼对方时总是将作者的不幸遭际(所谓"樊南穷冻")和内心的哀怨悲愤深深糅合进去,从而既加深了对死者的凭吊之情,又开拓了文章的境界,使它们能一定程度地反映那个可悲的时代。这种文风同李商隐诗歌的内容多层而表现曲折的特点完全一致,也是这些哀诔文字至今"能感动人"的关键所在。

《为濮阳公与刘稹书》这篇书信体的文章,虽用四六写成,但却析理充分,笔力雄健。作者取高屋建瓴之势,使全文气势磅礴,具有震撼人心的力量,是对叛镇刘稹的有力声讨。某些呈上的启状也写得颇有情致,如《上令狐相公(楚)启》的第一则,可说是带有晚唐时代色彩的《上韩荆州书》;代其弟羲叟作的《献侍郎钜鹿公启》在鸣谢和恭维之外阐述对当代诗歌的批评意见,可谓别开生面。还有那篇著名的谢绝续弦的《上河东公启》,在感情的深沉绵邈、措辞的委婉得体上,亦堪称佳作。由于李商隐的着意经营,这些应用文字获得一定美学价值,成为可供人们长久鉴赏的艺术品。

李商隐散文今存大小共二十篇,它们的共同特色是古朴奇谲,接近韩愈文风。这些文章一类侧重议论。《断非圣人事》、《让非贤人事》两篇短论显示他作文喜好翻案、不肯蹈袭故常的思想特征。《别令狐拾遗(绹)书》、《上崔华州书》、《与陶进士书》等,有的从切身感受出发,抓住人与人的关系进行社会评论,揭露官场、文场中的颓风陋习。如《别令狐拾遗书》有云:"今日赤肝脑相怜,明日众相唾辱,皆自其时之与势耳！[7]"令人想起韩愈《柳子厚墓志铭》所鞭挞的世态。有的正面陈述观点："夫所谓道，岂古所谓周公、孔子者独能耶？盖愚与周、孔俱身之耳。"被冯浩评为"幅短而势横，力健不减昌黎"。

另一类侧重叙事的又有几种情况。或近于史，如行状、墓志之属；或近于笔记小说，如《齐鲁二生》、《宜都内人》等；还有一种是史笔和文学描写的结合，如《李贺小传》。

《齐鲁二生》等篇是六朝"志人"小说的苗裔流亚。它们每篇记一人或一事，篇幅较短，最长的《程骧》五百字，最短的《华山尉》仅五十五字。审其内容，多为遗闻轶事而不涉神仙怪异，材料来源大约以得自传闻者为主，作者加以记录而皆能征实，所以颇为史家所重。《刘叉》一篇几被《新唐书》编者完全采入。由于性质如此，故其文字朴实无华，不事渲染夸饰，但其刻画描绘亦时有极生动传神处。《柳枝诗序》虽非独立篇章，但用一些富于个性特征的生活细节和生动的对话写出一个怀春少女的可爱形象，实是异常成功的散文。

被人称为"文章中异观"[8]的《李贺小传》是李商隐叙事散文中最值得重视的一篇。该文以李贺亲人提供的材料为据，满怀诗人间惺惺相惜的心情，生动细致地描写了这位天才诗人的外貌、家庭、交游、生活习惯、创作特点和他临终前的奇妙幻觉，为我们提供了有关李贺的宝贵资料。文末引出大段议论，控诉黑暗社会，为才能卓绝、困顿夭亡的李贺一洒同情之泪，也代同时代许多遭际不幸的知识分子舒泄了胸中的愤懑。

此外还有几篇赋的片断，如《虱赋》、《蝎赋》、《三怪物赋》，表现出李商隐借隐喻作讽刺的特色，与他某些咏物以寓讽的诗，如《赋得鸡》、《洞庭鱼》风格一致。

唐末人李涪曾在《刊误·释怪》中批评李商隐诗文"无一言经国，无纤意奖善，惟逞章句"。根据上面所述，李涪的观点显然是十分片面、远离实际的。李商隐诗文创作的思想、艺术成就应得到充分重视、恰当评价。他的一些创作经验也还是值得借鉴和继承的。

〔1〕 关于李商隐生年，两《唐书》无明文。学术界曾有多种说法，主要有：(1)生于唐宪宗元和六年(811)，见清钱振伦《玉谿生年谱订误》。(2)生于元和七年(812)，见近人张采田《玉谿生年谱会笺》。(3)生于元和八年(813)，见清冯浩《玉谿生年谱》。冯说先出，历来为许多著作所采纳。但钱氏根据后来发现的《请卢尚书撰李氏仲姊河东裴氏夫人志文状》提出新说，实比冯说可信。故本书暂依此说，理由详见董乃斌《李商隐生年为元和六年说》(载《文学遗产增刊》第十四辑)。张采田说企图折中二说，而实扞格矛盾不可通，然近年从者甚多，可参刘学锴、余恕诚《李商隐诗歌集解》(中华书局，1988)附录之《李商隐生平若干问题考辨》。李商隐之确切生年尚可进一步斟酌考定。商隐卒年虽有大中十二年和十三年两说，但一在岁尾，一在年初，按之公历则皆已进入 859 年。

〔2〕 李商隐确有"学仙玉阳"之迹，然具体时间不可考。张采田《玉谿生年谱会笺》于大和九年下云："学仙玉阳，当亦在此数年。"然据刘学锴、余恕诚考订，商隐学道当在大和元、二年间(827、828)，详参《李商隐生平若干问题考辨》。

〔3〕 此次漫游，即冯浩、张采田所谓的"江乡之游"。冯浩《玉谿生年谱》开成五年下云："商隐辞尉任，南游江乡"，注明"从本集酌书"，"(李商隐)南游江乡，全从篇什中参悟得之也。"张采田《玉谿生年谱会笺》卷二完全同意冯的说法。但也有不同意见，岑仲勉《唐史馀瀋》、《玉谿生年谱会笺平质》，刘学锴、余恕诚《李商隐开成末游江乡说再辨正》(载《文学遗产》1980 年第 3 期)，均以为李商隐无此游踪，请参看。

〔4〕 例如何焯和张采田就都是先持悼亡说，后改为自伤说或政治影射说。而且张的影射说又与自伤说相通。

〔5〕 《征步郎诗》："塞外虏尘飞，频年度碛西。死生随玉剑，辛苦向金微。"《乐府诗集》卷八十收此诗，无作者姓名。《永乐大典》卷七三二九，谓是李商隐作。

〔6〕 它们的题目分别为《奠相国令狐公文》、《祭外舅赠司徒公文》、《重祭外舅司徒公文》、《祭裴氏姊文》、《祭徐氏姊文》、《祭小侄女寄寄文》。

〔7〕 《樊南文集详注》卷八。

〔8〕 见清王之绩《铁立文起》。

第十八章　贞元至大中时期其他作家(上)

唐自德宗贞元元年(785)至宣宗大中十三年(859)的七八十年间,政治局面相对稳定,社会生产力由复苏走向新的发展。在这一期间,作家辈出,流派蜂起,名篇佳制不胜枚举。除本书前面已列专章叙述的重要作家以外,尚有许多颇具特色的诗文作者值得介绍。兹大体按年代先后和创作特色的同异,分节介绍如下。

第一节　令狐楚　李德裕

令狐楚(766—837)字悫士。《旧唐书·令狐楚传》说他自称是唐初十八学士令狐德棻之后,而祖、父均为低级官僚。他于德宗贞元七年(791)进士及第后,在太原历任幕职。元和九年(814)因皇甫镈之荐,入朝为翰林学士,十四年(819)一度为相。穆宗即位后被贬出朝,历任各大镇节度。开成二年(837)死于山南西道节度使任上。有文集百卷[1]。《全唐文》编其文五卷,共一百四十四篇,《全唐诗》编其诗一卷,共五十九首。

骈体章奏是令狐楚写作的重点。他在太原代府主所写的许多表章,曾得到唐德宗的欣赏。贞元十七年太原镇长官郑儋暴卒,军中将乱,中夜,十数骑持刃迫楚令草遗表,"楚在白刃之中,搦管即成,读示三军,无不感泣,军情乃安"。此表今佚,但据此可以推见令狐楚的文章在说理、陈情方面必有能够服众感人之处。

元和文坛虽有韩愈、柳宗元极力提倡散文,但公私文书大都仍沿旧习使用骈体。令狐楚的今体章奏在当时享有盛名。唐文宗大和三年(829)以后,他曾以骈文技巧授予李商隐,后来李在"繁缛"方面超过了他。如将现存令狐楚的文章与樊南四六相比,可以看到楚文虽也工丽整饬,但不像李文那样獭祭藻饰,因此具有比较劲健的特色。例如这样的句子:"匈奴未灭,方忍耻于愚臣;童子何知,复蒙恩于圣主","鼹鼠饮河之腹,闻以满盈;老牛舐犊之心,喜无终极",还是比较明白而有力的。

令狐楚的诗歌创作按性质大体可分两类,一类是奉和唱酬之作,如早年与李逢吉唱和者曾编为《断金集》,晚年与刘禹锡唱和者又编为《彭阳唱和集》,此外还有不少酬赠其他人的诗作。这一部分作品思想意义不大。另一类是乐府形式的抒情诗,这部分诗因其内容的不同而呈现不同风格,其中反映边塞生活的,于豪迈中略显苍凉,例如《少年行》:

少小边州惯放狂,骣骑蕃马射黄羊。如今年老无筋力,犹倚营门数雁行。
弓背霞明剑照霜,秋风走马出咸阳。未收天子河湟地,不拟回头望故乡。

又如《塞下曲》、《从军行》写长年征戍者的艰苦生活和复杂思绪:"黄尘满面长须战,白发生头未得归";"终日随征旆,何时罢鼓鼙";"纵有还家梦,犹闻出塞声"。这可能与作者青年时代曾在北方重镇太原担任军职因而对边地人民生活较了解有关。作者对征战者深沉的同情还表露在《相思河》:"谁把相思号此河,塞垣车马往来多,只应自古征人泪,洒向空洲作碧波。"以及《闺人赠远》、《春闺思》等诗中。

令狐楚乐府诗中有些反映宫廷生活,风格婉约而清丽,如《宫中乐》五首、《春游曲》三首等。这类诗把宫中游宴生活写得很美,恰好成为反映边塞征战之苦的乐府诗的鲜明对比。其中偶有涉及宫怨的,如《思君恩》:"小苑莺歌歇,长门蝶舞多,眼看春又去,翠辇不经过。"表现出"怨而不怒"的风格。

此外,令狐楚于元和十二年(817)曾奉敕编进《御览诗》[2]一卷,选入刘方平、皇甫冉、卢纶、杨凝、卢殷、李益等三十家诗三百多首(今本存二百八十九首)。前人曾指出该书"去取凡例,不甚可解"[3],而且其中对原诗"间有顿易原题,新缀旧幅者",很可能是编者因"引嫌避讳"而有意为之[4]。但此书作为唐人选唐诗旧本的一种,对整理和研究唐诗仍有一定参考价值[5]。

李德裕(787—850)字文饶,赵郡赞皇(在今河北赵县)人。祖栖筠,大历间任御史大夫。父吉甫在德宗贞元年间被谴逐瓯越,德裕随侍左右达十四年之久。宪宗元和初,吉甫入相,德裕不愿参加科举考试,以荫补校书郎,进入仕途。穆宗长庆初,任翰林学士,与元稹、李绅共称"三俊"。此后官位不断升迁,文宗大和七年(833)一度入相。但由于朋党斗争的关系,他作为李党魁首也曾屡次被排挤出朝,先后在浙西、郑滑、西川、淮南等地担任行政长官,甚至担任过袁州长史这样低级的职务。开成五年(840)武宗即位,将李德裕从淮南召回再次拜相。在会昌年间(841—846),武宗独任德裕,使他得以充分施展政治才能,取得削藩平叛、解除边患、沙汰僧尼、发展生产等多方面的政绩。他也因此晋爵卫公。宣宗即位,牛党势力复炽,李德裕遭到贬逐,从东都留守而潮州司马直至崖州司户参军。大中三年十二月十日死于崖州(今属海南)贬所[6]。

李德裕不但是一个颇具才略的政治家,而且在学问和词章的修养上也达到很高造诣。他的著作在《新唐书·艺文志》中著录多种,不少已经亡佚。今存者唯《会昌一品集》,包括正集二十卷,主要是他在会昌年间起草的诏敕制文和表状之类文书;《别集》十卷,主要是诗赋杂文;《外集》四卷又称《穷愁志》,由四十七篇短论组成,是他大中初被放逐潮州后陆续写成。此外还有《次柳氏旧闻》一卷,追记其父转述的唐明皇故事十七则,属于历史琐闻类的笔记小说。

早在长庆初年担任翰林学士时,李德裕就以"大手笔"著称于朝,"凡号令大典册,皆更其手"[7]。会昌年间,他大权独任,但处置军国大事的同时,仍亲自动手撰写朝廷重要文告、诏敕和外交文件。李德裕为文多用散体,在写作上最大特点是善于准确而委曲地达意,而无意于追求华丽词藻。这既是因为他所写文章性质多属政治军事方面的指导性文件,需要即时发挥效用,也与他向来"不喜浮华文字"有关。会昌三年(843)唐中央政府讨伐泽潞叛镇刘稹时所发布的许多文告和给各路讨伐军长官的指示信,如《赐石雄及三军敕书》、《赐潞州军人敕书意》以及致何重顺、刘沔、王茂元、李彦佐等人的诏书,还有同年对回纥用兵之前的《赐回鹘可汗并公主及九姓宰相书》、《赐太和公主敕书》等都突出地表现了这个特点。李德裕也能写骈文,并且也讲究文采,特别注重文章的气势,善于将奔腾鼓荡、汪洋恣肆与凝练含蓄、深湛蕴蓄相结合,造成雄健的风格而又不一览无馀。例如《幽州纪圣功碑铭》记叙击败回纥侵扰的史实便是如此,被清人孙梅赞为"经济大文,英雄本色"[8]。

在文学观点上,李德裕明确反对时俗的浮华风尚,甚至公开声言

"家不藏《文选》"[9],以与当时崇尚《文选》的风气对立。但同时他又能通达地将诗文风格与政治立场区分开来,如在《臣子论》中说:"近日宰相上官仪,诗多浮艳,时人称为'上官体',实为正人所病。及高宗之初,竟以谋废武后心存王室至于宗族受祸……则名节之间不可以一概论也。"他自己在诗赋创作上,基本上也只是抒发个人情怀,很少触及时事政治。除了一部分属于奉和唱酬之外,大部分抒写的是降职贬官时期的郁闷和牢愁,有的表现对平泉别墅的想念,有的表现矛盾复杂的心理活动。这些作品对于展示政治家李德裕思想性格的另一侧面是颇有意义的。在大中初年遭到牛党打击被贬崖州以后,李德裕的创作起了变化,思想感情比以前深沉,风格也变得慷慨悲凉起来。例如写于贬逐途中和贬所的两首诗:

岭水争分路转迷,桄榔椰叶暗蛮溪。愁冲毒雾逢蛇草,畏落沙虫避燕泥。五月畲田收火米,三更津吏报潮鸡。不堪肠断思乡处,红槿花中越鸟啼。(《谪岭南道中作》)

独上高楼望帝京,鸟飞犹是半年程。青山似欲留人住,百匝千遭绕郡城。(《登崖州城作》)

又如他当时写的一些书信:"自到崖州,幸且顽健,居人多养鸡,往往飞入官舍,今且作祝鸡翁尔。""大海之中无人拯恤,资储荡尽,家事一空,百口嗷然,往往绝食,块独穷悴,终日苦饥,唯恨垂没之年,须作馁而之鬼[10]"这些生动具体的叙述和富于真情的感慨,是能够感动读者的。

李德裕一生与党争相终始。这种封建高级官僚间的宗派斗争,既有涉及政见的一面,又有无原则争权夺利的一面。文学在一定程度上也被用作党争的工具,如李党韦瓘曾假托牛僧孺之名作《周秦行纪》,编造牛与古代后妃狎媟的离奇故事,其中羼入对唐德宗及其母后的污辱之词,而李德裕则以假当真,借此论证牛有欺君之罪[11]。而在李德裕贬死之后,便有人抛出托名的"吊诗",其实是幸灾乐祸之作[12],甚至伪造李德裕的诗,对他进行讽刺挖苦[13]。把文学直接纠缠到政治斗争中去,并非自牛李党争始,但应该说这是比较突出的一次,这自然是无助于文学的健康发展的。

令狐楚、李德裕是两个一生身居高位的官僚,他们的写作与政治直接发生关系是可以理解的。也许正因为此,他们的作品真正能够反映社会生活和作者性情的,为数就很少,这是他们在文学史上的地位不可能很高的根本原因。与他们情况相似的,在当时还有武元衡、权德舆等人,他们作品的数量均很可观,但文学价值却很有限。

第二节 卢仝 马异 刘叉

在贞元至大中的诗坛上,活跃着一批艺术上追求奇怪险僻境界的诗人,韩愈、孟郊、贾岛可以说是他们的代表,而卢仝、马异、刘叉在某些方面甚至走得更远。

卢仝号玉川子,生卒年不详[14]。祖籍范阳(今河北涿州),迁家河南,隐居于少室山,朝廷征以谏议,不起。元和间居洛阳,家境贫困而性僻与世寡合,不愿仕进。当时韩愈任河南令,与之友善,曾有诗写他:"玉川先生洛城里,破屋数间而已矣。一奴长须不裹头,一婢赤脚老无齿。辛勤奉养十馀人,上有慈亲下妻子。先生结发憎俗徒,闭门不出动一纪……劝参留守谒大尹,言语才及辄掩耳。"(《寄卢仝》)他的足迹到过塞北也到过江南,一度还曾在扬州居留。他善《春秋》之学,著有《春秋摘微》四卷[15],其诗今存一百零九首,清人孙之騄有《玉川子诗集注》。

《月蚀诗》是最能代表卢仝险怪风格的作品。全诗长达一千六百六十六字[16]，是一首高度散文化的杂言诗。它从描述和渲染古人眼中月全蚀的恐怖景象开始，引申出丰富的政治寓意，力图唤醒最高统治者警惕宦官擅政，以免大权旁落，反复指出应予及时预防，否则必将引起无穷后患。诗中大量运用古代典籍、佛经、道书乃至民间口头流传的有关天、地、日、月的神话传说，以之影射现实政治生活中的某些事物，内容庞杂，表现也比较晦涩，有不少地方不易索解。加上作者遣词造句故求奇特不凡，甚至用了一些很冷僻的字眼，在句法上又打破诗歌的格律，因此该诗给人的印象相当险怪僻涩。但它的主旨是为了针砭现实，所触及的也确是唐中期以后影响政局的根本问题之一。诗云"呜呼，人养虎，被虎啮；天媚蟆，被蟆瞎；乃知恩非类，一一自作孽"，便是对主旨的明白揭示。诗人还表示自己愿为维护皇权而奋力除奸，态度非常坚定积极。这首诗在当时博得韩愈欣赏，曾删约其词写成《月蚀诗效玉川子作》。不过韩作比起卢作来，虽雅正了些，但气势却逊色得多。稍后，孙樵又推尊它为"道人之所不道，到人之所不到，趋怪走奇，中病归正""拔地倚天，句句欲活"的杰作[17]。宋人朱熹所谓"唐人玉川子辈，句语虽险怪，意思亦自有浑成气象"[18]，主要也是指本诗而言。

卢仝做诗崇尚奇险，追求不同凡响的效果，有时不免流于怪诞艰涩。他的许多作品欹崎瘦硬的风格，其实是他孤傲执拗人格的艺术体现。他那种与时态流俗格格不入的性格，充分表现在《冬行三首》、《叹昨日三首》、《感古四首》、《常州孟谏议座上闻韩员外职方贬国子博士有感五首》等诗中。透过他作品的表面，我们可以看到这位险怪诗人，其实有着一副关心国事、关怀民生的儒者心肠。前者已见于《月蚀诗》，后者的典型代表如《走笔谢孟谏议寄新茶》。该诗写畅饮新茶之乐,诗人一杯又一杯地饮着,身心舒泰得仿佛就要乘风仙去,就在这时转念想到了百姓。"玉川子,乘此清风欲归去,山上群仙司下土,地位清高隔风雨。安得知百万亿苍生命,堕在巅崖受辛苦,便为谏议问苍生:到头还得苏息否?"这里流露出的对人民的同情心是真诚而深厚的。

其实卢仝完全能写风格流利秀美的诗。"翠眉蝉鬓生别离,一望不见心断绝。心断绝,几千里,梦中醉卧巫山云,觉来泪滴湘江水。"(《有所思》)"相思弦断情不断,落花纷纷心欲穿。心欲穿,凭栏杆,相忆柳条绿,相思锦帐寒。直缘感君恩爱一回顾,使我双泪长珊珊。"(《楼上女儿曲》)或写情人两地相思,或写女儿闺中春愁,就一扫艰涩生硬而变为清新流丽、柔和妩媚。另有两首写给儿子的诗,《示添丁》、《寄男抱孙》,则又是亲切朴拙,仿佛信手写来,在和儿子娓娓细谈。这些作品所表现的乃是卢仝为人气质的一种本色,他绝非一个不通情理的怪人。它们的存在也许正可以反证卢仝险怪的诗风倒是他艺术上刻意追求的结果。"张籍、卢仝斗新怪。"[19]他是故意锤炼出这种怪异风格来惊世骇俗,以使自己能够独立于大家林立的元和诗坛之上,而他的努力显然是有成效的。

马异,河南人[20],《唐才子传》谓其"兴元元年(784)礼部侍郎鲍防下进士第二人"。他是卢仝的诗友,二人姓名且成巧对。卢有《与马异结交诗》就拿二人的名字开玩笑,所谓"立同异之论"。诗中把马异比为由天地元气所钟而生的"祥瑞",把他的诗文比为"盘根蹙节成蛟螭;忽雷霹雳卒风暴雨撼不动,欲动不动千变万化总是鳞皴皮"的千年古松,对他极表倾倒之忱。不过马异的诗留存下来的很少,《全唐诗》中仅收四首。从他的《答卢仝结交诗》可以看到他的诗风在幻想的超拔奇特、设喻的大胆恢诡、用语的追奇尚险方面,确与卢仝相似。如他形容卢仝赠诗的精警遒壮,有"此诗峭绝天边格,力与文星色相射。长河拔作数条丝,太华磨成一拳石"云云。他的《贞元旱岁》诗:"赤地炎都寸草无,百川水沸煮虫鱼;定应焦烂无人救,泪落三篇古《尚书》。"表现了以诗写实和关切国计民生的精神。

刘叉,据李商隐《齐鲁二生·刘叉》所记,少年时使气任侠,因酒杀人,幸逢赦而出,后折节读书,能为歌诗,酷好卢仝、孟郊之体。曾在韩愈门下为客,作品造语幽塞奇僻、涩瘦硬拗,极得孟郊、樊宗师赞赏。其《答孟东野》诗云:"酸寒孟夫子,苦爱老叉诗。生涩有百篇,谓是琼瑶辞。"后因在韩门与人争论,不能相下,愤而离去。归齐鲁,不知所终。《全唐诗》收其诗一卷,仅二十七首。

刘叉的诗以《冰柱》、《雪车》为最著名。这两首诗从天灾写到人祸,批判矛头指向统治集团,态度严厉,用语尖锐。如《雪车》诗写到严冬大雪"阛阓饿民冻欲死,死中犹被豺狼食"的悲惨状况。这时统治者对百姓不但不加赈恤,反而让百姓冒着冻死的危险把雪装车运往宫中收藏起来,以备他们夏日御暑的需要。诗人忍不住由此及彼地怒骂起来:"岂信车辙血,点点尽是农夫哭。刀兵残丧后,满野谁为载白骨?远戍久乏粮,太仓谁为运红粟?戎夫尚逆命,扁箱鹿角谁为敌?士夫困征讨,买花载酒谁为适?天子端然少旁求,股肱耳目皆奸慝。依违用事佞上方,犹驱饿民运造化防暑厄。吾闻躬耕南亩舜之圣,为民吞蝗唐之德。未闻墟孽苦苍生,相群相党上下为蟊贼。庙堂食禄不自惭,我为斯民叹息还叹息。"如此猛烈的抨击,即使在元、白新乐府中也并不多见,与诗人出身下层百姓,感情更接近贫苦人民有关。

刘叉的创作作风和作品风格与卢仝、马异非常相近。比较起来,刘叉的诗粗犷豪放之气更为强烈,这可能与他"少任侠"的经历和性格更为褊急有一定关系。但他在《自问》诗中"酒肠宽似海,诗胆大于天"的自白,特别是后一句,却不但说出了他自己,也代表了卢仝、马异的心声。他们确实是一批从思想性格到艺术好尚都迥异于时俗的敢想敢写的诗人。"作诗狂怪至卢仝、马异,极矣。"[21]。他们的诗优点和缺陷均极明显。从促进唐代诗歌创作风格多样化的角度看,他们的努力是有贡献的;对于后人,如宋和金、元的某些诗人他们也曾发生不小的影响。宋代诗论家严羽说"玉川之怪、长吉之瑰诡,天地间自欠此体不得[22]",这看法是恰当的。

第三节　张祜　朱庆馀　殷尧藩　雍陶　李涉

张祜(约792—854)[23],字承吉,从小生长于江南,寓居苏州。旧说以其为南阳或清河人,均指张氏郡望。年轻时喜任侠,性狂放,曾遍游岭南塞北,以诗文干谒各地节镇藩帅。元和十五年(820),宣歙观察使令狐楚荐张祜献诗于朝,因某当权者沮短,没有结果[24]。又赴杭州,希望得到刺史白居易首荐,以参加进士考试,亦未成功。从此绝意仕进,隐居于丹阳曲阿,以布衣终身。他的诗据杜牧说有千首之多[25],今存者以南宋蜀刻本《张承吉文集》较完全,《全唐诗》编其诗为二卷,两本可以互相补充,汇合之共得五百馀首。

与当时一般文士相同,张祜在青年时代怀有从政志向。元和年间他曾作诗向统治者表明:"臣读帝王书,粗知治乱源。"(《元和直言诗》)希望得到任用。又曾在《到广陵》诗中自白道:"嗜酒几曾群众小,为文多是讽诸侯。逢人说剑三攘臂,对镜吟诗一掉头。"但由于权臣谗沮,他始终未能一展抱负,正是"贺知章口徒劳说,孟浩然身更不疑"(《寓怀寄苏州刘郎中》)。结果他便变得消沉起来,甘心做一个诗酒流连的处士。他的境遇受到同时代人杜牧、李涉和晚辈皮日休、陆龟蒙的极大同情。杜牧在诗中赞美他的诗才:"七子论诗谁似公,曹、刘须在指挥中。"(《酬张祜处士见寄长句四韵》)批评世人的无知、不公并安慰他:"睫在眼前长不见,道非身外更何求!"(《登池州九峰楼寄张祜》)皮、陆则皆有诗吊之。"魂应绝地为才鬼,名与遗编在史臣。闻道平生偏爱石,至今犹泣洞庭人。"(陆龟蒙《和过张祜处士丹阳故居》)其评价可谓高矣,同情可谓深矣。不过,我们综观张祜的诗,其中虽有不可抑制的悲愤,但情绪还不十分激烈,虽有诉说不尽的怨嗟,但最终仍归平和宁静。而在艺术表现上,则以爽健朗丽、清俊洒脱为主,因此得到风格与之近似的李涉、杜牧的激赏,在当时声誉颇高。

在张祜创作中宫词占据重要地位。最著名的一首是"故国三千里,深宫二十年。一声河满子,双泪落君前",以西域何国歌人河满子的不幸遭遇概括一切宫嫔内人、歌儿舞女的悲惨命运,风格悲壮,感人至深。与之同类的有《孟才人叹》。又如《赠内人》:"禁门宫树月痕过,媚眼唯看宿燕窠。斜拔玉钗灯影畔,剔开红焰救飞蛾。"以象征手法表示对宫女的同情,寓深意于动态的画面之中,很耐人寻味。此外数量较多的是像《集灵台》二首、《华清宫》四首这一类诗,它们在客观上对帝王奢侈生活有所揭露,但主观上并非有意讽谏。单纯描写玄宗时宫中游宴和音乐歌舞的作品,数量颇多,如《元日仗》、《上巳乐》、《千秋乐》、《连昌宫》、《邠王小管》、《李谟笛》、《邠娘羯鼓》等,作者的注意力往往集中于歌舞艺术本身,显示了他的敏感和修养。还有几首在想象中表现玄宗晚年生活,如《雨霖铃》、《马嵬归》、《太真香囊子》,寄寓了盛世难再、今不如昔的感慨,反映的是中晚唐人特别是文人士子们相当普遍的怀旧情绪。

张祜诗中另一个重要内容是游览各地时的题诗和隐居江南后写

的一系列田园诗。他每次登临必有诗作,尤善题寺庙景色,"如杭之灵隐、天竺,苏之灵岩、楞伽,常之惠山、善卷,润之甘露、招隐,皆有佳作。"(宋葛立方《韵语阳秋》卷四)由于描写对象是山水景物、田园风光或寺宇建筑之类,这些诗大多写得境界悠远、洒脱清丽。如《题松汀驿》:"山色远含空,苍茫泽国东。海明先见日,江白迥闻风。鸟道高原去,人烟小径通。那知旧遗逸,不在五湖中。"《题金陵渡》:"金陵津渡小山楼,一宿行人自可愁。潮落夜江斜月里,两三星火是瓜州。"以及《江南杂题三十首》、《寓居临平山下三首》、《所居即事六首》等。有的写景十分细腻,如《题圣女庙》"古庙无人入,苍皮涩老桐;蚁行蝉壳上,蛇蜕雀巢空。……"表现了诗人观察之深细。也有写得很雄峻壮阔的,如《入潼关》:

都城三百里,雄险此回环。地势遥尊岳,河流侧让关。秦皇曾虎视,汉祖亦龙颜。何处枭凶辈,干戈自不闲!

就不但写出了古潼关的气势和地理上的重要性,而且表达了作者反对割据、拥护统一的政治倾向,是他的得意之作,历来也颇得好评。此外如《登广武原》、《题润州金山寺》、《题润州甘露寺》等也都写得有气魄、有笔力。

张祜也写过一些有感于现实政治的诗作。如《悲纳铁》反对穷兵黩武;《咏史二首》批判汉武帝因"求善马"而引起战争,歌颂鲁仲连为世排难解纷而不求名利的高尚胸怀;《经咸阳城》以"何事暴成还暴废,祖龙须死项须摧"之句,探讨秦亡与项羽失败的原因;《喜闻收复河陇》歌颂大中年间收复河湟的胜利,表达了"华夷同见太平年"的理想。但总的说来,数量较少,在其全部作品中不占主要地位。

朱庆馀(797—?)[26]名可久,以字行,越州(今浙江绍兴)人。约与姚合、贾岛、顾非熊等人同时并友善,曾向张籍行卷,以《近试上张水部》一诗受知,随后又受教于张籍,在诗风上也就接受了一些影响。敬宗宝历二年(826)进士及第,官秘书省校书郎。他的足迹到过塞北岭南,也到过夏口、洞庭和淮南,但多半是住在长安。其诗现存一百七十五首,《全唐诗》编为两卷。他的诗以表现个人的生活遭际和感受为主,抒情色彩浓郁。有些作品反映自己的牢愁,有"满眼是歧路,何年见弟兄"(《长安春日野中》)、"到家能几日,为客便经年"(《途中感怀》)、"老大成名仍足病,纵听丝竹也无欢"(《湖州韩使君置宴》)之类的话。就总体看,可以感到他对世事和个人生活均有所不满,然而感情不算强烈,态度比较平和。这从他的《自述》、《叙吟》等诗可以看出。

他把做诗看得很重。这在他的作品中有大量流露。像"见酒连诗句"、"醉里求诗境"、"吟诗老不倦,未省话官班"、"但取诗名远,宁论下第频"、"禅馀得新句,堪对上公吟"、"几回同到此,尽日得闲吟"、"从军五湖外,终是称诗人"、"低头只是为诗篇"、"纵是残红也入诗"、"永日微吟在竹前"、"咏歌林下日忘疲"、"贪记诗情忘酒杯"等等句子,真是不胜枚举,于此可见做诗这件事在他心中的地位。既然如此,他自然无时无处不去觅句寻诗,随着他的足迹所至,也就留下了《岭南路》、《望萧关》、《自萧关望临洮》、《过洞庭》、《望九嶷》等诗篇。五律是他的擅长,时有一些写景秀句,如"雨足秋声后,山沉夜色中"(《题胡氏溪亭》)、"墙高微见寺,林静远分山"(《和刘补阙秋园寓兴之什十首》之四)。咏物中也有佳篇,《题蔷薇花》的"绿攒伤手刺,红堕断肠英;粉著蜂须腻,光凝蝶翅明",写得细腻鲜亮,很得王安石欣赏。而《早梅》的"天然根性异,万物尽难陪。自古承春早,严冬斗雪开。艳寒宜雨露,香冷隔尘埃。堪把依松竹,良途一处栽"更被方回称赞为"有气脉,有字眼,不可忽!"(《瀛奎律髓》卷二十)

他也写一些七言律绝。七绝如假借新妇询问口吻以求教的《近试上张水部》:"洞房昨夜停红烛,待晓堂前拜舅姑。妆罢低声问夫婿,画眉深浅入时无?"表同情于宫人身心被桎梏的《宫词》:"寂寂花时闭院门,美人相并立琼轩。含情欲说宫中事,鹦鹉前头不敢言。"以及七律《南湖》等,都写得柔丽而富于情韵,从中可以看到张籍对他的影响。但朱庆馀基本不写七言歌行(现存诗中无此体),这一点却与他的老师不同。

殷尧藩(780—855?)[27],嘉兴(在今浙江省)人。年轻时曾务农,后数应举,于元和九年(814)进士及第。以后在河中、福州等地做幕僚,又当过永乐县令。大和七、八年(833、834)间曾居潭州,在湖南观察使李翱幕,九年以侍御史官江南,不久赴同州,其后经历不详。

他的家乡在山明水秀的江南,可是他却为求仕长年在外奔波。这种生活在他的诗中留下许多痕迹:"为客山南二十年,愁来况近落花天。"(《暮春述怀》)"万里飘零十二秋,不堪今倚夕阳楼。"(《九日》)"鹤发垂肩尺许长,离家三十五端阳。"(《同州端午》)。这些怀家思乡的诗从一个侧面透露出他生涯的坎坷,从而使我们对他在另一些诗(如《客中有感》)中倾吐的怨艾情绪加深了理解。但这种颠沛的生活也增添了他诗作的内容和色彩。例如他的《偶题》诗中摄下了"越女收龙眼,蛮儿拾象牙"的珍贵镜头;《襄阳阻风》诗写到当"雪浪排空接海门"之际,"篙师整缆候明发,仍谒荒祠问鬼神"的民俗。广泛的观察和仔细的琢磨,使他的一些诗把写景和抒怀较好地融合起来,达到较高艺术水平。像"树色到京三百里,河流归汉几千年"(《和赵相公登鹳雀楼》)、"江吞彭蠡来三蜀,地接昆仑带九河"(《金陵怀古》)、"山上乱云随手变,浙东飞雨过江来"(《喜雨》)、"堠长堠短逢官马,山北山南闻鹧鸪。万里关河成传舍,五更风雨忆呼卢"(《旅行》)以及"笙歌只解闹花天,谁是敲冰掉小船。为觅潇湘幽隐处,夜深载月听鸣泉"(《夜过洞庭》),如不是他对诗境曾反复体验和锤炼,是写不出来的。他的《忆江南诗》三十首,极得白居易称赞,可惜已佚失了[28]。明胡震亨对他的诗颇有好评:"殷尧藩诗有葩艳,微嫌肉丰,《鹳雀楼》一律,独茂硕而婉,不愧初盛遗则。"(《唐音癸签》卷七)

他也写了一些宫词,哀婉地诉说着宫女们的不幸。她们寂寞无聊、虚度青春、互相间为争宠而妒忌,但结局却同样悲惨。至于认真反映民生疾苦的诗,殷尧藩写得很少。不过从他仅存的一首《关中伤乱后》:"去岁干戈后,今年蝗旱忧。关西归战马,海内卖耕牛",却可看出,只要他想去表现,本来是可以写得简洁生动并使人怵目惊心的。

他在当时诗坛上交游颇广。沈亚之、姚合、马戴、雍陶、许浑是他的诗友。白居易、刘禹锡也同他有来往。可惜,他的作品留存不多,《全唐诗》收有一卷,仅八十六首。

雍陶字国钧,成都人,生卒年不详。唐文宗大和年间(827—835)进士,历任侍御史、国子毛诗博士,宣宗大中八年(854)出任简州(今四川简阳)刺史。据说他对自己的诗艺很感骄傲,尝"自比谢宣城、柳吴兴"(《诗人玉屑》卷十引《古今诗话》)。其诗现存一百三十多首,《全唐诗》编为一卷,《全唐文》收其文两篇。

他和殷尧藩属于同一个交游圈子,许多朋友是共同的。姚合、姚鹄、贾岛、刘得仁等均有诗赠送。在生活上,他和殷同样,曾广泛游历于岭南塞北诸地。他的目的是求仕,所谓"出门便作焚舟计,生不成名死不归"(《离家后作》)。由于仕进不易,便不得不长年在外奔波,形成他"自从为客归时少,旅馆僧房却是家"(《旅怀》)的生活特点,同时也就使他的创作多取旅游生活为题材。雍陶确也写出了一些好的旅游诗。如《到蜀后记途中经历》:"剑峰重叠雪云漫,忆昨来时处处难。大散岭头春足雨,褒斜谷里夏犹寒。蜀门去国三千里,巴路登山八十盘。自到成都烧酒熟,不思身更入长安。"《自蔚州南入真谷有似剑门因有归思》:"我家蜀地身离久,忽见胡山似剑门。马上欲垂千里泪,耳边唯欠一声猿。"以及《渡桑干河》、《再经天涯地角山》等,都是情景交融、感慨深沉的佳作。有的诗则写得秀丽而优美,如《题君山》:"风波不动影沉沉,翠色全微碧色深。应是水仙梳洗处,一螺青黛镜中心。"比刘禹锡《望洞庭》"遥望洞庭山水翠,白银盘里一青螺"的想象似更大胆,表现也更灵动可喜。又如收在《舆地纪胜》卷一四五《简州》中的《小桃源诗》:"学山云顶遍寻游,烟棹夷犹出简州。夜雨借公三日水,秋风送我一兰舟。"(见陈尚君《全唐诗续拾》卷二九)语言流畅,格调清新。有时他又从旅途的艰险引申到人生的坎坷:"蹇步不唯伤旅思,此中兼见宦途情。"(《蜀路倦行因有所感》)看似不经意的轻轻涉笔,却很耐人寻味。

雍陶有几首反映南诏国入侵成都的史实的作品,是很值得注意的。由于唐西川节度使杜元颖贪婪昏聩,边防无备,唐文宗大和三年年底(830年初)南诏国贵族蒙嵯巅率大军北侵,一举攻入成都,逗留十日,临退兵时掳掠子女百工数万人和财物无数南去。雍陶共写了七首诗反映这场民族战争带给蜀地人民的巨大灾难。诗中写道:"已谓无妖土,那知有祸胎。蕃兵依濮柳,蛮筛指江梅。战后悲逢血,烧馀恨见灰。空留犀厌怪,无复酒除灾。岁积苌弘怨,春深杜宇哀。"(《蜀中战后感事》)又写道:"欲出乡关行步迟,此生无复却回时。千冤万恨何人见,唯有空山鸟兽知。"(《哀蜀人为南蛮俘虏五章之三·出青溪关有迟留之意》)表现了诗人对人民的真挚同情和对负有保民之责的唐官的含蓄谴责。

雍陶擅长七言律绝。《唐诗别裁集》所选《塞路初晴》、《和孙明府怀旧山》、《天津桥春望》,即为七律和七绝。胡震亨说他"工于造联"而"孱于送结"(《唐音癸签》卷八),这也明显地体现于他的七律之中。如韦庄《又玄集》选入他为人激赏的《鹭鸶》诗(一作《咏双白鹭》),中二联"立当青草人先见,行傍白莲鱼未知。一足独拳寒雨里,数声相叫早秋时"确实精彩,尾联"林塘得尔须增价,况与诗家物色宜"就颇一般。

李涉,自号清溪子,洛阳人。初与弟李渤同隐庐山,后应辟出仕。宪宗时,官太子通事舍人,坐为宦官吐突承璀诉冤,贬峡州司仓参军。长庆初遇赦放回,乃游历吴楚间。宝历初,任太学博士,复以事流康州(今广东德庆)。卒于何时何地,不详,而其生年则当在大历八年(773)以前(其弟生于是年)。

对于他的为人,说法甚为分歧。《唐诗纪事》说他是"纤人也",因曾"投匦言吐突承璀冤状",以阿附宦官为士林所不齿[29]。但他的弟弟,唐史上以介直敢言著闻的李渤却称赞他品格高尚:"次兄一生能苦节,夏聚流萤冬映雪。非论疾恶志如霜,更觉临泉心似铁。"(《喜弟淑再至为长歌》)他们的意见孰是孰非可暂存疑。我们关心的是有关文学创作的事实:李涉一生不止一次遭到贬谪,于是反映这种生活遭遇便成了他诗歌中的一个重要内容。"十年蹭蹬为逐臣,鬓毛白尽巴江春。鹿鸣猿啸虽寂寞,水蛟山魅多精神……"这是他被贬峡州(今湖北宜昌)十年后遇赦时写给张祜的诗(《岳阳别张祜》)。又如《再至长安》诗云:"十年谪宦鬼方人,三遇鸿恩始到秦。

今日九衢骑马望，却疑浑是刹那身。"从中可见他心头馀悸之沉重。但仿佛真是不幸而言中，从他的《再谪夷陵题长乐寺》可以看出他曾再次被贬峡州（即夷陵），而且后来又被长流康州。他的《谴谪康州先寄弟渤》诗说："唯将直道信苍苍，可料无名抵宪章？阴鸷却应先有谓，已交鸿雁早随阳。"如果这里的自诉不尽是粉饰自己，那么他的被放逐或与直言忤上有关。

李涉擅长七言古诗和绝句，其诗现存一百十七首，大多就是这两种体裁，《寄荆娘写真》、《与弟渤新罗剑歌》、《六叹》、《春山三朅来》、《岳阳别张祜》是其中的代表作。由于风格平易清新，他的诗在普通百姓中颇有影响[30]，而像《润州听暮角》这样的作品，语言浅近而情韵悠长，确实可供雅俗共赏：

江城吹角水茫茫，曲引边声怨思长。惊起暮天沙上雁，海门斜去两三行。

他的诗直接反映社会问题的不多，但《寄河阳从事杨潜》写到安史之乱以后"蹭蹬疮痍今不平"的现实："干戈南北常纵渡，中原膏血焦欲尽。四郊贪将犹凭陵，秦中豪宠争出群……"《六叹》之三、《感兴》、《醉中赠崔膺》等诗以咏史的形式寄寓对当权者的微词，是值得注意的。严羽《沧浪诗话·诗评》将李涉与李贺、李益、柳宗元等人并列为"大历以后我所深取者"，似乎并非偶然。

第四节 马戴 鲍溶 施肩吾

马戴字虞臣，曲阳（今江苏东海县西南）人[31]。会昌四年

（844）进士。宣宗大中初，在太原幕府任掌书记，以直言得罪，贬龙阳（今湖南汉寿）尉。懿宗咸通末，佐大同军幕。终太学博士。有《会昌进士诗集》，《全唐诗》编为两卷，共一百六十四首。

马戴与贾岛、姚合、顾非熊、殷尧藩、薛能、李廓、僧无可等友善，友朋间的酬唱和行旅写景之作，是马戴诗的主要内容。形式则大抵是五律。这些诗往往写得感情深沉、意境闲远，如《落日怅望》一首：

孤云与归鸟，千里片时间。念我一何滞，辞家久未还。微阳下乔木，远色隐秋山。临水不敢照，恐惊平昔颜。

把秋日夕照的景致和旅人的思乡情绪自然熨帖地融合在一起，清人沈德潜称赞它"意格俱好，在晚唐中可云轩鹤立鸡群矣"[32]。他尤其善写秋景、晚景，如《夕次淮口》、《楚江怀古》三首、《陇上独望》、《邯郸驿楼作》、《边城独望》等篇，"落叶他乡树，寒灯独夜人"（《灞上秋居》）、"日落月未上，鸟栖人独行"（《夕发邠宁寄从弟》）、"露洗寒山遍，波摇楚月空"（《夜下湘中》）、"夕阳依岸尽，清磬隔潮闻"（《送僧归山寺》）等联，在写景抒情和炼字炼句方面，既有他的诗友姚合、贾岛那样的清峻峭拔，却又不像他们那样瘦削枯瘠。他写过一些边塞诗，如《关山曲》二首、《塞下曲》二首、《出塞词》、《边将》等，感情一变为激扬高亢，洋溢着不畏艰苦、立功沙场的乐观精神，读来令人振奋。可见他的表现才能不限一个方面。也许正因如此，严羽才给他以很高评价："马戴在晚唐诸人之上。[33]"杨慎也认为他"不坠盛唐风格，不可以晚唐目之"[34]。

马戴的诗笔也曾触及当时的一些问题。例如有的诗提到长年的战争给征戍者及其家属带来的苦难："但见请防胡，不闻言罢兵。及老能得归，少者还长征。"（《征妇叹》）有的诗抒发怀才不遇和遭谗被毁的感慨,如《抒情留别并州从事》、《下第别令狐员外》等。诗人的感情确实比较低沉。他曾向友人表白自己是"心存黄箓兼丹诀,家忆青山与白云"。但何以会如此?同一首诗中便有答案:"直道何由启圣君,非才谁敢议论文"(《失意书怀呈知己》)可见,马戴的消沉乃是晚唐的一种时代病。

鲍溶字德源,元和四年进士及第,乡贯仕历及生卒年均不详。与韩愈、孟郊、李益、许浑等人同时而友善。有《鲍溶诗集》,传本不一,歧异甚多。《全唐诗》编其诗三卷,一百九十首。

在鲍溶创作中占重要地位的是乐府歌行。他既写乐府旧题,也以乐府体创作新诗。旧题如《陇头水》、《采莲曲》、《羽林行》、《行路难》等;自题乐府的数量更多,有的被收入《乐府诗集》,如《倚瑟行》、《采珠行》、《寒夜吟》、《塞上行》等,还有一批虽未被收入,但实际上也属此类,如《会仙歌》、《水殿采菱歌》、《霓裳羽衣歌》、《辞辇行》、《越女词》、《弄玉词》等,数量相当可观。运用乐府体裁,特别是自己命题的乐府诗来言事、咏物、抒情,这是元稹、白居易倡首的新乐府运动的重要特点之一。在这一点上,鲍溶可以说是他们的同志;但是在把诗歌用于揭露弊端、针砭时事这一点上,鲍溶却与元、白有所不同。鲍溶的乐府诗不少是写游仙、文艺、寓言或自叹身世的题材,形式相当自由,内容却十分丰富,并且往往写得丰缛华美,有声有色,它们最能体现鲍溶的创作特色和成就。也有几篇接近元、白新乐府诗的主题和风调,如《采葛行》反映为了天子御暑之需,农村女子采葛、织布的辛苦,《采珠行》写到"海边老翁怨狂子,抱珠哭向无底水。一富何须龙颔前,千金几葬鱼腹里"的悲惨场面。

鲍溶也有政治性较强的咏史诗。他有感于始皇的苛政导致秦的速亡、项羽的粗暴使他在楚汉相争中失利,作《读史》诗,实际上把政权的存亡归因于人心的向背得失。他又作《长城》指出秦亡的真正原因在于"祸兴萧墙内",因此修筑长城以"万里防祸根",不但是本末倒置,而且适足引起人民反抗。在《经秦皇墓》中又写道:"山河一易姓,万事随人去。白昼盗开陵,玄冬火焚树。哀哉送死厚,乃为弃身具。"讽刺意味是很鲜明的。此外,两首《隋宫》和一篇《隋帝陵下》则是批判隋炀帝的荒淫奢靡的。这些咏史之作借古鉴今用意明显。

张为《诗人主客图》尊鲍溶为"工用博解宏拔主"。宋代的欧阳修、曾巩也很欣赏鲍溶的诗。曾巩称赞其诗"清约严谨而违理者少,近世之能言者也[35]"。他们都指出了鲍溶诗的一种风格特征。鲍溶诗有时口出狂言,如说:"鲁圣虚泣麟,楚狂浪歌凤;那言阮家子,更作穷途恸"(《寓兴》);有时把一系列道教幻想组织成有人物活动的、瑰奇美丽的画面,甚至令人感到其中有着某种故事情节,如《会仙歌》、《李夫人歌》、《萧史图歌》等;有时又富于理趣,如"百川赴海返潮易,一叶报秋归树难"(《始见二毛》)。其诗歌语言也极富变化,句式多样,挥洒自如,并表现出散文化的趋势,说明他在诗歌创作上是很有创造性的。

施肩吾字希圣,号华阳真人。睦州(今浙江建德)人[36]。元和十五年进士及第后,隐居于洪州(今江西南昌)之西山,从师学道。著《西山群仙会真记》、《辨疑论》、《三住铭》及大量诗歌。但散佚很多,如《三住铭》已佚;又如《全唐诗话》说他"曾作《百韵山居诗》才情富赡",今已不存。《全唐诗》尚存其诗一百九十六首,编为一卷。童养年《全唐诗续补遗》卷九补施诗八首。陈尚君《全唐诗续拾》卷二七又补三首。

他和鲍溶一样也是一个致力于乐府诗的作者。《乐府诗集》收其诗九首,如《少年行》、《古别离》、《杨柳枝》之类。此外还有许多未曾收入，其实也是乐府歌行体诗，例如那首著名的描写贵公子游宴生活的《夜宴曲》："兰缸如昼晓不眠，玉堂夜起沈香烟。青娥一行十二仙，欲笑不笑桃花燃。碧窗弄娇梳洗晚，户外不知银汉转。被郎嗔罚琉璃盏，酒入四肢红玉软。[37]"《代征妇怨》、《冲夜行》、《夜愁曲》、《不见来词》等都属此种。从内容来看，他的诗很少触及时事，这一点也同于鲍溶而异于元、白。他的诗多写少女的怀春、思妇的幽怨以至学道、游仙等题材。这说明他虽然是一个虔诚的道士，却也是一个俗缘未了、颇有人情味的诗人。他的某些诗很值得注意，如《岛夷行》："腥臊海边多鬼市，岛夷居处无乡里；黑皮年少学采珠，手把生犀照咸水。"那是因为它描绘了一种人们了解甚少的生活。

施肩吾现存的诗中绝无长篇，绝大多数是五、七言绝句，在艺术上则具有情思回折、刻画精细、富于动感的特点。例如他的《望夫词》不正面去写思妇望夫如何焦急，而说"自家夫婿无消息，却恨桥头卖卜人"，明明是迁怒，却曲折含蓄地表现了这位思妇的复杂内心活动。又如他的《幼女词》以"向夜在堂前，学人拜新月"刻画六岁幼女，而《不见来词》则以"漫教脂粉匣，闭了又重开"刻画久等情人的少女，由于抓住了各自富于特征性的细节，便简洁而生动地勾勒出了人物形象，这都得自他对各色人等心态的细心揣摩和深刻了解。再如《贫客吟》的"今朝欲泣泉客珠，及到盘中却成血"，《夏雨后题青荷兰若》的"微风忽起吹莲叶，青玉盘中泻水银"，或沉重，或工巧，都有一种动态的美。施肩吾诗的语言相当华美富丽，但读来又十分清畅，绝无堆垛之弊，是一种经过反复锤炼而达到的更高水平的自然。这一点，对于后代的作者无疑是有启发和借鉴作用的。

〔1〕 此据《旧唐书·令狐楚传》。刘禹锡《唐故相国赠司空令狐公集纪》（《刘宾客文集》卷十九）说是一百三十卷。

〔2〕 据陆游跋语,《御览诗》又名《唐新诗》、《选进集》或《元和御览》。见《唐人选唐诗》上册,上海古籍出版社1978年版第255页。

〔3〕 《四库全书总目提要》卷一八六。

〔4〕 参毛晋《御览诗跋》。

〔5〕 如李嘉言《贾岛年谱》曾据此书考证,传为贾岛之《渡桑乾》诗,实乃刘皂所作《旅次朔方》。

〔6〕 此据陈寅恪《李德裕贬死年月及归葬传说辨证》,并参傅璇琮《李德裕年谱》,齐鲁书社1984年版。

〔7〕 《新唐书·李德裕传》。

〔8〕 孙梅《四六丛话》卷十八。

〔9〕 《旧唐书·武宗纪》。

〔10〕 见陆心源《唐文拾遗》卷二八:《遗段少常成式书》、《答侍郎十九弟书》。

〔11〕 参见张洎《贾氏谈录》、晁公武《郡斋读书志》、胡应麟《少室山房笔丛·四部正讹》、鲁迅《唐宋传奇集·稗边杂缀》。岑仲勉意见不同,认为《周秦行纪论》很可能是羼入卫公文集的伪作。见《隋唐史》四十五节注二八,高等教育出版社1957年版。

〔12〕 如所谓白居易《吊崖州诗三首》(见《苕溪渔隐丛话》后集卷十三)、温庭筠《题李卫公诗二首》(见《温飞卿诗集》)。

〔13〕 如《失题》二首、《汨罗》等。

〔14〕 卢仝,《旧唐书》无传,《新唐书》附于《韩愈传》后。然于其生卒年,无明确记载。《唐才子传·卢仝传》谓其死于甘露之变中,闻一多《唐诗大系》从之,然据考不可靠。贾岛《哭卢仝》云"平生四十岁,惟著白布衣",是卢仝死时仅四十余岁。又卢仝《与马异结交诗》云:"天地日月如等闲,卢仝四十无往还。"卢、马结交约早于卢与韩愈结交数年,此乃卢仝晚年之作,推算之,卢仝约卒于元和七、八年(812、813)间。请参姜光斗、顾启《卢仝罹甘露之祸说不可信》(载《学林漫录》七集,《唐才子传·卢仝传校笺》即取其说)。

〔15〕 见晁公武《郡斋读书志》,今佚。

〔16〕 此据孙之騄《玉川子诗集注》。

〔17〕 四部丛刊本《孙樵集》卷二《与王霖秀才书》。

〔18〕 《朱子语类》卷一四○。

〔19〕 梅圣俞《依韵和永叔澄心堂纸答刘原甫》。见《宛陵集》卷三五。

〔20〕 此据《唐诗纪事》卷四○。《唐才子传》说他是睦州人,不知何据。

〔21〕 《诗人玉屑》卷十一引苏轼语,中华书局1961年版。

〔22〕 《沧浪诗话·诗评》,人民文学出版社1961年版。

〔23〕 此据《唐才子传校笺·张祜传笺》。谭优学《张祜行年考》(见《唐诗人行年考》,四川人民出版社1981年版)谓祜生卒年为782—852,可参。

〔24〕 旧说令狐楚荐张祜,为元稹所沮坏。卞孝萱《元稹年谱》辨证,谓短沮张祜者当是另一当权者(见卞书,齐鲁书社1980年版第504页)。《唐才子传校笺》定令狐荐张祜在元和十五年(820),时元稹在朝,因恶楚而及于张祜,理或有之。

〔25〕 杜牧《登池州九峰楼寄张祜》:"何人得似张公子,千首诗轻万户侯。"

〔26〕〔27〕 此据闻一多《唐诗大系》暂定。

〔28〕 白居易有《见殷尧藩侍御忆江南诗三十首诗中多叙苏杭胜事余尝典二郡因继和之》,其中说:"江南名郡数苏杭,写在殷家三十章。"

〔29〕 此事《册府元龟》卷一五三所载较详,《旧唐书·孔巢父传》附其子孔戣事,与之有关,可参看。

〔30〕 李涉曾在九江皖口遇"盗","盗首"知他是李涉博士,因久闻他的诗名,便向他索诗。李涉遂作《井栏砂宿遇夜客》赠之。见《云溪友议》卷下"江客仁"条及《唐诗纪事》卷四六。

〔31〕 诸书不载马戴籍贯、里居。《唐才子传》说他是华州人,无据。从他的诗作看,家乡应是曲阳。《岐阳逢曲阳故人话旧》:"客泪翻岐下,乡心落海湄。"《长安书怀》:"关中成久客,海上老诸亲。"又《赠祠部令狐郎中》:"小儒新自海边来"。此所谓"海上"、"海边"即指曲阳。或以为泛指兖海,亦可,参《唐才子传校笺》。

〔32〕《唐诗别裁集》卷十二。

〔33〕《沧浪诗话·诗评》。

〔34〕《升庵诗话》诗十一。

〔35〕 曾巩《鲍溶诗集目录序》,见《元丰类稿》卷十一。《竹庄诗话》卷十三引《诗史》亦言欧阳修喜鲍溶诗。

〔36〕《唐才子传校笺·施肩吾传笺》云施是湖州乌程(今浙江湖州市)人。

〔37〕 这首诗被选入《又玄集》卷下,另《才调集》卷四、卷七两次载此诗。

第十九章　贞元至大中时期其他作家(下)

第一节　许浑　刘沧　刘得仁

许浑(约791—约858),字用晦。高宗宰相许圉师之后,郡望湖北安陆,早年家于洛阳。元和九、十年间平淮西战役初期,吴元济兵锋扰及河南,与诸亲友举家南迁至湖南某地。约于长庆初迁居江南,定居于丹阳(在今江苏省)。后复于京口(今镇江市)南郊丁卯涧桥置别墅,晚年曾在此编订诗集,后人遂以"丁卯"称其人及诗集。

和唐时一般士子同样,许浑很早参加科举考试,但成绩很不理想。在多次下第的过程中,他曾南游至越,登天台,上天姥,泛鄞江、桐溪,又曾北游燕赵,到过蓟州,并曾短期在某军幕从事。从其诗中还可看出,他曾旅居巴蜀,漫游江西等地。大和六年(832)进士及第,开成初任当涂令,在宣歙数年。其间曾改摄属于同道的太平县令。会昌初赴京师,四年(844)随岭南节度使崔龟从去南海,在广州幕中约一年馀。府罢北归,重到长安。大中三年(849)任监察御史,但不久即谢病东归,改授润州司马。次年春在京口丁卯别墅编定诗集,号《乌丝栏诗》。秋,再次离家去京洛,以监察御史分司东都。由于得到河南尹刘琢的荐举，大中六年出任郢州刺史，在郢前后六年。大中十一年改刺睦州，可能即卒于任上[1]。

《丁卯集》据《新唐书·艺文志》为二卷，后人续有缀补，刊本甚多，而文字亦多差异。《全唐诗》编为十一卷，其中有他人作品窜入，但许浑也有一些诗散入别人集中，其诗总数约在五百二十首上下。

许浑的远祖在唐初曾显赫一时，但延至晚唐，枝派繁冗，旧荫已替，故其诗中从未炫耀过先人的勋荣，却一再透露出家境寒微、生活清贫的景况，所谓"身贱与心违，秋风生旅衣，久贫辞国远，多病在家稀"云云(《将离郊园留示弟侄》)。他有一定的政治抱负，发出过"雪愤有期心自壮，报恩无处发先华"(《甘露寺感事贻同志》)的豪语，也曾有过"徒有干时策，青山尚掩门"(《闻两河用兵因贻友人》)的感愤。他曾在诗中屡次说到要学习司马相如的"题桥志"，这固然表明他对个人荣华功名的向往，但前提却是先为国家建功立业。另一方面，许浑有浓厚的"功成身退"思想，他渴望"一麾之任"，最终则是要实现"三径之谋"(《寄献三川守刘公》)。由于时代条件和实际地位的关系，许浑一生在政治上无所建树，在诗中也没有表现出多么高明的社会理想。他在监察御史任上，有"虚戴铁冠无一事，沧江归去老渔舟"(《秋日早朝》)之句。在郢州刺史任上，遇到汉水泛滥，他的态度比较消极，一副束手无策的样子，在诗中说："才微分薄忧何益，却欲回心学钓翁。"(《汉水伤稼》)

许浑在当时诗名颇盛，杜牧、张祜、殷尧藩等均与之友善、评价很高，并有诗赠他。唐末韦庄更称他为"江南才子许浑诗，字字清新句句奇"(《题许浑诗卷》)。《丁卯集》中的诗主要为律体。以往人们多注意其七律成就，其实他的五律不仅数量多，水平亦不低。从内容上看，许浑诗多为登临览眺、怀古送人之作，侧重于写景和抒发个人情怀，直接写到当时种种社会问题者较少。同时，其诗往往有浓郁的闲情逸致而缺乏思想的开挖。唐时曾有人因此贬许浑："世谓浑诗远赋（指许浑诗、李远赋），不如不做，言其无才藻，鄙其无教化也。[2]"这却不符事实，批评标准也过于单一甚至僵化。事实上，许浑对宋申锡被宦官诬害事件立场鲜明，有《闻开江宋相公申锡下世二首》极致哀悼，对于边将刘皋无辜受戮曾在诗中疾呼："外监多假帝王尊，威胁偏裨势不存……"矛头也是指向宦官的。对于有功于唐而国史无传的卫逖，他特作长诗歌颂。其《征西旧卒》、《塞下》等诗描写边兵生活，《岁暮自广江新兴往复道中留题峡山寺四首》记述南方民俗，都有一定现实意义。其咏怀古迹之作也有一些能够以古鉴今，不能一概说它们"不干教化"。

许浑诗的主要艺术特色是诗风清丽工细，尤长于偶对。他"丱岁业诗，长不知难"[3]，诗艺熟练，平素蓄积不少精巧对偶以供驱遣，同时从不追求险奥的境界、锤炼艰深的字眼，由此形成平稳妥帖而较少跌宕和警策的风格。他在诗中偏爱"水"字，故有"许浑千首湿"之称（《苕溪渔隐丛话》前集卷二四引《桐江诗话》）。前人批评其诗"对偶太切"，难免有句无篇之弊。有的对偶"近乎熟套而格卑"，有的对句一字不改（或改易一二字）反复使用，遂成熟滥[4]。这些都是确实的。造成这种缺点的根源在于许浑为人缺乏深刻的思想，写诗有时缺少真正的激情，学习元、白诗风，运用得不好，以致流为滑易。但许浑也有立意新警、音调铿锵的力作，如：

独上高城万里愁，蒹葭杨柳似汀洲。溪云初起日沉阁，山雨欲来风满楼。鸟下绿芜秦苑夕，蝉鸣黄叶汉宫秋。行人莫问当年事，故国东来渭水流。（《咸阳西城门楼晚眺》）

禾黍离离半野蒿，昔人城此岂知劳？水声东去市朝变，山势北来宫殿高。鸦噪暮云归古堞，雁迷寒雨下空壕。可怜缑岭登

仙子,犹自吹笙醉碧桃。(《登故洛阳城》)

　　玉树歌残王气终,景阳兵合戍楼空。秋梧远近千官冢,禾黍高低六代宫。石燕拂云晴亦雨,江豚吹浪夜还风。英雄一去豪华尽,唯有青山似洛中。(《金陵怀古》)

就都在对古迹的凭吊之中渗透着对晚唐江河日下的政治现实的忧戚和感伤,所以明人高棅认为"其今古废兴,山河陈迹,凄凉感慨之意,读之可为一唱三叹矣"[5]。有的批评者把许浑诗一概斥为"恶诗",或说它"专以字句取媚"[6],应该说是过甚其词了。

　　刘沧,字蕴灵。生卒无考。鲁人,其家在汶水之阳[7]。后又长期在湖南居住。大中八年进士及第,曾任华原尉、龙门令等职。《全唐诗》收其诗一卷,共一○一首,其中除两首五律外,全部是七律。

　　由于成年后为谋取一第曾四处奔走,和当时许多士子一样,过着"玄发辞家事远游"(《春日旅游》)的生活,故多羁旅行役之词,如《下第东归途中书事》云:"峡路谁知倦此情,往来多是半年程。……东归海上有馀业,牢落田园荒草平。"《深愁喜友人至》云:"此身未遂归休计,一半生涯寄岳阳。"《旅馆书怀》云:"秋看庭树换风烟,兄弟飘零寄海边。客计倦行分陕路,家贫休种汶阳田……"这些无疑是他生活的真实写照。这类诗中有些艺术性较强,像《秋夕山斋即事》的中二联:"半夜秋风江色动,满山寒叶雨声来。雁飞关塞霜初落,书寄乡间人未回。"能把萧瑟的景色与深沉的乡思水乳般交融在一起,使情景相生相映。

　　咏怀古迹是刘沧诗的重要内容,其中如《长洲怀古》:"野烧原空尽荻灰,吴王此地有楼台。千年事往人何在,半夜月明潮自来。白鸟影从江树没,清猿声入楚云哀。停车日晚荐苹藻,风静寒塘花正开。"《邺都怀古》:"昔时霸业何萧索,古木唯多鸟雀声。芳草自生宫殿处,牧童谁识帝王城。残春杨柳长川迥,落日蒹葭远水平。一望青山便惆怅,西陵无主月空明。"以及《咸阳怀古》、《经炀帝行宫》等,既能突出所咏古迹的特征,抒发的感慨也有一定代表性,作为格律诗又有对仗工稳、韵调和谐的优点,所以如同许浑的那些怀古诗一样,很能博得读者欢迎。至于缺点,也同许浑诗类似,缺乏思想深度和警策之言,也就缺少震撼人心的力量和启智益慧的作用。

刘得仁,生卒年不详,约生活于宪宗元和初至宣宗大中末之际。母为唐室公主,但其家与当权者较疏远,所以他说"外族帝王是,中朝亲旧稀"(《上翰林丁学士》之二),又说"外家虽是帝,当路且无亲"。(《全唐诗》卷五四五引残句)他在长庆中即以诗得名,仕途却极不顺利,终其身未能进士及第。

在创作上,他是一个苦吟者。一方面其诗反复抒写其落第沉沦的苦闷和悲哀,构成内容的苦涩,如"性与才俱拙,名场迹甚微。久居颜亦厚,独立事多非"(《陈情上知己》),"趋时不圆转,自古易湮沉"(《夏日感怀寄所知》),"衣上年年泪血痕,只将怀抱诉乾坤。如今主圣臣贤日,岂致人间一物冤","如病如痴二十秋,求名难得又难休。回看骨肉须堪耻,一著麻衣便白头"(《省试日上崔侍御四首》之一、之二)。这种遭遇和感情,在晚唐是可以引起许多知识层人士同情乃至共鸣的。另一方面,他醉心吟咏,不惮修润,刻意追求理想的诗境,创作的过程也显得很苦。"吟兴忘饥冻,生涯任有无"(《夜携酒访崔正字》)、"永夜无他虑,长吟毕二更"(《秋夜寄友人二首》之二)、"到晓改诗句,四邻嫌苦吟"(《夏日即事》)、"刻骨搜新句,无人悯白衣"(《陈情上知己》)等等便是他的自白,应该是真实可信的。他的诗现存一百三十多首,多为五律,《全唐诗》编为两卷。

刘得仁和张籍、姚合、雍陶、顾非熊等人友善,他的诗曾得到张籍肯定,风格亦略有近似之处。如《悲老宫人》、《长门怨》两诗一定程度地表现了被搜罗入宫形同幽囚的大批妇女的苦境。前者以年老之后"满头犹自插花枝"的喜剧性场面反衬老宫人内心的极端悲愤,后者则代她们喊出"早知雨露翻相误,只插荆钗嫁匹夫"的心声。但就总体而言,刘得仁诗比较平直,少变化,偶有巧思和深情之作,如《对月寄同志》的"支颐不语相思坐,料得君心似我心",但为数甚少。同时代的薛能以诗道自任,谓刘诗"百首如一首,卷初如卷终"[8],虽然说得尖刻些,但大体抓住了他的弊病。其实意境重复,语言雷同这种毛病不单刘得仁有,许浑、刘沧也有,关键在于他们的生活体验不够深,思想较平庸,才力有限,学问不足,这就决定了他们难以取得更高的创作成就。

第二节　薛涛　鱼玄机

　　唐人能诗者众,妇女亦不例外。虽说传统观念向来轻视女子,但现存文学史料中仍有许多宝贵资料和线索可寻。有的女诗人诗集流传至今,有的唐人所编诗歌选本录有女诗人作品并有所评价,更有不少唐人诗文集中保存着与女诗人往还酬唱之作,而许多唐人所著杂史笔记则提供了一些女诗人创作活动的情况。南宋计有功辑《唐诗纪事》,其第七八、七九两卷涉及女作者四十人,元辛文房作《唐才子传》,卷二李季兰以下二十四人、卷六薛涛、卷八鱼玄机均为女诗人,清编《全唐诗》卷七九七至八〇五,所录亦均为女子作品。虽然这些女作者中杂有小说人物,虽然其中有的人连姓名都搞不清,虽然仅从这些作品尚不足以展现唐代妇女生活的方方面面,但由此毕竟可以略窥一代女子文学创作之盛。这些女诗人中,有的相当著名,其中以中晚唐时代的薛涛和鱼玄机为最。在薛、鱼之前,则有李冶、刘采春等,兹一并介绍如下。

李冶,字季兰,峡中人。幼年即富才华,善弹琴,工格律。后出家为女冠,长期生活于越中,与山人陆羽、释子皎然和诗人刘长卿交往唱酬。高仲武《中兴间气集》卷下选其诗六首,其数与著名诗人李嘉祐相等。刘长卿对她的诗才十分倾倒,称她为"女中诗豪"。其诗现存十六首,大抵皆赠寄之作,诗体以五言为主,风格清新雅丽,《四库全书总目》评曰:"置之大历十子之中,不复可辨。"[9]另有七古《从萧叔子听弹琴赋得三峡流泉歌》一首,将琴音的美妙与对家乡的忆念融为一体,深情绵邈,十分感人。据说她曾因诗名而受到皇帝召见,但最后竟因写诗给叛臣朱泚而被杀。

刘采春,《全唐诗》录其《啰唝曲》六首,《小传》云:"越州妓也。"其他不详。《啰唝曲》是当时流行于吴越一带的小曲,刘采春较早传唱此调并因此有名,其所唱内容为商妇望夫,如:"不喜秦淮水,生憎江上船。载儿夫婿去,经岁又经年。"(其一)"莫作商人妇,金钗当卜钱。朝朝江口望,错认几人船。"(其三)元稹《赠刘采春》诗除赞美其容止妆饰外,特意提到此曲:"言辞雅措风流足,举止低回秀媚多。更有恼人肠断处,选词能唱《望夫歌》。"后来《啰唝曲》遂一名《望夫歌》。

薛涛(770—832)[10],字洪度,本长安良家女,其父官于蜀中,早逝,母孀居,养涛及笄,入于乐籍,成为营妓。她善言辨,通音律,擅长书法篇咏。自韦皋以下诸任剑南西川节度使均曾令涛出入幕府,侍酒陪宴，戏称她为"女校书"，并与之有诗唱酬。在现存薛涛诗中，还可以看到她赠献给韦皋、高崇文、武元衡、王播、段文昌、杜元颖、李德裕等节帅的诗作。而同她唱酬的著名诗人则有元稹、刘禹锡、王建等。晚年，她屏居于浣花溪，身穿女冠服，创制松花小笺，后世号为"薛涛笺"。逝世后，李德裕、刘禹锡均有诗吊之[11]。

薛涛诗集名《锦江集》，北宋蜀刻本原有五卷五百首之多，后散佚，《全唐诗》合后人补辑者，尚不足百篇。其诗多五、七言绝句，篇章短小而情致俊逸清丽。唐张为作《诗人主客图》，将其列为"清奇雅正主"李益的"升堂"，也是被选入的唯一女诗人。明人杨慎和清人纪昀分别举出她的《罚赴边有怀上韦相公》、《筹边楼》，表示很欣赏薛涛诗"有讽谕而不露"和"托意深远"的特色[12]。薛涛经常与封疆大吏接触，能在诗中流露对政事民情的关心，虽然声音微弱，但确是值得肯定的。从诗意而言，则她的《送友人》、《乡思》、《九日遇雨》、《赠远》、《题竹郎庙》等篇更为秀逸优美，也更加广为传诵。

鱼玄机（840—868）[13]，字幼微，长安人。咸通初及笄，为补阙李亿妾，不能见容于大妇，乃出为咸宜观女道士，玄机当是她的法名。她生性聪慧，工诗，敢于在诗中描写自己的生活和内心世界，其诗热情大胆奔放不羁，与薛涛稳练含蓄的风调不同。如其《赠邻女》（一作《寄李亿》）诗有"易求无价宝，难得有心郎。枕上潜垂泪，花间暗断肠"之句。又有《书情寄李子安》、《闺愁》、《春情寄子安》等诗，毫不讳言独居相思之苦。《闻李端公垂钓回寄赠》诗云："无限荷香染暑衣，阮郎何处弄船归。自惭不及鸳鸯侣，犹得双双近钓矶。"《秋怨》诗云："自叹多情是足愁，况当风月满庭秋。洞房偏与更声近，夜夜灯前欲白头。"强烈地表现对幸福生活的渴望和目前处境下心情的苦闷。暴露类似情绪的诗篇在现存鱼玄机诗中比比皆是。《游崇真观南楼睹新及第题名处》诗也很值得注意。诗云："云峰满目放春晴,历历银钩指下生。自恨罗衣掩诗句,举头空羡榜中名。"坦然率直地诉说了身为女子不能参与文战之恨,看来女道士的冠帔并没有能扑灭她蓬勃的才情。鱼玄机原有诗集一卷流传,现存诗已不足五十篇,除《全唐诗》外,有她与李冶、薛涛合刊的《唐女诗人集三种》比较通行。相传她的行为与其诗风相类,比较大胆,这从她与李郢、温庭筠、李近仁等人的往来诗中也可约略窥见。咸通中,因笞杀女童绿翘,被京兆尹温璋处死。

第三节　赵嘏　李群玉

赵嘏(约806—852以后[14]),字承祐,山阳(今江苏清江)人。青年时代曾北游塞上,南旅越中。后客宣城,在宣歙观察使沈传师幕与杜牧为僚友。自大和七年至开成末多次应举,曾留居长安,出入于令狐楚、牛僧孺等权贵之门,汲汲营求一第。此后曾远赴岭南,约于会昌三年归至江东,家于浙西。会昌四年(844)进士及第后,仕为渭南尉。大中间,宣宗闻其诗名,令狐绹曾献其诗,因卷首《题秦皇》诗引起宣宗不悦,遂不用。其诗集名《渭南集》,《新唐书·艺文志》著录为三卷,后有所佚失,《全唐诗》编为两卷,存诗二百五十首,其间多有他人作品窜入。

现存的赵嘏诗,对于时宰大僚的献酬和亲朋僧道者流的往还数量较多,这些诗免不了客套话、诉苦语和近谀的颂词。真正能够表现赵嘏独特艺术风格的,是他那些在羁旅行役之中抒写哀愁和乡思的诗作。这部分诗由于感受较深切,常写得情景交融,意境苍茫悠远,给人留下较深刻的印象。如《经无锡县醉后吟》中二联:"穷秋南国

泪,残日故乡心。京洛衣尘在,江湖病酒深。"至于杜牧激赏的《长安晚秋》,更是他的一首得意之作:

> 云物凄凉拂曙流,汉家宫阙动高秋。残星几点雁横塞,长笛一声人倚楼。紫艳半开篱菊静,红衣落尽渚莲愁。鲈鱼正美不归去,空戴南冠学楚囚。

这首诗描写高秋曙色如画,尤以颔联景象开阔、人物形象鲜明,有动有静而又富于声色,作者因此被誉为"赵倚楼"。此外写景如"杨柳风多潮未落,蒹葭霜冷雁初飞"(《长安月夜与友人话故山》)、"一千里色中秋月,十万军声夜半潮"(《钱塘》残句),抒情如"鬓毛洒尽一枝桂,泪血滴来千里书"(《下第后上李中丞》)、"江连故国无穷恨,日带残云一片秋"(《自遣》)等亦均生动有致。他同许浑一样,以七律为长,七绝也写得不错,并且往往有佳句佳联,只是从整体考察却缺少深邃的思想和雄浑的气势,情调也偏于衰飒颓唐。这是晚唐诗歌的一个普遍弱点,也是由时代所决定的共同特点。

李群玉(约813—861),字文山,澧州澧阳(今湖南澧县)人。四十岁以前为处士,除在家乡附近、湘鄂一带游历外,还曾远抵吴越、江西、岭南各地,留下许多纪游写景、即兴抒怀之作。他一生未中过进士,似乎不甚热中仕进。《北梦琐言》(卷六)曾说他"散逸不乐应举,亲友强之,一上而已",但我们从他某些诗中看出,他的内心对于出身寒微、缺乏奥援因而怀才不遇也是充满愤怒和不平的:"小子书代耕,束发颇自强。艰哉水投石,壮志空摧藏。十年侣龟鱼,垂头在沅湘。巴歌掩白雪,鲍肆埋兰芳。……百志不成一,东波掷年光。……中夜恨火来,焚烧九回肠。……朱门待媒势,短褐谁揄扬?仰羡野陂鸟,无心忧稻粱……"(《自澧浦东游江表途出巴丘投员外从公虞》)他的诗才得到裴休赞赏,会昌末大中初,裴休任湖南观察史,曾延其入幕。大中八年(854),李群玉已经"年逾不惑,疴恙暴侵"(《进诗表》),但还是不远千里进京献诗,得到裴休、令狐绹推荐和唐宣宗的赏识,被破格授为弘文馆校书郎。但他似乎不惯于官场生活,任职不久即主动请告南归,回到家乡,在那里度过了他的馀年。

《新唐书·艺文志》载李群玉诗三卷,后集五卷。据云三卷者即为大中八年所献之诗,后五卷则为三卷之外及大中八年后所作[15]。李群玉《进诗表》谓献诗三百首,加上后来所作,总量应远逾此数,可是现存群玉诗,剔除明显窜入的他人作品,仅二百六十首。《全唐诗》统编为三卷。

李群玉的诗体裁比较齐备,有乐府,有古风,也有五七言近体,跟许浑、赵嘏等专攻一体不同。但其诗较少触及现实问题,却和许、赵诸人相似。他明白声言的基本创作态度是:"歌咏声明文物不暇,何议讽刺,兴于笔端。"(《进诗表》)从他创作实绩看,这话并非全是讳饰表白,至少部分地反映了他的真实指导思想。

怀古诗也许可以说是李群玉诗中思想性最强的一类。例如《秣陵怀古》:

野花黄叶旧吴宫,六代豪华烛散风。龙虎势衰佳气歇,凤凰名在故台空。市朝迁变秋芜绿,坟冢高低落照红。霸业鼎图人去尽,独来惆怅水云中。

又如《石头城》:

伯业随流水,寒芜上古城。长空横海色,断岸落潮声。八极悲扶拄,五湖来止倾。东南天子气,扫地入函京。

面对着见证兴亡盛衰的前朝遗迹,诗人胸中不禁产生种种感慨,形之于文便造成流荡于诗中的苍茫悲凉氛围,从而无形地透露出晚唐衰飒不振的时代气息。

李群玉显然接受过古今民歌的熏陶。他不但用乐府旧题写诗,而且在歌行体诗,特别是五言小诗的写作中明显学习乐府民歌的情调和语言,因而风格单纯,笔意轻灵,而含意却相当隽永,如《放鱼》、《莲叶》、《池塘晚景》等篇都是如此。他还写过一些感情炽热的情诗,表现异常大胆,几乎近于天真,如《龙安寺佳人阿最歌》八首。七绝《黄陵庙》诗和《湘妃庙》诗,也表现出浓厚的民歌风味,如前者唱道:"黄陵庙前莎草春,黄陵女儿茜裙新。轻舟短棹唱歌去,水远山长愁杀人。"他的七言律诗数量与艺术质量也均颇可观。除了辞章清丽、对仗稳练等一般特点外,在情景交融和富于理趣方面,也有他的独到之处。像"黄叶黄花古城路,秋风秋雨别家人"(《金塘路中》)、"半岭残阳衔树落,一行斜雁向人来"(《九日》)、"浮生暂寄梦中梦,世事如闻风里风"(《自遣》)、"万木自凋山不动,百川皆旱海常深"(《辱绵州于中丞书信》)诸联以及《请告南归留别同馆》、《竞渡时在湖外偶为成章》等篇,都是有代表性的。

第四节　薛逢　薛能

薛逢(806—876[16]),字陶臣,河东浦州(今山西永济)人。两《唐书》均有传述其生平。他于会昌元年(841)进士及第,释褐为秘书省校书郎,会昌三年崔铉入相引为万年尉。崔铉罢相出为陕虢观察使,薛逢改任县令。大中初,铉任河中节度使、薛逢随在幕府。不久,崔铉再度入相,擢其直弘文馆,累侍御史、尚书郎。薛逢为人恃才倨傲,议论激切,常以谋略高自标显。初与刘瑑、杨收、王铎诸人为文友,后因作诗对他们有所讥讽,遭到忌恨。刘、杨、王三人相继执政,对薛有意加以排抑。大中年间,他先后出任巴州、蓬州、绵州刺史,辗转于西蜀[17]。直到咸通七年(866)杨收罢相,他才被调回长安担任太常少卿,后迁至秘书监,卒。

他的著作据《新唐书·艺文志》载,有诗十卷、别纸十三卷、赋十四卷。今仅存诗七十馀首,文十五篇(其中赋两篇,馀为上诸达官的书启),可见散佚之严重。

薛逢年轻时自视很高,颇有豪气,曾作《画像自赞》云:"壮哉薛逢,长七尺五寸,手把金锥,凿开混沌!"他的《凿混沌赋》是这种意识的进一步发挥,也称得上一篇气魄宏伟的雄文。这种豪迈狂放的气势,他诗歌作品的字里行间也时有透露,因而他的诗往往呈现出与一般晚唐诗人低沉衰飒颇不相同的风貌。例如他写潼关的雄伟气势:

重关如抱岳如蹲,屈曲秦川势自尊。天地并功开帝宅,山河相凑束龙门。橹声呕轧中流渡,柳色微茫远岸村。满眼波涛终古事,年来惆怅与谁论!(《潼关河亭》)

写打猎的场面和观感:

泸川桑落鹏初下,渭曲禾收兔正肥。陌上管弦清似语,草头弓马疾如飞。(《猎骑》)

马缩寒毛鹰落膘,角弓初暖箭新调。平原踏尽无禽出,竟日翻身望碧霄。(《观猎》)

诗中有着令人振奋的阳刚之美,为同时代其他诗人所不及。

他的怀古诗也处处透露出勃勃的英气,如《题筹笔驿》虽不得不写到"赤伏运衰功莫就,皇纲力振命先徂"的史实,但末了偏要振起,说"《出师表》上留遗恳,犹自千年激壮夫"。《题白马驿》、《开元后乐》、《汉武宫辞》等也有类似特点,所以沈德潜评薛逢诗曰"犹有盛唐人气息"[18]。

他的这种豪放之气主要取决于个人气质,外界环境并不能给他足够的养分和刺激。由于受到当道者明显的压抑排挤,薛逢心中的忧愤苦闷在日益积聚着,随着岁月流逝,年龄增长,慢慢地锐气销磨,变为怒气,变为对人生的失望。这些反映到他的诗中,便出现了像《镊白曲》、《君不见》、《老去也》、《追昔行》、《醉春风》等一系列以感叹"人生倏忽一梦中"为主题的作品,以及像《邻相反行》这样借寓言来说明读书求仕不及种田自给为好的诗歌。然而,薛逢的这类诗依然带着他的独特印记,在低沉的情绪中蕴含着对现实的不满,在消极的基调里深藏着不平之音。虽然总倾向是消极颓唐的,却又并不是感情的死寂和沉沦。这类诗歌采用篇幅较长、比较自由的歌行体,而不用格律森严的近体,无疑也有利于作者酣畅地舒泄心中复杂的思绪。

薛能(817?—822以后[19]),字大拙(一作太拙),汾州(今山西汾阳)人。会昌六年陈商下登进士第。大中末以书判入等,补盩厔尉,继为太原、陕虢、河阳、郑滑诸镇从事。咸通中,西川节度使李福曾奏以自副。后又摄嘉州刺史。回朝后,迁主客、度支、刑部诸郎中,复改刺同州,权知京兆府事,擢工部尚书。乾符初,授感化军节度使,出镇徐州。乾符五年(878)任忠武军节度使兼许州刺史。广明元年

(880)九月,因军乱被大将周岌所逐,后数年卒。

《新唐书·艺文志》载其诗集十卷,又《繁城集》一卷。其诗今存三百首,《全唐诗》编为四卷,《繁城集》已佚,内容不详。

薛能历任地方长官,为政严察,禁绝请谒,但为人极度自信,评人十分苛刻。例如他看不起诸葛亮的政治才能,竟说"余为蜀从事,病武侯非王佐才"(《筹笔驿》诗小序),甚至认为"当时诸葛成何事,只合终身作卧龙"(《游嘉州后溪》)。在诗歌方面,他对李白、杜甫、白居易、刘禹锡等人均有所非议,如说"李白终无取"(《论诗》),又说"蜀海棠有闻而诗无闻,杜子美于斯,兴象靡出"(《海棠诗》小序),"刘、白二尚书继为苏州刺史,皆赋《杨柳枝词》,世多传唱。虽有才语,但文字太僻,宫商不高"(《柳枝词五首》自注)。至于对同时代人,则更是极端藐视:"诗源何代失澄清,处处狂波污后生。常感道孤吟有泪,却缘风坏语无情。难甘恶少欺韩信,枉被诸侯杀祢衡。纵到缑山也无益,四方联络尽蛙声。"(《题后集》,一作《题集后》)言下显然有复振诗道非我而谁之意。

可惜的是,他才志不能完全相符,不但未驾驭好部下,而且最后竟被原为下属的军官驱逐。在创作方面虽以开一代诗风自许,但题材和主题思想的开掘、创新,也未能超越前人。

从他现存作品来看,诗在他手中,基本上还是作为题咏抒怀或迎送酬酢之具。同许多晚唐诗人一样,他的诗很少触及具有社会意义的题材,视野比较偏狭,观察也不深,像《题逃户》这样一定程度反映民生疾苦之作,在薛能集中只是凤毛麟角。他对前人的批评主要着眼于他们的表现形式方面,他自己则想以艺术表现的独标一帜来显示其风格的不同凡响。他的创作宗旨和艺术追求,正如他在《折杨柳诗十首》的小序中所宣言的:

> 此曲盛传,为词者甚众。文人才子,各炫其能,莫不条似舞腰,叶如眉翠,出口皆然,颇为陈熟。能,专于诗律,不爱随人,搜难抉新,誓脱常态。虽欲弗伐,知音其舍诸!

他的有些作品确实显出构思和语言不肯蹈袭他人的特色,读来虽还不到卢仝、马异那样险怪僻涩的程度,但却明显有异于常规和熟套。撇开他自视过高的缺点不计,薛能还该算是晚唐诗人中杰出的一家。

晚唐诗人郑谷年轻时曾向薛能献诗求教,受到赞赏和鼓励,终生感其知遇之恩。薛能卒后,郑谷有诗凭吊,其《读故许昌薛尚书诗集》有云:"篇篇高且真,真为国风陈。淡薄虽师古,纵横得意新。剪裁成几箧,唱和是谁人?《华岳》题无敌,《黄河》句绝伦。吟残《荔枝》雨,咏彻《海棠》春……"这里提到薛能的几首作品,不但是作者本人颇为得意的[20],客观来看,也确实很有特色,尤其是五古《黄河》、《华岳》二诗的豪壮雄浑,在当时诗人中似不多见。薛能也善写民歌体诗,《折杨柳》(十首)、《柳枝词》(五首)以及《柳枝》(四首)、《吴姬》(十首)都写得清新玲珑而又不失刚健之风,其韵律的和谐又使它们很合适于歌唱[21]。如《折杨柳》诗的第七首:

> 和风烟树九重城,夹路春阴十万营。唯向边头不堪望,一株憔悴少人行。

不肯囿于此类题目通常的咏唱柳树之姿或赞叹春光,而偏要去写边城孤柳,传出一股凄楚的情思,便使它在许多同题作品中得以卓然特立。

第五节　刘驾　曹邺　司马札

在贞元至大中期间,也有一批把注意力较多地投注于反映形形色色社会问题的诗人。他们在艺术上,往往有意识地学习《诗经》和乐府民歌的风雅比兴手法以及平实质朴的风格。他们是元、白创作路线的继承者,同时开了皮、陆诸人诗歌创作的先声。如果说中晚唐之间存在着一根诗歌现实主义的线索,那么他们就是这根线索的中继和重要维系者。

刘驾(823—871?[22]),字司南,江东人(据其诗,他家乡应在今江西鄱阳湖地区)。青年时代曾多次应举,大中六年(852)进士及第,官至国子博士,卒。

他的诗现存六十多首,《全唐诗》编为一卷,其中除六首七绝外,均为五言古风。他虽明确意识到"学古以求闻,有如石上耕"(《山中有招》),但仍坚持古风和乐府诗的创作,显见其心中另有追求的目标。从其诗歌实践看,这目标便是褒贬现实,表明政治态度。他在同时代的诗人中,是政治性较强的一个。

大中三年(849),长期被吐蕃占据的河湟地区的三州七关收复,朝野为之欢庆。刘驾正在京准备应举,作《唐乐府十首》表达了他满腔的兴奋和由衷的祝颂。诗中一方面赞美"河湟父老地,尽知归明主"(《吊西人》)的胜利,甚至唱出"莫但取河湟,河湟非边疆;愿今日入处,亦似天中央"(《献贺觞》)这样的豪歌。另一方面,又提出了从此保持边疆和平,以免除人民沉重负担的切实愿望:"东人望归马,马归莲峰下。莲峰与地平,亦不更征兵!"

但是,刘驾的愿望愈是殷切而美好,在晚唐社会中他的失望也必然愈强烈。由于他比较能够眼睛向下,因此,他的诗笔对于民生疾苦也就不能不有所触及。他的《桑妇》、《牧童》、《反贾客乐》、《江村》、《空城雀》等诗,或直接描叙,或对比衬托,或用寓言比拟,主题都是反映农民的贫困和辛劳,而且都渲染得非常鲜明突出。他的《战城南》、《古出塞》等诗,是对统治者穷兵黩武政策的鞭挞,其实也是对他在《唐乐府·献贺觞》一章中所表露的扩张疆土思想的自我否定。应该说,反战,反对加重人民负担,这才是刘驾思想的主要方面。对于无穷无尽的劳役,他更是明确反对的。《筑台词》这样写道:

> 前杵与后杵,筑城(台)声不住;我愿筑更高,得见秦皇墓!

这首诗题下自注云:"汉武筑通天台,役者苦之。"它显然是在借古喻今,对那些残酷役使人民的统治者发出严厉的诅咒和警告。由此可见,刘驾诗歌的现实主义精神和同情人民的思想感情都是比较强的。这些诗是他作品中最有价值的部分。

作为一个出身寒素,缺乏有力援引而仕途不达的知识分子,他也从切身感受出发写了不少描写颠沛奔走之苦、抒发抑塞牢落之绪的作品,从另一个角度反映了封建时代的社会问题,而同前述许多以歌唱自身坎坷遭际为主的诗人,形成呼应、共鸣和时代的合奏。此外,他还写过反映妇女问题的《弃妇》、《效古》、咏怀古迹的《姑苏台》、《钓台怀古》等,表明他的视野是相当开阔的。

刘驾诗长于比兴,质朴无华,而且体无定规,意尽即止,其《唐乐府》十章,每章即从四句至十二句不等。这表明他写诗能把思想内容置于首位,也是他学习《诗经》和乐府民歌表现手法之一得。他有时也表现出很敏感细致的观察力,能用简洁而生动的句子写出内心复杂的感受。如《早行》:"马上续残梦,马嘶时复惊。"《寄远》:"去年君点行,贱妾是新姬。别早见未熟,入梦无定姿。"对于倦旅者和思妇的心理和生活特征都是把握得很准确的。

曹邺(816—875?[23]),字邺之,桂州阳朔(今广西阳朔)人。出身比较贫寒,赴京应举先后计十年,终以《四怨三愁五情诗》十二首为人所知,于大中四年(850)登进士第。曾受辟为天平军节度使府幕僚。懿宗咸通初迁太常博士,改祠部郎中,继之出任洋州(今陕西洋县)刺史,复入朝为吏部郎中。约于咸通末年辞职南归,居于桂林,直到去世。

他的诗据《新唐书·艺文志》有三卷,《直斋书录解题》载为一卷,而《全唐诗》则编为两卷,此外尚有佚诗数首,散见于地方志中,合共一百十一首。

曹邺与刘驾为诗友,创作作风也比较接近。他们均擅长古体,风格质朴,不尚华丽。曹邺有一部分诗颇能反映时弊,表现出进步的政治态度。最典型的,如《奉命齐州推事毕寄本府尚书》诗,记述了他任职天平军幕时经历的一桩实事,愤怒地揭示出前齐州刺史贪赃枉法、残民以逞的罪行:"州民言刺史,蠹物甚于蝗!"诗中写到他初到齐州时所见的情景是:"重门下长锁,树影空过墙。驱囚绕廊屋,儳儳如牛羊。狱吏相对语,簿书堆满床。敲枷打锁声,终日在耳旁。"面对着这样一座被贪官污吏盘剥劫掠一空犹如人间地狱的州城,诗人产生了"忍学空城雀,潜身入官仓"的幻觉。当他着手查办积案时,又遇到地方恶势力的种种掣肘和抗拒,使他痛感"社鼠不可灌,城狐不易防"。诗人富于正义感,决心知难而进,忠于职守,"截断奸吏舌,擘开冤人肠",这当然难能可贵。可是就算这次多少解决一点问题,又有谁能保证今后呢?这首诗可以称为晚唐社会的一幅缩影,具有强烈的批判力量,能够启人深思,而诗人的爱憎感情异常鲜明,显然是站在被残害的百姓一边的。

他的《捕渔谣》、《筑城三首》、《战城南》、《官仓鼠》等篇虽然未曾具体说明所反映的是哪桩时事,但诗人的创作动机却显然是在现实生活中培育起来的。"天子好征战,百姓不种桑;天子好年少,无人荐冯唐;天子好美女,夫妇不成双。"(《捕渔谣》)"官仓老鼠大如斗,见人开仓亦不走。健儿无粮百姓饥,谁遣朝朝入君口!"(《官仓鼠》)实质上揭示出阶级对立的社会现实,有力地鞭挞了封建统治者。《甲第》、《贵宅》则通过描写官僚贵族的豪华居止以揭露贫富不均,矛头所指也很清楚。

曹邺现存诗中有不少属于乐府旧题,如《长相思》、《东武吟》、《怨歌行》、《放歌行》、《薄命妾(即妾薄命)》之类,有的明白标出是学习古风或乐府的,如《风人体》、《乐府体》和《古相送》、《古莫买妾行》之类。还有一些则是仿效元白体而自创的新乐府,如《望不来》、《去不返》之类。此外还有不少作品,或拟古咏古,或纪游抒怀,但从内容到形式也都显示出乐府诗淳朴质直的情调,像《代罗敷诮使君》、《代班姬》、《弃妇》、《金井怨》、《南征怨》、《读李斯传》、《恃宠》、《蓟北门行》、《自遣》等。这些都说明他深受自《诗经》、汉乐府以来诗歌创作传统的影响。明陆时雍评其诗"以意撑持,虽不迨古,亦所谓铁中铮铮,庸中姣姣矣"(《诗镜总论》),胡震亨则以"洗剥到极净极真"(《唐音癸签》卷八)来赞美他的诗歌艺术。

这一时期创作作风与刘驾、曹邺相近,其成就又值得一提的,还有司马札。关于他的生平,我们知道得很少,仅知他是大中年间人,经历相当坎坷。其诗今存近四十篇(见《全唐诗》卷五九六),其中思想性较强的如《卖花者》、《古边卒思归》、《蚕女》、《锄草怨》、《筑台》诸篇,或借古事发挥,或直咏现实生活,都能一定程度地诅咒苛政,同情人民：

> 有田不得耕，身卧辽阳城。梦中稻花香，觉后战血腥。汉武在深殿，唯思廓寰瀛。中原半烽火，比屋皆点行。边士无膏腴，闲地何必争？徒令执耒者，刀下死纵横。（《古边卒思归》）
>
> 种田望雨多，雨多长蓬蒿。亦念官赋急，宁知荷锄劳。亭午霁日阴，邻翁醉陶陶。乡吏不到门，禾黍苗自高。独有辛苦者，屡为州县徭。罢锄田又废，恋乡不忍逃。出门吏相促，邻家满仓谷。邻翁不可告，尽日向田哭。（《锄草怨》）

刘驾、曹邺、司马札三人的艺术造诣虽然不高，但他们的诗篇在贞元至大中期间闪烁着一种与众不同的光彩，在现实主义精神一度岑寂的情况下，可以说是难能可贵的空谷足音。

〔1〕 关于许浑生平，请参阅董乃斌《唐诗人许浑生平考索》，见《文史》第26辑；谭优学《许浑行年考》，见《唐诗人行年考续编》，巴蜀书社1987年版；及《唐才子传校笺·许浑传笺》，中华书局1990年版。

〔2〕 见《北梦琐言》卷五，上海古籍出版社1981年版。并参《宋诗话辑佚》下册，中华书局1980年版，第443页。

〔3〕 见许浑《乌丝栏诗序》，《全唐文》卷七六〇。

〔4〕 以上参见方回《瀛奎律髓》卷三、卷十四；葛立方《韵语阳秋》卷一。

〔5〕 见《唐诗品汇》卷八八。

〔6〕 参看王夫之《薑斋诗话》、黄子云《野鸿诗的》。

〔7〕 《唐才子传校笺》考其为青州临朐（今属山东）人。

〔8〕 见《北梦琐言》卷六，上海古籍出版社1981年版。

〔9〕 见《四库全书总目提要》卷一八六《薛涛李冶诗集》提要。

〔10〕 此据《唐才子传校笺·薛涛传笺》，综采傅璇琮《李德裕年谱》、张篷

舟《薛涛诗笺》所作的考证。

〔11〕 李德裕《伤孔雀及薛涛》诗已佚,刘禹锡《和西川李尚书伤孔雀及薛涛之什》尚存。

〔12〕 见杨慎《升庵诗话》卷十四,纪昀《四库全书总目提要》卷一八六。

〔13〕 此据《唐才子传校笺·鱼玄机传笺》之推算,是鱼玄机的大致生卒年。

〔14〕 此据谭优学《赵嘏行年考》,见《唐诗人行年考》,四川人民出版社1981年版。并参《唐才子传校笺》。

〔15〕 参万曼《唐集叙录》,中华书局1980年版,第298页。

〔16〕 此暂依闻一多《唐诗大系》。

〔17〕 《唐才子传校笺·薛逢传笺》谓据逢诗《镊白曲》知其曾入蜀为西川节度使副职,以勤谨被拜为嘉州刺史,而无巴州刺史之任。蓬州事于诗中无迹,绵州事则有《越王楼送高梓州入朝》诗可证,请参阅。

〔18〕 见《唐诗别裁集》卷十六。

〔19〕 此据闻一多《唐诗大系》并《唐才子传校笺·薛能传笺》。

〔20〕 薛能对这些诗的自负,见于各诗小序。《海棠诗》小序已见前引,《荔枝》诗小序云:"杜工部老居两蜀,不赋是诗,岂有意不及欤?白尚书曾有是作,兴旨卑泥,与无诗同。予遂为之题,不愧不负,将来作者,以其荔枝首唱,愚其庶几。"

〔21〕 《柳枝词》五首就是薛能写来供歌女演唱的,见该诗小序。

〔22〕 刘驾生卒年,据卞歧《晚唐诗人刘驾和他的作品》一文考证为821—872?,该文见《文学遗产》季刊1982年第1期。据《唐才子传校笺·刘驾传笺》考订应为823—871前,今依之。刘驾乡里,《传笺》云系江州都昌或浔阳人,亦可参。

〔23〕 此暂据闻一多《唐诗大系》所拟,《唐才子传校笺》以为大致相近。

第二十章 咸通至天祐时期文学概说

第一节 社会与文坛状况

唐代诗坛的最后一颗巨星李商隐谢世之后不久,唐宣宗李忱于大中十三年(859)死去,残暴骄奢而又昏庸无能的唐懿宗李漼继位。次年,改元咸通。从此,本来已经日薄西山的唐帝国愈加黑暗腐朽,无可挽回地走向彻底崩溃的穷途末路。从咸通元年到唐哀帝李柷天祐四年(907)这四十八年,是唐王朝各种不可调和的社会政治矛盾总爆发的时期。藩镇割据,宦官专权,宦官与朝官之争,以及朝官内部的朋党之争,这几组构成唐朝后期政局的主要特征的大矛盾,发展到咸通之后已呈不可收拾之势。统治阶级内部各个敌对集团之间的频繁争斗,终极目的只有一个,这就是最大限度地向人民掠夺榨取,来满足他们的贪欲。因而,这种争斗愈剧烈,社会就愈黑暗、愈动荡,转嫁到人民(特别是农民)身上的灾祸也愈加惨重。于是,人民的武装起义就一触即发,不可遏止了。大中十四年(860)初浙东裘甫为首的农民起义和咸通九年(868)庞勋为首的桂林戍兵暴动,是懿宗时规模较大、影响较深的两次人民起义。起义虽然先后被血腥镇压下去了,但更大的反抗浪潮正在酝酿之中。僖宗乾符初年,爆发了王仙芝、黄巢领导的农民大起义。黄巢军转战南北,席卷全国,入东都,破长安,建立大齐政权,坚持斗争达十年之久。起义虽然最后不免于失败,但它却从根本上动摇了李唐王朝的统治,使得这个腐朽的封建政权从此分崩离析,永无复兴之日了。

举国动乱、民生多艰的大背景和大趋势,不能不对这一时期文学家们的精神世界及其创作活动发生巨大而深刻的影响。文学史家习惯于将杜牧、李商隐等人活动的从敬宗宝历初至宣宗大中末的三十多年和此后的咸通至天祐的近五十年合称为"晚唐",实际上,同属"晚唐"时期的这两个阶段,无论从文人心理情态或是文学作品风格来看,都存在着较大的差异。前一阶段,李商隐等虽然已经敏锐地预感到唐帝国的末运,吟出了"夕阳无限好,只是近黄昏"(李商隐《乐游原》)的哀时之调,但太阳毕竟还在西天,晚霞掩映之处尚有无限烟光迷离的美景令人流连,因而他们在感伤之馀还不乏"欲回天地入扁舟"(李商隐《安定城楼》)的热切幻想,时时能焕发"且吟王粲从军乐,不赋渊明归去来"(李商隐《偶成转韵七十二句赠四同舍》)的济世豪情。可是,在后一阶段,夕阳已经没入地平线之下,文人们的眼中再也没有光明,他们所耳闻目睹的,是"千家数人在,一税十年空"(黄滔《书事》)的乱离之象;所亲身体验的,是"蝴蝶梦中家万里,子规枝上月三更"(崔涂《春夕》)的流亡生活;所痛切感受的,是"大道将穷阮籍哀,红尘深翳步迟回"(李咸用《途中逢友人》)的暗淡前程。总之,灾难与痛苦折磨着整个社会,野蛮与黑暗吞没了一切。文人们四顾茫然,不知所措,空前浓重的忧患意识在啃噬他们脆弱的心灵,使得他们不但不能再现初唐的雍容华丽和盛唐的乐观昂扬,也不能摹拟中唐企望中兴、一心"挽狂澜于既倒"的悲壮精神,甚至失却了晚唐前期残存的那点匡救衰世末俗的热情,剩下的只是一些茫然的喟叹与绝望的哀吟了。咸通至天祐时期的文学之所以缺乏令人感奋愉悦的精神力量，其根本原因即在于此。这时文坛的混乱而萧条的景象，正与社会政治、经济和文化领域的混乱而萧条的景象相一致。

在上述历史环境和文人心理的制约与影响下，作为这一时期文学创作主要形式的诗歌和散文，都不同程度地呈现出感伤与愤世两大思想特征。感伤与愤世，在我国封建社会的文学发展长河中是经常出现的两大主题，但在这一阶段却有深刻的时代烙印。这时的感伤，是一种注定了没有生活出路而无可奈何的幻灭性的感伤；这时的愤世，更是一种看不到时代曙光而诅咒其快些灭亡的绝望型的愤世。由这种思想倾向所决定，文人创作出现了两种看似互相矛盾、实则相反相成的基本内容：归隐求静与激烈骂世。这两种内容在当时大多数作家的创作中是同时并存的。比如以刺世疾邪著称的罗隐，一方面愤激地宣称，对于黑暗世界"有可以谗者则谗之"（《谗书序》），丝毫不留情面；另一方面又热切希望超脱于这浊世之外，向往着"一船明月一竿竹，家住五湖归去来"（《曲江春感》）。被后人普遍看做飘飘然脱离尘寰、一心只追求"韵外之致"的司空图，一方面宣称"自此致身绳检外，肯教世路日兢兢"（《退栖》），另一方面却"愁看地色连空色，静听歌声似哭声"（《浙川二首》之二），对那衰乱之世难以完全忘怀。可见这一时期许多创作倾向和文学思想不同、政治态度也有差别的作家，都有一种彼此相近的悲观失望的心理情态，这就是：感觉大势已去，唐帝国崩溃的厄运已无可挽回。正是这种相近的心理决定了这一时期美学追求的主要倾向：作家的兴趣由现实转向历史，由外界转向内心，由广阔的社会转向江湖山林或闺阁庭院，极力在乱世之外觅出一小块干净土，求得自己痛苦心灵的暂时平静与慰藉。与这种风尚的转移相适应，这一时期的文学作品，除了一些愤张激烈的骂世刺时之作以外,大多数风格趋向绮靡或淡泊,意境趋向幽微和纤丽,技巧变得细巧以至琐碎。长江大河似的盛、中唐气派消亡了,剩下的多是零零星星的清溪曲涧式的小景。表现在体裁样式的采用上,这一时期的作家们写文章时再也不能像韩愈、柳宗元那样操纵自如,长短、大小皆宜,而只能摆弄几百字甚至不足百字的即兴小品;写诗时也不能写出李、杜、韩、白乃至李商隐、杜牧那样的大气包举的长篇歌行,而只能局促地经营短小的五七言律绝了。并不一定是这些作家缺乏才气与风度,而是现实社会已经失却奋发向上的时代精神,再也引发不出作家悲壮宏阔的激情远志,迫使他们转移艺术的目光,去低声细吟地为行将灭亡的王朝唱一些短小的挽歌,或为茫茫尘世中进退维谷的渺小的自我发几声生不逢时的微弱叹息而已。诗人吴融曾悲切地自诉道:"有时惊事再咨嗟,因风因雨更憔悴。只有闲横膝上琴,怨伤怨恨聊相寄。"(《风雨吟》)这个在凄风苦雨中无可奈何地吟唱着一己愁怀的感伤诗人的形象,实际上是当时所有被黑暗现实扭曲了灵魂、遮蔽了视野和箝制了才力的文学家的共同象征。这是时代的不幸,也是文学的不幸。

第二节 本时期文学的主要特点

上节所述,只是当时文坛的总趋势与总格局。仔细考察这几十年文学发展的详情可知:具体的创作门类和众多的作家们,虽然都为时代大势所制约,但各自的运动轨迹与成败得失是颇不一致的。

一、文学思想的变化及其特点

咸通至天祐时期,文学创作相对衰落,文学思想却显得较为活跃。许多作家在创作实践上并没有什么惊人的成就,但却喜好谈诗论文,通过不同的方式表达自己的文学主张。一些对五代以后的文学创作发生重大影响的文学思想与文学理论,竟产生在这一时期。这种文学理论意识的活跃虽然为时甚短,也未及形成百家争鸣的繁荣局面,但却提出了一些有意义的问题,给予后世的诗文理论以一定的启示。对这一时期诸家的文学思想稍加梳理,可以发现它们大致可以分为带有正统儒家色彩的功利性文学观和反功利主义、追求作品意境美的文学观两大类。这两种不同的文学主张实际上是与当时文学创作的实践与作家心理状态相依存的。一些作家之所以提出指陈时弊与写民生疾苦、世道衰乱的功利性主张,是因为他们有浓重的感伤与愤世的情绪,有抨击黑暗政治的强烈冲动,有的人甚至还有不甘心唐王朝就此破灭的"忠愤"之心。而超功利的、讲求境界与风格的美学理论之所以空前发达起来,则显然是另一部分作家眼看国事不可为,对现实政治完全绝望,转而归隐求静,遁迹山林之后,专门追求纯艺术之美以求心灵解脱的必然结果。

较早在散文创作中重申功利性主张的,是韩愈的三传弟子孙樵。他明确提出作文的目的是"上规时政,下达民病"(《孙可之文集·骂僮志》)。他本人的散文创作,与其理论主张相一致,一以明道济物为己任。年辈稍晚于他的另一个思想更为激进的文学家皮日休,更为明确地阐述了自己的为文须有补于政教得失的观点。其《文薮·序》明确地提出散文创作的宗旨是"上剥远非,下补近失"。《桃花赋》序中又郑重宣称,自己作文是"非有所讽,辄抑而不发"。皮日休十分执著于自己这一套明道之说,他坚信:"圣人之文与道也,求知与用,苟不在于一时,而在于百世之后者乎?"(《悼贾序》)他以其主张的鲜明性与坚定性成为这一时期功利派散文创作理论的领袖人物。一些创作倾向与皮日休相近的作家如陆龟蒙、罗隐、黄滔等人,也都持有与之相呼应的明道济物的散文主张。如罗隐认为："君子有其位,则执大柄以定是非;无其位,则著私书而疏善恶。斯所以警当世而诫将来也。"(《谗书重序》)黄滔在《与王雄书》中则更明确地说,作文是文学家"出于穷愁"的有意识行为,其目的是"指陈时病俗弊"。黄滔所指出的,正是这一时期坚持现实主义方向的古文作家们的共同倾向。这批作家中有一定成就的代表者如刘蜕、孙樵、皮日休、陆龟蒙、罗隐、吴融、黄滔、陆希声、李观等,都以创作流畅而有现实生活内容的散体文为主,他们的文章一般都写得质朴、简洁、明快,恰与同时期重炽于文坛的骈俪雕琢、破碎经史、崇尚怪奇的形式主义风气相对立。这一派作家的理论与实践,具有反抗末俗的现实意义。尽管由于时尚的转移与作者本人的缺陷,这些散文作家未免气局狭小,声音微弱,未能挽救中唐古文运动趋向衰落的命运,但他们毕竟付出了艰苦的努力,做出了一定成就,在一定范围内和一定程度上使得韩柳派古文薪尽火传,形成一股涓涓细流,遥接北宋时期新的古文运动的潮头。

与这种散文思想相呼应,同一时期的诗坛上出现了主张讽颂美刺的诗教说。持此说较早与较力者,仍为皮日休。他在作于咸通中的《正乐府十篇·序》中指出:乐府诗的创作应发扬古代的传统,达到"知国之利病、民之休戚"的功利目的;并认为,乐府之"道"(即儒家教化作用)特"大",必须严肃创作,摒除"魏晋之侈丽"和"梁陈之浮艳"。在皮日休咸通年间的诗文作品中,宣传类似主张的文字随处可见,如《论白居易荐徐凝屈张祜》云:"余尝谓文章之难,在发源之难也。元、白之心,本乎立教,乃寓意于乐府,雍容宛转之辞,谓之'讽谕',谓之'闲适'。"《七爱诗·白太傅居易》褒扬白居易"欸从浮艳诗,作得典诰篇","所刺必有思,所临必可传"等。与皮日休创作旨趣相近的一部分关心现实的诗人,也或多或少表露过这类观点。

如杜荀鹤认为，作诗应该"外却浮华景，中含教化情"(《读友人诗》)；黄滔认为："诗本于国风王泽，将以刺上化下，苟不如是，曷诗人乎？"(《答陈磻隐论诗书》)顾云甚而声称诗歌有"能使贪者廉，邪臣正，父慈子孝，兄良弟悌，人伦之纪备"(《唐风集序》)的神奇作用。在这一派人中，以诗人吴融的主张为较系统、明确和全面，他于光化二年(899)为贯休的《禅月集》作序，力主教化，认为诗歌创作的使命在于"善善则颂美之，恶恶则风刺之"，如果不能本此二道，则"虽甚美，犹土木偶不主于气血"，必然没有生命力。在这篇序中，吴融推崇李白之诗"气骨高举，不失颂美讽刺之道"；认为白居易的讽刺诗是"一时之奇逸极言"，张为作《诗人主客图》，以白氏为广大教化主，这是合适的。同时，他还强烈抨击自李贺以降的一派作者"皆以刻削峭拔飞动文采为第一流，有下笔不在洞房蛾眉神仙诡怪之间，则掷之不顾"的倾向，力主"君子萌一意，出一言，亦当有益于事，刿极思属词，得不动关乎教化？"吴融对李贺等人追求艺术美和尚奇求险的批评，容有片面和偏激之处，所谓"教化"之说，也显得迂阔背时，但他上述议论中关于诗歌创作须关注现实、要有益于社会的主张无疑是有进步性的。

在上述这种文艺思想的推动下，当时一部分文人在创作中揭露弊政，反映民生疾苦，使杜甫、白居易的现实主义传统在有限的范围内得以继续发挥作用。当然，功利派的散文与诗歌主张的不合时宜也是显然可见的。提出这些主张的作家，除了皮日休后期曾参加农民起义（不一定是自觉参加）之外，大多数人都是虽对现实有所不满，但却忠实维护封建统治的士大夫。他们在唐王朝已经无可挽回地走向覆灭的时候来提倡"剥非"、"补失"、"刺上化下"之说，指望通过指陈时病俗弊和揭露黑暗现实来警诫统治集团，以挽救帝国的厄运，这本身就是极不现实、完全行不通的。他们之中的一些人（尤其是皮日休、罗隐等)未尝没有清醒地认识到腐朽朝廷的不可救药,但长期正统的儒家教育所形成的某种使命感却又驱使他们冥思苦索地寻求救世药方,从而提出了一些空言明道的迂阔之论。事实上,在运用这种主张来写诗文时,不少人也感觉到它行不通。最明显的例证是:这一时期即使现实主义倾向较为鲜明的作家,其作品中揭露现实者也只是极少数,大量的却是悲观厌世和闲适隐遁的篇什;即使是那些少量的反映现实之作,也多半对现实和朝政不抱什么幻想,而表现为看破红尘的冷嘲热骂。这种理论与实践互相矛盾的可悲现象正好说明了,功利主义的文学观在当时已无法占据文坛的主流地位,不能左右当时的文学实践,而只能让位于新的文学思想了。不过这种文学观对于当时的创作实践并非毫无积极意义与推动作用,它毕竟引导了一部分作家关注时政,贴近现实,写下了一些虽然质量远远不如李、杜、元、白,但总算多少为唐末黑暗现状留下了真实镜头的诗文作品,使得唐代文学深广的现实主义长河在那衰乱之世不致断流。

成为这一时期文学的主流的,在创作倾向上表现为从入世到出世、从外界到内心,从"兼济"到"独善"、从愤世到追求自然淡泊之意的大幅度转变;在理论上则表现为以司空图为代表的讲求韵味、意境与风格的超功利主义的美学观。这一派文学思潮的核心内容,是探索文学的形象特征和创作的形象思维。这些理论家之所以能系统地进行这种有益的探索,一是因为避世隐居的生涯使他们有了琢磨艺术的兴致与时间,二是唐代文学(特别是唐诗)创作发展了两个多世纪,在高度繁荣和百花齐放的过程中提供了极为丰富的经验,需要有人从艺术规律的角度来对之进行总结。生于末世的这些既有理论头脑、又有创作实践的作家刚好胜任了此项历史使命。通观盛、中唐时期有影响的诗论和文论,多具有关注现实、重视文学的社会作用等优点,不足之处是缺少对艺术规律本身的探讨。而咸通之后出现的功利性文学主张,更具有空言明道、片面强调"教化"的偏颇。非功利的文学主张的出现,客观上可以药救此种不足与疏失。这一派的代表人物司空图,把含蓄的风格和淡远的韵味视为诗歌的重要特征,认为王维、韦应物的诗"澄淡精致"、"趣味澄夐",最合此种标准;而元稹、白居易的诗则被他贬为"力勍而气孱"的"都市豪估"。这位乱世隐者根据自己的情趣将田园山水诗派推到独尊的地位,他的诗论实际上主要地成了田园山水诗派的创作在理论上的反映,这当然是有其片面性的。但他毕竟从本质特征入手,对文学创作的艺术规律作了某些深入的探索。他注重研讨艺术形象与意境,其中不少说法还接触到形象思维的特点,这些都是空前的理论贡献。我们不可因为他相对忽视文学的社会现实内容而小看这种贡献。此外,司空图继皎然《诗式》详分诗的风格类别之后,更进一步把诗的风格意境分为二十四品,写成了他的代表作《诗品》二十四则。《诗品》虽然也多少流露了他本人偏重淡远与含蓄的倾向,但总的来说是以一个理论家的全面性和深刻性,对各种不同的"品"都进行了细致而形象的描绘。这对诗歌风格与意境的分类研究是有重要贡献和影响的。

二、诗歌创作的主要倾向及其特征

这一时期诗歌创作较为显著的一个特点是流派杂呈,各行其是。这种流派杂呈,并非我们通常所看到的文学繁荣期那种百花争妍、各领风骚的昌盛局面,而是近似于潮水消退后沙滩上小沟小渠纵横杂乱的衰落景象。在初、盛、中唐时期,常常出现某几个伟大作家、某一群杰出作家或某几个有特色的流派争雄于诗坛,领导时代潮流的壮阔场面。直至晚唐前期,李商隐、杜牧等人也还能以其特出的成就赢得众星捧月的中心地位。而到了咸通之后,时世衰乱导致的诗歌落潮的总趋势却造成了整整一代诗人的局促与低徊。再也没有出现能够领袖群伦的作者，再也没有新的创派之举，有的只是众多中小名家各张旗鼓的分头驰骋。这种流派的杂乱常使后世的文学史家对之摇头叹息，感到难于梳理和论证。其实这众多的流派没有一个是新的，而多半是中唐及晚唐前期的馀响。这时期的诗人虽作风各异，但究其根源，几乎无不是前代诗风的追随者，比如皮日休、陆龟蒙学韩愈的博奥与议论；杜荀鹤、罗隐、韦庄学元、白的通俗与流丽；于濆、曹邺、刘驾、聂夷中学元结、孟郊的简古；唐彦谦、吴融、韩偓学温、李的绮丽华美；方干、李频、周朴、李洞学贾岛、姚合的清苦幽僻；司空图、项斯、任蕃、章孝标学张籍的清新雅正，等等。这些诗人虽然成就大小各有不同，有些人在具体而细小的技巧与境界上还有所创获，但从大处来看都未免依人作计，因而在艺术上终于没有突破前人。就这一点而论，可把这一时期称为中唐诗风的衍流期与追随期。

这一时期诗歌创作特点之二是竞相追求小巧深细的艺术境界。这一倾向当然首先与本章开头所述的时代环境有关。当时由于中央政权解体，地方军阀混战，战争连年不断，全国已被分割成若干小块，诗人们全都生活在被烽火隔绝的小圈子里，再也不能找到士人的正常出路，眼中与胸中已经没有莽莽神州广袤无垠的全局，阔大的艺术境界当然无从酝酿产生。其次，从诗歌发展本身来看，各种可以由诗歌来表现的境界都早被盛、中唐及晚唐前期的作者尽量探索，遗存无几，所存者大约不过是一些人家不屑花费笔墨的琐碎细致的东西。有此二端，加上诗人们已对现实生活和外部世界绝望，兴趣已转向内心世界和身边的情事，因而追求小境就是必然和普遍的了。这里仅举唐诗中常见的描写洞庭湖的例子就足以说明问题了。同是八百里洞庭湖，在不同时期诗人的眼里，气派就不大相同，因而在他们笔下呈现的境界竟有天渊之别。比如在孟浩然眼里，洞庭湖"气蒸云梦泽，波撼岳阳城"（《临洞庭上张丞相》），不但震动周围的城市与原野,而且"涵虚混太清"(同上),包容了顶上的天空;在杜甫的笔下,洞庭湖气魄更宏大,它使"吴楚东南坼,乾坤日夜浮"(《登岳阳楼》),偌大的宇宙似乎都被收进了它的水域。这是多么雄豪的盛唐气象!可是到了号称"咸通十哲"之一的许棠那里,想象的翅膀却再也飞腾不起来,面对浩浩湖水,他只能就肉眼所及惊叹一番:"四顾疑无地,中流忽有山。"(《过洞庭湖》)据说许棠这首五律当时被誉为名篇,人们纷纷取以题扇。即此一端,也可见当时诗境之局促,难怪明人胡震亨要慨乎言之地斥之为"愈切愈小"(参见《唐音癸签》卷八)了。

与抒写个人情事和追求细巧境界的倾向相适应,这一时期诗歌创作特点之三是在风格上竞趋绮靡和婉丽。继李商隐、温庭筠之后,这一时期涌现了大量的艳情诗。在咸通之后的几十年中,社会风气极度腐化,崇尚豪奢与享乐成为士大夫文人的普遍倾向。韦庄所谓"咸通时代物情奢,欢杀金张许史家。破产竞留天上乐,铸山争买洞中花"(《咸通》)云云,便是指的这种奢靡的世风。在连续不断的动乱与战祸中,士大夫更普遍滋生了"今朝有酒今朝醉"(罗隐《自遣》)的及时行乐心理。在这种生活状况和心理情态的作用下,艳情诗风靡一时。除了著名的艳情诗作者韩偓、唐彦谦、罗虬、王涣等人之外,连力倡"诗教"说的吴融、愤世隐居的陆龟蒙等人也不乏绮艳之篇。可见风气之移人情性已达势不可挡的地步。这些艳情诗中,除了部分格调低下、辞采凡庸之作以外,还是有不少情感真挚、艺术精美的佳作;其风格也并不完全是秾艳繁缛,而时有追求清丽幽雅之趣的篇什。唐末艳情诗中的上乘之作,一般都写得细腻感人,技巧较为高明。诗人们为避世和排忧而把心灵的寄托转向酒筵歌席,沉醉于红巾翠袖的旖旎风光之中,这从一个方面来看,诚不免脱离现实之谴;但从另一方面来看,正是在这种不受束缚的创作环境中,他们得以卸却"诗教"的面具,摆脱明道言志的外在束缚,才自然地流露了真情,写出了一批堪称唐末诗坛最后精品的"缘情绮靡"之作。这一时期诗歌意境与手法走向小巧深细,风格趋向绮靡艳丽,这两大倾向的发展是利弊兼有、得失各半的。一方面,这种"变调"与"变质"的发展趋势使唐音渐失黄钟大吕式的浑朴壮美的本色,而蜕化为幺弦秘响的阴柔缠绵之调,使唐代诗歌抛弃了它许多宝贵的东西;另一方面,正是这种由多种因素(主要是社会文化心理和诗歌形式本身的代变二者)酝酿而成的新变预示了未来诗歌(广义的诗歌)发展的趋向,为之铺垫了一定的基础。同一时期蓬勃发展起来的长短句词,就透露了这方面的信息。以温庭筠及其追随者为主流的这一时期的文人词,大多以艳情与个人愁怨为抒写内容,以小而巧的意境取胜,以绮丽婉约为主导风格。这正与同时期的五七言诗同其旨趣。我们暂且撇开音乐对词的起源的作用不谈,单从文学的角度来看,这种诗词同趣的现象,正是当时的韵文文学受同一社会文化背景与文化心理孕育的结果。可以说,这一时期诗歌艺术的新经验,为方兴未艾的文人曲子词提供了从思想内容、意境风格以至写作技巧诸方面的丰富养料。这种提供营养的工作,其影响远及于五代以迄北宋的词中主流派——婉约词。

这一时期诗歌发展的第四个特点,就是形式的短小和精美化。前已述及,咸通后古体衰落,人们大多专写近体诗。古体诗受到空前冷落,固然暴露出唐帝国末世诗人们气魄的缩小和才力的局促,但结合新的文化背景来考察,恐怕还得承认这与艺术情趣的转移有关。抒写内心、表现私情和塑造玲珑小境的需要,使人们量体裁衣地择取短小精致的五七言律绝。就诗歌发展史的全局来看,这种倾向未免导致气卑格小,泯灭了唐代长期特有的百花争妍的洋洋大观;若单就局部来看,则促成了到盛唐才完全成熟的近体诗在风格、意境、声律、技巧等方面的更加完善、精美和深细。这一时期的近体律绝，除了部分通俗浅俚之作显得滑易粗糙之外，大都精雕细刻，玲珑可爱。虽然难免凸露筋骨和气脉不贯之弊，但技艺精湛之作却层出不穷。在传世的唐诗警句、佳对和写景咏物名篇中，这一时期的作品占有很大的分量。尤其是七言绝句，更为脍炙人口，其深细婉丽的美妙之处，直欲与盛、中唐的不同风格之作一争高下。另外，这时的绝句创作出现了一个新的动向，这就是较多的动辄百篇的大型组诗的涌现，著名的如曹唐《小游仙诗》九十八首、胡曾《咏史诗》一百五十首、钱珝《江行无题》一百首、罗虬《比红儿诗》一百首等等。其中的多数作品思想艺术两皆平平，然而它们作为中唐王建《宫词》一百首影响下所产生的一种延续现象，却颇值得注意。它们表明：这些诗的作者们已经较自觉地尝试以短诗的形式，发挥长诗的作用。这些组诗中每一首可以各自独立存在，而合起来又成为一个整体，这就扩大了绝句的容量，可以用来反映较广阔的社会生活和思想感情。这种尝试为后世诗人开启了新的法门。如金人元好问《续小娘歌》、清人龚自珍著名的《己亥杂诗》等，在形式上就不可说没有受到咸通诗人的影响。

三、古文运动的馀波及词与小说的创作

就总的趋势而言，古文运动到这一时期已经基本衰歇。不过，韩、柳的旗帜并未倒地，部分藐视末俗、志在复古的作家继续坚持创作散体文，并取得了一定的成就。综合分析这些作家的创作得失，可以发现古文运动演进到唐末时的一些规律性变化。

第一，古文运动没有绝对断流，而是在小范围内顽强地衍进。咸通年间和稍后以刘蜕、孙樵等人为代表的古文家们有不少共通点，他们都有较为明确的文学主张，认为散文的创作要关注社会现实，要明儒家之道，补察时政，揭露丑恶，救世济物；他们的文章都抨击佛教，讽刺衰世末俗,同情人民疾苦,力图警醒统治者,以挽救国家的覆亡;他们作文都以古体散文为主,以复古为己任,顽强地与重新泛滥的骈偶雕琢的形式主义之风相抗衡。从他们那些内容充实、质朴流畅的散文作品,我们可以肯定他们的努力是有一定收效的。他们的创作主张和文章内容、艺术宗尚等与中唐古文家们基本一致,他们在艰难的乱世中特立独行,充当韩、柳古文的忠实继承人,这就证明了古文运动即使中衰之后也还有一定生命力与号召力。古文运动经过初盛唐时的长期酝酿,到中唐时蔚为大观。在长长的作家群中,先有韩愈、柳宗元、李翱、皇甫湜作为中坚,之后杜牧等人继起,发展到懿宗、僖宗朝,有刘蜕、孙樵等承传衣钵。紧接他们之后又涌现了与韩柳虽无直接师承关系,但创作精神遥遥相通的皮日休、陆龟蒙、罗隐等人。如此看来,作为一个长期的文学现象,古文运动在整个唐代是一条未曾枯竭的长河,只不过水流时大时小,有时高潮有时低潮而已。

第二,总结唐末古文家创作的缺陷与教训,使我们明白了古文运动在那时落入低潮的必然性。从内容上看,刘蜕、孙樵等人的古文都有反映现实面窄、较少接触当时最迫切的社会问题,以及格调低抑,不能给人以力量和信心等缺陷。这当中有深刻的历史原因。众所周知,韩柳时期的古文之所以取得辉煌成就,发生巨大影响,是由当时政治形势好转、经济恢复、文化繁荣以及作家们学养深厚、胸怀博大、才气纵横、敢于革新等等综合因素促成的。然而彼一时,此一时,韩愈及其弟子谢世之后,特别是武宗、宣宗之后,社会矛盾渐趋尖锐,统治阶级愈加腐朽,唐朝崩溃之势已成,文人们宣扬道统既无补于封建统治的没落,他们匡时济物的希望也逐渐破灭,于是后起的古文家们再也没有开拓新局面的精神力量,再也看不到光明,有意无意将古文运动引上狭窄之途。刘蜕、孙樵之辈算是唐末古文家中难得的既关注现实,又富于才华的佼佼者。他们与那些专用古文来陶写隐逸生活情趣的作者迥然不同,仍然力图用古文明道济物。但由于世易时移,今非昔比,他们身处绝境,找不到解决社会矛盾的途径,看不到历史发展的方向与动力,因而其文悲愤多而威力小,只能无补于事地发一些牢骚、揭几个疮疤。韩、柳等人上阵时精神充实,故批判现实能出以堂堂正正之军,以正面进攻为主;唐末诸人却往往只能出以偏师,以旁敲侧击来泄其孤愤。两代古文家的气派与力量是十分悬殊的。刘蜕之热心于寻求老庄思想作为辅助武器,孙樵之时而回避他不致一无所知的重大社会问题,根本原因乃在于此。他们的古文虽也有一定社会内容,揭露了一些现实问题,但毕竟远远不够深刻和准确,而且还不时流露出正统儒家某些陈腐而无力的说教,因而难以打动乱世的人心,其不为时人所重视就是必然的了。可见古文运动衍进到唐末之所以地盘渐小、影响日弱,主要是时运所致。

第三,从古文技法流派演变的角度来看,唐末古文家在师承与创造上所发生的偏颇也部分地导致了此项事业的衰落。这时期以刘蜕、孙樵为代表的古文家在继承古文艺术传统时都有专尚奇崛古奥的偏向。他们虽然较为重视文章内容,但由于在表现形式上尚奇求险,把文章写得不平易,这就难于为大多数人所理解与接受,难以获得广泛的读者。韩愈的文章博大精深,单从风格与手法来看,有安雅平正、文从字顺的,也有奇特古奥的。他的传统本来指示着广阔的道路。可是在韩门弟子中,除李翱得其平正外,其他却有偏向奇特一边片面发展的趋势。此后的流变中,奇特一派畸形发展:从专尚奇崛古奥的皇甫湜到来无择(此人之文后世罕传),从来无择到孙樵、刘蜕(刘蜕虽非韩门传人,但趋向略同皇甫湜一脉),古文运动越往后路子越窄,先辈的遗产被部分地抛撒,于是这个运动到唐末就走样了。如散文史所昭示,只有淳正平易、文从字顺的文风才在以后的时代(如宋代)得到充分的发展,而奇险古奥一派则影响越来越小,以致衰落不振了。刘蜕、孙樵之后,继起的皮日休、陆龟蒙、罗隐等人的古体散文,固然既关心现实,又质朴通俗,在艺术继承上比刘、孙等人少一些片面性,因而成就与影响较大一些。但一则他们人少势孤,二则文多小品,谈不上博大精深与全面发展,难于广泛影响社会和扭转文风。再说皮、陆等人去世之后,唐朝跟着就灭亡了,中国进入了社会大乱的五代十国黑暗时期。在那近百年间除了新兴的词在西蜀与江南得到发展以外,各体文学都一蹶不振,古文运动当然无从再求振兴。必待北宋中期,各方面条件成熟,欧阳修等人起来,重倡韩文,并发展了韩文淳正平易的一面,这才扩大了韩文的影响,在新的历史时期取得了文体革新的重大胜利,树立起以"唐宋八大家"为典范的古文传统。

这一时期,新兴的音乐文学样式——长短句的曲子词,在温庭筠的精美作品的影响和推动下,继续在一定范围内和一部分作者手中得到发展。社会上喜好词的风气更加高涨起来,上自帝王,下至妓女乐工,都普遍地爱唱这种充满新鲜感与发展潜力的"流行歌曲"。不过,自从咸通年间温庭筠去世之后,直至唐朝灭亡之前,再也没有出现可以与之比肩的大词人。这一方面是社会大动乱和文化的衰落破坏了词的创作环境,另一方面也由于正统诗文虽已呈衰落之势,但地位犹自坚牢,文人们尚普遍地以词为游戏小道,而不屑认真创作。这一时期,固然填词的人尚多,词调有所增加,艺术上也有一定提高,但总的说来,大多数作品较为平庸,题材内容上多沿袭温庭筠写闺情绮思的路子,较少创辟,风格也多趋向纤婉艳丽。可喜的是,这时有少数文人作者已超逾香艳小词的藩篱,开始用这种新体裁来抒写个人怀抱,宣泄内心真挚情感。如司空图《酒泉子》,写自己晚年退休的心境,词品颇高;唐昭宗李晔的《菩萨蛮》二首,感伤国事,哀怨凄凉,生动地反映出一位国运无可挽回的亡国之君的绝望心境,直接启发了南唐后主李煜的创作。这种新的萌芽,对于五代北宋词中注重抒发士大夫之怀的一派无疑具有导乎先路的积极作用。

这一时期的小说创作,发生了一些引人注目的新变化。唐代前期及中期的传奇作品以单篇为多。自文宗朝的宰相牛僧孺荟萃自己的传奇诸作为《玄怪录》,稍晚李复言又继之撰《续玄怪录》之后,咸通至唐末作家竞相仿效,传奇专集大量涌现,蔚为风气。其中比较著名的有袁郊的《甘泽谣》、裴铏《传奇》、皇甫枚《三水小牍》、康骈《剧谈录》等等。由于专集大量产生,作品数量远远超过前两期。但从内容上来看,这些作品多倾向于搜奇猎异、言神志怪,重燃六朝之遗风,削弱了中唐以来注重反映现实的传统;就艺术技巧而论,则多数都篇幅短小,叙事简略,远逊于中期的单篇传奇。这些都是由这一时期文学衰落的总趋势决定的。不过这一时期传奇小说也出现了一些新题材。比如一部分描写剑侠的优秀作品,就颇有文学价值与社会意义。这些作品中出现的被神化了的侠士的形象,实际上寄寓着乱世中的苦难人民渴求有人来仗义除奸、帮助自己改变处境的善良愿望。侠士排难解纷的精神,也渗透到同时期的爱情小说中,使之带上了动乱时代特有的曲折悲壮色彩。此外,由于唐人崇尚诗歌,也引起了小说家"传"诗人及诗作之"奇"的兴趣。僖宗时的文人范摅所作《云溪友议》,便主要是记载有关诗人及其创作的传说和故事的,其中相当一部分富有传奇色彩。从这类故事专集中,可以看出唐朝作为一个诗的时代的特殊风气。

第二十一章　皮日休和陆龟蒙

第一节　皮日休的生平

皮日休(834?—883?),字逸少,后改字袭美,又号"醉吟先生"、"间气布衣"、"鹿门子"等。襄阳(今属湖北)人。他的生年已不可确考。据《文中子碑》里"后先生(文中子)二百五十馀岁生曰皮日休"的自叙来推断,他大约生于文宗大和八年(834)或以后的四五年中。

皮日休出身寒微。他的家庭"自有唐以来,或农竟陵,或隐鹿门,皆不抱冠冕,以至皮子"(《皮子世录》)。他青少年时期的生活比较清苦,自称"皮子少且贱,至于食,自甘粢粝而已"(《食箴序》)。又说:"贫家烟爨稀,灶底阴虫语。门小愧车马,廪空惭雀鼠。尽室未寒衣,机声羡邻女。"(《贫居秋日》)从他赠陆龟蒙的一千言长诗中"老牛瞪不行,力弱谁能鞭"等这类句子看来,他还参加过一些农业生产劳动。不过,从他的另一些诗文中我们又可以得知,他家有百亩之田,有僮仆可以使唤,可将山税之馀"继日而酿(酒),终年荒醉",可以不管生产关门读书。综合这些情况来看,他还不是贫苦农民出身,而是属于虽然非官非宦,但仍有一定财产的乡村小富户。

皮日休自幼胸怀儒家"兼济天下"的大志,想干一番功业。自称"骎骎自总角,不甘耕一垄"(《鲁望昨以五百言见贻……因成一千言……亦迭和之微旨也》)。他常常想到的是通过出仕施展政治抱负,自述说:"骨肉煎我心,不是谋生急。如何欲佐主,功名未成立?"(《秋夜有怀》)为了系统学习治国平天下的一套本领,他不顾世代为农的亲族们的非议和咒骂,断然抛开经营家业的责任,罗致图书"千百编",遁入襄阳鹿门山,闭户读书五年之久(参见其赠陆龟蒙《一千言》)。不过,尽管是隐居攻读,外面的社会动乱、民生凋敝和政治黑暗的现实对青年皮日休的刺激还是很深。于是他写下了《鹿门隐书》六十篇,抨击朝政,针砭时弊,初次显露了批判现实的斗争锋芒。

懿宗咸通四年(863)初,年近三十的皮日休离开故乡出游。他取水路南下,春末在郢州(今湖北钟祥)逗留,当了刺史郑诚的座上客。接着又南浮沅、湘,作文悼念贾谊,对这位西汉政治家的"经济之道"和"命世王佐之才"表示了极大的钦佩。秋天,他漫游了金陵(今南京)。此后到咸通七年(866)春天止,在近三年的时间里,他往返经行今江西北部和安徽、江苏、河南、陕西等广大地区,"干者十数侯,绕者二万里"(《太湖诗序》),广泛而深入地了解当时官场的情况、社会的矛盾和民生的疾苦,写下了不少现实性很强的诗文作品。咸通七年春天,他抵达长安,应进士考试,不料落第。这样的遭遇使他对黑暗的现实有了更进一步的认识,于是他很快离京,退归于寿州(今安徽寿县)。路途上,他目睹河南一带人民在天灾人祸之下蒙受的深重苦难,写下了现实性很强的《三羞诗》。到寿州后,寓居于州东别墅,生活仰给于当地长官的接济。在这里,他编定了自己的诗文著作集子《皮子文薮》。

咸通八年(867),皮日休再度入长安应进士试,以榜末及第。但他并没有因此获得官职，更谈不上施展才干和实现抱负。只得于次年出京东游，登华山、嵩山，从汴梁（今河南开封）泛舟运河，抵达扬州，又渡长江，由镇江到苏州。咸通十年（869），崔璞以谏议大夫出为苏州刺史，聘皮日休为州军事判官。在这之后一个月，皮日休结识了陆龟蒙。二人交游唱和，感情深厚，留下唐末文坛上的一段佳话。咸通末或僖宗乾符初，皮日休又到长安，任太常博士。乾符二年（875）王仙芝、黄巢起义后，他重回吴中，任毗陵（今江苏常州）节度副使。大约在乾符五年（878）左右他参加了黄巢农民起义军。广明元年（880）十二月，黄巢入长安建号称帝，以皮日休为翰林学士。他大约死于中和三年（883）黄巢兵败退出长安之时。享年约五十来岁。

皮日休是我国封建时代著名诗文作家中唯一参加过农民起义的人。根据新旧《唐书》、《资治通鉴》和其他一些史料的记载来看，他参加黄巢军并担任翰林学士，这是完全可以肯定的。但是，参加的经过如何，是自愿的还是被迫的；他是病死的，被黄巢杀死的，还是在黄巢退出长安后被唐王朝处死的，这些问题近一千年来一直是疑案。尤其是他的死因，远在五代和宋代就已众说纷纭，莫衷一是[1]。也许正因为情况不明不好褒贬，两《唐书》才不便为这么一个非常著名的作家立传。由于史料缺乏，一些有关的记载也语焉不详，并且互相抵牾，难以考明，因而近四十馀年间学术界对这些问题虽有过争论[2]，但迄今无令人信服的结论。对此唯有存疑，以待进一步探讨。

第二节　皮日休的诗文

皮日休是唐末地主阶级中有远见、有思想的进步知识分子。他有鲜明而系统的文学主张。在文学创作上,他提出写作的目的是"上剥远非,下补近失",即有为而作,为他进步的政治主张服务。在《桃花赋序》中,他说自己即使"状花卉,体风物",也是"非有所讽,辄抑而不发"的。在《正乐府十篇》的序中,他更加明确地强调乐府诗的政治作用:"乐府,盖古圣王采天下之诗,欲以知国之利病,民之休戚者也。……诗之美也,闻之足以观乎功;诗之刺也,闻之足以戒乎政。"又批评晚唐颓靡诗风说:"今之所谓乐府者,唯以魏晋之侈丽,陈梁之浮艳,谓之乐府诗,真不然矣。"这些主张,直接继承了白居易的现实主义诗歌理论和中唐新乐府运动的进步传统,并与汉乐府民歌"缘事而发"的精神遥遥相通。他举进士前自编的《皮子文薮》十卷,便是贯彻和实践这些进步理论的。他的富于思想性和艺术性的诗文,绝大多数都集中在这个集子里。

皮日休的诗歌 皮日休在诗歌方面最推崇李白和白居易二人。不过他自己的创作并没有李白那样的宏大气魄和浪漫主义精神。他的一些反映社会现实的作品,大都运用现实主义的手法,近于杜甫、元结的即事名篇和白居易的讽谕诗。这些作品虽然在他流传至今的四百来首诗中只占少数,但它们以鲜明生动的艺术形象,反映出唐末黄巢大起义前夕政治腐败、贪官横行、剥削加重、民不聊生等黑暗情况,具有一定程度的"诗史"性质。

对苦难时代的人民充满同情,对剥削者压迫者进行愤怒控诉,这是皮日休现实主义诗篇思想性的最主要的特征。唐末由于封建统治阶级加重了剥削和压迫,加上连年天灾无法抗御,平民百姓陷入水深火热之中。《三羞诗》之三以沉痛的笔触写出了淮右蝗旱、民多家破人亡的惨象。序中说"至有父舍其子,夫捐其妻,行哭立丐,朝去夕死"的情况。诗中具体描述道:"天子丙戌年,淮右民多饥。就中颍之汭,转徙何累累。夫妇相顾亡,弃却抱中儿。兄弟各自散,出门如大痴。……荒村墓鸟树,空屋野花篱。儿童啮草根,倚桑空嬴嬴。斑白死路傍,枕土皆离离。"这真是一幅惨不忍睹的灾民流离图!诗的后半部分,作者沉痛地指出:"厉能去人爱,荒能夺人慈。"并将灾民的苦难来对比自己"一身既饱暖,一家无怨咨"的小康日子,感到深深的惭愧和不安。

皮日休的时代,内忧外患迭至,战祸频仍,将帅们靠打仗发财升官,人民却承受了全部苦难。皮日休的悯民之作,愤怒控诉了战争给人民带来的深重苦难。如《三羞诗》之二说:"军庸满天下,战将多金玉。刮得齐民痈,分为猛士禄。……昨朝残卒回,千门万户哭。哀声动闾里,怨气成山谷。"《正乐府十篇》中的《卒妻怨》更是声泪俱下地代死难士卒的家庭作呼天之哭:"处处鲁人髽,家家杞妇哀。少者任所归,老者无所携。况当札瘥年,米粒如琼瑰。累累作饿殍,见之心若摧。其夫死锋刃,其室委尘埃。"

如果说,以上所举作品主要是从大画面上广泛地展现人民的疾苦,那末《橡媪叹》一诗则通过具体人物及其很有代表性的遭遇的描写,深刻地反映了人民的悲惨命运:

秋深橡子熟,散落榛芜岗。伛偻黄发媪,拾之践晨霜。移时始盈掬,尽日方满筐。几曝复几蒸,用作三冬粮。山前有熟稻,紫穗袭人香。细获又精舂,粒粒如玉珰。持之纳于官,私室无仓厢。如何一石余,只作五斗量!狡吏不畏刑,贪官不避赃。农时作私债,农毕归官仓。自冬及于春,橡实诳饥肠。吾闻田成子,诈仁犹自王。吁嗟逢橡媪,不觉泪沾裳。

此诗写一个老农妇因辛勤生产的粮米被官府剥削光了,只好拾橡子充饥的故事。橡媪的悲惨遭遇,是当时农民受剥削受欺凌的命运的一个缩影。诗中反映出的封建官府对人民的掠夺和人民的痛苦生活,具有高度的典型性和真实性。作品的思想内容和语言风格,都富有民间歌辞的特色。另外,如《哀陇民》满怀悲痛地写出了陇山人民被迫捕捉鹦鹉进贡,以致"十人九死焉"的惨景;《茶灶》反映了茶农"如何重辛苦,一一输膏粱"的被剥削生活,等等。所有这些,都充分体现了富于正义感的诗人对人民的可贵同情。

人民的疾苦从何而来,皮日休是有清醒认识的。因此他在忠实地反映人民苦难生活的同时,自然地把犀利的笔锋戳向造成人民不幸的统治阶级。《橡媪叹》中强烈谴责了"不畏刑"的狡吏和"不避赃"的贪官,指出唐末的统治者连"诈仁而王"的田成子也不如。《哀陇民》中质问只知荒淫取乐、不顾人民死活的权贵富豪:"彼毛不自珍,彼舌不自言。胡为轻人命,奉此玩好端?"《贪官怨》一诗,更是集中地批判了代表统治阶级腐朽性、寄生性的贪官污吏。此诗前面一部分:

国家省阋吏,赏之皆与位。素来不知书,岂能精吏理?大者或宰邑,小者皆尉史。愚者若混沌,毒者如雄虺。

活画出窃踞封建国家机器的大大小小蛀虫的贪残昏庸之相,具有强烈的针对性。此诗的后半部分是作者为改变这一弊政而提出的改良之策,反映出作者思想的历史局限性。在另一类诗中,作者将"尽日一菜食,穷年一布衣。清似匣中镜,直如琴上丝"的清官树为表率(《七爱诗·元鲁山》),希望多有这样的德行高洁之士出来挽回封建国家的危局。不过这只是作者一厢情愿的痴想。他不懂得唐末时整个统治阶级都腐朽了,个别清官廉吏怎么能补天?所以他的歌颂不如他的揭露来得深刻。不过皮日休比同时代作家高出一等的是,他能尖锐地看出贪残凶狠是整个官僚富豪阶层的共性,而不只是个别官吏和财主的罪行,所以他能在《偶书》一诗中归结出"为富皆不仁"这样闪光的结论。

皮日休还有一些咏物诗,借自然之物发端,寄托了自己对财产占有者的憎恶和对穷人的同情。如《金钱花》:

> 阴阳为炭地为炉,铸出金钱不用模。莫向人间逞颜色,不知还解济贫无?

他还有一些咏史的短章,时标伟论,发表自己大胆的政治见解,这与其现实主义诗歌精神是一致的。最引人注目的是《汴河怀古二首》之二:

> 尽道隋亡为此河,至今千里赖通波。若无水殿龙舟事,共禹论功不较多。

此诗立论警策,在批判隋炀帝开运河的主观动机的同时,也不抹杀这一工程在客观上的积极作用,这是很有见地的。

皮日休的诗在艺术上也有一定的特色。他的诗风兼受中唐白居易、韩愈两个流派的影响。由于他出身"寒门",非常接近人民,当他青年出游时,又广泛接触了社会现实,看到阶级矛盾的尖锐,故他前期的诗很自然地接受白居易的影响,走白居易的道路。这些诗在艺术上有与白居易的讽谕诗相近的特点。比如:(一)主题的专一和明确。一诗只集中写一事,不旁涉他事,不另出新意,在题材上采取与《秦中吟》相似的"一吟悲一事"的写法。(二)叙事和议论相结合。每一首叙事作品总是先叙事,然后发为议论,对所写之事作出明确的评价,"卒章显其志"。有的诗议论较成功,如《橡媪叹》篇末略略数语,对官府痛加谴责;《三羞诗》之二、三通过灾民与自己生活的对比和议论,自然引出"羞愧"之意。但也有的诗议论过多,且流于呆板、枯燥的说教,成为败笔。(三)由于以立意为主,因此风格比较朴素,语言通俗、质朴、直切、不事雕绘(当然也有的诗句缺乏锤炼,且太尽太露)。这些,都是为了达到讽谕当事者的目的而有意采用的手段。

此外,皮日休对韩愈素来神往。曾上书有司,请将韩愈配享太学。他喜学韩愈的文风,自称"纵性作古文,所为皆自如"(《奉酬崔璐进士见寄次韵》)。故诗也受韩愈很大影响,注意风格奇警,追求僻涩之境,着意锤炼字句。他在吴中与陆龟蒙唱和的诗便多属此类。沈德潜所说的皮陆二人"另开僻涩一体"(《唐诗别裁》卷四)主要指的就是这部分作品。皮日休好在诗中发议论,说道理,有时缺乏鲜明生动的形象;又好用典故和生硬词句;这种"以文为诗"和"横空盘硬语"的习气,实导源于韩愈。他学白与学韩各有其成功与失败之处,而且白、韩诗风的积极与消极的一面对他都有影响。总的说来,皮诗中较有价值的部分,还是那些受白居易和新乐府运动积极影响的前期作品。

皮日休的诗以咸通八年中进士为界明显地分为前后两个时期。现存他的诗中没有参加农民起义后的作品,所谓后期诗,主要指他在吴中的作品。这类诗与前期作品风格迥异。其中的优秀之作也值得一提。如《鲁望读襄阳耆旧传见赠五百言……次韵》,开头"汉水碧于天,南荆廓然秀",以洗练的字句概括地描写出襄阳山水的秀美。下面先略举楚汉历史人物屈原、诸葛亮,然后着重写襄阳的当代名流张柬之、孟浩然,对他们的功业和品格赞颂备至,从而表现了作者对"民安而国富"的盛唐景象的向往和对唐朝中兴的渴望。此诗辞旨丰美,章法严密,情文并茂。又如《太湖诗》二十首,以精心锤炼的文字,历历叙写其亲身探赏太湖风光的所得,辞藻清丽,意境深美,绝非陆龟蒙仅凭空想拟制的"奉和"之作所能比拟。故胡震亨称赞其"太湖诸篇,才笔开横,富有奇艳句"(《唐音癸签》卷八)。但必须指出,在他多达三百多首的后期诗中,佳作较少;大多数是平庸的、可有可无的应酬唱和之作。这些应酬作品中,甚而有不少专门玩弄技巧、掉书袋和玩文字游戏的恶劣作品,不但没有真情实感和思想内容,风格也不高。他在《杂体诗序》中对联句、离合、回文、叠韵、双声、地名、药名等诗体大加赞赏和鼓吹,这和他前期提倡的进步诗论大异其趣。还须指出,皮日休的诗才也较偏狭,他主要擅长五言古体和乐府,不善七古。近体虽写得多,也较少佳作。故前人批评说:"皮袭美……律体刻画堆垛,讽之无音,病在下笔时先词后情,无风骨为之干也。"(胡震亨《唐音癸签》卷八)

皮日休的散文 皮日休的散文,尤其是其中的小品文,比起他的诗歌有更为强烈的战斗性和更鲜明的艺术特色。这些文章集中而深刻地表现了作者的忧世之情和讽喻之意。它们好比唐末黑暗天空中一道灿烂的光芒,又像是刺向腐朽统治集团的一束锐利的短剑和投枪。他在《悼贾》一文中评论贾谊《新书》说:"其心切,其愤深,其词隐而丽,其藻伤而雅。"他的刺世小品文,也正表现出"心切"、"愤深"的思想特色,具有炮火一般猛烈的战斗作用。

皮日休散文最光辉的一个思想,就是认为封建国家的统治是建立在屠杀和掠夺人民的基础之上的。他对这种野蛮统治的怀疑和揭露,远比其他唐代文人大胆和辛辣。他往往把斗争的矛头指向最高统治者——皇帝。如在《读司马法》中说:"古之取天下也,以民心;今之取天下也,以民命。唐虞尚仁,天下之民,从而帝之,不曰取天下以民心者乎?汉魏尚权,驱赤子于白刃之下,争寸土于百战之内,由士为诸侯,由诸侯为天子,非兵不能威,非战不能服,不曰取天下以民命者乎？由是编之为术,术愈精而杀人愈多,法愈切而害物益甚。呜呼,其亦不仁矣!"揭穿了某些"开国之君"的凶残面目。他又说:"古之置吏也,将以逐盗;今之置吏也,将以为盗。""古之杀人也,怒;今之杀人也,笑。"(《鹿门隐书》)将皇帝及其设置的官吏比作盗贼和杀人犯。他对这样的昏君、暴君,充满了蔑视和仇恨:"帝身且不德,能帝天下乎？能主家国乎？"(《六箴序》)"君为秽壤,臣为贼臣。"(《心箴》)他认为,失民心者必失天下。《原用》中说:"挚与尧,其民皆舍之,则善恶奚分邪？曰:'挚固不仁矣,尧固仁矣,尧仁如是,民尚慕舜,况有君恶于挚,君道不如尧,焉得民性哉？'"因此在他看来,皇帝并不是什么神圣不可侵犯的人物,要是他不为国家人民做好事,人民完全可以将其处死甚至灭族。《原谤》中说:"呜呼! 尧舜,大圣也,民且谤之;后之王天下者,有不为尧舜之行者,则民扼其吭,捽其首,辱而逐之,折而族之,不为甚矣!"这些议论,虽是导源于孟子民贵君轻和"诛一夫"等思想,但比孟子更为尖锐激烈,具有鲜明的民主性和反叛精神。皮日休对封建统治者的批判,达到了他那个时代的最高思想水平。

皮日休在批判国君的同时,也用笔锋横扫了助纣为虐的大小封建官吏。他的散文的第二个重要内容,就是揭露这些害民贼的贪残嘴脸,多方面地批判他们的罪行。如《鹿门隐书》抨击道:

或曰:"我善治苑囿,我善视禽兽,我善用兵,我善聚赋。"古之所谓贼民,今之所谓贼臣。

古之决狱,得民情也哀;今之决狱,得民情也喜。哀之者,哀其化之不行;喜之者,喜其赏之必至。

他的有些文章谴责当时的官僚士大夫,满口仁义道德,骨子里追

求富贵荣华,比禽兽还不如。如《相解》说:

> 今之相工,言人相者,必曰:"某相类龙,某相类凤,某相类牛马,某至公侯,某至卿相。"是其相类禽兽则富贵也。噫! 立形于天地,分性于万物,其贵者不过人乎? 人有真人形而贱贫,类禽兽而富贵哉? 将今之人,言其貌类禽兽则喜,真人形则怒;言其行类禽兽则怒,真人心则喜。夫以凤为禽耶,凤则仁义之禽也;以驺虞为兽耶,则驺虞仁义之兽也。今之人也,仁义能符是哉? 是行又不若于禽兽也宜矣。

有的寓言讽刺文,学习柳宗元等人的笔法,讥讽那些官僚有了名位就得意忘形,作威作福,结果乐极生悲,自取灭亡。《悲挚兽》就是这样的一篇代表作:

> 汇泽之场,农夫持弓矢,行其稼穑之侧,有苕顷焉,农夫息其傍。未久,苕花纷然,不吹而飞,若有物娱。视之虎也。跳跟哮㘎,视其状,若有所获负,不胜其喜之态也。农夫谓虎见已,将遇食而喜者。乃挺矢匿形,伺其重娱,发贯其腋,雷然而踣。及视之,枕死麚而毙矣。意者谓获其麚,将食而娱,将娱而害。日休曰:噫! 古之士,获一名,受一位,如已不足于名位而已,岂有喜于富贵,娱于权势哉! 然反是者,获一名,不胜其骄也;受一位,不胜其傲也。骄傲未足于心,而刑祸已灭其属。其不胜任,与夫获死麚者几希!

皮日休散文的第三个重要内容,就是对当时社会的种种弊端、恶俗和不合理现象进行鞭挞与嘲讽。《鹿门隐书》中有不少这样的精

彩文字。比如其中对于社会上不行正道,摧残压抑人才的现象抗议说:

> 知道而不行,知贤而不举,甚乎穿窬也。夫盗也者,不能尽一室。如不行道,足以丧身;不举贤,足以亡国。
>
> 呜呼,才望显于时者,殆哉! 一君子爱之,百小人妒之,一爱固不胜于百妒,其为进也难。

有的篇章里讥刺那些沽名钓誉的假隐士:

> 古之隐也,志在其中;今之隐也,爵在其中。

有的则警告那些肆虐的恶棍道:

> 人之肆其志者,其如后患何?

另外,《文薮》中的《原谤》、《原宝》、《惑雷刑》等等篇章,也都是愤世嫉俗之作。他的许多闪光的思想,在一定程度上代表了大起义前夕普通民众激烈的反抗情绪。

皮日休现实主义散文的创作,除了现实生活的决定性作用以外,还有一定的历史继承性。他明显地受到了古文运动先驱者之一元结的影响,元结认为文学的主要任务是"道达情性"[3]和"救世劝俗"[4],皮日休的文章显然是贯彻这一宗旨。元结拥护儒家仁政爱民的主张,对当时政治的腐败和统治者对人民的残酷剥削深表不满,他的《时议》三篇,指责皇帝和将相们偷安徇私不顾大局。皮日休的许多政论,继承这一传统,对统治者的谴责更为激烈。另外,从皮日休的一些讽刺散文中可以看到元结的《丐论》、《化虎论》、《恶圆》等文的一定影响。

皮日休的散文艺术性很强。长篇汪洋恣肆,波澜起伏,语精意新,大有韩愈之风;更显特色的是小品文的讽刺艺术,它们往往三言两语,尖锐泼辣,一针见血,充分地显示了作者的战斗性。它们手法多样,或借古言怀,或托物寓意,或强烈对比,或开门见山直抒胸臆;全都是针对现实,具有锋芒毕露的光彩。其语言一般都形象、简括、显豁而通俗,很好地为特定的批判现实的内容服务。他把小品文的思想性和艺术性都提到了一个成熟的崭新阶段,使之发展成了暴露黑暗社会、针砭时弊、打击封建统治阶级的一种锐利武器。鲁迅在《小品文的危机》一文中对此给以颇高的评价,他说:"唐末诗风衰落,而小品文放了光辉。……皮日休和陆龟蒙自以为隐士,别人也称之为隐士,而看他们在《皮子文薮》和《笠泽丛书》中的小品文,并没有忘记天下,正是一塌糊涂泥塘里的光彩和锋芒。"

当然,皮日休的散文里也不可避免地带上了一些污泥和浊水,比如有的文章大力宣扬封建的伦理纲常,有的津津乐道儒学的某些糟粕,有的还寄托着对封建统治阶级的幻想,等等。少数篇章流于枯燥无味的说教和空泛冗长的议论,艺术性较差。不过这些比起他的"光彩和锋芒"来,是非常次要的一面。

第三节 陆龟蒙的生平

陆龟蒙(? —约881),字鲁望,又号天随子、江湖散人、甫里先生等,吴郡(今江苏苏州)人。生年不可考。他是一个败落的旧家子弟,祖上做过大官,父陆宾虞也曾中进士,做过浙东从事、侍御史。到他掌家时，门庭冷落，只能算是一个藏身乡间的小地主了。据《甫里先生传》里的自述，他家共有屋三十间，田四百亩，耕牛十头，佣工十余人。在荒年或农活吃紧的时候，他也曾"躬负畚锸，率耕夫以为具"，参加过一些农业生产劳动。但大部分时间还是读书或享清闲之福，他家有藏书万馀卷，自幼刻苦攻读。精六艺，工诗文，尤善谈笑，年轻时就"名振江左"（《唐摭言》卷十）。曾应进士考试，不中。于是往从湖州刺史张抟游。张抟历官湖、苏二州刺史，都聘他为幕僚。后来他就到松江甫里隐居起来。

陆龟蒙曾与颜尧、皮日休、罗隐、吴融等人为友。其中与皮日休的关系尤为亲近。他俩于咸通十年（869）在苏州结识以后，就成了惺惺相惜的密友。好几年的时间里，他们频繁交游，互相推许，经常唱和，写下了数量颇多的唱和诗。陆龟蒙把他俩（还包括少量别人的）这些酬答诗编而成集，皮日休给命名为《松陵集》，并作了序。文学史上皮陆并称，主要就是从他们文学才能既相匹敌，而且又是互敬互爱的文友这一点来的。

陆龟蒙酷嗜茶和酒，性情耿介孤高，隐居之后，不与流俗交，只是闭门品茶饮酒，并读书论撰为乐。朝廷曾以高士征召，他辞而不就。陆龟蒙以他那隐士的风度和洁身自好的行为赢得了封建社会里许多失意知识分子的崇敬和效法。后人还把他与春秋时的范蠡、西晋时的张翰一道并列为吴中"千古三高"，建祠塑像，顶礼膜拜（参考南宋姜夔《三高祠》诗）。但是我们今天看来，陆龟蒙最可贵的一点还在于：他虽然失意隐居，却"没有忘记天下"，而且以富有正义感和战斗性的文笔，写下了不少忧国忧民、愤世嫉俗的优秀散文和诗歌。

陆龟蒙平生著述勤奋，尽管忧愁疾痛和经济拮据也不肯稍辍。每每文成之后即将稿纸扔在箱笼之中，历年不整理，多被好事者偷去，所以文稿散失很多。僖宗乾符六年（879）春天，他卧病在床，数月不起。年底,他将自己的部分诗赋杂文编纂为《笠泽丛书》,并亲自作了序。中和初年(881—882年之内)因病去世,享年可能比他的朋友皮日休还短。昭宗光化三年(900),韦庄上表请求追赐陆龟蒙等不及第才子进士及第,并赠官职。于是陆龟蒙在死去二十来年之后得到了一个进士空名和"右补阙"的虚衔。

第四节　陆龟蒙的诗文

陆龟蒙的诗　《全唐诗》据《笠泽丛书》、《松陵集》、《甫里先生文集》等书将陆龟蒙的诗收编为十四卷,共有六百零一首。这个数量较皮日休的诗多出三分之一左右。这些诗中既有一部分反映唐末社会现实、忧念民生的优秀之作,也有一些虽然和社会无直接联系,但格调清新、意境优美的表现个人生活的篇章。过去研究界对陆龟蒙诗歌的思想内容和艺术成就重视不够,发掘得少,总认为比起皮日休,陆龟蒙接触现实太少;有人甚至认为,他的集子中反映现实的诗"一篇也找不出"(《中国通史简编》第三编第二册)。实际上,陆龟蒙的诗反映现实的广度和深度虽不如皮日休,但他并未专写隐居闲适的作品,而是不时用诗干预了现实。只不过他反映现实的方法与皮日休有所不同,他较少以专题吟咏和客观描述的方式来反映现实,而且通过抒情述志的篇章来倾泻对黑暗现实的强烈不满。他的这一类作品,应该说与皮日休的现实主义诗歌是精神一致的。《村夜二篇》、《杂讽九首》等组诗和其他一些抒情短章就是他愤慨时事、同情人民的优秀代表作品。比如《村夜二篇》之二里,就揭露了阶级对立,反映了当时劳动人民的悲惨生活:

所悲劳者苦,敢用词为诧。只效刍牧言,谁防轻薄骂?嘻今居宠禄,各自矜雄霸。堂上考华钟,门前伫高驾。纤洪动丝竹,水陆供鲙炙。小雨静楼台,微风动兰麝。吹嘘川可倒,眄睐花争姹。万户膏血穷,一筵歌舞价。安知勤播植,卒岁无闲暇。种以春扈谁初,获从秋隼下。专专望穜稑,㨉㨉条桑柘。日晏腹未充,霜繁体犹裸……

"万户膏血穷,一筵歌舞价"的警句,比之白居易的"一丛深色花,十户中人赋"更为愤激深切,揭示了统治阶级的淫乐是建筑在对人民的敲骨吸髓的基础之上的。

《五歌》之三《刈获歌》更具体地描述了灾荒之年农民的苦难,并说:"今之为政异当时,一任流离恣征索。"对统治者不顾人民死活,大灾之年还要横征暴敛的野兽之行,提出了愤怒控诉。《江湖散人歌》中谴责"官家未议活苍生",揭露这些官僚"只今利口且箕敛,何暇俯首哀惸嫠!"另外,某些接触到咸通九年至十年徐州士兵起义的诗,作者虽然未能完全摆脱阶级偏见,称起义者为"叛卒",但还是揭露了唐王朝军队屠杀无辜兵民的血腥暴行,概括地写出了大镇压带给人民的灾难性结果:"此时淮海波,半是生人血。霜戈驱少壮,败屋弃嬴耋。践蹋比尘埃,焚烧同稿秸"(《奉酬袭美先辈吴中苦雨一百韵》);感叹"英材尽作龙蛇蛰,战地多成虎豹村"(《徐方平后闻赦因寄袭美》)。

《杂讽九首》是一组刺世诗。它们猛烈抨击了黑暗的唐末社会里各种腐朽和不合理的现象,并表达了自己怀才不遇的牢骚苦闷。末章尤为愤激:

朝为壮士歌,暮为壮士歌。壮士心独苦,傍人谓之何?古铁久不快,倚天无处磨。将来易水上,犹足生寒波。捷可搏飞狖,健能超橐驼。群儿被坚利,索手安冯河？惊飙扫长林,直木谢樛枒。严霜冻大泽,僵龙不如蛇。昔者天碧血,吾徒安叹嗟！

慷慨悲歌,大笔淋漓,具有陶渊明"刑天舞干戚,猛志固常在"的"金刚怒目"之态。这些愤世之作,在强烈的主观抒情气氛中鞭挞了那个风雨飘摇的病态社会,并写出了那个时代遭遇坎坷的正直知识分子的精神面貌,具有较为深刻的社会历史意义。

陆龟蒙艺术上最成功的诗篇是五七言绝句。其中也有一些作品,泼辣而尖刻地讽刺了当时的社会,具有浓厚的现实主义色彩,比如《新沙》:

渤澥声中涨小堤,官家知后海鸥知。蓬莱有路教人到,亦应年年税紫芝。

由官府对海边新淤沙地征税引起新奇的想象,讽刺当时贪官污吏的剥削无所不至、无孔不入。

又如《筑城词》二首之二谴责武将不顾民命以求高功:

莫叹将军逼,将军要却敌。城高功亦高,尔命何劳惜！

采用正话反说的写法,使得这种控诉更加沉痛有力。

陆龟蒙另有一些绝句,或抒写作者的高洁情操,或描摹如画的自然风光,或怀古、或忆旧,表现了作者多方面的生活情趣和内容,艺术上很见功夫,具有很高的美学价值。比如《白莲》:

素蘤多蒙别艳欺,此花真合在瑶池。还应有恨无人觉,月晓风清欲堕时。

这是一首酬和皮日休的咏物诗,然而皮日休原作写得平平,毫无寓意;这诗却寄托深远,所咏的花遗貌取神,成了自拔于流俗、出污泥而不染的作者自我形象的化身。前人赞它为"取神之作"(《唐诗别裁》),洵非虚誉。

又如《怀宛陵旧游》:

陵阳佳地昔年游,谢朓青山李白楼。惟有日斜溪上思,酒旗风影落春流。

笔触清丽,意境幽远,尤其末句写景绝妙传神,有"佳句,诗中画本"(《唐诗别裁》)之誉,显出作者深厚的艺术功力。

但是陆龟蒙的诗也有一定的缺陷。从思想内容来说,他的收在《松陵集》中的许多与皮日休唱和的作品,流于文人间无聊的相互吹捧,属于浪费才华的平庸之作。从艺术性上来看,他的一些诗刻意追求险怪,语言每每纤巧冷僻,没有优美的意境和健康的风格。前人说他"墨采反复黯钝",是由于"多学为累,苦欲以赋料入诗耳"(胡震亨《唐音癸签》),道出了他艺术上的拙劣之处。

陆龟蒙的文　　比较起来,陆龟蒙的散文,特别是小品文,无论在思想性和艺术性上都有更多的光彩和锋芒。它们中那些大量地、深刻地反映了社会现实的篇章,作风也远比他的同类诗歌来得泼辣和尖锐。这些小品文无情地批判了封建传统道德和黑暗社会,具有很强的讽刺力量和战斗性,是奠定陆龟蒙在文学史上一席地位的主要基础。

陆龟蒙散文的主要内容之一,就是托古刺今或借物寄讽,对封建统治者的残暴凶狠进行揭露和谴责。《野庙碑》是这方面最优秀的一篇代表作。它借神写人,骂得淋漓尽致,文章开头是哀悯憨厚天真的农民祭祀庙中泥人木偶的迷信行为,接下去就把矛头转向寡廉鲜耻的大小官吏,对这些贪狠腐朽、鱼肉百姓的蟊贼进行无情地鞭挞:

> 瓯越间好事鬼,山椒水滨多淫祀。其庙貌有雄而毅,黝而硕者,则曰将军。有温而愿,晰而少者,则曰某郎。有媪而尊严者,则曰姥。有妇而容艳者,则曰姑。其居处则敞之以庭室,峻之以陛级,左右老木,赞植森拱……车马徒隶,丛杂怪状。农作之,氓怖之,走畏恐后。大者椎牛,次者击豕,小不下鸡犬。鱼菽之荐,牲酒之奠,缺于家可也,缺于神不可也。一日懈怠,祸亦随作,耄孺畜牧栗栗然,疾病死丧,氓不曰适丁其时耶,而自惑其生,悉归之于神。……今之雄毅而硕者有之,温愿而少者有之,升阶级,坐堂筵,耳弦匏,口粱肉,载车马,拥徒隶者皆是也。解民之悬,清民之暍,未尝贮于胸中。民之当奉者,一日懈怠,则发悍吏,肆淫刑,殴之以就事,较神之祸福,孰为轻重哉?平居无事,指为贤良,一旦有大夫之忧,当报国之日,则怩挠脆怯,颠踬窜踣,乞为囚虏之不暇。此乃缨弁言语之土木尔,又何责其真土木耶?

其他如《冶家子言》借殷周之际的故事,讽刺最高统治者穷兵黩武和大兴宫室。《蚕赋》及其序以曲折的手法指责官吏"祸于民"的行径,明确表示写赋动机是进行"诗人硕鼠之刺"。《送小鸡山樵人序》借一个年已八十的老樵夫之口,说出从元和开始到乾符末这六十年中赋敛倍增、水旱迭至、百姓苦难日深的状况,表达了对日落西山的唐王朝极度失望和对人民的深切同情。《记稻鼠》一文讽刺的锋芒更为尖锐。它先简述乾符六年(879)吴中三至七月不雨,农民千辛万苦转引远水以救稻本,不久竟遭鼠灾,刚刚救活的稻子全被咬坏。而官府不顾农民死活,赋敛更急,对农民械系刑逼,老幼不免。为此作者愤而议论说:

> 《魏风》以硕鼠刺重敛,硕鼠斥其君也。有鼠之名,无鼠之实,诗人犹曰"逝将去汝,适彼乐土",况乎上据其财而下啖其食。率一民而当二鼠,不流浪转徙聚而为盗何哉?

把凶恶的官府比作老鼠,说百姓受不了自然与社会两种鼠的残害,只有起而为"盗"。这就揭示了官逼民反的道理,思想意义十分深刻。

陆龟蒙散文重要内容之二,就是对世俗的蔑视和对传统观念的批判。

《祀灶解》是一篇以朴素唯物主义观点批判鬼神迷信思想的佳作。他针对民间每年祭祀灶神,祈求所谓"福祥"的愚昧可悲行为,进行了雄辩滔滔的抨击。人们都说,灶神"居人间,伺察小过,作谴告者"。又说"灶神以时录人功过,上白于天,当祀之以求福祥"。作者一笔戳穿道:"此仅出汉武帝时方士之言,耳行之惑也。"乃是一种骗术。他认为,一个人如果光明正大,没做亏心事,就没必要去讨好灶神。"室闇不欺,屋漏不愧,虽岁不一祀,灶其诬我乎?"而如果"为小人之道,尽反君子之行",则"虽一岁百祀,灶其私我乎?"文章结末揭穿鬼神骗局,并对天帝进行讽刺:"天至高,灶至下,帝至尊严,鬼至幽厌。果能欺而告之,是不忠也;听而受之,是不明也。下不忠,上不明,又果何以为天帝乎?"显然,这里是以天帝来指人间的帝王,以灶神来比喻人间的权臣。这就把前文的批判世俗迷信上引到讥笑昏君佞臣的高度,赋予全文现实的政治意义。

又如《招野龙对》这篇寓言,借野龙与螯龙的对话,讽刺那些汲汲于功名利禄的俗人,利令智昏,堕入统治阶级欺骗的网罗而不能自拔。野龙的一段话,是全文的核心:

> 若何觌觌乎如是耶?赋吾之形,冠角而被鳞;赋吾之德,泉潜而天飞;赋吾之灵,嘘云而乘风;赋吾之职,抑骄而泽枯。观乎大荒之墟,穷端倪而尽变化,其乐不至耶?今尔苟容于蹄涔之间,惟沙泥之是拘,惟蛭螾之与徒。牵乎嗜好,以希饮食之馀,是同吾之形异吾之乐者也。狎于人,啖其利者,扼其喉,戬其肉,可以立待,吾方哀而援之以手,又何诱吾纳之陷阱耶?

这是借野龙之口自适其志,骂利禄小人,并从侧面揭露统治阶级的欺骗和笼络手腕。文章思想活跃,笔意酣畅,语言优美,具有庄子散文名篇那种汪洋恣肆的特色。再有《马当山铭》、《卜肆铭》、《象耕鸟耘辨》、《告白蛇文》等,或批判社会恶势力,或驳斥某些荒谬传说,都有很强的现实性。

陆龟蒙散文重要内容之三,就是控诉黑暗的封建社会对优秀人才的压抑和摧残,表现了当时正直文人不向统治者低头的傲岸性格。《怪松图赞并序》中描写的那力抗山石之压,勇斗烈日之威,在风霜雨雪的酷虐中曲曲弯弯长大成材的"怪松",正是作者自己和同时代许多不得志的优秀人物的写照。作者议论道:"天下赋才之盛者,早不得用于世,则伏而不舒,薰蒸沈酣,日进其道。权挤势夺,卒不胜其厄,号呼呶拏,发越赴诉,然后大奇出于文采,天下指为怪民。呜呼,木病而后怪,不怪不能图其真;文病而后奇,不奇不能骇于俗。非始不幸而终幸者耶?"作者对"怪松"、"怪民"的这种礼赞,很有艺术感染力,曾引起后世一些志士仁人的强烈共鸣。如北宋改革家范仲淹在被时俗目为"怪人"之后,曾书此文以刺当权者说:"朝廷方太平,不喜生事,某于搢绅中独如妖,言既龃龉不得伸,辞因乖戾,得无如龟蒙之松乎?"(《全唐文纪事》引《避暑录话》)

又如《书李贺小传后》一文,对李贺、孟郊等人一洒同情之泪,结尾大声疾呼道:"吾闻淫畋渔者谓之暴天物,天物既不可暴,又可抉擿刻削露其情状乎? 使自萌卵至于槁死,不能隐伏,天能不致罚耶? 长吉夭,东野穷,玉豀生官不挂朝籍而死,正坐是哉! 正坐是哉!"这里意义曲折,表面说才子们之遭"天罚"是由于"抉豀刻削"而暴露了社会和自然界的"情状",实际是对同类者的坎坷遭遇鸣不平。由于作者自己就是一个备受压抑排挤,以布衣而终的不得志者,所以他能对当时社会中摧残人才这一普遍现象提出抗争。

陆龟蒙的散文在艺术上有许多长处。最突出的一点就是形象鲜明,寓思想于形象之中。他的许多小品文实际上都是政治上很强的刺世之作,但他的讽刺艺术与皮日休有所不同,他在文中一般不直发议论,而是通过所描述的情事来说话;或是先写典型的情事,然后再在这个基础上自然地导引出简洁透辟的议论。上引各例大都有这个特点。与皮日休相比,他往往不那么剑拔弩张,不直露锋芒,而是用较为含蓄和多层次的笔法来褒贬客观事物和人物。他的思想不如皮日休激进和火热,但有时比后者更深刻和引人入胜。

陆龟蒙以其诗文的杰出成就与皮日休并列而无愧色。《四库全书》的编者看到了皮、陆二人既工力悉敌,又各有特长,但却只欣赏陆龟蒙"闲情别致,亦复自成一家"[5]。实际上陆龟蒙之所以能自成一家,主要地不是因为闲情别致,而是因为他有大量自具风貌的现实主义杰作。唐代煌煌近三百年的文学发展到最后出现了皮日休、陆龟蒙这两个相映生辉的现实主义作家,可以说有了一个光荣而有力的收场。

〔1〕 如孙光宪《北梦琐言》、王谠《唐语林》等说皮日休是"黄巢时遇害",钱易《南部新书》、计有功《唐诗记事》、晁公武《郡斋读书志》等则说是他因作谶语讥刺黄巢而被杀,《该闻录》又说他是黄巢失败后被唐军所诛,陶岳《五代史补》、陆游《老学庵笔记》等又说他是投奔了吴越王钱镠,等等。

〔2〕 参见《唐诗研究论文集》里所辑缪钺、萧涤非等人的文章。

〔3〕 元结:《刘侍御月夜宴会诗序》。

〔4〕 元结:《文编序》。

〔5〕 《四库全书总目》卷一五一《笠泽丛书提要》。

第二十二章　咸通至天祐时期其他作家(上)

在咸通至天祐时期,除皮日休、陆龟蒙以外,还有众多的各具思想特征和艺术风貌的诗文作家。一部分人继承杜甫、白居易和中唐新乐府运动的精神,以忧时悯民、鞭挞腐朽朝廷和官府豪强为己任,写出了唐末最有社会意义的一批诗章。另一部分人则运用泼辣尖酸的笔触和牢骚怨抑的情调,揭露那个病态社会的种种丑恶,反映了知识分子怀才不遇的深沉苦闷。这一时期没有开宗立派的大师,但诗人们在繁衍中晚唐诗歌流派的基础上,创作风格各呈异彩,有些人在艺术形式的变化运用、题材内容的拓展和艺术境界的熔铸等方面进行了有意义的尝试,取得了创新的成果。

第一节　聂夷中　杜荀鹤

聂夷中(约837—884),字坦之,中都(今河南沁阳东北)人[1]。出身贫寒,"奋身草泽,备尝辛楚"(《唐才子传》)。咸通十二年(871)考中进士,但因时局动乱,在长安滞留很久,过着"在家如在道,日日先鸡起。不离十二街,日行一百里"(《住京寄同志》)的奔走求食生活。后来得补华阴尉。这样的生活遭遇使他对统治阶级的荒淫无耻和广大农民的深重灾难都有充分的了解，因而他的诗在思想内容方面就形成了关怀民瘼和忧念时事这两个特征。这两个特征又常常密切地结合在一起。千古传唱的《伤田家》是其最优秀、最有代表性的现实主义作品：

二月卖新丝，五月粜新谷。医得眼前疮，剜却心头肉。我愿君王心，化作光明烛。不照绮罗筵，只照逃亡屋。

唐末由于封建剥削加重，农民纷纷弃家逃亡，"逃亡户"成为当时严重的社会问题。此诗揭露社会重大矛盾，传达被压迫农民的悲惨呼声，认识意义十分深刻。全诗从头至尾用比喻，更增强了艺术感染力量。他的《田家》诗又从另一角度反映农民之苦：

父耕原上田，子劚山下荒。六月禾未秀，官家已修仓。

比起上一首，此诗的语言更为简省质朴，但也含有重要的社会内容。它反映出：封建官府对农民的疾苦从不关心，而对农民劳动的成果却时刻谋算，稻子还没有扬花就先做好夺取的准备了。对这样一个丰富的内容，作者只用非常简短的对比性描述来表现，寓讥刺于叙事之中，冷峻有力。

聂夷中在同情农民的同时，对于剥削者寄生虫怀有深深的蔑视和憎恶。他的有些诗，对作为剥削者的寄生性与腐朽性代表的贵公子们进行了无情的嘲讽。如《公子家》：

种花满西园，花发青楼道。花下一禾生，去之为恶草。

寥寥二十字,入木三分地画出了不知稼穑之艰的纨袴子弟的生活环境和思想感情。在《公子行》二首中,他还描述了这些封建贵族子弟的愚昧无知与横行霸道:"一行书不读,身封万户侯";"骑马踏杀人,街吏不敢诘"。

聂夷中的诗风和皮日休(前期诗)、于濆等人比较接近。他一反当时许多诗人雕饰藻绘的不良风气,常出之以质朴浅近的语言,务求明白自然,更好地表达刺世疾邪的思想感情。他也有一些嗟贫伤老、陶情醉饮的消沉之作,但反映现实是其诗的主流。他的传世之诗虽只有三十二首,但用乐府古题和自创新题的就约占一半,可见他是有意发扬从《诗经》到中唐乐府诗的言事感怀的优良传统。前人称他"言近旨远,合三百篇之旨",确切地说出了他的优长。

杜荀鹤(846—907),字彦之,自号九华山人,池州石埭(今安徽石台县)人。出身寒微,自称"江湖苦吟士,天地最穷人"(《郊居即事投李给事》)。早年读书于九华山,与顾云、段文圭等为友,十七岁时已露头角。他热衷于功名,但屡试不第。后游大梁(今河南开封),献《时世行》十首于朱温,颇多讽喻,希望他省徭役,薄赋敛。不合朱意,只得旅寄僧舍。朱温谋士敬翔劝他"稍削古风,即可进身"。于是他上颂德诗三十首取悦于朱温,朱温遂为他送名至礼部,使之得中大顺二年(891)进士。此时他已四十六岁。次年他因政局动乱还乡,田頵在宣州,很重视他,用为从事。后又因朱温表荐,授翰林学士、主客员外郎。他晚年投靠朱温的行径,使得"壮志清名,中道而废"(《鉴诫录》),颇为时论所惋惜。他的文学创作态度和思想艺术成就,也以献诗谀颂朱温这件事为分界线,呈前期进步、后期衰落之势。

杜荀鹤的诗歌创作成就主要是前期取得的。他年轻时很有政治抱负,自述"男儿出门志,不独为身谋"(《秋宿山馆》);又说:"共有人间事,须怀济物心"(《与友人对酒吟》)。他没有留下系统的文论,但从某些诗句中可以窥见他的为现实政治效力的功利性的文学主张,如《秋日山中寄李处士》云:"言论关时务,篇章见国风";《自叙》也说:"宁为宇宙闲吟客,怕作乾坤窃禄人。诗旨未能忘救物,世情奈值不容真"。这些说法与白居易相近。由于有这样的思想基础和创作主张,加上他出身下层,对社会弊端和民间疾苦有深切了解,因而他的前期诗颇能广泛反映唐末黑暗现实和人民的深重灾难。

杜荀鹤反映社会现实有自己独特的艺术方式。他一生专写近体诗,所作《唐风集》三卷三百多首诗中,没有一首古体。他把盛、中唐的大诗人们在"新乐府"里赋咏而在近体里很少接触的题材,大量地引入了近体诗中。以新乐府运动的精神来开拓近体诗的反映面,提高其抒情叙事功能,这种创新是他对唐诗艺术的一项重要贡献。他的集子里,五律多自伤身世之作,反映社会现实的主要是七律和七绝,其中尤以七律数量较多,也写得较好。这些讽时刺世之作,直率地描写了民生疾苦,其真实与深刻的程度超过了同辈诗人。如《时世行》之一(一题《山中寡妇》):

夫因兵死守蓬茅,麻苎衣衫鬓发焦。桑柘废来犹纳税,田园荒后尚征苗。时挑野菜和根煮,旋斫生柴带叶烧。任是深山更深处,也应无计避征徭。

此诗以对山中寡妇的苦难生活的真实描写来反映当时农民的悲惨命运,控诉官府军阀以苛重的徭役赋税逼得劳动者无法生存的罪行。《时世行》之二(一题《乱后逢村叟》)也写出了大乱后农村的凋敝、农民的痛苦和统治阶级变本加厉的敲诈勒索：

> 八十衰翁住破村,村中何事不伤魂！因供寨木无桑柘,为点乡兵绝子孙。还似平宁征赋税,未曾州县略安存。至今鸡犬皆星散,日暮西山独倚门。

杜荀鹤还常常把同情人民与憎恨贪官污吏的感情有机地融合起来,并进行精辟动人的艺术表现。这方面较有代表性的是下面一首七绝《再经胡城县》：

> 去岁曾经此县城,县民无口不冤声。今来县宰加朱绂,便是生灵血染成。

这里以典型的事实,集中地反映出:在当时的社会里,封建统治集团正是通过奖赏提拔其爪牙打手们,才得以继续维持自己的血腥统治；封建官吏的功名富贵,完全是构筑在残酷压榨人民的基础之上的。

杜荀鹤反映现实的作品是直率而通俗的,但他的不少抒情、写景、旅游、赠答之作,或近于温、李的婉丽,或趋尚姚、贾的幽僻,这说明他的才力与风格的多样。如历来最为人传诵的五律《春宫怨》：

> 早被婵娟误,欲妆临镜慵。承恩不在貌,教妾若为容？风暖鸟声碎,日高花影重。年年越溪女,相忆采芙蓉。

借描写宫女孤寂苦闷的生活,寄托作者自己怀才不遇和难寻知音的怨恨,比兴深婉,风格柔美。第三联"风暖鸟声碎,日高花影重",以宫中鸟声花影、春光和煦的美景来反衬宫女心境的凄寂,尤为世人激赏，至有"杜诗三百首，唯在一联中"之誉。

杜荀鹤的某些诗存在着一味追求功名利禄的庸俗情调和浓重的消极感伤氛围，不少作品在艺术上也不够锤炼和精密。但总的说来，他是唐末艺术成就较高的一位诗人。律诗的通俗化，是其主要的艺术特点。他不喜用典，不事雕琢，而是将声律对偶与浅近通俗的语言结合起来，叙事抒情委婉流畅，如话家常。严羽《沧浪诗话·诗体》专列"杜荀鹤体"，可见他的诗风在当时影响不小。胡震亨评论说："杜彦之俚浅，以衰调写衰代，事情亦自真切。"（《唐音癸签》卷八）这句话将他的思想与艺术特色都概括到了。

第二节　于濆　李昌符　来鹄　章碣

唐末时期，在热心于用诗歌伤时刺世的作家群中，较为引人注目的还有于濆、李昌符、来鹄、章碣等人。他们的作品的批判锋芒也相当尖锐，但艺术性比起皮日休、聂夷中、杜荀鹤等人则有所不及。

于濆（832—？），字子漪，籍贯不详。咸通二年（861）进士，做过泗州判官。他在唐末诗坛上是一位不为时人所重，但却具有显著现实主义创作特色的诗人。他对当时"拘束声律而入轻浮"的靡丽诗风深为不满，曾"作古风三十篇以矫弊俗，自号'逸诗'"（《唐才子传》卷八）。其诗传世者不多，《全唐诗》存一卷，共四十六首，全都是五言古体。在体裁的选用上，他与聂夷中相似，而且同后者一样富于反映现实的精神。在他的作品中，揭露社会矛盾和同情人民疾苦的篇章将及一半，这个比例在唐末诗人中是少见的。他善于用对比的手法来揭露贫富对立，对人民寄予同情。他的诗笔写及了田翁、织女、士兵等等各阶层的贫民，如《里中女》：

> 吾闻池中鱼,不识海水深;吾闻桑下女,不识华堂阴。贫窗苦机杼,富家鸣杵砧。天与双明眸,只教识蒿簪。徒惜越娃貌,亦蕴韩娥音。珠玉不到眼,遂无奢侈心。岂知赵飞燕,满髻钗黄金。

又如《苦辛吟》写道:"垄上扶犁儿,手种腹长饥;窗下抛梭女,手织身无衣。"《边游录戍卒言》揭露军队中官与兵的矛盾道:"赤肉痛金疮,他人成卫霍。"《山村叟》更写出了山民一年到头辛苦劳动,生活还不如富贵人家一条狗。这些血泪斑斑的描绘,鲜明地揭示了那个社会的不合理。作者对于不劳而食的寄生虫极为愤恨,如《古宴曲》讽刺道:

> 雉扇合蓬莱,朝车回紫陌。重门集嘶马,言宴金张宅。燕娥奉卮酒,低鬟若无力。十户手胼胝,凤凰钗一只。高楼齐下视,日照罗绮色。笑指负薪人,不信生中国。

末二句说住在高楼享乐腐化的剥削者,竟不相信中国还有背着柴草的穷苦人民,这种嘲讽与斥责可谓别开生面。清初贺裳《载酒园诗话》曾列举此篇及《拟古意》、《塞下曲》、《长城曲》、《戍客南归》等作,认为"如此数篇,真当备矇瞍之诵",给予高度评价。于濆诗中的优秀篇章,既有一定思想深度,艺术表达又明快真切,朴实无华,是唐末古体诗中不可多得的佳品。他的实际成就超过了被视为同一流派的曹邺等人。

李昌符(?—887),字岩梦,籍贯不详。咸通四年(863)进士,与张乔、许棠、周繇、郑谷等人同称"咸通十哲"。历官尚书郎,仕终膳部员外郎。他曾因久不登第,为要出奇制胜,特作婢仆诗五十首,写这种别人没有写过的题材,想引起世人注意。这组诗可谓发前人所未发,可惜其中绝大多数已经失传,只剩下了《北梦琐言》一书中介绍的一两首,使人无法窥见全貌。他的现存诗只有《全唐诗》所收一卷,共三十四首,全是近体。这些作品中以几首描写边塞生活的五律为最佳,它们写景抒情真切,意境雄浑,虽因时代的原因而带衰杀之气,但其精神仍与盛唐边塞诗遥遥相通。如《边行书事》:

朔野烟尘起,天军又举戈。阴风向晚急,杀气入秋多。树尽禽栖草,冰坚路在河。汾阳无继者,羌虏肯先和?

中间两联将边塞风光勾绘得很生动,使人读之如亲临其境。尾联感叹晚唐无镇边名将,对国家安危表示深切忧虑,主题思想比较鲜明。他如《送人出塞》"战鬼秋频哭,征鸿夜不栖。沙平关路直,碛广郡楼低";《送人游边》"马行初有迹,雨落竟无声";《登临洮望萧关》"儿童能探火,妇女解缝旗。川少衔鱼鹭,林多带箭麋"等,都能从不同的角度对边塞风光进行逼真生动的描绘,可见作者对边塞生活的熟悉和对边塞题材的喜爱。从这些诗的艺术熔铸功夫,可知郑谷形容李昌符的话"夜夜冥搜苦,那能鬓不衰"(《寄膳部李郎中昌符》),并非虚言。

来鹄(一作"鹏"),豫章(今江西南昌市)人。早年寓家豫章徐孺子亭边,以林园自乐。曾效法韩、柳为文。大中、咸通间,才名很大。他因家贫和仕途不显达,心甚忿忿,作诗多讽刺时世,故而常遭权要忌恨,咸通中多次考进士都不中。自称"乡校小臣,隐居山泽"。

曾入蜀为韦宙幕客,又失志而返。黄巢农民军攻入长安后,他流浪荆、襄,历尽艰难。中和年间,来鹄在贫病中死于扬州旅舍,主人出于同情收葬了他。

来鹄诗存一卷,二十九首。其中四言长诗《圣政纪颂》虽无多大艺术价值,但从中可见他对唐太宗政治风度的向往和对史学的兴趣。其馀的诗均为七律、七绝,多写作者旅居漂流,穷愁潦倒的生活。但其中最能显现他的创作成就与特色的,是为数不多的几篇关注民间疾苦和讥刺时世的七绝。这几首诗喜用比兴,寓意深刻,给人以强烈的感受。如《云》:

千形万象竟还空,映水藏山片复重。无限旱苗枯欲尽,悠悠闲处作奇峰。

从题目与题材看,都是写云,但实际上却是借对云不作雨而只"悠悠闲处作奇峰"表示不满,来反映诗人因久旱而盼雨的急切心情,表达对社会生活与人民疾苦的关心。

作者更有一些直接歌咏劳动人民的短章,如《蚕妇》:

晓夕采桑多苦辛,好花时节不闲身。若教解爱繁华事,冻杀黄金屋里人。

通过对养蚕妇女劳动生活的描写,揭示出统治阶级本是靠劳动人民养活这一事实。来鹄亲历唐末的战乱,与平民一起颠沛流离,因而他的诗有时也反映时局,对军阀混战给人民带来的苦难进行了真实的描绘,如《山中避难作》:

山头烽火水边营,鬼哭人悲夜夜声。唯有碧天无一事,日还西下月还明。

来鹄对唐末社会生活的反映和描写,虽不如皮日休、杜荀鹤等人深刻和激烈,但精神与他们是相通的。

章碣,桐庐(今属浙江)人,诗人章孝标的儿子。咸通末即有诗名,登乾符进士第。后流落不知所终。

唐末封建统治十分黑暗腐朽,随之而来的是科举制度中徇私舞弊之风公开泛滥,压抑和埋没了不少人才。章碣诗中最引人注目的一个主题,就是抒发这种失意士子的悲哀,对黑暗的科场进行猛烈攻击。如《东都望幸》:

懒修珠翠上高台,眉月连娟恨不开。纵使东巡也无益,君王自领美人来。

据王定保《唐摭言》卷九载:"邵安石,连州人也。高湘侍郎南迁归阙,途次连江,安石以所业投献遇知,遂絷至辇下。湘主文,安石擢第,诗人章碣赋《东都望幸》诗刺之。"全诗用比体,将准备应试的举子比作望幸宫人,"君王"借指主考官,"美人"喻指因考官徇私被擢上第的人。作者假说东都(洛阳)的宫人盼望唐皇临幸,不料君王却自携美人来到,使她们的希望落空了。对科场弊端的讽刺很辛辣。另一些诗则直抒胸臆,对现实进行抨击,如《癸卯岁毗陵登高会中贻同志》:"尘土十分归举子,乾坤大半属偷儿。"便是语意愤激、尖酸泼辣的刺世之笔。

章碣的咏史诗也使人耳目一新,如《焚书坑》:

竹帛烟消帝业虚,关河空锁祖龙居。坑灰未冷山东乱,刘项元来不读书。

对秦始皇焚书的残暴行为进行了冷峻而幽默的讽刺,堪称唐代咏史诗的上乘。

章碣在当时以自创"变体"七律的"异才"而出名。他之所谓"变体",即在律诗八句之中"足字平仄,各从本韵"。现存《变体诗》(东南路尽吴江畔)便是这样的作品。据说当时"趋风者纷纷而起"(《唐才子传》)。但这种变体诗除了读起来音节响亮一些而外,内容和技巧都没有更多的可取之处。在他传世的二十六首诗中,较有意义的还是那些抒发愤世之情的佳作。

第三节　唐彦谦　秦韬玉　崔道融

晚唐诗人中艺术成就最高的李商隐,他对后世的影响主要是在唐代之后。而在唐末,较早师法李商隐而又能兼学杜甫,融会贯通以自成家数的,就该首推唐彦谦。

唐彦谦,字茂业,并州晋阳(今山西太原)人。因曾在襄阳鹿门山隐居,故自号鹿门先生。咸通二年(861)进士。乾符末,携家避乱于汉南。中和中,王重荣镇河中,辟为从事。累迁节度副使,晋、绛二州刺史。光启末,贬汉中掾曹。杨守亮镇兴元,署为判官。迁副使,历阆、壁二州刺史。晚年隐居鹿门山,专事著述。他博学多艺,除诗之外,对书画音乐也很擅长。他去世后,诗稿多散落,同时人郑贻为之辑缀,得二百多首,题为《鹿门集》。今存者一百八十多首,《全唐诗》编为二卷。

唐彦谦创作的主要成就在近体诗。他在唐末独树一帜,既不同于皮日休、陆龟蒙之填塞古事,也不似杜荀鹤、郑谷之浅豁俚俗,更别于韦庄、罗隐之务趋条畅,而是深情绵邈,绮丽精工。他构思精密,巧于用笔,常常因为诗句有声、有色、有巧对、能含蓄、多比兴而吸引读者去玩索。他的许多佳对为后世诗话家们所乐于称引,如"下疾不成双点泪,断多难到九回肠"(《离鸾》)等句子,被认为"不减"李商隐"春蚕、蜡炬情藻"(《唐音癸签》卷八)。他的许多恋情诗如《无题》十首、《离鸾》等,婉约流美,深得李商隐的神髓。他以工于用典著称,如"烟横博望乘槎水,日上文王避雨陵"(《蒲津河亭》);"耳闻明主提三尺,眼见愚民盗一杯"(《长陵》)等等,显出学习温、李用典的功夫。他的一些写景抒情小诗,情思细腻,笔调温婉,如《春残》:

景为春时短,愁随别夜长。暂棋宁号隐,轻醉不成乡。风雨曾通夕,莓苔有众芳。落花如便去,楼上即河梁。

写春尽时的惜春、送春情感,意境与格调逼似李商隐的《小园》、《晚晴》等作。但他并未一味摹拟李商隐,他的诗大多意境显豁,不学李之时时朦胧;遣词用语比较明快,不学李之"埋没意绪";用典务求达意,不学李之隐晦深曲。这些都是他与后者之间同中有异之处。

不过唐彦谦学李商隐的那些诗,毕竟常常伤于纤丽,有些片面追求形式上的藻饰,内容不大充实,意境也不够完美。其诗更有价值的还是那些兼师杜甫而提高风格的篇章。他之师法杜甫,不单在于艺术形式与风格方面,而且也有思想和格调的学习继承。他生逢乱离的"末世",有时通过诗篇来关注现实,忧念民生。曾自述道:"花染离筵泪,葵倾报国心"(《留别》);"堪恨贾生曾恸哭,不缘清景为忧时"(《八月十六日夜月》)。有些近体诗中就有类似于杜甫反映战乱、自伤流落的片断,如"可怜今夜月,独照异乡人"(《客中感怀》)等。有时格调之沉郁、意境之浑成和字句之锻炼竟能酷似老杜,如"愁牵白发三千丈,路入青山几万重"(《道中逢故人》);"客路三千里,西风两鬓尘"(《客中感怀》);"群鸦栖老树,一犬吠荒村。争买鱼添价,新筠酒带浑"(《宿独留》)等等,置之杜集,或可乱真。有些古体诗,发扬杜诗反映现实的精神,更有社会内容,如《宿田家》用质朴的语言,平实的叙述,写出官府爪牙敲诈勒索欺压农民的凶状,所写之事在唐末是普遍现象。这种以诗存史的篇章,俨然是杜甫《石壕吏》、白居易《宿紫阁山北村》等诗的遗响。另外,他的古体诗中诸如《采桑女》等,都是悯民愤世的佳作。

唐彦谦的许多言志抒怀的七绝诗,奇情壮采,具有盛唐之风。如借马喻人的《咏马》之二:

峻嶒高耸骨如山,远放春郊首苜间。百战沙场汗流血,梦魂犹在玉门关。

由这类作品可见,《全唐诗》唐彦谦小传评他"文词壮丽",是有一定道理的。

唐末诗风近于李商隐、温庭筠的还有秦韬玉。秦韬玉字仲明,京兆(今陕西西安市)人。父为左军将军。他少有才名,工于歌吟,但为人躁于仕进,不惜谄事大宦官田令孜。曾从僖宗避黄巢军入蜀,田令孜引擢为工部侍郎,神策军判官。中和二年(882)特赐进士及第。他的诗现存三十六首,全是七言,其中多数为七律。诗风典丽工整,但气格较弱,取材较窄,内容不丰富,虽然学温、李,但不如唐彦谦等

人。他属于这样一种小名家:他们的大多数作品可有可无,但个别篇章却堪与第一流的诗人媲美而毫无愧色。如他的《贫女》:

蓬门未识绮罗香,拟托良媒益自伤。谁爱风流高格调,共怜时世俭梳妆?敢将十指夸针巧,不把双眉斗画长。苦恨年年压金线,为他人作嫁衣裳。

这是诗歌史上的名篇,它对身处下层的劳动妇女深表同情,歌颂了她们的俭朴、勤劳和聪明才智,并对当时社会不合理的现象进行谴责,具有真挚浓烈的抒情气息。这首诗的客观美学价值更在于它的形象所具有的普遍性象征意义。作者可能是借贫女自比,抒发怀才不遇的抑郁心情。由于描写细致生动,比兴深婉,因而它能引起那些被迫为役于人的才士的共鸣。末句尤富于象征性,故"为人作嫁"已成千载流行的成语。另外,《贵公子行》、《织锦妇》等也是秦韬玉诗中较有意义的作品。

崔道融,荆州(今湖北江陵)人。自号"东瓯散人"。与司空图为诗友。早年遍游今陕西、湖北、河南、江西、浙江、福建等地。曾为永嘉令,后官右补阙。因战乱入福建,可能死于光化三年(900)。其现存诗七十多首,全是五七言绝句,其中五绝写得最好。如《寄人》:"淡淡长江水,悠悠远客情。落花相与恨,到地一无声。"《寒食夜》:"满地梨花白,风吹碎月明。大家寒食夜,独贮望乡情。"均能即景传情,写出特有的境界。他的诗不事雕琢,很少用典,而以明净朴素见长。某些反映农村生活、同情农民疾苦的诗,如《田上》:"雨足高田白,披蓑半夜耕。人牛力俱尽,东方殊未明。"语言简洁,真实地反映了农民劳作的辛苦,不着一字议论,而同情之意见于言外。又如《春墅》:"蛙声已过社,农事忽已忙。邻妇饷田归,不见百花芳。"别开新意,写饷田的农妇好像看不见百花,其实是忙于农事,无暇观赏春景,对劳动者寄予深深的同情。

崔道融的咏史诗则善于自抒新见,对传统的看法提出质疑。《题李将军传》云:

> 猿臂将军去似飞,弯弓百步虏无遗。汉文自与封侯得,何必伤嗟不遇时?

此诗对汉文帝感叹李广"不遇时"的虚伪行为予以揭穿,议论十分新警。另外,《西施滩》通过为西施鸣不平批驳了"女色亡国"论,也属议论诗中的精品。

第四节 钱珝 郑谷 吴融

用累至百篇的大型绝句组诗来叙事抒情,以短诗的形式发挥长诗的作用,这是晚唐时期部分诗人的一种创新。其中艺术上较为成功的是钱珝。

钱珝,字文瑞,吴兴(今浙江湖州)人,大历诗人钱起的曾孙。广明元年(880)进士[2]。曾先后任京兆府参军、蓝田县尉、集贤殿校理、章陵令等职。乾宁二年(895),由宰相王抟推荐,任膳部郎中兼知制诰,后又除中书舍人。光化三年(900)王抟得罪贬死,钱珝也受累贬为抚州司马。

钱珝集中的主要作品是组诗《江行无题一百首》。它生动地记录了作者赴抚州贬所时从襄阳到九江这段水程中的所见、所闻与所感,从思想内容到艺术表现都独具特色。组诗全用五言绝句,一首一景,独自成篇,而又如画卷般连缀起来,形成一个整体,真切地描画出汉水及长江中下游两岸壮观的景色,以及唐末经过战乱后农村的萧条和破败。如:

翳日多乔木,维舟取束薪。静听江叟语,尽是厌兵人。(第十二首)

月下江流静,村荒人语稀。鹭鸶虽有伴,仍共影双飞。(第二十六首)

兵火有馀烬,贫村才数家。无人争晓渡,残月下寒沙。(第四十三首)

诗中有时也写出农民对远客殷勤招待的纯朴感情,以及劳动人民丰收的喜悦,如:

细竹渔家路,晴阳看结罾。喜来邀客坐,分与折腰菱。(第八十七首)

万木已清霜,江边村事忙。故溪黄稻熟,一夜梦中香。(第九十八首)

以上这些描写,情景逼真,不但使人领略了水乡的生活气息,而且印下了那个苦难时代的影子。

郑谷,字守愚,袁州(今江西宜春)人。约生于大中五年(851),卒于后梁开平四年(910)稍后。幼年即能诗,受马戴、司空图、薛能、李频等人赏识,司空图预言他"当为一代风骚主"。光启三年(887)

进士。曾做过右拾遗、都官郎中等官。乾宁三年(896)唐昭宗避难到华州,郑谷也赶去,寓居于云台道舍,因而自名诗集为《云台编》。天复年间,见朱温将篡唐,遂归隐于宜春仰山草堂,直至去世。今存诗三百多首,全是近体。

郑谷在他的《云台编自序》中声称:"虽属对声律未畅,而不无旨讽。"从他现存诗来看,某些作品是符合这一宗旨的。如《漂泊》诗描写自己的颠沛流离与时世的动乱道:"十口漂零犹寄食,两川消息未休兵";《锦二首》讥刺只知享乐的贵人达官道:"舞衣转转求新样,不问流离桑柘残";《偶书》更代劳动者发抒愤慨之情曰:"不会苍苍主何事,忍饥多是力耕人"。这些诗讽喻时事,同情民瘼,颇有杜甫的遗风馀响,是郑谷集中较有社会意义的作品。不过这类作品不多。他以七律《鹧鸪》一诗著名,当时被称为"郑鹧鸪",但此诗实际上只有第二联"雨昏青草湖边过,花落黄陵庙里啼"可算佳句,艺术上不够完整。更能体现他的创作特点和艺术成就的,是那些写景述情或感伤身世之作。这些诗中,尤以五律篇什丰富,大都能达到通体精练匀称,无论写景言情,都颇为真切近人,如《旅寓洛南村舍》:

村落清明近,秋千稚女夸。春阴妨柳絮,月黑见梨花。白鸟窥鱼网,青帘认酒家。幽栖虽自适,交友在京华。

写幽居的情趣,极为清新婉丽。第二联刻画春天昼夜不同的景色,相互映照,意境超妙,颇见作者功力。另如《书村叟壁》绘出鲜明的农村图画,写法与王维《渭川田家》异曲同工;《长安夜坐寄怀湖外嵇处士》思致高远,物景凄清;《久不得张乔消息》悬想友人归途情景及归后心情,情谊真挚,都是堪与盛中唐争胜的佳作。

郑谷抒写离情的绝句,常常真挚婉转,言尽而意未穷,如《淮上与友人别》：

> 扬子江头杨柳春,杨花愁杀渡江人。数声风笛离亭晚,君向潇湘我向秦。

寥寥数语,而情景如水乳交融,依依不舍的友情十分缠绵感人。郑谷诗情致较浓,佳句颇多,而又浅近通俗,这一点与杜荀鹤同调。从内容情调来看,它们虽无盛唐雄浑高华之气,然格尚不卑,而是以一种萧瑟悲凉的情韵间接反映了唐末衰退的国运。风格上多所吸收,而以受姚贾体和白体这两种晚唐最盛行的诗体的影响最为显著,形成了自己深入浅出、流利跳脱的独特家数。它的浅近易读的优点,使得它很快普及。北宋初郑谷诗被家诵户习,人家多用以教蒙童,可见传播之广。可惜常常失之松浅,体骨较弱,格调也不够高。

唐末诗坛上另一位在艺术得失上与郑谷相似,而名声稍逊的作家是吴融。

吴融,字子华,越州山阴(今浙江绍兴)人。龙纪元年(889)进士。韦昭度讨蜀,表为掌书记。迁侍御史。坐累去官,流浪荆南,依成汭。久之召为左补阙,以礼部郎中为翰林学士,拜中书舍人。天复元年(901)受命起草诏书十多篇,顷刻而就,简备精当,颇受昭宗赏识,进户部侍郎。后昭宗被劫去凤翔,他未能相从,客于阌乡。后召还翰林,迁承旨,卒于官。

吴融对唐末严酷的社会现实较为关注,主张以诗歌创作干预时政,"善善则颂美之,恶恶则风刺之",认为"君子萌一意,出一言,亦当有益于事。矧极思属词,得不动关于教化?"(《禅月集序》)因此他在本朝诗人中最推崇李白和白居易。从他现存的三百多首诗来看,实际成就不能与其诗论相称,但其中也有一些苍凉遒劲的忧时感事之作。他的古体诗数量不多,但风格较为豪壮,多有内容,有寄托。如述志忧世的七古长诗《风雨吟》,谴责只知享乐不念国家将亡的搢绅富豪和那些"甚于贼"的官军,揭露了朝纲弛漫,宦官纵横,兵连祸结的现实,语意激愤,格调苍凉,思想内容与艺术技巧皆有可取。五古《平望蚊子二十六韵》实借蚊之害人鞭挞贪官酷吏。《太湖石歌》、《李周弹筝歌》、《赠李长史》等都以咏物而引出对时世变乱的感慨,打上了现实的烙印。他的七律中也有一些思想性较强、艺术性较高的感怀时事之篇,如《金桥感事》:

太行和雪叠晴空,二月春郊尚朔风。饮马早闻临渭北,射雕今欲过山东。百年徒有伊川叹,五利宁无魏绛功?日暮长亭正愁绝,哀笳一曲戍烟中。

这是对大顺元年(890)唐朝廷发动对沙陀李克用战争的感叹。诗写于这次战争大败后的一个初春,忧国之情溢于言表。全诗情调悲壮、气格沉雄,用典恰切而音节洪亮,是唐末近体中的佳篇。

此外他的两组《华清宫》绝句讥刺唐玄宗荒淫腐朽,表现作者对由安史之乱导致唐朝一蹶不振的"遗恨",深得"风人之旨"。今举其中二首:

渔阳烽火照函关,玉辇匆匆下此山。一曲霓裳听不尽,至今遗恨水潺潺。

四郊飞雪暗云端,唯此宫中落旋干。绿树碧檐相掩映,无人知道外边寒。

吴融诗风接近温庭筠、李商隐一派，但并非一味摹拟，而是将温、李的缛丽温馨引向凄清的一路。由于才力之偏，他的诗有时流于松浅或柔靡。不过如《唐才子传》评他"为诗靡丽有馀而雅重不足"，则不完全符合实际情况。他在唐末还不失为一个别具风貌的诗人。《四库全书总目》说"（吴）融诗音节谐雅，犹有中唐之遗风"，还是比较中肯的。

〔1〕 聂夷中，两《唐书》无传，《北梦琐言》卷二谓其河南中都人。一说为河东人，见高棅《唐诗品汇》及《全唐诗》聂夷中小传。此据《唐才子传校笺·聂夷中传》考订。

〔2〕 《唐才子传》作乾宁六年，误。参见吴企明：《钱起、钱珝诗考辨》，刊《文学评论丛刊》第十三辑。并请参阅《唐才子传校笺·钱珝传笺》。

第二十三章　咸通至天祐时期其他作家(下)

第一节　刘蜕、孙樵的文

这一时期,古文运动早已衰落,雕琢藻绘的形式主义文风重新为时所尚,骈文恢复了统治地位。但也有少数作者敢于藐视末俗,毅然以复古自任,坚持韩、柳的传统,继续创作古文,并取得了一定的成绩。这些作者中,除了兼善诗文的皮日休、陆龟蒙等以外,较有代表性的还有专作古文的刘蜕和孙樵二人。

刘蜕(821—?),字复愚,号文泉子。自称长沙(今属湖南)人。一说桐庐(今属浙江)人[1]。年轻时为了功名到处奔走,拜谒公卿大人以求引荐。当时荆南每年解送举人入京考试,多不成名,被讥为"天荒解",唯独刘蜕于大中四年(850)以荆解进士及第,时人誉为"破天荒"[2]。累官中书舍人、左拾遗。咸通二年(861)因上书极论宰相令狐绹之子令狐滈恃权纳货,被贬为华阴令。后终商州刺史。刘蜕诗集不传,唯《全唐诗外编》据《永乐大典》录其五古《览陈拾遗文集》一首。他曾自编其文为十卷,命为《文泉子集》,在自序中说:

"盖罩以九流之旨曰文,配以不竭之义曰泉,崖谷结珠玑,眛则将救之;雨雷亢粢盛,干则将救之。予岂垂之空文哉!"由此可见其作文的宗旨与抱负。原集已佚,今传《文泉子集》一卷是明朝人于崇祯年间从《文苑英华》等书中辑出编成的,并非旧帙。现存这些作品以书信和各体短小杂文为最多。著名的《梓州兜率宫寺文冢铭》发泄文士高自期许而不遇于时的感叹,并有自剖胸怀、自励品节之意,最为后人称许。他写文章一定程度上受屈原影响。清人刘熙载指出其《哀湘竹》、《下清江》、《招帝子》等文"颇得《九歌》遗意"(《艺概·文概》)。不过屈原和楚辞的影响对刘蜕来说尚非主要方面。他生当衰乱之世又不愿随俗俯仰,而思有以匡世,故其文更多地发挥韩愈文论中"物不得其平则鸣"的一面,来批判现实。由于对黑暗现实强烈不满,所以他的文章表现出古文运动的先辈和主将们也很少有的心切而愤深的思想特点。他长于议论,常以饱含情感的说理方法,来旁敲侧击地针砭衰世末俗。这种"救世劝俗"的做法,大旨又近于元结等人。

不过刘蜕的思想宗尚与元结、韩愈等人有所不同。元、韩等人是正统的儒家,刘蜕则兼取老庄,吸取老庄哲学中不满现实、主张返璞归真的思想来批评时事,抒写自己的现实感受和社会理想。其《山书》、《古渔夫》等两组文章,处处可见老庄的色彩。《四库全书总目》一方面肯定刘蜕"风裁济济,宜其文之拔俗",另一方面又指责其"多归宗于老氏,不尽协圣贤之轨,又词多恚愤,亦非仁义蔼如之旨"。其实大胆地对黑暗现实发其"恚愤"之辞,正是刘蜕的独特性之所在,是他的文章比当时一般"醇儒"更可宝贵的地方。

刘蜕刺世之文最醒目的一个内容,就是反对统治者对人民无休止的压榨索取,呼吁改良当时的统治制度。《山书》之七尖锐地指责"圣人"安排的贵贱之序道:

> 车服妾媵,所以奉贵也。然而奉天下来事贵者贱夫,有车服必有杂佩,有妾媵必有娱乐。圣人既为之贵贱,是欲鞭农父子以奉不暇。虽有杵臼,吾安得粟而舂之?呜呼,教民以杵臼,不若均民以贵贱。

这里"均民以贵贱"的大胆宣言在唐代文人中似乎还是仅见。此外如《删方策》揭露历代统治者通过史书仿效前代暴君作恶;《赢秦论》谴责秦朝以凶暴自取灭亡;《山书》中一些篇章谴责历代君主虚伪欺诈,"争杀乱患",劳民伤财,诛求无度等等,这些都具有批评晚唐暴政、呼吁改革政治的现实意义,反映出刘蜕思想中进步的一面。

刘蜕文的另一重要内容,就是批判晚唐黑暗的官场与腐朽的吏治。咸通二年写的《论令狐滈不宜为左拾遗疏》就勇敢地把矛头指向宰相令狐绹父子,是一篇声讨贪官污吏的檄文。此文用四六骈体写成。文章一开头就毫不客气地点出令狐父子的大名,揭露这个宰相门第"传家乏子弟之法,布衣干宰相之权",接着以一系列形象生动的骈偶句描述了令狐滈恃父之权贪鄙荒淫的罪行。最后表示自己与令狐滈之流"固难同器"、"义不比肩"的倔强态度。全文大义凛然,富于抒情色彩,充实的内容与精美的骈偶成功地结合在一起。可见作者虽专习古文,以复古为己任,但也不排斥用骈文来表情达意。

另外,骚体的抒情短文《悯祷辞》就自己在京郊看到的官吏虚伪地为民祈祷的情况,对当时吏治败坏、人民痛不欲生的现实进行控诉道:"吏不政兮,胥为民蚕;政不绳兮,官为胥酣。彼民之不能口舌兮,为胥之缄。进不得理兮,若结若钳。阴戾阳返兮,民之不堪。烁日流焰兮,赫奕如惔。齌泉沸涌兮,如汤而炎。"文章最后厉声质问道:"胡不戮狡胥兮,狗此洁严?胡不罪己之不正兮,去此贪婪?荷天之优禄兮,胡为而不廉?"这些愤恚的抒情文字,充分表现了一个关心现实的优秀作家可贵的正义感。

刘蜕文重要内容之三,就是继承古文运动领袖韩愈的精神,强烈地排斥佛教,对于中唐以来几代统治者崇佛给国家政治经济生活和文化领域带来的灾难深致不满。在《移史馆书》中,他痛斥崇佛者的罪恶,赞扬了唐武宗灭佛这一利国利民的果断之举,甚至认为其功出于古圣人之上,要求史官载入史册。从思想实质看,这些文章源出于韩愈的《原道》、《谏迎佛骨表》等杰作,这证明刘蜕是在承古文运动之绪,张大韩愈之业。

刘蜕文除书信之外大部分属于即兴小品,其中《山书》、《古渔父》等几组文章全由几十字或百来字的短篇组成。它们用庄子式的"谬悠之说,荒唐之言,无端崖之辞",通过编造寓言或直发议论这两种基本形式,谈古论今,借此言彼,宣泄自己对人世间种种病态的不满。可惜他的批判锋芒尚不如稍后的皮日休、罗隐等人那样尖锐激烈和有深度。他的小品文寓意过于曲折,造句也常常不循正规,因而不少篇章或段落使人难以读懂,甚而有的使人反复体会也不知所云,远不如皮、罗等人那样犀利泼辣、痛快直截,容易为读者所理解和接受。他所凭借的老庄哲学中的消极遁世的因素,也常常削弱了他的文章对现实的穿透力。他对文章艺术传统的继承,取径比较偏狭。《四库全书总目》指出:刘蜕文"原本扬雄,亦多奇奥,险于孙樵,而易于樊宗师。"他为文尚奇,偏取古文家中奇险古奥一派,当然难成大器。古文运动发展到咸通之后,只有刘蜕、孙樵可称名家,而他们二人却不约而同地专求奇奥,这无意中将已经地盘很小和声势已消的古文运动引上了一条偏狭的小路。

孙樵在坚持古文运动这一点上与刘蜕有相似之处,而文章艺成就则高于后者。

孙樵,字可之,又字隐之,籍贯不详,自称关东人。大中九年(855)进士,授中书舍人。黄巢军攻入长安,僖宗逃到岐、陇一带,召他去随驾,跟着到了四川。迁职方郎中,上柱国,赐金鱼袋。因善作古文被僖宗誉为"行在三绝"之一。中和四年(884),自检所为文,选其优者三十五篇,编为一集以行世。

孙樵为文,以"摆落尖新、期到古人,上规时政,下达民病"(《骂僮志》)为己任。他在骈俪之风重炽时站出来维护古文运动,以韩愈为师。他在《与王霖秀才书》和《与友人论文书》中,两次自报师门,说自己的古文作法得之于来无择,来无择得之于皇甫湜,皇甫湜得之于韩愈。由此可见他是一个比刘蜕更自觉的韩派古文家。由于他这种师承关系和他的实际创作成就,清人曾将他列入"唐宋十大家"。他的思想大致与韩愈相同,都是较为正统的孔孟之道。他不像刘蜕那样多少有点"异端"思想和叛逆精神,他作古文的主要目的就是宣扬"圣人之道"。这一点正与韩愈相同。但韩愈生活在国事尚有可为的"元和中兴"之时,故多写正面论述"圣道"之文;孙樵则处于衰亡已成定局的晚唐,故常常侧重于揭露不合于"圣道"的种种弊政与末俗,希冀统治者悬崖勒马。

孙樵之文在维护儒家道统、力排佛教这一点上与韩愈完全一致。唐武宗会昌年间灭佛已见成效,但宣宗继位后却倒行逆施,重新扶植佛教,恢复佛寺,使全国佞佛之风比会昌之前更为炽盛。对此孙樵作《与李谏议行方书》,严加谴责,并请李谏议代呈《复佛寺奏》,向宣宗力争。这两篇文章列举事实和数据,将时局与贞观、开元之世进行对比,情切意恳地向统治者说明崇佛给国计民生带来的巨大危害,严正指出"生民之大蠹无过于群髡(僧尼)",要求皇帝立即停止崇佛之举。这两篇文章虽不及韩愈的《谏迎佛骨表》那样尖锐泼辣,然而痛心疾首，语重心长，其精神与韩文一脉相承。

孙樵对宣宗即位之后朝政黑暗、政局混乱的现实十分不满，常借对贞观、开元盛世和元和、会昌两次短暂复兴时期的回忆与歌颂，来寄托自己渴望加强中央集权、削平藩镇、刷新政治，以实现唐帝国重新统一富强的理想。如《大明宫赋》、《与李谏议行方书》、《读开元杂报》、《书褒城驿壁》等文都流露了这种思想。和刘蜕一样，孙樵很留恋武宗会昌之政，对宣宗之后的衰败政局十分痛恨。《武皇遗剑录》就是一篇抒情诗似的会昌政绩颂。它通篇以武宗遗剑作为会昌年间唐政府权威的象征，歌颂了武宗专任治世能臣李德裕而取得的四大业绩，这就是："一用其剑"，打垮回纥侵扰；"再用其剑"，擒杀太原叛将杨弁；"三用其剑"，粉碎泽潞刘稹叛乱；"四用其剑"，毁寺灭佛以利国计民生。这种歌颂，暗寓"今不如昔"之慨，含蓄地谴责了宣宗君臣自私狭隘地大反会昌善政，导致社会倒退，国步艰难。

孙樵之文更多的是通过对典型事例的记叙与议论，来揭露唐末的吏治问题。最有代表性的《书褒城驿壁》一文，将当时上上下下腐败透顶的吏治形象地比喻为被过往官吏任意践踏的破驿站。文章先叙述了褒城驿的残破之状及其原因，然后借一"老氓"之口画龙点睛地揭露道："举今州县皆驿也。"这就让人对当时州县吏治大坏的现状有了生动的联想与醒目的印象。文章后半部分沉痛地追究了导致全国财力枯竭、耕地锐减和人民贫困的重要缘故，这就是：吏治腐败，官员不恤政事民情，只顾在任期内搜刮财物，就像宿驿站那样，作践一番之后一走了之；后任者循此规律，你来我往，自然将地皮刮光，州县因之破败！

孙樵揭露上述问题，当然是为了提醒朝廷整顿吏治，任用正直清廉的贤官，以挽救没落的国运。所以他一方面抨击贪官与乱政，另一方面又在《梓潼移江记》、《书何易与》、《复召堰籍》等文中，记叙和赞颂了几位贤能地方官的政绩，塑造了可为吏治楷模的"青天"形象。不过他并不懂得唐末吏治腐败是由多方面的深刻原因造成的，单靠一些"贤人"无以回天。这方面，他比起提出"均民以贵贱"的刘蜕和主张诛杀暴君的皮日休来，思想见识就显得低了。因此，尽管他描绘这些贤能官吏时，文笔生动，事迹感人，甚而带上几分悲壮色彩，但远不如他对贪官污吏和社会弊端的揭露那样富于感染力和说服力。他未能认识到佛教问题、吏治问题已不是唐末政治中最要害的问题，而忽视或回避了诸如宦官专权、藩镇跋扈、朋党纷争、民族纠纷、农民起义等更重大的问题。这些思想局限，是使孙樵之文内容显得不广阔、不丰富的主要原因。

孙樵在文章艺术上刻意学习韩愈。在《与王霖秀才书》中，他极力推崇韩愈文章的高深境界："拔地倚天，句句欲活，读之如赤手捕长蛇，不施控骑坐马，急不得暇，莫可捉搦。又似远人入大兴城，茫然自失，讵比十家县，足未及东郭，目已极西郭耶？"他学韩愈作文，最得力于《进学解》一文。其《骂僮志》、《寓居对》、《乞巧对》等文，从立意、布局到章法、句法、风格等，都明显地取径于《进学解》，是典型的韩派古文。另外《序陈生举进士》，则和《送孟东野序》相近；《逐痁鬼文》则受《送穷文》、《祭鳄鱼文》启迪。如《寓居对》云：

> 樵天付穷骨，宜安守拙。无何提笔，入贡士列。抉文倒魄，读书烂舌。十试泽官，十黜有司。知己日懈，朋徒分离。矧远来关东，橐装销空。一入长安，十年屡穷。长日猛赤，饿肠火迫，满眼花黑，晡日方食。暮雪严冽，入夜断骨。穴衾败褐，到晓方活……

这段诗化的语言，一律用四字句，从头至尾押韵，平、仄两种韵交错，而以善表郁勃之情的入声韵为主;修辞考究,排比、对偶交叉使用;语言简洁,节奏紧凑;叙事哀婉详尽,穷形尽态。凡此种种,使得此文声情并茂,达到了抒情的极致。这些文字几乎可与《进学解》争胜。

但是孙樵学习韩愈毕竟有很大的片面性。韩文本来兼有雅正与奇崛两个方面,孙樵为了求新,则专主于奇,把韩愈的传统抛撇了一半,从而走上了一味求奇的褊狭之路。在这一点上,他的得失与刘蜕相似,尽管他为文毕竟比后者畅达雅正一些。他的文章风格与技法比较单一,缺少纵横变化之功;气派格局虽略大于刘蜕,但远不能如韩愈的雄浑奔放与汪洋恣肆。《四库全书总目》在比较了韩愈、皇甫湜和孙樵三家之文以后说:"韩愈包孕群言,自然高古,而皇甫湜稍有意为奇,樵则视湜益有努力为奇之态。其弥有意为奇,是其所以不及欤?"这里指出孙樵之失在于"有意为奇",是颇有道理的;认为孙樵不如皇甫湜,则欠公允。孙樵之"奇",虽与皇甫湜的师传有关,但他还是比较重视思想内容的。其技巧上的"奇",主要还是追求文字紧健简约与气势的拗怒不平,这比起皇甫湜的专求文句晦涩[3],还是高出一筹的。

第二节 罗隐的诗和文

罗隐(833—909),原名横,字昭谏,号江东生,新城(今浙江桐庐)人。祖父是县令,父亲虽应过礼部试,却未得一官半职。他自二十多岁至五十五岁都奔波游历,应试干禄。但由于科场腐败和本人喜讥刺时世,为当权者所恶,所以他十次考试,都未中进士。五十五岁时只好回乡投靠镇海节度使钱镠,得到任用,历任钱塘令、著作佐郎、节度判官、司勋郎中等职。朱温代唐,以右谏议大夫征他入朝,被他拒绝。后钱镠表授吴越国给事中。卒于杭州。

大半生穷愁潦倒的生活经历使得罗隐对唐末社会的腐朽与黑暗有深刻的体验和清醒的认识,因而他常常愤懑不平地用文学来揭露、批判现实。他的诗文实际上成了反映那个病态社会的一面镜子。他的作品以讽刺为主,大多数篇章都有一种愤激和尖刻的特色。他对唐代文学的贡献,就在于这种讽刺艺术的成功运用。

罗隐传世的四百八十来首诗以近体为主,也以近体的成就为高。他的诗不像皮日休等人那样把具体事件作为描写对象,而喜欢通过自己愤世之情的宣泄,或以咏史和托物寓志的曲折手法,来批判现实。这是罗隐诗反映唐末现实的独特方法。他的诗,"篇篇皆有喜怒哀乐心志去就之语"(《苕溪渔隐丛话》前集卷二十四)。他讽刺的矛头,首先指向了被认为不可侵犯的君王。如《感弄猴人赐朱绂》:

十二三年就试期,五湖烟月奈相违;何如买取胡孙弄,一笑君王便著绯?

这是根据他屡次不第的亲身遭遇而对当代皇帝发出的尖锐讽刺。据记载,黄巢军攻入长安,僖宗走玄宗的老路,狼狈逃到四川,随行艺人只有一个弄猴子的,那驯善的猴子能跟朝臣们一起排班,昏君爱猴及人,就赐给弄猴人一件五品绯袍,称之为"孙供奉"。这对于在唐朝求不到一官半职的罗隐刺激很大,难怪他要对荒唐无聊的皇帝发出如此辛辣的讽刺。

罗隐对荒淫之君的讽刺,更为深刻的是另一首七绝诗《帝幸蜀》:

马嵬山色翠依依,又见銮舆幸蜀归。泉下阿蛮应有语:"这回休更怨杨妃!"

另外如《华清宫》一首也对唐玄宗进行了"讥谤",以至招怨于昭宗君臣,又一次失去了身登科甲的机会(《唐诗纪事》卷六十九)。

罗隐诗还接触到当时的贫富悬殊现象,如《雪》:

> 尽道丰年瑞,丰年事如何?长安有贫者,为瑞不宜多!

对"瑞雪兆丰年"的谚语故作否定,翻出新意,表现了诗人对贫苦人民的关心与同情。借物写人的《蜂》意更深刻:

> 不论平地与尖山,无数风光尽被占。采得百花成蜜后,为谁辛苦为谁甜?

此诗为劳动者发出不平之鸣,与于濆的《苦辛吟》等主题相近,而形象更生动,艺术上更感人。

罗隐长于咏史,他的咏史诗,以史论政,现实针对性强,思想见识高。如《西施》:

> 家国兴亡自有时,吴人何苦怨西施!西施若解倾吴国,越国亡来又是谁?

通过对"女色亡国"的传统成见的有力反驳,表达了自己对封建朝代治乱兴亡原因的较为进步的看法。所谓"兴亡有时",说明他已朦胧地感觉到一种社会发展的客观趋势,这在当时是一种较为高明的政治意识。

罗隐抒写闲适之趣与友朋之谊的诗歌,往往深挚真切,幽婉流美,语言新颖,不落常套。如《魏城逢故人》:

> 一年两度锦城游,前值东风后值秋。芳草有情皆碍马,好云无处不遮楼。山将别恨和肠断,水带离声入梦流。今日因君试回首,淡烟乔木隔绵州。

罗隐诗敢于直面人生,讽刺社会,思想内容较为可取者不少;艺术上也善于经营,风格警快,语言通俗,音调浏亮,是唐末诗中对后世影响较大的一家。由于思想内容是愤世抗世的,其诗就绝不走绮丽柔靡一路,一以俊爽显豁为归。沈德潜说:"唐末昭谏诗,犹棱棱有骨。"(《唐诗别裁集》)正是看到了他风格雄健的一面。但他有的诗敌视农民起义,同情流离的帝王官僚(如《中元甲子以辛丑驾幸蜀四首》);有的诗消极出世、厌弃生活,内容殊不足取。从艺术上看,他诗才较偏,只擅近体,古诗纤弱不足道。有些近体诗也缺乏锤炼,率意为之,流于滑易,格调意境不高。《唐音癸签》卷八说他:"酣情饱墨,出之几不可了,未少佳篇,奈为浮渲所掩。然论笔材,自在伪国诸吟流(按指五代十国诗人)上"。所评甚当。

罗隐的文更集中、更强烈地表现了他高明的讽刺艺术,实际成就高出于其诗之上。

罗隐的文现存者有《谗书》、《广陵妖乱志》、《两同书》和其他一些杂著。其中思想艺术价值最高、最能代表他的散文成就的,是讽刺小品专集《谗书》。这个集子是他屡试不第之后于咸通八年春天编成的。《谗书》之名取《庄子·渔父》"好言人之恶,谓之谗"之意,正是公开标明这些文章就是要揭露、谴责当时社会的黑暗和人情事态的丑恶。方回在《谗书》的跋语中说:"所为《谗书》,乃愤闷不平之言,不遇于当世而无所以泄其怒之作。"道出了此书的成因及其思想特征。

《谗书》现存六十篇,其中大多数是百来字或最多几百字的短文。它们看似随意漫谈,实则都有极其严肃的主题,能敏锐地反映晚唐社会的若干重大问题,表现了作者维护国家统一、反对暴政、反对藩镇割据和宦官专政等进步的政治观点。他的批判矛头首先指向了封建国家的最高统治者,如《英雄之言》:

物之所以有韬晦者,防乎盗也。故人亦然。夫盗亦人也,冠履焉,衣服焉。其所以异者,退逊之心,正廉之节,不常其性耳。视玉帛而取之者,则曰牵于寒饿;视家国而取之者,则曰救彼涂炭。牵于寒饿者,无得而言矣。救彼涂炭者,则宜以百姓心为心。而西刘则曰"居宜如是",楚籍则曰"可取而代"。噫!彼未必无退逊之心,正廉之节,盖以视其靡曼骄崇,然后生其谋耳。为英雄者犹若是,况常人乎?是以峻宇逸游,不为人所窥者,鲜矣!

这里发挥《庄子·胠箧》"窃钩者诛,窃国者侯"的道理,骂尽了封建时代的开国之君和创业之主,对剥削阶级代表人物争夺政权、谋取帝位的行径进行了本质性的揭露。除了这种议论性的文字外,作者还通过加工和改编历史故事来影射当代帝王。如《吴宫遗事》讽刺吴王夫差不辨忠奸、混淆贤佞,终致亡国;《迷楼赋》点出隋亡原因不但在于奢侈荒淫,更因为大权旁落、细人用事。这两个故事实际上是讽喻像吴王夫差、隋炀帝一样荒淫昏聩、饰非拒谏的当代帝王。另如《救夏商二帝》更将桀、纣二暴君作为反面教员,希望当世君主能引为鉴戒。罗隐在《谗书》中对君王的批判讽刺,比起他的诗来更为尖锐有力。

罗隐对晚唐朝廷"威柄下迁,政在宦人"(《新唐书·宦者列传序》)导致的政治危机十分忧虑。在《风雨对》中他借谈风雨鬼神以喻人事,对于当时君相无实权,宦官和藩镇擅作威福、危害国家和人民的可悲现状深致不满,主张"大道不旁出","大政不闻下"。这种维护中央集权,反对宦官乱政和藩镇割据的思想,具有一定积极意义。

《谗书》的笔锋还刺向了晚唐整个腐朽的官僚阶层。《荆巫》、《越妇言》二篇通过虚构的故事,批评封建士大夫在穷困未遇时以忧国忧民为己任,一旦飞黄腾达以后,就只留意高官厚禄,土地房屋,再也不顾国家安危与人民的死活。《梅先生碑》借赞扬西汉末梅福虽不在其位而能以天下为己任,批评了身居要津的重官显宦只顾保住自己,面对国家"纲纽颓圮"竟噤口不言。《屏赋》用屏风比喻当代那些蒙蔽君王、排斥贤能的达官贵人。寓言《说天鸡》更形象地指斥当权者不懂选贤任能。狙氏之子养鸡但求外貌美观而不管它是否善于司晨和斗敌,正如宣、懿、僖几朝统治者用人只问门第,只看仪表,不论是否有真才实学。作者本人就是在这样一种荒唐的选士标准下屡次落第的,此文正是基于自己怀才不遇的实际生活感受,来批判和揭露那个污浊黑暗的官僚社会。

《谗书》的有些篇章实际上已经接触到了阶级剥削问题,如《龙之灵》含蓄地反对统治者"唯思竭泽,不虑无鱼"的残酷剥削,警告他们只有轻徭薄赋才能缓和阶级矛盾。另外《蒙叟遗意》是根据《庄子·应帝王》和《山海经·西荒经》的有关传说加工改造而成的寓言,它写的是天帝因为"混沌"是一个恶兽,所以才肢解了它,并用铜铁、鱼盐压住它的枝节,塞进它的肠胃,以防止它重新起来危害生灵。但结果与天帝的用心相反:"混沌则不起矣,而人力殚矣。"这实际上是针对唐朝自德宗以后加重赋税,并设置了盐铁、榷茶专使以掠夺搜刮民间财富的状况,反对统治者为了榨取鱼盐、铜铁之利而骚扰人民,弄得民穷财尽。

《谗书》对当时社会的揭露和批判是多方面的,除了以上四个主要内容外,它对当时社会许多弊病都涉及到了。由此可知它不单是个人"泄怒"之作,而是一部对黑暗社会进行全面批判的奇书。所以鲁迅特别指出:"罗隐的《谗书》几乎全部是抗争和愤激之谈"(《小品文的危机》)。可以说,《谗书》是作者"好谐谑,感遇辄发"的思想性格在文学创作中的集中体现。罗隐富于讽刺的天才,"嘻笑怒骂,皆成文章",他善于利用许多似乎是信手拈来的素材,无拘无束地进行叙述、议论和抒情,旁敲侧击地鞭挞那个时代和社会。他的文章艺术,远绍《庄子》寓言,近承韩愈、柳宗元的杂文小品,特别是柳宗元的讽刺寓言。从《谗书》中我们明显地看出柳宗元《蝜蝂传》、《罴说》、《三戒》等的深刻影响。我国的寓言讽刺文从先秦诸子散文中仅作设譬之用的寓言片断,发展到中唐产生了柳宗元等人的完整而富于文学意识的短篇。但这种寓言在柳宗元等人手中尚不是经常运用的形式,在其文集中并不占很大的比重。到了晚唐,皮日休、陆龟蒙、罗隐则大量和专门地用寓言来讽刺现实,批判社会。比起皮、陆来,罗隐的寓言讽刺文更多,更精炼,也更泼辣。这些文章的共同特点是短小精悍,灵活自由,形象鲜明,思想敏锐,见解深刻,耐人寻味。它们有时出之以愤慨,有时发之以惋叹,有时怒骂,有时嘲谑,都能紧扣一个中心,而决不旁生枝节。这些寓言在文字运用上没有"铺彩摛文"之习,但读后却使人觉得色彩斑斓,新颖别致。除了寓言之外,《谗书》中也不乏直发议论而一针见血之作,它们比那些旁敲侧击,指桑骂槐的寓言更为明快而犀利。

第三节　司空图和他的《诗品》

司空图(837—908),字表圣,自号知非子,耐辱居士,河中虞乡(今山西永济市附近)人。咸通十年(869)进士,官中书舍人,知制诰。光启三年(887),因不堪世乱,归隐中条山王官谷。昭宗龙纪、乾宁间,征拜旧官,及以户、兵二部侍郎召,皆不赴。昭宗迁洛后,强征入朝,不久以"野耄"求归,重返王官谷,从此不出。朱温代唐后,他绝食,呕血而死。

司空图倾其毕生精力作诗,自谓"侬家自有麒麟阁,第一功名只赏诗"(《力疾山下吴村看杏花》)。他生逢衰乱的唐末,对于"风波一摇荡,天地几翻覆"(《秋思》)的现实也曾感到痛心,逃难之时和归隐之初的某些诗,对时世进行了折光式的反映,甚至有一些感情很深沉的描写。如《浙上》之二:"西北乡关近帝京,烟尘一片正伤情。愁看地色连空色,静听歌声似哭声";《秋思》:"身病时亦危,逢秋多恸哭";在隐居赏花时也呼吁"造化":"不如分减闲心力,更助英豪济活人"(《力疾山下吴村看杏花》)。但叹乱伤时不是其主要内容。在他的思想中,隐居遁世的倾向占着上风,因此诗歌创作也以山林遣兴、闲吟自适为主。这些诗中颇有一些风格清新自然、情致颇为可观的篇什,如《退栖》抒写隐遁的情趣,表明不与浊世同流合污的志节道:

宦游萧索为无能,移住中条最上层。得剑乍如添健仆,亡书久似失良朋。燕昭不是空怜马,支遁何妨亦爱鹰?自此致身绳检外,肯教世路日兢兢!

他的写景诗句,往往清新隽永,不粘不脱,以静美为极致,颇有境界。如"绿树连村暗,黄花入麦稀"、"棋声花院闭,幡影石坛高"等等,不但作者津津乐道(参见其《与李生论诗书》),也为后世诗论家所称引。

司空图的诗毕竟内容比较单薄,体制与格局也比较狭小,个人的风格特色不很显著,不能卓然成为大家。他在文学史上的地位,主要是靠他在诗歌理论批评上的独特贡献确立的。他的主要诗歌批评著作,就是用比喻和象征的语言来描述诗歌风格意境的《诗品》。

以"诗品"的形式论诗,始于南朝梁代的钟嵘,他的《诗品》从批评的角度看问题,着重在探溯诗歌发展的源流,品评古今作家作品;司空图的《诗品》二十四则却重在艺术风格的探求,主旨是描述诗歌的各种不同的风格和意境,兼及某些艺术手法。这部诗歌风格论著,采取分题系辞、比物取象的方法,以形象化和抒情意味很浓的韵语来形容诗歌风格。其中每一则就是一首优美的描绘风格意境的四言诗。以诗为评,这确属诗歌批评史上的一种创举。他将诗歌的风格意境划分为:雄浑、冲淡、纤秾、沉著、高古、典雅、洗炼、劲健、绮丽、自然、含蓄、豪放、精神、缜密、疏野、清奇、委曲、实境、悲慨、形容、超诣、飘逸、旷达、流动,共二十四品。其中的不少描写和比喻,相当具体地把本来比较抽象或难于准确把握的风格意境凸现出来,便于人们体味和学习。如"纤秾"一则:

采采流水,蓬蓬远春。窈窕深谷,时见美人。碧桃满树,风日水滨。柳阴路曲,流莺比邻。乘之愈往,识之愈真。如将不尽,与古为新。

通过画卷似的形象而完整的描绘,不仅生动地写出了"纤秾"这种境界给予人的亲切感受,而且也引导人们了解达到"纤秾"之境的途径,颇能表现作者在诗歌创作上的高深修养和真切体验。其他如"雄浑"之"返虚入浑,积健为雄,具备万物,横绝太空";"沉著"之"绿林野屋,落日气清,脱巾独步,时闻鸟声";"洗炼"之"空潭泻春,古镜照神";"劲健"之"巫峡千寻,走云连风";"豪放"之"天风浪浪,海山苍苍";"悲慨"之"壮士拂剑,浩然弥哀"等等,无不饱含诗情画意,且各品自有各品之面貌。这种对抽象的艺术风格与境界的恰到好处的生动描绘,极便于读者细致地分辨不同的艺术特征,把握不同的艺术美;比起一般诉诸逻辑思维的纯理论阐述,更能真切地传达出作者的美学主张和审美情趣。

具体说来,《诗品》在诗论上的贡献主要有两个方面:

首先,它确认和提倡诗歌艺术的多样化。它以诗的形式和形象化的比喻来表现诗歌的多种风格、意境与功用,正如《四库全书总目》指出的:"所列诸体毕备,不主一格。"虽然就司空图个人的诗歌创作倾向和从他在《与李生论诗书》、《与王驾评诗书》和《题柳柳州集后序》等文中所表露的观点来看,他更欣赏的是"冲淡"、"飘逸"、"自然"、"高古"之境,但在《诗品》二十四则中,他对诸种风格意境都无一例外地进行了优美的描述与揄扬,他既欣赏"雄浑"、"豪放"、"悲慨"等刚美之风,又赞美"纤秾"、"绮丽"、"缜密"等柔美之境,所主的确并非一格。这就以理论主张的全面性和系统性证实了:客观现实生活本来就是丰富多彩的,以形象和情感表现生活的诗歌就相应地千变万化,艺术风格当然应该是"不拘一格"。那种人为地强求一律,造成某种风格一统天下的局面,是违反诗歌形象地反映大千世界的规律的;千人一面众口一腔的作品,不会有艺术生命力。

其次,它特别强调了诗的意境。《诗品》中提出的"意象欲出,造化已奇",与作者《与王驾评诗书》中"长于思与境偕,乃诗家之所尚"

是同一个意思,都是要求情景交融。他主张诗不仅要有物象,更重要的是要有"意象",要有真情实感的自然流露。有"境"而无"思",有"象"而无"意",势必只能写出生活的表象。自然主义地堆砌一大堆表面"形象",并不等于形象思维。司空图认为,艺术的想象必须"超以象外,得其环中"。这就是说,形象思维应该展开想象的翅膀,飞越事物的表象;但这种想象决非漫无边际、毫无目的,而是自有情理在其中,是"真体内充"的结晶,是事物内在之美的外在表现。这种"离形得似"的真,是更加高级和真实的艺术形象。像司空图这样深入地探索形象思维规律,对后人是很好的启发。

司空图在《与李生论诗书》和《与极浦书》等文中,从"韵味"的角度出发来谈诗歌意境的创造,认为好诗必须有"韵外之致"、"味外之旨",追求"象外之象,景外之景",要"近而不浮,远而不尽",从而达到"思与境偕"的艺术"极诣"。《诗品》就是从这种"韵味"说出发来论述各种风格意境的。司空图这一套理论,重在艺术特征的探求,接触到诗歌艺术的美感作用这一重要课题,因而在我国古代文学批评史上具有独特的地位。但《诗品》在理论上也有偏失,比如过多强调韵味而相对忽视思想内容;又如其中所谓"是有真迹,如不可知"、"超超神明,返返冥无"等等,和《与李生论诗书》中"不知所以神而自神",《与极浦书》中"象外之象,景外之景,岂容易可谈哉"等玄虚之语一样,都存在神秘化的弊病,不可能科学地说明文学创作现象。

司空图《诗品》等作所提倡的"韵味"说,对后世诗论发生了极大的影响。宋人严羽的妙悟说,清人王士禛的神韵说,在一定意义上都是对司空图诗论的继承和发挥。他的品诗的形式也影响了后代批评家。用《续诗品》、《补诗品》等形式继续进行诗歌批评者,有袁枚、顾翰等人。还有不少推演馀波以品评其他文体者,如清人的《文品》、《二十四赋品》、《词品》、《续词品》、《补词品》等等。

第四节　张为《诗人主客图》

诗歌发展到盛唐时期，李白、杜甫等人登峰造极，取得了使后人难乎为继的辉煌成就。因而中唐时期的诗人们纷纷别辟蹊径，以求发展。这一时期成就较为显著的诗人，不论是白居易、元稹、韩愈、孟郊，还是李益、李贺、贾岛、张籍等，都力图建立自己的独特风格，表现出有意创派的倾向。中唐与晚唐前期诗歌创作之所以重新出现繁荣局面，在一定程度上是由于这些诗人繁衍众多的流派和多样化的风格所促成的。中晚唐诗歌风格与流派大盛的局面，需要有人出来对之进行总结和说明。于是，除了司空图的探讨诗歌众多风格意境特征的《诗品》等作以外，又出现了划分诗歌宗派的《诗人主客图》。

《诗人主客图》的作者张为，生平不详，只知他是福建人，生活于晚唐。他也是一位诗人，与周朴齐名，曾有诗一卷，但今存者已只有三首，令人无法窥见其实际创作成就。他所作《诗人主客图》，意在对中晚唐著名诗人进行宗派的划分和成就高下的评价。此图将当代众多的诗人归为六大宗派，以白居易等六人为不同的宗主。每一"主"之下系以升堂、入室、及门等不同等第的"客"。以白居易为六大宗主之首，尊为"广大教化主"，以张祜、元稹、顾况、殷尧藩等为白氏之"客"；以孟云卿为"高古奥逸主"，下列韦应物、李贺、杜牧、刘驾等为"客"；以李益为"清奇雅正主"，下列张籍、方干、马戴、贾岛等为"客"；以孟郊为"清奇苦僻主"，下列陈陶、周朴等为"客"；以鲍溶为"博解宏拔主"，下列李群玉、司马退之及张为自己为"客"；以武元衡为"瑰奇美丽主"，下列刘禹锡、赵嘏、许浑、雍陶等为"客"。在所列每一位诗人的名下，都引有作品为证。他以白居易为中晚唐第一人，为无所不包的众主之主，虽推尊过当，但从白氏的实际成就来看，他居众人之首也有一定理由。此图所列诗人，大多数还是在当时颇有影响、在后世也得到承认的杰出作者。所分宗派，尚未尽合理；所列诗人，也不及当时诗人数量的十分之三四，但此图仍不失为粗具规模的一份中晚唐诗歌流派图，它对于后人了解当时诗歌流派的盛况及诗坛的风尚，有一定的史料价值和参考作用。

不过《诗人主客图》的谬误和缺陷是非常明显的。作者在划分诗派和诗人等第时，未能持平地对待诸家成就，而常常凭个人偏爱以论高下。他所列六大宗主中，除白居易、孟郊、李益外，其馀三人按其成就与影响均不能与第一二流诗人同列，更与宗主之号不相称。对白居易一派的排列尚好一些，对其馀各派则多有偏颇，不是位置高下排列不当，就是将诗风迥异的诗人硬拉在一派。如在所谓"高古奥逸"派中，将孟云卿抬为宗主，而成就更大的韦应物、李贺、杜牧反被降为"入室"；且这三家诗风各异，又很难说与孟云卿有什么渊源关系，不该统归为一个流派。这种错误做法在其他几派的排列中也不同程度地存在。再有，图中所引诸人的诗，大多数都不是这些作者的代表作。看得出张为并未对这些诗人及其作品逐一进行认真比较研究，而仅凭耳目所及加以记录和排列。因而此图未能全面而真实地反映出中晚唐诗坛的面貌。

尽管如此，《诗人主客图》这种划派评诗的办法在诗歌批评史上仍有其独特的作用。钟嵘《诗品》将古代诗人分为上中下三品，分别进行品评。张为受钟嵘启发，进而划分宗派，派中分等第，将派与品结合起来，使诗歌品评向更深入更细致的方向发展。张为这种创造，对后代有很大影响。宋代吕本中作《江西诗社宗派图》，将受黄庭坚影响而隐然成为一派的诗人罗列在一起，正式提出了"宗派"这一名称。对江西诗派，吕本中之后又有"一祖三宗"的标目。宋人这些做法,不能不说是由张为开风气之先的。

〔1〕〔2〕 参见孙光宪《北梦琐言》卷三、卷四。
〔3〕 关于这一点,请参读皇甫湜《韩文公墓志铭》及其他一些代表作,并与孙樵文对比。

第二十四章 唐代小说(上)

第一节 唐代小说概说

唐代是诗歌和散文创作十分繁荣、取得辉煌成就的时代。本书前此各章业已对此作了比较充分的论述。现在,让我们把视线转向小说这种文学样式,集中地看一看这种在世界(特别是西方)文学史上占有显赫历史地位、在中国文学史上虽然成熟较迟但其地位一直处于上升状态的文学样式。

小说在唐以前经历了由萌芽到初步发展的阶段。魏晋南北朝时期,出现了许多小说类的作品,根据它们内容的特色,后人分别称其为志怪小说或志人(轶事)小说。例如晋人张华的《博物志》、干宝的《搜神记》、托名陶潜的《续搜神记》和王嘉的《拾遗记》等,便是前者的代表,而后者则以刘义庆的《世说新语》最为杰出。

传统的志怪体小说在唐代有着一脉相沿地继承与延续。从初唐人唐临的《冥报记》、盛唐人赵自勤的《定命录》、中唐人张荐的《灵怪集》到晚唐人张读的《宣室志》、李伉的《独异志》,可以画出一条清晰的线索,说明这个文学传统的不绝如缕。

在另一些内容更为复杂而规模亦较庞大的小说集,如戴孚《广异记》、段成式《酉阳杂俎》里面,志怪也往往是其重要成份。至于像《法苑珠林》这样分类编排佛家故实的释氏类书或道士杜光庭编撰的《神仙感遇传》、《仙传拾遗》之类,自然会包含着许多志怪性质的小说。

唐代不但有依旧保持着传统形式的志怪小说,而且"志怪"作为一种内核、实质或者特色,还广泛而深入地渗透到别的小说品种之中。我们在下面将要详细叙述和论析的传奇小说,固然是一种新型的、与志怪小说迥然不同的小说品种,但在许多传奇小说中,可以清楚地看到"志怪"的身影。传奇小说广泛地涉及社会人事,有的作品相当切近现实生活,因此它的内涵无疑比"志怪"要宽广得多,但也有一部分传奇作品属于神仙灵怪题材,就带有浓重的"志怪"气息。它们在文体规范上已超越了志怪小说,但不能否认它们之间的某种亲缘关系。

以"志人"为主的轶事小说,在唐代不但有所继承,而且有新的发展。后世习惯上笼统称为笔记小说的这一部分唐人作品,在《新唐书·艺文志》中除子部小说类有所载录,还散见于史部的杂史类、故事类、杂传记类等。这些著作有的一直保存至今,有的则已散逸。它们的具体情况尽管有别,但就其对史实和轶闻所持的态度而言,却大体一致。那就是它们的作者主观上都是以史笔出之,即持忠实载录的态度,而并不认为自己是在进行文学创作。事实上,它们所记录的内容也确有不少足与正史参证,甚至可以补充或纠正正史。把这样一类作品统称为"笔记",突出其载录而不是创作的特色和功能,应该说是恰当的。不过,唐人笔记的内容比以往的志人小说范围要广阔得多,所记不限于名人轶事,而涉及当时的制度、礼仪、风俗、名物甚至许多自然科学和域外地理知识。对研究唐代文史的人来说,这类笔记乃是一种宝贵的史料。

现在我们在唐代文学史小说部分谈到唐人笔记,是因为它们不仅具有"史"的性质,还具有相当的文学色彩。唐人笔记的作者们虽持忠实载录的态度来写作,但其所记内容却并非尽是信史。这里有几代人口耳相传因而已与史实相去甚远的遗闻逸事,也有根本就是并无实据的民间传说。唐人笔记大多是这样一种夹缠着史实与传闻的文本,何况还不能排除这些作者在下笔时自觉或不自觉的加工。因此我们在综观唐代小说概貌,说明唐代小说的繁荣状况,特别是说明其对传统的继承发展时,不能不提到它们。

严格说来,志怪小说与笔记小说从分类的角度来看,并不能构成并列关系。志怪小说是根据内容特色分辨出来的,笔记小说却更多地注意了作者的写作态度。其实,我们在许多笔记小说中,可以发现志怪的内容,笔记显然并不与志怪绝缘。反过来,志怪小说的内容尽管往往荒诞,其作者主观上却是认乎其真地在做记录,而并未掺入多少自己的虚构。也就是说,其写作态度与笔记小说作者并无根本区别。因此,我们将志怪小说与笔记小说分开来谈,只是就大体而言,并不意味着它们之间有截然的区分。笔记小说的渊源既主要来自前代的志人(轶事)小说,它在后来的发展中虽与志怪有所瓜葛,但两者的基本区别还是不可抹煞的。

唐人志怪与笔记小说数量可观,是唐代小说繁荣的一个方面。这主要是继承和发扬传统的结果。但真正能够代表唐人小说的最高成就,反映唐代小说的巨大繁荣和高度水准的,还是传奇小说。

传奇小说是一种前所未有的新型小说,它的出现不但在小说史上,而且在整个文学史上都具有划时代的意义。

把那些用实录态度而不是作者虚构写成、形制十分短小的片断文字称为小说,是中国传统小说观的一大特点。而按世界通行的更为精密的分类理论和标准,这些作品实际上还处于"前小说"状态,至多只能说是具备了小说的萌芽与因素,但还不是够格的小说。从文体的角度看,志怪、志人小说也好,笔记小说也好,还未能与传统悠久的子、史著作严格分开,可以说它们还依附于子、史的系统之中。

但传奇小说就不同了。它虽然曾受到子书、史述的孕育,因而与它们有着千丝万缕的联系,但传奇小说毕竟已从子、史脱胎而出,成为叙事文学中一种独立的文体。

"传奇"一词在古代文献中有多种含义,随着时代变迁,这个概念的具体所指也有所变化。事实上,"传奇"一词并不仅限于指唐人的传奇小说[1]。不过,在本章和以下两章中,我们使用"传奇"或"唐传奇",指的只是唐人的传奇小说。

根据唐人传奇小说的实际,我们可以概括地指出其与志怪小说、笔记小说不同的特征。

首先,它不是对于传闻的简单记录,而是文人的"作意好奇""幻设为文",即出于有意为之的创作动机,对素材进行艺术加工,通过想象虚构、编织故事情节并赋予主观情感融裁而成,其创作过程比志怪、笔记小说远为复杂。

其次,传奇小说在篇章结构、叙事语调、人物刻画、细节描写和戏剧性冲突的安排等方面,均与志怪、笔记小说大不相同。传奇小说,特别是其中的代表作品,一般都有繁复精巧的结构、丰富多变的语调、特色鲜明的细节、精致细腻的人物刻画和引人入胜的戏剧冲突。凡此种种,实为小说文体所必备,而在"前小说"中则很难见到或尚未充分发育。

第三,与上有关,传奇小说虽然与志怪、笔记小说同样以文言为传播媒介,但传奇小说的语言绝不追求简约精练,而倾向于充分地铺叙和必要的藻饰,有些作品还表现出不同程度的通俗化趋势,因此在语言文字的美感特征与篇幅的舒展曼长方面，自然也就迥异于任何志怪、笔记小说。

上述几点，既是区分传奇小说与志怪、笔记小说的界限，实际上也给出了小说文体是否获得独立的重要衡量标准。

唐传奇的出现和它所取得的成就，表明中国古典小说达到了一个新的境界，从而使中国小说结束了"前史"阶段而进入了它繁荣发展、日益逼近文坛中心的正史。这就是唐传奇根本的历史价值之所在。本书本章及以下几章关于唐代小说的论述，突出唐传奇这个重点，而以志怪、笔记为辅，理由也在于此。

唐人传奇大多以单篇的人物传或纪事的形式存在。前者如《任氏传》、《柳氏传》、《南柯太守传》、《李娃传》、《冯燕传》，后者如《古镜记》、《离魂记》、《枕中记》之类。宋人所编的小说总集《太平广记》是保存唐与唐前小说的一大渊薮，自然也是我们搜采唐传奇的重要目标，尤其是该书的杂传记类。唐代也有些作家将传奇小说结集，著名的如牛僧孺《玄怪录》、李复言《续玄怪录》和裴铏《传奇》等。有些小说集既收传奇作品，也有不少志怪或笔记性质的内容，读者从篇幅的长短、故事的繁简，不难作出大体的区分。唐末人陈翰还编过一个传奇小说选本，题为《异闻集》，此书已经失传，但从宋人编的《绀珠集》、《类说》等书中尚可了解其选目。此事本身说明当时已有人对传奇小说相当重视。关于唐传奇的繁荣状况，下节将与探讨其原因一起详述。

最后需要指出的是，唐代通俗小说也很发达。这一部分内容在敦煌文学的两章中将有详细论述。

第二节　唐传奇的繁荣及其原因

唐传奇的繁荣首先表现在作家作品的数量方面。

由于历史的原因，主要是正统文学观念的影响，唐传奇不像唐诗和唐文那样受到重视。曾经花大力气编辑了《全唐诗》、《全唐文》的清人，没有编一部唐代小说的总集。又由于种种实际的困难，例如资料散佚严重、范围界限不清等等，今人搜集辑录全唐小说的工作，虽已在进行，但至今尚未有理想的成果问世。

然而，仅据现已掌握的资料，我们可以说，唐代小说的蕴藏量是十分丰富可观的，而传奇作品又是构成唐代小说的主体。唐传奇著名作家固然不及唐代诗人、散文家多，但亦不下数十人。有的作家则是一身二任，既是诗人或散文家，又写下了优秀的传奇作品。唐传奇的重要篇章，如果不是过于苛求，亦不下数百。

与唐诗的高峰出现在盛唐，后经一段相对岑寂，到中晚唐时期又再度振起的情况不同，唐传奇的发展过程没有如此明显的起伏。大体说来，直到盛唐，当诗坛的成就已经灿烂夺目之时，唐传奇还在酝酿着它的高潮。从代宗大历末，唐传奇才开始进入它的黄金时代，而于贞元、元和的数十年间达到极盛，延续到大和、开成之末，已逐渐显示出消歇的苗头。此后直到唐末五代，虽也有一些名家名作，但唐传奇毕竟是到了它的衰落期。唐传奇在文学史上划出的轨迹，基本上是一条由低到高，又由高到低的弧线，而不是像唐诗那样有着两个波峰的曲线。

唐传奇的繁荣，更重要的是表现在它总体面貌的绚丽多彩、千姿百态上，而这又是由内容的丰富和艺术的精湛所决定的。

从内容而言,唐传奇打破了以往小说仅限于说神道鬼和记载名人轶事的题材范围,而将笔触伸向广阔的现实社会生活。唐传奇中那些情节曲折、哀感顽艳的恋爱故事,是以往小说很少写到的。活跃在这些故事中的男主人公,多半是读书士子,而女主人公的社会身份则复杂得多,既有烟花倡妓,又有良家闺秀;既有人间佳丽,又有天上仙姝;甚至还有异类(如龙、猿、狐)化成的女子,等等。在男女主人公周围还有种种其他人物,如双方的家长亲戚、男方的同僚或友人、妓院的老鸨、姐妹或丫鬟,乃至社会上的各色人等,从各级官吏、侠士豪客到城镇乡里的普通百姓。这些人共同织成一张社会关系之网。通过这张网上形形色色人物的言行动态,唐传奇不但比以往的小说,而且比同时代的诗文,都更具体细微、更形象生动地反映了现实社会,反映了当时人们的心态、伦理道德观念和价值取向。正因为如此,唐传奇本身也就呈现出堪与大千世界媲美的光怪陆离和五彩缤纷。恋爱故事不过是唐传奇的一种题材而已。唐传奇中还有以历史或现实的宫廷生活、官场生活或藩镇生活为素材或背景的,许多作品还写到农人樵夫、行商坐贾(包括胡商胡姬)、边境居民或沦为异族奴婢者的生活。除这些平常人外,还写了许多高人、异人、僧道之流。唐传奇总体面貌的绚丽多姿,正是由这一切所保证,离开了这一点,所谓唐传奇的繁荣也就变得空洞无物了。

就艺术而言,唐传奇作为真正够格的小说,更非以往志人、志怪小说可比。这一点,在前面论述两者差异和传奇的文体特征时,已经涉及,故不再重复。

关于唐传奇的繁荣,以上所说无疑十分简略且比较抽象。但在目前,似乎也只需要讲到这个程度。以下,我们将用十节篇幅对各个时期代表性的作家作品进行具体论述,相信可以使上述内容得到充实、印证和说明。而在本节的后半,我们需要阐明的是唐传奇繁荣的原因。

任何文学样式，其发生成长、繁荣衰退，都离不开文学内部和外部两方面的原因，唐传奇的昌盛自然也不例外。

以往文学史论及此问题时，常引用宋人赵彦卫《云麓漫钞》中的一段话："唐世举人，先借当时显人，以姓名达主司，然后投献所业，逾数日又投，谓之'温卷'，如《幽怪录》、《传奇》等皆是也。盖此等文备众体，可见史才、诗笔、议论。"认为唐朝廷以文取士的科举制度和士子们"行卷"、"温卷"之风促进了唐传奇创作的兴盛。这便是从文学外部条件的角度进行探讨。后来有学者对此表示怀疑，因为很难指实哪一篇传奇作品真是当时"温卷"之作，真对投卷者的应举发生了影响。其实，既然说是外部原因，便往往只是构成一种大的有关背景和环境条件，有时则更是提供了一种时代氛围而已，倘若非要指实，将因果机械挂钩，便不免有胶柱鼓瑟之嫌了。

事实上，赵氏所说的"温卷"现象对唐传奇繁荣的促进作用，因直接涉及传奇作品的创作者，其因果联系还算是比较贴近而切实的。还有一些看似更远更泛的现象和事实，也与唐传奇的繁荣有着分不开的关系。那就是社会经济生活的进步和富裕；城市，特别是大城市的出现；城镇居民日常闲暇时间的增多和对文化消费日益高涨的需求；外来文化，主要是佛教文化和与之相关的变文讲唱活动的影响，等等。

总之，历史发展到唐代，整个社会已从文化生活的需求方面，呼唤着与擅长抒情却弱于叙事的诗歌有所不同的文学体裁，呼唤着超越以往形式简陋、内容单薄的小说的新型叙事作品，同时也已为满足这种需求准备了必要的条件。只要文学内部也有足够的动力，那么，小说创作的兴起和繁荣便是顺理成章、水到渠成之事。

从文学内部来探讨唐传奇繁荣的原因，除了应该看到文学发展的历史承继因素,即所谓"传奇者流,源出于志怪"——志人、志怪小说的悠久传统到一定程度必然导引出新一代小说;还应该看到文学艺术诸种形式相互推挽促进的关系。与传奇小说直接相关的兄弟艺术,有叙事性的诗歌和散文(古文),还有说话(即说故事和后来的说书)。说故事本是古远的民间文学活动,在唐代,士人们也极喜聚谈奇闻轶事,文献和唐传奇本身中有关记载就很多[2],这些对唐传奇创作的推动均有很大作用。

然而,这些都还是比较浅层次的原因。唐传奇繁荣深层的,也是关键性的内因,是作家艺术思维的进化。

简单地说,艺术思维包含两个相关的心灵活动过程。一是对于周围世界、社会人生的艺术性感受,这是一个将外部信息内化为个人精神贮藏的过程;一是对于一系列生活感受的艺术再现,即把作家心灵中的积储外化(对象化)为他人可以理解和接受的信息的过程。这种外化,必须借助于一定的传媒工具,对于文学来说,那便是语言和文字。

诗歌与小说同样以语言或文字为传媒,但其功能和效果却有很大不同。诗歌擅长抒情。百花争妍的唐诗将诗歌的抒情功能发挥到了极致。诗歌的短处是难以详尽地叙述故事和刻画人物。然而,文学不但需要抒情,也需要叙事,否则它的功能就不齐全,社会作用也就不能充分发挥。一般说来,用抒情方式是难以叙事的。可是反过来,叙事方式却不但无碍于有时还可以更含蓄而巧妙地抒情。尤其重要的是,记事和叙事乃是人类自身的一种本质力量,一种与人类俱生,不但不可违抗而且日益增强的内在要求。可以说,用文学来叙事,实是人类智慧与文化发展的必然要求。唐代新乐府运动在诗创作中加强叙事成份的努力,一定程度地反映了这个要求,却又证明了它无法很好地满足这个要求。

中国自古缺少叙事性诗篇,这是无可否认的文学史事实。但中国自古有发达的史官文化,子书虽以议论为主,亦偶有叙事篇章或片断。子、史著作于是便成为培育文学叙事能力的温床,唐前志人、志怪小说正是从这温床上萌生发育起来。而传奇小说在叙事艺术上所取得的成就,则是原先存在于子、史领域中的叙事能力回归文学并进一步发扬光大的结果。

传奇小说作者的思维方式,既有与诗人相同相仿的一面,亦有不同的一面。这里最重要的,是小说家突破了诗人惯常从个人主观视角出发感受世界和表现世界的基本态度,而更多地采取叙述和展示客观场景的立场。小说家自然也有主观的爱憎倾向,也要在叙述中表现自己的个性,并且也要有尽可能丰富的诗情画意,然而小说之成为小说,以及人们之所以需要小说,却因为它往往有吸引人的故事情节,有作者以外种种人物的活动和命运,能让人看到更为广阔而具体的生活场景。如果一个人仅仅凭借抒发自我感情也能成为诗人,那么这却不能使他成为一个小说家。小说家的眼光和笔触必须更多地离开自身而投向他人,投向客观世界。这里就有着我们所说的艺术思维的进化。从唐传奇,我们清楚地看到了这一点,而传奇小说的这一特性,既使它弥补了诗歌表现力的不足,也就成为它在合适的时代条件下大为兴盛的根本内在原因。

第三节 《古镜记》和《补江总白猿传》

《古镜记》和《补江总白猿传》是现存年代较早的两篇唐传奇作品。

《古镜记》原载陈翰编录的唐传奇选集《异闻集》,又见于《太平广记》卷二三〇,因其叙主人公王度持镜故事,改题为《王度》。其实王度也是本文作者,生活于隋末唐初之际,是文中子王通和东皋子王绩的兄长。从《古镜记》可以考订他的某些生平踪迹,还可看到他的思想杂有浓厚的阴阳家成分[3]。

中国古代即有高超的铸镜技术,在民间和文人中都流传着许多关于铜镜奇异功能的传说,志怪小说对此也有所反映。《古镜记》的题材、主题以及宿命论和神秘主义的思想倾向大体仍在传统范围之内。它共讲述了十一则具有志怪意味的古镜故事。其中有好几则是说此镜能照出成精作祟蛊害于人的动物之原形,并将它们杀死。又有几则分别说到古镜之昏昧与天象变化、日月晦明相应,古镜能助人抵御疠疾或平息江海风涛,等等。这些故事的内容大抵不出志怪。

但《古镜记》并不是一串志怪小说的简单联缀。我们称其为传奇小说,也并不仅仅因为它篇幅之长。《古镜记》是经作者精心设计,在叙事视角的变换和叙事结构的考究上大大超过志怪,而达到传奇小说要求的作品。

《古镜记》讲述的十一则故事,实际上分为两部分,前六则贯串在王度的经历之中,后五则因王度借镜给其弟王勣而引出,通过王勣还镜给王度时的叙述一一交代。这些小故事之间的并列关系显示了《古镜记》刚刚由志怪小说脱胎的痕迹。而它的超越之处则表现在前六则故事中的第三则。这是一段插叙,由王度家奴豹生追述当年他在苏绰家为奴时所了解到的古镜来历,以及苏绰对于古镜归属的预卜。这段插叙是全文结构上的关捩和枢纽。它印证并补充了小说开头侯生所介绍的情况(从黄帝铸镜到苗季子赠镜给苏绰,苏又转赠侯生等),又和小说末尾古镜回归天上的结局相呼应。小说作者的艺术匠心,和小说所达到的艺术水准,于此看得最为明显。当然,除此以外,《古镜记》文字藻饰的富丽精美、细节描写的具体生动和表现手段的多样翻新,也远非以往志怪小说可比。像下引王勣制伏龟、猿二精一节,虽未退尽志怪格调,但无论环境、人物还是对话,其刻画的生动丰满和用语的清新晓畅,显然比志怪小说的艺术水准高一头地:

辞兄之后,先游嵩山少室,降石梁,坐玉坛。属日暮,遇一嵌岩,有一石堂,可容三五人,勣栖息止焉。月夜二更后,有两人:一貌胡,须眉皓而瘦,称山公;一面阔,白须,眉长,黑而矮,称毛生。谓勣曰:"何人斯居也?"勣曰:"寻幽探穴访奇者。"二人坐与勣谈久,往往有异义出于言外。勣疑其精怪,引手潜后,开匣取镜。镜光出,而二人失声俯伏。矮者化为龟,胡者化为猿。悬镜至晓,二身俱殒。龟身带绿毛,猿身带白毛。

《补江总白猿传》,见载于《新唐书》和《宋史》的《艺文志》,均列于小说家类,是唐时一篇著名的单篇传奇文。因其写老猿攫妇生子故事,《太平广记》将其收入畜兽类,并据主人公之名改题为《欧阳纥》。《崇文总目》、《郡斋读书志》、《直斋书录解题》皆著录之,然均不著撰人。

这篇小说叙述一个十分离奇而富于浪漫气息的故事:梁将欧阳纥随军南征,深入长乐山中,闻此地有神善窃少女,乃匿其妻于密室,派兵环守。然至五更,关扃如故,其妻已失。纥历尽艰险四出寻找,逾月,于数百里外深山中发现一处,有妇人数十,其妻在焉。据诸女告,此地为一得道白猿所有,愿趁其醉酣,共杀之。纥依女言行事,果得逞。白猿临死,告诉欧阳纥,其妻已孕,生子必能光大其宗。不久,纥妻果生子,其貌类猿猴。纥后为陈武帝所诛,其子由好友江总收养,长大后以文学书法知名于时。

该文与《古镜记》一样,是一篇真实史材和虚构情节错杂的小说。欧阳纥与江总均实有其人,二人为好友,江总于欧阳纥被诛后收养其子欧阳询,也都是事实(见两《唐书·欧阳询传》)。而且据记载,欧阳询面貌确有几分像猿猴(参刘悚《隋唐嘉话》卷中)。于是这篇小说虽未点名,实际上却成了对欧阳询面貌特征来历的一种解释,一种荒唐的、带有侮辱性的解释。所以历来有许多人认为,该小说是某无名子为诽谤欧阳询而作,是人身攻击的产物。

以小说攻击政敌的事,在唐代确实存在。如牛李党争激烈时,李党人物韦瓘曾托名牛僧孺作《周秦行纪》,李德裕则作《周秦行纪论》欲治其无礼于历代后妃和当代皇帝之罪。这是唐代党争史和小说史上的一大公案。《补江总白猿传》影影绰绰地将欧阳纥之子写成是其妻与老猿所生,是否有影射攻击欧阳询之意,是可以考虑的。但一来这种推测并无可靠证据,二来此种诽谤明显无稽,对欧阳询并不能构成实际威胁,与《周秦行纪》从政治上诬陷牛僧孺不同,所以我们对此似不必过于执著。细读全文,并参以长孙无忌和欧阳询相互嘲戏的记载,倒可发现,《补江总白猿传》很可能是一篇类似的调侃文章,不过前者用口头韵语形式,后者写成了小说而已。

不管《补江总白猿传》创作动机如何,作为传奇小说,艺术上颇有值得注意之处。

首先,它将古已有之却仅具梗概而无细节的"大玃盗妇"故事加以虚构衍发,使其内容大大丰富。

其次,全篇结构层次井然,悬念、伏线布置有方,艺术上完整,引人入胜。例如叙欧阳纥护妻、失妻、寻妻,情节步步深入,气氛逐渐紧张。终于获知其妻在山中生病,急去探视,"其妻卧石榻上,重茵累席,珍食盈前。纥就视之,回眸一睇,即疾挥手令去"。这里留下一堆疑团:此地究竟是何去处?何以有如此华美的陈设与食物?其妻怎会得病？所得何病？为何只是"一睇"即"挥手令去"？正是这些问题构成小说下半篇的内容，令读者非往下看不可。

第三，小说对白猿形象用多种手法加以刻绘，犹如山水画的层层皴染，使之由隐至显，最后达到十分鲜明饱满的程度。欧阳纥寻入深山，遇到被掳诸女，那一段景物描写，写的是白猿的生活环境，同时也是对白猿的间接刻画。诸妇人与欧阳纥约定谋杀白猿时对它特点的介绍，用的是侧笔。接下来才是正面描写："日晡，有物如匹练，自他山下，透至若飞……"以一连串的动作和临终时的嘱咐第一次把白猿推到欧阳纥，也推到读者面前。白猿既死，再通过诸女的叙述，从衣着、行为、言谈，特别是死之预感等方面补足白猿的神奇，使这个形象进一步凸现出来，同时造成一种怅然若失的凄清氛围。

第四，这篇小说的语言相当讲究，无论描述动态还是景物，皆相当精妙。

总之，《古镜记》、《补江总白猿传》虽是唐传奇早期作品，但已达到比以往志人、志怪小说显然高得多的艺术境界，同时充分地显示出，它们已成为一种迥异于志人、志怪小说的新的文体规范。

第四节　张鷟　张说

张鷟，字文成，自号浮休子，深州陆泽（今河北深州）人。其生活年代约当高宗显庆初至玄宗开元中期。幼年聪慧，弱冠应举，及第后又多次应制科试，皆登甲科，历任襄乐尉、洛阳尉、司门员外郎等职。善文章，尤擅判词，有《龙筋凤髓判》四卷，在当时极负盛名。员半千曾有"张子之文，如青铜钱，万选万中"之誉，人遂以"青钱学士"称之。新罗、日本等国每遣使入朝，必重出金贝购求其文。小说《游仙窟》可能于张鹫在世时已流往日本。后在中国长期失传,清末才由日本重新抄回。

《游仙窟》这篇小说有两个明显特点。一是篇幅之长,可称唐代传奇小说之冠;二是叙事、描写大量采用骈语,而人物对话又多用诗歌,形式上与一般单行散句的传奇文差异甚大。有此两点,已足可使《游仙窟》在唐人小说中独树一帜。但该小说真正重要的独特之处,还在于它题为《游仙窟》,故事框架亦与刘晨、阮肇遇仙或常见的人神(鬼)恋爱模式相近,然全篇实毫无仙鬼之气,充斥其中的只有人间的世俗情味。有的研究者因此认为,这篇小说是以"游仙"为名,变相地反映士子艳遇、男欢女爱之作。我们细察全文,它在叙事框架上固有模仿、套用之迹,在说明女主人公身世来历时,亦显然有所虚夸伪饰,然而贯穿全篇的血肉,却渗透着现实生活的影子。考虑到唐代士子行为往往放荡,爱作狭邪之游,与青楼女子、北里娇娃发生种种恩怨纠葛的情况,这种对《游仙窟》性质的看法,不失为一种有理由的见解。

这篇小说的故事并不复杂。概括言之,它是以第一人称方式叙述作者本人奉使河源途中的一段经历,主要是在崔十娘府中的一夕欢会。时间是从前一日傍晚到次日清晨,小说的结构即按时序平实地推进。

《游仙窟》的艺术特色是在于将作者与崔十娘及其五嫂的交往过程每一个细节都写得极为具体生动。其语言的总体特征是浅显通俗,并特意用了不少诙谐幽默、民间气息很浓的妙语,从而使整篇作品极富情趣。小说中也有个别为了显示文采而令人物语言稍失身份之处,如开篇不久浣衣女子对十娘的一段介绍。但就全篇而言,还是以浅俗为主,即使是以骈俪之辞出之或用了典故,也并不艰涩难懂,例如作者赠十娘的书信就很有代表性。至于他们互赠的诗歌,从遣词命句到风情格调,大抵也具有民间色彩,有的简直是对南朝民歌的仿效,如三人借枣、梨、杏、柰咏"相知不在早"、"不忍即分离"、"一生有幸"和"谁能忍耐"一节。小说中这种男女对歌以抒情怀和借身边物事(如刀、鞘、熨斗、砚、酒杓等)咏叹寄意、相互谑弄的做法,显然也与民间习俗有关。日本人早已注意到《游仙窟》保存了不少唐代口语,《倭名类聚钞》一书即举出不少例子(见汪辟疆《唐人小说·游仙窟叙录》)。其实除某些词汇外,在《游仙窟》中还可看到不少当时流行的俗语民谚,如"朝闻乌鹊语,真成好客来"、"昨夜眼皮瞤,今朝见好人"、"女婿是妇家狗,打杀无文"、"汉骑驴则胡步行,胡步行则汉骑驴"等等,不一而足。《游仙窟》这篇用文言写成的通俗小说,不仅具有很高的文学审美价值,而且从语言学角度来看,也是极可宝贵的史料。

张鷟还著有《朝野佥载》一书,原为三十卷(见《新唐书·艺文志》),但已散佚,后人续有裒辑补遗,但因此羼入不少中唐以后的故事。此书的性质属于笔记小说,分条胪列武后时期之人事,提供不少有关史料,部分篇章亦具有一定文学价值。

张说(667—730),是唐玄宗时代的一位名臣兼当世文宗,掌朝廷文学之任多年。开元元年(713)封燕国公,与许国公苏颋并称"燕许大手笔"。他的文学成就主要在于诗文写作(详上卷第十一章),"尤长于碑文墓志,当代无能及者"(《旧唐书·张说传》)。有《张燕公集》传世。但在本节,我们则是要将他作为小说家加以介绍。

《宋史·艺文志》小说家类著录张说《五代新说》二卷、《鉴龙图记》一卷。王仁裕《开元天宝遗事》"鹦鹉告事"、"传书燕"两条在记述故事后有"张说后为《绿衣使者传》,好事者传之"和"后文士张说传其事,而好事者写之"等语。以上提及的著作虽均失传,但可证张说喜讲故事,并曾写过小说。据顾况《戴氏〈广异记〉序》(《全唐文》卷五二八),小说《梁四公记》应是张说的作品[4]。但这类传奇文照例不入文集,只在《太平广记》中收有片断,我们从中尚可窥见其大致面貌。

《太平广记》卷八一异人类收录的一段,题名即为《梁四公》,文字相当长。故事说南朝梁时有四位奇人,谒见梁武帝,各以其渊博知识和杰出才智使梁朝君臣钦服不已。小说以四公为主角,依次讲述他们的事迹,虽然志怪气很浓,但因其具有不少情节和人物对话,内容大大丰富,结构也相对复杂,反映了传奇小说在其早期发展阶段的形态。

见于《太平广记》的另两则出自《梁四公记》的故事,分别题为《五色石》、《震泽洞》,因其内容均与龙有关,故收入龙类,但它们的主角却是四公之一的杰公。《五色石》内容比较简单:杰公向梁武帝说明五色石的奇效妙用,试之果然。《震泽洞》文字较长,人物较多,情节也较曲折。先有一人堕震泽(太湖)洞庭山南洞穴,遇龙宫,不可入而返。武帝询诸杰公,杰公告以如何可入之法。于是选定罗子春兄弟持制龙石、龙脑香、烧燕等入龙宫,获大珠、小珠、杂珠若干归。杰公又一一解释珠之性能并试验证明,"群臣观者,莫不叹服"。

上述三段显非《梁四公记》全璧,但据之可以推断它是以四公在梁事迹为线索贯串起来的长篇传奇文。目前所见片断主要是写杰公,倘依杰公所占篇幅例另外三人,则全篇长度当十分可观。而从结构上看,则与《古镜记》有类似之处。两《记》都是通过主人公活动将一些志怪故事加以渲染铺叙并有机贯串起来。在传奇小说发展的早期阶段,这种创作思路是很自然,并有其历史功绩的。

第五节　唐代早期小说集

在唐代小说发展的初期,除前述诸著名单篇传奇文外,还出现了不少小说集。这些小说集后来多已散逸,根据尚可收辑的佚文,可知它们多数属于志怪体,但亦间有传奇小说在内。

例如,初唐人唐临的《冥报记》,就明显地继承了六朝志怪小说的传统,一方面标榜自己"言不饰文,事专扬确",即不作虚构、真实载录的写作态度,一方面集中宣扬神鬼有知、因果报应和轮回转世之类思想,以所谓"征明善恶,劝戒将来"(《冥报记序》)为旨归。

又如,孔慎言《神怪志》、赵自勤《定命录》,据现存佚文看,大抵也是以志怪为主的小说集。这一类小说集自身的文学价值不高,但却是唐代小说史上不可缺少的链环。它们的存在,显示了由六朝志怪到传奇小说确实经历了一个相当漫长的进化过程。

关于这一点,在以下几部地位更为重要的初期小说集中,可以看得更加清楚。

《纪闻》,著者牛肃,两《唐书》无传,据考主要生活在开元、天宝年间,可能到代宗初年仍在,曾官岳州刺史[5]。《宋史·艺文志》著录《纪闻》,下注"崔造注"三字。然《纪闻》原书与崔造注均已逸失,《太平广记》收有该书佚文多至一百二十则,个别系误收。

这本小说集既有妖祥征应一类荒诞故事,也记载了一些与作者身世或与其家人有关的轶事,如《怀州民》、《牛成》、《牛氏僮》、《张氏》诸篇,即提及其曾祖、兄弟、姨母等人,可供考据之用;收在《太平广记》才妇门中的《牛肃女》,更是关于其女牛应贞的一篇具有传奇色彩的传记。其中虽然写到牛应贞于梦中精熟《左传》,"年十三,凡诵佛经三百馀卷,儒书子史又数百卷","学穷三教,博涉多能"等,对其神奇才能不无夸饰,但基本笔调却是史传式的。传中采录牛应贞于开元二十八年(740)所作的《魍魉问影赋》,也是史传的通常做法,后来清人编《全唐文》,即据以收入,列于牛应贞名下。

以人物传记形式写为传奇小说,这是全盛期唐传奇一大特色,而这在牛肃《纪闻》中已显露端倪。这也是该书价值之所在。除《牛应贞》外,尚有《裴伷先》、《吴保安》两篇重要作品。

《裴伷先》记述裴炎之侄伷先曲折离奇的经历。他在则天朝一再受迫害,几次遭流放,历尽艰辛,九死一生,直到中宗复位,求裴炎之后,他才重新出仕,八十六岁时以东都留守卒于官位。仿佛冥冥中有神灵护佑似的,他几次大难不死,故《太平广记》将其收在定数类中。但裴伷先遭际虽险,文中所记却大抵真实,《新唐书·裴伷先传》即据以压缩改写而成。《节侠记》(明许三阶作)、《词苑春秋》(一名《留生气》,清王翃作)两种戏曲写的也都是裴伷先故事。

《吴保安》记述吴保安与郭仲翔二人的生死情谊。郭在一次战争中沦为囚俘,传书向吴求救。吴为此罄家财、舍妻子,贸易十年,尚未能凑够赎金,后幸得姚州都督帮助才将郭赎出,使之重返长安。吴后在蜀为官,与妻皆死而无力归葬。郭乃亲至蜀郡哭奠,负二人遗骨步行数千里,送回其原籍,厚葬并庐墓三年,最后求得允许,将自己的官职让给吴保安之子。这篇小说几乎写了吴、郭二人的一生,叙述层次井然,穿插得当,其中两封书信作为一种次叙述,巧妙而自然地变换了叙述角度(由作者视角变为故事中人物陈述的视角),使小说更富于节奏感。书信本身,尤其是郭致吴的一封,写得文情并茂,十分感人。由于小说的真实性,《新唐书》编者将其经改写后收入《忠义传》中。而由于它思想内容符合传统的伦理道德观,又具有较高的艺术审美价值,后世文人屡次据以改写新编,产生不少新的作品,著名的如冯梦龙的《吴保安弃家赎友》(见《古今小说》),沈璟的《埋剑记》传奇。

现存《纪闻》佚文,不少篇章记述释氏道家以及神鬼妖怪的异事,这也是它的一大特色。作者思想可能比较倾向于佛教,如《稠禅师》、《仪光禅师》、《长安村圣僧》、《韩光祚》等均含宣扬佛教法力之意。但书中亦偶对佛教施以揶揄嘲弄之笔。如《叶法善》一篇,即写一婆罗门僧实乃老狐所化,最后被道士叶法善揭穿原形,逐去之。此外《纪闻》还记述了一些关于西域宝物(如《水珠》)、关于工艺技巧(如《马待封》)的故事,提供的知识和信息,相当丰富宽广,许多素材和细节对后世小说戏曲创作产生了影响。

《灵怪集》,著者张荐(744—804),字孝举,即《游仙窟》作者张𬸦之孙。两《唐书》均有传,谓其"博洽多能,敏于占对",写有多种著作,《灵怪集》即其中之一。

该书散佚甚早,今唯于《太平广记》可见一些佚文。但这些佚文间有差错,有的就出自其孙张读《宣室志》。张氏自𬸦、荐至读均著有小说,可以说是唐代的小说世家了。

从现存佚文推测,《灵怪集》主要题材不出仙鬼精怪故事,尤以写鬼者居多,残留着不少志怪成份。唯《郭翰》(载《太平广记》卷六八)一篇情节丰富,显示出新的思想与文学因素。

书生郭翰"早孤独处",有仙女降临与之欢会。这仙女不是别人,竟是传说中牛郎之妻织女。于是引出这样的对话:

　　翰戏之曰:"牵郎何在,那敢独行?"
　　对曰:"阴阳变化,关渠何事!且河汉隔绝,无可复知,纵复知之，不足为虑。"

仅此一句，就把织女刻画成一位藐视传统妇道、颇具叛逆色彩的女性，而作者对此显然是持欣赏态度的。更有趣的是，时至七夕，织女不得不回天与牛郎相会，过了几天才重回郭翰身边。于是，又引出一番对话：

> 翰问曰："相见乐乎？"
> 笑而对曰："天上那比人间？正以感运当耳。非有他故也，君无相忌！"

织女对自己行为的坦然态度和作者借此表达的思想倾向，是很值得玩味的。

在艺术上，这篇小说利用前人创造的人神（仙）恋爱的故事框架，又有所丰富发展，人物对话比较风趣，且渐趋个性化。叙述故事灵活，开阖自如。织女向郭翰解释天象、天上人间的对应关系及天衣特点等等，均使小说平添情味。叙述语言的骈散变化与最后诗歌的介入也显示了它承上启下的地位。

《广异记》，著者戴孚，与顾况为同年进士，自校书郎，终饶州录事参军，年五十七卒，约在贞元中（据顾况《戴氏〈广异记〉序》）。其书不见于唐宋史志及书目，从顾况序可知"原为二十卷，用纸一千幅，盖十馀万言"。《绀珠集》、《类说》、《说郛》等均收有其佚文，而以《太平广记》所收为最多，共二百七十八条。综合观之，其内容相当丰富。

以记述神仙鬼狐传说为主，志怪色彩颇浓，是该书显著特色。但其多数篇章已不再是几十字一条的志怪模式,故事情节已比较复杂,叙事亦较有味,显示出由志怪向传奇过渡之迹。唯尚未致力于人物塑造,比后起的单篇传奇仍相差一间。

《广异记》记叙的狐鬼故事,民间口传文学气息较重,其荒诞无稽自不待言,但也有不少于非现实形式下寄寓有意义的内涵。如《李光远》篇实写一县令生前死后为民请命之事,《华妃》篇实写贵戚子弟合伙盗墓之事,鬼故事只是其外形而已。有些篇虽写鬼事,反映的却是人情,如《张果女》一篇,叙刘乙之子与张果女之鬼相爱成婚,因此救活此女,后刘父母发觉,其子甚恐,其父却说:"此既申契殊会,千载所无,自我何妨乎,而过为隐蔽!"何等的通情达理。又如《王光本》、《杨元英》等篇,或写鬼妻嘱丈夫不必过于悲伤:"生人过悲,使幽壤不安……自兹以往,不欲主君如是";或写亡父虽依恋儿子,却教训他们接受事实:"汝等了不此事,人鬼路殊,宁有百年父子耶!"其言明智,复含深爱。不少狐仙故事颇有情趣,可以看做《聊斋》同类故事之滥觞。有的还借狐仙的变化和恶作剧对道佛之徒示以嘲谑讽刺,如《僧服礼》、《长孙甲》、《焦炼师》诸篇。此书对佛道二家态度相当微妙,其中固有教人信奉的一面,亦时时流露怀疑乃至不恭之意。这恐怕正是当时民间对二教复杂情绪的真实反映。

《广异记》还有些篇章涉及边疆少数民族生活,如《阆州莫徭》;涉及胡人识宝型传说,如《破山剑》、《青泥珠》、《紫靺鞨》等;还有不少篇章在故事模式、人物原型上启发了后人,如《三卫》、《勤自励》、《宝珠》等[6]。这些均为文史、民俗和语言研究提供了有用资料,应该予以重视。

〔1〕 "传奇"一词最初用于小说的篇名,即元稹《莺莺传》的原名。后又用为书名,即裴铏所作之《传奇》。可见它本是一个专名。但在宋人心目中,传奇

又与灵怪、烟粉并列为"小说"的一种,而这里的"小说",又不过是"说话四家"之一,即所谓"银字儿"(见《都城纪胜》、《醉翁谈录》、《梦粱录》等)。明人胡应麟将小说分为六类,其一为"传奇",具体指《飞燕》、《太真》、《崔莺》、《霍玉》。但在宋代,说唱诸宫调中也有"传奇"一类,后来南戏及明清戏曲均有"传奇"之称。"传奇"成为戏剧与某种小说共用的名称。

〔2〕 唐郭湜《高力士外传》述:明皇晚年困居西内,每日与高力士一起"亲看扫除庭院,芟薙草木,或讲经论议,转变说话"。听人说书成了消磨时日的重要手段。段成式《酉阳杂俎》续集卷四贬误门提及其弟生日时"观杂戏,有市人小说",即由说书人讲演故事。李公佐《庐江冯媪传》述创作经过,云:"元和六年夏五月,江淮从事李公佐使至京,回次汉南,与渤海高钺、天水赵儹、河南宇文鼎会于传舍。宵话征异,各尽所闻。钺具道其事,公佐因为之传。"士人聚谈异事之风可见一斑。

〔3〕 请参见孙望《王度考》,原载《学术月刊》1957 年 3—4 月号,收入《蜗叟杂稿》,上海古籍出版社 1982 年版。

〔4〕《梁四公记》作者有三说,除张说外,有卢诜、梁载言二人。分别见《新唐书》、《宋史》的《艺文志》及《直斋书录解题》等。今人李宗为从《梁四公记》"内容都荒忽无稽,文字也较芜杂",认为它绝非张说所为。(见李著《唐人传奇》,中华书局 1985 年版)程毅中则认为:"顾况是唐代人,离梁载言、张说的年代较近,只能暂且以他的说法为准。"(见程著《唐代小说史话》,文化艺术出版社 1990 年版)按:顾况在《戴氏〈广异记〉序》中提及唐小说多种,均不误,故其说法不宜轻易否定。

〔5〕 参看卞孝萱《〈纪闻〉作者牛肃考》,载《江海学刊》1962 年 7 月号。

〔6〕 请参看程毅中《唐代小说史话》,文化艺术出版社 1990 年版第 62—66 页。

第二十五章　唐代小说(中)

传奇小说从代宗大历末年逐渐进入它繁荣发展的黄金时代,到宪宗元和年间达到高峰,延至文宗开成末而呈衰退之势,在这段长达七八十年的时间里,可谓名家辈出,杰作纷呈。本章即略依时代先后并参照各作家作品之特色,分节介绍该时期传奇小说创作的极盛状况。

第一节　陈玄祐　沈既济　许尧佐

陈玄祐,两《唐书》无传,生卒年里均无可考。据其所作《离魂记》可知其为唐代宗大历年间(766—779)人。

该小说开头有"天授三年(692)"的纪年。在述毕倩娘生魂离体追随王宙,五年后始回家与肉身重合这一故事后,又有一段说明:

> 玄祐少常闻此说,而多异同,或谓其虚。大历末,遇莱芜县令张仲规,因备述其本末。镒则仲规堂叔,而说极备悉,故记之。

由此可知《离魂记》故事发生后,在士人和民间口头流传了数十年。陈玄祐从小就曾听说过,直到大历末,再次从故事主人公的亲戚处得到证实,才诉诸文墨。这篇小说当即写于大历末或此后不久。先在人们口头呈自然状态地传说,后因某个机缘才经由文人聚谈和加工传述,而成一篇小说的文本,许多唐传奇作品都经历过《离魂记》这样的创作过程。在这里实际上存在着两度加工。第一次是群众性无一定目的的口头加工,第二次才是创作者个人在此基础上有意识的加工。由此产生的传奇小说,其艺术质量的高低优劣,与两者都有关系,而以后者为关键。

《离魂记》是唐传奇全盛期中已知出现得最早的作品。其主题是写青年男女爱情的不可抑制与阻挡。张镒原许倩娘于其甥王宙,后又将其另许他人。这在古代社会生活中或许还是常事,但倩女离魂追随王宙并与之长期共同生活的举动,却未免惊世骇俗,而且异想天开。但恰恰在这种超现实的想象中,寄托了人们对青年男女的理解与同情。

女子离魂而与所爱男子结合的幻想,在早于《离魂记》的《幽明录》(南朝宋·刘义庆撰)中已有表现[1]。但该书《庞阿》篇的石女离魂只是因为庞"美容仪"而"心悦之",基本上属于男女之间的自然吸引。促使倩女弃家私奔的动机则具有深刻得多的思想意义。当她追及王宙,"宙惊喜发狂,执手问其从来"。她的回答是:"君厚意如此,寝梦相感。今将夺我此志,又知君深情不易,思将杀身奉报,是以亡命来奔。"这就表露了反抗家长包办,誓死忠于爱情之意,其思想的进步性明显增强了。而此类描写与对话,很可能便与小说作者陈玄祐的提炼加工有关。

沈既济,苏州人,生卒年不详,大致生活于代宗至德宗贞元年间。《旧唐书》附其传于其子沈传师传中,《新唐书》为之列专传。他是一个良史之材,很得宰相杨炎赏识。建中元年(780),被荐为左拾遗、史馆修撰。但也因杨炎的败亡而于次年坐贬处州司户。后得陆贽推荐始重新入朝,位终礼部员外郎。

他的著作,《新唐书·艺文志》著录其《建中实录》、《选举录》各十卷,均已亡佚。《全唐文》仅收得其文六篇,其中两篇还是从《旧唐书》所引的沈氏奏议中抄来。

现在可知沈氏所作的传奇小说有《任氏传》、《枕中记》两篇。仅此两篇即足以奠定其在唐代小说史上的重要地位。

《任氏传》据篇末说明,是沈既济大历中所闻,而于建中二年(781)一次文士聚会后应众人之请而作。任氏为一狐女,与郑六邂逅相遇,由于郑六追求,遂委身于郑。郑六的从内兄韦崟,访知任氏貌美,至其家,欲行非礼,任氏坚拒,以言激之守正。任聪颖无比,所谋无不成。后郑六西调,勉强任氏同行,至马嵬竟被猎犬咬死。作者对任氏的遭遇,主要是其所托非人这一点极表同情,这充分地体现在篇末的议论之中[2]。

狐可化女,这在古代民间传说与志怪小说中屡见不鲜。《任氏传》的杰出处是将狐女任氏塑造成一个有血有肉、有鲜明个性的女子形象。她的外貌美到极点,小说通过正面描写、侧面烘托,给人很深印象。韦崟家僮往郑六家窥视任氏后回来报告,主仆间的一连串对话将任氏与公认的美女一一相比,有力地渲染了任氏冠绝群伦的美艳。韦崟急不可待地亲自前去,见到的任氏竟又"过于所传矣"。如此层层递进,终使任氏之美达到无以复加的地步。此种描写技巧完全是做传奇小说的手段。小说还着力刻画了任氏的刚烈与智慧。韦崟欲以强力调戏,她抗争再三,绝不屈服。当力不能支时,又巧妙地以一席话激起韦崟的良知。这一节叙述,气氛由紧张急迫突变为肃穆凝重,韦、任双方主、被动位置互易,韦崟最后被任氏制伏,非常富于戏剧性。

采用多种手法,多角度地刻画人物和在情节进展中加强戏剧因素,是唐传奇在小说艺术上超越前人之处。这两点在沈既济的《任氏传》中,都已经表现得相当明显了。

沈既济的另一篇小说《枕中记》,是唐传奇中的一篇名作。由于明代戏剧家汤显祖著名的"临川四梦"之一的《邯郸梦》即据以改编,"邯郸一梦"、"黄粱梦"作为慨叹人世无常、浮生若梦的熟典,已为人所共知。

《枕中记》故事是说:卢生行于邯郸道中,于客邸遇道士吕翁。当主人炊蒸黄粱之际,卢生枕吕翁所授青磁枕而眠,在梦中娶名门之女,出将入相,在官场多次浮沉,终于稳居高位,子孙富贵,直到老死。一觉醒来,主人黄粱犹未蒸熟。于是憬然彻悟:以往所极力追求的一切,不过是一场梦寐,又何必斤斤于宠辱、穷达、得丧和死生呢!

这是一篇形象地描写人生感悟、富于寓意的作品,虽然它的结论不免消极,宣扬了道家无为而治的思想,但这种思想具有一定的深刻性,在历代读者中常能引起共鸣。从艺术上看,这篇小说除开头一段描写卢生与吕翁相识,吕翁借枕予卢生,结尾一段卢生梦醒后吕翁的教诲和卢生的大彻大悟外,中间核心的大段叙述,均采用史传笔调,写得完全合乎史传规范,从而给人特殊的真实感。卢生的梦中经历,对于爬上高位、混迹官场的唐代士子来说,颇具典型意义。作者的叙述态度虽然冷静,几乎是不动声色,但却为全篇营造了一种低沉凄伤的氛围,从中我们可以体察到官场的险恶、人事的无常、荣华富贵的不可依恃,可以体察到作者深沉的人生感慨和失望颓唐情绪。这对于历代那些热衷仕途和贪位恋栈者来说,也不啻是一帖良好的清醒剂。

《枕中记》的史传式写法和对当时现实的某种批判态度,使研究者对沈既济的取材依据和创作动机发生了兴趣。不少研究者认为沈氏是有为而作。刘开荣以为小说乃以德宗宰相李泌身世为轮廓;周绍良以为实杂取张说、萧嵩、张仁愿经历为素材;韩国的丁范镇确信张说是卢生的模特儿;卞孝萱、王梦鸥则肯定小说有为杨炎喊冤之意[3]。上述种种意见,大抵从历史考据角度对小说题旨进行阐释,虽然很难取得一致,但是有助于研究之深入的。

许尧佐,两《唐书》均附见于其兄许康佐传中,谓其贞元中进士及第,曾任太子校书郎、谏议大夫等。其主要生活年代,当在贞元、元和年间。他的作品除小说《柳氏传》单行外,尚有六篇见于《全唐文》。

《柳氏传》以安史之乱为背景,写诗人韩翃(小说作韩翊,实即是翃)与宠姬柳氏悲欢离合的一段经历。这篇小说所写基本上是当时实事。理由是它与后出的《本事诗》情感门所载韩、柳故事大致相同,且两篇文字所述韩翃生平均与史实相符。

不过《柳氏传》真正写得成功的人物并不是韩翃,而是柳氏和见义勇为的侠士许俊。柳氏身份微贱,然而敢爱,敢争,敢于通过自身努力改变命运。她具有识人的慧眼,主动爱上韩翃,并向李生诉说,促成他的割爱。遭遇天宝之乱,与韩失散,她"剪发毁形,寄迹法灵寺",表现了应变的机智和主动精神。不幸被蕃将劫掠入府,虽被宠之专房,但爱情未变,终于想方设法给韩翃递出消息。她是一个弱者,面对强暴与乱世,尽可能地作了抗争。相形之下,韩翃虽然多才重情,却显得缺少刚气。那首《章台柳》词所流露的自私情感,今天看来更令人感到猥琐卑俗。小说写许俊仅寥寥几笔,但此人见义勇为,不惜为他人之事冒险的侠义精神却写得非常突出。许俊的豪举既成全了韩、柳,又打击了蕃将骄横之气,从而不但使众人之心大快,而且得到主官和皇帝的首肯。侠客这种特殊人物,在中国虽然古已有之,但他们被写得血肉丰满、栩栩如生,还是到了唐传奇之中。许俊是唐传奇中出现得较早的一位侠义人物,所以值得注意。

通过韩、柳的遭遇,从一个侧面以小见大地反映战乱造成的种种社会问题,诸如人民流离失所,生命财产毫无保障,帮助唐朝廷平叛的少数民族军队胡作非为,等等,使这篇小说具有较浓郁的时代气息,也使它在艺术价值之外,获得了较高的历史认识价值。《柳氏传》的这一特征,在全盛期的唐传奇,特别是那些取材于现实生活的作品中,得到了进一步的发扬。

第二节　陈鸿　白行简

唐宪宗元和年间,由白居易、元稹倡首,新乐府的创作蓬勃发展起来。在他们周围团结了一批作家。这批作家在创作中无不表现出一定的叙事化倾向。新乐府运动某种意义上其实也可以称为诗歌的叙事化运动。这一点,从新乐府诗人往往与传奇小说发生关系,也可以看出。

新乐府运动的两员主将元稹、白居易,一位同时是传奇小说的作者,一位虽未亲自写过小说,却曾以自己的杰作《长恨歌》促成传奇小说《长恨歌传》的诞生。他们俩都有讲或听故事的癖好。元稹将自己的一段风流往事,一而再、再而三地向朋友们讲述,其《莺莺传》末尾所谓"予尝于朋会之中,往往及此意者",即可证明。后来李绅宿于其家,他又专门讲给李绅听,"公垂卓然称异,遂为《莺莺歌》传之"。白居易与陈鸿、王质夫谈论唐明皇、杨贵妃故事,白居易与元稹在长安新昌宅"说一枝花话,自寅至巳,犹未毕词"(元稹《酬翰林白学士代书一百韵》自注),这些都已成为唐代小说史中的著名掌故。关于元稹《莺莺传》，本书十三章已辟专节论述。这里要介绍陈鸿的《长恨歌传》和白行简的《李娃传》，并附带讲到一些其他作品。

陈鸿，字大亮。贞元二十一年进士，有志于史学，撰成《大统记》三十卷。历任太常博士、虞部员外郎，官终主客郎中。

《长恨歌传》是一篇历史题材的小说。作者自叙其创作经过、取材来源及主题宗旨云："元和元年冬十二月，太原白乐天自校书郎尉于盩厔。鸿与琅玡王质夫家于是邑，暇日相携游仙游寺，话及此事，相与感叹。质夫举酒于乐天前曰：'夫希代之事，非遇出世之才润色之，则与时消没，不闻于世。乐天深于诗、多于情者也。试为歌之，如何？'乐天因为《长恨歌》。意者不但感其事，亦欲惩尤物，窒乱阶，垂于将来者也。歌既成，使鸿传焉。世所不闻者，予非开元遗民，不得知。世所知者，有《玄宗本纪》在。今但传《长恨歌》云尔。"（据《文苑英华》卷七九四）这篇小说固然有批判唐玄宗荒淫误国之意，但真正具有感染力之处，毋宁说是李、杨的悲剧性爱情。作品的实际效应与作者所宣布的创作目的颇有距离，这是文学史上的常见现象。

由于白居易《长恨歌》的巨大声名，陈鸿小说的成就往往为其所掩。其实诗文各有所长，正可以互相补充发明而相得益彰。《长恨歌传》发挥小说之长，增写了许多诗中没有的细节。如马嵬之变，白诗仅"六军不发无奈何，宛转蛾眉马前死"二句，作为诗歌或许只能如此。陈传则于"六军徘徊持戟不前"以下又写到"从官郎吏伏上马前，请诛晁错以谢天下。国忠奉氂缨盘水，死于道周。左右之意未快，上问之，当时敢言者，请以贵妃塞天下怨。上知不免，而不忍见其死，反袂掩面，使牵之而去。仓皇展转，竟就死于尺组之下"，过程就清楚得多了。又蜀道士上天求见玉妃一节，小说所写在意境之美方面也许不如诗，但论描写的具体细致却过于诗。其中尤以玉妃回忆某年七夕与明皇指牛女立誓，愿世世为夫妇的细节，既使情节多一曲折,又表现了秦地民俗,渲染了李杨爱情,从而使小说益显丰满多姿。

总的说来,由于《长恨歌》创作在先,《长恨歌传》创作在后,所以《传》基本上是对《歌》的阐释和敷演。它们的存在既显示了诗与小说两种文体的不同与各自的特长,也进一步显示了唐诗与唐传奇的不解之缘。许多唐传奇在叙述中插入诗歌,这是一种情况。这里又看到了一诗一文咏写同一题材而相辅相成的现象。《长恨歌》及《传》是先诗后文,《莺莺传》(元稹)与《莺莺歌》(李绅)是先文后诗。如果就整个唐代来看,那么还应该包括《冯燕传》(沈亚之)与《冯燕歌》(司空图)、《咏欧阳行周事》(孟简)与黄璞《闽川名士传·欧阳詹传》这样年代相隔久远而诗文相互配合的情况。

在《长恨歌传》稍后,元和年间,又出现了一篇著名的历史题材传奇小说,那就是《东城老父传》。这篇小说的作者,在《太平广记》卷四八五和《宋史·艺文志》中均署作陈鸿。但文中却在记叙了主人公贾昌的一生后,出现了一个"颍川陈鸿祖",说这个陈鸿祖于元和中携友人谒见贾昌,请问开元之理乱云云。按照唐传奇的一般体例,这位在文末出现的陈鸿祖,往往便是小说的作者。于是《东城老父传》的著作权归属遂成为一个问题。两种意见,迄无定论[4]。

《东城老父传》全文可分为两部分。前半占全部篇幅四分之三,历述贾昌自幼年入宫为"神鸡童",深受玄宗宠爱,红极一时,中经天宝之乱,沦落街头,终于皈依佛教的一生经历。后半由陈鸿祖向贾昌请教,引出老人一席长谈,通过今昔对比批评了时政,表示了深切的忧虑。

作为小说,其精华无疑是在前半。贾昌的一生犹如镜子,反映出唐朝盛极而衰的历史巨变,一定程度地揭示出造成这种巨变的原因和由此给普通人民带来的灾难和痛苦。小说采取编年大事记的框架,加上必要的细节描写,既给人以清晰的时间概念,又有令人难忘的生动镜头。如描写贾昌指挥斗鸡表演的情景:"昌冠雕翠金华冠,锦袖襦袴,执铎拂道。群鸡叙立于广场,顾眄如神,指挥风生。树毛振翼,砺吻磨距,抑怒待胜,进退有期,随鞭指低昂不失。昌度胜负既决,强者前,弱者后,随昌雁行,归于鸡坊。"小说的后半,通过贾昌之口,抒发不胜今昔之感,议论成分过重,作为小说应属败笔。

以历史题材为小说,构成唐传奇一大品种。除《长恨歌传》、《东城老父传》外,这一时期以单篇形式出现的历史传奇,还有郭湜的《高力士外传》、卢肇的《李林甫外传》等。前者约作于大历中,所记力士生平和玄、肃两宫晚年史实,比较可信,颇为后世史家所采。后者系卢肇《逸史》中的一篇,《太平广记》题为《李林甫》,主要内容为李林甫违背少年时对道士的诺言,为相后行阴贼,专枉杀人,故失去成仙希望,比较荒诞无稽。

白行简(776—826),字知退。白居易之弟,两《唐书》白居易本传皆附述其生平。元和二年(807)进士,历任秘书省校书郎、左拾遗等职,官终主客郎中。有集二十卷,《新唐书·艺文志》著录,今佚。今唯《全唐文》存其文,除《三梦记》、《纪梦》两篇,全是辞赋。《三梦记》经学者考订,可以确定为伪托之作[5]。《纪梦》末署"会昌二年",时行简已死多年,故亦是伪作无疑。白行简创作成就主要体现在传奇小说《李娃传》上。

《李娃传》的故事,就是当时已在民间与文人口头流传开来的《一枝花话》。大意云:荥阳生奉父命进京赴考,邂逅倡妓李娃,两情相悦,生遂弃举业而进住李娃家。一年后,床头金尽,鸨母设计抛弃荥阳生。生流落街头,成为凶肆歌者(挽郎),每歌必情动于中,十分感人。一次东西两肆协议比赛,荥阳生代表东肆登台唱歌,恰被其父发现。父子相见，荥阳生被责打至死。幸凶肆同仁相救，但已手足伤残，遂沦为乞丐。某日大雪，荥阳生沿街乞讨，被移居在此的李娃听到。娃愧悔交加，决意相救。鸨母见其坚决，只好同意。李娃赁屋别居，医治荥阳生并督促其刻苦攻读。两年后一举中第，又中制科，授成都府参军。此时李娃以功成求退，生坚不允，其父态度亦转变，接纳李娃为媳。李娃治家严整，产四子，均为大官，后被封为汧国夫人。故《李娃传》一名《汧国夫人传》。

这是一篇从内容到形式完全清除了志怪气息的社会人情小说。它所反映的是当时现实生活的一角，而且是此后传奇小说所最热中的士子与妓女恋爱题材——值得注意的是，这一题材在唐诗中也得到多方面的表现，但由于文体不同，侧重面和所达到的效果也就不同。两者正好互为补充映照。

《李娃传》的突出之处还在于它以男女主人公的悲欢离合为主线，涉及社会上的各色人等，从而展现了相当广阔的社会生活面。从身为刺史、采访使的荥阳公到妓院鸨母、旅舍主人、凶肆老板，都与男女主人公的命运紧紧地、有机地联系在一起。主线和辅面配合，大大丰富了作品的内容，增加了它的厚度。

在反映现实，描写生活中各色人等时，小说作者相当自觉地遵循着真实性原则。这除了全篇无一荒诞离奇的情节外，更表现在对各种人物思想、行为分寸感的把握上。以荥阳公为例，从他对儿子极端钟爱和由衷期待，到凶肆听歌时否认面前的歌者就是他儿子，到把儿子责打至死，弃尸街头，再到后来儿子当官后重见时的"抚背痛哭移时"，一系列描写，无不紧扣荥阳公这位出身名门、位居高官的封建礼法卫道士的身份，其行为起伏幅度颇大，而心理依据却始终一贯而真实可信。今天我们从荥阳公前后态度的变化中看到封建礼法的极度残忍和伪善，关键就在于小说写得酷似生活，而且一定程度地触及了本质。这种人物刻画的分寸感,同样体现在鸨母、邸主、凶肆诸人,特别是女主人公李娃身上,从而造就了全篇的现实主义风格。

从艺术角度言之,小说的成功表现在主要人物形象不是一次完成,其性格有一个渐次展开和发展变化的过程。一个短篇小说,所写不过数年间事,却能够写出几个人物的性格演变史,足见作者笔力之强劲。李娃和荥阳生是作者着力刻画的人物,在这一点上自然表现得尤其突出。如果说荥阳生由纨袴子到乞丐又到回头浪子的变化还较多地体现于外在方面,那么李娃性格成长的内涵就丰富深刻得多了。李娃原是平康一妓,鸨母手中的摇钱树而已。虽对荥阳生动了真情,但当鸨母设计抛弃荥阳生时,她是一个参与者。那时她是幼稚的,可以说尚无独立人格。此后她依然从事着卖笑生涯。直到荥阳生大雪天乞讨到她门前,蕴藏于心中的悔恨与爱意才忍不住迸发出来。也许正是荥阳生的遭际和强烈的今昔对比,使她突然成熟起来。从她对鸨母的一席话和所取得的效果,可见她在二十年倡妓生涯里积累起来的人生经验和感悟。到她帮助荥阳生蟾宫折桂之后,这一点更鲜明地显现出来:她要荥阳生另娶高门,而自己则坚决离开。这时她才真正成熟了,真正成了一个看透世情、凌驾于生活之上的清醒者。

与全篇小说的现实主义风格不甚协调,结尾部分作了理想化的处理。这里既反映了作者思想庸俗的一面,也反映了当时甚至很长历史时期中普遍的社会心理。这种大团圆结局的小说和戏剧,在中国文学史上比比皆是,不必对《李娃传》多所责。

此外,《李娃传》全篇散行,不用诗歌,也是它不同于《莺莺传》等诗文夹杂的小说的一个特点。

这篇小说在当时就产生颇大影响。元稹为之作长诗《李娃行》(今佚,中华书局版《元稹集》外集卷七收有残句)。后世小说、戏剧取材于它的,有宋小说《李亚仙不负郑元和》、明刻小说《郑元和》和元高文秀《郑元和风雪打瓦罐》、石君宝《李亚仙花酒曲江池》(杂剧)、明薛近兖《绣襦记》(传奇)等。

第三节　李公佐　沈亚之

李公佐,字颛蒙,生卒年里不详,约与白行简同时,且与之友善。白行简《李娃传》就是在与李说此故事,受李鼓励后写出。李公佐创作传奇作品甚多,其中代表作为《南柯太守传》、《谢小娥传》。

《南柯太守传》历来被视为《枕中记》同类作品。小说写东平豪士淳于棼因醉酒,梦入大槐安国,被招为驸马,任为南柯太守,"守郡二十年",享尽荣华。后因作战失利,公主又死,渐渐失宠,终被国王遣送还乡。淳于棼梦醒,与客语此事,按梦境寻找,发现所谓"槐安国",竟是一个大蚁穴。因此"感南柯之浮虚,悟人世之倏忽,遂栖心道门,绝弃酒色"。

就思想意义而言,此篇与《枕中记》"皆受道家思想所感化者也"(汪辟疆《唐人小说·南柯太守传叙录》)。但晚出的《南柯太守传》在小说技艺上显然要高得多。

首先,《南柯太守传》较多铺叙,情节亦较丰富。有许多场面,在梦境和仙化的形式中表现的实际上是富于时代气息和民俗色彩的社会生活。如淳于棼与公主订亲成婚一长段,其中可以看到右相代表国王向淳于棼提亲、公主出嫁的排场、婚礼前夕女方亲戚对新郎的戏弄以及婚礼的具体仪式等。《枕中记》对卢生宦历的叙述基本上是史传式的,也就是新闻报道式的。而《南柯太守传》则落笔于人物的活动与对话。如淳于棼之出守南柯郡,是由公主首先提出,得到国王允许,淳于棼上表请求派好友周弁、田子华佐理,饯行之日国王、王后又分别对淳于棼和公主叮咛一番,等等。又如最后国王遣归淳于棼,两人也有一段相当精彩的对话,既交代了情节,又表现了人物性格。这一切使《南柯太守传》距史传文体更远,而显示出成熟的小说的风采。

其次,与此相关,《南柯太守传》在结构上也比《枕中记》复杂精巧。《枕中记》是比较简单的头、尾加梦境结构,梦境揭晓,小说也就结束。《南柯太守传》的总体构成虽大致相同,但尾部要复杂得多,还写到了淳于棼与二客挖掘槐洞——验证梦中经历,又遇大风雨,将蚁穴冲坏,从而与淳于棼被遣回家前,槐安国有人上表所说"国有大恐,都邑迁徙,宗庙崩坏"的预言相应。此后又交代淳于棼的好友(即治理南柯郡的僚佐)周弁、田子华的结局及三年后淳于棼之死(他在槐安国时曾得到已去世的父亲的指示)。这一系列前后关合的情节安排,说明了小说结构之严密,也说明了作者用心之精细。更重要的是造成了一种世事茫茫、权势利禄一切皆空以及人事前定的宿命意味。这对于作者意欲宣阐的哲理——贵极禄位,权倾国都,达人视此,蚁聚何殊——无疑是不可缺少的。

《南柯太守传》与《枕中记》都流露了浓厚的消极情绪。这种情绪来自对唐中期以后官场黑暗的不满与失望,具有一定的批判意义。明汤显祖据以写成《南柯记》,遂使"人生槐聚"、"南柯一梦"成为中国文学中的熟典。

《谢小娥传》,述孤女独力复仇故事,塑造了一位意志坚韧而又勇敢智慧的女性形象。小娥之所为,其实质是有仇必报的侠行。在法律对强暴无力制裁的时代与地方,这种行为历来得到群众的赞许。小说即反映了这样一种普遍情绪。这篇小说之所以会在李复言的《续玄怪录》里得到一次再创造(即《尼妙寂》),会在后世传诵不绝,被冯梦龙改编为拟话本小说《李公佐巧解梦中言　谢小娥智擒船上盗》,又被王夫之赋予强烈的遗民之恨和复仇情绪,写成杂剧《龙舟会》,根本原因也在于此。

此文之末,作者巧妙地对谢小娥的行为作了符合封建道德教条的分析:"誓志不舍,复父夫之仇,节也;佣保杂处,不知女人,贞也。……如小娥,足以儆天下逆道乱常之心,足以观天下贞夫孝妇之节。"于是谢小娥事迹又被收入国家正史的《新唐书·列女传》,成为供人仿效的楷模。

李公佐的小说作品,还有《庐江冯媪传》、《古岳渎经》[6]等。前者述冯媪夜宿遇鬼事,后者述淮涡水神无支祁故事。有的研究者以为,无支祁可能就是孙悟空形象的前身。

沈亚之,字下贤,吴兴人。两《唐书》无传。生卒年不详,以其行踪交游推断,应为元和至大和间人。有集十二卷,今存。他在当时以诗文著名,与之唱和的有殷尧藩、张祜、徐凝等人。诗人李贺与之友善,元和七年作《送沈亚之歌》,称其为"吴兴才人",对他的落第深表同情。其诗善感物态,工于情语,风格华丽旖旎,有"沈下贤体"之称。李贺、李商隐、杜牧均有摹拟其诗体之作。他的文章风格务为奇崛,尤善作史传体的叙事文,名篇如《旌故平卢军节士文》、《歌者叶记》、《表医者郭常》,刻画人物就十分成功。沈亚之以如此全面的文学才能从事小说创作,其成绩可想而知。《冯燕传》、《湘中怨解》、《异梦录》、《秦梦记》为其代表作。

《冯燕传》所写是当时盛传的一桩实事。豪士冯燕亡命于滑城,与张婴之妻勾搭成奸。某次,冯在张家,恰遇张婴醉归,其妻授刀令冯杀张,冯反将其妻杀死,然后潜逃。张婴酒醒,被疑为杀人犯,判死刑。行刑之日,冯燕出而自首。主官贾耽感其义,为其请旨免死。从篇末赞语可见,沈亚之对冯燕与张妻的"淫惑"之行持批判态度,但对冯燕则视之为英雄。所谓"杀不谊,白不辜,真古豪矣",后者指自首白张婴冤情,前者"不谊"指张妻,因她不但与人偷情,而且还唆使情夫杀死亲夫,这在沈亚之看来,是极端不义,死有馀辜的。而冯燕的行为,则如后来司空图《冯燕歌》所说,是"已为不平能割爱,更将身命救深冤",完全是一种值得肯定的义举。

这篇小说在中国的男性中心社会里,一向很得赞赏,除司空图"为感词人沈下贤,长歌更与分明说",写了《冯燕歌》外,宋人曾布又以《水调大曲》七遍,细唱冯燕事迹(见王明清《玉照新志》卷二)。然而几乎所有的人都忘记了被牺牲的张婴之妻。由此也可见出中国妇女地位之低下。

与《冯燕传》写实风格迥然不同,沈亚之还写了《湘中怨解》、《异梦录》、《秦梦记》等充满浪漫情调的梦幻故事,不是青年书生遇见了谪居人间的"蛟宫之娣",就是豪门子弟梦见了善歌舞的美人,甚至还有作者本人在梦中与秦穆公小女弄玉(原为萧史之妻)的一段姻缘,等等。而在行文中,则大量地插入情调缠绵的诗歌。这些诗歌的质量是如此之高,在篇中地位又是如此重要,以至于人们读后不禁怀疑:作者利用梦中遇美人、尚公主这种模式构建那些情节并不复杂的故事,也许只不过是为引出他那些精心撰制的诗歌,为它们做环境、气氛的铺垫烘托罢了。而这也就成为沈亚之小说的一大特色。

第四节 蒋防 李朝威

蒋防(?—835?),字子征(一作子微),义兴(今江苏宜兴)人,生卒年不详。元和中历任拾遗、补阙,长庆元年因元稹、李绅之荐,为翰林学士，后亦由李绅之贬而谪为汀州刺史，改袁州刺史。其诗文均有少量遗存，而传世之作则为小说《霍小玉传》。

《霍小玉传》为唐传奇写士子倡女爱情悲剧之最杰出者[7]。汤显祖名著《紫钗记》即据以改编。小说男主人公李益，大历、贞元时代著名诗人。《旧唐书》本传谓其"少有痴病，而多猜忌，防闲妻妾过于苛酷，而有散灰扃户之谈闻于时，故时谓妒痴为'李益疾'"（《新唐书》本传所记略同），可见小说后部对此所作渲染，不可谓无据。而前半所述其薄倖无行之状，可能也有相关传说的影子。

小说写道：李益自命风流，请媒求取佳偶。霍小玉原是霍王庶出小女，现与母别居于外，也欲"求一好儿郎格调相称者"。由媒人撮合，一对才子佳人喜结良缘。霍小玉因"妾本倡家，自知非匹"，顾虑欢爱难久，李益写下帛书，"引谕山河，指诚日月"，表示绝对忠诚。两年后，李益登科授职，将回家省亲。小玉向李益提出以八年为期，保持关系，八年以后任其另择高门。李益答应四个月后便来迎娶小玉。谁知李益之母早已为其定亲卢氏，李益不敢违抗母命。小玉因李益逾期不归忧思成疾，生活上也陷于穷困。后李益回到长安，小玉再三请他一见，竟始终有意回避。李益的薄倖在士林中引起普遍不满。一位黄衫豪客挟持他来到小玉家。小玉时已病至沉绵，强自起床，痛斥李益，发誓报复，长恸而绝。小玉死后，李益的家庭生活果然不再平静，对妻妾的疑忌，使李益时刻不得安生，成为他永远无法医治的心病。

这篇小说首先将霍小玉的美丽聪慧和对爱情的渴望渲染得恰到好处，然后反复刻画霍小玉的钟情重义、明智大度，特别是以浓墨重笔描绘她对爱情的无限忠贞和因此而作出的以生命为代价的牺牲，从而使霍小玉的典型形象渐次凸现在读者面前。与此同时，小说又以侧笔从多重角度加以配合，如写到李益表弟出于同情小玉、反感李益而多次主动向小玉通报李益行踪,写到李益好友韦夏卿批评他为"忍人"、告诫他"丈夫之心不宜如此"！写到长安城中"风流之士,共感玉之多情;豪侠之伦,皆怒生之薄行",直到安排一位与霍小玉素不相识的黄衫豪士强行挟持李益,迫其与小玉见面,等等。总之,作者调动一切艺术手段,从正面侧面塑造女主人公,把来自各方面的光束聚焦于女主人公身上,激起了读者强烈的爱憎感情。

蒋防对霍小玉的深切同情和对李益的谴责,反映了他比较进步的妇女观。与元稹《莺莺传》相比,区别格外明显。在整个唐代文学中,能够如此不将女子当做玩物,尊重她的人格与感情,如此严厉地批判男子而毫不曲宥,实在不多见。

当然,蒋防将霍小玉的悲剧写成全由李益柔弱寡义的性格所造成,而对迫使小玉沦为倡女、造成她被随意抛弃而根本无从保护自己的社会原因,揭露得似嫌不足。这也许可以说是小说的一个缺陷。但应该指出,小说对此并非全未触及。事实上,封建制度、婚姻礼法、门第观念的压迫也必须通过人的行为来体现。小说写的是人物性格,但其中也就折射着一定的社会内容,其中包括不合理制度的阴影。蒋防将笔墨主要用于写李益的背信弃义,是符合小说文体以刻画人物为己任的特殊要求,也是达到控诉社会、鞭挞制度的效果的。

《霍小玉传》全篇结构谨严,层次清晰而又巧于穿插,如插写小玉让婢女出售玉钗,被当年的内作老玉工认出是宫中旧物,既写了小玉处境的窘困,又借以抒发了盛衰无常、不胜今昔的感慨,大大增加了小说的哲理韵味。此外,人物对话符合身份且具个性色彩。一声"苏姑子作好梦也未？"就把"性便辟、巧言语"的鲍媒婆写得跃然纸上。此人几次出场均写得精彩,增添了情趣,调剂了节奏。全篇只用清新雅洁的散体文字叙事写人,篇末将通常所有的赞词议论削去,因而行文特别干净利索,节奏明快流畅,艺术上达到上乘境界。

李朝威,生卒年里均不详。据其小说《柳毅传》末提及柳毅表弟薛嘏于开元末谪官东南经洞庭与毅相见,蒙赠仙药,殆四纪,薛嘏亦不知所在,而陇西李朝威叙而叹之云云,推测此小说可能作于贞元、元和之间,则李朝威的生活年代,亦当与蒋防约略同时。

《柳毅传》与《霍小玉传》相同,都以男女爱情及婚姻为题材,但相异之处亦很明显。《霍小玉传》写的是现实生活,男主人公为实有其人,作者用的是写实笔法,情节细节固有所虚构,结尾鬼魂报复更不免荒诞,但全篇绝大部分追求逼真可信,已达到可以乱真的"第二自然"的程度。而《柳毅传》则不同。它是对于现实生活的大胆变形,其故事框架来源于六朝志怪,充满神话色彩,主要人物除柳毅外,均不是人而是龙,是龙变成的人。故事发生的地点,也主要是在龙宫,许多情节也显得荒诞无稽,浪漫意味浓重。

然而,《柳毅传》又同样是现实生活的反映,不过不是直接而是象征的反映而已。小说所写龙的世界其实也就是人的世界。洞庭君嫁女于泾川小龙,父母之命造成了爱女的悲惨命运。这在自古以来人的世界中,不是比比皆是吗?龙女受丈夫和公婆虐待而投告无门,如若不是遇到义士柳毅为之传书求救,自然只有等死一途。这在人的世界中,不也是许多妇女的切身遭遇吗?

《霍小玉传》以全部篇幅写出一个男子变心给女子造成的悲剧,整个故事在女主人公死去时达到高潮。《柳毅传》有所不同,它一开始就写出了在丈夫、公婆淫威迫害下龙女的极端痛苦,但接下去就表现她并未屈服。她不甘心就此束手待毙,有意识有准备地等待着能够为她传书报信的人,而在见到柳毅后,就更燃起了她脱离苦海、重回龙宫的希望。后来她果然被钱塘君救回。在答谢柳毅的宴会上,钱塘君向柳毅提亲,从后面的情节看,也未始不是龙女自己的意思。

此事虽被柳毅拒绝,她仍一直密切注意柳的生活与行踪,同时坚拒再嫁濯锦小儿的父母之命,最后终于以柳毅可以接受的方式与之结为夫妻。这位龙女显然是一位不屈于命运而敢于并且善于争取自身幸福的人。尽管龙女命运的改变离不开他人的帮助,但应该说,她和霍小玉都是唐传奇中不同凡响的女子形象。霍小玉具有对薄倖男子及其所依恃的礼法制度强大的控诉力量,而龙女则更多地让人看到行动和希望。无论作者是否自觉,龙女形象确实带有较浓的理想化成分。这体现了作者的"仁人之心"。但小说同时也表现了作者对妇女处境的深切了解。龙女化身卢氏与柳毅成婚后一直不敢暴露自己的身份,直待生了儿子以后才说破。请看龙女此时的自白:"妇人匪薄,不足以确厚永心,故因君爱子,以托相生。未知君意如何?愁惧兼心,不能自解。"这何等深刻地显示了妇女在丈夫面前的卑下地位和惶遽心态!

柳毅是这篇小说的主角,他见义勇为,威武不屈的性格,通过细节描写和戏剧性冲突被表现得十分突出。尤有意味的是,他既对龙女有所爱慕,又不愿有违救人急难、无所求报的初衷,加上钱塘君言词唐突,于气愤之下断然拒绝了提亲。然而此后却不免懊悔,临别龙宫时一片惆怅,依依不舍。小说写出了柳毅的复杂心态,显示了对人性观察把握的深刻和用笔的精确细腻。此外,像洞庭君的温厚慈和,特别是钱塘君的暴烈诚朴,也都刻画得十分鲜明生动。

在语言表达上,叙述部分基本上是散文,但在描写环境、渲染气氛时,也偶用骈语,使之绮丽。在抒情场合,则运用诗歌,并且切合时地条件运用了楚歌形式。总之是既丰富多彩,又恰到好处,既不拘泥,又不做作。

《柳毅传》提供的龙宫故事和龙女与人恋爱婚配模式,对后世影响巨大。"唐末复有本此传而作《灵应传》。元尚仲贤更演为《柳毅传书》剧本。翻案而为《张生煮海》。李好古亦有《张生煮海》。明黄说仲又有《龙箫记》。勾吴梅花墅又有《橘浦记》。皆推原此文而益为傅会者也。"(汪辟疆《唐人小说·柳毅传叙录》)至今京剧和各地方剧种仍经常演出据此改编的各种剧目。

〔1〕 见《太平广记》卷三五八《庞阿》篇。

〔2〕 关于《任氏传》主旨,卞孝萱以为系讽刺刘晏背叛元载,并为元载、杨炎之死不平,该小说是中唐政治斗争的产物。见卞著《唐代文史论丛》,山西人民出版社1986年版。

〔3〕 见刘开荣《唐代小说研究》、周绍良《〈枕中记〉笺证》(载《俞平伯先生从事文学活动六十五周年纪念文集》)、丁范镇《〈枕中记〉的主角研究》(中国唐代文学学会第五次年会论文)、王梦鸥《〈枕中记〉注及叙录》(载《唐人小说校释》)、卞孝萱《唐代文史论丛》。

〔4〕 认为作者应是陈鸿者,还举出《新唐书·艺文志》载陈鸿著有《开元升平源》一书,其探讨开元理乱之源,不胜今昔的情绪,与《东城老父传》一脉相通。然《郡斋读书志》、《直斋书录解题》、《资治通鉴考异》,均以《开元升平源》为吴兢著。

〔5〕 参看方诗铭《三梦记辨伪》,载《文史杂志》3卷1期(1948.3);黄永年《三梦记辨伪》,载《陕西师大学报》1979年2期;程毅中《唐代小说史话》,文化艺术出版社1990年版第128页。

〔6〕 《古岳渎经》,见鲁迅《唐宋传奇集》。该文在《太平广记》卷四六七,题为《李汤》,出处作《戎幕闲谈》(韦绚)。鲁迅据文义改题。

〔7〕 关于《霍小玉传》创作动机,卞孝萱认为系蒋防迎合元稹、李绅的政治需要,有意攻击李益而作,是早期牛李党争的产物,创作时间应在长庆初年。见卞孝萱《唐代文史论丛》,山西人民出版社1986年版。

第二十六章 唐代小说(下)

第一节 唐中期小说集

在唐传奇的全盛期,不但出现了许多单篇传奇作品,而且产生了不少以传奇小说为主体的小说集,其中最著名的,便是牛僧孺的《玄怪录》和李复言的《续玄怪录》。此外还有一些志怪与传奇相杂或近于笔记性质的小说集,如《博异志》、《集异记》、《次柳氏旧闻》、《戎幕闲谈》等。

牛僧孺(780—848),字思黯,安定鹑觚(今甘肃灵台)人。贞元二十一年(805)进士,元和三年(808)又登贤良方正能直言极谏科。进入仕途后,平稳升进,亦屡有浮沉,曾数度入相或出为节度使,封奇章郡公,卒谥文简(一说文贞)。他是唐后期牛李党争的主要人物,与李宗闵同为牛党魁首,政治上比较保守。文学创作方面,诗文均有一定成就,主要贡献则是小说集《玄怪录》。

《玄怪录》中多数篇章当是僧孺少年未通籍时所作,亦有元和、长庆乃至年代更晚的作品。《新唐书·艺文志》著录十卷,《宋志》著录时因避讳改其名为《幽怪录》。是书很早便有所散佚并与李复言的《续玄怪录》相混。今有中华书局出版的程毅中点校两书合刊本。《玄怪录》四卷四十四篇,补遗十二则。然其中有十篇左右,或可判定或怀疑应出《续玄怪录》。但仅就可以确定为《玄怪录》的三十多篇,已足以奠定牛僧孺在唐代小说史上的地位。

集名《玄怪》,集中之作也多写神仙鬼怪奇异之事,其间固然有纯粹的游戏笔墨(如《元无有》、《滕庭俊》)和荒诞故事(如《崔书生》、《张左》),但亦有于非现实描写中渗透对时世之批判(如《崔环》)或抒发某种社会理想者(如《古元之》)。所以,对《玄怪录》不可仅以志怪视之,而应深入发掘其怪诞外表背后隐藏着的思想意义。

《崔环》借一将死未死之人在阴间游历的遭遇和见闻,将鬼世界的阴森可怖写得极为具体细致,后世蒲松龄笔下的阴曹地府,殆无以过。另有《吴全素》一篇,题材相同,可以对看。这两篇对于阴间以及轮回投生之类的描写,与当时盛行的佛教思想有关。但更值得注意的是,鬼世界显系人社会的翻版。在那里,小吏"例不免贫",故不免向人索贿;在那里,曹司吏员和军将对众鬼的残害一如人间贪官恶吏之对无辜百姓,而"判官郎君"则得到某种优待;在那里,一切也必须以金钱为交换条件。崔环为濮阳霞救活,起立欲去,濮阳霞抚其肩曰:"措大,人矿中搜得活,然而去不许一钱!"崔环许钱三十万,霞笑曰:"老吏身忙,当使小鬼枭儿往取,见即分付。"这些与其说是在写阴间,不如说是在写人世。吴全素的遭遇也是如此。他被二阴吏误勾入地府,判官将其放回,仍由二阴吏相送。但路甚难行,若到天明,阴阳就不可通。二吏对他说:"君命甚薄,突明即归不得,见判官之命乎?我皆贫,各惠钱五十万,即无虑矣。"——又是钱能通神(鬼)。这位吴全素由于游了地府,看穿一切,连功名也不想考了,但命中注定明经及第,躲也躲不掉。于是作者便议论道:"乃知命当有成,弃之不可;时苟未会,躁亦何为!举此端足可以诫其知进而不知退者。"没有疑问,这里宣传的是宿命论。但对于唐时纷纷拥挤于考场仕途的莘莘学子,不是也起着一种清醒剂和自慰药的作用吗?

《玄怪录》宣扬功名、富贵、财产皆非人力可致,尤非人力可保的思想甚力。如《掠剩使》一篇,作为小说不算成功,但想象出一个"陇右三川掠剩使"的阴官,让他专门处理某些人非分逾数之财,以此教人"人生有命,时不参差,以道静观,无复违挠",这对于贪婪无度的统治者剥削者,未始不是一声当头棒喝。《李沈》篇的主题也与之相同。

《古元之》是一篇《桃花源记》式正面描绘社会理想的小说。古元之因酒醉而卒,其实是随其先祖去了和神国。那是一个乌托邦的极乐世界,自然条件极佳,物产极富,尤其令人羡慕的是人际关系:"人生二男二女,为邻则世世为婚姻。笄年而嫁,二十而娶,人寿一百二十……寿尽则欻然失其所在,虽亲族子孙,皆忘其人";"其国千官皆足,而仕官不知身之在事,杂于下人";"虽有君主,而君不自为君,杂于千官";"一国之人,皆自相亲,有如戚属,人各相惠多与,无市易商贩之事,以不求利故也"。总之,这里无人怙权,无人倚势,也无人牟利,有的只是谦让和谐,为他人办事而已。这岂不恰恰是现实生活的反面?这一切为一般士人所向往,却无法实现。牛僧孺这样写,无非是曲折地表达对现实的不满并由此获取某种心理补偿。小说末尾,远祖对古元之说:"此和神国也,虽非神仙,风俗不恶。汝回,当为世人说之。"他要古元之宣扬这种乌托邦理想。然而看来无所用,结果只能是古元之独自"疏远人事,都忘宦情,游行山水,自号知和子,后竟不知其所终也。"他是孤独的。这个结尾的实质可以说是具有现实主义意味的。

从《玄怪录》诸篇章看,牛僧孺的想象力很强,且小说构思技巧已相当纯熟。他往往利用古今人物的一点因由,无中生有,虚构情节,让他们在假定的环境背景中活动,形成新的故事,而其叙述描写则煞有介事,仿佛如真。集中《曹惠》篇写南朝谢朓墓中两个随葬明器;《顾总》篇写梁朝人顾总,前身是建安七子之一刘桢,王粲、徐幹与之相见叙旧,并使他受到时人尊敬;《袁洪儿夸郎》篇写陈时人获晋时女为妻,都属此类。这类作品内容的荒诞自不待言,但作者之意似不止于引人一粲,某些人物对话和作者议论颇具深意。如《顾总》篇末,引时人勖勉子弟语云:"死刘桢犹庇得生顾总,可不进修哉!"似有劝人向学之意。又如《叶氏妇》篇,谓其有"洞晦之目",引其言曰:"天下之居者、行者、耕者、桑者、交货者、歌舞者之中,人鬼各半。鬼则自知非人,而人则不识也。"这"人鬼各半"之论,如视为对现实社会各色人等的批判性分析,则寓意相当深刻。又如《来君绰》一篇,写一文士自名"威污蠖",并解释道:"仆久从宾贡,多为主司见屈。以仆厕于群士,何异尺蠖于污池乎?"婉转地于自嘲自谑中吐露沉沦下僚的辛酸,倘以此语献大僚主司,也许可以博取一点同情,因此也未必是无谓之笔。另外,《玄怪录》有些篇章以结构的精巧和视角的变化充分显示了作者高明的叙事技巧,如《张左》、《岑顺》等。

鲁迅说:"造传奇之文,荟萃于一集者,在唐代多有,而煊赫莫如牛僧孺之《玄怪录》。"(《中国小说史略》第十篇)此书煊赫的原因,不仅因为其出现较早而作者后又身居高位,其书内容较丰、构思甚巧、文笔颇佳,令人读之有味,思之有得,也是重要原因。

在唐代,《玄怪录》的后继者甚多。薛渔思著《河东记》三卷,自序称"续牛僧孺之书"(《郡斋读书志》卷一三)。张读以牛僧孺外孙,著《宣室志》十卷,亦自成家。李复言则径将己著命为《续玄怪录》,则仿效之意尤显。

唐传奇中另有一篇托名牛僧孺而实为韦瓘所作的《周秦行纪》。述牛应试落第,经鸣皋山下,日暮迷路,入汉薄太后庙,与汉唐嫔妃多人饮宴,其间谈及唐德宗而戏称之为"沈婆儿"(德宗生母姓沈)。李德裕即据此作《周秦行纪论》,攻击牛"无礼于其君甚矣,怀异志于图谶明矣",欲将牛置于法。虽其谋未得逞,却创下了用小说诬陷政敌的先例[1]。

李复言,在唐代贞元至开成间,有两个姓名相同的人,其中一人名谅,字复言。《续玄怪录》究竟是两人中的哪一位所作,目前尚难断定。可能性比较大的,是钱易《南部新书》甲集提到的、曾以《纂异》十卷纳省卷却触了霉头的落第举人[2]。

《续玄怪录》中有些篇,如《杜子春》、《张老》、《裴谌》、《尼妙寂》、《柳归舜》、《王国良》、《崔绍》等,在有的刻本中,混入了《玄怪录》,但亦有数篇著作权尚有争议[3]。

从现存诸篇看,李复言是一位刻意于探索技巧的小说家。其《杜子春》故事原型来源于佛教传说(见《大唐西域记》卷七《烈士池及传说》),但经李复言加工点化,不仅完全中国化了,而且内容大大丰富,叙事方式也多出许多变化腾挪。如杜子春守护丹炉,历经折磨,始终不出言声,直到最后他转世为女人,生子,因不肯言语而激怒丈夫,导致其掷子于石,头碎而死,他才不觉失声。这就比《烈士池传说》仅写到烈士被警告"汝可言矣,若不语者,当杀汝子",就立即发声,要紧张惊险,说服力也强得多。这也就更好地烘托出"喜怒哀惧恶欲皆能忘也,所未臻者,爱而已"这个主题。

又如《尼妙寂》,文中明言是对李公佐《谢小娥传》的再创作。在叙事方式上有意加以变化,将李的第一人称叙事改为第三人称;改变《谢小娥传》演述其报仇经过的写法,而用间接叙述法写出;文末不发议论,而述创作之原委,进一步洗刷史传体影响的痕迹,而为标准的传奇体。

书中《薛伟》一篇写人化为鱼、《张逢》一篇写人化为虎,变化之后在人间的种种遭遇,虽是幻想,却具有真实感,尤其可以引出某种哲思。《苏州客》写刘贯词与龙的交往,多侧面地表现了龙的特性,又涉及当时的识宝传说,内容新奇而富于民间风味。《定婚店》写冥间老人以赤绳系男女足,使之为夫妻,演述民间婚姻前定的观念,遂成为后世习用的典故。这些均是书中名篇。另有《辛公平上仙》一篇,述阴吏带辛公平入宫,目睹军将拥皇帝离座升仙(实即死去),颇有人疑为影射宪宗或顺宗被宦官所害的史实[4]。

唐中期传奇小说集除《玄怪录》、《续玄怪录》外,尚有多种,其中比较重要的当推《博异志》、《集异记》。两书原本均佚,今有中华书局新刊校点本,搜辑最为齐备。

《博异志》,《新唐书·艺文志》著录三卷,作者谷神子,名还古。经考,即郑还古。据作者自序,其书有箴诫世人之意,而从现存篇章却颇难看出,研究者多以为是原书散佚不全之故。

此书各篇多述神仙怪异之事,思想、艺术造诣均不及前述二书,有的篇幅虽长,叙事却平泛而少波澜,描绘人物性格尤非所长。但文字大抵雅赡,常喜杂用诗歌,也增添不少韵味。《崔玄微》是全书较突出的篇章,述一处士与桃、李、杨、石榴诸花精交往,保护她们躲避风神(封姨)的伤害。其中诸女所咏之诗均贴合身份,非常优美。尤以石榴精醋醋活泼可爱之态可掬,写得最为成功。这一题材,后来为《酉阳杂俎》采录(见续集卷三《支诺皋》),明人拟话本《灌园叟晚逢仙女》(《醒世恒言》卷四)的入话及清堵廷棻《卫花符》杂剧,亦与之有关。另有《吕乡筠》一篇,极写音乐的魅力,令人有惊心动魄之感。《张遵言》篇述梦中罹厄与脱险的经过,亦相当曲折有致。

薛用弱《集异记》,《新唐书·艺文志》亦著录三卷,并附记云:

"字中胜,长庆光州刺史。"

此书诸篇多记神怪故事,文字短少,也有不少属于轶事琐闻,常为后世文人引用。如狄仁杰与张昌宗赌双陆赢取集翠裘,王维弹奏《郁轮袍》乐曲博得解头,王之涣、王昌龄、高适三诗人旗亭画壁争胜,王积薪婆媳围棋令国手叹服等事,均出此书。又如《蔡少霞》一篇所载山玄卿所撰《苍龙溪新宫铭》,就曾被苏轼用作诗中的典故。

第二节 唐后期小说集

经过中期的极盛,小说创作到唐文宗开成末年,渐显衰落之势。此后,单篇传奇数量减少,质量不高,佳篇名家也就罕见。值得注意的是这个时期的一些小说集。这些小说集大致可分为三种类型。第一种基本由传奇小说组成,如裴铏的《传奇》;第二种以志怪为主体,但也杂有一些传奇小说,如段成式的《酉阳杂俎》;第三种则是以杂录史料遗闻为主的笔记小说,如苏鹗的《杜阳杂编》、《苏氏演义》等。下面分别加以介绍。

先谈传奇小说集。

《传奇》是晚唐最重要的传奇小说集。唐之单篇小说被后世称为"传奇",最初就是从这本集子得名的。

作者裴铏,生卒年代不详。咸通中为静海军节度使高骈掌书记。乾符五年(878),以御史大夫为成都节度副使。《传奇》当是其早年作品。《新唐书·艺文志》著录其书三卷,《郡斋读书志》著录为六卷,然原书早佚。有今人周楞伽辑注本,一九八〇年上海古籍出版社出版,收文三十一篇,大体恢复了此书原貌。

《传奇》一书名篇甚多。最脍炙人口而影响深远的,是描写侠客的《昆仑奴》、《聂隐娘》两篇。昆仑奴能够身负二人"飞出峻垣十馀重",而毫不为人所觉,又能在"甲士五十人,严持兵仗"的情况下"持匕首飞出高垣,瞥若翅翎,疾同鹰隼,攒矢如雨,莫能中之"。聂隐娘更为神奇。她幼时被一尼领去习武,练成飞檐走壁、白日杀人于市而人莫能见的高超武功。归家后与一磨镜少年结为夫妇。后为陈许节度使刘昌裔所收,为其杀死邻镇派来的刺客精精儿,又以巧计挫败另一武艺更高的杀手妙手空空儿。这篇小说首次塑造出一位身带仙侠二气的女子形象,将其武艺和为人行事的机敏果断、独来独往渲染得神乎其神,不但推动了后世武侠小说向描写技击方面发展,而且开创了将武侠小说与神仙道术融通合一的思路。

《裴航》篇叙书生裴航于蓝桥驿遇仙女云英,诚心追求,终与之结为夫妇的故事,虽未脱出人神(仙)恋爱的传统模式,但意境与文辞俱美,最能体现作者骈散结合、诗文并用的写作特点。如描写云英之姐樊夫人,云:"玉莹光寒,花明丽景。云低鬟鬓,月淡修眉,举止烟霞外人,肯与尘俗为偶";描写云英,则道:"露涴琼英,春融雪彩,脸欺腻玉,鬓若浓云,娇而掩面蔽身,虽红兰之隐幽谷,不足比其芳丽也。"此种以对偶乃至赋体文字描述人物的写法,对后世小说影响甚大。由于摹拟者多、创新者少,不免渐成俗套。但在晚唐,这种描绘方式还是新鲜的。

裴铏也是一位叙事艺术的探索者。有的篇章如《崔炜》,在叙事结构与视角的转换方面,极见匠心。同时,作者的社会体验和人生感悟亦时常闪现于行文之中。如《陶尹二君》通过古秦人向二君追述入山成仙之经过,实寓秦时人民在酷政下走投无路,唯有远逃之深意,至于得道成仙倒原非意料中事;《陈鸾凤》篇,述陈为民除害,冒死与雷神搏斗,却险些为愚民所害,可谓寄托着志士的悲愤;而《马拯》篇,简直就是对为虎作伥者嬉笑怒骂的小品。凡此等处,均值得仔细玩味和挖掘。如作全面衡量,《传奇》是晚唐唯一一部堪与《玄怪录》相媲美的小说集。

《甘泽谣》、《三水小牍》也是晚唐时期较有代表性的传奇小说集。

《甘泽谣》作者袁郊,亦咸通时人。其书久佚,明代已有辑本,凡九篇,其中有一些名作。最突出的是《红线》,写一隐身于婢侍的女侠,夜行数百里,为主人取邻镇长官床头金匣,使之不敢有所觊觎,从而避免两个藩镇间的一场战事。此文向来被视为《聂隐娘》的姐妹篇[5]。此外如《陶岘》、《圆观》、《懒残》、《许云封》等篇,或写昆仑奴水底遇龙,或写僧人转世和僧俗情谊,或借天宝乐工之裔的回忆,抒怀旧伤感之绪,均常为后世文人所引用。

《三水小牍》,作者皇甫枚,已是唐末五代人。其书久佚,除《太平广记》所引外,有缪荃孙辑本。其中《步飞烟》写武公业侍妾步飞烟与人恋爱,被发觉后,受折磨至死而毫无悔意。其题材较有现实意义,叙述亦富情致。男女主人公的诗文往还在全篇占极大比重,则是其艺术特色。另有《却要》、《绿翘》两篇,一写聪明的侍女戏弄主人家想调戏她的四个公子,一敷演女道士鱼玄机因疑忌打死女僮之事,其同情均在受害的位卑者一面。

次谈志怪为主的小说集。

在这一类中,段成式《酉阳杂俎》、张读《宣室志》比较重要。

段成式,字柯古,临淄邹平(今在山东)人,出身名门,是晚唐与李商隐、温庭筠齐名的作家,诗文俱佳,惜所传甚少。他的《酉阳杂俎》是读奇书、听故事后加以笔录手记的结果,集博物与志怪于一体,内容相当庞杂,其中有许多关于动植物、自然现象、器玩物件、道佛二教的知识和奇闻,并记述了许多当时的传说和由域外引进的故事。人们可以从不同角度利用和欣赏这部著作。此书今有方南生点校本,中华书局一九八一年出版。

从文学角度看,作者的写作态度是记录而稍加文饰,虚构幻设成份极少,文字也追求精练简洁而不事铺张,因此大体距志怪不远。个别篇章较长,带有传奇意味,如前集卷九盗侠门,卷十四、十五《诺皋记》和续集的《支诺皋》三卷中,有些故事叙述得颇有情趣。如《诺皋记(上)》一则述某士人去长须国,被招为驸马,生活十分满意,唯其国男女均有长须,其妻亦然,颇令其不快。后该国有难,国王请他向龙王求情,方知此乃虾国。《支诺皋(上)》记述来自少数民族地区的旁饱故事、叶限故事,分别是民间故事中著名的兄弟分家型和灰姑娘型的早期标本。

《宣室志》一书,性质与《酉阳杂俎》相近,其材料也是来源于前代志怪与时人讲述,分条录载下来,因此书中既有博物的内容,亦有志怪、志人乃至传奇性质的小说。《新唐书·艺文志》著录是书十卷,宋时尚存,后有所散佚。中华书局有新校点本。

作者张读,字圣朋(一作圣用),深州陆泽(今河北深州)人。他是张鷟后裔、张荐之孙、牛僧孺之外孙。他之嗜奇善述,当与家风不无关系。

《宣室志》记载了很多人—物变化故事。人可以变成牛、犬、鸟、狐、虎、猿等等,而柳树、桂树、古槐、蒲萄、蓬蔓乃至水银、甑杵、漆桶、毛笔等等,又可以成精变人或相互变化。其中固然多数属于传统的志怪题材,基本上是无稽之谈,或是类似《玄怪录·元无有》、《东阳夜怪录》的游戏笔墨,但也有一些颇寓深意。如卷二有一则故事,述某太守生前贪刻,借佛寺之金不还,死后变为寺中的一头牛,实际上传达了民间对贪官的憎恶和讽刺。又如李征化虎一则,述李征虽入官场但久不得意,十分愤世嫉俗,忽发狂变虎,遁入山中。后其同年友袁傪以监察御史奉诏使岭南,路过此山,虎突然跃出,惊散众人,而与袁叙旧,表达了友情,慨叹二人今日的霄壤之别,倾诉了对家属、对人世的无限眷恋。最后竟口述遗文,请袁俭记录下来,以传其子孙,然后诀别而去。把一个因落魄而化为"异类"的士人那种悲苦、矛盾的心情,予以象征的宣泄。读者不难由此联想到某些被生活的飞轮弹出常轨、在社会身份上成为"异类"者的命运,从而感到不胜惆怅和同情。此文对后世影响颇大,《古今说海》收入,将其改题为《人虎传》。日本有译文,视其为传奇小说的名篇。

最后谈笔记体小说。

在整个唐代,此类小说数量最多。早期的如张鷟的《朝野佥载》。在传奇小说极盛的唐中期,又有刘肃《大唐新语》、李肇《国史补》、赵璘《因话录》、封演《封氏闻见记》、李德裕《次柳氏旧闻》、韦绚《戎幕闲谈》、《刘公嘉话录》等。而到后期,此类作品数量大增,似有更加发达的趋势。这些书的情况非常复杂,性质也不全相同。大体说来,有的较偏于史料或纪实,虽号称小说,而实近野史。如苏鹗《杜阳杂编》、《苏氏演义》、李绰《尚书故实》、高彦休《阙史》、康骈《剧谈录》、裴廷裕《东观奏记》、王仁裕《开元天宝遗事》、王定保《唐摭言》以及《玉泉子》(佚名)、《中朝故事》(南唐尉迟偓)、《金华子》(南唐刘崇远)、《鉴戒录》(蜀何光远)等。当然它们之间在史实的可靠程度方面有着不少差异,不可等量齐观。若论其文学意味,则主要体现于所记事实的趣味性和记述文字的剪裁整饬之中。这是一种情况。

有的则与文学关系更为密切,偏于记述诗人作家的遗闻逸事,或者某些作品的本事和创作经过,其中民间传说的成份更重,还可能杂有作者的虚构和夸饰,这类小说集的文学意味自然更浓。范摅《云溪友议》和孟棨《本事诗》是这一类的代表性作品。

《云溪友议》有三卷、十二卷两种传本,内容相差不大。其中多记文人轶事。如述李涉于九江皖口遇盗,盗久闻其名,乃请其赋诗一首而不事剽夺。这就是《井栏沙宿遇夜客》一诗的来历。然《云溪友议》记此事,于李涉皖口遇盗后,并不写出此诗,而写李涉与盗首相约于淮阳佛寺相见,时至未遇;多年后,有番禺举子李汇征,客游闽越,雨夜借宿于一韦叟之家,二人畅论数十家诗人,及于李涉,韦叟极称其善。二人各吟李涉绝句两首后,李生又吟诵了那首著名的《遇夜客》诗(但文中仍未引出原诗),韦叟不禁变色,这才讲出自己就是当初从事打劫生涯的盗首。是李涉的诗使他幡然悔悟,走上了正道云云。最后即以韦叟"持觞而醑,反袂而歌"的场面结束全篇——直到这时才将李涉的诗全文引出。由上所述,可以看出作者对这个传闻的精心加工。

《本事诗》一卷,作者是晚唐人孟棨,字初中。据其自序,知此书作于光启二年(886)。书中采诗人缘情之作,各详其事迹,分为七类,有情感、事感、高逸、怨愤、征异、征咎、嘲戏之目,或只说一诗之来历,或综述诗人事迹。其中有些故事十分有名,如乐昌公主破镜重圆(书中唯此一则非唐代事)、顾况红叶题诗、刘禹锡玄都观题诗、杜牧及第后终南山访僧及妓席之题诗等等,而最有影响的则是崔护"人面桃花"和韩翃柳氏的聚散故事。因此书与诗人诗作关系密切,清人丁福保将其辑入《历代诗话续编》,遂使它成为诗话的一个品种。

唐后期小说集数量众多,我们却认为唐代小说至此趋于衰落,理由何在呢?

这是因为标志着小说创作前进方向的传奇小说,至此渐显颓势。数量少,题材面窄,现实性弱,艺术质量下降。而大批小说集,在叙事方式上,则表现出一种退回志怪、志人体传统,以记述而不以虚构为主的倾向。总之,与极盛期相比,这一阶段的小说创作基本上呈停滞、原地徘徊甚至倒退的态势。

造成这种颓势的原因是多方面的。从文学方面言之,则主要有题材与语言两大问题。一种文艺样式,倘想有所进步、发展,必须不断扩展其表现生活的广度和深度。唐中期传奇小说的繁荣,与作家们突破志怪小说仅写神鬼怪异之事的范围,把笔触伸向现实生活,伸向社会各阶层有极大关系。唐后期的传奇作品未在此基础上继续开拓,反而渐渐重返并局限在传统的神仙鬼怪题材(虽然不少有寓意,但也有许多是单纯志怪;而且即使有寓意,也毕竟不同于现实题材),这就决定了它们难有大成就。另一个问题,是文学语言。传奇小说的语言媒介是书面的文言,与口语距离相当大,因而在表现力上颇受限制。中期极盛时的传奇小说,语言已有俗化苗头,一定程度地冲击了文言的藩篱。这也是它们显得新鲜活泼、生动多姿的一大原因。而后期传奇小说,在语言上却大抵追求雅化,甚至骈俪化,这无疑是不利于丰富小说表现力的。文言小说在唐以后,虽然代有作者,其脉未断,但水平总难突破,读者面很难推广,原因也在于此。小说在唐以后的发展,主要体现在以口语白话为载体的话本、拟话本形式,这是文学史上公认的事实。唐代文言小说以其局限、不足的一面,预示了小说史的发展趋向,也可算是它的贡献之一。

第三节 《虬髯客传》及其他

《虬髯客传》是一篇重要的唐传奇作品,但因其作者是谁尚无定论,也就影响到对其创作时间的判定,所以放在最后来论述。

这篇小说,不见于史志著录。《太平广记》卷一九三收录,注云"出《虬髯传》",但未言作者。《崇文总目》、《通志·艺文略》均著录《虬须客传》一卷,也未言作者。直到洪迈《容斋随笔》(卷十二)和

《宋史·艺文志》才说此传是杜光庭所作。杜光庭是唐末道士,著有《神仙感遇传》、《仙传拾遗》等书。《虬须客》一篇即出于其《神仙感遇传》一书。但《虬须客》与《虬髯客传》不但题目有所不同,而且全文繁简美陋颇有差异,前者很像是后者之梗概与缩写。《虬髯客传》在宋人编的《豪异秘纂》及明刻本《虞初志》中均题为张说撰。清陶珽刊本《说郛》,亦署为张说撰。这是《虬髯客传》作者的又一说。经专家考证,杜光庭作《虬髯客传》说基本上可以否定,但张说恐也不是真正的作者[6]。第三种说法是《传奇》的作者裴铏写了这篇小说。宋人编的《绀珠集》卷十一引《传奇》有《红拂》一篇,即《虬髯客传》的节要,可为一证[7]。但也只是一证而已,倘以《传奇》的写作特点与《虬髯客传》相比,差异很是明显,后者水平高于前者中的多数篇章,风格也有豪迈苍劲与妩媚秀丽之不同,所以此说能否成立,也还需要论证。

《虬髯客传》述隋末乱世,红拂妓慧眼识李靖为英雄,与之私奔,路遇虬髯客,同至太原观察李世民,确认其有帝王之相。李靖遂尽心辅佐之,而虬髯则放弃逐鹿中原的打算,另去扶馀国发展。小说写三人形象十分鲜明突出,故习惯上又称之为"风尘三侠"。

据主要故事情节,尤其是文末赞语:"乃知真人之兴也,由英雄所冀。况非英雄乎?人臣之谬思乱者,乃螳臂之拒走轮耳。我皇家垂福万叶,岂虚然哉!"这篇小说的主题似有宣扬天命观念,对觊觎李唐王权者有警告之意。有的研究者遂据以推测,该小说当是作于中唐,王朝势衰力屈之后。

这篇小说的文学价值,在于主要人物塑造的成功。李靖的英武沉雄、红拂的明慧机智、虬髯客的剽悍豪爽,均在一言一动中自然地显现出来,而他们的言谈行为,特别是深层的心理动机,则是构成小说情节的巨大推动力。小说中人与人的关系充满戏剧性冲突,而又环环相扣,叙述中悬念不断,有些场面气氛相当紧张,如红拂之夜奔,如李、红在灵石旅舍初遇虬髯一节。人物对话也写得相当精彩。至于全篇笼罩着一种神秘色彩和宿命论意味,今天看来固是缺点,但对其所欲宣扬的主题思想,却有所助益,可以说是统一于全文总的规划之下的。由于它富于戏剧因素,故后世据以改编剧本者不少。明代凌濛初曾写有《红拂三传》,分叙三侠。今除写李靖的一本已佚,《北红拂》、《虬髯翁》二本尚存。张凤翼、张太和与一位号为"近斋外翰"者皆有《红拂记(传)》传奇。

唐传奇中,像《虬髯客传》这样作者难以确定的现象颇多。如《三梦记》历来署白行简作,但有人考明乃是托名;《周秦行纪》曾署牛僧孺,经考订应是韦瓘,但对此也有人怀疑。这两篇小说的真实作者究竟是谁,还是个谜。至于不著撰人的篇章,如《补江总白猿传》、《灵应传》、《东阳夜怪录》、《郑德璘》、《秀师言记》等,其真实作者不是无考,就是众说纷纭。

除作者待考,唐代小说还有另一些疑难问题。一是某些作品在不同小说集中互见,遂使各书篇目难以确定。这自然也就影响到某些书的总体面貌。如程毅中《唐代小说史话》说:"《常侍言旨》原书分六章,而现存《唐人说荟》本却是七条,并没有《上清传》、《刘幽求传》。其第一条和第七条《广记》引作《戎幕闲谈》,其馀五条都见于《国史补》卷上,大可怀疑。"这实际上就影响到三本书的具体面貌问题。另一个是对某些作品的材料依据、人物原型及主题思想,常出现纷歧的理解。如前面提到的《枕中记》主人公原型问题,《辛公平上仙》的影射及影射目标问题。又如《上清传》究竟是不是陆贽仇家为污蔑他而写? 等等,都是唐代小说研究中需要继续深入探讨的。随着这类问题的逐一解决,唐代小说史的面目也将愈益清晰而全面地呈露出来。

第四节　唐传奇的价值

上面,我们简略地勾勒了唐代小说的发展轨迹。关于唐传奇对后世的影响,前面在论述每一个具体作家作品时,已尽可能指出。为避免重复,这里不再赘说。事实上,凡是有价值的东西,必然会产生现实的或历史的影响。所以,论价值,同时也就是论影响,这是不难理解的。现在,试从四个方面概括以传奇小说为代表的唐代小说的价值。

第一,唐传奇的出现和繁荣,标志着中国古人叙事思维的进步与成熟,标志着小说已经历了萌芽和初步发展阶段,从孕育它的子、史著作中最后地脱胎而出,成为一种与其他文体有根本差异而具有自身特征,因而在文学上具有独立地位的新型文体。唐传奇使中国古典小说结束了它的史前阶段,从此开始了它的正史。这在中国文学史上也具有划时代的意义。

第二,唐代传奇小说开拓了文学的视野和表现领域。它突破了传统抒情诗歌以作者主观世界为中心的表现方式,而将视线和笔触投向更为广阔而丰富多彩的大千世界,特别是各色人等汇聚着、忙碌着的现实社会生活。于是以往文学作品相对欠缺的客观写照性质大大加强——尽管有的写照是经过了不同程度的变形,其反映面及反映的深度也非历来的传统文学可比,从而不但在文学的认识价值上,而且在艺术的美学价值上,也得到大幅度的提高乃至超越。

第三,小说在唐代的兴盛,从时间上看,虽迟于诗,其声名在持传统文学观的人看来,也不如诗,但它的异军突起,却预示了唐以后文学发展的大趋势,那就是叙事文学将逐步移向文坛中心,逐渐取代抒情文学(主要是诗)的地位,而成为文坛盟主。造成这一趋势的原因当然是多方面的,但无论如何,这个趋势已由唐以后的文学史史实确切无误地证明了。唐传奇以后,古文小说还有一定的发展馀势,宋明两代后继者不断,而到清代还开放出《聊斋志异》那样的奇葩。但古文小说的弱点,在唐代也已有所暴露,这也就预示着以口语白话为传媒的话本小说将有比古文小说更为广阔美好的前景。如此说来,唐代小说无论其优点,还是其不足,实际上都有一种预示未来的价值。

第四,这一点既是唐代小说的价值,同时也是它影响的最重要方面。那就是唐代小说,特别是唐传奇,除本身创作了许多不朽之作,成为中国文学中宝贵的财富,世世代代陶冶着我们人民的情操和审美情趣外,还为后世的小说、戏剧提供了大量素材、情节模式、人物原型乃至语言范本。前面的论述中已列举过许多例子。从某种意义说来,唐代小说实际上是后世叙事文学一个重要出发点或者说一片坚实的基础。此外,唐代小说也为后世的诗歌(包括词曲)创作提供了许多有趣的典实,甚至还促成了不少民间俗语的形成。总之,唐代小说的存在对于兄弟艺术内容和形式的丰富,是有所助益的。

〔1〕 关于《周秦行纪》及《周秦行纪论》的作者,学术界有不同意见。如谓作者与牛、李二人无关,而是反牛僧孺的另一些人。此处无法详论,故暂依旧说。其他说法可参看程毅中《唐代小说史话》,文化艺术出版社1990年版第185—186页。

〔2〕 详参程毅中《唐代小说史话》,第174页。

〔3〕 详参同上,及《玄怪录续玄怪录》点校说明,中华书局1982年版。

〔4〕 陈寅恪疑影射宪宗被杀,卞孝萱疑影射顺宗之死。参看程毅中《唐代小说史话》,第180页。

〔5〕 《聂隐娘》亦见今本《甘泽谣》,故有人即以袁郊为其作者,可备一说。然《太平广记》卷一九四引《聂隐娘》,注出《传奇》。本书暂依《太平广记》。

〔6〕 请参看王运熙《〈虬髯客传〉的作者问题》,见其《汉魏六朝唐代文学论丛》,上海古籍出版社 1981 年版。程毅中《唐代小说史话》,第 34 页。

〔7〕 请参看程毅中《唐代小说史话》,第 249 页。李宗为《唐人传奇》,中华书局 1985 年版第 111 页。

第二十七章　唐代通俗文学(上)

第一节　敦煌莫高窟与敦煌遗书

敦煌莫高窟是我国西部边陲的佛教圣地,镶嵌在祁连山下的艺术明珠。早在一千六百多年前就开始建窟修龛,据唐武周时李怀让《修莫高窟佛龛碑》云:前秦建元二年(366),"沙门乐僔"、"造窟一龛";"次有法良禅师","重即营建";"伽兰之起,滥觞于二僧"[1]。到圣历元年(698),已经有"窟室一千馀龛"。荒凉陡峭的岩壁布满洞窟,闪耀着动人的光彩。历史上,莫高窟有过兴盛繁荣的时期,也经历了边塞战争的摧残和风沙等大自然的侵蚀,毁坏了不少洞窟,其间经过历代统治者和善男信女的修复营建,直到现在还保存有四百九十二个石窟[2],北魏以后彩色塑像二千四百一十五身,壁画总面积达四万四千八百三十平方米。这些不同时代建造和绘制的窟龛在构造艺术和壁画风格上各有特色,壁画之美,彩塑之精,在世界艺术史上堪称独一无二的奇迹,显示出我国古代劳动人民的高度智慧和艺术才能。

但是,这座震撼世界的艺术宝库却长期湮没在惊沙漫漫的荒漠里。直到光绪二十六年(1900)发现藏经洞[3],敦煌遗书大量问世之后,莫高窟的石窟艺术和文献文物,才又重新引起国内外学术界的注视。

敦煌遗书约有四万多卷,在发现以后的不长时间内(1907—1914),其中有文学价值的写本,几乎被英、法、俄、日、美等国的探险者洗劫殆尽,分藏于世界各地,造成我国学术文化史上难以弥补的损失。

一九〇七年,英国政府雇佣的匈牙利人斯坦因,以考古为名潜入敦煌,施展各种手段,从王道士(圆箓)手里骗去敦煌遗书八千馀卷、木版印刷品二十卷和其他绘画绣品等文物,足足装满二十九箱,只付给五百两银子,算是"功德钱"。一九一四年,斯坦因来到敦煌,再次劫取敦煌遗书六百多卷。劫掠的画幡等艺术品收藏在印度中亚细亚古代文物博物院,敦煌遗书则全部收藏在不列颠博物院。

一九〇八年,法国伯希和闻风而至,从敦煌石室的混乱堆积中,挑选出他认为在语言文学、考古学以及其他方面有价值的写本,此外,又挑出一些有题记可考的佛经写本。然后把掠得的敦煌遗书,以五十两银子一捆的代价,劫走六千多卷写本和画卷等文物,装满十多箱,辗转运回巴黎,收藏在国家图书馆。

直到这时,清朝政府才下令敦煌地方官吏收集所遗的经卷文物,全部运到北京,可是,沿途又遭受大小官僚的窃取,最后送到京师图书馆时,只剩下八千六百七十九卷[4],且大都是残缺不全的佛经,而珍贵的敦煌遗书早已被劫藏在国外或流散民间。

还应当指出的是,帝俄时代曾于一九〇二年设立"研究中亚及东亚的俄国委员会",多次在我国新疆、敦煌一带进行"探查"活动。一九一四年,鄂登堡一伙来到敦煌,拍摄照片,偷绘洞窟,劫走布画、绢画、写本等大量敦煌文物,作为"敦煌特藏",后来贮放在苏联科学院东方学研究所列宁格勒分所。长期深藏幽闭,秘不示人,直到一九六三年以后,才开始整理影印出版某些写本的原卷真迹和解说目录[5]。据说沙俄劫藏的敦煌遗书总数约达万件以上[6]。

此外,日本的桔瑞超、吉川小一郎于一九一一年来到敦煌,劫取佛经写本四百九十二卷和一些唐代精美彩塑[7]。美国的华尔纳于一九二四年来到敦煌时,石室藏经已空空如也,遂以极其恶劣的手法剥离唐代壁画二十多块,给敦煌石窟艺术造成严重的破坏。

敦煌遗书主要是手抄的写本,还有少量木刻本,其中一些写本记有抄写年月,最早的是北魏太安四年(458),至迟也是北宋景德三年(1006),从时代上看是我国最古的抄写本和刻印本书籍。它们既反映出我国古代书籍由简册到卷轴、到刻印本的发展过程,也是研究当时社会生活、历史文化的宝贵材料,具有重要的文献价值。

敦煌遗书的内容十分广泛,有人喻之为"学术的海洋"。除去相当一部分佛道经典、历史文书等社会史料外,还有经史子集、诗歌词赋和通俗文学作品。而通俗文学作品又包括变文、话本小说、俗赋、词文和民间诗歌曲词等多种文学样式,从写本题记来看,它们大都是唐代流传民间的手抄写本,因此,敦煌文学的发现,为研究唐代通俗文学提供了丰富的蕴藏。这些来自敦煌地区的民间文学作品,以质朴浑厚的笔触,比较深刻地反映出当时的社会现实和人情风貌,同唐代文学的优良传统紧紧地联系在一起,同我国古代文学的发展有着不可分离的共通性。由于它们的发现,初步澄清我国文学史上某些长期难以解释清楚的文学现象。比如敦煌变文的出现,使人们认识到唐代变文这种新兴文体正是宋元以后说唱文学同前代文学的一个连锁,并为宋、金、元诸宫调和明清以来的弹词、宝卷的来龙去脉作出生动的说明。敦煌话本小说的出现,使人们比较清楚地看到唐代话本小说从表现手法到结构体式,已开宋元话本的先河,从而为我国小说史的研究开拓了新的途径。敦煌民间歌辞的出现,使人们对词的起源问题有更深的理解,过去有人认为词直接渊源于乐府,而敦煌歌辞问世以后,才发现唐代歌辞在乐府和宋词之间起着承前启后的过渡作用。敦煌民间通俗诗的出现,既可弥补《全唐诗》的不足,又为探讨唐代诗歌通俗化的历史进程提供丰富资料。因此,敦煌遗书内的民间文学作品是研究唐代通俗文学的重要方面,它以丰富的创作实践为繁荣我国文学尤其是唐代通俗文学作出了重要的贡献。

第二节 变文的兴起和特征

变文是唐代文学的新兴文体,在某种程度上代表着后代通俗文学的发展趋势。但是,由于变文作品曾经失传,长期不为人知,直到敦煌变文出现以后,才引起人们的兴趣和重视,开始进行整理和研究[8],从而为唐代通俗文学开辟一个新的领域。

在变文研究过程中,有的认为变文"这个变字似非中华固有,当是翻译梵语"[9]。实则不然,"变"之一词在我国文学史上早有所见,《乐府诗集》"清商曲辞"明确记载有《欢闻变歌》、《长史变歌》、《子夜变歌》等。《古今乐录》云:"《子夜变歌》前作持子送,后作欢娱我送。《子夜警歌》无送声,仍作变,故呼为变头,谓六变之首也。[10]"这些歌辞都是源自民间土壤,同"外来艺术"没有直接关系,可见以"变"为目,乃是我国文学的固有形式。再者某些唐人诗文中亦有以"变"为目的记载。孟棨《本事诗》记述张祜见白居易时说:"上穷碧落下黄泉,两处茫茫皆不见。非《目连变》何邪?"又吉师老有《看蜀女转〈昭君变〉》诗(《全唐诗》卷七七四)。此外,宋人黄休复《茅亭客话》也记载有《后土夫人变》[11]。总之,从《后土夫人变》、《目连变》和《昭君变》的出现,说明变文已在唐代诗人文士之间产生过一定的影响,成为一种渐趋成熟的文体。再从敦煌遗书发现题有"变"或"变文"的唐人写本也可得到证实,如《大目乾连冥间救母变文》、《汉八年楚灭汉兴王陵变》、《破魔变》等,说明唐代已经出现某些以佛经神变故事和历史传说为题材的变文。

变文出现在唐代不是偶然的现象,它是唐代社会经济高涨的结果,也与城市繁荣、文学艺术发展密切相关,而俗讲等宗教文学的影响则是变文产生的直接原因。远在魏晋时代,佛教流行之际,产生了转读、唱导等讲经形式,通过"或杂序因缘,或傍引譬喻"[12]来宣扬佛法。后来为了使玄奥的佛理通俗化,招徕更多的听众,俗讲等宗教文学在直接秉承佛经以散文叙说、偈赞歌唱的方式,使经文教义故事化、通俗化的同时,又逐渐加进一些历史故事和现实内容,使之更易于传布开来。到隋唐时代,佛教得到进一步发展,佛寺禅门的讲经更加盛行起来,涌现出专门从事俗讲的"俗讲僧"。"长庆(821—824)中,俗讲僧文溆,善吟经,其声宛扬,感动里人"(段安节《乐府杂录》)。"愚夫冶妇,乐闻其说,听者填咽寺舍,赡礼崇拜,呼为和尚教坊,效其声调,以为歌曲"(赵璘《因话录》)。甚至唐敬宗也于宝历二年(826)"幸兴福寺,观沙门文溆俗讲"(《资治通鉴》卷二四三)。这都说明俗讲在唐代社会已引起很大的反响,并取得成功。记录俗讲的底本,以释演佛经教义为主者,称为"讲经文";以表达经变和人物故事为主者,即是变文。

俗讲变文为了适应日益增长的民众需要,逐渐离经叛道,向非宗教的现实内容方向发展,讲唱者也不限于俗讲僧,同时产生以转唱变文为职业的民间艺人,表演地也由寺院扩大到变场、讲席等地方。唐段成式《酉阳杂俎》前集卷五《李秀才》条云:"望酒旗,玩变场者,岂有佳者乎!"这里说的"变场",大概就是转唱变文的娱乐场所。而王建观蛮妓讲唱《昭君》、吉师老看蜀女转《昭君变》,很可能就发生在变场之类的地方。由唐代出现专设的变场,说明变文在民间文学中占有重要的地位,一些富有人情味的以民间传说、历史故事和现实生活为题材的变文便日益多起来。

这类以世俗社会为内容的变文,通过非宗教的文学题材表达出人们对不同事物爱憎分明的态度,强烈抨击卑劣丑恶的社会现象,代表着一定的理想、意愿和要求,它表明变文已经由佛教宣传品开始向真正的民间通俗文学的转变。在这种情况下,变文开始具有既不同于僵化呆板、囿于佛经教义的讲经文,也有别于诗人文士创作的诗赋、传奇等正统文学的特点,它能够更率直地反映社会生活,更细致地描述故事,更生动地塑造人物形象。尽管在艺术形式上还存在某些不足之处,却有着向前发展的生命力,代表着从典雅到通俗、从因循守旧到敢于革新的创作道路,开创了民间说唱和叙事文学相结合的表现形式,并创作出可备一读的变文作品。

变文能够盛行于民间,除了题材的革新以外,还在于它兼有绘画、音乐等艺术特点,巧妙运用生动的画图、感人的音律突出和深化作品的主题。变文同绘画的关系,可以追溯到佛家的变相,唐张彦远《历代名画记》记载有《地狱变》、《降魔变》、《弥勒变》、《法华变》等,这类变相图分别把佛经神变故事、改绘成精彩动人的艺术画面,从视觉形象上给人以深刻的感受。同样,描摹佛经神变故事的变文只不过把生动的画图形诸文字,不难看出变文同变相存在着某种相辅相成的关系,那么,变文须有图画配合也是十分自然的事情。敦煌写本《降魔变文》(伯四五二四)背面绘有奇观幻境、粗犷奔放的画图,而每幅画图又分别与变文描述舍利弗斗法场面相应,并题有一段变文的唱词,这不正是变文内容的生动形象的说明吗!敦煌写本《破魔变》(伯三四九一)的画图,更为精美细致,实为后代插图小说之滥筋。变文须有画图配合演唱还可以从唐代诗歌找到证明,如吉师老诗云:"翠眉颦处楚边月,画卷开时塞外云。"(《看蜀女转〈昭君变〉》)不仅说明蜀女要有楚楚动人的表演,还要随时展现画图吸引听众,以增强演唱的艺术感染力。

此外,变文还包含某些音乐艺术的特征。由于变文采用讲唱结合、韵白相间的语言形式,首先决定它要有一定的音调韵律可寻,才能激起听众的感情,并引起某种感情上的共鸣。如唐代诗人描述民间传唱《昭君变》时写道:

> 欲说昭君敛翠娥,清声委曲怨于歌。谁家年少春风里,抛与金钱唱好多。(王建《观蛮妓》)
> 长翻蜀纸卷昭君,转角含商破碧云。(李贺《许公子郑姬歌》)
> 檀口解知千载事,清词堪叹九秋文。(吉师老《看蜀女转〈昭君变〉》)

以上所云"清声委曲"、"转角含商"、"清词堪叹",即用来形容表演者善歌,也反映出变文唱词的曲调悠扬婉转,感人肺腑。事实上,敦煌变文的某些唐人写本的韵文上端,明确标有"平"、"侧"、"断金"等字样[13],可能是指演唱时要用"平调"、"侧调"和"断金调"而言,这就把变文的演唱纳入一定的音乐艺术形式之中,并为后代讲唱文学的发展积累下一定的艺术经验,这是很可贵的。

第三节 变文的思想内容

今天所能见到的唐代变文主要是敦煌遗书内唐人抄写的变文作

品。这些写本由于年代久远,历经劫难,大都残损严重,甚至难以卒读。但是,正因为发现敦煌变文的残本,才使人们比较清楚地看到唐代变文的真貌,进一步丰富唐代通俗文学的研究。

唐代变文可以分为两大类:讲唱佛经故事的佛陀变文和讲唱非佛经故事的世俗变文。佛陀变文主要是宣扬佛经教义,充满轮回报应的迷信思想,有时还夹杂着忠孝报恩等封建道德观念,很容易把贫困无知的人们引向浑浑噩噩、寻求解脱的错误道路,带有很大的欺骗性。世俗变文基本摆脱佛经教义的束缚,开拓了题材范围,在揭露现实,反映人民理想方面具有一定的批判精神和较多的民间通俗文学的特点。

首先,佛陀变文讲唱佛经故事时有两种不同的形式。

其一,先引述一段经文,然后边讲边唱,敷衍铺陈,演述出各自独立的小故事,串联起来便是一个完整的故事。如《维摩诘经变文》直接演绎《维摩诘经》,往往把一二十字的经文,铺衍成三五千字的长篇,通过不同的艺术场景和人物的不同言行来表达经文的深刻内涵,具有想象丰富、结构奇巧和语言生动等特点,但是,由于囿守经义,所以又有"讲经文"之称。不过,《维摩诘经变文》比起一般的讲经文,已不再单纯地演释佛经义理,其中穿插着富有人情味的故事情节,具有较多的文学色彩。根据《大方便佛报恩经》铺叙的《双恩记变文》,讲唱每一个故事之前,几乎都要引几句经文为据,加以讲唱,使故事一步一步地发展下去,可以说是佛陀变文的早期形式。

其二,在讲唱佛经神变故事之前,不再引述经文,而是直接依据佛经故事,自由抒写,挥洒成篇。这类变文具有相当曲折的故事情节,突出鲜明的人物形象,流露出一定的生活气息,如《降魔变文》、《破魔变》、《目连救母变文》等。出自《贤愚经》的《降魔变文》是一篇描写南天竺国舍卫城须达修建伽蓝寺,引起佛弟子舍利弗与外道六师争圣斗法的故事,思想内容主要是体现神魔之争和宣扬"佛法无边"。《破魔变》主要描写佛祖如来战胜魔王和点化魔女弃邪归正的情景,显示出"佛心慈悲广大"、"天上天下,唯佛独尊"的高贵形象。至于《目连救母变文》[14]同样也是一篇著名的佛陀变文,其源出自《佛说盂兰盆经》,叙述佛弟子目连的母亲青提夫人因不信佛而造罪,被堕入地狱,经受种种苦难,而得证善果的目连凭借佛力,遍访地狱,终于救得其母脱离地狱苦海,全篇在佛法颂扬声中结束。作品表现地狱的凄惨、刑罚的残酷、狱卒的无情都是对现实社会的曲折反映,具有一定的批判意义。

总之,佛陀变文表现的虚情幻境,不管是如何的绚丽多彩、变化万千,它的中心思想总是离不开宗教内容,不可避免地带有毒害人民的麻醉作用。"一切宗教都不过是支配着人们日常生活的外部力量在人们头脑中的幻想反映,在这种反映中,人间的力量采取超人间力量的形式"[15]。佛陀变文正是利用"超人间力量"的幻想战胜邪恶,使陷入苦难中的人们得到某种精神上的慰藉与解脱,这是佛陀变文得以产生、发展的土壤和条件。

其次,唐代变文中最有意义的作品还是那些摆脱宗教思想的束缚,以历史故事、民间传说和现实生活为题材而创作的世俗变文。这类作品通过对不同人物的生动描写,大胆揭露和谴责封建制度下丑恶的社会现象,热烈赞扬生死不渝的坚贞爱情,以及维护国家统一完整的爱国主义精神,因此,世俗变文比较强烈地体现出人民的爱憎情感,有着深厚的人民性,代表作有《伍子胥变文》、《王昭君变文》、《王陵变》、《孟姜女变文》、《张议潮变文》等。

《伍子胥变文》是一曲赞颂伍子胥坚持正义,为父兄复仇的慷慨悲歌。它在《左传》、《吕氏春秋》、《史记》、《吴越春秋》等史书记载的基础上,经过民间艺人的再创造而完成。目前整理的《伍子胥变文》除去最后残缺部分,尚有一万五千馀字。故事情节基本完整:楚平王荒淫无道,强夺儿妇为妃;子胥之父伍奢苦谏,楚王不听,反杀害伍奢及其长子伍尚;伍子胥亡命吴国,起兵报父兄之仇,其后吴王信谗,伍子胥遇难。变文作者通过塑造伍子胥坚毅不屈、大义凛然的悲剧形象,把人民的同情和伍子胥历尽劫难、壮怀激烈的悲苦命运紧紧联系起来,深刻揭露封建帝王荒淫残暴的罪行,热情赞扬那种不畏强暴、勇敢复仇的坚强意志和斗争精神,因而更能起到鼓舞人们同残暴邪恶势力作斗争的勇气,具有一定的现实意义。

这篇变文对平凡人物打纱女、渔人等也有生动的描写,热情颂扬他们不贪富贵、不怕株连的无畏气概,和真诚助人、不避生死的思想感情。伍子胥逃亡途中,行至颍水,在打纱女的恳切相劝、真心帮助下,"努力当餐饭",而打纱女为了遮掩伍子胥逃亡道路,冷静而又果断地"抱石投河死",这种高贵品质令人十分钦佩。至于渔人帮助伍子胥渡江那段情节也写得真挚感人,不仅详细描述渔人热情招待伍子胥用餐的经过,还生动表现渔人拒绝接受剑璧的报偿,为了断绝伍子胥后顾之忧,毅然"覆船而死",真可谓仁至义尽。像这样的一些描写既突出伍子胥的英勇形象,也反映出善良人们崇高的精神境界。

《王昭君变文》叙述昭君出塞的故事,目前保存的唐人写本分为两卷,上卷前部残佚,只存昭君到匈奴后,郁郁寡欢,思念汉地,单于寻方设法博取昭君一乐,没想到却引起昭君的无限乡愁。下卷叙述单于立昭君为皇后,传令打猎,但是"既登高岭,愁思便生",遂卧病不起,溘然而逝,单于以国礼葬之。最后以汉哀帝发使和蕃,留下"魂兮岂忘帝都"的祭词作结。这篇变文既尊重历史记载,又突出民间传说,集中塑造王昭君善良温厚的形象,她虽处塞外享有种种特殊礼遇,但是她不慕皇后高位,不羡单于宠爱,日夜眷恋自己的家国,纵然憔悴至死也保持着高尚的情操,大大加深人们对封建社会妇女不幸遭遇的同情。

《汉八年楚灭汉兴王陵变》是一篇保存得相当完整的变文作品。主要表现汉将王陵、灌婴夜袭楚军的勇敢无畏的英雄行为,揭露项羽胁迫陵母招降王陵的丑恶行径,集中塑造陵母大义凛然、视死如归的崇高形象。变文语言通俗易懂,情节曲折起伏,很富有故事性。

《孟姜女变文》以民间传说孟姜女故事为题材,可惜该卷前后残损严重,且有脱漏,难以卒读。从仅存的片段仍可看出变文作者着重描写封建王朝沉重徭役给人民造成的痛苦和灾难,"被秦差充筑城卒,辛苦不禁俱役死。铺尸野外断知闻,春冬镇卧黄沙里"。表面上是揭露秦始皇修筑长城给人民带来的痛苦,实际上是唐代苛重的赋税徭役造成人民惨死边地的真实反映,很富有感染力。

在世俗变文中,直接叙述唐代时事的代表作,有以当代民族英雄为题材的《张议潮变文》,可惜原卷残损严重,难窥全貌。从仅存的片段可知,变文歌颂的是唐宣宗大中年间(847—859)张议潮率领民众赶走吐蕃和回鹘守将,收回瓜、沙、伊、肃等广大地区,奉十一州地图户籍归唐的英雄事迹[16]。变文在展现这一重大历史事件时,集中描写归义军的威武强大、势如破竹的战争场面:

> 仆射即令整理队伍,排比兵戈。展旗帜,动鸣鼍,纵八阵,骋英雄;分兵两道,裹合四边。人持白刃,突骑争先,须臾阵合,昏雾涨天。汉军勇猛而乘势,拽戟冲山直进前。蕃戎胆怯奔南北,汉将雄豪百当千。

此外,《张淮深变文》在描述张淮深(张议潮之侄)率领归义军将士保境守土,抗击异族侵扰时也有类似的英勇厮杀场面:"尚书乃处分诸将,尽令卧鼓倒戈,人马衔枚……分兵十道,齐突穹庐。鞞鼓大震,白刃交麾。匈奴丧胆,獐窜周诸,头随剑落,满路僵尸,回鹘大败。"这两篇变文热情地歌颂张议潮、张淮深和归义军将士勇猛顽强的战斗精神,真实地记录了敦煌地区人民反击异族侵扰者的艰难历程,让保卫边塞的战火锤炼他们"生死大唐好"的爱国情怀。

综上所述,世俗变文在展现历史人物和现实斗争的生动画卷时,除了某些虚构的理想化的情节以外,基本上着重于现实主义的真实描绘,比起追求虚幻的天堂地狱的佛陀变文是大大前进一步,表明变文已离开佛寺禅门而植根于现实生活的土壤,从而逐渐发展成为唐代通俗文学中喜闻乐见的新兴文体。

第四节 变文的艺术特色

唐代变文的题材和内容涉及人类生活的许多方面,从虚幻的佛国世界到严峻的历史事实,从神话般的想象到真实的社会人生,在一些有代表性的变文里得到不同程度的反映。尽管这些变文还比较粗糙稚拙,艺术上还不够成熟,但它们生动的创作实践,在运用文学表现手法上还是取得某些可资借鉴的艺术经验,直接影响了后代说唱文学的发展,在我国文学史上赢得一定的历史地位。然而,唐代变文的艺术特色表现在哪些方面呢?

首先,唐代变文在充满幻想的宗教文学的启迪下,善于运用夸张想象等浪漫主义的艺术手法,描绘出千变万化、瑰丽神奇的佛国圣境,和瞬息万变、神秘莫测的奇异场景,使某些枯燥乏味的宗教故事变得生动有趣、耐人寻味。《降魔变文》在描写佛弟子舍利弗与外道六师的神魔斗法时,利用"相生相克"、"一物降一物"的想象,在有限篇幅里充分表现光怪陆离的魔法幻术和猛禽怪兽进行搏斗的生动场

面,是那样的惊心动魄:

(六师)忽然化出毒龙,口吐烟云,昏天翳日,扬眉眴目,震地雷鸣。闪电乍暗乍明,祥云或舒或卷。惊惶四众,恐动平人,举国见之,怪其灵异。舍利弗安详宝座,殊无怖惧之心。化出金翅鸟王,奇毛异骨,鼓腾双翅,掩蔽日月之明;爪距纤长,不异丰城之剑。从空直下,若天上之流星。遥见毒龙,数回搏接。虽然不饱我一顿,且得噎饥。其鸟乃先啅眼睛,后啅四竖;两回动嘴,兼骨不残。

六师幻化的毒龙,虽然厉害无比,但在舍利弗变出的金翅鸟王面前,连一根骨头也没有剩下,这是何等惊奇的想象!在整个斗法过程还可看到六师幻出的宝山、水牛、水池、二鬼、大树等奇物异形,被舍利弗变化的金刚、狮子、白象、天王、风神一一降伏,这些晶光耀眼、变现莫测的艺术描绘,既开扩人们的眼界,迎合听众好奇的心理,同时又进一步开拓了文学创作的艺术领域。

佛陀变文想象力的丰富,还表现在它能利用一切非人间力量所能达到的理想境界,形容法力无边、神通广大的如来佛祖,充分显示受人顶礼膜拜的佛的本色:"如来涅而不死,槃而不生。搅之不浊,澄之即清,幽之不暗,暗之即明。视之不睹其体,听之不闻其声。高而不危,下而不倾。变江河而成酥酪,化大地为琉璃水精。拈须弥山,即知斤两。斫却江海,变成乾坑。合眼万里,开眼即停。现大身周遍世界,或现小身,微尘之内藏形。"(《降魔变文》)作者让想象遨游在大到宏观世界,小至微尘结构的奇思妙境之中,集世间无穷之技、无尽之能于如来一身,真是无与伦比。至于佛陀变文内"神通变化,现十八般";"或现大身,侧塞虚空;或现小身,犹如芥子"(《降魔变文》);"或五眼六牙,三身八臂,四肩七耳,九口十头"(《破魔变》)的夸张描写,以及云里来雾里去,弹指之间就能上天入地的丰富想象,在某种程度上开创后代《西游记》、《封神演义》等神魔斗法的艺术描写之先河。

其次,唐代变文大胆运用夸张想象等浪漫化创作方法的同时,也比较注重质朴真实、直陈叙事的写实手法,特别是当变文由佛寺禅门转向更广阔的社会生活领域以后,那种恣意渲染天上地下、神鬼魔妖的离奇场景已不能满足广大听众的精神需要,人们要求反映世俗生活的思想逐渐代替对天国的信仰,要求表现历史人物的悲欢离合远远超过对宗教徒幻想式争胜斗法的兴趣。在这种新的社会思潮的冲击下,变文的艺术手法也有新的变化。代之而起的是历史故事、民间传说和对现实生活的生动描绘,着力塑造了某些坚持正义、顽强抗争,陷入厄运而毫不退缩的历史人物;忠贞贤惠、不畏强暴、遭受打击而矢志不移的善良女性,从而为唐代变文的发展输入新的社会内容和时代精神,进一步增强惩恶扬善、批判现实的社会作用。因此,随着世俗变文题材的日益扩大,侧重于写实的艺术表现手法也逐步充实起来。

世俗变文在表现历史事件和人物活动时,比较注意选取和利用那些能够体现创作意图的生活素材,运用布局谨严的情节结构和生动真实的艺术描绘,集中塑造人物的艺术形象,使之具有一定的现实意义。如《伍子胥变文》在描绘伍子胥的悲剧形象时,已由粗线条的勾勒深入到挖掘人物性格的不同侧面,塑造出有血有肉、性格鲜明的人物形象。伍子胥"忠心尽节,事君九年,夙夜匪懈,晨昏无僭",可谓忠贞刚直;楚王无道,诛其父兄,又画影图形,悬赏捉拿子胥,正是仇深似海;伍子胥为报父兄之仇,不避险阻,逃往吴国,借兵伐楚,剑斩平王白骨,也不枉英雄一世;其后吴王信谗,伍子胥又不免一死,酿成个人悲剧。像这样一些情节,能够表现伍子胥秉直刚强、坚毅不屈的英雄性格,自然应当成为描写的主要方面。与此同时,作者还利用对打纱女、渔人等细节描写,进一步刻画伍子胥逃亡途中谨小慎微、狐疑多虑的复杂心情,使人物的内心世界更富有人情味和真实感,从而博得人民的同情和赞赏。

> 子胥行至颍水旁,渴乏饥荒难进路。遥闻空里打纱声,屈节斜身便即往。虑恐此处人相掩,捻脚攒形而映树。良久隐审不须惊,渐向树间偷眼觑。津旁更亦没男夫,唯见轻盈打纱女。水底将头百过窥,波上玉腕千回举。即欲向前从乞食,心意怀疑生犹豫。进退不敢辄思量,踟躇即欲低头去。

尽管伍子胥是一位叱咤风云的人物,但在"榜标道路,村坊搜捕"的逃亡途中,难免要瞻前顾后,察言行事。当他一旦得到打纱女的真心同情,便直言相告:"下官身是伍子胥,避楚逃逝入南吴,虑恐平王相捕逐,为此星夜涉穷途。蒙赐一餐堪充饱,未审将何得相报。"作者深入细致地刻画人物的一言一行和精神状态,从不同方面揭示人物的性格特征,在某种程度上避免了简单化和脸谱化的倾向,为后代白话小说的人物描写打下初步基础。

世俗变文固然以写实为主,强调作品惩恶扬善的社会功用,但也并不排斥想象夸张等表现手法,有时还能巧妙地把传奇情节与真实描绘结合起来,使人物形象和主题思想更加突出鲜明,取得强烈的艺术效果。如《孟姜女变文》在展现封建王朝沉重徭役给人民造成巨大痛苦和灾难时,除了夸张描写孟姜女千里寻夫、哭倒长城的情景,还利用游魂陈诉、指血验骨、众魂相托等浪漫化情节,以增强作品的悲剧氛围。《舜子至孝变文》则利用孝感于天,神明相助的丰富想象,把大舜描写成绝处逢生的传奇人物。舜遭毒打时,上界帝释相护,"犹如不打相似";遭火焚烧时,"感得地神拥起","毫毛不损";遇掏井下石时,"帝释变作一黄龙,引舜通穴往东家井出"。这里既有一定的历史传说作依据,也有丰富的艺术夸张,两者之间浑然一体,从而增强舜子行孝故事的生动性,读来饶有情趣。

最后,唐代变文作者能够比较熟练地选取和运用诗文相间、散韵结合的语言形式,以散文叙述,韵语吟唱,交替复具,直到故事终结。韵语一般以七言句为主,间或杂有三言、五言、六言句。散文部分多为浅近的文言和四六骈语,口语俚词亦可成文,逐渐形成一种文白夹杂的语体文,显示出民间文学新的语言风格,而这种风格的产生,除了文学发展的自身原因和适应民间大众需要的社会原因以外,同宗教文学口语化的影响也有密切关系。事实上,唐代变文出现的口语俚词往往见诸于释氏作品。如《丑女缘起》形容丑女时写道:

女缘丑陋世间稀,浑身一似黑靭皮。双脚跟头皱又僻,发如驴尾一枝枝。看人左右合身转,举步何曾会礼仪。十指纤纤如露柱,一双眼子似木槌。……上唇半斤有馀,鼻孔竹筒浑小。生来未省礼仪,见说三年一笑。见他行步风流,却是赵土袜脚。

这段文字语言生动,把很多被人视为极丑的形象集中用来形容丑女,越发使人感到斯女的丑陋,实在不堪入目,充分显示出民间语言的艺术风趣和夸张作用。

由此可见,唐代变文已初步摆脱雕饰繁缛的文风,朝着语言通俗化方向迈出可喜的一步,无论是散文叙写还是韵文歌唱,都能尽量使用民间口语或接近口语的通俗语言。《伍子胥变文》描写渔人覆舟自沉时,伍子胥慷慨悲歌一曲,既是音调悲怆、感情真挚的七言诗,也是明白如话、通俗易懂的语体文：

> 大江水兮淼无边,云与水兮相接连。痛兮痛兮难可忍,苦兮苦兮冤复冤。自古人情有离别,生死富贵总关天。先生恨胥何勿事？遂向江中而覆船。波浪舟兮浮没沉,唱冤枉兮痛切深。一寸愁肠似刀割,途中不禁泪沾襟。望吴邦兮不可到,思帝乡兮怀恨深。倘值明主得迁达,施展英雄一片心。

这里既明显地保留着六朝以来俗赋的痕迹,又能比较自由地驱遣语言,使之通俗畅达,以适应日益增长的口语化要求,这种新兴的说唱语言开宋元以后说唱文学的先河。

唐代变文在艺术实践上取得的经验虽然是很初步的,但是却体现出我国民间文学的发展方向,具有旺盛的生命力,给我国白话小说的发展以一定的影响。

〔1〕 张议潮《莫高窟记》云："晋司空索靖题壁,号仙岩寺。"索靖是敦煌人,西晋书法家,死于晋惠帝太安末年(303)。据此莫高窟的开凿年代应当更早一些。

〔2〕 据敦煌文物研究所统计：十六国晚期7窟、北魏13窟、北周12窟、隋代77窟、唐代232窟、五代至宋61窟、西夏77窟、元代9窟加上时代不明者,共计492窟。

〔3〕 一说敦煌藏经洞发现于光绪二十五年(1899)五月二十六日(见《王道士墓志铭》)。这里根据王道士生前《催募经款草丹》。

〔4〕 此为陈垣《敦煌劫馀录》著录的号数。其后又增编1192号,共为8679号。

〔5〕 如《十空赞》、《十吉祥》、《维摩诘经变文》、《双恩记变文》、《亚洲民族研究所敦煌特藏汉文写本解说目录》(一)、(二)等。

〔6〕　费德林《敦煌写本〈论文学相互关系问题〉》云,列宁格勒东方学研究所收藏的敦煌写本达12000号(见《远东问题》1975年第2期)。

〔7〕　桔瑞超《敦煌将来藏经目录》载:"经部367卷、律部8卷、论部27卷、疏解部25卷、杂部2卷,共计492卷。"

〔8〕　如《敦煌零拾》、《敦煌掇琐》、《敦煌杂录》先后收有敦煌变文多种。还有周绍良《敦煌变文汇录》(1954年)、王重民等编《敦煌变文集》(1957年)、周绍良等编《敦煌变文论文录》(1982年)等。

〔9〕　《读唐代俗讲考》《天津大公报》1947年2月8日《图书周刊》第6期。

〔10〕　《乐府诗集·〈子夜变歌〉序引》卷四五,中华书局1979年版,第655页。

〔11〕　《茅亭客话》卷四《李聱僧》条:"行坐念《后土夫人变》"。

〔12〕　慧皎《高僧传》卷十三"唱导"云:"唱导者,盖以宣唱法理,开导人心也……或杂序因缘,或傍引譬喻。"

〔13〕　如《欢喜国王缘》、《维摩诘经变文》等。

〔14〕　敦煌遗书内存在三种写本:《大目乾连冥间救母变文并图一卷(并序)》(斯二六一四)、《目连变文》(成字九六)、《目连缘起》(伯二一九三)。

〔15〕　《马克思恩格斯选集》第三卷,人民出版社1972年版,第354页。

〔16〕　《新唐书》卷二一六下《吐蕃》下云:"义潮阴结豪英归唐,一日,众擐甲噪州门,汉人皆助之,虏守者惊走,遂摄州事。缮甲兵,耕且战,悉复馀州。""沙州首领张义潮奉瓜、沙、伊、肃、甘等十一州地图以献。"

第二十八章　唐代通俗文学(下)

第一节　唐代话本小说

话本小说是唐代通俗文学的重要体裁之一。它的产生,向上可追溯到隋代,《太平广记》卷二四八引《启颜录》云:"侯白在散官,隶属杨素……逢素子玄感,乃云:'侯秀才可与玄感说一个好话。'"侯白是隋初秀才,曾以儒林郎修国史[1]。这里"说一个好话"指讲一个好故事,足见隋代已经出现"说话"的形式。发展到唐代,进入一个新的阶段,据唐人文献记载,玄宗晚年喜好"说话"[2],表明"说话"已深入宫廷。特别是从敦煌遗书发现明确题为"话"的《庐山远公话》、《韩擒虎话本》("话",原作"画")、《叶净能话》[3]以及《师婆漫语话》、《说阴阳人漫语话》的记载[4],进一步证实唐代已经产生同变文有别的话本小说。也就是说,当变文从佛寺禅门走向民间,佛经神变故事逐渐为世俗内容所代替,民间说话艺人逐渐取代俗讲僧的时候,"说话"因更易于招徕听众,显出比"转变"和变文更大的优越性。这时话本小说渐渐成为有意识的创作活动,并对社会生活产生一定的影响,以致我国西部边陲敦煌地区都在传抄着话本小说。

唐代话本小说主要见于敦煌写本,有的残损严重,甚至难以卒读。仅就残存内容来看,它们分别从不同角度反映社会生活的一些方面,强烈谴责封建社会的伦理道德和人们灵魂深处的丑恶东西,在一定程度上表达出人们的理想、意愿和要求。但是,其中也有某些消极落后的思想内容,或鼓吹封建的"忠孝"观念,或宣扬佛经教义的迷信思想,或夸张虚无缥缈、神奇怪诞的情节,往往起到消蚀人们斗志,维护封建秩序的作用,因此,对具体作品应当进行具体分析。

《唐太宗入冥记》原卷残损严重,脱漏甚多。但从残存的片段来看,情节生动,浅显通俗,其内容主要是描写唐太宗魂游地府,遭判官勘问的故事[5],虽然怪诞不经,却曲折反映出人民要求惩罚封建皇帝杀兄囚父罪行的严正态度。这在现实社会里当然难以实现,于是便寄希望于死后的幽冥世界,只是由于判官崔子玉徇私枉法,擅添禄命,唐太宗才得生还。这篇话本揭露了封建士大夫无耻追求富贵利禄的腐朽思想,同时也深刻反映了封建官场营私舞弊的恶劣现象,具有一定的批判意义。

《韩擒虎话本》卷首先说一段八大龙王赐龙膏医治杨坚脑疼病和宫闱之变后杨坚称帝的小故事,起到类似"入话"的作用。接着转入"正话",详细描述隋代武将韩擒虎辅佐杨坚灭陈,降伏大夏单于的历史故事。比较集中地表现韩擒虎胆识过人、多谋善断的性格特征,生动地刻画出韩擒虎智勇双全的英雄形象。

《叶净能话》为了表现叶净能"上应天门,下通地理,天下鬼神……要呼便呼,要使便使"的道教法术,巧妙地安排下惩治岳神、智斩妖狐、遥采仙药、幻化饮酒、求降甘雨、进献龙肉、皇后求子以及蜀川观灯、畅游月宫等情节结构,波澜起伏,妙趣横生,逐渐把人们引入虚幻境界,其中寄托着人们惩恶扬善的美好理想。

《庐山远公话》描写雁门慧远和尚,远行庐山修道念佛,感动山神造寺,潭龙听经,远契佛心,成为高僧的故事,同时还有大段文字叙述因缘宿债、演绎佛经教义,是一篇以佛徒言行为中心的话本小说,露骨地进行佛教宣传。

此外,还有《秋胡》(拟题)残卷,除一首五言六句赠诗外,通篇全用散文叙写,从形式上看亦为记录"说话"的底本。该卷现仅存鲁国秋胡出外游学求官,还乡途中调戏桑间女子(实即其妻),归家后遭到其妻痛斥的一段情节,比较深刻地揭露封建士大夫官居显位以后那种得意忘形、恬不知耻地调戏女性的卑劣行径,表现出人民对秋胡之流的极大蔑视,以及对勤劳良善、贤惠自尊妇女的同情,具有深刻的现实意义和批判力量。

唐代话本小说在情节结构、表现手法和语言运用方面虽然还不够成熟,但已显示出一定的艺术特色。

上述话本作品大都源于一些零散简略的历史记载或民间传说,经过说话艺人反复渲染和巧妙构思,编织得周密细致、跌宕起伏,饶有情趣地把人们引向神奇的艺术境界。如《叶净能话》描写叶净能降伏岳神、送还张令妻事,同《太平广记》卷三七八的"李主簿妻"条;叶净能智斩妖狐、巧救康太清女事,同《朝野佥载》卷三的"凌空观叶道士咒刀"条;叶净能蜀川观灯事,同《幽怪录》"广陵观灯"条;叶净能与唐玄宗畅游月宫事,同《龙城录》记"唐明皇梦游广寒宫"条等,皆有因袭之迹可寻。但是,《叶净能话》作者充分利用说话铺陈叙事的特点,集一系列小故事于一篇,把叶净能刻画成一位"绝古超今、化穷无极"的道者。作者在描述这些奇异故事时,不是作松散的组合,而是利用唐明皇"倾心好道,专意求仙"、"频诏净能于大内顾问"、"净能时时进法"为主线,把它们一个个串联起来,形成有机的整体。另一方面,作者叙述这些故事时也不是简单重复,而是利用生动的细节描写,错综的矛盾冲突,把一些小故事写得娓娓动听,并逐渐糅合进叶净能"造化须移则移,乾坤要止则止"的道教法力之中,产生引人入胜的艺术效果。

唐代话本小说在表现方法上还运用丰富的想象和强烈的夸张,通过虚幻的情节结构,把人物放到光怪陆离的幻想里加以艺术的描绘,使人物形象具有传奇色彩。如《庐山远公话》巧妙安排下"山神造寺"、"潭龙听经"和"造一法船,归依上界"等虚幻情节,进一步突出慧远是一位"能知人家以前三百年富,又知人家向后二百年贫"的得道真僧的艺术形象。《韩擒虎话本》最后设下天曹地府迎候韩擒虎为"阴间之主"的情节,都是运用浪漫主义艺术手法,加强人物形象理想化描绘的初步尝试,为后代小说的人物描写开拓了一条新的途径。

唐代话本小说重在讲说,故以散文叙述为主,虽然还残留着骈语的痕迹,但已初步摆脱浮艳繁缛文风的影响,创造出一种文白兼用、质朴练达,接近口语的文学语言。比如《韩擒虎话本》中写道:

> 贺若弼才请军之次,有一个人不肯,是甚人?是绝代名将韩熊男,幼失其父,自训其名号曰擒虎,心生不分,越班走出:"臣启陛下,蹄觥小水,争伏大海沧波;假饶蝼蚁成堆,那能与天为患。臣愿请军,克日活擒陈王进上,敢不奏。"皇帝闻语,亦见擒虎,年登一十三岁,奶腥未落,有偌大胸襟,阿奴何愁社稷,拟拜韩擒虎为将,恐为阻着贺若弼。拟二人总拜为将,殿前尚自如此,领兵在外,必争人我。卿二人且归私第,候来日前朝,别有宣旨。

这段文字自然流畅,无论是铺叙故事发展的经过,还是人物对话,使用的语言都很浅显,十分接近民间口语。这是话本小说适应社会各阶层人民需要的必然结果,已显露出向白话小说发展的趋势。

唐代话本小说所取得的艺术成就,表明我国短篇小说创作在唐代已经呈现出新的面貌,比起汉魏六朝以来形式疏略、类似短札杂记的志怪小说有了较大的发展。正如鲁迅所说:"小说亦如诗,至唐而一变,虽尚不离于搜奇记逸,然叙述宛转,文辞华艳,与六朝之粗陈梗概者较,演进之迹甚明,而尤显者乃在是时则始有意为小说。"[6]这话虽是对唐人传奇而言,用于敦煌话本同样合适。鲁迅对敦煌遗书中的《唐太宗人冥记》、《秋胡》等小说十分注意,他认为"用白话作书者实不始于宋……仍为唐人之作也"[7]。敦煌遗书内《庐山远公话》等话本小说,生动说明小说创作在唐代已经进入新的阶段,已逐渐成为有意识的创作活动。这些作品体式结构上"入话"、"正话"等特点,也进一步证实宋元话本并不是突然繁荣起来的,而是唐代话本小说发展的必然结果。

第二节　唐代俗赋、词文及其他

唐代通俗文学十分丰富,除上述的变文和话本小说以外,还有以敦煌写本《韩朋赋》、《晏子赋》、《燕子赋》、《季布骂阵词文》等为代表的俗赋和词文,它们分别采用白话赋体和唱词形式来铺陈历史和民间故事,其特点是多以韵文为主,是由唐代说唱艺人在我国传统的诗歌杂赋启迪下逐渐发展起来的文学样式。

唐代俗赋是我国古代辞赋通俗化的产物,直接受故事赋和杂赋铺采摘文、叙事状物特点的影响。《韩朋赋》比较明显地同宋玉《神女赋》、《高唐赋》以及汉魏以来的故事赋有着某种内在联系,却又突破赋体的骈俪杂陈、繁文缛饰的约束,以质直浅显的通俗文字铺陈演述故事。《燕子赋》则是以拟人化的艺术手法描述燕雀争巢事,又很接近曹植《鹞雀赋》的表现形式。至于《晏子赋》采用的问答形式,主要脱胎于枚乘《七发》的问答体。这都说明唐代俗赋的出现不是偶然的文学现象,它与我国古代赋体有着不同程度的关系。

唐代词文从表现形式上看是由"变文"等讲唱文学发展而来的新兴文体,它不再利用散文讲说,全部以唱词演述故事,有较强的音乐感,更能适应民间演唱和听众的需要。如《季布骂阵词文》明显地具有变文运用一定的情节结构和人物描写来铺陈故事的特点,所以有时又直称为《捉季布传文》(见《敦煌变文集》),把它纳入史传变文一类的作品之中。不过,就其通篇皆为七言韵文,敦煌原卷又明确题有"词文"字样来看,还是应当属于民间唱词作品。

敦煌遗书发现的《韩朋赋》、《燕子赋》、《晏子赋》、《季布骂阵词文》等作品的共同特点,是情节曲折、故事性强,但因内容不同,风格殊异,又各自具有不同艺术特色。《韩朋赋》的故事,最早见于《艺文类聚》卷九二引《列异传》,又见《搜神记》卷十六"韩凭妻"条[8]。两相比较,除人物名称韩凭改为韩朋、何氏改作贞夫、苏贺改作梁伯略有不同以外,其内容也丰富了许多,特别是某些情节的铺陈排比,形象描绘的细腻真挚,与其说是赋体,还不如说是一篇故事性很强的短篇小说,生动表明经过民间作者的提炼、加工和创造,进一步增强了悲剧色彩和生活气息,因而具有深挚感人的艺术力量。

《韩朋赋》首先叙述"少小孤单"的韩朋意欲远仕,遂娶贞夫为妻,相誓永不变心。韩朋出游,入仕宋国,宋王偶然拾到韩朋遗落的贞夫来书,亟想其人,逐由梁伯设计骗取贞夫入宫。接着描写宋王威胁利诱贞夫为妃,说什么:"卿是庶人之妻,今为一国之母,有何不乐?衣即绫罗,食即恣口,黄门侍郎恒在左右,有何不乐,亦不欢喜?"贞夫义正词严地回答:"鱼鳖有水,不乐高堂;燕雀群飞,不乐凤凰。妾是庶人之妻，不乐宋王之妇。"表现出矢志不移的崇高气节。当贞夫和韩朋相见于青陵台时，为了忠贞的爱情，相约以死，分别献出自己的年轻生命。最后全篇以理想化的复仇作结，写得生动感人：

> 宋王即遣人掘之，不见贞夫，唯得两石，一青一白。宋王睹之，青石埋于道东，白石埋于道西。道东生于桂树，道西生于梧桐，枝枝相当，叶叶相笼。根下相连，下有流泉，绝道不通……宋王即遣人诛伐之，三日三夜，血流汪汪。二札落水，变成双鸳鸯，举翅高飞，还我本乡。唯有一毛羽，甚好端正。宋王得之，遂即摩拂其身，大好光彩。唯有项上未好，即将摩拂项上，其头即落。生夺庶人之妻，枉杀贤良，未至三年，宋国灭亡。梁伯父子，配在边疆。行善获福，行恶得殃。

这里把《搜神记》内韩凭夫妇化鸳鸯的理想化情节，发展为替无辜者伸张正义的复仇描写，大大加强了故事的斗争性，从而体现出善良人们为了争取爱情自由、反抗强暴的坚强决心，以及死后也要报仇雪恨的战斗精神。

《韩朋赋》所表现的爱情悲剧，具有比较深刻的思想意义。这是因为作者把人物活动置于一定社会环境中的阶级对立和矛盾冲突之中。宋王荒淫暴虐地强逼贞夫为妃暴露了统治者的无耻，梁伯阿谀谄媚、阴险欺诈，及其鬼蜮伎俩得逞的现象，透露了破坏韩朋、贞夫之间纯洁爱情，葬送他们年轻生命的社会原因。另一方面，作品着力表现贞夫为了获得真正的爱情幸福，同来自各方的威胁压迫进行顽强斗争，即使生前不能团圆，死后也要同圹。"点点精诚化鸳鸯，一片毛羽如利剑。""多行不义"的宋王受到惩罚，表达出劳动人民"行善获福，行恶得殃"的理想和愿望。《韩朋赋》在一定程度上突破原有题材的限制,有力地鞭挞了封建统治阶级残暴丑恶的灵魂,渗透着人民的是非爱憎之情。

《燕子赋》是以燕雀争巢、凤凰判处为题材的寓言故事。目前发现两种敦煌写本:其一,全篇皆用五言叙写,情节简略,类似五言叙事诗,从卷首"雀儿和燕子,合作开元歌"(伯二六五三),推知为唐代开元年间的作品;其二,全篇以四言为主,兼有杂言,形式活泼,叙事生动,还穿插一些有趣的情节(伯二四九一),比前篇更富有故事性,明显地具有唐代俗赋的特点。

《燕子赋》以幽默诙谐、嬉笑怒骂的艺术手法,深刻讽刺恃强凌弱、徇私枉法的世俗丑辈,语言风趣简洁,情节起伏多变,风格清新明快,是一篇生动活泼而又寓意深长的民间俗赋。作品主要描写黄雀欺负弱小,谲诈狡狯的形象:

> 乃有黄雀,头脑峻削,倚街旁巷,为强凌弱,睹燕不在,入来皎掠。见他宅舍鲜净,便即兀自占着……燕子即回,踏地叫唤。雀儿出来,不问好恶,拔拳即搓,左推右耸,剜耳揖腮,儿捻拽脚,妇下口䶩。

好一幅强梁嘴脸!与其说是勾勒黄雀的霸道行为,还不如说是现实中某些蛮横人物的真实写照。当燕子向鸟中之王凤凰告下黄雀,黄雀败诉以后,只得依仗贞观十九年配入先锋时获得的"上柱国勋","求其免罪",这里又活画出恃功自傲者的无赖形象。《燕子赋》所描述的燕雀之争,实质上是以寓言手法曲折反映出唐代社会只要有官勋,就可以横行乡里,欺压善良,而不受法律制裁的真实情景,这是对唐代官场深刻有力的讽刺。

《晏子赋》描述齐国晏婴出使梁国(《晏子春秋》作楚国)的故

事,梁王企图设辞嘲弄貌丑身矮的晏子,没料到却遭受晏子临机应变的反唇相讥,梁王被驳得无言以对。该赋以对答见长,写得短小精悍,却极机警智慧。

唐代词文大都亡佚,只有敦煌遗书保存《季布骂阵词文》的多种写本[9]。这是一篇规模宏伟的七言叙事诗,长达三百二十韵,四千四百多字。该文详细叙写汉高祖捉季布的故事,原见于《史记·季布栾布列传》、《汉书·季布栾布田叔传》。史书所载均比较简略。《季布骂阵词文》的作者充分利用民间文学铺陈演绎、跌宕多变的艺术手法,在史传记载的基础上,以丰富的想象和适当的艺术夸张,突出表现季布在各种险恶环境下,巧施谋略渡过一个又一个难关的生动情景:自夸辩捷、出谋骂阵一节,避匿周家、身藏复壁一节,髡钳为奴、卖身朱解一节,再献计谋、宴会侯(婴)、萧(何)一节,侯婴代奏、舍愆收敕一节,侯婴再奏、赐金谢旨一节,所有这些情节经过民间艺人的渲染被抒写成一段激荡人心的文字,从而使本来比较简略单调的记载得到深化和发展。如史传只云"数窘汉王",民间词人紧紧抓住这个"窘"字,写出一段有声有色的骂阵词文:

遥望汉王招手骂,发言可以动乾坤。高声直喊呼刘季:"公是徐州沛(原作"丰")县人,母解缉麻居村墅,父能放牧住乡村。公曾泗水为亭长,久于闾阎受饥贫。因接秦家离乱后,自号为王假作真。鸦乌如何披凤翼,鼋龟争敢挂龙鳞。百战百输天不佑,士卒三分折二分。何不草绳而自缚,归降我主乞宽恩。更若执迷夸斗敌,活捉生擒放没因。"

这段粗语恶言,触及刘邦父母的骂词,只羞得刘邦"拨马挥鞭而便走,阵似山崩遍野尘",淋漓尽致地揭露刘邦出身微贱和以假作真

"自号为王",表现了对封建君主的极大蔑视。

此外,唐代通俗文学还包括讲经文、押座文以及佛赞、偈颂等释氏文字。讲经文是指佛寺禅门演绎佛教经义的底本,开头先引征经文,或称"经云"、或称"经曰"、或简称为"经",然后依据经义,边讲边唱,铺陈排比成讲经文。如敦煌遗书内有《妙法莲华经讲经文》、《金刚般若波罗蜜经讲经文》、《父母恩重经讲经文》、《佛说阿弥陀经讲经文》等。它们的共同特点表现在讲经者根据"经文"内容,予以夸张的艺术描绘,使枯燥乏味的经文人情化、通俗化,以期引起听众的注意,达到传教劝惩的目的。"押座文"是在讲经文之前说唱的一段引子,如《八相押座文》、《三身押座文》、《故圆鉴大师二十四孝押座文》等。它们多是七言韵文,其内容不外是演唱一段佛经故事,直接劝人行孝行善,然后以"唱将来"款式结束,转入正式讲经,可以起到类似话本的"入话"、杂剧的"楔子"、弹词的"开篇"的作用。至于佛赞偈颂以及邈真赞之类的短诗赞语,大都以四言、五言、七言韵文为主,兹不赘述。

第三节 唐代民间歌辞

唐代民间歌辞主要见于敦煌遗书保存的歌辞抄本。它的出现引起国内外学者的极大兴趣和重视,特别是本世纪五十年代以后,某些优秀歌辞作品愈来愈为人所认识,对敦煌歌辞的整理研究也进入新的阶段[10]。随之产生两种不同的认识:其一把歌辞的概念仅限于"词"、"曲子词",只重视文人藻饰的词,排拒民间主声的歌辞,因而对流传唐代民间的〔五更转〕、〔十二时〕、〔十恩德〕等曲调,以及反映民间生活的"发愤勤学"、"劝识字"、"征妇怨"、"七夕相望"等歌辞也一律排斥在"曲子词集"之外。其二判定唐代歌辞时始终坚持倚声定文、由乐填辞的原则,凡是能够发声歌唱的辞,不论是民间作品,文人创制,还是庙堂佛曲,也不究其文采如何,都属歌辞之列,从而把民间歌辞提高到文人歌辞的同等地位,打破那种轻视民间俗曲俚调的传统观念,其结果是既扩大了敦煌歌辞的范围,又丰富了唐代民间歌辞的研究。

唐代民间歌辞绝大多数没有留下作者姓名和写作年代,但是从敦煌歌辞内容和写本的题记年代,可以推断它们大都是唐、五代时期的作品,尚未发现迟至北宋时的歌辞[11]。至于歌辞的作者,除少数有姓名可考外[12],大部分为阙名。敦煌歌辞绝大多数是经过民间作者不断加工润色的产物,不过,有些歌辞也可能是文人学士、乐工歌伎假托俚俗口吻而作。但是从包罗万有、纷繁驳杂的内容来看,唐代歌辞大抵是处于社会底层的无名作者,从不同方面反映唐代社会人情风貌之作,因而具有深厚的民间性。

唐代民间歌辞比较客观地反映了唐代的社会现实和人情风貌,表达出人民的理想、愿望和要求。唐德宗建中二年(781)以后,吐蕃逐步占领河湟一带,统治敦煌长达七十年之久,直到唐宣宗大中年间敦煌地区人民在归义军节度使张议潮率领下,奋起反抗,收复了瓜、沙、伊、西等十一州。有一首〔菩萨蛮〕"敦煌古往出神将",即反映了这一历史事实,表现出边陲人民"生死大唐好,喜难任,齐拍手,奏乡音"[13]的思想感情。还有一首〔望江南〕也热情赞扬后唐庄宗时坚守边疆、建立勋业的曹议金和归义军将士们:

> 曹公德,为国拓西关。六戎尽来作百姓,压弹河陇定羌浑。雄名远近闻。　　尽忠孝,向主立殊勋。靖难论兵扶社稷,恒将筹略定妖氛。愿万载作人君。

张、曹两姓是统治敦煌的世家,为了炫耀权势,张扬武功,积极开凿洞窟,绘画盛大的《张议潮出行图》和曹议金等供养人像。联系这些洞窟壁画和史书记载来考察歌辞,可以看到上述歌辞正是可以与图、史映照的生动记录。

尤为有趣的是,有两首涉及黄巢起义的歌辞。其中一首〔献忠心〕描述黄巢起义军攻占长安,唐僖宗仓惶逃往蜀中的情景,作者站在统治阶级一边公开反对农民起义,咒骂黄巢"作乱":"自从黄巢作乱,直到今年。倾动迁移每惊天,京华飘摇。""会将銮驾,一步步,却西迁。"而另外一首〔酒泉子〕则与之相反,热情讴歌黄巢起义队伍"惊御辇"、"犯皇宫"、"夺九重"的英勇行动,把起义军威武雄壮的声势和封建官僚丧魂失魄的丑态,描绘得淋漓尽致:

　　每见惶惶,队队雄军惊御辇。蓦街穿巷犯皇宫,只拟夺九重。　　长枪短剑如麻乱,争奈失计无投窜。金箱玉印自携将,任他乱芬芳。

歌辞前片描写起义军攻入长安,直捣皇宫,撼动李唐王朝的生动情景,与史书"僖宗夜自开远门出趋骆谷,诸王官属相次奔命"[14]的记载印合。歌辞后片十分形象地写出唐朝军队溃败后王室勋戚惊慌失措狼狈逃窜之态,讽刺之意溢于言表。

唐代民间歌辞的另一重要内容涉及妇女问题。一般说来它们能冲破封建社会轻视妇女、玩侮女性的偏见,为不同阶层妇女的痛苦和不幸鸣不平。一首首饱含同情之泪的歌辞,或直抒胸臆,或触景兴叹,倾诉着征妇情思,怨妇悲愤和被侮辱被损害女性的反抗心声,以及她们对坚贞不渝,纯洁无瑕爱情的追求和向往,具有深刻的现实性。

民间歌辞在表现闺怨题材时,虽不免有低沉抑郁的幽思哀怨,但更多的是强烈而率真地表现她们"相思夜夜到边庭"(〔宫怨春〕)、"魂梦天涯无暂歇"(〔凤归云〕)的痛苦,毫不掩饰她们"情恨切,气填胸,连襟泪落重重"(失调名)的感情。

社会动荡固然是造成家庭悲剧的重要原因,而男子薄情、冶游放荡,往往促使妇女成为家庭悲剧中最不幸的角色。〔南歌子〕,对"攀花折柳"的负心人表示了无限怨恨。还有〔竹枝子〕、〔破阵子〕、〔柳青娘〕等也不同程度地描述封建礼教束缚下妇女们被无端遗弃家中,葬送青春爱情的不幸遭遇。与此形成鲜明对照的,是妇女们勇敢和顽强地追求爱情幸福。她们大声唱出:"今世共你如鱼水,是前世姻缘。两情准拟过千年……梦魂往往到君边,心穿石也穿,愁甚不团圆。"(〔送征衣〕)抑或如此赤诚炽烈地表示爱情的坚贞:

> 枕前发尽千般愿,要休且待青山烂。水面上秤锤浮,直待黄河彻底枯。　　白日参辰现,北斗回南面。休即未能休,且待三更见日头。(〔菩萨蛮〕)

那些处于封建社会最底层的妓女,则对人身惨遭蹂躏的严酷现实发出强烈控诉:

> 莫攀我,攀我太心偏。我是曲江临池柳,这人折了那人攀,恩爱一时间。(〔望江南〕)

唐代民间歌辞反映的现实问题还涉及其他阶层的生活情状。如〔长相思〕三首分别描述"富不归"、"贫不归"、"死不归"的商人形象;〔菩萨蛮〕刻画"求宦一无成",只得"权隐在江湖",慨叹"森森三江水,半是儒生泪"的落第书生,以及〔浣溪沙〕里"卷却诗书上钓船",发誓永远"不朝天"的孤高隐士,表现出大胆泼辣,快人快语的民间风格。此外,还有描写渔夫、豪侠、僧徒、道士、磨面娘子等各类人物的辞作,以及颂马、颂剑、讽刺戏谑、抒情写景的篇章。

唐代歌辞还有很多宣扬佛理教义的佛曲歌辞,如〔散花乐〕、〔归去来〕、〔悉昙颂〕、〔行路难〕、〔求因果〕等,与之配合的歌辞也主要是张扬佛法,劝善行孝,鼓吹缘业因果、轮回报应的说教,引导人们"夜夜朝朝恒念佛"(〔五更转南宗赞〕),"去舍荣华修佛道"(〔禅门十二时〕),以便进入虚幻的佛国世界,这类佛曲歌辞自然是唐代歌辞中的消极部分。不过,其中也多少含有反映现实的内容,如"普劝四众依道修行"的〔十二时〕内云:

鸡鸣丑,曙光才能分户牖。富者高眠醉梦中,贫人已向尘埃走。

使府君,食香糇,须念樵农住山薮。旱涝忍苦自耕耘,美饭不曾沾一口。

或佳期,或失意,聚散悲欢事难记。思量一夜百千家,几户忧愁几家喜。

从而触及到贫富不均的社会现象。但又把它们归之于"各自前生缘果异","罪福总由天曹配"(〔禅门十二时〕),陷入因果报应论的泥坑,这是佛曲歌辞的致命弱点。

唐代歌辞比较注意吸取民间文学的艺术滋养,运用想象、夸张和虚构的艺术手法,从而为不少歌辞增添浓郁的浪漫氛围。其中最常见的是在写景中抒情,触发人们的思绪,让丰富的联想驰骋在优美的境界。如〔望江南〕云:"天上月,遥望似一团银。夜久更阑风吹紧,为奴吹散月边云,照见负心人。"歌辞把主人公安排在这样一个夜阑风紧月朗云浓的艺术境界,抒发被抛弃的忧愤,有着强烈的感染力。

利用想象奇巧、构思新颖的拟人化手法,也是增强作品浪漫色彩的艺术手法之一。如〔鹊踏枝〕的作者,大胆赋予灵鹊以性格化语言,清新明快,别有风趣,歌辞写道:

叵耐灵鹊多谩语,送喜何曾有凭据。几度飞来活捉取,锁上金笼休共语。 比拟好心来送喜,谁知锁我在金笼里。欲他征夫早归来,腾身却放我向青云里。

歌辞前片写征妇望穿秋水,丈夫未归,迁怒于喜鹊;后片借喜鹊自白,祝愿征夫早归。这首借与喜鹊答对形式写成的闺怨辞,通过活灵活现而又性格化的喜鹊的饶舌,把一个思念征夫、渴望征夫早归的妇女写得那么天真活泼,反映出民间歌辞表现手法的多样化。

歌辞作者还善于抓住人物行动和性格上的重要特征,高度概括地塑造出生动鲜明的形象,表现出质朴浑厚,自然隽永的民间风格,如〔浣溪沙〕描写渔翁时云:"蓑笠不收船不系,任东西。""即问渔翁何所有?一壶清酒一竿风。山月与鸥常作伴,五湖中。"歌辞突出地描述了渔翁飘泊江湖,一无所有,却又无忧无虑,悠然自适的性格特征。〔谒金门〕刻画穷愁潦倒的云水客时写道:"云水客,书卷十年功积,聚尽萤光凿尽壁,不逢青眼识。""欲上龙门希借力,莫教重点额。"像这样一位历经十年寒窗的有识之士,不为人重,直到陷入苦痛悲酸的境地,依然抱有登龙门的侥幸心理,深刻反映出封建社会书生儒士的心理状态。

唐代民间歌辞虽然取得一些艺术成就,但总的说来还显得比较粗疏稚拙，反映的社会现实也多限于市民阶层，或适应他们需要的内容，至于直接表现劳动人民及其困苦生活的歌辞，却为数甚少，这也是唐代民间歌辞的不足之处。

第四节　唐代民间诗歌

在众星璀璨的唐代诗歌王国里，民间诗歌以丰富多彩的内容，自由挥洒的风格和平易浅切的语言，生动鲜明地反映出唐代社会生活的不同方面，为唐代诗苑吹进一股清新的气息。这类流传于民间的诗歌作品，除某些史书文集、笔记小说有所记载外，大都残阙散佚，幸赖敦煌遗书的发现，为人们保存下许多极为罕见的民间诗歌抄本，或见诸于卷背、卷尾、行缝之间的通俗诗作，显示出唐代民间诗歌的丰富蕴藏。就其内容而言，主要包括以下几个方面。

首先是民间歌谣，被誉为"新歌旧曲遍州乡"（伯二七二一）、"万户歌谣总展眉"（伯三五〇〇）、"万户歌谣满路"（伯四九七〇）的敦煌地区，民间歌谣亦曾得到广泛的流传，见诸文字记载的主要是敦煌本《沙州图经》（伯二〇〇五、二六九五）卷末附的歌谣，共分十章，四言句式，其内容都是歌颂"神皇""圣母"武则天的神功德政。如末章云：

黄山海水，蒲海沙场。地邻蕃服，家接浑乡。昔年寇盗，禾麦凋伤。四人（讳"民"）扰扰，百姓遑遑。圣人哀念，赐以惟良。既抚既育，或引或将。昔靡单裤，今日重裳。春兰秋菊，无绝斯芳。

据诗末题记:"右唐载初元年(689)四月,风俗使于民间采得前传歌谣,具状上讫。"表明此诗撰成于"载初元年四月"以前,并由"风俗使于民间采得"的记载,又说明这是出自民间的歌谣。然而从构思谋篇、遣词炼句上看,且多谄媚佞诈之语,又可能是地方长官托"百姓"之口而造作的"歌谣"。姑且不论原作者为谁,仅就敦煌遗书发现歌谣的唐人抄本,已具有深远的意义。

与上述以歌功颂德为内容的载初歌谣相反,还有一首以反映中唐前后社会矛盾加剧,表达人民意愿的"无名歌",相当真实地记录下饥荒遍野、物价昂贵、民怨沸腾、冲突加剧的社会现实。诗云:

> 天下沸腾积年岁,米到千钱人失计。附槨(郭)种得二顷田,磨折不充十一税。今年苗稼看更弱,枌榆产业须抛却。不知天下有几人,只见波逃如雨脚。去去如同不系舟,随波逐水泛长流。漂泊已经千里外,谁人不带两乡愁。舞女庭前厌酒肉,不知百姓饿眠宿。君不见城外空墙匡,将军只是栽花竹。君看城外凄惶处,段段茅花如柳絮,海燕衔泥欲作巢,空堂无人却飞去。
> (伯三六二〇)

作者以写实的手法,批判的笔触,深刻揭示出当时社会普遍存在的贫富两极分化的深刻矛盾,并概括为"舞女庭前厌酒肉,不知百姓饿眠宿"的诗句,其对比之强烈,形象之鲜明,令人久久难以忘怀。

唐僖宗中和四年(884),河西节度使张淮深平定甘州回鹘受封以后,有一首自称"歌出在小厮儿"的"童谣"(伯三五〇〇)对张氏进行热烈的赞颂。内云:

> 二月仲春色光辉,万户歌谣总展眉。太保应时纳福祐,夫人

百庆无不宜。三光昨来转精耀,六郡尽道似尧时。田地今年别滋润,家园果树似荼(涂)脂。河中现有十硇水,潺潺流溢满口渠。必定丰熟是物贱,休兵罢甲读文书。再看太保颜如佛,恰同尧王似重眉。弓硬力强箭又猢,头边虫鸟不能飞。四面蕃人来跪伏,献驼纳马没停时。甘州可汗亲降使,情愿与作阿耶儿。汉路当日无停滞,这回来往亦无虞。莫怪小男女哎哆语,童谣歌出在小厮儿。

全诗以通俗的语言,铺叙的手法,生动描述太保张淮深的文功武绩,不仅是一篇脍炙人口的童谣,而且为研究归义军张氏政权提供了重要史料。

其次是歌古颂今之作。特别是以历史人物为题材的《古贤集》(见伯二七四八、三一一三、斯二〇四九、六〇二八等),在某种程度上表现出深厚的文化素养和对传统道德的高度赞扬,从其流传之广,传抄本之多,说明它已长期地发挥着陶冶人们情操的潜移默化作用。《古贤集》虽以集名,实为七言长诗,共八十句。作者佚名。关于该诗的写作时代,一种意见认为它是"唐末敦煌地区的民间诗歌"[15],另一种意见则根据其内容与《全唐诗》卷八八一所载李翰《蒙求》相类,推断"此诗可能创作于盛唐后期或中唐前期"[16]。全诗主要撷取先秦以来历代人物的不朽事迹,大胆抨击封建统治者枉杀无辜的暴行,热情讴歌先贤高士堪为人杰的优秀品德,借以宣扬君明臣贤、尽节尽孝的道德情操。从写法上看已完全避开细腻的描述,而采取以一句或两句概述某人一生的形式,利用相关的内容、谐和的音韵,巧妙地联结成别具一格的完整诗章,因而又是一首具有"蒙书"性质的唐诗,故而流传广泛。如云:"秦皇无道枉诛人,选士投坑总被坟。""晏子身微怀智计,双桃方便杀三臣。许由洗耳颍川渠,巢父牵牛涧上驱。夷齐饿首阳山下,游岩养性乐闲居。荆轲入秦身未达,不解琴音反自诛。""孟宗冬笋供不阙,郭巨夫妻生埋儿。董永卖身葬父母,感得天女助机丝。"从诗中所述历代高人贤士的种种足堪效尤的义举孝行来看,与末句所云"集合众贤作聚韵,故令千代使人知"的创作宗旨,十分吻合。

与《古贤集》内容相类似,原题《读史编年诗》(斯〇六一九)的敦煌写本,同样以咏古人事迹为题材,只不过写法上各具特色。前者为七言古诗,不分首,后者为七言组诗,以年岁分首,诗的《原序》云:"编年者,十三代史间,自初生至百岁,赋其诗以纪古人百年之迹。其有不尽举一年之事而杂以释老者,盖为诗句之所在。七言八句,凡百一十。"据此全诗应为一百一十首,然原卷尾残,仅存三十六首,殊为憾事。兹举"七岁"为例:

孔融幼女毁齿年,引颈就戮忻忻然。谢庄父子擅文雅,项橐师资推圣贤。吟处碧天云暗合,拜时真像泪长悬。仍问别有张曾子,礼乐□知世共怜。(其一)

全诗依据人物年龄的递增而各自成篇,每岁咏诗一首或两首。在敦煌遗书保存"二十八岁"以前的各首诗中,分别赞颂唐以前的古人事迹,往往通过寥寥几笔的勾勒,即可表现出某一年岁人物的独异行为、煌煌业绩及其高尚品德,以激励后人,奋发向上。在创作上以化用故实为其主要特色。

敦煌遗书还保存《咏孝经诗》(伯三三八六、三五八二),原卷首题"杨满川咏孝经壹拾捌章"(题下注一作"满山"),作者生平未详。卷尾题记:"维大晋天福七年(942)壬寅岁七月廿二日三界寺学士郎张富杂记。"说明它的创作时代在天福七年以前。全诗依据《孝经》

章节,分为"开宗明义、天子、诸侯、卿大夫、士人、庶人、三才、孝治、圣治……"等十八章,并依次歌咏之,每首五言八句。如云:

欲得成人子,先须读孝经。义章恩最重,莫著发肤轻。和睦为宗祖,温柔是弟兄。立身于此道,于后乃扬名。(《开宗明义章第一》)

孝义通天地,情深感义章。严冰泉涌出,鱼跃为王祥。义重二荆茂,终于四海光。鬼神先著矣,生死共称扬。(《感应章第十六》)

该诗主要目的不在于颂人,而是通过归纳孝行义理,以提纲挈领式的诗句概括出《孝经》的内容,使之能在民间得到更为广泛的流传,于此不难发现唐代社会思潮是如何推崇孝道和宣扬以孝治天下的思想武器,使民间诗歌也不得不涂上一层为现实社会和人情世态服务的色彩。

以描绘山川景物、名胜古迹为题材的诗歌作品,由于扎根民间,情系乡土,往往带有鲜明的地方特色。如原题《敦煌二十咏》(伯二七四八、三八七〇,斯六一六七等)的唐人抄本,就是这方面的代表作。全诗二十题,描写的范围包括敦煌的山水泉池、楼观庙堂、佛窟神祇、奇草异树以及忠臣烈女的遗迹等二十处景观,每题一咏,既可单独成篇,又能联成一体,若以所咏对象皆出自敦煌则又可合为组诗。作者通过貌似写景状物,实则怀古颂今的表现手法,尽情抒写敦煌的古往今来及其著名人物建立的神功伟绩。在情节上有分有合,互为补充,以一条"略观图录,粗览山川,古迹灵奇,莫可详究,聊申短咏,以讽美名"(《原序》)的主线,把它们巧妙地编织成一组纵览古今、体察民情的敦煌史诗。如云:

雪岭干青汉,云楼架碧空。重开千佛刹,旁出四天宫。瑞鸟含珠影,灵花吐蕙丛。洗心游胜境,从此去尘蒙。(《莫高窟咏》)

池草三攒别,能芳二月春。绿苔生水嫩,翠色出泥新。散舞飧花蝶,潜惊触钓鳞。芳菲观不厌,留兴待诗人。(《三攒草咏》)

昔时兴圣帝,遗庙在敦煌。叱咤雄千古,英威镇一方。牧童歌冢上,狐兔穴坟旁。晋史传韬略,留名播五凉。(《李庙咏》)

前两首以刻画山川灵奇、景物绮丽见长,末一首则以游览遗迹,触景兴叹为主。"兴圣帝",指西凉武昭王李暠,唐天宝二年(743)尊其为兴圣帝。作者面对眼前李庙遗迹的荒凉败落,抚今追昔,不禁抒发怀念这位叱咤千古的英雄人物之幽情,同时也寄托着对敦煌世事沧桑和忠臣神将的无限感慨。乡土气息之浓,溢于言表。

最后,敦煌遗书还保存着以反映民间风习为内容的诗作,它们从各个不同方面描述敦煌的风物习俗,以展示出民间诗歌的实用价值。有的以时令节候为题,如《咏廿四气诗》(伯二六二四),从写法上看,它是在写景诗的基础上,又着重推出一些与农时相关的信息,使节气变化与农事生产更加紧密的结合起来,给人以更多的审美享受与生产知识,如云:

阳气初惊蛰,韶光大地周。桃花开蜀锦,鹰老化春鸠。时候争催迫,萌芽护短修。人间务生事,耕种满田畴。(《咏惊蛰二月节》)

向来鹰祭鸟,渐觉百藏深。叶下空惊吹,天高不见心。气收禾黍熟,风静草虫吟。缓酌罇中酒,容调膝上琴。(《咏处暑七月中》)

这首组诗比较全面地写出节气变化与动植物生长发展的自然规律，同时启发人们要不误农时地进行春种秋收等一系列农事活动，是一篇真正具有知识性的民间农事诗。而《咏九九诗》（伯四〇一七）则是描述冬至数九以后自然界发生的气候变化及其寒冷差异，如云："一九冰头万叶枯，北天鸿雁过南湖"；"三九飕流寒正交，朔风如箭雪难消"；"九九冻蒿自合兴，农家在此乐轰轰"。这是集数九以后寒冷变化而写成的诗篇，能给人们留下生动而又形象的御寒知识，同时也可以产生很大的实际效应，故而才能在民间广为传唱。

以描写婚姻嫁娶为题材的新婚诗，是伴随婚礼进行过程而咏唱的诗作。从迎亲、催妆、进大门、至堂基、入喜房、撒帐、合卺等各个环节，都配合有与之相应的喜庆诗章，有时同一诗题下还有不同的咏诗，以示其多样性。如《去花诗》云：

> 一花却去一花新，前花是价（假）后花真。假花上有衔花鸟，真花更有采花人。（伯三三五〇）
> 神仙本自好容华，多事旁人更插花。天汉坐看星月晓，纷纷只恐入云霞。（伯三二五二）

前者语意双关，戏谑调侃，显示出通俗风趣的特点；后者设喻奇巧，构思精妙，颇有诗的韵味。出现这种情况可能是不同阶层有不同欣赏习惯和艺术追求所致，同时也可以发现唐代民间婚俗诗是很重视实用价值的。

唐代民间主要以抄书的方式传播各种文化知识，随之抄书人便成为一个特殊的阶层，为了表达他们烦闷困苦和忧愤不满的情怀，往往在抄书之后，信笔留下即兴题诗，如云：

>　　今日写书了,合得五斗麦。高代不可得,还是自身灾。(斯六九二学仕郎安友盛诗)
>
>　　写书今日了,因何不送钱。谁家无赖汉,回面不相看。(宿字九十九)

这类口语诗多信手信口,率意之作,全然未加雕饰,透过平淡质朴的诗句,相当真切地揭示出知识分子为生活所迫的困窘心态。而另外一些写卷还可发现读书观画的题诗,虽未留下作者姓名,亦很有特色。如日本龙谷大学藏《悉达太子修道因缘》末附咏画诗《题画和尚》,诗云:"壁上无年岁,人间绝往来。面尘何日洗,经卷几时开?发乱无刀剃,袈裟是笔裁。若也无定准,墙塌是轮回。"生动地描绘出"壁上和尚"及其远离人世而蓬头垢面的形象,进而迸发出只有墙塌才是轮回的感叹。还有一首"偶游仙院"的无题诗(伯三一九七),把塑像描摩得体态轻盈,栩栩如生,充分展现塑匠的高超技法和敦煌艺术的精湛水平。诗云:

>　　偶游仙院睹灵台,罗绮分明塑匠裁。高绾绿鬟云髻重,手垂罗袖牡丹开。容仪一见情难舍,玉貌重看意嫩(懒)回。若表恳诚心所致,愿将恣貌梦中来。

总之,敦煌遗书内以描述风土人情、民俗习惯为内容的民间诗歌,以深刻的实用性、强烈的针对性和语言的通俗性见长,已成为唐代民间诗歌的重要组成部分,不仅对同时代文人的创作产生深远影响,也为后代民间诗歌的发展作出重要贡献。

〔1〕《隋书》卷五八《侯白传》："侯白字君素,好学有捷才,性滑稽,尤辩俊。举秀才,为儒林郎。"

〔2〕 郭湜《高力士外传》："太上皇移仗西内安置……每日上皇与高公亲看扫除庭院,芟薙草木,或讲经、论议、转变、说话,虽不近文律,终冀悦圣情。"

〔3〕《叶净能话》见斯六八三六,原题为"叶净能诗",有人认为"诗"是"传"之误;有人认为"诗"是"话"之讹,这里从后说。

〔4〕 斯四三二七,原卷无题,文内云:"以下说阴阳人漫语话,更说师婆漫语话。"刘铭恕认为"'话'字一字,与前出《庐山远公话》,以至和《李娃传》的《一枝花话》的'话',在小说流变史上,应并为有益的资料。"(见《敦煌遗书总目索引》商务印书馆 1958 年版第 198 页)

〔5〕 又见《朝野佥载》卷六和《太平广记》卷一四六"授判冥人官"。

〔6〕〔7〕 鲁迅《中国小说史略》,人民文学出版社 1973 年版,第 54 页、第 87 页。

〔8〕 唐宋以来记述韩凭故事的还有《岭表录异》、《法苑珠林》、《太平御览》、《九域志》、《人镜阳秋》等书,所载皆大同小异或比较简略。

〔9〕 见伯二六四八、二七四七、三一九七、三三八六、三七九七,斯一一五六、二○五六、五四三九、五四四○、五四四一等。此外还有传刻本见《敦煌零拾》、《敦煌掇琐》,吴世昌的考释本见《罗音室学术论著》(一),周绍良校本见《敦煌变文汇录》,王重民汇校本见《敦煌变文集》。冯沅君补校本见《敦煌变文论文录》。

〔10〕 敦煌歌辞的整理本有:王重民编《敦煌曲子词集》(1950 年),任二北编《敦煌曲校录》(1955 年),饶宗颐编《敦煌曲》(1971 年),林玫仪编《敦煌曲子词斠证初编》(1986 年),任半塘编《敦煌歌辞集总编》(1987 年)等。

〔11〕 目前发现的敦煌写本早起北魏太安四年(458),迟至北宋景德三年(1006),其间虽有北宋初年的写本,也是传抄唐代流传下来的歌辞。目前整理的敦煌歌辞除一首为隋代作品,馀皆是唐、五代期间(618—959)所作。

〔12〕 如岑参〔冀国夫人歌辞〕六首;哥舒翰〔破阵乐〕一首;温庭筠〔更漏子〕一首;唐昭宗〔菩萨蛮〕二首;欧阳炯〔更漏长〕二首;以及沈宇、神会、法照等

人也有一些作品。

〔13〕 本文所引歌辞皆见任二北《敦煌曲校录》。另,所引敦煌遗书内容凡已见整理本者,不再一一注明原卷编号。

〔14〕 《旧唐书》卷二百下《黄巢传》。或以为本词作于唐昭宗乾宁二年(895)五月李茂贞等率兵"入觐"长安之后;或据抄写本词的敦煌原卷伯二五〇六内有武周新字,属初盛唐写本,或曾有初盛之祖本,而所演故事上推至六朝矣。参见《敦煌歌辞总编》卷二〔酒泉子〕之校语。

〔15〕 林聪明《敦煌俗文学》,台湾东吴大学中国学术著作奖助委员会1984年版。

〔16〕 韩建瓴《敦煌写本古贤集研究》、《敦煌语言文学研究》,北京大学出版社1988年版。

第二十九章　唐代的词

第一节　词的起源

　　在姹紫嫣红的唐代文苑中,词是一朵迟放的奇葩。初、盛唐时词主要流传于民间,到了中、晚唐才在文人手中日益发展起来。

　　作为一种新兴诗体,词原本是配合着新兴乐曲歌唱的歌词,兼有音乐的和文学的两种性质,所以又称"曲词"或"曲子词"。词在其漫长的发展过程中,曾以曲为主,一般是"依已成曲谱作出歌词"(明徐师曾《文体明辨》),因此词又称为"曲"或"倚声"。词所配合的音乐,既不同于庙堂乐章所配合的雅乐,也不同于乐府诗所配合的清乐,而是隋唐时期一种以中原民间音乐为主,又吸收融合了前代清乐、边地少数民族音乐和外国音乐所形成的燕乐。这种在当时社会上广泛流行的俗乐,属于极富抒情性和生命力的新声。与其相配合的词,不但具有一定格律,而且字句、平仄、叶韵与乐曲的节拍和旋律高度契合,密不可分,所以清人宋翔凤《乐府馀论》说"以文写之则为词,以声度之则为曲"。为乐曲特征所决定,词的句式一般参差不齐,篇幅较短,与诗歌相比,它更侧重言情,而且情辞浅近通俗,在题材、意境、手法、语言诸方面也都自有特点。因此后人就其性质、形式的某种特征，又称词为"乐府"、"诗馀"或"长短句"等。

关于词的起源问题，历来众说纷纭，至今学术界尚不能取得一致的意见。前人主要有源于汉魏或六朝乐府和源于唐代近体诗等几种说法。如南宋胡寅《题酒边词》："词曲者，古乐府之末造也。"近人王国维《戏曲考源》："诗馀之兴，齐、梁小乐府先之。"[1] 又如明徐渭《南词叙录》："唐之律诗绝句，悉可弦咏……至唐末，患其间有虚声难寻，遂实之以字，号长短句。"清宋翔凤《乐府馀论》："谓之诗馀者，以词起于唐人绝句。"[2] 这些说法固然都有所依据，但由于忽略了词体所赖以成立的"燕乐"的产生时代，或无视在燕乐流行之际，既有以五、七言近体诗入乐而歌的现象，又有以齐言、长短句合乐的这一事实，因而并非探本之论。近代以来，研究者抓住隋唐燕乐这一关键，对词的起源进行了日益深入的探讨。但由于所资考证的文献尚嫌不足，对词体的成立条件认识不同等原因，直至新中国成立以后仍有词产生于南北朝、隋、初唐、盛唐、中唐等多种说法并存[3]。至今学术界还有词孕育于盛唐、先起于民间或起源于六朝宫廷和文人乐府等颇不一致的意见[4]。

其实，任何新文体从萌芽到成型，都需要一段较长时间，只有多种条件基本具备以后才能产生。以词体而论，应当说它是孕育于南北朝后期，产生于隋而成熟于中晚唐。

南北朝时期的纷争局面和南方经济的发展，促进了文化的交融与新变，在音乐方面尤其突出。当西凉、龟兹、疏勒和康国、安国、高丽、天竺等西域及外国音乐陆续传入中原一带，并在民间、宫廷开始流行之际，南朝以江南吴声、荆楚西曲为代表的民间乐曲也相继兴起，并不断被移入宫廷，改制、创作新曲。从此，"梁、陈旧乐杂用吴楚之音，周、齐旧乐多涉胡夷之伎"（《旧唐书·音乐志》）[5]。由于北齐后主高纬和梁武帝萧衍等统治者的一致爱好、提倡和汉魏清商乐的雅化,出现了"声伎所向多郑卫,而雅乐正声鲜有好者"(《南史·萧思话附萧惠基传》)的状况。特别是在南方,吴声、西曲在吸收汉魏清商乐的基础上,形成了乐章短小、活泼清新、抒情性强的清商乐新声,并与传入的北歌、佛曲共同促成南朝音乐的繁兴。

诗歌发展到南北朝,也有明显变化。《子夜歌》、《月节折杨柳歌》一类新兴民间乐府诗,多是五言四句体,每有和声,以言情道爱、委曲细腻、辞丽节促、清新自然而独具魅力。齐"永明"以后的文人们争相仿制这种"体小而俗"的乐府诗。也恰在这时,诗歌音韵学兴起,熟悉音乐的沈约(441—513)诸人开始把平、上、去、入四声运用入诗[6],在"宫羽相变,低昂互节"(沈约《四声谱》)中求得语言声调变化的优美动听。日趋格律化的新诗更便于入乐歌唱,诗与乐的契合从此前进了一大步。

正是在这种音乐、文学环境中,文人们在汉魏乐府诗的基础上大胆尝试创作新体乐府,不仅少用虚字、节奏急促的六言诗和三五七字句杂言短篇大量产生,还出现了《长相思》、《迎客曲》、《送客曲》等有规律的长短句乐府诗。它们不只是依诗配乐,也以声为主,依曲作歌。如《隋书·音乐志》载,北齐后主采新声制《无愁曲》,自弹自歌,胡人唱和;南朝陈后主造《黄鹂留》及《玉树后庭花》、《金钗两鬓垂》等清乐曲,"与幸臣等制其歌词",男女唱和。在这些新型乐府诗中,最典型的是梁武帝萧衍改制西曲所作的《江南弄》七首[7]。其一云:

众花杂色满上林,舒芳耀绿垂轻阴。连手蹙躞舞春心。舞春心,临岁腴,中人望,独踟蹰。

各首诗都是七言三句、三言四句的长短句，前三句是句句韵，后四句是隔句韵，前三句为一韵，后四句为另一韵，可见已是定句、定字、定韵的固定格式，还用叠句（"舞春心"），末尾并有和声辞："阳春路，娉婷出绮罗"。沈约、萧纲所作《江南弄》与此体式完全相同，显非一般和作，而是属于依曲作歌。当时趋近后世词体的，还有陈僧法云的《三洲歌》、伏知道的《从军五更转》、陆琼的《饮酒乐》和北周王褒的《高句丽》等等。南北朝时期的这些齐、杂言小乐府，特别是后期的作品，或写男女之情，或宣传教义，依曲作歌，定句定字，并开始运用平仄，对后来词的产生颇有启示作用，也提供了一定有益因素。但其所依之乐仍属作为后代燕乐重要来源之一的清商乐或少数民族音乐，平仄的运用也只是初步尝试。因当时产生词的条件还不成熟，燕乐新声和近体格律还都没有形成，词体只能处于孕育状态。

隋朝结束了南北朝的分裂局面，各种伎艺得以在全国范围内交流、发展。以西凉、龟兹乐为代表的"铿锵镗鞳，洪心骇耳"的胡声，既大盛于闾阎，也演奏于庙堂，"举时争相慕尚"，以至"太常雅乐并用胡声"（《隋书·音乐志》），江左清商乐也被视为"华夏正声"而受到应有的重视。隋文帝（杨坚）令人整理胡乐和南方音乐，炀帝（杨广）更把大量梁、陈和周、齐乐工子弟及民间乐人集中到京城长安，设坊教乐。在文帝分乐为雅、俗，定俗乐为国伎（西凉乐）、清商、高丽、天竺、安国、龟兹、文康七部的基础上，炀帝又增设康国、疏勒乐，改七部为九部，更把清乐（即清商）冠于各部之首。由于隋朝肯定并大大提高了俗乐的地位，从此中外、南北音乐得以在荟集、整理的基础上融合、创新，呈现出"新声奇变，朝改暮易"（《隋书·音乐志》）的热烈景象。繁声促节的新兴俗乐——燕乐，从此在隋代的特定社会条件下开始形成。炀帝命龟兹乐工白明达依据民俗所创制的《万岁乐》、《七夕相逢乐》、《斗百草》、《泛龙舟》、《十二时》等十二曲，

"掩抑摧藏,哀音断绝",是燕乐形成的突出标志[8]。

隋炀帝还特别喜欢作乐府诗,他和卢思道、辛德源、薛道衡等人所写的清商曲辞《阳春歌》、舞曲歌辞《四时白纻歌》、杂曲歌辞《东飞伯劳歌》等,或句句用韵,又多转韵,或语言通俗,节奏感强,无论齐言、杂言,多不同于齐、梁旧篇。隋诗中四声的运用要比南北朝更趋普遍和成熟,并开始成型,炀帝的《江都宫乐歌》、薛道衡的《昔昔盐》等已接近唐人的七律或排律。音乐和格律诸方面在隋朝统一天下的短短三十七年间所发生的重大变化,终于使词体具备了自身的基本条件,适应着客观需要而产生出来。

成书于唐肃宗时的崔令钦的《教坊记》,在《曲名表》中载有隋代燕乐曲调《泛龙舟》、《杨柳枝》(《柳枝》)、《穆护砂》、《安公子》(大曲),而《河传》、《水调》、《斗百草》(大曲)等亦可考知为隋曲。它们大多来自民间,其中《杨柳枝》、《水调》等原本都有歌词[9]。典籍还有"隋太常旧传有燕乐五调歌词各一卷"的记载(《通典》卷一四七)。至今敦煌词中仍存有隋词〔泛龙舟〕一首[10]:

春风细雨霑衣湿,何时恍忽忆扬州。南至柳城新造口,北对兰陵孤驿楼。回望东西二湖水,复见长江万里流。白鹭双飞出溪壑,无数江鸥水上游。

此作虽与南北朝乐府《江南弄》一样最后也有和声辞("泛龙舟,游江乐"),却是依燕乐曲调来填词了,隋炀帝也有七言八句〔泛龙舟〕一首(见《乐府诗集》卷四七),与上首用韵全同,平仄格律又基本一致。炀帝还有〔五更转〕(已佚)和〔纪辽东〕二首。〔纪辽东〕是他首次征辽"凯旋"之后"庆功"时伴舞演唱的曲词,其一云:

辽东海北翦长鲸,风云万里清。方当销锋散马牛,旋师宴镐京。前歌后舞振军威,饮至解戎衣。判不徒行万里去,空道五原归。

学士王胄所作的同调词二首,格局与此完全相同,较之《江南弄》那类新型乐府诗已有明显差异:不只是有规律的定句定字定韵的长短句,而且依韵的转换,其章解可分为上下两片;所配合的乐曲属胡乐[11],四首词的平仄格律又彼此相同,〔纪辽东〕已为当时词调[12],因此《乐府诗集》把〔纪辽东〕归入"近代曲辞"并冠于诸调之首。

南宋王灼说:"盖隋以来,今之所谓曲子者渐兴。"(《碧鸡漫志》卷一)事实证明这一论断是正确的。词与律诗同时产生于隋,正如明人汤显祖在《花间集》序中所说,"近体之于词,分镳并骋,非有先后"[13]。而且词从一开始就是长短句与齐言并存,不过在隋代,齐言居多,在体式以及格律诸方面都有待于唐代的进一步发展和完善成熟。

第二节 民间作者的贡献

词首先发展于民间。隋代新兴俗乐的曲调在民间流传时肯定会有歌词的,只因传词及有关的文献资料稀少,而今已详情难考。就唐代而论,尚不难得知,在晚唐以前文人词还不发达的二百多年里,不断创作并流行于广大民众中间的无名氏曲词,盛况规模已相当可观。

早在初唐高宗时,〔回波乐〕、〔倾杯乐〕、〔三台〕、〔南歌子〕、〔春光好〕等就在民间传播。中宗以后,曲词风行,甚至"坊邑相率为浑脱队"、"腾逐喧噪",致使地方官不得不上书朝廷,请禁演唱〔苏幕遮〕(《新唐书·宋务光传》)。到了民间词极盛的盛唐,燕乐曲调更大量产生,出现了"新歌旧曲遍州乡"(敦煌词〔皇帝感〕)、歌场随地而设的热烈景象,街头巷尾、酒市茶庄、府县衙前、寺观道场普遍演唱。由于乐舞基础深厚、游乐风气浓重和财力殷富、佛教盛行等多种原因,西北敦煌、秦川五陵、晋北五台以及江汉巴蜀等地,民间唱词之风盛极一时。就是到了文人词渐盛的晚唐,民间曲词也不曾销声绝响,收有十三调三十首词的《云谣集》,大约就是这一时期出现的民间词选本[14]。

不过,唐代民间词因当时官方未加采集,大多早已泯灭不传。二十世纪初,因在敦煌藏书中发现了部分珍贵资料而引起王国维、罗振玉、朱孝臧、刘复、龙沐勋、周济先、傅惜华和郑振铎等著名学者的极大重视。经不断整理研究,今人王重民辑《敦煌曲子词集》,得词一百六十三首。任半塘编著《敦煌歌辞总编》,增至一千二百多首。其间大部分产于敦煌本土,也有不少由于通交、战争和宗教活动而来自中原或江南、巴蜀,除极少数文人词和隋、五代民间作品外,都是唐代民间的产物。在此范围之外的唐代民间词,也还有少量作品赖典籍传留至今。

唐代民间词的作者有怨妇征夫、乐工歌妓、儒生学子、游子侠客、工匠医师、隐士教徒等等,成份相当复杂,却几乎都是处于社会下层的民众。他们把词作为抒写情怀、反映现实的工具,其作品无不深深植根于社会现实生活的泥土之中。在作者的生活、思想和民间曲词功用的决定和支配下,依其朴素的审美观点所写出的极富创造性的大量词章,继承了《诗经》、汉魏乐府和南北朝乐府民歌的优良传统,从多方面为词体的健康成长奠定了坚实基础。

民间词把新兴词体所表现的范围拓展得非常广阔,题材宽泛。

既表现日常劳动生活,反映民生疾苦,又咏月、咏松、咏燕、咏马、咏剑,书写七夕乞巧、拜星拜月和牛郎织女、孟姜女、秋胡等民俗或传说,甚至记述医生歌诀,隐括《孝经》、《千字文》等民间流行的典籍,宣传佛道教义,各种题材几乎无一不可入词。恋歌、怨歌、渔樵歌、军伍歌、祭神歌、佛道歌,类型多样,内容丰富。尤显特点的是,民间词与现实的政治斗争关系密切,思想开掘得相当深刻。"拟夺九重"的农民起义(〔酒泉子〕),"凤阙争雄异"的朋党强藩斗争(〔菩萨蛮〕),"銮驾在三峰"的皇帝播迁(〔菩萨蛮〕),"狼烟处处熏天黑"的社会战乱(〔菩萨蛮〕)以及河湟陷蕃之类的重大社会现实问题在民间词中都有所反映,渴望统一的"生死大唐好"(〔献忠心〕)的边民心声也时有传达。通过哀怨良人"累岁长征"(〔宫怨春〕)指斥统治者的穷兵黩武,在怨恨"良媒""诱炫"中控诉包办婚姻(〔倾杯乐〕),描述劳动者"尘土满面"、"缀牌书字"以反映剥削罪恶(〔长相思〕),无不真实具体,爱憎分明,具有一般文人词罕至的思想深度。民间作者尤重以词言情述志,"我是曲江临池柳,者人折了那人攀,恩爱一时间"(〔望江南〕),"求宦一无成,操劳不暂停"(〔菩萨蛮〕),"边塞苦,圣上合闻声"(〔望江南〕),"愿天下销戈铸戟,舜日清平"(〔恭怨春〕)之类,无不缘情而发,倾诉妓女、落魄文士、边民等广大民众的肺腑之言。虽因南、北词风清绮与刚健的不同,或如〔浣溪沙〕("浪打轻船雨打篷")那样宛转达情,或如〔献忠心〕("臣远涉山水")那样直抒胸臆,在抒发个人的真实情感而不无病呻吟、矫揉造作上却是一致的,这就为后世词在抒情道路上演进起了"导夫先路"的重要作用。当然,由于词作产生的时期和作者身份、思想的差异,唐代民间词的思想倾向也并不完全一致,有的歌颂国泰民安,愿社稷永固,也有的不满现实,渴望美好未来;有写追求功名,建功立业的,也有写隐逸不仕,鄙弃荣贵的;有表现专一爱情,心地纯真的,也有表现"五陵儿恋娇态女",轻浮放浪的;有的写女性美以表现生活美,也有的在描形拟态中流露庸俗趣味,对后世的影响各不相同,特别是那类"普劝四众,依教修行"的宗教词,思想局限更为明显。不过总的说来,呈现出的民间词鲜明个性是,内容充实,思想健康,感情真挚而又浓烈、泼辣,富有生活气息和现实主义精神,与汉、魏以来的乐府民歌可谓一脉相承。

民间作者在吸收民歌创作经验的基础上,从自己的审美情趣和表现生活的实际需要出发,为新兴曲词创造了广大民众喜闻乐见的艺术形式。多用铺叙写法,叙事成分浓重。〔倾杯乐〕("忆昔笄年")、〔凤归云〕("儿家本是")等词,都自述身世,有如小传,交代清楚。在词史上,唐代民间词最喜用联章组词的形式。有的用两首以上词章共演一个故事或一段情事,如〔捣练子〕十首表述孟姜女送征衣的故事,词短而事繁情长,戏剧性很强。而〔长相思〕("作客在江西")、〔感皇恩〕("四海天下及诸州")等,同一曲调的几首词之间,或内容相关,或词语一致,一咏三叹,极便记忆。在《敦煌歌辞总编》所录的时代可考的八百首词中,各体联章词竟达七百首之多,这就为唐五代文人词直接提供了一种叙事言怀的重要形式。民间词注重用单行素笔进行白描,常采用《诗经·卫风·伯兮》"首如飞蓬"那样的写法,通过细节的描写来表露情怀,或像《陌上桑》"锄者忘其锄"那样,用反衬烘托来突现美女的动人。不仅以"口似朱丹"(〔内家娇〕)、"十指如玉如葱"(〔倾杯乐〕)之类的词句多方描绘女性外貌,还在喜鹊报信、明月团圆等外物的描述中曲传心境,〔鹊踏枝〕"叵耐灵鹊多瞒语"一词尤显突出;直抒胸臆的赋法在民间词中也早已运用,每在焚香占卦、拜月祝天中直书誓言愿语,〔菩萨蛮〕"枕前发尽千般愿"一词堪称这方面的典型。正因如此,民间词中抒情主人公的形象异常鲜明,血肉丰满,主动性很强。至于比喻新颖、拟人生动、夸张大胆、联想丰富以及多用问答、对比方式和顶针钩锁、连环复沓等等，都不难看出民间词与民歌的关系密切。所用语言虽或因经过文人润色而显得文雅，但基本属于粗朴自然、明白如话的语体，重在准确达情，多用虚词，不加藻饰。然而这种依照一定曲调谱写的歌辞，毕竟不同于一般民歌，虽说韵律欠精，但也讲求平仄；尽管与一般歌谣一样多押平声韵，却也时押仄声，〔西江月〕（"女伴同寻烟水"）等词还平仄间叶；不仅多用乡音叶韵，还常用"叵耐"、"过与"、"凤醋"等方言。有的词语言不免拖沓芜杂，也有"春去春来春复春"、"月生月尽月还新"之类的偈语句，而原因之一是"不在文字之求工，而务合于管色"（赵尊岳《读词杂记》）。

作为词之初起的民间作品，有的单独演唱，有的配合舞蹈或入俗讲戏曲，与音乐的关系尤其紧密，重视内容却以声为主。因此，句子的长短也较比灵活，为了足意尽情和词气明畅，无固定位置的衬字运用得相当广泛，并多有和声，乐句与词句也并不完全一致，如"儿家本是，累代簪缨。父兄皆是，佐国良臣"（〔凤归云〕），"此时模样，算来似，秋天月"（〔别仙子〕）。一调多体的现象相当普遍，敦煌词中同属〔献忠心〕、〔凤归云〕、〔竹枝子〕、〔杨柳枝〕诸调的数首词作，句法、字数、用韵就每有不同。〔望江南〕、〔南歌子〕等同一词调有单片的，也有双片的。〔喜秋天〕、〔柳青娘〕、〔宫怨春〕、〔郑郎子〕一类自具特色的词调也不断大量涌现。可见处于词体发展初起阶段的民间词形式较为自由，充满生机与活力，民间作者在依曲填词的大胆尝试中率先为词体做出创造性的贡献，同时也表明当时大部分词调还没有完全定型。

但从今传的敦煌曲子词看，早在盛唐时，民间词就已经有了一定发展。某些词调的体制确实已经成熟完备，〔菩萨蛮〕、〔破阵子〕、〔天仙子〕、〔浣溪沙〕、〔渔歌子〕、〔生查子〕诸调的句式、声律已成定格〔15〕；句式参差的词调已占了绝大部分，有的还多作短句，近似五代人的〔三字令〕，也有些颇受民歌和变文吟辞的影响，作"三三七七七"句格；盛唐民间词不仅小令已多是双片，而且中调的比重已经很大，并出现了长达百余字的〔内家娇〕长调；有些已摆脱了咏调名本意的初期做法。不少佳作的产生，更表明词体的艺术水平已经提高。唐代民间词的这种创作实践，势必为词体的进一步发展提供丰富营养，并通过各种渠道对文人词的创作起积极促进作用。

第三节 唐代文人词的发展

词由民间传到文人手中之后，在唐代近三百年的漫长时期始终不断地变化演进，其发展可分为初盛唐、中唐和晚唐三个阶段。

唐朝开国以后，诗歌、音乐、舞蹈以及绘画、书法等等文学艺术形式，都随着社会的安定和经济的繁荣而日益兴盛起来。其中严于平仄格律的五、七言律诗就是在初唐时定型成熟的，到了盛唐，无论数量或质量都已达到高峰。燕乐在威加四夷的时代，由于统治者庆功、享乐的需要大力提倡，也很快成为文艺中十分兴旺的一门。继唐太宗增隋"九部"乐为"十部"之后，中宗下诏："天下无事，欲与群臣共乐"（《唐诗纪事》卷四），他泛舟打球，观宫女大酺，为泼寒胡戏，宴乐酣饮之际常令群臣作〔回波乐〕等歌词以配合乐曲。睿宗上元观灯，"出宫女歌舞，朝士能文者为〔踏歌〕，声调入云"（《旧唐书·睿宗纪》）。尤其是盛唐洞晓音律的玄宗李隆基，特好胡声、法曲，至此教坊极盛。这时，"歌者杂用胡夷、里巷之曲"（《旧唐书·音乐志》），天下熏然成俗。玄宗吹〔杨柳枝〕以和梨园歌舞，千秋节舞马勤政楼前。当时的侍臣们，也"闻道皇恩遍宇宙，来将歌舞助欢娱"（张说

〔苏摩遮〕）。

今存初盛唐文人词的作者几乎都是皇帝及其身边的侍臣学士。他们作词虽说不可能完全拒绝民间词的强烈刺激,如高宗朝的礼部尚书许敬宗就曾效法时兴艳曲〔三台〕、〔倾杯乐〕作六言词〔恩光曲〕,但因作者们沉浸在唐王朝开国后的承平欢乐中,加上陈、隋诗风的影响,其词多是歌功颂德、歌舞太平的应制之作或酒宴之篇。如谢偃、崔液的〔踏歌词〕,李峤、徐彦伯诸人的〔桃花行〕,李景伯、杨廷玉、沈佺期的〔回波乐〕等,几乎都是官场宴席间所歌的酒令著词之类。唐代文人词从一开始就带有明显的佐酒侑欢、娱乐消遣的性质。就是到了诗歌内容充实、民间词蓬勃发展的盛唐,这种情形并没有多大改变。当时边塞诗的民族意识和爱国精神能在民间词中得到反映,而有"大手笔"美誉的张说的〔踏歌词〕、〔乐世词〕、〔苏摩遮〕和〔舞马词〕、〔破阵乐〕等十馀首词,主要内容仍不出宫廷生活的小圈子。

此期文人词与乐、舞关系十分紧密,多是直接伴舞或适应着某种游戏动作,因而以音乐、舞容为主,却不怎么注重文辞,比起当时文人们精心写作的五七言诗来,在遣词造句和写作手法上都浅俗轻率得多,有的近似俳优之语。从今存的初盛唐近百首词所采用的三十馀调看,基本上都是五言或七言的四句体。盛唐是词史上齐言体词的极盛时期,最能体现不同于宋代长短句的唐词体式特征,因此宋人胡仔据此得出"唐初歌辞,多是五言诗或七言诗"(《苕溪渔隐丛话后集》卷三九)的印象。其实,唐初齐言体词已具有不同于近体诗的特征,如崔液的〔踏歌词〕五言而六句,"体制藻思俱新"(杨慎《词品》);〔回波乐〕,首句以"回波尔时"为定格等等都是例证。不过在唐代,确有取现成诗篇入曲以歌的,初唐已有,至盛唐则更自觉、更普遍,王昌龄、高适、王之涣的旗亭画壁赌唱的传说就反映了这一现象,王维的许多诗，全篇或片断被作为〔想夫怜〕、〔昔昔盐〕、〔一片子〕、〔戎浑〕等等传唱。但严格说来，这类入曲的诗并不就是词，只是为了满足新曲的大量产生和广泛传播的一时需要而勉强配曲歌唱，往往利用泛声抑扬以就曲调。然而"歌诗"现象确与词体早期发展关系颇大。它不仅表明填词落后于制曲，表明人们对曲词的文辞美的积极追求，同时在歌诗的过程中，也必然会发生齐言诗与曲子配合上的矛盾，反映出向长短句发展的要求、趋势，从而导致像宋人朱熹所说的，把泛声"逐一声添个实字，遂成长短句"（《朱子语类》卷一四〇）。这是出现长短句的一种原因，尽管并非长短句词体最初产生的原因。

就唐代而言，早在唐太宗时，长孙无忌就已有长短句新曲，至盛唐，长短句调大兴于民间，而文人方面，填制尚少，今传仅有玄宗李隆基的〔好时光〕、崔怀宝的〔忆江南〕和李康成的〔采莲曲〕等几首。玄宗词："宝髻偏宜宫样，莲脸嫩，体红香。眉黛不须张敞画，天教入鬓长。　莫倚倾国貌，嫁取个，有情郎。彼此当年少，莫负好时光。"此词的主干为五言八句，"偏"、"莲"、"张敞"、"个"五字或为泛声填得的实字。盛唐长短句的作家当首推李白。

李白五岁时由胡、汉杂居的西域碎叶移居巴蜀，在曲词的重要发源地蜀中度过了他的青少年时代，二十五岁以后的七八年间又曾漫游吴歌西曲盛行的两湖江浙等地。这位喜好音乐、能歌能舞、才华横溢的文学家，在富有创造精神的开元、天宝年间，广泛接触《采莲曲》、《梅花落》、《山鹧鸪》、《白纻》、《折杨柳》、《子夜歌》、《白铜鞮》等民间歌曲的同时，所作《杨叛儿》、《襄阳曲》、《大堤曲》、《江夏行》、《洛阳行》、《乌夜啼》、《乌栖曲》、《宫中行乐词》等乐府诗，在内容、形式上接近曲词。其诗句有"新弦采梨园"、"听者皆欢娱"（《春日陪杨江宁及诸官宴北湖感古作》）和"步虚吟真声"（《题随州紫阳先生壁》),特别是他在长安供奉翰林时过着"入侍瑶池宴,出陪玉辇行"(《秋夜独坐怀故山》)的生活,在玄宗的大力倡导下,他具备了参与写词的条件。

近人林大椿的《唐五代词》据《尊前集》、《词综》、《唐宋诸贤绝妙词选》辑得李白词六调十五首,今人编《全唐五代词》又补辑〔秋风清〕、〔白鼻䯄〕、〔结袜子〕各一首。不过李白词的真伪,历来争议很大。其中〔桂殿秋〕二首、〔连理枝〕一首和调寄〔菩萨蛮〕的"游人尽道江南好"、"举头忽见衡阳雁"二首均属后人伪托[16]。〔菩萨蛮〕("平林漠漠烟如织")和〔忆秦娥〕("箫声咽"),或写旅愁,或写闺思,都气象不凡,沉郁深厚,南宋黄昇推许为"百代词曲之祖"(《花庵词选》),但这两首是否出自李白之手还难于断定。然而据五代欧阳炯《花间集序》,李白确有长短句词〔清平乐〕四首。词中多六言句,正符长短句体初起时的形式特点。此调分两片,有换头,又转韵,多用形容词语写男女别情,对晚唐五代"花间"一派不无影响。不过在唐代早期,这样的长短句作品并不多见。

总的说来,初盛唐的一百五十年间,还是唐词发展的起始阶段,民间词和文人词各自发展,风格特征大不相同。

在中唐的半个多世纪里,填词的风气在文人中间日益盛行,从此文人词继李白之后从帝王宰辅手中解放出来,由宫廷走向广阔社会。词作为一种新体诗,也从此在文学史上崭露头角并占据了一定地位。这种新局面、新阶段的开启,有它多方面的原因。安史之乱后,长安、洛阳和扬州等大都市的商业经济经恢复再度繁兴,呈现出前所未有的"夜市千灯照碧云,高楼红袖客纷纷"(王建《夜看扬州市》)的繁华景象。在"女为胡服学胡妆,伎进胡音务胡乐"(元稹《法曲》)[17]的同时,"六幺、水调家家唱"(白居易〔杨柳枝〕),〔竹枝〕、〔纥那曲〕、〔潇湘神〕、〔山鹧鸪〕、〔何满子〕诸曲在巴山楚水间传唱尤盛。

随着胡夷、里巷之曲的普及,〔杨柳枝〕、〔水调〕等又有新变化。更重要的是,中唐诗坛兴起的新乐府运动,密切了文艺与社会现实的关系,诗歌创作尚实尚俗,学习民间。在这种文学思潮和创作倾向的影响下,中唐词在唐诗再次形成新高峰之际,出现了不同以往的新风貌。

中唐填词的文人很多,以词唱和已蔚然成风。江南谢良辅、鲍防、杜奕等十三人同作〔状江南〕、〔忆长安〕,今传计二十四首,可想见当时盛况,今存中唐词仍有五六十家五十馀调二百多首。元结、顾况、张志和、韦应物、王建、张籍、刘禹锡、白居易以及姚合等作者,大多曾在仕途中遭受挫折,身世经历和尚实尚俗的创作倾向,使他们广泛深入地接触社会现实。元结、柳宗元作〔欸乃曲〕,李端、吉中孚妻作〔拜新月〕,孟郊作〔叹疆场〕,李绅作〔忆汉月〕,顾况、李涉作〔竹枝〕,滕潜作〔凤归云〕等等,不仅多取调于民间,还多方面汲取民歌营养,踵事增华,从而产生出一批较有影响的作品,如韩翃的〔章台柳〕与其姬柳氏的〔杨柳枝〕,戴叔伦、韦应物的〔调笑令〕和王建的〔江南三台〕等。张志和则更以他的名作〔渔父〕词耸动词苑。

张志和(743?—810?),本名龟龄,字子同,号玄真子,婺州金华(今浙江金华)人。他好道、能诗、善画,曾中进士,肃宗时为待诏翰林。以事被贬后,因厌恶险恶的仕途而隐居江湖,浮家泛宅于今江苏太湖和湖南洞庭一带,自称烟波钓徒[18]。其组词〔渔父〕五首抒写他陶醉山水、安贫乐道的隐逸情趣,其一云:

    西塞山前白鹭飞,桃花流水鳜鱼肥。青箬笠,绿蓑衣,斜风细雨不须归。

词因声韵悠扬,画面明丽,风格清新,在当时颇为人叹服。其兄张松龄和颜真卿、陆鸿渐、徐士衡、李成矩以及南卓、柳宗元等群起和作，影响所及远至日本。

在中唐，词作更多、成绩更显著的是刘禹锡和白居易。

刘禹锡词今存十调四十七首（见《全唐五代词》），大多作于他被贬朗州和夔州时期。词中时寓远谪的政治感慨，却情调乐观，充满信心，如："莫道谗言如浪深，莫道迁客似沙沉。千淘万漉虽辛苦，吹尽寒沙始到金"（〔浪淘沙〕）。因他主张"盰谣俚音，可俪风什"（《上淮南李相公启》），重视民歌民谣，所以他作词多择用民间曲调，自觉师法民间，提高创新，其〔竹枝〕词序说："余来建平，里中儿联歌〔竹枝〕，吹短笛，击鼓以赴节。歌者扬袂睢舞，以曲多为贤。聆其音中黄钟之羽，卒章激讦如吴声。虽伧儜不可分，而含思宛转，有《淇澳》之艳音……。"正因作者喜爱民间歌词，去其粗俗与方音，取其宛转声情和比兴、双关等写法，创作出不少精细优美、富有生活气息的词章。最典型的是〔竹枝〕词十一首，如：

　　山桃红花满上头，蜀江春水拍山流。花红易衰似郎意，水流无限似侬愁。（其二）
　　杨柳青青江水平，闻郎江上唱歌声。东边日出西边雨，道是无晴还有晴。（其十）

刘禹锡的〔杨柳枝〕、〔竹枝〕、〔纥那曲〕和〔浪淘沙〕、〔潇湘神〕等都可诸调联唱，呈现着较为一致的风格，因此可说他是中唐词的代表作家。

白居易作词也学习民间。他为忠州刺史时，曾设乐巴子台，会〔竹枝〕歌女（曹能始《蜀中名胜记》卷一九）。他的〔长相思〕就是学习乡间流传的〔湘妃怨〕写成的。不过白居易今存约十五调四十首词[19]，大都作于他较得意的洛阳时期，选调兼取民间、宫廷，不像刘禹锡词内容那么丰富，而是多写男女风情，但在艺术上确有超出刘词之处。如别具格调的〔忆江南〕：

江南好，风景旧曾谙。日出江花红胜火，春来江水绿如蓝，能不忆江南？

又如〔长相思〕：

汴水流，泗水流。流到瓜洲古渡头，吴山点点愁。　思悠悠，恨悠悠。恨到归时方始休，月明人倚楼。

长短其句，声韵悠扬。状景抒情，皆臻妙境。

刘、白二位诗坛耆宿以词唱和，他们"请君莫奏前朝曲，听唱新翻〔杨柳枝〕"的同声共鸣，特别是他们创作上成功的艺术实践，白之〔杨柳枝〕"遍流京都"，刘之〔竹枝〕"夷俚悉歌"，在当时词坛产生了广泛的影响，对词的兴盛和发展起了重要促进作用。从此"为词者甚众，文人才子各衒其能"（洪迈《容斋随笔》卷七）。

文人词至中唐，题材范围趋于广泛，或写仕途的坎坷，或写离别、乡思以及咏史咏物、记行写景等等，具有较多现实内容和生活气息。即使表现妇女题材，也多欢快情歌；闺怨愁思之作也情调健康颇类民歌，丽而不靡。用〔渔父〕抒发隐逸情趣，用〔竹枝〕、〔杨柳枝〕、〔浪淘沙〕、〔梦江南〕、〔状江南〕等抒写风土人情，从此成为词体的重要传统题材。中唐词在酬唱赠答、常有小序和"用题作赋"上与当时的律诗相通，但它更接近民间歌谣，多用联章，重叠复沓，蝉联顶针，比喻夸张，双关语与方位、时间、数量词大量运用，均迥别于初盛唐文人词。尽管它们多受益于民间,却又不同于粗朴的歌谣,从而表现出词作者开始重视词的写作技巧,笔调率真而宛转,语言浅近而闲雅,风格质朴而优美。因作者是在为曲填词,常用叠字、叠句、对句、对举等语言修辞方式以就乐曲旋律。在体段、句式上虽与江南民歌和律绝相近,以七言四句体为最多,但又有所不同。在中唐词中,由五、七言体向长短句过渡的六言体和以六言为主干的词调〔渔父引〕、〔三台〕、〔谪仙怨〕、〔调笑令〕、〔忆长安〕等,地位相当突出。刘禹锡、白居易等大手笔更自觉地"依曲拍为句",创作句式、声韵参差多变的长短句词,调寄〔长相思〕、〔忆江南〕、〔拜新月〕、〔忆秦娥〕、〔秋风清〕、〔雀飞多〕、〔杨白花〕之类的长短句词已约占四分之一,较初盛唐增多。可见词至中唐,音乐的和文学的生命都增强了。不过总的说来,从初唐至中唐的将近两个世纪中,作者着力创作的仍是诗,词的发展进程缓慢,词之为体还有待于进一步成长壮大。

晚唐是唐词发展的重要时期,特别是宣宗大中以后,填词成为文人们的普遍爱好,词的专业作家和专集也涌现出来。然而晚唐词赖以发展的社会、文学环境却是特殊的。在动乱的八十年间,城市商业消费经济畸形发展,市民阶层不断扩大,沦落为歌妓舞女的也空前增多。随着藩镇势力的加强,大量流落民间的宫娥乐工归之豪强,地方音乐兴盛。这时期,从宫廷到地方,大小统治者纵欲享乐,"急催弦管送年华"(韦庄《咸通》诗),奢靡风气日益浓重。因朝政昏暗腐败,不少有志现实却又深感救世无望的文人,穷愁潦倒,在浅唱低吟中寻求苦闷的遁脱。这时期,与词关系密切的诗歌创作也发生了显著变化,越来越倾向于表现个人生活和抒写内心世界,文学的爱情意识日益增强,不仅在语言、手法、意境诸方面,刻意追求幽隐含蓄的凄艳美,宴间酒边还产生出不少消遣意味浓厚的艳情小诗。晚唐诗人的这种不同以往的审美趣味和创作追求,对词的创作也产生了很大的影响。

晚唐的特定历史条件，有促进词体发展的一面，但也必然使词的发展走向畸形。杜牧、张祜、皇甫松、薛能、温庭筠、段成式、司空图、薛昭纬、李晔、韦庄诸人，都是乱世中不同程度的失意者，他们作词，大都不同于中唐的创作趋向，无论遣愁还是娱乐，情调几乎都是感伤低沉的。对于题材则未能在中唐词的基础上大力开拓，像民间词那样去正面反映当时尖锐的社会矛盾，而是以词着重抒写男女之情和身世之感，从而表现出两种不尽相同的创作倾向。

一是多取法六朝乐府并受有绮丽诗风的影响，藻饰词语，抒写闺情怨思，风格秾艳。这种词风，杜牧已开其先（如他的〔八六子〕），温庭筠大力倡导（温词详见下章），由晚唐入五代的韩偓则承传而下。在晚唐词坛上，这种词风很有势力，张祜、段成式诸人词都深受影响。特别是温庭筠以华丽辞采描摹女性，在铺写渲染中表露其深心痛苦的词章，秾丽含蓄，社会上下广为传唱，以致开"花间"一派词风，同时也给当时的词坛带来一定不良影响。如〔杨柳枝〕，虽白居易已有"叶含浓露如啼眼，枝袅轻风似舞腰"之类的艳句，但几占晚唐词半数的同调词，格调更不及白，与温庭筠交游的裴诚就有"愿作琵琶槽那畔，美人长抱在胸前"（〔新添声杨柳枝〕）的卑俗语。这种创作风气在当时就曾引起薛能的不满，他在〔折杨柳〕词序中说，刘、白以来，"莫不条似舞腰，叶如眉翠，出口皆然，颇为陈熟"。为了造成词坛的"洋洋乎唐风"，薛能改软舞〔杨柳枝〕为健舞，并"搜难抉新，誓脱常态"，作"杨柳新声"十九首。薛能自宣宗朝以后屡官地方，以文自负，"以诗道为己任"（孙光宪《北梦琐言》卷六），失意之时寄情歌舞，其词多触物兴怀，隐寓憾恨，有自己的人格在，如："和花烟树九重城，夹路春阴十万营。唯向边头不堪望，一株憔悴少人行。"大致体现出变革颓风的倾向，然而积重则难返，他的呼声在词坛上并没有得到多大反响。

晚唐人作词确实也有走着另一条路的,即以清疏笔调抒写个人情怀和风土人情等,词风清丽,以淡泊为美。他们上承中唐刘、白,下启五代李珣、孙光宪诸人。其典型词人是皇甫松,司空图、薛昭纬和昭宗李晔也可归于此类,韦庄则是坚强有力的后殿(韦词详见下章)。

皇甫松,字子奇,自号檀栾子。他生活在八二○至九○○年之间,从小受其父皇甫湜的严格家教,能诗,尤以文章著称于宣宗、懿宗朝。与他讥讽牛僧孺(王定保《唐摭言》卷十)等政治行为相关,终身不中科第,曾流落江汉。所著《醉乡日月》三卷,详载唐人酒令,《花间》、《尊前》二集存其词共九调二十二首。

皇甫松作词不趋附歌楼妓馆流行的绮艳词风,在题材、内容、情调、手法上学习民间,受益颇多。七言二句联章组词〔竹枝〕六首,袭用民歌形式写青年男女的婚姻遭遇,在唐代文人词中绝无仅有。抒写采莲少女的嬉戏情状和初恋心理等也都富有情趣,如〔采莲子〕其二:"船动湖光滟滟秋,贪看年少信船流。无端隔水抛莲子,遥被人知半日羞。"其〔采莲子〕与〔竹枝〕词保存着句中或句末的"和声"形式,对研究唐代曲词与歌舞、齐言与长短句的密切关系都有重要价值。其词在中唐词的基础上又有提高和发展,如他的代表作〔梦江南〕其一:

兰烬落,屏上暗红蕉。闲梦江南梅熟日,夜船吹笛雨潇潇,人语驿边桥。

实境与幻境的完美融合,尤显画面幽深,情味绵长。因词人所生活的时代毕竟已不是中唐,词风也自然有变,其〔摘得新〕第二首云:"摘得新,枝枝叶叶春。管弦兼美酒,最关人。平生都得几十度,展香茵。"虽说也造语闲雅,笔调酣畅,但已是晚唐的风调了。因此陈廷焯评他的词说,"爽快似香山",而"凄艳似飞卿"(《白雨斋词评》)。

皇甫松以后的司空图、薛昭纬和李晔,渐渐转向以词自抒情怀,尽管他们的词风也不无差异,却都不同于温庭筠等人而更接近韦庄。

司空图僖宗朝曾以中书舍人知制诰,后因时乱有志难酬而退隐于中条山。今存词二十三首(见《全唐五代词》)。〔酒泉子〕写他面对"旋开旋落旋成空"的杏花,仍是"黄昏把酒祝东风,且从容",心中虽有无限惆怅,而襟怀终归旷达。他作〔杨柳枝〕二十首,却不流于浮艳,如"桃源仙子不须夸,闻道惟栽一片花。何似浣纱溪畔住,绿阴相间两三家"词风闲淡清雅。

薛昭纬[20](生卒年未详),文才不凡却久困名场,以至"流离道途,往来绝粮"(尉迟枢《南楚新录》)。僖宗中和五年(885)中进士后,曾任礼部员外郎,昭宗朝转中书舍人,迁礼部侍郎,终以不满崔胤、朱全忠,于天复三年(903)初被贬为磎州(今湖南永顺)刺史,后流落江南,唐亡前卒于豫章(今江西南昌市)。

薛昭纬喜以词抒写情怀,今存十九首词(见《花间集》),可能大多作于他被贬前后,身世之感每有表露,如〔浣溪沙〕,第一首中的"印沙鸥迹自成行,整鬟飘袖野风香",第三首中的"郡庭花落欲黄昏,远情深恨与谁论",都较集中地呈现出词人傲岸不群的人格和无端被贬的心境。其沉沦被弃的骚怨和念君忧国之情,在伤离词"钿匣菱花锦带垂"、赠别词"江馆清秋缆客船"、吊古词"倾国倾城恨有馀"等作品中也多有表露。薛词不像温词那样喜为人代言,常借男女别情方式自抒政治失意,其宫怨词〔小重山〕二首堪称典型,与皇甫松、司空图相比,其词风转向深婉蕴藉,带有"花间"风味,却也笔酣墨饱,语淡情真,中调〔离别难〕凡六转韵,词笔曲折,层层迭进,

"未别心先咽,欲语情难说"云云,或为柳永〔雨霖铃〕所本。不过当时影响更大的还是昭宗李晔词。

李晔(867—904),初名杰,唐懿宗之子,攻书好文。其兄僖宗卒后即帝位,有志兴国,尊礼大臣。但他在位的十馀年间,受悍将挟制,几度播迁,抑郁寡欢,最终惨死于朱全忠的刀下。庙号昭宗。李晔的词多是有为而作,叛镇李茂贞进攻长安,他奔走华州,作〔菩萨蛮〕三首,还京后作〔杨柳枝〕五首赐朱全忠,迁都洛阳的途中又作〔思帝乡〕词。今存其词仅〔菩萨蛮〕、〔巫山一段云〕各二首[21],而其中佳什足可表明他是唐末的重要词人,如〔菩萨蛮〕:

登楼遥望秦宫殿,翩翩只见双飞燕。渭水一条流,千山与万丘。　　野烟遮远树,陌上行人去。何处有英雄,迎归大内中?

直抒变乱之感,不加藻饰,意境阔放,尤以凄楚动人,当时就多有和作[22]。〔巫山一段云〕亦以疏宕见称。李晔的这种词风对五代后唐庄宗、南唐二主的词都有明显的影响。

总之,晚唐少数有才华和独创精神的词人,以其成功的艺术实践使词呈现出不同以往的新风貌。题材内容从此集中到表现男女之情和抒发个人情怀方面。词与诗在艺术特征上的区别,也日趋明显。由于盛唐以来的乐曲有的亡佚,有的魅力减退,晚唐虽说仍有不少人写〔杨柳枝〕、〔步虚词〕、〔浪淘沙〕、〔闲中好〕等近于律绝的齐言小调,以宫词著称的张祜甚至专擅此体,但温庭筠、皇甫松、韦庄、薛昭纬等词绩显著的词人却已大异其趣了。就今存的晚唐三十馀家二百多首词来说,发展于中唐的六言体可说绝迹词坛。在词人所用的四五十调中,句式参差的长短句调较前明显增多,不仅小令的篇幅普遍加长,还出现了多至九十字的中调〔八六子〕。词人们越来越注重运用词调的特点,讲求文情与声情的谐和,平仄、用韵等一套格律也初步定型。与此同时,更加注重创造不同于诗的意境,往常词中喜用的蝉联、复沓、对举一类民歌写法已不多见,代之盛行的是渲染、白描等艺术手法的普遍运用。一套适合词之"言情"的小巧艳丽的语言也渐渐形成,显示出早期文人词典丽婉约的特色。可见词发展到晚唐,作为一种别具特征的新体诗的各个方面已更加成熟。然而,在不同词人那里,词作的数量、质量都还存在着明显的不平衡状态,其中诗词兼擅的温庭筠和韦庄,对晚唐词的发展作出了突出的贡献,他们堪称唐词的集大成者。

〔1〕 持词源于古乐府之说者,还有南宋吴曾、朱熹、王应麟,明陈霆、徐师曾、王世贞,清周亮工、顾炎武、王士禛、刘熙载和近人梁启超等,可谓代不乏人。

〔2〕 持词源于唐代近体诗者,还有清代《全唐诗》编者和纪昀、吴衡照、方成培等。此外,还有主张词源于古歌或《诗》、《骚》的,其中以五代欧阳炯为最早,以清人为最多。

〔3〕 参见陆侃如和冯沅君《中国诗史》、刘大杰《中国文学发展史》、社科院文学所《中国文学史》、游国恩等《中国文学史》、任半塘《敦煌曲子辞初探》、龙榆生《词曲概论》、阴法鲁《关于词的起源问题》、唐圭璋和潘君昭《论词的起源》等。

〔4〕 见吴熊和《唐宋词通论》(浙江古籍出版社1989年第2版);李伯敬、朱洪敏《"词起源于民间"说质疑》(《文学评论》1990年第6期)。

〔5〕 南宋吴曾、明人吴讷都早已注意到词的产生与胡夷里巷之曲的关系,见《能改斋漫录》和《文章辨体序说》。

〔6〕 清人汪森在其《词综序》中早已指出,词的产生与乐府诗中四声的运用相关。

〔7〕 《乐府诗集》卷五〇引《古今乐录》:"梁天监十一年冬,武帝改西曲,制《江南上云乐》十四曲、《江南弄》七曲。"

〔8〕 近人吴梅《词话丛编序》云:"倚声之学,源于隋之燕乐。"

〔9〕 后蜀何光远《鉴戒录》卷七"亡国音"条:"《柳枝》者,亡隋之曲。炀帝将幸江都,开汴河,种柳。至今号曰隋堤,有是曲也。"《炀帝开河记》(《说郛》本):"炀帝……游木兰庭,命袁宝儿歌《柳枝》诗。"当有所本。此〔柳枝〕即《教坊记·曲名表》所著录的〔杨柳枝〕。杜牧《扬州》诗注云:"炀帝开汴渠成,自作《水调》。"又《碧鸡漫志》卷四引《隋唐嘉话》:"炀帝凿汴河,自制《水调歌》。"必当有曲有词。

〔10〕 此据任半塘《敦煌歌辞总编》卷二。

〔11〕 《纪辽东》,见于《乐府诗集》卷七九《近代曲辞》。吴熊和《唐宋词通论》认为所合之乐属告庙庆功之雅乐,恐误,郑樵《通志》卷四九:"蕃胡四曲:《于阗采花》、《高句丽》、《纪辽东》、《出蕃曲》。"

〔12〕 任半塘《关于唐曲子问题商榷》说,敦煌歌辞中有唐人作品一组计四十五首,"其曲调全同〔纪辽东〕"。参见《敦煌歌辞总编》卷三。

〔13〕 主此说者还有清人汪森等。

〔14〕 《云谣集》所收词的首数说法不一:王重民《敦煌曲子词集》作三十首,任二北《敦煌曲校录》析〔天仙子〕一首为二首,分《喜秋天》二首为四首。从内容看,《云谣集》可能是五陵地区流行的民间词选本,虽词大致产生于盛唐,其写本时间却在五代后梁初,而编订成集当在晚唐。一说成书时间至迟在代宗广德二年(764)凉州陷蕃之前(见顾廷亮主编《敦煌文学概论》),证据未足。

〔15〕 这种情况,大致可从任半塘《敦煌歌辞总编》所认定的盛唐作品中看出,尽管任氏所考之时代不无可议之处。

〔16〕 〔桂殿秋〕二首,为李德裕的〔步虚词〕二首;〔连理枝〕一首,为后人杂凑而成,此调后起;〔菩萨蛮〕("游人尽道江南好"),是拼凑韦庄的两首〔菩萨蛮〕而成;〔菩萨蛮〕("举头忽见衡阳雁"),是宋人陈以庄的作品。

〔17〕 王建《凉州行》:"洛阳家家学胡乐。"刘禹锡《泰娘歌引》:"京师多新声善工。"如此之类众多资料表明:洛阳与长安同为中唐词盛地。

〔18〕 见颜真卿《浪迹先生元真子张志和碑铭》,《全唐文》卷三四〇;又李德裕有《元真子渔歌记》,见《全唐文》卷七〇八。

〔19〕《全唐五代词》收白居易词十三调三十七首,其中〔宴桃源〕(〔如梦令〕)三首为伪作,〔急乐世〕一首实为诗,均当剔除;又白词似当补〔桂华曲〕三首,〔莫走〕一首,〔太平乐〕一首,〔圣明乐〕二首,但以上是否均为白词,也有人提出怀疑。

〔20〕《花间集》收有"薛侍郎昭蕴"词,但"薛昭蕴"之名不见于他书,当如王国维所推断:"蕴"为"纬"字之形误。五代人的笔记中每称薛昭纬为"薛侍郎",并说他爱唱〔浣溪沙〕词,录其与〔浣溪沙〕相关的闲闻轶事。尤其值得重视的是,《花间集》所载薛词与昭纬的行踪、人格相符。

〔21〕 孙光宪《北梦琐言》卷一五"朱令公为昭宗拢马"条存其〔思帝乡〕断句,但所存四句之句格与今见〔思帝乡〕调诸体未合,或为又一体,或所录调名有误。

〔22〕 李晔此首〔菩萨蛮〕之和词今存三首,见任半塘《敦煌歌辞总编》卷二。据宋人沈括云,李晔此词墨本在陕州佛寺中,"后人题跋,多盈巨轴"(《梦溪笔谈》卷五),亦可见其反响之大。

第三十章　温庭筠和韦庄

第一节　温庭筠的生平

温庭筠(812？—866)[1]，名一作庭云[2]，字飞卿，太原祁县(今山西祁县)人。他是晚唐一位才华横溢的文人，精通音律，工诗擅词，作小赋才思敏速，八叉手而八韵成，时号"温八叉"(计有功《唐诗纪事》卷五四)。

温庭筠是初唐宰相温彦博的裔孙。据他自己说，他"仰企前修，追怀逸躅"(《上萧舍人启》)，"颇有飞翔之志"(《上崔相公启》)。幼年他在太原时曾以名公世族之后拜识李德裕[3]。青年时期，他迁居鄠县(今陕西西安市鄠邑区，时属京兆府)，寄寓长安，官场文苑的交游日趋广泛。这时他既"习政经"，"窥吏事"，又博览群典，精研诗法，"味谢氏(灵运)之膏腴，弄颜生(延之)之组绣"(《上蒋侍郎启》)，煞费苦心，一心想凭借自己的才华学识，打开一条通达至显、施展经时之策的大道。然而，此时因日益激烈的牛李党争反复多变，仕途的垄断严紧异常，尽管他为觅求功名久游京师，竟不得门径，因此只得退居鄠县数亩田园中过窘迫生活，间或与处士李羽等清谈酣饮。

大约在文宗大和末的甘露事变（835）前后，温庭筠迫于功名利禄和政局的纷乱，带着"怀刺求知"的强烈愿望南游江淮[4]。其间或曾依投浙西观察使李德裕，在润州留寓的时日较长，但更多的时间却是奔波于扬、常、苏、杭、越、楚诸州，在"扰扰路岐间"辗转飘蓬，托身无所，生活自然不免穷愁潦倒。他在经济上原本仰仗亲戚扬子留后姚勖[5]的赈济，后也因"狎邪"被笞逐（无名氏《玉泉子》）。此时温庭筠大有杨朱歧路、阮籍途穷的喟叹，以至更名为"岐"，写下《过陈琳墓》、《蔡中郎坟》、《谢公墅歌》等怀古名篇和刺时之作，抒发其"霸才无主"的种种苦闷。

至迟在文宗开成三年（838），温庭筠又回归鄠郊，"投足乖蹊径，冥心向简编"（《感旧陈情五十韵献淮南李仆射》），决计走一般士子科考入仕的道路。这时他以文才崭露头角，以京兆府乡贡进士的身份随即入京，献计献策，积极干预时事，并与庄恪太子永和号称"中兴宗臣"的裴度交游，太子被害和裴度病卒，他又连连作"挽歌"，表露对宦官擅权、节度作乱的不满，更献长诗"五十韵"于淮南仆射李德裕，对其极加颂扬，并感旧陈情，希求荐引。温庭筠鲜明的政治态度、倾向，在南北司争权、牛李党争更加激烈残酷的文宗朝，招致阉臣、牛党的合力摧残，借他士行有缺大加诬陷[6]，因此开成四年温秋试不中。断绝前程的沉重打击致使有志难展的温庭筠卧病鄠郊，孤愤难平，奋笔作《百韵》长诗投赠知己，以"激扬衔箭虎，疑惧听冰狐"自拟，对险恶现实的深切体验，给他的文学创作带来强烈而复杂的情感和较多社会内容。

从温《百韵》诗的序文看，约在李德裕任相后的武宗会昌元年（841），他又离开风云变幻的京城而远游江湘，再次出寻入仕报国之机。足涉江州、汉阳、荆州、襄州、岳阳和衡山、庐山等地，并西行入蜀,"膏壤五秋,川途万里"(《上首座相公启》),所到投诗干谒,竟仍无结果。一路赋诗作词,发泄骚怨,写下《过孔北海墓二十韵》《雉场歌》《湖阴词》等不满现实和讽谏武宗的咏史佳作。与此有关,后来他虽又返回长安,与宰相李德裕交游,也没能得其提携[7]。温庭筠不随时俯仰,"离方遁圆"(《上蒋侍郎启》)的结果,使他在牛李党争中"如挤井谷",被弃之感、隐逸之念连同"欲学鸳鸯之性"也随之产生。他的大量以"谣"、"词"、"曲"标题、内容不一的乐府诗,可能多作于此时。

至宣宗即位(847),温在京城以擅长诗赋著名,"人士翕然推重"(《旧唐书》本传),并因属对精敏曾得到皇帝的赏识。这时期,他的思想格外活跃,信道直行也更加突出,多次投诗献赋上启于杜牧、蒋系、裴休、封敖、萧邺等达官显宦,渴望他们提携,既出入宰相令狐绹书馆,与令狐父子游宴,又对远贬崖州的李德裕深表同情。因当朝妍蚩莫辨,这时他又不大计较宠辱,蒲饮酣醉,玩世不恭,与落魄文人赵颛、女道士鱼玄机游处的同时,日益显露出斗争的锋芒,与李商隐唱和,自许"双玉剑",并凭借自己的文才,每岁科试多为人假手,以至引起大中九年(855)御史弹奏主试官的轩然大波。温庭筠此期思想的重要特征是,恃才傲物以至鄙夷权相,非议朝政。他有意泄露令狐绹托他代作〔菩萨蛮〕词以讨好宣宗的隐匿,对其不学无术大加嘲讽,还责其结党营私和治国无方[8]。如此种种,致使令狐积恨日深,奏温"有才无行"(《北梦琐言》卷二),致使庭筠大中以来屡试不第,终于大中十三年(859),以乡贡进士被谪授随县尉。

温遭远逐以后,被山南东道节度使、襄阳刺史徐商留为巡官。在襄阳,他与失意索居的官宦文人段成式以及袁郊、韦蟾、周繇、余知古、温庭皓等酬答互嘲,发泄牢骚[9],同时也著书为娱,留心采风,在民间歌舞曲的基础上,创作了不少《懊恼曲》《握柘词》之类的儿女相思之作。此时温庭筠更加穷愁潦倒了,不时听倡戏妓,在酒醉粉香中讨生活。不过从其《锦鞋赋》看,他依然像夜间被弃的锦鞋那样,静候着天明被用[10]。后或因徐商、段成式先后调任他职,温也移寓江陵,入荆南节度使裴休幕为从事。此后的几年间,他贫病交集,处境日窘[11]。

咸通四年(863)春夏间温归江东途中,因生计无着,到扬州扬子巡院乞索,醉后犯夜,竟被纠察官败面折齿!温忿然赴京上诉,"遍见公卿",得到朝官徐商等人的同情与支持。

温庭筠滞留京师未久,得任协助博士教授经学的国子助教[12]。在职期间,他公正无私,同情并奖拔寒苦士子。咸通七年十月温主秋试,曾在国子监榜示国子邵谒、李涛等讽刺时政、有助教化的诗赋数十篇,有意彰明他的执事无私和政治态度,他以此触怒宰相杨收,被罢职放废,当年便含冤抱恨而死,终年约五十五岁。

温庭筠生前未及自编文集。《新唐书·艺文志》所著录的《诗集》五卷、《握兰集》三卷、《金荃集》十卷以及小说《乾䐁子》三卷等数种,多为后人所辑,宋代以来又陆续散佚。今《温飞卿诗集》笺注本,是在明人曾益编集作注的《温八叉集》四卷的基础上,经清人顾予咸删补、其子顾嗣立重校而成,所收诗三百三十八首中偶杂他人之作[13]。近人王国维、刘毓盘各辑有《金荃词》一卷,所收温词首数不一,其间见于《花间集》的六十六首及〔新添声杨柳枝〕二首(见范摅《云溪友议》卷下)最为可信[14]。

第二节 温庭筠的诗词

在晚唐文坛上,温庭筠与他的诗友李商隐齐名,时称"温李"(裴庭裕《东观奏记》）。两人诗同中有异，互有短长。尽管总的说来温诗的成就不及李，但就题材、情调、写法的某些方面看，温诗也颇能体现晚唐诗歌的风貌和发展趋势。

温庭筠作为晚唐的一位志向高远、不肯苟合权贵的文苑才子，毕生多遭摧抑，入仕无途，报国无门，自然愤懑不平，牢骚满腹。因此他的诗作为"情为世累"（《杏花》诗）的产物，大多吟咏身世。沉沦闲居的孤寂惆怅，漂泊无依的羁旅愁苦，屡遭摧抑的幽愤怨恨，或明或暗、或多或少地表露于他的寄赠、酬答、记游、题壁、怀古、咏物等各类诗中，构成温诗思想内容的主体，感伤之中兼含幽怨隐恨，是温诗始终一贯的基本情调，尽管在不同时期的作品中表现又有所不同。

早年所作的《过西堡塞北》、《回中作》、《侠客行》和《赠蜀将》等即景兴怀的诗篇，格调较高，蓄积着书剑报国而请缨无路的愤懑。发泄个人孤愤最显突出的是那些伤悼、颂扬忠臣义士的怀古之作，如《过陈琳墓》篇，临风凭吊，陈辞慷慨：

> 曾于青史见遗文，今日飘蓬过此坟。词客有灵应识我，霸才无主始怜君。石麟埋没藏春草，铜雀荒凉对暮云。莫怪临风倍惆怅，欲将书剑学从军。

《经五丈原》、《苏武庙》、《谢公墅歌》诸诗也都以同声共响，感情深沉，笔调苍凉，气势也相当壮阔。不过在温诗中，这类晚唐鲜见的歌唱并不多。

随着不幸遭遇的纷至沓来，温庭筠中期以后抒写情怀的诗作，多方面、多角度地表现其复杂的内心世界，弦律低郁，吞吐哽咽，缠绵悱恻，更能体现温诗的基本风貌，其中以吐诉忧谗畏讥的危苦和伤叹功名成空两类最为典型。前者如投赠良臣挚友的《百韵》长诗，在表白身世、志向、遭际、处境的同时，回环宛转地吐诉"爱憎防杜挚"、"寒心畏厚诬"的复杂心绪；后者如《春日将欲东归寄新及第苗绅先辈》：

几年辛苦与君同，得丧悲欢尽是空。犹喜故人先折桂，自怜羁客尚飘蓬。三春月照千山路，十日花开一夜风。知有杏园无计入，马前惆怅满枝红。

这种沉沦者的伤痛就是在《敷水小桃盛开因作》之类的咏物寄情诗中也每有表露。他的《赠少年》诗则把自己的身世与穷而后达的淮阴侯韩信作比，慨叹他"旅游淮上"以来客恨无涯，诗以"月照江楼一曲歌"作结，似豪实郁，以乐见悲，终不离一个"怨"字。他有些诗作还抒写出世入世的矛盾心理，如《观兰作》、《寓怀》那样，或表现孤芳自赏的自负、自守、自慰，或表达思归慕隐、全身远祸的思想情趣。此外，与人酬答慰藉和失意潦倒的浅唱低吟也相当不少。尽管总体说来调子感伤低沉，但就反映晚唐险恶境遇下一般失意文人的内心世界而言，却显得更典型，更丰富。

在反映客观现实方面，温诗的鲜明特征是以嘲讽的笔调"刺时"，而不以正面抨击社会黑暗取胜。他的诗中也有直写民生疾苦的，《烧歌》一诗就先写江南农民"烧畲作旱田"的辛勤劳作和切盼丰年的情景，后以"谁知苍翠容，尽作官家税"作结，揭露出赋税剥夺的繁苛。但他以诗干预政治更倾心于采用冷嘲热讽的写法。"题林亭"、"题屏风"和"简同志"、"示同志"等题赠诗，旁敲侧击，表露诗人对宦官恣横、朋党倾轧、边患不已的不满。《嘲春风》、《嘲三月十八日雪》和《伤温德彝》、《醉歌》诸诗，嘲风弄月，说古论今，醉歌狂吟，甚至借助"夏日病痁"时对外界的反常感受，多方讽刺、揭露当朝的压抑贤才、所用非人、贤愚莫辨、赏罚不明等等腐败现象。温庭筠这类诗的特点是，所刺几乎都是与自身遭遇更为直接的某些社会方面，最典型的是《过孔北海墓二十韵》，"恶木人皆息，贪泉我独醒。轮辕无匠石，刀几有庖丁"，"鸾皇婴雪刃，狼虎犯云屏。兰蕙荒遗址，榛芜蔽旧坰"，这些饱和着切身感受的骚怨词语，在指斥残酷昏暗的政治现实上笔锋不失尖锐犀利，"诮之比于痛骂"（沈德潜《唐诗别裁集》卷一五）。

更能体现温诗刺时特征的是咏史诗。在他的数十首以古讽今的作品中，或如《雉场歌》、《鸡鸣埭歌》、《达摩支曲》和《邯郸郭公词》那样，多咏叹六朝昏君，揭示荒淫亡国的主题，或如《湖阴词》、《奉天西佛寺》，贬斥乱臣贼子，借以表达诗人对藩镇骄横的憎恨。其共同特点是长于影射，诗旨深厚，辛辣的嘲讽和无情的批判多于温情脉脉的规劝。《春江花月夜词》，以陈朝荒戏而被隋攻灭开篇，又用"杨家二世安九重"引出炀帝淫游江都终至国破身杀。这就不仅用陈、隋两朝史实有力强调出淫逸亡国的必然，更在隋蹈陈辙中揭示古今昏君的执迷不悟。因温诗咏史注重取材于唐世盛衰急转的玄宗朝，其现实性就更为显明。《偶成四十韵》诗在描写和抒发中明确指出，君臣上下的纵情逸乐终于导致"纵火三月赤，战尘千里黄"的安史之乱，在警告当朝应居安思危的同时，指斥皇帝的信谗拒谏致使奸臣弄权。从他的这类"以渎至尊"的咏史诗，不难看出温庭筠干预政治现实的积极态度及其终生蹉跎的重要原因。

在温诗中，还有不少表现妇女和书写狎妓生活的作品，在其全部诗作中比重和地位都相当突出。这类诗他一生各期都有制作，而越到后来写的也就越多，特别是他被贬之后的晚期诗里，还出现了《光风亭夜宴妓有醉殴者》之类格调卑下的作品。不过由于创作目的不尽相同，所作也并不全归侧艳，如《兰塘词》、《晚归曲》显属学习民歌而作的情歌，《遐水谣》、《塞寒行》在抒写征妇离愁中揭示了一定社会现实,《西州曲》、《三洲词》、《七夕歌》、《苏小小歌》在表现女性伤春伤别的同时表露诗人的同情和自伤,《懊恼曲》、《碌碌古词》则隐隐寓有诗人"伤谣诼之情"(《上盐铁侍郎启》)。然而,这类作品不管作者怎样故作深曲,较之李商隐所作终显浅薄,大多理不胜辞。但因它们更适合唐末五代越来越多的失意文人的口味,其影响却日益显著。

温庭筠作诗虽也受有李白、李贺、刘禹锡诸人的影响,但他在艺术追求上,主要效法六朝齐梁体和乐府民歌。其代表诗风是密丽蕴藉,因与李商隐、段成式之作风格相近,三人又都排行十六而人称"三十六体"(《旧唐书·文苑传》),而温诗却自有个性。他着重表现个人生活情感的律诗的风貌,就往往不同于咏史或抒写男女情思的古体。它们一般清新淡雅,间或笔力遒劲、风尚高远,尤以体物细腻、属对精工见长。"数丛沙草群鸥散,万顷江田一鹭飞"(《利州南渡》),"风翻荷叶一向白,雨湿蓼花千穗红"(《溪上行》),都堪称以对句状景的警策之笔。历来为人称道的是《商山早行》:

晨起动征铎,客行悲故乡。鸡声茅店月,人迹板桥霜。槲叶落山路,枳花明驿墙。因思杜陵梦,凫雁满回塘。

此诗抒写羁旅情怀尤显格异意新。颔联全用实字撮聚多种物象却对仗十分自然,而旅途辛劳又溢于言表,颇得宋代欧阳修、陆游等著名诗人的赏识、效法。他的近体诗还喜"详征故实"(《答段成式书》),《百韵》诗甚至大量排比典故,借助类比方式抒写情怀和指斥现实,与李商隐的《百韵》篇迥然不同。如此堆砌,就不免有卖弄才学之嫌,但温庭筠毕竟"知甄藻之规"、"达显微之趣"(《上杜舍人启》),他的一些短诗,用典熨帖自然,运化无迹,所选用的典故又多讽刺性、故事性和形象性,像《经西坞偶题》,以"青头鸡"典喻甘露之变,表情达意更加深曲丰满,还有如"香随静婉歌尘起,影伴娇娆舞袖垂"(《题柳》),巧借歌舞名妓、妓名写景状物,为画面增添情趣。因此前人称温"小诗尤工"(《苕溪渔隐丛话前集》卷二三引《雪浪斋日记》)。

其实,温庭筠更擅长的是乐府诗,"其乐府最精,义山亦不及",被人誉为晚唐李白(薛雪《一瓢诗话》)。《乐府诗集》录其诗多至五十馀首[15]。这类诗一般篇幅较长,风格秾艳绚丽,还时用大胆的想象夸张,具有浪漫色彩,铺陈描述的特点相当突出,咏史诗多写统治者的奢靡享乐生活,男女之情诗多刻画女性的容貌、服饰和情状、心理,常是寓议论于描写,遣词造句喜铺锦列绣,辞采缛丽,诗集的第一篇《鸡鸣埭歌》,就特意把"银河"、"铜壶"、"宝马"、"红妆"、"碧树"、"朱方"、"绣龙画雉"等华词艳藻冠于各句之首。温庭筠的乐府诗有古体也有近体,在取材、写法上受当时江南民歌的影响很深,还常有意取法六朝,多用双声叠韵。其《照影曲》、《春晓曲》、《春愁曲》、《湘东宴曲》等短歌,以华艳词语、和美声调委曲传达男女情思,风貌神髓与其词颇为一致。

温庭筠的词,无论成就或影响,都远在其诗之上,以下开一派词风被奉为"花间鼻祖"(王士禛《花草蒙拾》)。

在词史上,温庭筠是第一位大力作词的文人,在唐人中他存词的首数也最多。这些词章大多是他"隐贫居而坐闻管弦"、"远泛仙舟,高张妓席"的生活境遇下,着重取法带有城市商业经济色彩和市民意识的民歌(吴歌西曲)的产物,其失意情怀及南国风情不时反映到一些词作中,如〔清平乐〕("洛阳愁绝")、〔更漏子〕("背江楼")、〔望江南〕("千万恨")和〔荷叶杯〕("楚女欲归南浦")等。他的〔杨柳枝〕其二云:"南内墙东御路旁,须知春色柳丝黄。杏花未肯无情思,何事行人最断肠?"与其诗"知有杏园无计入,马前惆怅满枝红"(《春日将欲东归寄新及第苗绅先辈》)显属同调。然而,主要基于他放浪歌酒的生活情趣、对词体合乐演唱特性的认识以及其不同前人的艺术追求,他在前人词的基础上,对词的题材作了相应的调整与变革,他几乎所有的词都抒写闺情怨思,正因如此,温词题材与其诗相比显得偏于一隅。然而温词写闺情怨思,却能从多方着笔,在狭窄的题材范围内,揭示其内容的丰富性。其间,既有写征妇之苦的,〔蕃女怨〕词还揭示出造成"画楼离恨"的社会原因是"年年征战";又有民歌风味浓厚的情歌和婚姻爱情作品,如〔河传〕("江畔")、〔南歌子〕("手里金鹦鹉")和〔新添声杨柳枝〕等。而为数最多的却是表现歌妓舞女,抒写"蝉鬓美人愁绝"的伤春伤别词。这类词章或写终日惆怅,彻夜无眠,或写梦魂颠倒,睡起无聊,无不如泣如诉,极言苦衷。尽管悲欢系之离合,追求止于团聚,缺乏具体社会内容和思想深度,却没有一首失之色情的作品。所以后人评为"丽而有则"(陈廷焯《白雨斋词话》卷五)。由于词人在描写女性的同时往往融入自己的身世之感,其词还每以蕴藉而发人深思。从词的发展角度看,温庭筠在这方面对"婉约"词的传统题材的确立是有重要贡献的。

温庭筠"逐弦吹之音"所谱写的大量词章,主要是付诸歌妓于宴间伴舞歌唱的。他不仅注重词与乐、舞的谐美,在艺术技巧上更作了多方面的创造性的可贵尝试。

以赋为词,是温词最突出的特征。在短小的令词中,用大量笔墨对人物、景象展开多方面的铺排描绘,处境的孤独、心情的悲凉、青春的摧损以及时间的推移等等多以描写出之。这种"铺采摛文,体物写志"的写法,在很大程度上决定了温词不同于前人的独特面貌。温词的描绘,以倾心描摹女性的容貌服饰、深闺的屏帏陈设显示个

性,以工笔重彩、精雕细刻尤见功力,最典型的是他的代表作〔菩萨蛮〕其一:

> 小山重叠金明灭,鬓云欲度香腮雪。懒起画蛾眉,弄妆梳洗迟。　照花前后镜,花面交相映。新贴绣罗襦,双双金鹧鸪。

词中用"雪"拟面,用"云"拟发,并以"欲度"状鬓发的势态,把两颊低垂、轻柔、蓬松的乌黑鬓发刻写得如此穷形尽象,足可体现温词的描绘精细入微。为了增强小词的形象性、色彩感和含蓄美,或如"小山"句那样,只描取事物的某种特征而不道破所写事物的本身,或如"双双"句那样,通过富有特征的细节描写来暗示词旨。

与此相关,温词还多用、善用渲染技法。选取大量典型事物、景象创造特定的氛围、色调,凭借烟柳迷濛、春花飘零、细雨绵绵、绿草萋萋、明月凄清和漏声断续、角声呜咽等等,烘托人物形象,暗示心理活动,或令人从中体味人物情怀,或使业已表露的情思更加鲜明浓重。如〔更漏子〕其六:

> 玉炉香,红蜡泪,偏照画堂秋思。眉翠薄,鬓云残,夜长衾枕寒。　梧桐树,三更雨,不道离情正苦!一叶叶,一声声,空阶滴到明。

女子秋夜伤离通宵无眠的深心哀苦,在室内、户外的众多物象的渲染烘托中表露得淋漓尽致。温词大多用凄凉之象托孤苦之情,以哀写哀,但也有的像〔诉衷情〕("莺语")那样,用大好春光反衬女子的孤凄,以乐写悲。一是相得益彰,一是对比显明,都取得了极为强烈的艺术效果。

在描绘、渲染的同时，温词大量运用比兴。词中的莺雁只身独飞、红烛损身落泪、牡丹经受风雨等不少描绘渲染句，都兼含比喻象征的性质，在〔更漏子〕中，离妇惦念征人和对团聚、安定生活的渴望，全用"惊塞雁，起城乌，画屏金鹧鸪"写出。温词尤其喜用比喻来形容女性美，有时甚至连用多种事物反复作比，而所拟的对象并不出现，〔南歌子〕词用"似带如丝柳，团酥握雪花"来描状香车上的丽人就是典型的一例，"柳"与"花"本已在比喻女子的腰肢、面容，却又叠用"带"、"丝"拟柳，叠用"酥""雪"拟花。其巧用暗喻也大大增强了词的形象性和感染力。〔玉蝴蝶〕中的"芙蓉凋嫩脸，杨柳堕新眉"，从写景来看是以人喻物，从写人来看是以物喻人，这就使得下面"摇落使人悲，断肠谁得知"句，兼含女子的悲秋和自伤，物我为一，意味十分醇厚。甚至有的温词与其《蚕簇歌》、《宿一公精舍》诗以宫女自况相同，属通篇作比的寄托，〔清平乐〕"新岁清平思同辇，争那长安路远"、"竟把黄金买赋，为妾将上明君"云云，与具有"陪雕辇"之志的词人，在"人事转新"的武宗朝仍浪迹江湖、诗赋干渴的身世、情感契合无间。只是温词一般多用融情入词的寄意方式，寄托一法运用尚少[16]。

与采用的艺术手法密切相关，温词的结构和意境都迥别前人。其词各句大多自成片断，自立一境，随着一个个特写镜头的频频转换，在结构上常常呈现出大跨度的跳跃，如〔菩萨蛮〕："水精帘里颇黎枕，暖香惹梦鸳鸯锦。江上柳如烟，雁飞残月天。　藕丝秋色浅，人胜参差剪。双鬓隔香红，玉钗头上风。"写人写景句相间出现，似不相衔，但入梦、初醒以及修饰、期待无不在"相思"这一契合点上彼此贯通，而且针线绵密。〔菩萨蛮〕（"凤凰相对盘金缕"）也是似疏实密的代表作品。由于温词注重以景写情，其意境多是一幅幅染有感情色彩、由成组镜头展现的绚丽画面：

　　　　玉楼明月长相忆,柳丝袅娜春无力。门外草萋萋,送君闻马嘶。　　画罗金翡翠,香烛销成泪。花落子规啼,绿窗残梦迷。
(〔菩萨蛮〕其六)

全词处处写景,又无处无情,情寓景中,如此抒写闺情,致使温词的意境较其诗格局更小巧,却也更完整,同时也显得朦胧。

　　温词不同前人的风貌还取决于音律和语言的独特。他所择用的十八调中,有四调为自度曲,十调不见前人传词,总的看来,声情细腻,句式参差,音律繁变。〔诉衷情〕三十三字分作十一句,〔河传〕二、三、五、六、七字句相间杂出而且用韵极密,其"节奏之哀与促,如闻急管么弦"(俞陛云《唐词选释》)。〔更漏子〕等平仄四换韵,有的用韵复杂却有主韵,以求变化中得统一,又有的邻句数字平仄相同,颇有连绵不断的重复美,都与文情高度谐和。温词抒写画楼绣阁的丽人艳思,在遣词造句上,不仅时常选用"惆怅"、"芳菲"、"鸳鸯"、"消息"和"音信"、"徘徊"等双声叠韵字以求美听,更喜择用"金"、"玉"、"翠"、"黛"、"锦"、"画"、"兰"、"芳"之类具有色彩美、富贵态、馨香气的字眼作修饰成分,为了设色和创造氛围,甚至借助于"青琐"、"玉关"、"沈香阁"等物名地名,还往往罗列实词或把名词用作形容词,以力求增强小词的形象性。温词秾丽繁缛的语言,虽未免因堆砌雕琢而不能自然流转,但对于抒写艳情而言,却自有其特殊的表现力。

　　正是温词内容与形式的基本特征,形成其秾丽婉约的代表词风,被周济、王国维分别拟之为严妆美妇人和"画屏金鹧鸪"。他调寄〔菩萨蛮〕、〔更漏子〕、〔归国遥〕和〔酒泉子〕、〔定西番〕、〔女冠子〕、〔诉衷情〕、〔蕃女怨〕的大量词章,都极富浓妆美、阴柔美和含蓄美。

温词还有清新率真一格,如调寄〔河渎神〕、〔荷叶杯〕、〔杨柳枝〕、〔南歌子〕、〔河传〕诸词,最有代表性的当推〔梦江南〕:

> 梳洗罢,独倚望江楼。过尽千帆皆不是,斜晖脉脉水悠悠。肠断白蘋洲。

不过这种笔调流畅、语言清新、色泽淡雅、极近民歌的作风,到了稍后的韦庄词中才更显突出。温词的贡献在于,以其具有代表性的面目一新的词章开创了文人词创作的新局面,词不仅从此严于依声,形成格局,手法、意境、语言诸多方面都有别于诗,而且提高了委宛曲折地表达细腻情感的能力,婉约词风从此基本定型。其影响十分深远,而接受这种影响最直接、最明显的是唐末韦庄和南唐冯延巳。

第三节 韦庄的生平

韦庄(836?—910)[17],字端己,京兆万年(今属陕西西安市)人。他的远祖韦待价是初唐武则天时的宰相,四世祖韦应物是中唐代宗朝的著名诗人[18],后因韦门世族家道中落,政界文苑都史无闻人。韦庄儿时曾寓居长安和下邽,尽管他早年诗中每以"公子"、"王孙"自许,但从他"巡街趁蝶衣裳破,上屋探雏手脚轻"(《途次逢李氏兄弟感旧》)的诗句看,他的童年生活接近平民之子,《唐才子传》也说他"少孤贫"。这种生活在很大程度上影响到他后来的文学创作。

韦庄早年为了实现其"平生志业匡尧舜"(《关河道中》)的不凡抱负,在当时朝政腐败,危机四伏,农民起义大风暴即将来临的岁月里,他急于考取进士,多次应试长安。僖宗乾符四年(877)他移居虢州后，依然频频奔走京城。在屡试不中的逆境中，韦庄虽也自伤"要路无媒"，怨恨"曲如弓"的"天道"(《关河道中》)，登临吊古，访僧垂钓，游历江南，也有过五陵游客绿醑红袖的风流生活，却始终"强亲文墨事儒丘"(《惊秋》)，执意苦读，在文学创作上也竭尽心力，晨鸡未唱就出门行吟，甚至"独吟三十里，城月尚如珪"(《早发》)。在黄巢军队攻陷京城之前，他已经写了诗文"数十通"(韦蔼《浣花集序》)，从今传的《古离别》、《登咸阳县楼望雨》、《观猎》诸诗看，这时他的文学造诣已相当可观。

正当韦庄为成为进士而惨淡经营时，广明元年(880)十二月，黄巢的农民起义军以迅猛之势一举攻破长安。年约四十五岁的韦庄身陷重围，与弟妹、友人失散，只身藏匿，大病几死。直至中和二年(882)春天他才脱身长安，赴唐军驻守的洛阳，居于洛北乡间。其生活、思想和文学创作，从此都发生了深刻变化。面对天地翻覆的社会巨变，他冷静而深入地思考，效法杜甫，写了不少焦虑时难的诗篇，入洛的第二年，更怀着复杂情感写成著名的叙事长诗《秦妇吟》，从此韦庄诗名大振，时称"秦妇吟秀才"(孙光宪《北梦琐言》卷六)。

长安陷落、僖宗播迁后，韦庄"有心重建太平基"(《长年》)。中和三年春，他南赴润州，投奔镇海节度使周宝，欲抒国难。原本喜接贤士、募兵练卒的周宝，此时贪色重敛，已不肯勤王，并与淮南节度使高骈等各怀兼并之心。韦庄处周宝幕府的三年间，尽管他才志超群(贯休《和韦相公话婺州陈事》)，竟闲居而不被器重。不过这时他却有机会接触藩镇内幕，更清楚地看到军阀之间的重重矛盾。他的《台城》、《上元县》和《观浙西府相畋游》、《陪金陵府相中堂夜宴》等很有特色的咏史、讽谕诗就作于此时。黄巢起义失败后，韦庄往陈仓迎僖宗还京，路阻未遂，见江淮方镇血战不解，已是有志难酬，只得携家南迁，避乱于越中婺州。

"不是对花长酩酊,永嘉时代不如闲"(《江上题所居》)。在婺州,韦庄过着寄情诗酒、贫病寡欢的隐居生活,和僧人贯休交游,又与个别的避乱朝臣诗客偶相往来,他移居兰芷江的乡野以后,有时身心的闲静甚至达到嫌流水闹、笑野云忙(见《山墅闲题》诗)的地步。他这时写诗很少涉及社会现实,而创作技艺却因倾心苦吟又有增进。只因他并没有完全关闭敞向现实的心扉,在《倚柴关》、《闻春鸟》、《梦入关》诸诗中,依然表露出一定的京师故山之念,写给拾遗郑谷的《一百韵》尤见情怀。唐昭宗即位后,韦庄重新振作,携姬负笈远游江西、湖南、巴蜀等地,此番远游依旧前程渺茫,功名无着,只是留下不少抒写客情乡梦的诗词。昭宗大顺二年(891),他只得重返婺州。韦庄自离开长安至此已是"沧海十年","客程千里"。

昭宗朝宦官势力一度削弱,郑延昌、李谿、郑谷、薛昭纬等都成为朝中重臣。年近花甲的韦庄"自喜烟霄足故人"(《投寄旧知》),于景福二年(893),兴致勃勃地返回久别的京都长安,投书求荐,再度应试。终于在乾宁元年(894),韦庄考中进士,除授校书郎。他多年梦寐以求的愿望最终变为现实,此时其欢喜若狂的心情反映在词作〔喜迁莺〕中。

此后,韦庄从昭宗至华州,并被两川宣谕使李洵辟为判官,随从入蜀见王建。昭宗还长安后,他又被任为左拾遗[19]、左补阙,多次上书献策。然而此时已是唐王室多事之秋,南北司各结雄藩,倾轧争权不共戴天。因此韦庄的仕宦生涯从一开始就不惬意,其间与他同甘共苦的爱姬的死,又给他的失意心情更添悲凉。后来,他从昭宗的喜怒无常和左右皆自危中,深感唐兴无望,就更不愿卷入党争旋涡。据他编选《又玄集》和奏请追补李贺、温庭筠、皇甫松等十四人及第、补官诸事看,这时他主要从事文学活动。天复元年(901)春,在刘季述被诛、昭宗反正和崔胤被斥、李茂贞总政的"权变"之际,韦庄被西川节度使王建聘为掌书记,从此步入他为期十年的晚达时期。

韦庄仕蜀,一直受到王建的器重;唐王朝曾以起居郎征召,他拒而不赴。唐亡前一年王建立行台,任他为安抚副使。王建自立为帝,前蜀开国(907年),韦庄因谋划有功,授左散骑常侍、判中书门下事,创制前蜀刑、政、礼、乐等各种制度号令,以才干超群,次年又升任门下侍郎同平章事,后再转吏部侍郎平章事。韦庄为相,忧国忧民,为王建草牒制止县宰乘时扰民,力主"勿使疮痍之后复作疮痍"(《唐诗纪事》卷六八)。当时诗僧贯休称他"德高群彦表","宽平开义路"(《和韦相公见示闲卧》),从韦诗《南阳小将张彦硪口镇税人场射虎歌》[20],更不难看出他入蜀后老而益壮的胆气。这期间,他与贯休、沈彬等交游唱和,因仰慕杜甫的为人和才学,于浣花溪寻得杜工部草堂旧址,并结茅造屋,移居溪上。可惜他任蜀相不足三年便病卒于成都花林坊,终年约七十五岁,谥号文靖。

韦庄有《浣花集》二十卷(据《蜀梼杌》),由其弟韦蔼编成于唐天复三年(903),至南宋仅存一卷,到了元代才又逐步辑得十卷(见《宋史·艺文志》),殊非原集本貌。今传四部丛刊影印明人朱承爵刻本《浣花集》十卷,收诗二百四十九首,又补遗二首,加上《全唐诗》实增之数及今人辑得的篇章,韦诗今存共三百二十二首[21];其词见于《花间集》、《尊前集》及《草堂诗馀》,共存五十四首。

第四节　韦庄的诗词

韦庄以词名世,历来"温、韦"并称。其实他的诗既有名篇,又风格独特,在唐末五代诗坛也占有重要地位。后蜀韦縠选唐人以下诗编《才调集》录韦诗最多,明人高棅《唐诗品汇》、清人沈德潜《唐诗别裁集》对韦诗都给予重视。胡震亨把韦庄和杜荀鹤、黄滔、罗隐标为晚唐拔萃四家(《唐音癸签》卷六),郑方坤把韦庄和韩偓、罗隐誉为唐末五代华岳三峰(《五代诗话例言》)。

长安陷落以前的韦庄诗多毁于兵火,所存不多;而入蜀以后的诗篇又因《浣花集》多未及收入,存者更少。今传韦诗绝大部分都作于僖宗广明元年(880)至昭宗光化三年(900)的二十年间。就其创作历程来说,可就隐娄为界分为前后两期。

韦庄前期诗大多植根于"有心重建太平基"(《长年》)的思想基础,正面反映唐末的社会战乱和民生疾苦,忧国忧民的思想相当浓烈。其突出特点是,着重表现农民起义高潮中所暴露的统治阶级内部矛盾和唐王朝的腐败。

早在长安陷落以前,诗人在抒写"未知匣剑何时跃"(《冬日长安感志寄献虢州崔郎中二十韵》)的失志苦闷的同时,就曾用"天子只凭红旆壮,将军空恃紫髯多"(《又闻湖南荆渚相次陷落》)的鲜明诗句,揭露过唐室实力的虚弱,《观猎》一诗,对朝中文武官员的一味醉心游乐深表不满。一旦京都失守,韦庄更热切关注社稷民生,其诗写实、吊古、嘲讽、指斥,揭露统治者的庸腐更进一步。如《闻官军继至未睹凯旋》诗写道:"嫖姚何日破重围,秋草深来战马肥。已有孔明传将略,更闻王导得神机。"其结果却无一胜可言,有的只是败逃、扰民:"昨日屯军还夜遁,满车空载洛神归"(《睹军回戈》)。对唐臣、官军的辛辣讥讽可谓入木三分。《立春日作》和《咸通》诗,或给杨贵妃作翻案文字,对国家丧乱的重大社会原因作进一步暗示,或极写统治者的寻欢逐乐、穷奢极欲,表露咎由自取的深意,无不思想深邃。

藩镇的拥兵自保和图谋相噬等丑行,在韦庄的《喻东军》、《赠戍兵》、《重围中逢萧校书》诸诗中,也都有强烈谴责。《上元县》诗所云"南朝三十六英雄,角逐兴亡尽此中"、"止竟霸图何物在,石麟无主卧秋风",更是对藩帅争强斗胜的诅咒。著名的《台城》诗:"江雨霏霏江草齐,六朝如梦鸟空啼。无情最是台城柳,依旧烟笼十里堤。"也表现了与上述作品大致相近的主题。对图谋不轨的藩帅的嚣张气焰和腐败生活,韦诗更予以无情揭露和挖苦,如《观浙西府相畋游》:

> 十里旌旗十万兵,等闲游猎出军城。紫袍日照金鹅斗,红旆风吹画虎狞。带箭彩禽云外落,避雕寒兔月中惊。归来一路笙歌满,更有仙娥载酒迎。

其姊妹篇《陪金陵府相中堂夜宴》,也是寓嘲讽于描写,似褒实贬,柔中带刚,结句"却愁宴罢青蛾散,扬子江头月半斜",用没有不散的宴席预示其下场的可悲。

与此同时,韦庄另有不少诗真实描述了连兵不息给江淮、京洛广大地域的经济造成的"绿杨千里无飞鸟"(《汴堤行》)的严重破坏,对灾难重重的广大人民深表同情,如《悯耕者》:

> 何代何王不战争,尽从离乱见清平。如今暴骨多于土,犹点乡兵作戍兵。

因此,他在诗中还不时发出渴望天下太平的呼声。

韦庄作为封建地主文人,当他在农民起义之际表达上述各种情怀时,多种复杂思想情感往往相互交织地同时反映在同一首诗中,如《辛丑年》就是如此,而最典型的是他的代表作长篇叙事诗《秦妇吟》。

《秦妇吟》饱和着诗人感受,记述了黄巢起义军攻陷京都时被掠"秦妇"脱身长安前后的亲身经历和所见所闻,反映了唐末波澜壮阔的社会现实。全诗一千三百六十六字,这首在唐诗中篇幅最长的巨制是韦庄的精心之作。诗以人物的行踪为线索,自起义军入城起,依时间的推移,选取"秦妇"身陷长安、被俘入军、脱身东行以及至三峰路、出杨震关、过新安东等一系列典型生活片断一一展开记叙,虽层叠架屋,却层次井然,首尾相衔,脉络一贯。无论勾勒或细描,都能不时展开一幅幅引人入胜的生活画面并构成多态多姿的生活长卷,形成完美的艺术整体,以此成为我国叙事诗发展史上的一个高峰。

然而,《秦妇吟》的思想内容却精芜杂糅。作者写作此诗的目的在于反映唐末战乱给社会经济、百姓生活造成的无穷苦难,并试图从不同方面揭示酿成重大灾难的种种社会原因,以期有补时政。他站在封建地主阶级的立场出自"补天"思想来批判现实,在笔涉王室、藩镇、农民三者间原本就错综复杂的阶级和统治阶级内部矛盾时,又错误地把起义军与百姓对立起来,这就呈现出诗人的深刻思想矛盾。作者既怀着忠诚、痛惜的心情为李唐社稷唱哀歌,又对当朝的张皇失措予以真实揭露;既仇视、诬蔑起义军,又强烈同情百姓疾苦;既对藩帅的"剿贼"存有希冀,又从社稷民生出发,对其拥兵自保、相互混战、残害百姓作无情的指斥。但从整体上看,《秦妇吟》的主旨不在于或者说并不停留于攻击农民起义,因此,诗人把起义视为造成灾难的原因之一的同时,也写出了造成灾难的其他原因,那就是官府、官军的腐败。如诗中以嘲讽口吻指斥蒲、陕主帅的拥兵自保之后,借新安老翁的哭诉指控洛阳官军的残害百姓:

> 自从洛下屯师旅,日夜巡兵入村坞。匣中秋水拔青蛇,旗下高风吹白虎。入门下马若旋风,罄室倾囊如卷土。家财既尽骨肉离,今日垂年一身苦。一身苦兮何足嗟,山中更有千万家。朝饥山草寻蓬子,夜宿霜中卧荻花。

与此同时,诗中还描写起义军锐不可当的巨大声势,"轰轰崐崐乾坤动,万马雷声从地涌",虚弱的王朝政府几乎不堪一击,以至"内库烧为锦绣灰,天街踏尽公卿骨"。诗中所写"闲日徒歆奠飨恩"的神灵,"危时不助神通力",竟退避三舍,"且向山中深避匿",更是意味深长。不满当朝是《秦妇吟》的主要思想倾向,这也正是此诗招致公卿权贵的谤讪和诗人富贵后讳忌此作的根本原因[22]。

韦庄前期诗作敢于面对现实,表现了唐末重大社会问题,从而成为"诗史"。就他此期所写的一些咏怀诗看,京都陷落前,主要抒写其用世的渴望,京都陷落后,主要抒发离乱中感旧伤时的情感,大多内容充实,表现出批判现实的锋芒。这一类诗作几乎都写于他在洛阳、润州的五六年间。隐婺以后,韦诗转为以抒写个人情怀为主,情调也与以前有明显不同。

韦庄的后期诗多是在"为儒逢乱世,吾道欲何之"(《寓言》)的心情和窘境下写成的。虽也偶有《赠边将》、《平陵老将》那样的"壮歌",但更多的却是以王粲等古人自况,哀悼壮志的幻灭。仕进不能、退隐不忍、救时无方的苦闷哀伤,成了他此期诗讴歌的中心主题,即使到了中第授官之后,这种内容和情调也没有多大改变。《江上村居》:"本无踪迹恋柴扃,世乱须教识道情。"《江边吟》:"陶潜政事千杯酒,张翰生涯一叶舟。"都是他闲居或羁旅生活的自我写照。只因诗人多从"忧君心是致君心"(《和陆谏议避地寄东阳进退未决见寄》)出发写诗,诗中不时表露出"乡园不可问,禾黍正离离"(《南游富阳江中作》)那样思君忧国的情绪,如《倚柴关》:"杖策无言独倚关,如痴如醉又如闲。孤吟尽日何人会?依约前山似故山。"把思乡伤离与思君伤时结合在一起。因此他抒写客情乡梦的诗篇,也就常把异乡流落、壮心无事的旅愁比作"心中火",《和郑拾遗秋日感事一百韵》:"祸乱天心厌,流离客思伤。有家抛上国,无罪谪遐方。……良金炉自跃,美玉椟难藏。北望心如旆,西归律变商。"这就真实地传达出唐末无数避乱志士的心声。由于诗人坚信道有盈虚、否极泰来,诗中虽偶杂浮生如梦的消极思想却情调酣畅而不过分低沉。《闺怨》、《捣练篇》、《伤灼灼》、《悼亡姬》等抒写男女之情的诗作,也无浮艳之笔。这都是韦庄诗不同于众多晚唐五代诗的突出特征。韦庄还写了一些写景咏物诗,其中颇有清新可喜的佳作,如《稻田》:

绿波春浪满前陂,极目连云秆稏肥。更被鹭鹚千点雪,破烟来入画屏飞。

总的说来,韦庄诗无论古体近体,长篇短制,叙事抒情,都有名篇,绝句自有特色,而最擅长的是七律,老练圆熟颇见名家风度。他作诗学习唐代大诗人李、杜、白,对杜甫尤其崇慕。他学习各家,从自己的遭遇和感受出发,重在取其浅切近情的一面。因此其诗虽也笔力类杜甫,浪漫似李白,但总体上说,风格更近白居易,人称"香山之替人"(郑方坤《五代诗话例言》)。

韦诗不雕饰,不鄙俚,不生硬枯涩,"务趋条畅"却又有"文外曲致",每以浅切近情、兴象丰满、情致富足而受到人们的喜爱[23]。韦诗的成功,在于多从真实生活中经个人反复体味后提炼而来,既富生活气息又兼含理趣,就连《虎迹》、《勉儿子》、《与小女》、《女仆阿柱》一类即兴小诗也不例外;尤其善传诗人对自然界的某种领悟,如《登咸阳县楼望雨》:"乱云如兽出山前,细雨和风满渭川。尽日空濛无所见,雁行斜去字联联。"《闻春鸟》、《独鹤》以及《金陵图》等,也无不韵味隽永;在细致观察中捕捉有活力的常见生活景象,构成清新秀丽、生机盎然的画面也显突出,无论描写四时景象,或"乱搔蓬发笑看人"(《赠野童》)的村童,"勾引花枝笑凭墙"(《春陌》)的女郎,都能寥寥几笔,神态毕现,笔调明快洒脱,并有清气缭绕其间,例如《古离别》:

  晴烟漠漠柳鬖鬖,不那离情酒半酣。更把马鞭云外指,断肠春色在江南。

所以前人说韦庄诗"风美流发"(沈德潜《唐诗别裁集》卷一六),风格清丽,有"雅正"之体,但也有时"出之太易,义乏闳深"(胡震亨《唐音癸签》卷八),韦诗以此下开五代诗风的一路。

  韦庄和温庭筠一样,能诗而外,尤擅填词。作为唐末五代的出色词手,他作词不仅直接汲取了温词的创作经验,还上承中唐刘禹锡、白居易词的传统,注重词体的抒情作用,并以此一定程度地矫正了温词的偏颇。他从"字字清新句句奇"(《题许浑诗卷》诗)的艺术追求出发,在创作实践中别辟蹊径,以大量个性鲜明、足可与温词并美的词章,于温之后再树一帜。
  韦庄词今存五十多首,从时、地、人、事、情等各方面字真意实看,至少有半数的作品是在他"昔年曾向五陵游,子夜歌清月满楼"(《忆昔》诗)和避乱离乡、江南流落、宠姬丧亡等实际生活的基础上产生的。韦词的十分之六七抒写男女之情,也有一些词记游、送别、咏史,或对酒豪歌,感叹人生,在题材范围上较温词有明显扩展。〔浣溪沙〕("绿树藏莺莺正啼")、〔菩萨蛮〕("人人尽说江南好")诸词自抒羁旅情愁;〔清平乐〕:"春愁南陌,故国音书隔。细雨霏霏梨花白,燕拂画帘金额。 尽日相望王孙,尘满衣上泪痕。谁向桥边吹笛?驻马西望销魂。"在表达思国念君之感上与其"西望长安白日遥"诗

(《江行西望》)同调,其思想的深沉、感情的丰满都较温词高出一筹。他写男女之情的词作,则以作客他方思乡怀人和抒写《悼亡姬》诗那类切身感受的作品最显个性,〔菩萨蛮〕("洛阳城里春光好")、〔归国遥〕("春欲暮")、〔荷叶杯〕("记得那年花下")、〔浣溪沙〕("夜夜相思更漏残")以及〔荷叶杯〕("绝代佳人难得")、〔谒金门〕("空相忆")等,都在一定程度上反映出韦庄遭遇的不幸和流落情怀。从情感基调来看,刘熙载"留连光景,惆怅自怜"(《艺概》卷四)的评语大致符合韦词实际。只因词人对现实不过分悲观,词中又喜"强颜作愉快语"(谭献《词辨》卷一),"遇酒且呵呵,人生能几何"(〔菩萨蛮〕)的消极情绪是有的,却不像温词那样涕泪满纸。其实词人内心深处充满哀伤,而且那种确有所感的思想情绪有时在词中也表达得相当真切强烈,这正是以前词论家常用蜀主王建夺其宠姬及韦庄居蜀思唐来附会其词的重要原因[24]。

和温庭筠一样,韦庄词的写法与其诗也基本一致。韦庄是有词以来第一位大力用白描手法写词的词人,其词无论写人或写景,都普遍采用勾勒一法,在呈现"当时年少春衫薄,骑马倚斜桥,满楼红袖招"(〔菩萨蛮〕)、"芳草灞陵春岸,柳烟深,满楼弦管"(〔上行杯〕)那样鲜明画面的同时,时间、空间、人物、心境等诸多方面也都显得格外明晰。既善于凭借动态描写展示人物的内心世界,〔木兰花〕("独上小楼春又暮")、〔浣溪沙〕("清晓妆成寒食天")堪称典型,也长于直接描述人物的心理活动,最有代表性的是名篇〔思帝乡〕:

春日游,杏花吹满头。陌上谁家年少?足风流!妾拟将身嫁与,一生休。纵被无情弃,不能羞!

词写游春少女的春情,分别用"杏花吹满头"和"足风流"描取女郎的独特风姿和少年的不凡神韵,而更显特点的是,"妾拟"以下层层深入地描写出女子多于情、钟于情的内心活动,以此而成为韦词"作决绝语而妙者"(贺裳《皱水轩词筌》)的典型作品。如果比较韦庄〔菩萨蛮〕("红楼别夜堪惆怅")和温庭筠的同调词"玉楼明月长相忆",更不难看出,韦庄作词有意学温,只因在渲染与白描中,他更擅长白描而又每以情胜,其词不仅词旨显豁,情调明朗,而且有如民歌、民间词,形象鲜明生动,人物的主动性很强。在白描时,韦词还常用记述笔调,以至多用联章形式共演一段情事(如组词〔女冠子〕二首),这种在叙事中抒情的做法取汲于民间又启示了后世慢词。

与温词的铺采摛文、体物写志更显不同的是,韦庄作词不时运用直抒胸臆的赋法来剖白心境。或如〔菩萨蛮〕("劝君今夜须沉醉"),一口直述,或如〔应天长〕("别来半岁音书绝"),几作曲折,都以倾诉肺腑、笔酣墨饱而别具特征。然而韦词用赋又不同于后来的李煜,特点在于不时地间以描写,在直中有曲、时显时隐中求取词达而意婉的艺术效果,如其代表作〔菩萨蛮〕:

  人人尽说江南好,游人只合江南老。春水碧于天,画船听雨眠。 炉边人似月,皓腕凝双雪。未老莫还乡,还乡须断肠。

词的中间四句极力描写"江南好",但从开篇二句的"人人尽说"、"游人只合"看,江南的风土人情虽说好,而老于异乡却终非词人所愿;结尾二句的愤激情绪表明,只因乡情痛切的词人不忍目击曾沦陷的北方京都,才不得不寄情于异地的美人美景,强颜欢笑。与其诗"南去又南去,此行非自期。……乡园不可问,禾黍正离离"(《南游富阳江中作》)同归沉痛却更加深婉。同调词"洛阳城里春光好"与此内容有别而写法一致。因此清人陈廷焯评论韦词的写法、情感说,"似直而纡,似达而郁"(《白雨斋词话》卷一)。

韦庄作词注重立意,依据感情的发展线索款款书写,因此在谋篇上显示出的突出特点是顺理成章,脉络十分清晰,结构条贯完整。他的一首词往往只记一件事情,写一个场面,讲一层意思,即使过片也很少作大跨度的跳跃,〔女冠子〕("昨夜夜半")的两片词就同是写女子的情态,因语意衔接、行文流畅而不板滞拘谨,所以王国维《人间词话》称韦词"骨秀"。为了获得"吟终意未终"的艺术效果,其词虽也用"满院落花春寂寂,断肠芳草碧"(〔谒金门〕)那类以含蓄见长的结句,不过,"夜夜绿窗风雨,断肠君信否"(〔应天长〕)、"凝情立,宫殿欲黄昏"(〔小重山〕)、"清淮月映迷楼,古今愁"(〔河传〕)等,分别作为伤别词、宫怨词、咏史词的结语,却多以畅发尽致、旨意深沉而与温词的结句并美,所以宋代张炎在论词之结句时,以为"当以唐《花间集》中韦庄、温庭筠为则"(《词源·令曲》)。

韦庄词的魅力还得力于语言的俊秀优美,以雅淡见长。当然,韦庄作词遣词造句也每假修饰,〔清平乐〕一词就用有"绿"、"金"、"香"、"黄"、"玉"、"碧"、"翠"、"宝"诸字,然而韦词的这类修饰成分的连用一般只限于词中的个别句子,〔归国遥〕中的"罗幕绣帏鸳被",〔荷叶杯〕中的"翠屏金凤"、"罗幕画堂",〔上行杯〕二首中的"红楼玉盘金镂盏"、"白马玉鞭金辔"等,显然都是为了表现特定内容的需要而起着突出强调的作用。为了使得画面明丽,其词更喜用色彩鲜明的字眼着色,而"花艳艳"、"叶纷纷"、"雨霏霏"、"人灼灼"、"笑呵呵"等等,则是用叠字描状拟声,以求节奏明快。总体说来,韦庄词的语言无堆砌之弊,较温词清爽得多,清新自然,浅切近情,简洁明快,抒情的能力明显增强,前人用"情深语秀"、"语淡而悲"评韦词,也都是把语言和情感紧密联系在一起的。

前人评词把温、韦并称,二人的词既有明显差异又有相近之处,韦庄〔更漏子〕、〔诉衷情〕、〔酒泉子〕诸词的风格就接近温词,不过韦词之所以在词史上占有重要地位并得到后人的一致肯定,关键在于继温庭筠词之后,能"运密入疏,寓秾于淡"(况周颐《餐樱庑词话》),由隐而显。其清丽淡雅的词风,以"初日芙蓉春月柳"、"弦上黄莺语"的风神为婉约词别添一格。韦词不仅对"花间"一派的形成起了关键作用,而且丰富了词的题材内容和表达方式,把词体在抒情的道路上向前推进了一步。以此韦庄词不只直接启示了五代孙光宪、李珣诸人,对宋朝以后各代词的影响虽与温不同却同样深远。

〔1〕 温庭筠的生年,史无明载,由于今人对温诗《感旧陈情五十韵献淮南李仆射》所投对象的不同认识,而有798、801、812、817、824年等多种说法(参见《唐才子传校笺》卷八)。其中夏承焘持812年说,以为淮南李仆射指李德裕,陈尚君持801年说,以为淮南李仆射指李绅。温诗所写与李绅行实较李德裕更显契合,但考之温庭筠平生事迹,以生于812年前后较为切近,生于801年则尚嫌过早,与温之启文等有数处不合。限于资料,温之生年还难于确考,今暂从夏说。

〔2〕 据温字"飞卿"和其弟名"庭皓",温之本名当做"庭云"。而温飞卿国子监榜文的自题和裴坦贬温制文的指名均作"庭筠","筠"字当为温壮志受挫之后所改。

〔3〕 温《五十韵》诗有"嵇绍垂髫日,山涛筮仕年。琴尊陈座上,纨绮拜床前"句,或以为此指温庭筠幼小时于江南拜李绅。

〔4〕 温庭筠《上裴相公启》:"处默无衾,徒然夜叹;修龄绝米,安事晨炊?既而羁齿侯门,旅游淮上,投书自达,怀刺求知。"

〔5〕 扬子巡院是盐铁转运在扬州的分设机构,设有"留后"之职。姚勖与李德裕友善,其任留后当在837年五月李德裕为淮南节度使、扬州大都督府长史以后。李德裕836年十一月至837年五月间为浙西观察使。

〔6〕 温《百韵》诗云:"赋分知前定,寒心畏厚诬。积毁方销骨,微瑕惧掩

瑜。"温庭筠被诬及当时心境又见《过孔北海墓二十韵》及《上学士舍人启》等有关启文。

〔7〕 温庭筠《上盐铁侍郎启》有"既而哲匠司文,至公当柄,犹困龙门之浪,不逢莺谷之春"诸语。

〔8〕 温庭筠对令狐绹的不满,见其《上萧舍人启》、孙光宪《北梦琐言》卷二、四和钱易《南部新书》等相关记载。

〔9〕 温庭筠、段成式、余知古诸人之间的唱和诗及往来书简由段成式编为《汉上题襟集》十卷(《郡斋读书志》卷二〇),清初尚存。

〔10〕 温庭筠《锦鞋赋》作于此时,段成式《嘲飞卿七首》诗中有"知君欲作闲情赋,应愿将身作锦鞋"语。此赋结句云:"莫悲更衣床前弃,侧听东晞珮玉声。"

〔11〕 此时温庭筠并未因贫病窘迫而消沉,仍代原邕管经略使段文楚撰启上宰相杨收,为段抗敌御侮反被罢职鸣冤叫屈(《为前邕府段大夫上宰相启》),这也正是杨收恨温的重要原因。

〔12〕 五代赵崇祚《花间集》作"温助教",而宋人计有功《唐诗纪事》卷六七"李涛"条,称温为"太学博士",或为国子助教之误。

〔13〕 在三百三十八首中,包括十首〔杨柳枝〕词。编订《全唐诗》时,将三首编为张祜诗,又三首题下分别注明一作薛逢、王建、段成式诗。今人又实补温诗《赠隐者》一首(见陈尚君校订《全唐诗外编》)。

〔14〕 今人编《全唐五代词》,收温作七十一首。其中〔菩萨蛮〕("玉纤弹处真珠落")一首一作袁国传词,〔定西番〕("捍拨紫槽金衬")一首一作张先词,〔玉楼春〕一首即温之《春晓曲》诗。

〔15〕 五代韦縠编《才调集》,选温诗达六十一首之多,其中大多是以"词"、"曲"标题的乐府诗,可见温庭筠乐府诗在晚唐五代的地位。

〔16〕 常州词派张惠言、周济、陈廷焯诸人以为:温之〔菩萨蛮〕十四首属"变化楚骚",写"感士不遇",显属附会。

〔17〕 夏承焘《唐宋词人年谱·韦端己年谱》据韦庄《镊白》诗在《浣花集》中的编次,推定诗人生于836年。不过今传韦庄《浣花集》是在大部散佚的

基础上复辑而成,"集"中诗并非严格依年编次。因韦庄的生年实难确考,今暂从夏说。

〔18〕 此据《新唐书·宰相世系表》。一说韦庄为盛唐玄宗时宰相韦见素之后,见张唐英《蜀梼杌》卷上及《新五代史·王建世家》等。

〔19〕 今考郑谷《贺左省新除韦拾遗》诗有"浪透桃花恰五年"句,可知韦庄及第后五年(即899年)除授左拾遗。夏承焘《唐宋词人年谱·韦端己年谱》失考。又夏氏以为韦庄自"右补阙"改左补阙,亦误。

〔20〕 此诗《全唐诗》又作白居易诗。五代蜀人孙光宪记蜀中白卫岭猛虎伤人事云:"唐大顺、景福已后,蜀路剑、利之间,白卫岭石筒溪虎暴尤甚,号'税人场'。"此时,白居易已早卒。又云:"时递铺卒有周雄者……前后于税人场连毙数虎,行旅赖之。西川书记常庄作长语以赏之,蜀帅补军职以壮之。"(《北梦琐言》"逸文"卷四)足证此诗为韦庄作。"常庄"即"韦庄"之形误;"张彦"、"周雄"之别,当属传说不同。韦诗误作白作,亦二人诗风相近之一实证。

〔21〕 其中含作者两存诗数首。《全唐诗》实增补六十八首,今人辑得三首(见陈尚君《全唐诗外编》〔校订〕、《全唐诗续拾》)。

〔22〕 孙光宪《北梦琐言》卷六:韦庄"著《秦妇吟》一篇,内一联云:'内库烧为锦绣灰,天街踏尽公卿骨'。尔后公卿亦多垂讶,庄乃讳之。……他日撰家戒,内不许垂《秦妇吟》障子。以此止谤,亦无及也。"孙氏以为韦庄忌讳此作仅因惮朝廷公卿,未确。

〔23〕 元人方回编选《瀛奎律髓》,所评及的唐末五代诗人甚多,却独不及重要诗人韦庄。清人纪昀说,方回选诗"以生硬为高格,以枯槁为老境,以鄙俚粗率为雅音",而无视"文外曲致,思表纤旨"(《瀛奎律髓刊误序》)。可见方氏之举正从反面说明韦庄诗的特长。

〔24〕 见杨湜《古今词话》、蒋一葵《尧山堂外纪》和张惠言《词选》、吴梅《词学通论》等。

第三十一章　五代十国文学(上)

第一节　分裂局面与南北文化发展的不平衡

自成阶段的五代十国文学,是在不同于唐代的特定历史条件下发展的。

唐王朝覆亡(907)以后,中国历史上出现了南北朝以来又一次分裂割据局面。在中原区域相继建立梁、唐、晋、汉、周五个王朝的同时,南方出现了吴、南唐、吴越、闽、楚、前蜀、后蜀、荆南和南汉,连同建都太原的北汉共十个政权。这种分疆而治的状况直至北宋开国(960)才基本结束,其间历时半个多世纪。

这时期的北中国,阶级矛盾和民族矛盾激化为长期的大规模的战争,时局动荡,朝代更迭,加上统治者的暴力统治和残酷剥夺,经济和文化都遭到严重破坏。田园荒芜,世少完城;"六籍百家,不待焚坑"。出身武夫悍将的统治者,甚至以为"文章礼乐,并是虚事"(《旧五代史·杨邠传》),深遭残害的文人,或避难他方,或遁入空门,或佯狂自秽。原有物质、文化基础和精神生产条件的丧失,使中原文化一改唐朝的繁荣局面,呈现出前所未有的凄凉和冷落。尽管如此,文化领域却也并非一片荒原。后唐明宗朝曾一度呈现出"小康"之局，在史学、绘画和雕版印刷"九经"方面都有一定成就，也出现了李琪、李愚、冯道、杨凝式以及和凝等诗文作家和词人。尤其是后周开国后，时局日趋稳定，在改革经济、军事的同时，提倡文治，"讲求礼乐之遗文"（《新五代史·扈载传》），重用扈载、窦俨、徐台符、王仁裕、陶谷、张昭远、王溥、李昉等文臣，社会形势的转机带来了文化的逐渐复苏。

五代十国以乱中有变、乱中有治而不同于晚唐，所谓"戈铤自扰于中原，屏翰悉全于外府"（《五代会要》卷一八）。在南方，不仅战争较晚唐少，并由分裂走向地区性的统一，吴、吴越、闽、后蜀和南汉等国二三十年间一境宴然，诸国大多能听从谋士之言，采取保境息民、发展经济的国策。经济一向落后的闽，一跃而进入先进行列；南唐更是继吴国平敷孙儒之乱的创伤以后又有很大发展，成为"物力极盛"的"隐然大邦"；不仅被山带江的西蜀足衣足食，"弦管歌诵盈于闾巷，合筵社会昼夜相接"（《十国春秋·后蜀后主本纪》），就连唐末战火交集、井邑不完的荆南也很快恢复，呈现出"四野歌丰稔，千门唱乐康"（齐己《荆南新秋病起杂题》）的景象。特别是随着彼此独立又相互联系的经济区的形成和海外贸易的发达，扬州、成都、杭州、长沙、荆州、福州和广州等大都市商业经济的繁荣都超过了唐朝，商贾如织，店铺鳞比，"帘帷珠翠，夹道不绝"（《十国春秋·后蜀后主本纪》），歌台舞榭处处可见。各国、各族以及中、外的相互往来，更促进了文化的交流与融合。

为了增强国力以争强斗胜，南方统治者大都注重举用儒吏，礼尚文士，培养人才。在京城和州县兴办教育的同时，纷纷设立招贤馆、礼贤院、崇文馆、择能院、五花馆，争相延引贤才，因此中原"名贤耆旧皆拔身南来"（《十国春秋·南唐烈祖本纪》）。尤其是南唐，"衣冠文物,甲于中原。六经臻备,诸史条集,古书名画,辐凑绛帷"(刘崇远《金华子杂编》)。这就壮大了南方文人的阵容,传播了唐朝文化。中国封建文化重心的南移,使五代南方文化的某些部门得以在原有基础上进一步繁荣和发展。

由于经济的发展和社会的需要,雕版印刷技术广泛运用。南唐刻印《史通》、《玉台新咏》;吴越刻印佛经八万多卷;西蜀的成都更是当时的刻书中心,书坊林立,不只刻印《唐韵》、佛经、日历及阴阳、占梦之书,而且为了提倡经学、古文以有益文教,后蜀在宰相毋昭裔的建议下刻印"九经"。毋氏还私人出资印刷《文选》、《初学记》、《白氏六帖》。由零星地印刷杂书转向大规模印行经典和文学著作,确是文化的一大进步。刻印的册本书籍因精确便用,极有利于文献的保存和传播,官私藏书增多,不仅促使"蜀中文学复盛"(《资治通鉴》卷二九一),贯休、徐夤等人的文学作品甚至远播异域。

当时诸国上下普遍关注国家兴衰存亡的历史教训,治史风气大盛。思念故唐的衣冠缙绅和热望除弊的志士,都大力撰写野史杂说,仅见诸载记的就不下六七十种(见顾櫰三《补五代史艺文志》)。为了挽救时局,制裁邪恶,研治《春秋》的人也很多。《续通历》的作者孙光宪等人反对杜预的拘泥训诂,推重啖助借《春秋》抒发政见,自由说经,穷理尽性。这时,作为汉族士人传统礼教的儒学虽在尊中原、反僭伪的政治家和原经宗道的正统文人那里根柢甚深,而且随着五代形势的变化,天下一君的思想逐渐强化,但儒学作为维系整个社会人心的力量却未免软弱;而为统治者大力提倡的佛、道两教,在与及时行乐同时存在的向往来世或渴望长生的时代心理基础上,盛行于整个社会。李璟、李煜、王审知、钱镠等不少小国的君王都是虔诚的教徒,他们修寺观,设道场,广度僧尼,君臣之女出家为女冠者屡见不鲜。高官显宦讲论佛法,"召群僧于府中讲唱"。甚至广大兵卒也一手执武器，一手拿佛书，诵经之声混于刁斗。凭着自己的理解讲经论道的禅学南宗，至此发展到鼎盛时期，其言心、言理、言性等，对当时的文坛起了不容忽视的作用。因禅宗破除戒律，一面参禅顿悟，一面饮酒食肉，极适合当时封建士大夫的口味而信徒甚多。其间不少人或精通儒学，名利存心，或释袈其表，老庄其实，儒、释、道三家思想的进一步融合，成为一代士人的思想核心。

在五代的艺术门类中，音乐最为繁盛，雅好音乐几成一代世风。出现了"城满笙歌事胜游"（南唐李中《都下寒食夜作》诗）、"千家罗绮管弦鸣"（闽詹敦仁《余迁泉山城留侯招游郡圃作此》诗）和"琵琶多于饭甑"（荆南孙光宪《北梦琐言》"逸文"卷三）的盛况。涌现出一批小有名气的音乐家和无数工弹擅唱的乐师歌妓。诸国的统治者大都重用乐工，精通音律，并能自度曲。前、后蜀和南唐、南汉等国都设有教坊或相类似的音乐机构，并不断扩大规模。前蜀一开国就把乐营升为教坊，至降后唐时献乐官近三百人之多；南汉的东西教坊伶官竟达千馀人，禁中箫韶府内乐工百馀。当时除隶属于官府乐籍者外，还有大量散乐，公卿之家的乐伎动辄数百人。这时期，宫廷乐与民间乐、胡乐与清乐、杂曲与大曲同时并传，巴蜀的山歌渔曲广泛传唱，南朝清乐散落江左的遗声仍有流播。人们不只时取中原盛行的"蕃歌"用以佐宴，更将西凉、龟兹乐与清乐合奏于朝堂之上。以《霓裳羽衣曲》为代表的具有中西音乐调和之美的法曲（属燕乐）为人嗜好。较唐有新发展、传播更深广的燕乐，产生出大量刺激性强、达情委曲细腻、情调哀怨的新曲，收集曲调的《曲谱》等专著也应运而生。

伴随着音乐同步发展繁兴的是舞蹈艺术。此时，《竹枝》、《踏歌》诸舞风行于民间，都市中更是红袖纷纷，香风郁郁。有花舞，也有刚刚兴起的队舞，多是以柔美为特色的软舞，如《梁州》、《甘州》、《绿腰》、《霓裳羽衣》等都盛极一时。胡乐胡服、眼神迷人的《柘枝》

和舞姿夭绍的《柳枝》更是风行上下。舞者多为"花钿罗衫耸细腰"的女郎,舞姿丰富多变,表情、造型十分细腻又极富动态美。

绘画在艺术门类中也极为突出,画坛兴旺,名家辈出,并出现了中国美术史上最早的宫廷画院。西蜀、南唐画院集中了大批著名画家。花鸟、山水、人物作为独立画科都取得了重要成就。人物画多取材于妇女、逸民、公子和罗汉、鬼神,也产生了南唐顾闳中《韩熙载夜宴图》那样描绘达官生活的名作。花鸟、山水画至五代大兴并且完备成熟。南唐董源、巨然所作的山水,"越绝唐世",展现出不同于中原荆浩、关仝大气磅礴、峭拔雄奇的别一种风貌,淡墨浮岚,天真清润,与南唐二主所赏识的王维水墨山水相接近。尤其是前蜀黄筌、南唐徐熙的花鸟画,各自成体,开创了花鸟画的两大类型:一勾勒填彩,旨趣秾艳,风貌"富贵";一没骨渍染,旨趣轻淡,风貌"野逸",鲜明地体现出西蜀、南唐的不同美学追求。成功的创作实践,产生出董羽的《画龙辑议》等绘画理论,也招来当时不少文人作诗写词赞画、配画,绘画的技艺和艺术美还魔力般地深入到诗词歌赋等各个领地。南唐文风,就与南唐画家反对一味追求形似、强调表达主观情思和更重神情意趣的画风颇为一致。

五代十国文学在这种社会经济文化环境中发展,自然地呈现出南北不平衡状态。较之北方的冷落萧条,南唐和前、后蜀诸国则别是一番景象。就文学样式来说,最受重视的虽是诗,而最有成就的却是词,相比之下,散文和小说都显得逊色,不过也各具特色。

第二节 五代十国的诗

五代十国的诗坛并不落寞,特别是南方的一些小国,各自结集了一群诗人,形成多个创作中心。蜀中诗人有张蠙、卢延让、蒋贻恭、释贯休和花蕊夫人徐氏等,吴和南唐的著名诗人有李建勋、沈彬、王贞白、李中、廖匡凝、孟宾于诸人,闽有黄滔、韩偓、翁承赞、颜仁郁等,楚地除释虚中、居遁而外,以徐仲雅、刘昭禹、廖匡图为代表的"天策府十八学士",也"炳炳琅琅,自成一队"(郑方坤《五代诗话例言》)。此外,中原也有卢汝弼、郑遨、杨凝式、谭用之等诗人相继出现。清人李调元编《全五代诗》,录诗人五百多家,尽管他们的作品十之八九早已散佚,但保存下来的仍有七千多首[1]。

这时期的诗人,有唐朝遗民、地方官吏,更有大批的僧道隐者和宫廷文人等。他们做诗虽也学陈子昂、李白、杜甫,以至上及陶渊明、谢灵运和《诗经》、《楚辞》、汉魏南北朝乐府,但主要是继承中晚唐格调,又往往得失相参。温庭筠、李商隐诗风延续至此,显得含蓄不足而缛丽有馀,其下者虽不免失之轻艳,但因诗人们致力于诗情画意,也产生出了不少玲珑华美的艺术精品;众多的贾岛、姚合追随者,其创作虽因刻意追求前人所未到而有时趋于冷僻,但他们有意抵制晚唐以来的浮艳诗风,在形成清奇诗风和锻字炼句上做出贡献;尤其是学习元、白一派颇具实力的诗人,他们从理论到实践,一致反对浮靡奇险。其诗虽有"出之太易,义乏闳深"(胡震亨《唐音癸签》卷八)的弱点,但注重抒写真情实感,诗风清新浅近。为时较晚的南唐作者倡导、写作"元和体"诗,对宋初诗坛有积极影响。五代不少诗人还能兼取多家各派之长,自出新风。处于唐音、宋调之间的五代十国诗,以多变善变而显得活跃多样,从而共同呈现出一代诗歌的基本特征和总体风貌。

五代十国的诗歌,自始至终一直存在着形式主义和现实主义两种创作倾向,只是在不同地域或不同时期各有侧重或消长,总的说来,此期诗的主要成就不表现在内容而显示于艺术。就内容而言,

《出塞》、《入塞》之类的边城曲传达出士卒的疾苦,《闺情》、《宫怨》等倾诉着妇女的不幸,《公子行》、《富贵曲》嘲讽华衣美食的剥削者,咏史、怀古诗的寄讽劝戒尤显突出,更多的则是在感叹漂泊、伤离念远中表现社会的乱离和昏暗。总之,此期诗较晚唐更少正面反映广阔社会现实,以曲折暴露丑恶、针砭时弊显示特征。抒写性情,展示一代文人的多种精神生活成了此期诗歌的基本内容,坚守其道、洁身自好以及出与处的心理矛盾和苦闷,是诗人们经常表现的主题。不仅喜用"言怀"、"自遣"诗直诉肺腑,就连大力创作的咏物小诗,也常寓有作者的人格。这一时期,寄赠酬答诗为数众多,以诗代笺,互诉情怀。许多作者往往一面献诗于达官显宦希求引荐,一面又赠诗于僧人、道士、隐者,表白出世的向往,不过总体而言,诗中的功名思想却较唐诗明显浅淡了,更偏重于咏闲情、写隐逸、抒禅趣。自许龙凤、渴望一试才华虽说也有表达,但作为遗贤野客的抱负,又每每伴随着付之东流的伤痛,带有自慰自嘲或玩世不恭的性质。与此相关,诗人们更多在身边琐事细物上寻求灵感,表露情思,以至形成时风,如此浅唱低吟,情调就不免纤弱感伤。

五代人在诗艺上,是有自己的追求的。这时期叙事诗罕见,相对来说古体诗多说理,明事理,讲禅理,论诗道,日趋议论化和散文化,然而义理与形象的相间相融,也一定程度地增强了诗歌的说服力量。更多的诗人学唐律,作近体,尤长于体制简短的绝句,小诗空前繁兴,宫词、禅偈等四句体诗占今存五代诗的四分之一以上,并喜用组诗形式,其风貌与时兴的小词相接近。受司空图《诗品》观点的启示,写诗追求"连类近而及物远"、"取譬小而其旨大",以求韵外之致,平淡有味。此期诗虽也有粗率一格,但更有特色的是寓情怀于描写,力求刻画细致,比喻贴切,意境浑融和对仗工巧的诗作。它们的作者特别注重辞采、声韵,为争一字一句之胜,惨淡经营,向来以"吟安一个字,捻断数茎须"(卢延让《苦吟》)的苦吟著称。正因五代人多在诗的"精巧"上下功夫而又不避俚俗,此期诗较晚唐更趋俗浅,一般并不古奥隐晦,能婉能直,极富阴柔美且不拘一格。对缔造五代诗的这种风貌,从多方面做出贡献、成就较为突出的诗人,主要有韩偓、郑遨、贯休、齐己、花蕊夫人徐氏和李建勋等数家。

韩偓(842—923)[2],字致光,一云字致尧,小字冬郎,自号玉山樵人,京兆万年(今属陕西西安市)人。他是李商隐的连襟韩瞻之子,因少富诗才,李商隐曾以"雏凤清于老凤声"的诗句激赏他。然而他早年却久困科场,四十八岁才得中进士。韩偓有志拯溺扶危,深得唐昭宗李晔的信任,由刑部员外郎累官至兵部侍郎、翰林学士承旨,参与机密;又以其从政不党,执义不回,也深遭同列忌恨排抑。天复三年(903),他终以不阿附权臣朱全忠被贬濮州司马,晚年作为一名逐臣野客流落湖湘。唐亡前一年,六十五岁的韩偓挈家入闽,朱梁开国前后曾两次召复原官,他都拒而不赴,贫居泉州南安,自许"天涯烈士"。有《韩翰林集》和《香奁集》[3],实共存诗三百四十三首。

韩偓的诗歌创作,可以他被贬为界分为前后两期。前期以百首香奁诗[4]为主。这些作品主要是他早年怀才不遇与诗酒放浪生活的产物。从他天祐三年(906)所作的《无题诗序》看,香奁诗的创作时间相当长,内容也较复杂。其中大量诗篇是描摹女子形态、抒写艳情,可也有些根本不涉男女情事,更有在女性的伤春惜时、感叹孤独之中明显融有诗人身世之感的篇章。例如《惆怅》一诗就很典型。若就《妒媒》、《不见》、《个侬》、《寄恨》、《长信宫》诸诗言,说它"有美人香草之遗"(吴闿生《韩翰林集跋》)亦非无因。总的来说,香奁诗多在日常生活、身边事物以及时令变化方面选取小题材,写所见所闻所感所忆,其风格上承李商隐诗风,以"绮丽"为归,人称"玉溪之别子"(郑方坤《五代诗话例言》)。不过韩偓"香奁"比之李商隐"无题"更短小、精细、轻艳、软弱,因而显得更为纤巧。这种"香奁体"诗形神风貌更近于小词,因此王国维辑《香奁词》,所录十三首,除〔浣溪沙〕二首外又都在"香奁诗"中[5]。

韩偓被贬以后,对残酷昏暗的社会现实感受日深,诗风发生了明显变化。今存后期诗百馀首,发扬了李商隐诗学杜甫的一面,得杜诗忠义之气,悲愤之情,政治性转强。其中有少数诗篇已接触到民生疾苦,如《自沙县抵尤溪县,值泉州军过后,村落皆空,因有一绝》:

水自潺湲日自斜,尽无鸡犬有鸣鸦。千村万落如寒食,不见人烟空见花。

大量的咏怀诗篇则感慨政治遭遇,抒写孤忠劲节和亡国悲愤。唐亡前夕所作的《故都》诗,伤悼壮志的破灭和国家的危亡,苍凉沉痛。唐亡后所作尤显典型,如自述心志的《此翁》云:"高阁群公莫忌侬,侬心不在宦名中。金劲任从千口铄,玉寒曾试几炉烘……";《天鉴》云:"猛虎十年摇尾立,苍鹰一旦醒心飞";又如《安贫》:"谋身拙为安蛇足,报国危曾捋虎须"。《感事三十四韵》和《八月六日作四首》诸诗,还明确表达了诗人对祸国党人的强烈憎恨。这类诗昌言直斥,情怀激烈,风骨遒劲,得杜诗之"直遂",较前期诗"顿趋浅率"。

无论前期或后期,韩偓诗的个性都极其鲜明。然而前期偏于香艳,后期集中写封建臣子的孤忠孤愤。他的作品在当时虽很有代表性,也受到后世封建文人的推崇,但今天看来,内容的缺陷使他终究不能成为时代的歌手。他在诗史上的地位,主要取决于他诗歌的艺术。

韩偓擅长七律、七绝,有"唐末七言韩致尧第一"(管世铭《读雪山房唐诗序例》)之誉。《醉著》、《深院》等绝句,摄取诗意盎然的生活画面,极富情趣。他尤善借助环境、氛围的描写来烘托点染情思,诗境小巧,意味绵长,如《已凉》:

> 碧阑干外绣帘垂,猩色屏风画折枝。八尺龙须方锦褥,已凉天气未寒时。

至如"树头蜂抱花须落,池面鱼吹柳絮行"(《残春旅舍》),"细雨浮花归别涧,断云含雨入孤村"(《春尽》),亦以观察细致、体物入微著称。其诗格律精切和语言工丽的特点,更为苏轼、杨万里等名家推重。韩偓前期诗的善用比兴,委曲含蓄,后期诗的清新健朗,以浅率逗宋诗格调,在当时的诗坛都很典型。因此,前人把他与韦庄、罗隐合称唐末五代的"华岳三峰"(郑方坤《五代诗话例言》)。

郑遨(866—939),字云叟,滑州白马(今河南滑县)人。唐昭宗朝他屡举不第,"闷见戈鋋匝四溟,恨无奇策救生灵"(《景福中作》),毅然辞家入少室山为道士。五代初移隐华阴(今陕西华阴),植杖耕耘,瓢酒长啸,时称高士。后唐、后晋分别以左拾遗、右谏议大夫征召,皆不就,其《辞征聘表》云:"介士有不移之操,与性逍遥",后晋赐号"逍遥先生"。原有文集二十卷,已佚。

郑遨诗今存虽仅十七首(见《全唐诗》卷八五五)[6],却足可表明,他是五代中原不可多得的现实主义诗人。愤世嫉俗是其诗的中心主题。诗中说:"浮名浮利浓于酒,醉得人心死不醒"(《偶题》);"翠娥红粉浑如剑,杀尽世人人不知"(《题霍山秦尊师》)。正因对现实有这种清醒认识,他的诗一面以"闷见有人寻,移庵更入深"(《山居》),表白他与世俗决裂的坚决态度,一面又写他始终肝肠内热,念念不忘"中原正乱离"(《山居》),从来没有悠然自适得"似鹤如云"。郑遨诗正是以不贪恋世间荣禄又热切关注社会现实而迥别于许多以隐逸邀名的诗人之作。也正因如此,其诗能以鲜明爱憎对志士遭遇、民生疾苦寄予极大同情,对污秽现实揭露深刻。《哭张道古》一诗,对直臣因极言敢谏而反遭贬死的黑暗现实深表义愤:"岂使谏臣终屈辱,直疑天道恶忠良","谁是后来修史者,言君力死正颓纲"!义正辞严,感情强烈。其《富贵曲》:

美人梳洗时,满头间珠翠。岂知两片云,戴却数乡税!

《伤农》:

一粒红稻饭,几滴牛颔血。珊瑚枝下人,衔杯吐不歇。

都从小处着笔揭示重大社会问题。前者虽笔涉"美人梳洗",却毫不纤弱,铿锵作响如匕首投枪;后者在当时就很有名,被认为可与李绅的《悯农二首》比美。

在五代诗中,郑遨之作能上承初、盛唐诗歌传统,平实质朴,骨气劲健,与当时众多诗人相比,个性尤其鲜明。后蜀何光远说,"郑征君为诗皆祛淫靡,迥绝尘上"(《鉴戒录》卷五),可谓郑诗思想、艺术的总评。

贯休(832—913),俗姓姜,字德隐,婺州兰溪(今浙江兰溪市)人。他家境贫寒,曾参加过农业劳动。初为本县禅寺僮侍,读经学诗才华超群。二十岁在东阳金华山出家时,诗名已耸动当世。为实现"致君活国济生人"(《杜侯行》)的志向,他云游四方,干谒权贵,终以抗直不合时俗而蛰居金华山。从四十七岁黄巢起义军破婺州起，辗转飘泊于湖湘江浙。孙儒之乱后，见用世无望而归隐庐山。昭宗乾宁间他再次出山，先后依投钱塘钱镠和荆州成汭、高季兴，又都因直陈时弊、倨傲不驯而忤主被疏。天祐四年四月唐亡，夏秋间，七十六岁的贯休西行入蜀，得到蜀主王建的器重，恩宠日盛，赐号"禅月大师"。著有《禅月集》，今存诗七百四十三首[7]。

贯休工书善画，是唐末五代天下为之倾倒的大诗僧，与他交游的诗人不下五六十辈。其人其诗得到吴融、杜荀鹤、罗隐等名流的一致赞许，主要是因他"为僧难得不为僧"，"长将二雅入三乘"（杜荀鹤《赠休禅和》）。

他以诗抒怀，总是表现出鲜明的政治态度和可贵人格。像一张"白云琴"，弹奏着高亢激越的主旋律："不慕蠕蠕类，附势同崩奔"（《古意》），"男儿须展平生志，为国输忠合天地"（《塞上曲》）。突出表现他"僧中之近臣"的进取精神，不肯屈从流俗的"野鹤"品格，"爱平不平眉斗竖"（《义士行》）的义士气质。即使是一般酬答唱和之作，也很少逃避现实的消极成分，万事无成的伤叹是有的，可更多的却是与诗友同道共励共勉，情调积极向上。

贯休诗揭露、批判黑暗现实，在五代诗中极为突出。像一面"古铜镜"，真实地反映出当时社会的某些重要方面：《古塞上曲七首》、《古塞下曲七首》、《古出塞曲三首》、《入塞曲三首》以及《边上作三首》和《战城南》等等，如同一轴呈现边兵悲惨生活的绵长画卷，伤痛满眼，《古塞下曲四首》中写道："帝乡青楼倚霄汉，歌吹掀天对花月。岂知塞上望乡人，日日双眸滴清血。"由于诗人忧民心切，敢怒敢言，其诗代士卒、农夫、樵叟、蚕妇言苦，揭露赋敛的苛毒，大声疾呼，为民请命，他的代表作乐府古题诗《阳春曲》尤其典型：

为口莫学阮嗣宗,不言是非非至公。为手须似朱云辈,折槛英风至今在。男儿结发事君亲,须教前贤多慷慨。历数雍熙房与杜,魏公姚公宋开府,尽向天上仙官闲处坐,何不却辞上帝下下土?忍见苍生苦苦苦。

因此贯休诗还能笔伐奸蠹,《公子行》、《茫茫曲》、《行路难》诸诗无情嘲讽阔少、佞臣、伪君子,批判矛头更指向社会上如狼似虎的酷吏,有名的《酷吏词》鞭挞"掠脂斡肉"的地方官,入木三分。《东阳罹乱后怀王慥使君五首》,早于韦庄《秦妇吟》表现黄巢起义,"无人与奏吾皇去,致乱唯因酷吏来。刳剥生灵为事业,巧通豪猾作梯媒"数语,一针见血地揭示出酿成起义的某种社会根源。贯休诗也往往颂扬良吏忠臣,由于诗人思想的局限,说他们是百姓的"父母",是"二天"。他的诗,还常把佛家的"慈悲"与儒家的"仁爱"相融合,用"梵天"比"尧天",表现出救民众出苦海的愿望,有些诗则从"劝善"的角度来写。其诗并非全"无钵盂气",只是"非僧家本色"。贯休入蜀以后,不少诗篇满怀激情地颂扬前蜀王建治国安民的功业,这类不同于一般粉饰升平的吟唱,与他揭露社会黑暗之作共同体现着贯休诗的美刺精神。

贯休作诗承袭《诗经》、《楚辞》、汉乐府的现实主义传统。为了抵制当时洞房蛾眉、铺红剪翠的妩媚诗风,他标举杜甫、李白,着意师法韩愈的文以载道,尤其推重白居易有为而作的新乐府诗。他的边城曲、酷吏词、咏史诗等多是在"为文攀《讽谏》"的动机下写出的。因此其诗"多以理胜"(吴融《禅月集序》)。

气幽骨劲、风格粗豪是贯休诗的突出特征。贯休做诗学白居易,又兼取韩愈、孟郊诗派的瘦硬,李白、李贺诗的纵逸,王梵志、寒山诗的俚俗、说理等,自经熔铸,独树一帜。他最长于可供自由抒写的古体,多采用乐府古题,也创作新乐府,仅郭茂倩《乐府诗集》所录就有五十四首,是李白、杜甫、张籍、元稹、白居易、温庭筠之后又一重要乐府诗人。他的诗,"率意放辞",富于想象夸张,洋溢着浪漫气息。思奇,气奇,句奇,却不大注意描写的细致和语言的精粹工巧而显得拙俚,因此其诗"有极奇处,亦有太粗处"(方回《瀛奎律髓》卷一二)。其实他并非不善抒情描写,既有《春晚书山家屋壁二首》、《渔者》、《月夕》、《登鄱阳寺阁》等诗情画意之作,也有"叶和秋蚁落,僧带野香来"(《秋寄李频使君》)那样的佳句。只是他不喜托物取兴,咏物诗也很少去做。过分强调义理,明陈直述,甚至不避叫嚣,这就不免忽视诗的抒情特质而趋于议论化。"为善无近名,窃名者得声不如心,诚哉是言也"(《闻前王使君在泽潞居》)之类,句法的散文化已十分突出。"自来自去动洪炉,无象无私无处无"(《春》),如同偈语,因此后世论其诗有"俚鄙几同俗谚"(胡震亨《唐音癸签》卷九)之讥,在艺术形象的丰富和含蓄有味上不如其僧友齐己的诗。

齐己(860—938)[8],俗姓胡,名得生,自号衡岳沙门,潭州长沙县(今属湖南长沙市)人。七岁为僧寺牧牛,以能诗被众僧劝令出家。早年遇唐末丧乱,辗转避难于江南、巴蜀,也曾北游京洛,但主要活动在湖湘一带,因有志无时,以游方宴坐、念经吟咏为事。他曾往宜春谒诗坛名流郑谷,结为诗友。唐亡之前归寓衡山,在楚地很有诗名。四十八岁时唐朝灭亡,从此他心灰意冷,多年隐居庐山,洁身自好。后梁龙德元年(921),他西行入蜀途经荆南时为高季兴挽留,命为僧正。齐己不喜侯门的笼羁生活,时时思归庐山,却终生未能如愿。在荆南他与孙光宪、梁震等吟诗遣怀,死后孙光宪编序其《白莲集》十卷。今存诗八百一十五首[9],在五代诗人中存诗最多。

齐己与贯休"七年相伴琢诗言"(齐己《送休师归长沙宁觐》),

交谊很深。齐己诗也有金刚怒目的一面,揭露昏暗的社会现实,同情水深火热中的平民百姓,如《耕叟》:"春风吹蓑衣,暮雨滴箬笠。夫妇耕共劳,儿孙饥对泣。田园高且瘦,赋税重复急。官仓鼠雀群,共待新租入。"他的这类诗多为古体,如《猛虎行》、《苦热行》、《夏云曲》、《啄木》、《蠹》等,达情方式较贯休诗隐曲。比之贯休,齐己距离社会斗争生活较远,在创作上又主张"诗从静处生"、"诗情合似冰"、"闲处自闲吟",局限了题材内容的发掘。他大量的题赠酬答、感时记游之作和"自勉"、"自遣"、"自贻"、"言怀"、"有感"、"偶作"一类的言怀述志诗,多是在冷僻处自吟闲情,绝少岁月蹉跎的伤叹,也罕见干谒求进之作,"水边林下"气象颇浓。但他毕竟是在尘世间做过一番努力,深感"高节未闻驯虎豹,片言何以傲诸侯"(《忆旧山》)之后才冷淡世情的。因此,不满战乱和"惓惓不忘唐"的思想在诗中也时有表露,入世愿望存在于《古剑歌》、《月下作》、《居道林寺书怀》等少数篇章,而"身非王者役"(《独院偶作》)的逸人个性和自保洁白心田的思想品格,则在《忆旧山》、《勉吟僧》、《放鹦鹉》、《鹭鸶》、《喻吟》诸诗中表现突出。总的来说,齐己诗思想内容薄弱,而后期更弱于前。与贯休诗相比,不仅内向,而且一冷一热,差异显明。

齐己得以与贯休齐名,除他诗歌内容在五代当时更有典型性、更能引人共鸣外,主要是其诗歌艺术超过贯休。齐己常与人论诗,自以为得到了作诗的不二法门,与郑谷、黄损共定今体诗格,又自有《风骚旨格》一卷。他确也善于作近体诗,尤长于五律,对句时显精巧。齐己诗颇重写真情,并能做到"反朴遗时态"(《寄诗友》),既不尚妖妍,又不像皎然那样喜征用僻典,而常以神清词秀见长。他尊重诗歌的抒情特质,很少说教,写外物所给的感受多从小处落墨,以微见著,每用云鸟、山水、松竹、雪月和猿猱、渔舟等创造寂静恬适的清幽境界,时近谢灵运的玄言山水诗,又效王维寓禅理、禅趣于诗境之中,较少僧人诗常犯的"兴趣索然,尺幅易窘"之病。《秋夕寄诸侄》、《秋夜书怀》、《乱后江西过孙鲂旧居因寄》、《林下》等诗都以情景浑融而富有韵味,得"幽境"、"新意"于"浑然"之间。他写诗标举"托象寄妙,必含大意"(齐己《居遁集序》),因此其诗特别喜用咏物方式传达情感,《片云》诗:"水底分明天上云,可怜形影似吾身。何妨舒作从龙势,一雨吹销万里尘。"在物我为一上达到很高水平。最为人推重的是《早梅》篇:

> 万木冻欲折,孤根暖独回。前村深雪里,昨夜一枝开。风递幽香出,禽窥素艳来。明年如应律,先发望春台。

诗中的梅花植根村野,以"风"、"禽"为友,傲霜斗雪,象征着诗人迥异凡俗的品格。据说郑谷曾经点化此诗,易"数枝"为"一枝",从而成为齐己的"一字师"(《五代史补》卷三)。齐己作诗确实学习郑谷,在清婉明白、不俚不俗上彼此诗风相近。不过齐己作诗兼取贾岛、姚合体和白居易体之长,特别注重贾、姚,又力避"背时"与"穿凿",其诗不限于清润平淡的诗风,《剑客》、《老将》、《读岘山碑》等高远冷峭,时有遒劲之笔,所以楚诗人徐仲雅说他是超越时辈、"不拘一途"的通才。清人纪昀更说,"唐诗僧以齐己为第一,杼山(皎然)实不及"(方回《瀛奎律髓》纪评)。在唐末五代,"江之南,汉之北,缁侣业缘情者,靡不希其声彩"(孙光宪《白莲集序》)。

花蕊夫人徐氏(877?—926)[10],成都人,眉州刺史徐耕之女。王建入成都(891),以貌美与姊同纳于后房。前蜀开国,封为贵妃,人称小徐妃,宫中号"花蕊夫人"。其子王衍即位后册为顺圣太后。随王衍降后唐,赴洛途中被杀于秦川驿。

花蕊夫人幼承父教,长有诗才,同王衍游青城山时,与其姊唱和之诗有八首(见《全唐诗》卷九),手笔不凡。其诗尤以宫词百首[11]著称。

五代作宫词的诗人很多,惟独花蕊宫词,以宫中人写宫中事而显得一枝独俏。诗人怀着惬意自得的心情,写前蜀帝王嫔妃的宫苑宴乐场景,打球射猎、载妓游水、斗鸡走马、捋蒱投壶、排宴赏花等[12],用轻松的笔调把宫苑描绘成美好的乐园,客观上展示了前蜀统治集团的奢淫。

花蕊夫人宫词用组诗形式抒写后宫禁苑的日常生活和亭台楼阁风光景色时,最集中而突出地表现宫中女子的生活。但所写女性并不献媚取宠或争风妒忌,而是个个纯真机敏,活泼可喜,与一般诗人的"宫怨"之作颇异其趣。其艺术上值得注意之处是,巧于截取各种生意盎然的生活片断:探花学骑、采莲戏水、弹雀观鱼、歌舞戏赌以及捉迷藏、扑蜻蜓,在嬉戏活动中去表现女性。最显特色的是在铺红剪翠风盛一时的前蜀文坛,花蕊宫词却很少用比喻形容去百般描摹女性美貌,而是汲取"咸通十哲"张蠙诸人宫词体诗的长处,用疏淡的笔触白描勾勒,并能做到委曲精致,形象逼真。如:

春风一面晓妆成,偷折花枝傍水行。却被内监遥觑见,故将红豆打黄莺。

把折花少女的行为举止描写得入微入妙,风致十足。另一首写少女们用宽大衣袖扑捉蜻蜓,末二句云:"回头瞥见宫中唤,几度藏身入画屏。"丽人与如同画屏般的景物相映成趣,画面和谐浑融。这些小诗在追求诗情画意上已达到较高水平。诗人还特别擅长通过动态描写表现人物的特有心理:

> 殿前宫女总纤腰,初学乘骑怯又娇。上得马来才欲走,几回抛鞚抱鞍桥。

在遣词造语上,花蕊宫词着字巧丽,精心设色却不藻饰,"晓钟声断严妆罢,院院纱窗海日红","杨柳阴中引御沟,碧梧桐树拥朱楼",都以准确、自然、生动取胜,笔调流转、娴熟。其风格的清丽,与花间词人李珣、欧阳炯的〔南乡子〕相接近。花蕊宫词没有王建、和凝诸人宫词的浓重士大夫气息,以"言乐者不极于奢淫"和极富阴柔美对宫词体诗的成熟、发展做出重要贡献,尤为南宋宁宗杨皇后《宫词》取法。

李建勋(890?—952),字致尧,广陵(今江苏扬州市)人,仕吴至节度副使。南唐建国,以谋划之功拜中书侍郎同平章事。马令《南唐书》本传说他"博览经史,民情政体,无不详练"。只因他从政不党,也曾一度被弹劾罢相。中主即位,又出为抚州节度使。还朝再相时,见南唐拓境征战,党争日炽,对中主的守业失望,从此在钟山过半官半隐生活,终以司徒致仕,赐号"钟山公"。原有《钟山集》二十卷,今仅传《李丞相诗集》二卷。

李建勋好学能文,尤工诗歌,与沈彬、孙鲂结为诗社,也与廖匡凝、徐铉、汤悦、李中、刁彦能等人交游唱和。他今存的九十六首诗[13],体现着南唐诗歌的基本风貌。

李诗或花间尊前寓目缘情,或与友人酬答慰藉,极少反映社会现实,他几乎所有的诗篇都是吟咏性情之作。表达得最充分、最突出的是他不甘"劳生纷扰,耗真蠹魂"(文莹《玉壶清话》卷一〇),在山水诗酒中求得自适的情怀。

诗中每言"闲人"、"归闲"、"闲地"、"闲游"、"闲看"、"闲忆"、"闲悲"、"闲愁",处处不离"闲"字。其实他并非就是爱闲,这不过是他身居要职却难得信用、时遇纷乱难有作为的反响而已。其诗中常有伤春惜时的感伤和大类幽独宫人、被弃妃子的怨望,与冯延巳词相近。如《落花》:"惜花无计又花残,独绕芳丛不忍看。暖艳动随莺翅落,冷香愁杂燕泥干。绿珠倚槛魂初散,巫峡归云梦又阑。忍把一尊重命乐,送春招客亦何欢。"又如《宫词》:"宫门长闭舞衣闲,略识君王鬓便斑。却羡落花春不管,御沟流得到人间。"其《白雁》诗和《归燕词》等在表现自己人格的同时,还对排斥他的佞人进行嘲讽。"官为将相复何求,世路多端早合休"(《尊前》)和"野性竟未改,何以居朝廷。空为百官长,但爱千峰青"(《留题爱敬寺》)之类的诗句也都有牢骚。然而,当他深感人情世态的纷争,渴望从困扰中解脱出来时,他又真的爱闲,以远离官场、陶醉自然为乐。他的大量寻芳赏雪、访僧交友、写景记俗的诗篇,大多表现了这种思想情绪。因此,李建勋诗有的托物寄情,耐人寻味,也有的只记闲游自乐,未免浅薄,"花酒风味"较浓。也有《殴妓》那样纤巧的香奁体诗,不过极少。

据说李建勋早年"诗涉浮靡",但就今存诗看,其诗深受孙鲂、沈彬的直接影响,并能高出一筹。他的五言诗明显地汲取了汉魏古诗的长处,简古可爱。《采菊》、《小园》、《田家》、《溪斋》诸诗风貌则更近陶渊明诗,还每有《楚辞》的香草美人之遗。他虽和吴地诗人郑谷一样,主学白居易诗并兼及贾岛的精工,却少郑诗的民歌风味,而更多古诗的淡雅,因此李建勋诗尤显平淡浅易,文从字顺。既善用单行素笔直抒胸襟(如《和致仕沈郎中》),又擅长白描,无藻饰丰缛之习。"草色深浓封辇路,水声低咽转宫墙"(《宫词》),"丹井岁深生草木,芝田春废卧牛羊"(《题魏坛二首》),"歌槛宴馀风袅袅,闲园吟散雨霏霏"(《醉中惜花更书与诸从事》),都以对句写景而能自然流转,亦可见其琢炼颇工。诗格虽显软弱，深警未足，但其清婉淡雅的诗风，却给南唐徐铉等人诗以有力影响。

第三节　五代十国的文

处于唐、宋两次古文运动和两大散文高峰之间的五代散文，在发展史上显属低潮时期。这时期，骈文复炽，并出现了南朝梁、陈以来又一次严重的唯美倾向。文人之间每以辞采富丽、描绘详尽、对句工巧、声韵调畅相互吹嘘。他们推重南朝骈体，也竞相效法。楚天策府诸学士以"骈枝章句"名噪一时，主要为了制作骈文的需要，号称"幕府书厨"的朱遵度编《群书丽藻》至千卷之多，甚至南唐散文巨擘韩熙载、徐铉，也无不拳拳此体。这时不仅颂赞、诏诰、表章、书启等几乎无不为骈文，还进一步追求严格的骈四俪六，苦心于声律偶对。尽管此期骈文中也不无可取之处，产生出《花间集序》那类内容较好、形式华美精细的篇章，但"唯声病忌讳为切"、"僻事新对以相夸"的形式主义创作时尚，必然害及散文的思想内容，甚至导向图求形式的邪路。此期散文成就不大，因此古人有"五代文弊"（苏轼《东坡集》卷三二）之论。

然而，在五代十国分疆而治的特定社会条件下，骈体文始终没能对文坛形成绝对的统治，在不同地域、不同处境的作家那里，仍有很大自由创作的天地。特别是在唐代古文运动馀波影响下，在历史新时期开创之际，闽人黄滔、前蜀牛希济、荆南孙光宪诸人，都对晚唐以来华而不实的文风深表不满，极力排抑当时的"徐（陵）、庾（信）之学"。以中兴唐祚自任、嗜文好古的南唐君臣，更有意整饬文风，徐锴还尖锐批评"怀芬敷者联袂，韵音响者比肩"的文苑病态，以为"为文而造情,污准而粉颣"(《曲台奏议集序》)的现象必当清除。后蜀"酷好古文"的毋昭裔建议当朝刻印"九经"也出自这一目的。他们明确指出:为文要博综经史,理过于辞,旨关教化。在散文传统上,倡导三代两汉之文,主张远师孟子、扬雄,近学韩愈、柳宗元,有的还提出"复师于古"(牛希济《表章论》)的口号。吴越孙郃"好荀、扬、孟子之书,学退之为文",甚至以"希韩"命字(《唐诗纪事》卷六一)。虽说他们还远不能遏止、击退骈体时风的强劲势头,却孕育出宋初著名古文家柳开等,并在五代当时,就曾继罗隐之后出现了一些较有名气的散文家。

五代人有文集者原本不下二百家[14],长于散文的殷文圭、沈颜、韩熙载、潘佑、冯涓、李昊、钱俨和李琪、李愚、冯道、张昭远等都著述颇丰,但传留至今的却只有黄滔、徐夤、徐铉等个别人的集子,五代散文的零篇基本都被后人辑录于《全唐文》、《唐文拾遗》和《唐文续拾》诸书中。

今存的五代散文以实用文字为最多,奏议类散文占了一大半,文学价值不高,只有前蜀蒲禹卿《谏蜀后主东巡表》、冯涓《谏用兵疏》、南唐潘佑《上后主疏》和后唐张昭远的《谏田猎疏》等,劝皇帝节制逸乐、巩固统治一类极少数篇章为人称道。五代文中较为突出的则是论辩、杂记小品、传记和辞赋四类。

在五代十国战争胜败、国家兴废之际,颇有"谋臣之略,辩士之谈",论辩类散文大量涌现。古籍著录的《治书》、《康教论》、《本说》、《安邦策》之类的五代书名相当多,对军事、礼仪、文艺以及治学修身、自然现象等都有议论,所涉内容相当广泛,最为突出的还是针对社会现实论说经国治民之根本。但这类文字早在北宋已多散佚不传,据说南唐潘佑"尤敏于议论,时誉霭然"(马令《南唐书·潘佑传》),而今仅《为李后主与南汉后主书》尚可略见其议论文采。今存此类文中最可称道的当推牛希济和谭峭的作品。

牛希济(872—926以后)[15]，陇西狄道(今甘肃临洮)人，唐名相牛僧孺的后裔。他"文学繁赡，超于时辈"(孙光宪《北梦琐言》"逸文"卷一)，却未曾应举。早年一度客寓山东，观农耕稼，对民生疾苦和时政弊端深表关切。唐亡前流寓于蜀，前蜀后主时官翰林学士、御史中丞。同光三年(925)蜀亡北入洛阳，拜后唐雍州节度副使。牛希济所著《理源》二卷(《崇文总目》)早已散佚，今存文虽仅十七篇(见《全唐文》卷八四五、八四六；均出《文苑英华》)，也足可表明他是唐末五代的古文高手。

牛氏著文主旨在于"探治乱之精微，尽当时之利病"。议论吏制、刑赏、科举、文风等一系列重大现实问题，能做到他所主张的"质胜于文，直指是非，坦然明白"(《表章论》)。《治论》一文，以国君"思治"而"不至于治"开篇，围绕"重其本莫若安人，安人之本莫先于农桑"，层层深入地展开论述，继揭露时弊之后提出除弊主张。文章条理井然，论点鲜明。举亲身经历的事实，形象有力地说明农民的劳苦和暴敛的苛毒，"粟之熟也，粝食未饱；蚕之绩也，家不及丝缕。殆不旬五日，皆已罄矣。至有父子拱手屋壁，相顾而坐，向使不为盗，不为非……以给其家，可乎?"又援引孟子语加以印证，描述、议论无不精彩，还能揭示出官逼民反的道理，论据确凿，析理精到透辟。多援引史实以针砭时弊的突出特征，集中体现于指斥最高统治者卖官鬻爵的《崔烈论》等评议古人的文章；《赏论》所显示出的任气抒志、笔锋犀利也是各篇的共性。牛希济的散文文字平易流畅，笔法老练娴熟，风格近于《孟子》，从一个方面呈现出唐末五代古文的创作追求和面貌。

南唐道士谭峭（生卒年不详），字景昇，唐国子司业谭洙之子。《十国春秋》本传说他"酷好黄老书，师嵩山道士十馀年"。后炼丹于南岳，在游三茅山途经金陵见宋齐丘时，出示所著《化书》，齐丘夺为己有，作序传世[16]。《十国春秋》又载闽泉州道士谭紫霄寓庐山栖隐洞，南唐后主闻其名，召至京城，比之杜光庭，或与谭峭为同一人[17]。

《化书》的风貌与牛希济的长篇政论迥然不同，它是一本言事明理的短论集，全书六卷共一百一十篇，分论道、术、德、仁、食、俭"六化"。作者的写作目的在于小则"治身"，大则"化乡党邦国"，其进步观点集中体现在反杀伐、斥贪暴、尚俭抑奢和重视民以食为天方面。文章采取以小见大、连类及远的写法，看似无心，实则具有很强的现实针对性，《大化》、《有国》、《弓矢》、《环舞》、《七夺》、《雀鼠》、《蝼蚁》诸文都写得较好，如《太和》：

非兔狡，猎狡也；非民诈，吏诈也。慎勿怨盗贼，盗贼惟我召；慎勿怨叛乱，叛乱禀我教。不有和睦，焉得仇雠？不有赏劝，焉得斗争？是以大人无亲无疏，无爱无恶，是谓"太和"。

《飞蛾》：

天下贤愚，营营然若飞蛾之投夜烛，苍蝇之触晓窗，知往而不知返，知进而不知退。但知避害而就利，不知聚利而就害。夫贤于人而不贤于身，何贤之谓也？博于物而不博于己，何博之谓也？是以大人利害俱亡，何往不臧。

《化书》中兼含儒、道两家思想，讲求仁义礼智信，推崇尧、舜、禹、汤和孔子,但在救时和自救上又往往堕入老庄无为而治的迷途。

《化书》中除个别篇章具有一定故事性外,一般都是富于哲理、发人深思的议论文字,从理论的高度去揭示却又很少明陈直斥。全书"因形""观化"以"明道",各篇结构也大都相应分作三部分。文章多用偶句,篇幅短小,既明显地受有先秦《老子》一书的影响,又汲取了晚唐以来小品文的某些长处,其"文词简畅,义理粲然"(谢肇淛《文海披沙》),堪称五代短论的特色。

五代的杂记、小品数量也相当可观。不过与唐代相比,山水游记罕见,由于五代佛、道两教极盛,兴修寺观成风,这时的杂记多为奉命应请所作的禅院、道观以及祠庙之类的台阁名胜记。其中写得较好的有冯延巳的《开先禅院碑记》、徐锴的《义兴周将军庙记》、齐己的《凌云峰永昌禅院记》和李宏皋的《复溪州铜柱记》等。五代杂记文一般师承唐人杂记的写法,或言志寄慨,或间写自然景观,多用对话体,文笔较活,有的则在说理上开宋人题记之先河。此期杂记多出自吴、南唐文人之手,也可从一个方面看出当时江左散文发达。至于小品文,由于文体个性极适合五代社会、文学环境,在唐末皮日休、陆龟蒙小品的基础上,继罗隐之后进一步发展,作者渐多,题材日广,不少作品杂厕于笔记小说集里。其有感而发、指斥时弊所体现的嘲讽、批判精神与咏史怀古诗的以古非今等共同形成五代文学的一大特征。由于此期小品承袭着韩、柳古文运动的现实主义精神,尤为宗经好古的散文家注重。五代小品、杂记兼擅的作家当推吴国的杨夔和沈颜。

杨夔(生卒年不详),袁州宜春(今江西宜春市)人。早年力学,有志用世,却终生不遇。曾与杜荀鹤、殷文圭等同为宣州节度使田頵上客,后依歙州刺史陶雅,并受到厚待[18]。杨夔为文有隽才,世争传其作,原有集五卷,《冗书》十卷,《冗馀集》一卷,均佚,今存其文仅二十二篇(见《全唐文》卷八六六、八六七)。

杨夔作"记"多用以纪事寓褒贬的《春秋》笔法，自云："夔学于《春秋》，固当以纪功书绩为勇"(《乌程县修建廨宇记》)。因此他的杂记文，是非善恶，态度极其鲜明。虽几乎都是"台阁"一类，却多不失为良吏治绩的丰碑，对地方官的德政、爱民予以大胆、热情地褒扬称颂。这对五代酷吏残民等昏暗现实，无疑是有力的抨击。杨夔为文还学柳宗元山水游记的作法，在写山光水色之中抒发自己的政治情怀，其《小池记》就以此而成为五代杂记中难得的精品。作者以饱和情感的笔触，精心描写其清浅静洁的堂前小池，并就"水之利也众矣，其害也亦深矣"做适当发挥，巧妙、形象地反映出他本想有补于世而又不愿招惹是非的处士心境。杨夔虽为"江南处士"，却与"江湖散人"陆龟蒙一样，对现实是很关心的，辨创业守业的难易(《创守论》)，谈如何判别善恶(《善恶论》)等，都是有感而发。《原晋乱说》揭示东晋乱亡的原因，以为主要不是王敦、苏峻的作乱，而是"翼虚驾伪，崇扇佻薄"，如此创朝纲、构王业，"何异登胶船而泛巨浸，操朽索以驭奔驷乎"？"苛政猛于虎"的主题在其《较贪》中得到生动体现，并能进一步深化。其《蓄狸说》，写一人家中闹鼠害，讨来一只狐狸治鼠，自以为比猫强得多，爱之"如字其子"。结果老鼠虽说治住了，可狐狸野性不改，终归叛逃。文章最后说："非所蓄而蓄，孰得不叛哉！"在黄巢起义失败后藩镇纷纷叛君自立的当时，很有针对性，当然也暴露了作者的阶级局限。它和其他作品一致体现出杨夔散文颇多意趣、姿态横生、文笔酣畅优美的特色。

沈颜(生卒年不详)，字可铸，苏州吴县(今属江苏苏州市)人。他为文敏速，时称"下水船"。唐昭宗光化初中进士，授校书郎。天祐间遇乱，辗转归吴为淮南巡官。吴开国(919)后，官至知制诰、翰林学士，顺义(921—926)中卒。沈颜"尝疾当时文章浮靡，仿古著书百篇"(《郡斋读书志》卷一八),编为《聱书》十卷。

沈颜为文以继孟轲自许,其《聱书》虽已不传,但就仅存的十一篇散文(见《全唐文》卷八六八)看,文字古朴简洁,确与时风不同。他的《化治亭记》表彰良吏恢复经济生产的功绩,《碎碑记》揭示扬名后世的关键不在于树碑,而在于有德业于当时,都表现出作者的民本思想。前者有叙有议,后者韵散兼用,文笔无不洗练。沈颜写小品,特别擅长做翻案文字,能凭借机警的目光,敏锐的思维提出新观点。《妖祥辨》认为,以麟凤龟龙之类为祥,天灾变异之类为妖是不对的,"君明臣忠,百司称职,国之祥也;信任谗邪,弃逐谠正,刑赏不一,货赂公行,国之妖也";《祭祀不祈说》提出,祭祀应是"奉祖宗而表其功",非"祈明神而邀福佑";《时辨》更强调指出,时代的变化在君、在臣也在民。他的小品文每在正反两方面的论说中确立己见,议论性强,尤以思想深刻、笔锋凌厉而新人耳目。《谗国》一文,从"知佞之谗谗忠,不知佞之谗谗国"论起,揭示"宠一佞而百佞进,黜一忠而百忠退",宠佞不只是谗忠,而是谗国灭国。

五代的碑志、传状等杂体传记文,数量虽多,成就不高。其中记钱镠、钱元瓘、王审知诸王功业的德政碑文多出名家之手,较有特色,却也未免冗杂。被陆游誉为"江左辞宗"的韩熙载,据说"尤长于碑碣","江表碑碣大手笔咸出其手"(史虚白之子《钓矶立谈》),可惜多已不传,今存的八篇韩文属传记者仅《元寂禅师碑》、《上睿宗行止状》两篇,略可见其运笔、用典的才华。相形之下,倒是《旧唐书》中的历史传记文洋洋可观。

在成书于后晋的《旧唐书》(刘昫等监修)二百卷中,列传达一百五十卷之多,传主有良臣、酷吏、忠义、隐逸等各类人物计一千余人。因有唐代史书传记材料作基础,史官张昭远、贾纬等又具有一定的史才文笔,所以书中长篇短制都不乏佳作,李靖、魏徵、薛仁贵、狄仁杰、宋璟等文臣武将的传文都较出色。《李靖传》一开篇便用烘托法突现其少壮不凡，接着围绕传主"立功立事"，结合统军南平吴会、北清沙漠、西定慕容等典型事迹，对其累累战功和非凡的军事才能展开记述描写，使传记大为生色。最后写他带病出征和残年请战，进一步揭示其壮心不已的可贵品质。"靖性沉厚，每与时宰参议，恂恂然似不能言"之类的细节交代，使这位武人的性格描写更为丰满。由于笔者在国家的兴衰变迁中表现历史人物，注重善恶褒贬以资鉴戒，所以来俊臣、李林甫诸传，都以锋利之笔，分别刻画出酷吏、奸相的典型面目。

这类较出色的史传文，一般都长于剪裁和细节描写，文字简约却又相当生动。《颜真卿传》，主要依据令狐峘的《颜鲁公墓志铭》和殷亮的《颜鲁公行状》，删除枝蔓，简述生平事迹而又不失之缕述官资、宠遇的程式化，力求在斗争环境中塑造人物。最精彩的是颜真卿奉旨入贼营宣谕叛臣李希烈一节，在《墓志》"贼党乃交刃胁之，谩骂不逊。公视之凛如，责以悖逆"的基础上，展开描述，通过特定场合正反两方面人物的言行对比揭示传主的心理与个性。这种成功写法对后世的史传文，如《宋史》中的《文天祥传》很有启示。《旧唐书》的传记文喜借引文表现主题，《司空图传》引入传主的《休休亭记》以揭示人物的内心世界，就体现着这一突出特征。《阳城传》全文不足一千一百字，先隐后官、伏阁论奸的阳城形象却生动鲜明，血肉丰满，足见笔者的文字功力。这类短篇，还集中呈现出五代史传文直书事迹而少虚文饰词的质实作风。

五代骈体文的复炽，从一个方面直接刺激了小赋的大量产生。南唐江文蔚、楚邓洵美、后蜀欧阳彬、南汉黄损、后唐李琪、后周扈载等都有赋名。杨夔为警告田颀而用心写作的散体《溺赋》颇有名于时，在写法上对北宋苏轼很有启示，不过五代时期的赋多为律赋，或用以讽谏,或歌功颂德,或抒怀言志,大都继承汉代以来抒情小赋和杜牧《阿房宫赋》的传统,也兼取司马相如赋的辞采、写法。传世作品最多又成绩显著的是闽人黄滔和徐寅。

黄滔(840—911以后),字文江,泉州莆田(今福建莆田市)人。早年在家乡东峰书堂苦读十年。从他大量的启文看,他特别热衷仕宦,然而却久困举场,五十六岁才得中进士。唐昭宗光化中除国子四门博士,天复元年(901)受王审知辟,以监察御史里行充威武军节度推官。后梁开国,王审知据闽发迹,颇得力于他的规正。唐末名士韩偓、崔道融、杨赞图等多人避乱入闽,都以滔为文坛宗主。黄滔著有《泉山秀句集》三十卷,已佚;又原有集十五卷,今存《黄御史集》十卷为黄氏后裔所重编。

黄滔以能诗善文和倡导元白文风而知名于唐末五代。他的二百零九首诗,有思想性相当强的作品,如《书事》:"望岁心空切,耕夫尽把弓。千家数人在,一税十年空。没阵风沙黑,烧城水陆红。飞章奏西蜀,明诏与殊功。"又如《塞下》有云:"荒骨或衔残铁露,惊风时掠暮沙旋。陇头冤气无归处,化作阴云飞杳然。"无不苍凉遒劲。不过黄滔诗更显个性的是用流畅的语体自抒胸襟,极言孤寒却不显得苦涩,"清淳丰润,若与人对语",有贞元、长庆之风(宋洪迈《黄御史集序》)。因此,明人胡震亨把他与韦庄、罗隐、杜荀鹤并列(《唐音癸签》卷八)。

其实,黄滔的文"赡蔚典则,策扶教化"(洪迈《黄御史集序》),成就不在其诗之下。论辩、杂记、小品、书启、碑铭、祭文和序、赞等七十八篇,多为短制,长于叙事、说理,《公孙甲松》、《吴楚二医》等都文笔简洁流转,喜用对话形式,起伏不平,层次分明,即使是《祭先外舅》、《祭陈先辈》等祭文也以夹叙夹议、感情饱满而显得丰润不枯,富有文学性。黄滔写作尤长于铺采摛文,《多宝塔碑记》诸篇不只描述建筑规模,时及风光景色,不失佳作,更有名的是他的二十二篇律赋。

黄滔写赋学汉赋,也学楚辞,并非以"俪偶之辞"为"文家之戏"。其赋虽也写秋色、记别情、抒失志胸襟,并时见骚愁,而更显特色的却是以赋刺上化下,《以不贪为宝赋》刺贪夫,《狎鸥赋》斥欺伪等,都有意针砭当时的社会病态,最突出的是《馆娃宫赋》、《景阳井赋》、《水殿赋》和《明皇回驾经马嵬坡赋》四篇,分咏吴王夫差、陈后主叔宝、隋炀帝杨广和唐明皇李隆基事,揭示荒淫亡国的主题。黄滔赋上承晚唐,注重取用历史题材,更以苦心文华、精益求精而时出前人,以至"雄新隽永,称一时绝调"(《十国春秋·黄滔传》)。《馆娃宫赋》先写吴宫往昔的豪华,"花颜缥缈,欺树里之春光。银焰荧煌,却城头之曙色"。后写今日的凄凉,"遗堵尘空,几践群游之鹿。沧洲月在,宁销怒浊之涛"。中间用"悉由修袖舞殃,朱唇唱隙"指明致祸根由,最后用"彼雕墙峻宇之君,宜鉴丘墟于茂草"警告当世统治者。黄滔的这类作品通篇寓嘲讽于描写,并能在尺幅之间顺承逆转,层次迭进,结构谨严。至于"日惨风悲,到玉颜之死处;花愁露泣,认朱脸之啼痕"(《明皇回驾经马嵬坡赋》)等,既偶对精巧,声律谐协,又自然清丽,无雕饰造作之弊,也足见作者的语言造诣。南宋洪迈称扬黄滔律赋"研确有情致"(《容斋四笔》卷七),黄滔也以尤精律赋成为唐末五代有影响的作家,被后世闽人尊为"文章初祖"(明人黄起有《黄御史集识》)。

徐寅[19](生卒年不详),字昭梦,与黄滔为同乡挚友。自云:"早年师友教为文,卖却渔舟网典坟"(《温陵即事》诗),可见他习文态度坚决。唐昭宗乾宁元年(894)中进士[20],授秘书省正字。光化三年

(900)前后，遇乱弃职还乡。王审知辟为掌书记，后又入泉州刺史王延彬幕，与陈郯、倪曙等游，暮年归老莆田延寿溪。今存《钓矶集》五卷、《徐正字诗赋》二卷，共载赋四十七篇[21]，在五代人中传赋最多。

徐夤能诗，今传二百六十七首，可他却独以赋鸣。他的《偶题二首》之二说，"赋就长安振大名，《斩蛇》功与乐天争"。这并非自负语，他的名篇确曾盛传一时，而且渤海国得其《斩蛇剑赋》、《人生几何赋》、《御沟水赋》，家家"皆以金书，列为屏障"（徐夤《渤海宾贡高元固先辈闽中相访诗序》）。较之黄滔，他的赋特显思深虑精。其《人生几何赋》写人生无常，福祸不定，不必争名逐利，一醉而已，显属乱世心理的消极反映。然而，"虽有圣而有智，不无生而无死。生则浮萍，死则流水"，"不觉南邻公子，绿鬓改而华发生；北里豪家，昨日歌而今日哭"，尤其是"香阁之罗纨未脱，已别承恩；春风之桃李方开，早闻移主"、"任是秦皇汉武，不死何归"诸语，都特别擅长择取生活中典型事例传达某种人生感受，并隐含对争王争霸者的诅咒。徐夤是一位"平生欲献匡君策"却无缘实现，转而专攻辞赋的作家，因此其赋在题材的广泛和对现实的关切上也颇为突出。《寒赋》为士卒、农夫、儒士啼饥号寒，《御沟水赋》愿"分紫禁以馀润，作黔黎之大惠"，都具有深厚的思想内容。他还不时用赋表达自己的志向操节和复杂情怀，或颂扬伯夷、叔齐、毛遂、樊哙、李白等不同类型的古人，或咏松听猿，借以传达他用世的热望和失志的哀苦，甚至赋剑赋雷，渴望清除一切邪恶。他的赋不仅与其诗歌一样，充分体现出五代文学"吟咏性情"的特征，而且凡是时人入策入论入诗的内容，徐夤都能用来入赋。这就扩大了赋体的题材范围，提高了赋体的表现力。他的律赋通俗易懂，文笔流畅，还时作散句，显示着赋体的发展动向。

在五代文坛上，骈散兼长、各体皆擅、对后世影响更大的作家是南唐徐铉。

徐铉(917—992)[22]，字鼎臣，江都(今江苏扬州市)人。十岁能文，不足二十岁即以荫补吴国校书郎，文行著称当世。改仕南唐后，身历多职，中主时三知制诰，两拜中书舍人，其间也曾左迁泰州，长流舒州。后主时曾为翰林学士、御史大夫、吏部尚书。国亡入宋，官至左散骑常侍。著述颇丰，今存《徐骑省集》三十卷和《稽神录》等。

在南唐，徐铉文笔与韩熙载齐名，时称"韩、徐"。他今存的二百六十一篇文章，绝大部分作于南唐。其间几乎无体不备，当时最为人称道的是近百篇制诰文，这些官样文字虽内容无甚可取，却能体现他的渊博学识和落笔成章的文才。徐文没有表现重大社会题材，"吟咏性情，黼藻其身，非苟而已"(徐铉《成氏诗集序》)是其特点。他的文多以理胜，其中流放舒州时期的作品最富真情实感。"申骚客之情"的《木兰赋并序》，借木兰花的洁白芬芳，写自己的内美，表白此生百忧而贞心不改，有如屈原的《桔颂》。《九迭松赞并序》，从蟠屈九迭的怪松落墨，就"下有顽石，根不得舒"的形成原因加以引申推论，表达了他崇尚天然真性、太古淳风和不满世态的思想。《乔公亭记》在极写此亭的地理环境和自然风光优美的同时，以"达则兼济天下，穷则独善其身，未若进退以道，大小必理，行有馀力，与人同乐"云云，揭示他被放逐时期的情怀和人生哲学。这类咏物写景的短小散文，就写法来看，正是他"取譬小而其旨大"、"连类近而及物远"(《文献太子诗集序》)的创作主张的产物。

富有文才的徐铉，"经史百家烂然于胸中"，因此为文敏速，每在"率意而成"中显示出他的文学造诣。他的序跋文，常借为人撰序之便申明自己的政治、文学观点，抒情意味浓厚，文笔洒脱活泼，受益于唐人又影响了宋代欧阳修等。尤其是那些碑志文，多从大处落墨，开篇常议论,发挥为人治国的宏道而不泥于琐屑,还具有史家善善恶恶的特点,笔力纵横,得益于先秦诸子。《韩熙载墓志铭》,在缕述熙载平生行实的同时,集中突现其才学超群、指摘时弊、放旷不拘以避祸自全,鲜明地写出了人物的个性。徐文中最著名的是他的精心之作《吴王李煜墓志铭》,作者在宋太宗面前为自己过去的皇帝树碑立传,本是难事,但他长于选取角度、处置素材,加上措辞严密准确,用典贴切和善于概括,从容不迫、振振有辞地记述了李煜的生平、仁政和才德,深长委婉地表达了自己的哀婉思恋之情。文中写李煜降宋的一段:"果于自信,怠于周防。西邻起衅,南箕构祸。投杼致慈亲之惑,乞火无里妇之辞。始劳因垒之师,终后涂山之会。"作者借用不同类型的典故来言事抒怀,历来为人称道。此文虽作于入宋之后,文章的多用骈俪语,却体现着徐文的一贯作风。

徐铉反对为文"于苦调为高奇,以背俗为雅正"(《文献太子诗集序》),积极倡导白居易等清新晓畅的文风,又不废骈文的辞采富赡、音韵调畅,因此他的散文典雅疏淡,虽不能宏声镗鞳,嗣韩柳之音,却也迥然孤秀,自成一家,堪称五代文坛的有力后殿。徐铉入宋,为李昉、王溥、苏易简等政界文苑的名流推重,与王禹偁、柳开交游,"士大夫从其学者众"(《十国春秋·拾遗》)。实际上,他的散文已是北宋古文运动的先声。

第四节 五代十国的小说

"所宗者小说,所尚者刀笔"(徐铉《御制杂说序》)是五代文坛的风气。在纷纷写作应用文的同时,文人们总是喜欢动手写小说。虽说文言小说至五代已衰微,但在短短的半个多世纪中,产生的小说集见诸著录的仍不下七八十种[23]。

治史学著史书的时风对小说的创作影响很大。文人们出自"补天"或警俗的思想，每用小说垂训诫。史家从小说中采摘素材的做法，又从旁刺激了小说的写作。身处乱世的有心文人还特意奔走四方，咨询求访，搜集并笔录种种遗闻逸事，惟恐其散失不传。而且小说本身还能多方面显示作者的文才史笔，在五代当时不失为攀缘高枝、自荐求仕的进身之品。同时，盛极一时的佛道两教为宣讲教义，验证本教诸说的"灵验"，攻击嘲弄异端，都对小说给予特殊重视。当然也有不少是收集社会上普遍流传的谈神说鬼、荒诞不经的故事以宣扬某种思想，或助清欢、资谈笑的。如此种种，不仅促进了小说的写作，还在很大程度上决定了五代小说的类型和特点。

早在北宋时五代小说就已"多失其传"（欧阳修《新五代史·宦者传》），今天所能见到的，包括残本和从《太平广记》、《永乐大典》诸书中辑得的辑本，也不足原数的三分之一。这些小说可分为轶事和志怪两大类。

继唐人小说之后，五代轶事小说向实录方向演变，追求内容的真实可信，甚至"每聆一事，未敢孤信，三复参校，然始濡毫"（孙光宪《北梦琐言序》）。与此相关的是议论增多和劝戒意味浓重，唐传奇《莺莺传》、《长恨歌》文末具有劝戒意味的议论尾巴，至五代则时在文中出现，甚至还像史传文那样大段大段地引文，小说所必要的虚构成分和故事情节、细节描写明显削弱了。这时期的小说几乎都是小说集，散行单篇绝少。较之唐传奇，篇幅普遍短小。行文平实简率而少缠绵之致，但情节曲折、结构完美、笔法透迤、描写生动的也相当不少。特别是常采用嘲弄笔调描述人物、事件，使小说带有很强的戏谑性，还不时呈现出小品文或特写的特色，颇多风趣。因小说家多借事言怀，所以注意素材的取舍，多写唐或五代人轶事，现实的针对性很强。《唐摭言》、《北梦琐言》、《鉴戒录》和《开元天宝遗事》、《玉堂闲话》是这类小说的代表。

《唐摭言》的作者王定保(870—940)，南昌人。唐末诗人吴融婿，善于文辞，唐昭宗光化三年(900)中进士。初为邕管巡官，唐亡世乱，不得北还，后仕南汉，官至中书侍郎同平章事(《南汉书·王定保传》)。他少年好学，尤喜咨访朝廷典故，《唐摭言》[24]十五卷详载唐贡举制度，多有大段或成篇的引文，似有意记录史料，文中还常有"论"、"赞"。在五代小说中，此书的实录特点最为突出，然而当笔涉骚人墨客等遗闻轶事时，也间有显示小说文笔的佳作，《悲恨》一篇写唐朝上层官僚李回、李蓉之间的相互倾轧，就矛盾的发生、发展、高潮、结局来写，颇具小说格局，"会停午"以下兼及细节，描述生动。《李贺》一篇尤其出色，小说根据传说写李贺的一生，集中写他七岁时诗名震动京师，文坛钜擘韩愈、皇甫湜同行访李贺事。先写韩与皇甫"览贺作业"而奇，"连骑造门"而见，再写见贺"总角荷衣"而疑，但一经亲试，"二公大惊"，"联镳而还"，"亲为束发"。款款写来，委曲生动。以前辈韩愈、皇甫湜衬托少年李贺，形象鲜明突出。在"束发"的细节交代中，以长者的爱才写李贺的奇才，含蓄有味。最后用丧母、被谤、早卒三者补述李贺一生的不幸，流露了小说作者的惜才之情，构思精审，详略得体。《唐摭言》尤长于从浩瀚史事杂说中提取素材，并以简洁文笔撮其精要，因此常为后世文人取资，元人关汉卿就曾据其《节操》一篇演为戏曲《裴度还带》。

较《唐摭言》晚出，笔记小说特色更为突出的是荆南孙光宪的《北梦琐言》。孙在该书自序中说，"仆生自岷峨，官于荆郢"(生平详下章)。他终生有志史学，关注现实，是五代著名的政治家、史学家和文学家。《北梦琐言》三十卷[25]，素材大多来自交游，"因事劝戒"是其主要创作目的，全书一开篇便对比记述唐宣宗与僖宗事，已显示出作者的褒贬用心。书中虽也时涉鬼神怪异、阴阳杂说,但大量记述的却是唐五代政治遗闻和文人轶事。每篇之末,往往注明材料来源,也常有评论。由于作者思想、文笔无不超群,所作除显示五代小说的实录性外,不少篇章都具有较高的思想、艺术性。

《刘皇后答父》篇,写幼年入宫的后唐刘皇后,以色艺兼长受到庄宗的宠幸,一旦生子,"宠待日隆"。可她"耻为家寒",以致不认来自乡间的生父,呼为"田舍翁",并令人在宫门外笞而逐之。为强化主题,作者在写完这场闹剧之后,还特意补写了一场庄宗和其子继笈扮演的"刘衙推访女"的滑稽戏,足见出身寒门的孙光宪对当时"以门族夸尚"的风气所进行的嘲讽格外辛辣。小说形象生动,趣味横生,欧阳修把它采入《新五代史·伶官传》中。孙光宪有的小说闪烁着新的思想光芒,如《璧山神》一篇,记述蜀僧善晓大闹璧山神庙,斧击土偶的故事。善晓把乡人杀牛以奉祭的"神"斥之为耗民稼穑之资的"鬼",敢于怒碎数躯,此举惊动军州,而僧竟端然无恙。作者最后用"欺以正理责之,神亦不敢加祸"的话作结,寓意很深。有的作品颂扬仗义勇为的侠女,如《荆十三娘》。爱情小说《云芳子魂事李茵》构思谋篇更为出色。故事写宫娥云芳子不甘幽独,书诗红叶置御沟水流出,为进士李茵所得。后遇乱离,二人在南方民家巧遇,产生爱情,同行至蜀中绵州,因被"内官"所逼,云芳子与李诀别后自缢而死。小说继而又写,其魂再随李生归襄阳同居数年,谁知又被"道士"识破,再次拆散。本篇讴歌恶势力迫害下生死不渝的爱情,也揭示出这位宫人真诚而善良的可贵品格,情节曲折和适当虚构体现着孙光宪小说的写作特色。宋代人张实据此作小说《流红记》,不难探知《琐言》对后人小说的影响。

在五代小说中,《鉴戒录》也是有特色的。作者何光远(生卒年不详),字辉夫,东海(今江苏东海县)人。后蜀广政初官普州军事判官。他所作小说,以"鉴戒"为名,并非无因。全书十卷所载六十六则,多为唐五代蜀君臣事迹,托事寄讽是这部小说集的最大特色。《蜀上医》写后唐长兴初董璋请蜀上医疗治"渴浆"之疾,上医对以"渴土",构思写法酷似枚乘《七发》。《鬼传书》和《见世报》是书中的代表作品。前者写唐代西川藩帅高骈命指挥使掘挖古坟取砖筑罗城,相公赵畲墓被毁后,赵深夜遣鬼传书,制止了掘冢。作者刻意作小说,把"不无滥德,敢有害盈"的赵相公与高作对比,谴责大兴土木贻害万民,鬼所传书实为百姓的抗议书。小说最后以诗点明"人生一世事,何用苦相侵"的主旨。特别是《见世报》一篇,揭露征兵苛酷、官吏贪残,表现了广大人民对恶势力的痛恨。小说以秦州刘自然点乡兵以捍蜀师为背景,以百姓黄知感"诣刘求免"开端,先写黄妻迫于差点而依刘索求,忍痛献出自己的美发。但"春获其免,秋复差行",黄终于身殁沙场。黄妻设灵祠陈状诅咒,后来黄家驴忽生一驹,肋下有"刘自然"三字,刘氏子以重金相赎,黄妻不允,"出入鞭打,以报夫仇"。通篇结构严谨,构思奇特,在多个人物中,黄妻形象刻画得比较成功。

《鉴戒录》产生于佛教极盛的西蜀,受变文影响明显。在内容上,崇佛反道,斥责丹术害人。在形式上,每篇都用三字标题,语言多为四六骈体,偶尔也汲取接近口语的词汇。各篇常以诗作结,韵散并用。《求冥婚》诸篇的开头很像话本小说的"入话"。由这些地方可以看出笔记小说向话本转化的演进之迹。

五代重要的轶事小说作家当推王仁裕。王仁裕(880—956)字德辇,秦州上邽(今甘肃天水市)人。少时喜好狗马弹射,二十五岁才锐意治学,以文辞为秦州节度判官。秦州入前蜀,仕蜀官至中书舍人、翰林学士。后唐灭前蜀(925),他历仕唐、晋、汉、周四朝,初为兴元节度使、西京(长安)留守王思同的判官,后又久官翰林,终以兵部尚书告老闲居。王仁裕平生为诗满万首，人称"诗窖子"，其诗文集有《西江集》、《紫泥集》等多种近七百卷，而今仅仅存诗十六首。他的小说集四种，也只传《开元天宝遗事》一种，《玉堂闲话》在《太平广记》中仍存有一百五十九篇[26]。

《开元天宝遗事》四卷，是作者身历前蜀后主的荒淫亡国之后，在大量搜集民间传闻的基础上，写成于唐代京城长安。书中着重记述唐代由盛转衰的玄宗朝宫闱与官场的轶闻琐事，涉及皇族诸王及国戚杨国忠等豪奢纵欲的占了全书的一大半，其中尤以唐明皇、杨贵妃的风流情事为最多。全书以"开元元年""天下太平"开篇（《玉有太平字》），以"后果有禄山兵乱，天意人事不偶然也"（《风流阵》）殿后，中间既记明皇即位之初的急贤材、纳谏言、任忠臣、赏能吏，又突出记他后来如何不以国家为事，重用奸佞，豪奢淫逸，《助情花》、《盆池鱼》、《醒酒花》、《被底鸳鸯》和《锦雁》等篇都很典型。可见作者的写作是有警世用意的。《遗事》也以此为后世表现荒淫亡国一类主题的小说、戏曲提供了大量素材和有益启示。

以极其简洁的文字记述细物、琐事，小中见大，是《遗事》选材、写法的突出特点。其文字未免支离，颇具小说意味的篇章很少，堪称五代小说之"残丛小语"的典型，不过其中记述民间故事的作品，也情节曲折，结构完整。《传书燕》写任宗经商在外多年，音信全无。其妻绍兰相思情深，感动了梁间双燕，为之传书千里，二人终得团圆。《鹦鹉告事》写豪民妻刘氏与邻里李弇私通，杀死其夫，官府久久不能侦破，架上鹦鹉为之诉屈，才得揭破奸杀疑案。小说的矛盾解决借助于燕和鹦鹉，构思奇特，既具传奇色彩，又有助于深化主题。《遗事》小说寓褒贬于记述，没有"论"、"赞"之类的评议，也不像一般五代轶事小说集那样杂厕不少志怪内容，这当是作者撰写此书的追求。

王仁裕小说的代表作是《玉堂闲话》[27]，全书十卷（据《崇文总目》），是作者经长期写作直至晚年才结集的。题材相当广泛，涉及多种类型的世人以及神仙鬼怪、禽兽、书画、医药、自然现象等等，包括的内容很丰富。它与当时一般的轶事小说集不同，不倾心于记述帝王将相和重大史事，而是多写下层人物及民间故事，因此书中最显光彩的也正是集中体现民意之作。如《歌者妇》、《村妇》、《邹仆妻》等，颂扬了机智勇敢、忠于爱情的女性；《杀妻者》、《刘崇龟》等公案小说，讴歌明察善断的良吏，都堪称典型。而以嘲弄笔调对病态社会进行戏谑性的讽刺针砭，更是《玉堂闲话》的突出特色。如《灌园婴女》一篇，写一个"切于婚娶"的穷秀才，在问卜中得知将娶灌园家女，很不高兴，甚至用针刺入女颅，欲致其死。后来婴女作了本县廉使的养女，已登第的秀才却欣然同意娶其为妻。小说在秀才前后行为、态度的鲜明对比中，揭露婚姻上的门阀观念，主题、情节与李复言《续玄怪录》中的《定婚店》相近。特别是《目老叟为小儿》篇，从唐代长安道士以"不老"为人羡慕入笔，集中描写道士导演的一幕丑剧：他把自己的父亲称作儿子，斥其衰老枯槁是因不肯食丹砂。如此一席诳辞竟使得坐客"愈更神之"。当骗术被拆穿后，作者意味深长地写道："好道术者，受其诳惑，如斯婴孩矣。"嘲讽辛辣，对当时盛行的道教的挖苦可谓入木三分。"朝士数人"造其第的细节交代，显示着王仁裕小说针砭的深度。《玉堂闲话》中另有一些神话传说、动物故事等非现实的作品，富于个性，给王氏小说增添了浪漫色彩。如《新罗》写西门思恭漂洋过海出使大人国，大人身高五六丈，声如震雷，"以五指撮（西门）而提行百馀里"之类的出色描写，是前人小说中罕见的。

在五代小说中，《玉堂闲话》里的作品更富有小说特色，一般篇幅较长，故事情节曲折复杂，大多以人物为中心，以流畅的文笔展开记述描写，形象鲜明突出。不大注重记录材料的来源以求可信，篇末虽偶有富于启示性的结语,却又不过多议论,文中的虚饰也明显增多了。《玉堂闲话》的思想艺术颇为后世小说家所注重,其鬼狐故事是《聊斋志异》等同类小说的先导,其讽刺艺术影响了《儒林外史》,《陈癫子》一篇写陈"切讳癫字",对鲁迅《阿Q正传》不无启示。

五代的轶事小说还有刘崇远的《金华子杂编》、尉迟偓的《中朝故事》、景焕的《野人闲话》、严子休的《桂苑丛谈》等多种,不过其成就、地位和影响都不及上述几种。

五代的志怪小说,在此期小说中所占的比重较唐有增加的趋势,轶事小说的作者也多写志怪一类,在众多的轶事小说集里就杂有不少志怪作品。此期志怪小说受六朝影响明显,这主要是因彼此赖以产生的时代心理相接近,处身危难之中的人们每把解脱痛苦寄于来世或成仙。由于五代的这类小说以空前盛行的佛、道学说为主要思想基础,多为人明"罪福之鉴",教人"慎微"、"从善",修性成仙、轮回观念、宿命论等唯心思想和封建迷信都较唐代小说浓重,然而在搜奇猎异、谈神说鬼中,也不无引喻寓意和某种现实的影子。如著名志怪作品《李甲》(见刘氏《耳目记》)就是以神写人,诸神的商议幽冥之事,实在议论战乱的人间现实,指斥人事。不过就总体而言,这类小说毕竟价值不大,皮光业的《妖怪录》、裴约言的《录异志》、冯鉴的《广定前录》、曹衍的《湖湘神仙显异传》等早已不传,《灵怪实录》、《闻奇录》诸书甚至连著者的名字也搞不清了。今天看来,五代志怪小说远不及轶事小说,但从小说的演变着眼,产生于道教盛地南唐的沈玢《续仙传》和徐铉《稽神录》,仍不可忽视。

沈玢的生平已不可详考,据《续仙传》自序等简略记述,可知他生而慕道,周游寰宇,仕南唐为溧水县令,官至侍御史。他继晋代葛洪《神仙传》所著的《续仙传》三卷,载张志和、孙思邈和司马承祯等三十六人飞升隐化事,材料来自交游和读书的长期积累。其创作的主要目的是,"敦尚虚无自然之迹",劝人平日不要"失于纤微"(《续仙传序》)。《李珏》一篇写唐代的两个李珏,并巧妙地把二人联系在一起,在强烈对比中,以小民李珏因贩粜公平而积德成仙,宰相李珏却因无德于民而终不羽化,突出"积德"的紧要,以"警世俗"。《元柳二公》记述元彻、柳实二人在孤岛上遇水仙得长生的故事,是五代志怪小说中的名篇。文中所展现的虚幻世界,清静和乐,不同于人间的污秽现实,而神的交往却一如人间,众女仙的人情味很浓,大概正是作者想象中的"仙民"吧。沈汾的小说每在仙界与世间、仙人与凡人的鲜明比衬中表露自己的去取好恶,作品中称颂仙道所用的"拯人悬危"、"救人疾苦"和"性高尚"等,无不表明作者着眼于现实的创作动机和思想品格。《蓝采和》篇,一开始就对这位散仙的奇特衣着和似狂非狂的行为举止作了形象生动的描写,通过细节的精心刻画突出其不爱钱财的为人,可能正是作者心目中的偶像。由于沈汾有意作小说而不拘泥本事,文中富有大胆的想象、夸张,对人物、场景每有绘声绘色的描写,并力避平平叙说,喜用对话,还常常引入诗词,韵散配合,这些都不失为《续仙传》的写作特色。

徐铉(生平见前)平生好道而不崇释氏,其《稽神录》十卷[28]的写作历时二十年,最终成书于徐铉被流放舒州和后周兵伐南唐的身危国危之际。书中辑录了大量搜奇猎异所得的奇幻故事。其中语及神仙鬼怪者最多,应梦一类尤显突出,并时及幽冥世界,集中反映了作者思想中希求超脱世间官场的繁扰倾轧、清静无为的一面。然而《稽神录》中也兼含儒、释思想,其间善有善报、恶有恶报的观点表现异常鲜明,许多篇章在善善恶恶中宣扬为官做人之道,肯定谨厚、正直、善良、廉洁、明察,不满奸诈、贪残暴虐、滥杀无辜,如《李玖》、《井鸡》、《鲁思邈女》等。《袁州老父》写仰山神不愿居位受享而乞食于人间的故事,神之所诉"凡人之祀我,皆从我求福,我有力不能致者,或非其人不当受福者,我皆不敢享之",颇含深意。《张怀武》一篇,写裨将张怀武以自刎来制止两军残杀,后到阴间也为官受奉,歌颂了全人性命的"死节之士"。其素材得自沈彬,较他在《庐山九天使者庙张灵官记》中所写显得生动。徐铉的小说即使表现婚姻爱情题材,也体现其"好语奇"的特点。《吴延瑫》写豆仓小吏之弟托老妪求妇,张司空之女决意相许,后因女子举家南迁,婚事竟不成。作者着力表现男女双方贫富、年龄相差的悬殊,以女子的"自议婚事"和婚姻"岂求高门"、"义如有合,岂老少邪"的言语行为,宣扬婚姻上一种反门阀、反习俗的新观念。这篇在《稽神录》中算是篇幅较长、结构较完整的作品了。徐铉作小说喜在短小的篇幅中,以典雅洗练的语言简述故事始末,极少描绘,文采未足,还多记故事发生的时间地点以求实证。鲁迅先生评《稽神录》说:"其文平实简率,既失六朝志怪之古质,复无唐人传奇之缠绵",至此"志怪又欲以'可信'见长,而此道是不复振也"(《中国小说史略》)。当然,文言小说也并未就此消歇。

五代小说从不同方面给宋人的文言、白话小说以较大影响,特别是南唐小说作者徐铉、张洎、吴淑、郑文宝、乐史等多人入宋并多有述作,致使这种影响更为直接。不仅五代小说的述史事、记公案、写女性多为宋人取法,而且重写实、少虚饰、多训诫的写法,韵散兼行的形式,平实简畅的作风等,也都成为北宋小说发展的基础。

〔1〕 李调元所编的《全五代诗》断代未严,误收了一些本属唐、宋的诗人之作,但大致可反映出五代十国诗人诗作的数量。又,陈尚君所编《全唐诗续拾》,实补《全五代诗》未收的五代十国人诗约八百首。

〔2〕 韩偓的生年,震钧《韩承旨年谱》据李商隐《韩冬郎即席为诗相送……》诗定于844年,实误。李商隐此诗乃回忆大中五年(851)事,时冬郎十

岁,可证其生于会昌二年(842)。韩诗写作年代可考的最晚作品是914年所作的《八月六日作四首》,据此韩偓必卒于914年以后。《十国春秋》本传云,"龙德三年(923),(偓)卒于南安龙兴寺,葬葵山之麓"。其说或有所本,今从之。

〔3〕 北宋沈括《梦溪笔谈》卷一六说,《香奁集》为后晋宰相和凝作而嫁名韩偓,误。辨正详叶梦得《石林诗话》、葛立方《韵语阳秋》诸书。

〔4〕 《全唐诗》本《香奁集》收诗一百零五首,民国时吴汝纶所著《韩翰林集评注》中的《香奁集》收诗一百一十七首,所多十二首或为明人胡震亨增补。

〔5〕 韩偓词的首数向无定论。王国维《唐五代二十一家词辑》编偓词为《香奁词》一卷,所收十三首《全唐五代词》照录。但经施蛰存《读韩偓词札记》考证,其间可定为词者除〔浣溪沙〕二首外,另有〔生查子〕二首(《懒卸头》、《五更》)、〔谪仙怨〕三首(《六言三首》)、〔玉楼春〕一首(《意绪》),共八首。偓词一律句式齐整,抒写女子相别相思、伤春悲秋的情怀,明显地承袭温庭筠的词风,却不倾心描摹女性的外貌。在寂寥冷落中追怀往昔,情意缠绵,却看不出"一腔忠愤"的寄托。

〔6〕 据《全唐诗》卷八五五和卷八五四,郑遨诗十七首中有十首又作杜光庭诗。今依其内容、风格,定为郑遨作品。又,《全唐诗》卷七九四载郑遨《与罗隐之联句》诗一首。

〔7〕 此据《全唐诗》、《全唐诗外编》及《全唐诗续拾》。其中杂有唐人严维、喻凫及五代曹松、齐己等人诗;《禅月集》三十卷,今存二十五卷,又《补遗》一卷,共录诗七百二十四首,也偶杂他人之作。

〔8〕 齐己《荆渚感怀寄僧达禅弟三首》中有云:"电击流年七十三,齿衰气沮竟何堪","十五年前会虎溪,白莲斋后便来西"。齐己作这组诗时既为73岁,他十五年前离开庐山时当58岁。又据齐己《渚宫莫问诗一十五首》并序,他虽于龙德元年至荆州,而就诗序"历稔不复瞻觐"、诗句"金台又度秋"看,作这组诗时他已入荆两年。其诗又说,至此他已是"六年江海寺,一别白莲池"了。可见齐己离开庐山至入荆之间,尚有四年的游历时间,龙德元年(921)入荆时年当62岁。据此可推知,齐己生于咸通元年(860)。齐己死后,孙光宪编序其《白莲集》,孙序末题"天福三年戊戌三月一日序"。光宪与齐己为多年同游、"互见阆

域"的挚友,序文所题的年、月、日又十分具体,并附有甲子记年,不当有误。就序文"俄惊仙化"、"良深悲慕"看,齐己当卒于孙序其《集》前不久。又齐己《寄欧阳侍郎》诗题下自注有"时在嘉州馈遗"数字,考齐己的乡人欧阳彬任嘉州刺史,事在后蜀广政(938—965)初,此时齐己尚在世,齐己当即卒于天福三年(938)初。

〔9〕 此据《全唐诗》、《全唐诗续拾》,其间偶杂他人诗;齐己《白莲集》十卷,据孙序有诗八百一十首,实仅存诗八百零七首。

〔10〕 花蕊夫人徐氏的生年,浦江清《花蕊夫人宫词考证》假定为883年,今人多从之。但王建入成都,徐氏以色与其姊同纳后房,事当在891年,花蕊夫人若生于883年,此时年方九岁,于理未合。因其生年已难确考,今姑且依其纳后房时年约十五推定。

〔11〕 花蕊夫人宫词,是北宋王安国于熙宁五年(1072)在崇文院整理蜀国所献之书时发现的,王氏以为是后蜀花蕊夫人诗笔。其后陈履常、蔡絛等则认定花蕊夫人宫词百首为后蜀孟昶妃费氏作,实误。浦江清据王安国《蜀花蕊夫人宫词序》和宫词所咏内容等经多方考证,认为如果王氏所见原稿题作《花蕊夫人宫词》,可定为前蜀花蕊夫人徐氏(王衍母)作,但并非全出一人之手,其中也可能杂有前蜀后主王衍、翊圣太妃徐氏、昭仪李舜弦、宫人李玉箫、中舍欧阳炯等人的作品。今暂统归花蕊夫人徐氏名下。宫词的首数,众说纷纭,其间以明人林志尹《历代宫词》本所载的九十八首为最可信。浦江清有《花蕊夫人宫词》校定本,辑入《浦江清文录》一书。

〔12〕 浦江清以为,花蕊夫人宫词咏前蜀后主王衍之宣华苑事,可正名为《宣华宫词》。实际上,其中也有前蜀王建时作品,所写也不局限于宣华苑范围。

〔13〕 此据《全唐诗》、《全唐诗外编》;《李丞相诗集》收诗八十五首。

〔14〕 见顾櫰三《补五代史艺文志》及其他多种有关书目。

〔15〕 孙光宪《北梦琐言》"逸文"卷一"牛希济梦异"条载,前蜀王建召牛希济并除起居郎时,牛年恰四十五岁。而事在916年无疑,据此可推定牛希济生于872年。

〔16〕 事见宋人陈景元《化书跋》;《全唐文》卷八七〇载宋齐丘序文,作于

930年。

〔17〕 南唐徐铉、李中、孟贯都有诗寄谭,可参。

〔18〕 见杨夔《歙州重筑新城记》,此文作于908年,可知杨此时尚在世。

〔19〕 徐寅之"寅",一作"夤",实误。"寅"与"夤"字义有别,据徐氏字"昭梦",作"寅"是。其《渤海宾贡高元固先辈闽中相访》、《自咏十韵》诗均自题作"寅"。

〔20〕 徐寅中第之年,说法不一,今据黄滔《司直陈公墓志铭》和徐寅《新葺茅屋》诗等考定。

〔21〕 徐寅《钓矶集》载赋五十篇,其中三篇有目无文。《全唐文》卷八三〇所载《均田赋》、《衡赋》和王遐春刻《徐正字集》所载《籍田赋》及另一篇《衡赋》,此四篇疑非徐作,后二篇见于《文苑英华》,均未署名。《均田赋》可考知作于后周显德五年(958)以后,此时徐早已谢世。

〔22〕 徐铉的生卒年,《中国大百科全书》、《唐诗大辞典》等作916—991年,误。见徐铉《大宋故尚书兵部员外郎江君墓志铭》、李昉《徐公墓志铭》。

〔23〕 见清人顾櫰三《补五代史艺文志》及今人程毅中《古小说简目》、袁行霈等《中国文言小说书目》诸书。

〔24〕 《唐摭言》的成书时间,《四库全书总目提要》定为后周世宗显德元年(954)以后,显误,作者王定保940年已卒。据余嘉锡《四库提要辨证》考证,当成书于916、917年间。

〔25〕 《北梦琐言》原为三十卷,至南宋末仅存二十卷,清末缪荃孙《云自在龛丛书》从《太平广记》中辑得逸文四卷,今人又偶有补遗。

〔26〕 《太平广记》所录出自《玉堂闲话》者共一百六十篇,其中《袁继谦》条重出。据晁公武《郡斋读书志》说,《开元天宝遗事》四卷共有一百五十九则,而今二卷本仅一百四十六则,已非足本。王仁裕另有《唐末见闻录》八卷、《王氏见闻录》三卷,多散佚不传,《王氏见闻录》中作品,《太平广记》中存有三十一篇,有助了解王氏小说的面貌。

〔27〕 《玉堂闲话》,《说郛》本题作范质撰。考书中所涉及的素材和王仁裕的生平事迹等无不相符,而与范质则有多处未合。

〔28〕《稽神录》十卷,全部录入宋初编定的《太平广记》中。今传六卷本或为后人从《广记》中辑录编缀而成,残缺不全。第三十二章　五代十国文学

第三十二章　五代十国文学(下)

第一节　五代词的发展

在五代时期,词较之诗、文和小说等其他文学样式,堪称独胜;与唐词相比,五代词更呈现出前所未有的兴盛局面。

短短的半个多世纪,词人词作有如雨后春笋大量涌现。尽管由于兵火焚劫、随作随弃等多种原因,在当时或稍后绝大部分词作就已散佚不传,而今人辑五代词,仍得四十馀家词七百多首(见《全唐五代词》)[1],差不多相当于有唐近三百年间所存文人词的总和。仅就敦煌词写卷时间可考者二百馀首几乎都写于五代,五代民间词的盛况必亦相当可观[2]。这时期,词人遍于全国各地各阶层,上自帝王宰辅,下至乐工、歌妓、隐者、道士、佛徒和蕃汉将士,还出现了李存勖、李珣和陈金凤、赵解愁、花蕊夫人费氏、昭惠后周氏、才人苏氏等少数民族词人和女词人。由于社会上"家工户习",普遍爱好,词的传播也十分迅广,一经制作,往往数月之间传满江南。不只由长江流域传至西北敦煌,还远播契丹、南诏;不只君臣后妃竞相歌唱于宫廷禁苑,倡楼妓馆、茶坊酒肆、街头巷尾也多拍板唱词,甚至传入军旅和山寺道观。正是在如此深厚的基础上,产生出一些有建树、影响大的著名词手及杰出词人李煜,编辑了《琼瑶集》等个人词集和第一部多家文人词选《花间集》,形成了词人相对集中、创作兴旺的西蜀、南唐词坛和影响极为深远的花间、南唐词派。

五代是词体充满生机、长足发展的时代。词的演变进程,可依西蜀、南唐两个词坛、词派出现的先后,大致以公元九四〇年《花间集》结集为界,分为前后两期。

五代前期词在唐词的基础上进一步发展。晚唐温庭筠、韦庄词,为五代词的蔚然兴起奠定了坚实基础,后唐李存勖、后晋和凝、荆南孙光宪和齐己、吴康骈和孙鲂、闽韩偓和陈金凤以及南汉才人苏氏等群起作词。词在西蜀尤其兴盛,其原因,除了社会较安定,经济和文化都较为发达外,晚年入蜀为相的韦庄给蜀人的影响最为直接有力,唐末牛峤、牛希济、毛文锡等中原诗人词客的源源流入,也大大充实了蜀中词苑的实力。巴蜀物阜民康,世俗的游乐风气原本十分浓重,〔竹枝〕等曲词在民众之间早已盛行[3];前蜀后主王衍等主要出自纵情享乐的需要,更热衷于曲词的倡导,常自制自歌,并与狎客后妃以艳词相唱和。在这种作词风气的强烈刺激之下,朝野文人自然不甘寂寥,花间酒边纷纷以词娱乐消遣,"欢极一片,艳歌声揭"(尹鹗〔秋夜月〕)。特别是他们中间的不少人不同于狎客浪子,身历乱离之苦,心有亡国之痛,头脑较清醒,思想也较进步,在宦官弄权、特务统治的当朝,曾遭到无情排抑和残酷打击,即使位居朝廷也很难有所作为。他们忧国悯民,不满昏暗政治,但对改变现实却又不免失望,因而除寄情山水之外,更时常混迹于歌妓舞女之间,"满眼利名浑信运,一生狂荡恐难休,且陪烟月醉红楼"(孙光宪〔浣溪沙〕)的生活情感普遍存在。词于是成了这些文人抒写这种生活、曲折表露情怀的最好文学样式。以西蜀词为主体的五代前期词,正是适应着各阶级阶层多方面的不同需要而兴盛发展起来的。

这时期,词所表现的思想内容较晚唐渐趋复杂。王衍之流"扇北里之倡风"的绮靡词(如〔醉妆词〕)和植根泥土的民间词(如敦煌词〔望江南〕"曹公德")相比,创作倾向已截然不同。就大量的诗客曲子词而言,虽说上承晚唐以抒写男女之情为主,但一方面,在狎妓风气的影响下,封建文人的庸俗和低级趣味在词中暴露得更加充分,加上这时期的不少词已不再像温词那样为人代言,而是继韦词之后,更多地直书词人自己的狂浪生活,并受有民歌淇濮艳音的影响,因此词之轻艳超过晚唐,特别是蜀中魏承班、尹鹗、阎选的某些作品。而另一方面,词在表现男女之情上又向纵深方向发展,渐重抒写歌妓、舞女、宫女和征人妇、荡子妇、商人妇等多种类型人物的内心痛苦,表现词人对她们不幸遭遇的同情。经晚唐至五代前期,由于众多词人的合力创作,"词为艳科"已经定型,而且越来越注重抒写真情。情调更明朗,感情也相对强烈。与此同时,五代前期词所表现的范围较晚唐不无扩展,艳词以外的作品数量增多,题材的多样也渐趋显明。或写怀才不遇,或写隐逸生活,或咏史讽谏,表现边兵疾苦,反映社会乱离,或写景、记游、记俗,描绘农村生活,呈现五代南方社会较为安定的一面。这尽管与当时大量的艳词相比还未免薄弱,但总的来说,词的时代气息和现实针对性较唐代都有所加强。

主要由于音乐的发展和表现不同内容的需要,五代前期词的艺术形式较晚唐也有较大变化。首先是新的曲调大量出现[4],在今存的五百多首词所用的九十馀调中,不见以前文人用过的新调占有半数左右。这时期,曲调篇幅普遍加长,即使袭用唐人词调,〔遐方怨〕、〔渔歌子〕等都由单片演为双片,中调已有〔离别难〕、〔中兴乐〕、〔秋夜月〕等十多个,并出现了长调〔金浮图〕和〔歌头〕。文人词发展至此已是"诸体悉备"了。曲调变化的另一突出特点,是齐言调的锐减和长短句调的剧增。在晚唐人所用的二十多个齐言调中，只有个别的被沿用下来，〔浣溪沙〕、〔生查子〕、〔杨柳枝〕、〔木兰花〕等都呈现出由齐言体向长短句发展的新变化。这时期，句式参差不齐的词调已占十分之八九，更以被众多词人普遍采用而显示出与晚唐的明显不同，词的长短句时代从此开始了。声情急促、音律繁变也从此成了词体的重要特征，多短句，用韵密，多部韵交互运用，有的甚至六换韵。不少词调都是一调多体，不拘一格。〔河传〕、〔酒泉子〕竟有十馀体之多。这种唐词中不曾出现的变化多端、生气蓬勃，明显地增强了词体悠扬悦耳的音乐美和宛转细腻地表达思想情感的能力。

五代前期是温、韦两种词风盛行与融合的时代。此期文人词，或近温，或近韦，两脉并传，相间杂出。虽因词人才力所限，多不能完全脱出温、韦窠臼，却也各有所得，在扩大温、韦词势力和影响的同时，形成了颇富阴柔美的婉约词的基本风貌。由于词人们并不满足于学步前人，其词也杂取温、韦而时有创新，"声色渐开"（陈廷焯《白雨斋词话》卷五）。语言或缛丽，或清新，常因内容而异，更富有表现力的白描手法较渲染手法运用得日趋广泛，而且技巧不断提高。绘画美的艺术追求，体现于描绘女性容貌、刻写人物心理和勾勒自然风光等各个方面。虽说大多融情入景，以景写情，委曲含蓄，却又情真景明，而不迷离晦涩。由于词人善于汲取民歌的技法和语言，词日趋浅俗近情，民歌气息较浓。尽管大多香软，但就各家词风而言，又往往同中有异，"各自立格，不相沿袭"（王灼《碧鸡漫志》卷二），正如清代词论家张惠言所说："词之杂流，由是作矣"（《词选序》）。主要由于对词体的认识的原因，孙光宪、李珣以及毛文锡诸人词都在温韦之外别具一格，从而在不同方面为婉约派词的继续发展大开门径。特别是后起之秀孙光宪，直接汲取由唐入五代的韦庄、牛峤、牛希济等长辈的写词经验,在创作上走着与同辈人和凝、欧阳炯不同的道路并能突进领先,成绩斐然,堪称五代前期词的有力后殿。

到了五代后期,词在闽、吴越、南汉和后周等虽都有作者,却难领一代风骚。此期词坛的重心由长江上游的西蜀转移到长江下游的南唐。南唐是一个经济、文化基础都相当雄厚的国家,文苑中人才济济,其文学艺术修养远在他国之上,以"文雅"著称的中主李璟、后主李煜诸人都尤精音律,重视并擅长作词。因此"二主倡于上,翁(冯延巳)和于下,遂为词家渊薮"(冯煦《阳春集序》)。

南唐君臣并非一味寻欢逐乐,纸醉金迷,"中兴唐祚"的愿望时有萌动。因此国家的由兴盛转衰亡和党争的无情倾轧,给他们造成的精神创伤就显得格外重大。繁乱危苦的境遇,使他们心中普遍积郁着一种欲言而又难于直言的苦衷。同时南唐君臣不只是把词作为歌酒享乐的消遣品,而能视其为新声"乐府",词体渐尊,地位提高,以词言志的意念增强。同时南唐重视整饬文风,伶人唱词谏中主和潘佑作词讽后主等,都与南唐人的文艺主张、创作倾向相一致。这就决定了南唐词的词史地位在西蜀之上,南唐词得以在五代前期词的基础上,为词体的进一步发展做出突出贡献的根本原因也正在于此。

与南唐诗的创作倾向一致,南唐词也更偏重抒写个人情怀,题材范围虽说反不如前期词广泛,而吟咏性情的特点却日益显明地突现出来。正因词中寓入较浓重的主观情绪,前期词较重的民间风调至此已相当稀少,不仅单纯记俗写景词罕见,词中男女之情的影子和绮罗香泽的气息也大大浅淡了。由于主要词人都是政治舞台上的主角,词的内容自然与国家的政治形势、词人的政治处境关系更为直接。与此同时,封建社会失意文臣通常具有的种种思想情感,也更多地写入词中。"江南国蹙,心危音苦,变调斯作"(陈洵《海绡说词》)。从此,文人词进入了自觉地着重表现封建文人意识的时代,词体的严肃性也随之明显加强。

内容的新变必然导致形式的发展。南唐词改变了前期词描形拟态、记述情节并时用联章的做法,词人直接对景抒情,"情至文生",在每用重情句直接言怀的同时,借鉴李白等前人诗的写作经验,尤其注重兴象,前期词中偶有出现的寄托一法至此运用渐多,有的已达到"有寄托入,无寄托出"(王国维《人间词话》)的妙境。词至冯延巳,真正兼取温、韦诸人之长,创造出一种独具魅力的新词风,从此"词之言长"、"尤重内美"和"婉于诗"、"深于兴"等不同于诗的特质更加突出。特别是李煜的晚期词,更发展了词的白描和直抒胸臆的赋法,表现人生,感慨甚深,从而继冯延巳之后,把词的发展推至唐五代词的最高峰。经过南唐人的大力创新,词至五代后期所含事物、情感已相当丰满,景与情更为融洽,意境也较前幽深阔大了。

五代江左大曲盛行并有南朝乐府基础,尤其是南唐人重唐律精唐律,其词的体制大多与律诗相当,较前显长,〔虞美人〕、〔望远行〕、〔上行杯〕等等,不仅多为八句体,在句法上也多用五七字格,因此北宋词人晏几道有"续南部诸贤馀绪,作五、七字语"(《小山词序》)的说法。词的语言趋向清俊、凝重、典雅,平仄、对仗与篇章结构也较前严整,层次转多。词至南唐更多有完篇而极少再伤于促碎。在择调方面,经过五代前期的发展变化,在今存的五代后期近二百首词所用的四十馀调中,有半数以上与前期不同,与晚唐差异更大,作词相当多的冯延巳与温庭筠之间,所用仅四五调相同。南唐词人择调重其抒情性,还大量选用含清乐成分较多的曲调,凡前人所用过的此类词调几乎都沿用下来,又增用了〔乌夜啼〕、〔子夜歌〕、〔阮郎归〕、〔破阵子〕、〔长命女〕等等。这类曲调的突出特点是"从容雅缓",具有"士君子之遗风"(《通典·清乐部》),极有助于封建文人内心情感的完美表达。声情与文情高度谐和,相得益彰,在很大程度上决定了南唐词的独特风貌。总之,由多种因素所决定的以俊深典重为特色的南唐词,已突破"花间"樊篱而进入了更高层次。

以西蜀词为代表的五代前期词和以南唐词为代表的五代后期词相比,相对来说,前者主要用于应歌,而后者则较重抒怀;前者重音乐舞容,后者重辞;前者显得浅近而秾丽,后者显得深厚而疏淡;前者俗,后者雅;前者接近晚唐,后者已近宋初。五代后期词对前期词的长足发展,基本完成了由"伶工之词"到"士大夫之词"(王国维《人间词话》)的重大转变。虽总体说来,依然是惆怅自怜,情调过于感伤,又仍属小令时代,但"宋初诸家,靡不祖述二主,宪章正中"(冯煦《六十一家词选例言》)表明,五代后期的南唐词已是北宋词的前驱。

第二节 中原和荆南词人

对于五代中原词来说,战祸频仍显然是一场巨大灾难,词苑寂寥,成就不大。然而中原的曲词基础毕竟深厚,地近西北曲词中心敦煌,交往较多。五代帝王又多为沙陀(在今新疆哲克得克一带)人,对曲词尤其嗜好。教坊始终存在,并不时进献新曲。后唐建都于唐词盛地洛阳,宫廷乐官仍有千人之多,长兴四年还有《敦煌曲谱》产生。后晋时,不仅法曲盛行,出帝还喜唱蕃歌,大臣也以蕃歌相唱和。后唐庄宗李存勖词散播并、汾,晋相和凝词盛传汴、洛,后周也有何承裕、陶谷等词人。何承裕"小词尤工,娼楼酒肆往往流布"(陶岳《五代史补》卷五),只因无人收集,终无一首存留。后周赵上交、李昉等纂录《周优人曲辞》二卷(徐炯《五代史记补考》),惜亦不传。与此同时,地处长江中游的荆南小国,却因社会安定,音乐发达,爱好曲词的统治者高季兴、高从诲尽心延引结纳文人,竟出现了成就压倒李存勖、和凝的重要词人孙光宪。

李存勖(885—926),小名亚子,沙陀人。他警敏有勇略,自十一岁起就随从其父晋王李克用过戎马生活。二十五岁承袭王位于太原,从此统兵征战疆场。同光元年(923)他称唐帝灭后梁迁都洛阳后,竟不问国事,沉溺声色,在位仅三年便在变乱中被伶人射杀,庙号庄宗。

他虽是个少数民族的武人,却颇习汉文化,喜作诗,好俳优,善度曲,短促的一生谱写了大量曲词。他每逢用兵,便把所作词授之队伍,"使揭声而唱",士气大振(陶岳《五代史补》卷二),这显然承袭了梁祖朱温以唱词"押马队"的作风,其词当是俗俚近民间的[5]。今存词〔一叶落〕、〔忆仙姿〕、〔阳台梦〕、〔歌头〕[6]共四首(见《尊前集》),均为自度曲,或对景兴怀,或写男女情思,都流露出胜景难追、美好化归梦幻的思想情绪,词风上承唐昭宗李晔,可能是他称帝以后的作品。

李存勖词抒发个人情感,一任自然,文笔洒脱。其代表作当推〔一叶落〕：

> 一叶落,褪朱箔,此时景物正萧索。画楼月影寒,西风吹罗幕。吹罗幕,往事思量着。

词从"一叶落而天下知秋"着墨,写自己若有所失的凄凉感受。结句点明执著往事却又不一语道破,追思的内容和心情全凭以上几笔白描,让人从叶落西风和夜寒月冷的景象中去联想回味,神馀篇外,手笔不凡。〔忆仙姿〕词以"如梦,如梦,残月落花烟重"作结,连用三种典型事物来渲染幻灭的心境,也以寓秾艳之情于闲淡之景而别于晚唐温词,"遂启后代词家之秘钥"(俞陛云《五代词选释》)。至于清晰的层次显示出律诗的结构特征,多至一百三十六字的〔歌头〕是今存唐五代词中最长的长调,也都是李词的显明特点。《宋史·乐志》说他嗜好"北鄙郑卫"之音,其词较之和凝一定程度地呈现出"词义贞刚,重乎气质"的北方词风貌。

和凝(898—955),字成绩,郓州须昌(在今山东东平东)人。他才思敏赡,后梁贞明三年(917)中进士。在改朝频繁的五代,其仕宦长途却始终一帆风顺,从后唐明宗朝由地方入仕殿中侍御使起,历仕知制诰、翰林学士、中书舍人等要职。后晋时官至宰相,后汉封他为鲁国公,以太子太傅卒于后周。著有《游艺》、《疑狱》和《香奁》、《籝金》等集多种共百馀卷,并曾刻板印刷以行于世,但今存仅《疑狱集》[7],另有文六篇(见《全唐文》卷八五九、《唐文拾遗》卷四七),诗一百零四首(见《全唐诗》卷七三五)。

和凝"长于短歌艳曲"(《旧五代史·和凝传》),以至名扬四海,契丹入洛,讥称"曲子相公"。他入拜晋相时,曾对影响自己声誉的艳词"专托人收拾焚毁不暇"(孙光宪《北梦琐言》卷六),其存者名为《红叶稿》,收词一百多首,而清末以来又已不传[8]。近人王国维所辑《红叶稿》得词仅二十九首,还误收冯延巳词二首。

今存和凝词基本未出"艳曲"范围,自娱的意味很浓。较之其他花间词人同类题材的作品,更倾心以艳丽的词藻、轻松的笔调描摹妙龄美女的春思情态,颇多富贵之象而绝少凄苦之音,〔薄命女〕词写宫女的不幸,感情也未免淡薄,只有〔春光好〕("蘋叶软")、〔渔父〕和〔望梅花〕等几首写景咏物词内容较可取。至于〔采桑子〕、〔解红〕诸词,特别是"天衢远,到处引笙篁"(〔小重山〕)那样的"承平雅颂声",更与他的宫词百首相接近[9]。

五代词人除韩偓之外,和凝受温庭筠词影响最深。因他心境平和,词也写得无风无浪,悠然不迫,反比温词更显柔弱,堪称花间柔媚词的典型[10],却也极适合佐宴佑欢时绮筵公子和绣幌佳人的口味声伎。其词的独到处在于,擅长捕捉女性心理的微妙动态,用笔十分细腻,很能体现花间词"以小语致巧"的特征。还能在常景常情的描述中,时以翻空出奇而醒人耳目。最显特点的是"状物描情,每多意态"(杨湜《古今词话》引江尚质语),如[何满子]词,把女子的怨望分三层缠绵委婉地道出,用"却爱薰香小鸭,羡他长在屏帏"来传达离人无可奈何的相思感受,以真切而又情致十足为后世推重。

和凝词中也间有清秀之作。被吴梅推为"言情之祖"的[江城子]五首,完整地记述男女相会的情事。这种联章组词源出民间,而和凝更能做到情意委曲,笔调灵活,语言俊美:

> 竹里风生月上门。理秦筝,对云屏。轻拨朱弦,恐乱马嘶声。含恨含娇独自语:今夜月,太迟生!

把女子期待的心情、意态写得生动逼真,音调也和谐美听,对辽国懿德皇后的[回心院]词不无启示。在词之纤巧、浅近上,和凝词都较晚唐更进一步。

孙光宪(898—968)[11],字孟文,自号葆光子,陵州贵平(今四川仁寿东北)人[12]。他出身农家,从小读书好学,性嗜经籍,更仰慕前贤,有救时之志。早在前蜀王建的扩地战争尚未结束时,他就投身社会,只身匹马周游巴蜀,也到过湖湘、江浙等地。为寻求仕进之机,久寓成都,与牛希济、杜光庭等名士交游,并与毛熙震等以词相唱和。作为寒门耿介之士,他长期沉沦社会下层,直至前蜀末期才被荐为陵州判官。二十九岁时前蜀亡国,从此依投荆南高季兴为掌书记,事荆南四世五主三十七年,官至节度判官[13]、检校秘书少监试御史中丞(《十国春秋·孙光宪传》)。光宪从政临事勇谏,反黩武,斥奢淫,主张休息士民和天下归一,因"自恨诸侯幕府不足展其才",常怏怏不得志。荆南降宋后授为黄州刺史,赍志而殁。撰有《橘斋集》、《荆台集》、《巩湖编玩》、《纪遇诗》、《乐府歌集》[14]和《北梦琐言》、《续通历》等文史著述多种计百馀卷,而今仅传《北梦琐言》二十卷及其"逸文"四卷,文一篇(见《全唐文》卷九○○),诗一首(见《全唐诗续拾》),其词赖《花间》、《尊前》二集共存八十四首,在花间派中他存词最多。

在五代,孙光宪是对晚唐温词的狭小题材范围力图开拓并有所建树的首要词人。他对词体的认识有别于欧阳炯,注重推求词与诗的同一性。基于"以诗见志,乃宣父之遗训"(《北梦琐言》卷五)、"意疏理寡,实风雅之罪人"(《北梦琐言》卷七)的进步文学观点,他既不赞成和凝诸人媚而乏骨的"艳词",也不一味鄙薄词体,主张词当像唐昭宗李晔那样有为而作(《北梦琐言》卷一五)。因此,他的词在反映客观现实和抒写主观情怀方面,无论广度或深度,都明显地超出前人。

与其编撰史书以古鉴今相一致,在他的手下出现了〔河传〕、〔思越人〕、〔后庭花〕等多首咏史怀古词,无不词旨鲜明,内容充实,如〔河传〕:

太平天子,等闲游戏,疏河千里。柳如丝,偎倚绿波春水,长淮风不起。 如花殿脚三千女,争云雨。何处留人住?锦帆风,烟际红,烧空。魂迷大业中。

寓嘲讽于描写,用隋炀帝纵情游乐致使国家乱亡的史实,向当世荒淫无度的小皇帝提出严肃警告。其"龙争虎战分中土,人无主"(〔河传〕)、"只是教人添怨忆,怅望无极"(〔后庭花〕)等词句,在以古写今、吊古伤今上也很典型。孙光宪的以词咏史已非偶一为之,他在前蜀曾与友人李珣、毛熙震合撰《曲谱》,用南朝陈后主叔宝事讽谕后主王衍(《仁寿县志·艺文志》),对词的咏史题材作出重要贡献。其词反映社会战乱,表现民生疾苦,思想内容也显得深刻有力,如名篇〔酒泉子〕:

空碛无边,万里阳关道路。马萧萧,人去去,陇云愁。
香貂旧制戎衣窄,胡霜千里白。绮罗心,魂梦隔,上高楼。

此词已不同于以往的男女别情词,着重抒写遭受强征的广大兵众被驱赴死地的悲惨情景,感情深沉强烈,被汤显祖比之唐人《出塞曲》兼《吊古战场文》,"再读不禁酸鼻"(汤评《花间集》)。五代社会较为安定的一面在孙词〔八拍蛮〕、〔竹枝〕中也有反映,最突出的是〔风流子〕:"茅舍槿篱溪曲,鸡犬自南自北。菰叶长,水蕨开,门外春波涨绿。听织,声促,轧轧鸣梭穿屋。"在正面书写江南农村安乐美好的生活景象中,还突现出织妇的繁忙劳作。不仅早于苏轼首创农村词,"鸡犬"之类竟闯入文人词的禁苑,更体现出词人大胆开创的可贵精神。

至于多方面展示词人生活和内心世界的丰富性,也是前此任何词人作品都不能与之相比的。〔浣溪沙〕"落絮飞花满帝京",写他"未甘虚老负平生"的人生态度;"十五年来锦岸游"一首,揭示其放浪歌酒的真实原因是名利无着,或寄寓托身无所的飘零感受;如名篇〔谒金门〕,或像〔渔歌子〕二首那样表现远离世俗的乐观自适;〔生查子〕、〔杨柳枝〕分咏不同凡俗的牡丹、垂柳,也显属孤芳自赏的人格写照。在孙词中,第一次或直露或委曲地把一位有志于时却怀才不遇,放浪不羁又坚守节操,骚愁满腹而又旷达豪爽的失意士子形象呈现出来。

孙光宪词以反映多类女性的痛苦遭遇而显示出较普遍的社会意义,〔生查子〕、〔何满子〕、〔浣溪沙〕诸词所写,都以遭遇具体、揭示较深、感情强烈而高出一般花间作品。爱情词〔竹枝〕("乱绳千结絆人深"),全用比体、隐语表露少女择偶的严肃态度,新人耳目;至于〔南歌子〕、〔遐方怨〕等词,虽有"遥指画堂深院许相期"之类的艳语,但在"愿如连理合欢枝,不似五陵狂荡薄情儿"的愿与不愿之间,表现的依然是渴望爱情的严肃主题,受民歌影响很深。在他的情词中,有不少是抒写自己的狂荡生活的,因它们主要是词人失意沉沦的产物,词中每有牢骚郁闷,玩世不恭,写得大胆明白,感情真挚,尽管格调不高,但就总体而言,词至孙光宪,不是更庸俗而是更严肃了。

孙光宪颇不以温词的"香而软"为然。他作词上承韦庄,而白描一法却运用得更加普遍,并进一步追求白描的艺术美。其词极擅摄取、描写人物情态和事物的本质特征,无论"乌帽斜倚倒佩鱼"的男子,"低头羞问壁边书"(〔浣溪沙〕)的女性,还是"恰似有人长点检,着行排立向春风"、"万株枯槁怨亡隋,似吊吴王各自垂"(〔杨柳枝〕)的垂柳,都能各尽其态,极富生气。既长于用简洁粗犷的线条勾画开阔、热烈的场景,如"风浩浩,笛寥寥,万顷金波澄澈"(〔渔歌子〕),"凤凰舟上楚女,妙舞,雷喧波上鼓"(〔河传〕),无不有声有色,又特别精于细美,〔生查子〕抓住刺绣鸳鸯的细节,把怀春女子的柔情蜜意刻写得细致入微。〔浣溪沙〕描绘初沐丽人,也以优美如画为苏轼、陆游等大家取法。孙词以情态逼真、"历历如绘",使人深感"如身履其地,亲见其人"(贺裳《皱水轩词筌》)。

任何花间词人都不能与之匹敌的,是孙词意境的阔大非凡,情长意远,即景江岸思湘怀人的〔浣溪沙〕词尤为典型:

蓼岸风多橘柚香,江边一望楚天长。片帆烟际闪孤光。
目送征鸿飞杳杳,思随流水去茫茫。兰红波碧忆潇湘。

边塞词〔酒泉子〕、记游词〔渔歌子〕、送别词〔上行杯〕、咏史词〔河传〕、〔思越人〕等,取境也颇能登高望远,不止时空开阔,还能在悠远景象中寓绵渺情思,神馀篇外。

就篇章而言,孙词意脉贯通,很有章法,宋词中常见的上片布景、下片说情的结构方式时有呈现。起结关照,构成完美整体。因此孙词较之温、韦词更多完篇。由于孙光宪"糠秕颜、谢"(《北梦琐言》卷六),推重文学语言的平淡易晓,其词不仅"以淡语入情",精练自然,还常用方言俚语和象声词,俗朴近人,时近"曲"语,句格多变,间有散文句式。与韦词相较,孙词的语言更能与温词形成鲜明对比。

在花间派中,孙光宪与温、韦堪称鼎足而立的三位重要词人。孙词虽也艳丽含蓄,然而毕竟与温词相远;在清新哀婉上更近韦词,却又决非韦庄的附庸。其词文质相称,刚柔兼备,〔谒金门〕("留不得")、〔清平乐〕("愁肠欲断")诸词最能体现他清疏健朗的独特词风,如〔谒金门〕:

留不得,留得也应无益。自纻春衫如雪色,扬州初去日。
轻别离,甘抛掷,江上满帆风疾。却羡彩鸳三十六,孤鸾还一只。

清代常州派词论家陈廷焯以为,孙光宪"词气甚遒,措辞亦多警炼",

但较温、韦"少闲逸之致"(《白雨斋词评》)。这也正是古代词论家对孙词重视不足的原因。其实，孙光宪在韦庄之后，把文人词引向清旷刚健、显豁俗朴的一路，对后世柳永、苏轼诸人词以及汤显祖、吴梅诸人的曲都有一定影响[15]。孙光宪〔浣溪沙〕"花渐凋疏不耐风"、"揽镜无言泪欲流"及〔菩萨蛮〕"小庭花落无人扫"、〔临江仙〕"霜拍井梧干叶堕"等少数词章，蕴藉浑厚，缠绵沉挚，已下逗南唐冯延巳诸人词。

第三节　西蜀词人

前蜀和后蜀在五代十国中词风最盛，产生的词人词作也最多。后蜀广政三年卫尉少卿赵崇祚编选《花间集》，共录晚唐五代十八家词五百首，除温庭筠、皇甫松、薛昭蕴（纬）、韦庄和孙光宪、和凝外，其馀十二家都是五代蜀人或入蜀词人。当时前、后蜀能词的还有一些其他作者，仅就潘炕妾赵解愁"喜为新声及工小词"，王衍宴集"后妃填词"和后蜀花蕊夫人费氏"尤工乐府"等，可知蜀中女词人相当活跃，不过主要的词人已见于《花间集》中，其词作加上《尊前集》、《词林万选》、《历代诗馀》等书所收共存三百四十多首。

西蜀词的题材并不像前人所说的那样单调，虽说确以抒写女性为主，其性质又有别于"言之不文"、"秀而不实"的南朝宫体歌辞。就各家词的内容、风格而言，也同中有异，并不完全一致。其中顾夐、张泌和魏承班、阎选、尹鹗词，同是写艳情却有高低之分。毛熙震词情深意婉，笔调疏淡，"多新警而不为儇薄"，其〔临江仙〕、〔后庭花〕词咏史刺时，振聋发聩。鹿虔扆怀有"周公辅成王之志"，其〔临江仙〕（"金锁重门荒苑静"）伤悼前蜀的亡国，景情浑融，是五代词中的名篇。更突出的是牛峤、牛希济、毛文锡、李珣和欧阳炯五家词,个性鲜明,成就较高。

牛峤(848?—?)[16],字松卿,一字延峰,陇西狄道(今甘肃临洮)人,祖籍安定鹑觚(今甘肃灵台),中唐宰相牛僧孺之孙。他生逢乱世,中进士仅两年,黄巢起义军破长安。在动荡的僖宗朝历仕拾遗、补阙、尚书郎。光启二年(886)又避襄王李煴之乱,先流落吴越,后寄寓巴蜀,过着"渡口杨花,狂雪任风吹"([江城子])般的飘荡生活。以东汉名臣袁安自许的牛峤忧国心切,却有志无时,昭宗大顺二年(891)以后被西川节度使王建辟为判官。前蜀开国,仕秘书监[17],以给事中卒于成都。《郡斋读书志》说他"博学有才,以歌诗著名"。原有《牛峤集》三十卷,已佚。今存诗三首,见《全唐诗》、《全唐诗外编》。词三十二首,见《花间集》。

牛峤从小苦心写作,既追风初、盛唐诗人陈子昂、杜甫,也"窃慕李长吉所为歌诗,辄效之"(《郡斋读书志》卷一八引峤集自序)。他之所以被词论家陈廷焯、王国维推为花间派的重要词人,主要是因其词含蕴深厚,颇具内美,多传达女性的身心苦痛并能寄予深切同情。其指斥薄情郎的[望江怨]、曲传歌女隐恨的[西溪子]皆为名作,[柳枝]词五首尤见称于时,其一云:

解冻风来末上青,解垂罗袖拜卿卿。无端袅娜临官路,舞送行人过一生!

形象地揭示出封建社会稚龄舞女可叹可悲的人生遭际,体现着峤词咏物而不滞于物,感情沉挚又风致十足的重要特征。组词[更漏子]、[感恩多]数首同咏征人妇的伤离念远,"书托雁,梦归家,觉来江月斜",满含哀怨之情。其词也咏边塞:"紫塞月明千里,金甲冷,成楼寒,梦长安。　　乡思望中天阔,漏残星亦残。画角数声呜咽,雪漫漫。"这首〔定西番〕意境完美,是词史上早期的声情并茂的边塞词之一,陆游誉其为"盛唐遗音"(《历代诗馀》卷一一三引)。

与唐末五代蜀中的诗风相关,在取材、构思和用语上,牛峤词与李贺乐府《春怀引》和《苏小小墓》、《恼公》等相接近,其〔女冠子〕、〔菩萨蛮〕等描形拟态,与温庭筠词一致之处也多,所用十三调就都不出温词范围。不过牛峤词更像韦庄词那样,多用白描,并注重从民歌、民间词中汲取营养,如〔梦江南〕二首和"鸳鸯排宝帐,豆蔻连理枝"(〔女冠子〕)、"礼月求天,愿君知我心"(〔感恩多〕)等,喜用联章、叠句,时有祝词、愿语、问句,章法、取比和表述方式都接近民间词,词中还常有"作决绝语而妙者"(贺裳《皱水轩词筌》)。牛峤词在急弦促柱间有劲气暗转,感情充沛,色调明朗。他也以此成为花间派中"根柢于风骚,涵泳于温韦"(陈廷焯《白雨斋词话》卷五)的典型词人。

牛希济,是牛峤的侄子,同出于名门世族。他在唐末入蜀投牛峤,旅居巴南。前蜀开国,因被时辈排斥,十年不调,直至四十五岁时(916年),才被王建召为起居郎,继事后主王衍,官至御史中丞(生平参见上章第三节)。今存词十三首,见《花间集》、《词林万选》。

在西蜀词人中,牛希济也属名家,《十国春秋》本传说他素以诗词擅名,"次牛峤〔女冠子〕四阕,时辈啧啧称道",惜已无传。其词所存虽不多,却几乎篇篇皆好,意境完美,韵味富足,风格清峻。依其词的内容可分作两组,分别呈现牛希济词的两个鲜明特色。

〔临江仙〕七首是他的代表作。这组词分咏古代神话传说中巫山神女、弄玉、湘妃等七位神女的际遇,能继承《楚辞》香草美人的传统,在"人间无路相逢,至今云雨带愁容。月斜江上,征棹动晨钟"、

"也知心许恐无成。陈王辞赋,千载有声名"之类的感念之中,寓入作者思君用世的渴望和怀才不遇的悲凉感受,曲折地反映出当时志士仁人的共有情怀。如第三首:

渭阙宫城秦树凋,玉楼独上无憀。含情不语自吹箫,调清和恨,天路逐风飘。　　何事乘龙人忽降?似知深意相招。三清携手路非遥!世间屏障,彩笔画娇娆。

词人向往萧史、弄玉的知音同道,词中浓重的主观色彩和与本事(见《列仙传》)不尽相符的抒写,都表露了作者"愿明君贤臣,悉力同心"(牛希济《贡士论》)的愿望,寄意遥深[18]。

牛希济的另一组词,写男女之情,也与当时常见的艳词迥然有别。〔生查子〕:"春山烟欲收,天淡稀星小。残月脸边明,别泪临清晓。　　语已多,情未了,回首犹重道:记得绿罗裙,处处怜芳草。"词写晨光破晓,男女言别,依恋情深,难舍难分。同调的另一首"新月曲如眉",用民歌笔调写封建礼教重压下青年女子爱情的痛苦和不满,都体现着牛希济词极善言情、运笔娴熟自然和不浮靡、不藻饰的特点。因他不满"以妖艳为胜"(《文章论》)的文风,其词在唐末五代显示出不蹈袭的精神。

毛文锡,字平珪,高阳(在今河南杞县西)[19]人。他生于唐懿宗咸通十三年(872)或稍前[20],十四岁中进士,以时乱流寓巴蜀,后事西川节度使王建。前蜀开国,官至中书舍人、翰林学士承旨[21]。他关切国计民生,主张施行德政,在王建末年统治集团内部的残酷斗争中,身遭迫害,险些丧生。后虽迁礼部尚书、判枢密院事,再进文思殿大学士,又拜司徒,而宦官、后妃和宰相朋比结党与毛争权,"势如水火",毛终于天汉元年(917)被贬荒僻茂州作司马。此后行实未详。著有《王建记事》二卷[22]、《茶谱》一卷。今存词三十二首,见《花间集》、《尊前集》。

毛文锡擅琴能诗,其词除写闺情以外,还咏史、咏物、写景、记游等,题材之多样在西蜀词人中是突出的。〔甘州遍〕("春光好")、〔柳含烟〕("御沟柳")和〔西溪子〕等不少词反映他的"供奉"生活,写"寻芳逐胜",颂"尧年舜日",而其咏史词〔柳含烟〕("隋堤柳"),则用"笙歌未尽起横流"的词句嘲讽游乐无度的隋炀帝,在当时很有现实意义。尤其值得称道的是他的〔甘州遍〕:

秋风紧,平碛雁行低,阵云齐。萧萧飒飒,边声四起,愁闻戍角与征鼙。　青冢北,黑山西。沙飞聚散无定,往往路人迷。铁衣冷,战马血沾蹄。破蕃奚,凤凰诏下,步步蹑丹梯。

此词先写边兵戍守征战的艰难困苦,继以嘲讽口吻微言大义地称颂,苦乐对照,暴露了唐末五代将帅以边功邀宠的丑行,体现出花间词揭露现实的思想深度。其接近汉魏乐府的苍凉笔调和阔大气势也是五代词中罕见的,对北宋范仲淹的边塞词〔渔家傲〕很有启示。

"质直"是毛词的风格特征。正因如此,"词主婉约"的评论家多把毛作目为"庸陋词"的典型。其实,毛文锡作词不以婉曲为工,大胆追求明白直率,在当时确有另辟蹊径的精神,而像〔赞成功〕那样内容浅薄又话欲说尽的乏味作品毕竟不多。毛词常是信笔挥洒,〔巫山一段云〕、〔何满子〕、〔更漏子〕、〔应天长〕、〔中兴乐〕、〔月宫春〕诸词有别趣,有气势,意境比较开阔,还有"花间"罕见的"霸气"。被誉为司徒绝调的〔醉花间〕:"休相问,怕相问,相问还添恨。春水满塘生,鸂鶒还相趁。　昨夜雨霏霏,临明寒一阵。偏忆戍楼人,久绝边庭信。"先用哲理句揭示征人妇的心灵创伤,再用所见所感的具体描写表现人物的悲凉心境,"偏忆"、"久绝"二句尤为深挚。因此况周颐说,"毛词简直而情景俱足"(《餐樱庑词话》)。

李珣(881后—?)[23],字德润,梓州(今四川三台县)人。他是波斯(今伊朗)巨商李苏沙之后[24],从小苦心学作汉语诗文,"所吟诗句,往往动人"(何光远《鉴戒录》卷四)。早年曾漫游吴越、两广等地,在湖湘留寓的时间较长。前蜀时,其妹李舜弦为王衍昭仪,他却仅以秀才预宾贡而未及第做官,曾与孙光宪、毛熙震合撰《曲谱》,以词抒发对后主的不满。前蜀亡国,隐居湖湘水乡,过着"信船归去卧看书"(〔渔父〕)的生活。所著词集《琼瑶集》已佚,今存词五十四首,见《花间集》、《尊前集》。

李珣词几乎所有的篇章都是抒写他个人的生活情感而不是为人代言,即使那些伤离念远、追怀旧欢的男女别情词,也多为"故人迢递在潇湘"而作。更以半数以上的词作不涉男女,显示出与蜀中多数词人作品的明显不同。其中"啼猿何必近孤舟,行客自多愁"(〔巫山一段云〕),"早为不逢巫峡梦,那堪虚度锦江春,遇花倾酒莫辞频"(〔浣溪沙〕),自伤沦落不遇,多感慨之音;而〔渔歌子〕、〔渔父〕、〔定风波〕诸词,更集中表现他远离浊世、寄情山水的思想情趣,避世垂纶、安贫乐道的自得和摆脱官场、无拘无束的欢快都溢于言表。"扁舟自得逍遥志"、"谁知求道不求鱼"的反复吟唱,使坚守节操而不随波逐流的词人个性呈现得格外鲜明,如他前蜀亡后隐退湖湘所作的〔定风波〕词:

志在烟霞慕隐沦,功成归看五湖春。一叶舟中吟复醉,云水,此时方认自由身。　　花鸟为邻鸥作侣,深处,经年不见市朝人。已得希夷微妙旨,潜喜,荷衣蕙带绝纤尘。

形象生动地揭示出五代当时正直之士所具有的"甘心草泽没身"的生活和内心世界。

李珣词在表现怀才不遇这一中心主题时,以狂放自得而与他人涕泪满纸、感伤低沉的愁苦之音迥然不同。他写景记俗的〔南乡子〕十七首也体现着与此一致的创作倾向,如:

乘彩舫,过莲塘,棹歌惊起睡鸳鸯。游女带香偎伴笑,争窈窕,竞折团荷遮晚照。(其四)

相见处,晚晴天,刺桐花下越台前。暗里回眸深属意,遗双翠,骑象背人先过水。(其十)

在记风土人情的字里行间洋溢着词人对生活、对自然美热爱的深情,以色调明朗、声韵悠扬、画面纯净优美而堪称花间奇葩。这组记游词从游历行踪和潜入的"行客"之感看,当是一个有机整体,或为词人南游两广一带时所作。

情调欢快轻松,风格清秀淡婉而不绮艳,使李珣词在温、韦之外独树一帜。其词"句中绝无曲折,却极形容之妙"(况周颐《蕙风词话》),颇得力于他的语言,善于设色,喜用叠字,文笔流畅。这种在民歌和文人词基础上加工提炼而成的自然精美的本色语,以极适合表现生活而极大地影响了李煜、李清照诸人词。因此况周颐说,其"清俊之笔,下开北宋人体格"(《蕙风词话》)。

欧阳炯[25](896—971),益州华阳(今属四川成都市)人。他生于唐末,一生经历了整个五代时期。在前蜀,仕至中书舍人,国亡入洛为后唐秦州从事。后蜀开国,拜中书舍人、翰林学士承旨,六十六岁时官至宰相。广政二十八年(965)后蜀亡国,入宋为翰林学士、左散骑常侍,以本官分司西京卒,时年七十六岁。欧阳炯性情坦率放诞,生活俭素自守。他颇多才艺,精音律,通绘画,能文善诗,尤工小词。今存文两篇,见《全唐文》、《唐文拾遗》。诗五首,见《全唐诗》、《全唐诗外编》、《全唐诗续拾》。词四十七首,见《花间集》、《尊前集》。

欧阳炯曾拟作白居易《讽谏》诗五十篇上孟昶,惜已不传。其长篇古诗《贯休应梦罗汉画歌》和《题景焕画应天寺壁天王歌》,内容充实,笔力苍劲又具有浪漫色彩,都堪称五代诗中佳作。他的词也享有盛誉,影响广泛,〔菩萨蛮〕、〔更漏子〕诸词都从巴蜀远播西北的敦煌。不过欧词的风貌却与其诗有明显差异,多表现闺情,当其词笔一旦触及深有所感的内容时,还能写出〔更漏子〕("三十六宫秋夜永")那样的宫怨词和〔江城子〕("晚日金陵岸草平")那样旨在揭示荒淫亡国的咏史佳作。欧阳炯作词上承温庭筠,尤擅长委婉含蓄地表达女子情怀,如〔献衷心〕:"见好花颜色,争笑东风。双脸上,晚妆同。闭小楼深阁,春景重重。三五夜,偏有恨,月明中。　情未已,信曾通,满衣犹自染檀红。恨不如双燕,飞舞帘栊。春欲暮,残絮尽,柳条空。"如此间景间情,曲曲折折、层层深入地揭示人物惜春怨别的内心感受,在五代词中并不多见。不过欧阳炯认为"愁苦之言易好,欢愉之语难工"(《历代诗馀》卷一一三引《蓉城集》),其词突出的特点是不强言愁苦,〔春光好〕八首、〔渔父〕二首以及调寄〔浣溪沙〕、〔菩萨蛮〕、〔玉楼春〕的不少词都体现着这种艺术追求,在逐胜寻欢中着意抒写春光、柔情,刻写小儿女"玉柔花醉"的情态,甚至不避"艳而近于靡",欧词也以此更适合游宴时伴舞歌唱。在这方面,欧词与和凝词相接近,两人词也常相混。由于欧阳炯作词注意吸收

民歌的某些长处,还产生出〔南乡子〕八首那样情调欢快、思想健康的名作,如以下两首:

  画舸停桡,槿花篱外竹横桥。水上游人沙上女,回顾,笑指芭蕉林里住。(其二)
  路入南中,桄榔叶暗蓼花红。两岸人家微雨后,收红豆,树底纤纤抬素手。(其六)

如此写景记俗,与李珣的同调词笙磬同音,而与不时潜入"行客"行迹的李词相比,画面更显严谨工细。

  欧阳炯不仅喜作、善作题画诗,其词在艺术上也颇得益于绘画,描写细腻自然,措辞工丽,极富色彩美,〔春光好〕"笋迸苔钱嫩绿,花偎雪坞浓香"、"柳眼烟来点绿,花心日与妆红",都力求巧夺天趣。欧词还受益于音律,自度曲〔三字令〕,句为三字,用相对、相粘造成音调上对比、重复之美。〔献衷心〕、〔江城子〕、〔凤楼春〕等等也都多用短句,急弦促柱,节奏明快。其词有清新的,更有秾艳的,有拟作民间词而显朴拙的,更有相当文雅的,总的说来婉约轻和。这种词风的形成,与他对词体的认识有很大关系。

  欧阳炯所作的《花间集序》,是有词以来第一篇词论。它首先指明歌词有别于诗的特征,即"镂玉雕琼,拟化工而迥巧;裁花剪叶,夺春艳以争鲜"。序文在追溯歌词的源头和缕述其演变进程的同时,强调指出:"自南朝之宫体,扇北里之倡风,何止言之不文,所谓秀而不实。"如此对梁、陈以来宫体诗风作用下产生的内容空虚、形式不佳的歌词表示不满,与其"有气韵而无形似,则质胜于文;有形似而无气韵,则华而不实"(《蜀八卦殿壁画奇异记》)的观点相通。欧阳炯重视歌词的形式,也重视歌词的内容,只是他认为,曲子词主要是为上层社会游乐歌唱"用资羽盖之欢"的,词是艳曲,而文人词又不同于民间词。因此在词的传统上,他特别肯定和推重李白的〔清平乐〕和温庭筠词,认为五代花间词正是这一传统的继承和发展。欧阳炯词论的这种主张有进步意义,也有局限,但它却代表着部分花间词人的看法,他们的创作实践也与此基本一致。

第四节 南唐词人

南唐的词成就、地位都在西蜀之上,能作词的人也不在少数。徐铉、韩熙载、成彦雄等都有词流传下来(见《全唐五代词》)。徐铉存词二十九首。韩熙载的词虽只存一首,但他审音妙舞,蓄歌妓,招宾客,在长期宴饮酣歌的狂放生活中,制曲填词决非偶一为之[26]。潘佑、昭惠后周氏、伶人王感化等虽说今无传词,但在当时却也不失为作手,以文字学著称的徐锴更是典型的一例,南唐宰相游简言曾出妓佐酒唱其词多首[27]。以上数人所存之词几乎都是〔杨柳枝〕、〔抛球乐〕之类,这些词大概是因句式整齐而得以赖诗留传下来。南唐人中存词较多,个性鲜明并对词体的发展有突出贡献的,是宰相冯延巳和李璟、李煜二主。

冯延巳(903? —960),一名延嗣[28],字正中,先世彭城人,唐末其父迁家寿春(今安徽寿县)[29]。南唐史虚白之子说他"学问渊博,文章颖发,辨说纵横"(《钓矶立谈》)。早年为吴国秘书郎,与宰相徐知诰(李昪)之子李璟游处。至南唐代吴(937),以驾部郎中为齐王李璟元帅府掌书记。李璟即位(943)后,他在孙晟、宋齐丘两党攻讦日趋激烈之际,被拜为谏议大夫、翰林学士,再迁户部侍郎。冯素以"文行饰身,忠信事上"自许,以东宫旧僚与李璟交谊甚深,常侍宴歌酒,讲论文学,在武功拓境上也颇有见解。可他却不谙练政务,还每每讥诮左仆射孙晟无学备位。因此,尽管他在两党间态度较平恕,仍被孙党骂作"谄佞险诈"。保大四年(946)仕至宰相后,更被目为"五鬼"、"四凶"之首,遭到长期的猛烈攻诋。当南唐兵败福州和失湖湘、丧江北,李璟迫于无奈,先后三次罢其相,还曾一度出为抚州节度使。冯心情孤凄抑郁,在北宋开国的同年以太子太傅病卒于金陵。

冯延巳工诗善文,尤喜填词,老而不废。可他的诗竟不存一首,文也仅存《开先禅院记》和《楞严经序》残篇。北宋陈世修辑其词为《阳春集》,得词一百一十九首,清末王鹏运又补词七首。虽说其中确属冯词者不足百首[30],但在五代词人中他存词为数最多。

冯延巳词写男女之情者将近半数,然而较之花间词中的某些佳作,却因缺乏具体社会内容和对女性遭遇的深切同情而显得平庸。在冯词中,"水调声长醉里听"([抛球乐])的无聊生活和"相逢携手且高歌,人生能几何"([春光好])的消极思想,时有鲜明的表述。然而冯延巳着力创作且最有个性的却是那些借助男女相别相思的形式自抒身世之感的作品,"翠袖"、"鲛绡"、"珠泪"之类,只是作为词人吟咏性情的兴象而存在。因此,冯词的题材范围虽不算广泛,抒写封建官僚士大夫在衰世逆境之下产生的危苦隐忧,已是其基本主题,并接触到文人士大夫内心世界的不少方面。

追怀旧欢和吐诉新愁,在冯词中表现得十分突出,即使"已知前事无寻处",还总是"起坐浑无绪"、"展转浑无寐"([鹊踏枝]),意念执著,感情相当沉挚。其词还每在"萧条渐向寒"的肃杀和笙歌散后的寂寥中,传达令人难耐的孤独冷落,吐露不为人知、无处诉说的苦衷。词中既有年光虚度、一事无成的感伤,也隐隐表露对未来的渺茫希冀和为国效力的愿望。被疏之后思念君亲的情怀,在"夕阳千里连芳草,萋萋愁煞王孙。徘徊飞尽碧天云,凤城何处?明月照黄昏"(〔临江仙〕)之类的词句中时有表达;同时又每言"初约"、"旧约"、"后约",对君王也不无怨望,潜含着《离骚》"初既与予成言兮,后悔遁而有他"似的不满。尽管在出处即离之间未免忧心忡忡,思绪无端,却能以"莫思量,休退悔"(〔醉花间〕)自勉,态度也还坚决。不过像他的诗句"青楼阿监应相笑,书记登坛又却回"那样表述对党人的鄙视,在他的词中却很难见到。

冯词在表达上述的种种复杂情感时,旨隐词微,情调抑郁,因怨而不怒而显得温厚和平。从表现内容来看,近人冯煦说冯词接近韩偓的某些诗是有一定道理的。可他认为冯词"忧生念乱"(《阳春集序》),显属过誉;至于宋人黄庭坚、陈师道以"庸滥"目之(《柳塘词话》),亦远非事实。特别是在艺术表现上,冯延巳词极富个性。

作为词坛名家,冯延巳作词运笔娴熟老练,并具有多种风貌。〔菩萨蛮〕、〔酒泉子〕、〔更漏子〕等情词,委婉秾丽,风格近于温庭筠,如:"娇鬟堆枕钗横凤,溶溶春水杨花梦。红烛泪阑干,翠屏烟浪寒。　锦壶催画箭,玉佩天涯远。和泪试严妆,落梅飞晓霜。"(〔菩萨蛮〕)语言骈金俪玉,并多用渲染;而另有些词,如〔谒金门〕、〔忆江南〕、〔应天长〕等,则清新疏淡,风格近于韦庄,最有名的是〔谒金门〕:"风乍起,吹绉一池春水。闲引鸳鸯香径里,手挼红杏蕊。

斗鸭阑干独倚,碧玉搔头斜坠。终日望君君不至,举头闻鹊喜。"这类词多用白描,体物工细,画面鲜明,语言也俊秀自然。

冯延巳词的代表风格是深婉蕴藉。调寄〔鹊踏枝〕、〔采桑子〕、〔临江仙〕、〔醉花间〕、〔相见欢〕、〔虞美人〕的许多词章,都幽深郁结,瑰丽醇厚,思路千回百转,词情缠绵悱恻。最能体现这种风格特征的是〔鹊踏枝〕多首,如第一首:

梅落繁枝千万片,犹自多情,学雪随风转。昨夜笙歌容易散,酒醒添得愁无限。　楼上春山寒四面,过尽征鸿,暮景烟深浅。一晌凭阑人不见,鲛绡掩泪思量遍。

这种风貌的形成,主要是词人出自曲达隐忧的需要,在熔温、韦以及孙光宪词风于一炉、精心提炼的同时,凭借自己的辩才、文采、学识,在艺术表现上多方面进行创造的结果。

延巳作词不追求人、物描述的具体、真切,而是重在抒发触景所生之情。抒情时,又着力把握客观事物的内蕴以比兴寄托,因此"词深于兴"的特点较前人词更为突出。他并非不用赋法或白描,只是不肯明陈直述,把多种艺术手法巧妙结合在一起加以综合运用,是冯词表达方式的重要特征。往往同一词中,先用兴,继用赋,再用比,而这种用身边事物作比喻的本身对下文而言又是兴,如上面所举的"梅花"一首就很典型。因此,冯延巳的抒写情怀词具有不同于韦庄词的深厚面貌。冯词还有如屈赋,多种比喻、象征形成一个完整体系,"秋入蛮蕉风半裂,狼藉池塘,雨打疏荷折。绕砌蛩声芳草歇,愁肠学尽丁香结"(〔鹊踏枝〕),由于寒秋、西风、骤雨的外力摧残,"蛮蕉"撕裂,"疏荷"折损,"芳草"枯萎,这些不只与下片的"晚月"、"孤雁"、"塞管"情调和谐,对于突现词人身受打击而辞别"关山"、哀叹"历历前欢"的凄苦情怀而言,具有强烈的艺术效果。在五代词中,冯词最善状难状之景,达难言之苦。其词还通首用暗喻,即寄托,如〔采桑子〕:"昭阳记得神仙侣,独自承恩。水殿灯昏,罗幕轻寒夜正春。　如今别馆添萧索,满面啼痕。旧约犹存,忍把金环别与人。"〔谒金门〕("杨柳陌")、〔更漏子〕("金剪刀")、〔应天长〕("朱颜日日惊憔悴")、〔虞美人〕("春山拂拂横秋水")、〔鹊踏枝〕("几度凤楼同饮宴")等,也属托儿女之情写君臣之事的作品。冯延巳不仅自觉地较多地把寄托运用于词,而且能做到运化无迹,以"表里相渲,斐然成章"、"金碧山水,一片空濛"受到清代常州词派的推重。

触景兴怀,因怀观物,且景且情,相互升发的结果,使冯词的意境多为景与情高度浑融的"有我之境"。如〔鹊踏枝〕:

> 几日行云何处去,忘却归来,不道春将暮。百草千花寒食路,香车系在谁家树? 泪眼倚楼频独语:双燕飞来,陌上相逢否?撩乱春愁如柳絮,悠悠梦里无寻处。

词写登楼怀人,仰望高空飘飘远逝、一去不返的行云,倾诉对情人薄情的幽怨,俯视花草长途,展开联翩浮想。向远方飞来的双燕发问,用飘忽的柳絮状愁思的绵长和希望的渺茫。如此造境,主观色彩浓重,物象丰满,不仅"堂庑特大"(王国维《人间词话》),而且极显幽深。〔临江仙〕("冷红飘起桃花片")、〔鹊踏枝〕("萧索清秋珠泪坠")等不少词,都长于用秋风寒霜、夕阳淡月和蟋蟀悲鸣、草木零落造境以传达悲凄忧苦之情,取得一切景语皆情语的艺术效果。

由于委曲达情的需要,冯词的层次转多,大多包括着景象、处境、心情等几个经高度浓缩的片断,而层次之间又每多转折。如〔采桑子〕("花前失却游春侣"),紧扣"独自寻芳"四字层层展开,因千丝万缕牵连不断而毫无松懈之感,以结构严整而显得珠圆玉润。其词在遣词造句上也极为讲究,善融前人诗句,多用五七言句格,对仗相当工整。"高树鹊衔巢,斜月明寒草","桐树依雕檐,金井临瑶砌"(〔醉花间〕),含无限神远于短语之中,颇有五言古诗意味,风格凝重典雅。所择用的二十馀调中,声诗调和句式基本整齐的词调接近半数,依此所作之词则多达半数以上,他还大量选用含清乐成分较多、声情平和沉郁的词调,都一定程度地决定了冯词的独特面貌。

冯延巳以词曲达封建士大夫的深忧、隐忧,并致力于表现艺术的开拓,提高了词体的表现力,丰富了婉约词风。上承晚唐温、韦,下启北宋欧、晏,在五代词的发展中,起着"正变之枢纽"(成肇麐《唐五代词选序》)的关键作用。

李璟(916—961),字伯玉,初名景通[31],徐州(今江苏徐州市)人。他好学能诗,雅好古道。升元七年(943)以齐王嗣帝位,世称中主。南唐经过其父烈祖李昪的一番治理,在诸国中最为强盛。他初继位,就凭借已有实力推行"经营天下"的大略。可他在政治、军事上全无雄才,加上朝中政见不一和党争日炽,致使其拓境战争多次挫败。南唐国势的江河日下,给他造成重大精神创伤。至周世宗统兵南征(956),他内心忧惧异常。割江北、去帝号不久宋朝开国,次年二月他迁都洪州(今江西南昌市),"北望金陵,郁郁不乐"(陆游《南唐书·元宗本纪》),六月病卒,年仅四十六岁。宋人辑《南唐二主词》,录其词三调四首[32]。

李璟主张"诗以言志",从他与冯延巳论词(见马令《南唐书·冯延巳传》)看,他们作词都注重抒写外物触发下的切身感受。李璟的〔应天长〕、〔望远行〕、〔浣溪沙〕词,虽说风貌不尽相同,却多能在女性伤离念远、惜春悲秋中别寓怀抱,或浓或淡地表露出词人内心的憾恨。其词与后主李煜词同归感伤,却不追忆当年"竹声新月"的逸乐,也没有"一梦浮生"的没落情绪,总是在叹惋衰败中潜含着无限哀痛,出入风骚,庄严肃穆,其代表作是〔浣溪沙〕第二首:

菡萏香销翠叶残,西风愁起绿波间。还与韶光共憔悴,不堪看。　细雨梦回鸡塞远,小楼吹彻玉笙寒。多少泪珠无限恨,倚阑干。

李璟独以四首小词赢得词史上的重要地位,主要是由于他的词在艺术上自有个性而不为他人所掩。

其词在触景兴怀的抒写中,体物传情无不自然精细。或寄哀感于外物,或寄悲情于女性,都能做到不即不离,恰到好处,因自然而然地生发出兴寄意味而耐人寻思。如"菡萏"二句,愈思愈深愈妙,饱和着情感的物象以至令人联想到词人身世、南唐国势。因而王国维认定,此词有"众芳芜秽,美人迟暮之感"(《人间词话》)。善于用精湛的笔墨状难状之景、传难言之情,也是李璟词的特长。"细雨"二句之所以得到王安石、李清照等词坛名流的激赏,正是因为词人用"小楼"、"细雨"取境,用玉笙吹曲传远梦初归的身心悲凉,尤显孤凄难忍,意苦情深。词人还特别注重在创造氛围、渲染色调、描取外物神态之下抒情,情不虚发;与此同时,"风里落花谁是主,思悠悠"、"回首绿波三楚暮,接天流"([浣溪沙])等抒情句本身也富有形象性,不失之于空泛,在情景融洽上达到很高水平。如此种种,使得李璟词浅近而深挚,词风清婉沉郁。

在唐五代词中,李璟词与冯延巳词最相近,然而较之冯词,显得语言晓畅,绝少藻饰,侧重白描,层次更清晰,情调更豁朗,以毫无"花间"面目和具有抒情诗味而成为李煜词(见下章)的先导。

〔1〕 张璋、黄畬所辑《全唐五代词》,编"五代词"(文人词)为三卷,收四十九家词八百零一首,其间偶杂唐人陈陶、崔道融诸人词。

〔2〕 据任二北《敦煌曲初探》,敦煌曲辞有二百四十八首写卷时间可考,其中写于五代者多达二百三十六首。此说虽不无可议之处,但以写于五代者居多则是可信的。任氏又考定,我国词总集之祖《云谣集》的写本时间在五代后梁时(见《敦煌歌辞总编》卷一)。五代民间词的盛况,尽管典籍罕载,仅就楚道士

伊用昌作〔望江南〕，吴处士李梦符有〔渔父引〕词千馀首，南唐渔者唱〔渔家傲〕，西北人作〔望江南〕盛赞归义军节度使曹议金等数条，仍可探得消息，不过流传至今的此期民间词作却甚少。

〔3〕 唐人刘禹锡在夔州作〔竹枝〕词九篇，名妓灼灼善唱〔水调〕，侍中路岩以〔感恩多〕词赠妓等，都一致表明，早在唐代，制曲填词在巴蜀已初步形成风气。

〔4〕 新的曲调多来自民间，或出自教坊，有的则由吐蕃、缅甸传入，李存勖、和凝、欧阳炯等又都长于度曲创调。

〔5〕 梁祖事见宋王灼《碧鸡漫志》卷五引《洞微志》。又，后晋出帝"及出师，常令左右奏三弦琵琶，和以羌笛，击鼓歌舞"（《资治通鉴·后晋纪五》），亦必唱词。可见行军时唱词实属中原地域的风习。北宋人沈括的《梦溪笔谈》卷五云："边兵每得胜回，则连队抗声凯歌，乃古之遗音也。凯歌词甚多，皆市井鄙俚之语。"李存勖早期词当大抵如是。

〔6〕 吴梅认为，李存勖〔歌头〕一首"只及四时花事"，"其语尘下"，或是"伶工进御之言"（《词学通论》）。此说证据不足。词中所写与庄宗行实不驳（参见《旧五代史·郭崇韬传》）。词在春、夏盛景中寓昔时欢愉之情，在秋、冬肃杀中抒今日哀伤之感。下片情调、用语均与其〔一叶落〕接近。

〔7〕 《崇文总目》、《郡斋读书志》、《直斋书录解题》著录《疑狱集》三卷，上卷为凝撰，中、下卷为其子𫍯撰，后人分三卷为四卷，见《四库全书总目提要》。

〔8〕 此据刘毓盘所辑《红叶稿》之《跋尾》，而王国维所辑《红叶稿》之集末按语与此说不同。或据沈括《梦溪笔谈》卷一六"和鲁公有艳词一编，名《香奁集》"语，以为和凝有词集《香奁集》，恐误，沈氏所说的"艳词"当指艳丽小诗。

〔9〕 和凝宫词一百首（见《全唐诗》卷七三五），后唐明宗朝为奉献君王歌舞升平而作。内容主要写朝拜、上寿、宣赐、进贡和游宴、歌舞等侍臣、后宫生活。和凝词亦当多有作于明宗"小康"之时者。

〔10〕 和凝的艳词，在五代当时就曾引起花间词人孙光宪的不满。《北梦琐言》卷六云：和凝"相国厚重有德，终为艳词玷之。契丹入夷门，号为'曲子相公'。所谓好事不出门，恶事行千里，士君子得不戒之乎！"

〔11〕 孙光宪的生年,史无明载。今据宋人周羽冲《三楚新录》所说孙光宪与荆南梁延嗣(896年生)"年甲相亚",又《花间集》依生年早晚把孙排在欧阳炯(896年生)、和凝(898年生)之后,暂定其生年为898年。

〔12〕 据清人所编《补纂仁寿县原志》,孙光宪当生于贵平县县城。

〔13〕 《十国春秋》本传云,孙光宪"累官荆南节度副使",误。今考自孙入荆南至荆南归宋,节度副使始终由高氏担任,未曾予人。孙于入宋前,仅任节度判官,当时此官权重,几等副使。

〔14〕 荆南大诗僧齐己有七绝诗《谢荆幕孙郎中见示〈乐府歌集〉二十八字》。孙之《乐府歌集》古文献概不著录,或未曾行世。

〔15〕 明代戏曲大家汤显祖写《牡丹亭》等"四梦",从孙词中汲取不少。〔谒金门〕("留不得")、〔浣溪沙〕("轻打银筝落燕泥")词和"暖风迟日洗头天"、"一庭疏雨湿春愁"、"半踏长裾宛若行"、"红战灯花笑"等描写名句都被汤用入《紫钗记》中。

〔16〕 牛峤的生年,并非无迹可考。他在887年所作的《登陈拾遗书台览杜工部留题慨然成咏》诗中有"袁安忧国心,谁怜鬓双白"句,如此时他的年龄与东汉袁安不避权贵、为国屡谏时年龄相仿(即四十岁上下),牛峤当生于848年前后,与诗中所说"鬓双白"、"冲暝色"相符。

〔17〕 今考牛峤在前蜀,曾任秘书监。后蜀何光远《鉴戒录》卷六记述佛道二教攻伐不已之后,有"牛秘监峤评之"云云。

〔18〕 李冰若评牛希济〔临江仙〕("江绕黄陵春庙闲")说,词以"须知狂客,拚死为红颜"咏二妃庙,"颇觉其不伦"(《栩庄漫记》)。这正从反面说明牛词在表达对美好的追求时,寄意遥深而不拘泥字面。牛希济的这组〔临江仙〕词也以此常被人视为与希济文学观点相悖的艳词。

〔19〕 毛文锡的籍贯,《词林纪事》以及《全唐五代词》等书作"南阳",而《资治通鉴》卷二六八作"高阳",必有所据,"南"字当为"高"之形误。

〔20〕 姜亮夫定毛文锡生年为893年,据此,917年毛文锡以司徒被贬时年仅二十五岁,于事理未合。更何况此时其子询尚幼,不可能与父同贬官。今依917年其子询已为司封员外郎和《花间集》诸家序次中文锡所排位置,推定其

〔21〕 毛文锡曾为前蜀翰林学士、中书舍人，史籍失载。此据贯休《和毛学士舍人早春》诗断定。

〔22〕《直斋书录解题》卷五作《前蜀纪事》，误。《崇文总目》卷二作《前蜀王氏纪事》，而《资治通鉴考异》引此书作《王建纪事》，原书名疑为《王氏纪事》，书中所记为前蜀开国前王建的二十五年间事。

〔23〕 后蜀何光远《鉴戒录》卷四记李珣事较详，称珣为"蜀中土生波斯"。考其"先人"（疑即其父）随僖宗入蜀（参见宋黄休复《茅亭客话》卷二），事在881年。据此，李珣生年当在881年以后数年。夏承焘《域外词选》及《中国大百科全书·中国文学卷》等均以为李珣约生于855年，此说与李珣行实有多处未合。

〔24〕 依陈垣《回回教入中国史略》说。

〔25〕 欧阳炯之名，又作"迥"、"炳"。欧氏《花间集序》、《蜀八卦殿壁画奇异记》均自题作"炯"。"迥"、"炳"当为欧氏入宋后为避太宗名"炅"而改。《十国春秋》分别有欧阳炯与欧阳迥传，当合看。

〔26〕 徐铉有《江舍人筵上有妓唱和州韩舍人歌辞因以寄》诗，韩舍人即韩熙载。

〔27〕 见无名氏《江南馀载》卷上，吴任臣撰《十国春秋》据以写入徐锴传。

〔28〕 "嗣"与"巳"音、义相同。"巳"，《全唐诗》作"已"，误，详见夏承焘《唐宋词人年谱·冯正中年谱》。

〔29〕 夏承焘《冯正中年谱》据《历代诗馀》定冯为广陵人，又说或"云彭城人，未详何据"。今考宋人王禹偁《冯氏家集前序》云："其先彭城人也，唐末避地徙家寿春。"

〔30〕 在《阳春集》所录一百二十六首词中，作者有异说者计四十多首。其中除见于《花间集》的八家词十三首确非冯作外，还杂有南唐李璟、李煜以及欧阳修等北宋人作品。

〔31〕 李璟初名景通，南唐建国后更名"璟"，至南唐去帝号，为避周讳，改"璟"为"景"。

〔32〕 李璟存词多少亦多异说。宋人陈振孙《直斋书录解题》卷二一有云:〔应天长〕、〔望远行〕各一首及〔浣溪沙〕二首为"中主所作,重光(后主)尝书之,墨迹在盱江晁氏,题云:先皇御制歌词。余尝见之。"可以肯定为中主词的仅此四首。

第三十三章 李 煜

第一节 李煜的生平

李煜(937—978),字重光,初名从嘉,自号钟隐[1]。他是南唐最后一个皇帝,世称李后主;同时也是五代、北宋之交一位多才多艺的杰出文学艺术家。他工书善画,精通音律,诗词文赋无所不能,词成就尤为突出,因此清人王鹏运甚至称誉他说:"以谓词中之帝,当之无愧色"(《半塘老人遗稿》)。

李煜是李璟的第六子,出生的同年,祖父李昪创建南唐。七岁时,李璟以齐王继称皇帝。从李煜的《即位上宋太祖表》和《送邓王二十六弟牧宣城序》中可知,他几乎整个青少年时代,都是在中主的"荫育"下,过着"享钟鼎之贵"、"乐日月以优游"的享乐生活。这使他"性喜豪奢",感情脆弱,生活的视野狭窄。但李璟的爱好文士文学和南唐宫廷的浓厚文艺学术气氛,又给天资聪慧的李煜以极深的影响,使他"幼而好古",颇喜学问,学习的态度也相当勤奋。在治学和写作上,李煜不像当时一般文士那样"所宗者小说,所尚者刀笔",为求得"发言奋藻"不落古人下风,他"精究六经,旁综百氏",对东晋谢安、唐代李白等人的古体诗歌也十分喜爱。这些对他后来词风的形成起了一定作用。

李煜十八岁，与大司徒周宗之女娥皇结婚[2]。娥皇貌美，通书史，善音律，能为词，对李煜的生活影响很大。陆游《南唐书·昭惠后传》载有这样的故事："尝雪夜酣燕，（周后）举杯请后主起舞，后主曰：'汝能创为新声则可矣！'后即命笺缀谱，喉无滞音，笔无停思，俄顷谱成。……"此歌彼舞，审音度曲，是李煜婚后的重要生活内容。在婚后的第二年，虽因后周兵伐南唐，他被任为诸卫大将军、诸道兵马副元帅等职，但在显德五年（958）南唐江北国土尽丧、废除帝号这一时期，竟没有任何作为或反响。后来，李璟立多猜善忌的弘冀为太子，他更是有意避祸，"独以典籍自娱"（陈彭年《江南别录》）。由于李煜倾心文学艺术，至迟这时已在写词上显示出特有的才华，他的〔渔父〕、〔长相思〕、〔捣练子令〕词从思想艺术上看很可能写于此时。

在他二十三岁那年，弘冀夭折，李煜身居东宫，以尚书令知政事。为了实践他的国家"多难当先才"的用人主张，开设崇文馆招揽文人学士，大量收集书画典籍。这时，他与文才出众的潘佑感情深厚，与老词人冯延巳也有交往。他们在思想和创作上都影响了李煜。

宋太祖建隆二年（961），李煜二十五岁时，因李璟畏惧北宋威胁而迁都洪州（今江西南昌市），他被立为太子留金陵监国。六月，李璟死，七月，李煜即位金陵，从此开始了他偏安江南十五年的帝王生活。

这时的南唐小朝廷，强敌压境，府库空竭，完全陷入了国削势弱、内外交困的窘境。李煜认为，国家强则南面而王，弱则以玉帛事大国，"屈伸在我"[3]。因此，他即位后采取了"蠲赋息役，以裕民力；尊事中原，不惮卑屈"（陆游《南唐书·后主本纪》）的国策。在连年向北宋勤修贡奉的同时,曾接受潘佑建议,在南唐实行过某些轻赋宽刑的仁政措施,但不久便因国家积弊难返和群臣怠弛、胥吏为奸而全部废止了。对此,李煜曾深有感慨地叹道:"周公仲尼,忽去人远。吾道芜塞,其谁与明!"(史虚白之子《钓矶立谈》)

疏于治国的李煜,一贯热心文学艺术,造诣高深,绘画"清爽不凡,别为一格",或求形肖,或取神似。既工翎毛墨竹,又能山水人物,所画水墨短卷《江山摭胜图》,笔趣深长;在书法上,他推重王羲之优美流转、雄放多变的艺术风格,其所自作或"笔力深婉",或"遒劲如寒松霜竹";在音乐方面,"凡度曲莫非奇绝";他的散文具有汉魏风格,可继《典论》。李煜始终把主要精力倾注在文学艺术上,即位后,提拔重用徐铉、徐锴、张洎、汤悦等一大批南唐著名文人,常命词臣学士分夕轮值于光政殿。不仅自己以著书"立言"为功业,并为宫中的书画作了大量题跋,也倡导文臣"为学为文"。他把自己的雅颂文赋编为文集三十卷并著《杂说》百篇,命他所赏识的"二徐"为之作序;徐铉作《质论》,李煜更以丹黄校定:"君臣上下,互为赍饰"。至于和近臣游苑赏花、醉酒酣歌、习书作画更是常事,因此他的弟弟从谦说他是"尽日竟沉吟"的"竹林君子"。李煜尤嗜曲词,度曲填词"略无虚日"。不仅大扩教坊,把教坊使的地位与侍郎齐等,并选教坊中最善音乐歌舞者日夕侍宴。他后来曾追忆这一时期的生活说:"意如马,心如猱。情槃乐恣,欢赏忘劳。悁心志于金石,泥花月于诗骚"(《却登高文》)。

在李煜二十八岁那年冬天,先是爱子夭亡,继而周后病死,这就是他在《挽辞》诗中所说的"珠碎眼前珍,花雕世外春"。家庭悲剧给李煜造成了很大精神创伤,《全唐诗》及《全唐诗续拾》载他的诗十九首,半数以上都是悼亡之作。李煜的生活从此染上了悲伤色彩,词的内容和情调因之发生了明显变化。

三年之后,李煜又纳周后妹为继室。这时,北宋已在积极谋取南唐。李煜以生活上的穷奢极欲排遣精神上的苦闷,如宫中用红罗幔壁,夜悬宝珠,春天遍插杂花,榜曰"锦洞天"。又作金莲高六丈,令宫嫔作莲上舞。李煜"生平喜耽佛学",这时更加佞佛逃禅,每逢朝罢,就和小周后"顶僧伽帽,衣袈裟,诵佛经,拜跪顿颡至为瘤赘"(马令《南唐书·后主书》)。

开宝四年(971),北宋灭掉南汉后屯重兵于长江北岸的汉阳,李煜异常惊恐,急忙派遣郑王从善使宋朝贡,主动削除国号,降称江南国主。至此,李煜深以国蹙为忧,秋思悲歌不已。国难当头,尽管内史舍人潘佑愤切上疏,批评他"取则奸回",使得"家国阴阴如日将暮",是"亡国之主",他却毫不醒悟,还听信谗言害死潘佑、李平。直至开宝七年秋,他请求从善归国遭到宋太祖的拒绝时,才意识到国破家亡已势不可免。从此"岁时宴会皆罢",完全堕入绝望之中。他的《却登高文》和〔乌夜啼〕("昨夜风兼雨")诸词所写就是这时的心境。

开宝七年八九月间,北宋曾先后两次遣使召李煜入朝。开始他只是嫌畏"名辱身毁"、"取辱祖先",不敢登北使船。后来终于接受了陈乔的拒命不朝的建议,不仅有"王师见讨,孤当躬擐戎服,亲督士卒,背城一战,以存社稷"(龙衮《江南野史》)的表示,而且"全葺城垒,教习战櫂,为自固之计"(王应麟《玉海》)。可是,开宝八年(975)二月,宋军已突进到金陵城下。十一月,宋与吴越百道攻城,金陵陷落,李煜只得肉袒出降。

开宝九年初,李煜在宋兵的押送下带领子弟、属官四十五人来到开封,被宋将曹彬作为战利品献给宋太祖,白衣纱帽待罪明德楼下。宋太祖命他为右千牛卫上将军,辱封"违命侯";太宗即位后,去违命侯,加特进,再封陇西郡公。可李煜的身份、处境实际上始终没有改变。一入宋,他就被视为囚徒软禁在"赐第"中。门口由老军把守,严拒客谒;去朝见宋朝皇帝也由宫禁军队监送,不准和南人接谈。就连平日饮酒、七夕作乐也都受到种种限制和干预,完全丧失了人身自由。更使他难以忍受的是,他的美风仪、好为诗、喜收藏等等都随时随地成了宋太祖父子嘲弄、讥讽的对象,甚至他所宠幸的小周后也常常遭到凌辱,其他物质待遇的窘迫更不消说。这一切都给李煜造成莫大痛苦,"一旦归为臣虏,沈腰潘鬓销磨"(〔破阵子〕),他在孤寂凄凉中以酒送日,过着"日夕只以眼泪洗面"(王铚《默记》)的生活。这时,他抚今追昔,悔恨交集。王铚《默记》载,一次徐铉得到宋太宗的允许前往赐第探望李煜,"后主相持大哭,乃坐。默不言,忽长吁,叹曰:'当时悔杀了潘佑、李平!'"时传"小楼昨夜又东风"及"一江春水向东流"等词句,也满含哀怨之情,这些都使宋太宗衔恨在心。太平兴国三年(978)七月七日李煜生日燕饮,宋太宗密遣其弟赵廷美进牵机药,李煜被毒,次日卒于赐第,时年四十二岁。李煜入宋不足三年,他把无可诉告的凄苦全都倾注于词,这时的词作在思想艺术上都达到了毕生创作的顶峰,并使他成就为词史上一位杰出的词人。

李煜作词,毕生不辍,他的作品当是很多的,然而保存下来的却很少。南宋初尤袤的《遂初堂书目》载《李后主词》只一卷,后亦失传。今存的明末吕远刻本、毛晋汲古阁旧抄本、清侯文灿刻《十名家词集》本《南唐二主词》,据近人王国维考证,都源于南宋初辑本,收李煜词三十三首[4]。王氏校刊的《南唐二主词》又辑补李煜词十首。但无论原本或补本,都杂有他人之作,至今被学术界确认为李煜词的不过三十七首左右。

第二节 李煜词的思想内容

李煜是一个全力以词抒写他个人生活、情感的词人。随着生活经历和思想感情的变化，他的创作自然地显示出三个时期，同时也分别呈现了思想内容的三个主要方面：宫廷享乐、离愁别恨和囚徒生活。

反映宫廷的享乐生活，是李煜早期作品最为突出的内容。李煜"生于深宫之中，长于妇人之手"，对王宫中沉溺声色的豪奢生活深有体验。今存四首表现这一题材的词，就分别涉及听歌、观舞、赏乐、赋诗等几个不同方面，篇篇不离香醪美女，毫不掩饰地展现出封建帝王宫禁生活的情景，其典型作品是〔浣溪沙〕：

红日已高三丈透，金炉次第添香兽。红锦地衣随步皱。
佳人舞点金钗溜，酒恶时拈花蕊嗅。别殿遥闻箫鼓奏。

这首词极力夸饰华丽宫廷中日以继夜狂舞不休的盛况，反映出的却是李煜和王家皇族不加节制地纵情逸乐。李煜的这类作品，比唐五代外臣、王妃的宫词内容更单一，和梁简文帝的宫体诗、前蜀王衍的绮靡词一样，处处表现出对享乐的迷醉、贪欲和极大满足。又如〔一斛珠〕词，专"咏美人口"。〔玉楼春〕词，兴致十足地写道："临春谁更飘香屑，醉拍阑干情味切！"正因李煜以得意的心情、欣然的笔调极写他引为自豪的生活情趣，客观上倒是暴露出南唐亡国的某些原因。

李煜还写过三首〔菩萨蛮〕，截取偷情、调情的生活片断，进行细致入微的描写。"花明月暗笼轻雾"和"蓬莱院闭天台女"二首,写他与周后妹的相互爱悦[5],反映出李煜个人生活的一个侧面。在早期,李煜对人生痛苦缺乏感受,尽管他也写了〔长相思〕、〔捣练子令〕和〔渔父〕二首那样的作品,多少流露出离情别感和超尘拔俗的思想情绪,但感情纤细浅淡,比之当时很多词人的同类作品,不见思想特色。

以沉痛心情抒写离愁别恨的词章,是在词人经历了家庭悲剧、步入他人生中期之后才产生出来的。这些词,"别是一般滋味在心头",不同于早期"醉拍阑干"的"情味"。〔采桑子〕("庭前春逐红英尽")词情悱恻,爱情真挚,满含着所欢死后的特有凄凉和词人实难忘怀的愁思,与他在悼亡诗中反复表白的"秾丽今何在,零落事已空"心境完全相同,显然是他"壮岁失婵娟"以后的作品。时至从善使宋不归、南唐削除国号,词人的生离之痛更远胜大周后的死别:

别来春半,触目柔肠断。砌下落梅如雪乱,拂了一身还满。
雁来音信无凭,路遥归梦难成。离恨恰如春草,更行更远还生!

这首〔清平乐〕作于从善入宋的第二年春天。这时李煜的心境是悲凄阴郁的:"怆家艰之如毁,萦离绪之郁陶","无一欢之可作,有万绪之缠悲"(《却登高文》)。此词始于"别",结在"恨",以愁花恨草的丰满形象,极富感染力地表现出亲人远别的热切怀思,同样有着排除不掉的悲愁哀痛。写作时间稍晚的〔谢新恩〕,写词人重阳佳节的黄昏,登临台榭,所见所感是大势已去的一片透骨凄凉,倾吐的是"愁恨年年长相似"的"寒声"哀调。在李煜的一些含有托意的男女别情词中,也一致反映出这种精神状态。

李煜的中期作品,开始脱去帝王生活的明显印记和轻薄纤巧的作风,由描取外界事物转入表白内心世界,抒写"美好"事物丧失所引起的切肤之痛以及无可奈何的抑郁情怀。其心境是"孤寂"、"无言"、"惆怅"。由于在亲人之思、男女别情中融入了词人对个人命运、家国前景的忧伤,心情就显得格外沉痛,与李璟、冯延巳割江北、臣事于周以后的词作相类,只因李煜面临的是南唐的危亡,在感情上比冯词显露,比其父词痛切。然而直至国亡前夕他所写的〔乌夜啼〕("昨夜风兼雨"),表现的也不过是封建帝王个人的惊惧不安、心灰意冷,在走投无路的绝境中唯图遁入"醉乡"。

李煜入宋,蒙受了"家国俱亡"的奇耻大辱,生活处境发生了"天上人间"的悬殊变化,致使他产生出强烈生活感受和较为清醒的认识。这时他身为囚徒却不甘屈辱,"往事已成空"却"长记"难忘,这就使他深深陷入了难以自拔的痛苦之渊。他这时期的作品反复吟唱着一个基本主题,倾诉他囚徒遭遇的不幸和亡国愁恨,呈现出与前两期词都不同的思想面貌。

追怀故国往事,一往情深,这在他晚期词中表现得极为突出。或形诸梦幻,重温"车如流水马如龙,花月正春风"(〔望江南〕)的上苑逸乐;或发为呼喊:"胭脂泪,留人醉,几时重"(〔乌夜啼〕)!都是满怀痴情的。就是追怀芳春时节的游水赏花,清秋的依芦泊舟、闻笛月下(〔望江梅〕),也同样怀着只有经受了痛苦折磨的人才可能有的深情。词人的这种对往日的热切怀恋,曲折反映出他对屈辱处境的不满。在抒写痛苦难耐的现实生活感受中,词人的这种不满更直接表露出来,有时以"无奈朝来寒雨晚来风"的哀怨形式呈现,有时则哭诉"肠断更无疑"(〔望江南〕)的剧痛,也有时诅咒自然或指控人生,发出"人生愁恨何能免,销魂独我情何限"(〔子夜歌〕)的不平心声。与南汉降主刘铱的"愿为大梁布衣,观太平之盛"情调相比,显然不同。不甘屈辱作为李煜入宋后的重要思想,像沉重压抑下的潜流贯注于他的晚期作品中,不管它怎样在伤今怀旧中表达出来,又总是伴随着泪、梦、愁、恨和深哀剧痛,表现出对既定现实无可奈何的感伤和绝望。李煜后期词的这一特点,暴露了词人严重的思想局限。

严酷的囚徒生活,促使词人在不满的同时去思考南唐亡国的原因。与词人悔杀潘佑、李平的思想认识一致,〔浪淘沙〕词以极其沉痛的心情伤悼他国亡前夕拒宋卫国的行为、怀抱:

往事只堪哀!对景难排。秋风庭院藓侵阶。一任珠帘闲不卷,终日谁来?　金剑已沉埋,壮气蒿莱!晚凉天净月华开。想得玉楼瑶殿影,空照秦淮。

词人面对幽囚赐第的凄凉冷落,遥思南国,痛悼他当初的豪情壮举。"金剑已沉埋,壮气蒿莱"的深长慨叹,很有些有志无成的伤痛。这样的作品使李煜词显示出一定的思想深度。基调尽管低沉,但李煜在宋主身边竟敢吟咏这种内容,可见其内心不满情绪是相当强烈的。基于这样的清醒认识和强烈感情,词中时有"想得玉楼瑶殿影,空照秦淮"、"雕阑玉砌应犹在,只是朱颜改"等叹惋词句,表现出词人政治上的悔恨和有愧南唐的思想。虽不能说它"俨然有释迦、基督担荷人类罪恶之意"(王国维《人间词话》),但比之宋徽宗"自道身世"的〔燕山亭〕词,确有超出之处。

在李煜晚期词中,怀恋、不满、悔恨、怨愤往往与悲愁、伤痛自然交融,集中突现在同一首词中,使其以内容丰满、感情强烈、思潮波荡而尤为动人。如〔浪淘沙令〕:

帘外雨潺潺,春意阑珊。罗衾不耐五更寒。梦里不知身是客,一晌贪欢。　独自莫凭阑! 无限江山,别时容易见时难。流水落花春去也,天上人间。

又如〔虞美人〕:

春花秋月何时了? 往事知多少! 小楼昨夜又东风,故国不堪回首月明中!　雕阑玉砌应犹在,只是朱颜改。问君能有几多愁? 恰似一江春水向东流。

以上两首是李煜的代表作。比之其他词章,这类作品更突出表达了词人痛念"故国"、"江山"的情怀。因此,南唐"旧臣闻之,有泣下者"(《历代诗馀》卷一一三引《乐府纪闻》),"宋太宗闻之而怒"(《十国春秋》卷一一五)。北宋马令所说,"计穷势迫,身为亡虏,犹有故国之思,何大愚之不灵也若此"(《南唐书·后主书》)! 也指的是这类作品。尽管词中与"雕阑玉砌"的南唐宫殿直接联系的"故国",与李煜的身份、地位、遭遇密切相关的"江山",都和他"四十年来家国,三千里地山河"所写同归一旨,不过是指南唐王朝及其统治的国土,对它的眷恋并不就是爱国主义思想[6]。但词中的故国之思的确至为痛切,和入宋之初所作的〔破阵子〕一样,含有家国存亡的荣辱观念。尤其是死前不久写的〔虞美人〕一词,直抒对故国的眷念,思想境界更高。以"不堪回首"作恨语,以"一江春水"写情思,感情真挚浓烈。李煜入宋后,正视人生,在极端恶劣的条件下,所作词却没有中期那种逃避现实的颓废成分。情调变哀伤叹惋为哀怨悲慨,感情表达得既强烈又深沉。词中浮现的感伤而又不肯屈服的抒情主人公形象也具有感人力量。李煜的晚期词之所以大多为人爱好,其思想原因也正在于此。

和以前众多的词人之作相比,李煜词在思想内容上有它鲜明的个性。一是表现人生。集中抒写生活历程、感受、态度、哲学,即使表现离愁别恨这类传统题材,其特点也在于抒写他个人的生活体验,因此,各期作品的思想内容,与词人的生活、情感无不拍合。随着生活的变迁,李煜词的内容虽说不断充实、深化,但始终没有改变反映个人生活的特点,然而李词的抒写人生,却使词沿着抒情道路向前推进了一大步。第二,富于真情实感。这一点历来为人推重。李煜词绝少为文造情、无病呻吟,而是"缘情而发",具有极为真实的生活感受,而且写得真切坦白。这就改变了晚唐五代不少文人词矫揉造作的致命弱点,为词的健康发展输入了新鲜血液。第三个思想特征表现在词的内容与政治斗争的关系上。李煜后来的词作反映了封建帝王亡国前后的生活和思想,一扫他往日词中的儿女之态而与政治发生了直接关系,由早期的恋情词、闲适词变为抒写家国哀痛的词,而且写得很出色,为后代作家扩大词的题材提供了成功经验和可贵启示。

第三节 李煜词的艺术成就

李煜在词的艺术上所获得的成就是卓越的。古人论他的词,或说它"高奇无匹",或说它"超逸绝伦",或誉为"天籁",或目为"神品",无不一致表明:他的词超拔常人,巧夺天工,达到了前人不曾到的艺术境地。

作为一个有建树的词人,李煜不仅能从韦庄、李珣等前人词中汲取最有生命力的东西,更可贵的是,他在创作上不甘局促他人辕下,勇于独创。清人周济说:"李后主词如生马驹,不受控捉"(《介存斋论词杂著》)。这种风貌正是词人创造精神的生动体现。李煜作词忠实于自己的生活,为了充分、完美地表达其生活感受,他继承了古代诗歌以朴素语言抒写性情的优良传统,又从音乐、绘画、歌舞等方面广泛吸收艺术营养,因此,当他进行创造性的艺术劳动时,能够在李璟、冯延巳词的基础上,作到"率意而成,自造精极"。在花间派词风极盛一时的五代,别开生面,独具风格。在词的语言、艺术概括、表现手法、形象性以及意境创造诸方面,都形成了鲜明的个性特征。

通俗自然、精确优美的诗歌语言,是李煜词突出的艺术特征。李煜是一位驾驭文字能力很强的词人,他遣词用语不哗众取宠,一切从表现内容的实际需要出发。信手行文,却能挥洒自如,笔调明快流转,做到了词显情深,言简意丰,形成他独特的语言风格。

"昨夜风兼雨,帘帏飒飒秋声"、"冉冉秋光留不住,满阶红叶暮"、"寻春须是先春早,看花莫待花枝老"、"林花谢了春红,太匆匆",这些俯拾可得、流畅明白的新鲜词语,体现出李煜对花间派语言的多方面革新:一,不镂金俪玉、刻意雕饰。李煜作词很少使用修饰成分,尤其力避"珠"、"翠"、"兰"、"香"、"绮"、"罗"、"锦"、"绣"之类的词语,即使描绘豪华宫廷的享乐场景或美女外貌,以至专写"晓妆初过"的宫廷歌妓,都很难见到绮词丽句。二,不堆砌实词,使用虚字入词。温庭筠的词往往通首罕见虚字,如〔菩萨蛮〕("翠翘金缕双鸂鶒")就一个虚字没有。李煜词中的虚字却显著增多,像〔子夜歌〕(即〔菩萨蛮〕)一首就用了"独"、"重"、"与"、"长"、"已"、"还"、"如"。〔虞美人〕一词也同时出现了"又"、"不"、"依然"、"只是"、"恰"、"似"、"向"等词。三,不过多省略句子成份或颠倒语序。他几乎所有的词都语句通畅,读者无需苦苦思求字面。因此,李煜词的语言给人以清水芙蓉、行云流水之感,清爽明快,极近口语,语气连贯,表达思想也更加准确。

李煜词的语言不仅具有平易自然的本色美，还能做到精纯不芜，具有醇厚的诗意。他字数最少的〔渔父〕（二十七字）和字数最多的〔破阵子〕（六十二字）同样堪称这方面的典型，精工锤炼使得字字精粹。"凤阁龙楼连霄汉，玉树琼枝作烟萝"，仅仅用了十四个字，写尽了故国宫殿的巍峨壮丽、庄严肃穆和森郁幽深；"浪花有意千重雪，桃李无言一队春"，形象鲜明地传达出状态不同的事物欢畅、沉静的不同意态，比之冯延巳的"蕙兰有意枝犹绿，桃李无言花自红"韵味更为富足；"梦里不知身是客，一晌贪欢"，在锻炼之中不见痕迹上酷似李白，尤可见出他语言造诣的高深。李煜词中许多表示不同作用的副词都运用得十分成功，"心事莫将和泪说，凤笙休向泪时吹"二句中两个否定副词的前后嵌置，都有力地强调出词人心灵创伤的惨重。"更行更远还生"，也是突出的例子。李煜之所以语言运用自如以至不似填词，和他精于音律有很大关系，因此其词的语言还铿锵不哑，很有音乐美。

李煜在提高词的语言表现力上，付出了艰苦的创造性劳动。据宋人陈鹄说，他曾亲见李煜〔临江仙〕词稿"涂注数字"（《耆旧续闻》）。反复推敲，字斟句酌，因之他的词曾博得古人"一字一珠"（余怀《玉琴斋词序》）的赞誉。

准确而凝练的艺术概括，是李煜词的另一重要特征。词人在选择、提炼题材进行创作时，注重采取对比的方法，把不同时期的生活、情感浓缩于同一首词中，使其囊括天南海北、既往今来。他的〔破阵子〕词就是上片写他的"凤阁龙楼"的帝王生活的安乐，下片写"沈腰潘鬓"的囚房之苦，两片词简括了他极乐极悲的一生。因他追怀过去多采用梦幻形式，所以词中的今昔对比又几乎都以梦境与实境的对比来呈现，即使各有侧重，也能做到今昔共寓。这种时空概括不仅集中表现在中晚期词里，早期词（如〔浣溪沙〕）中也有反映。他的词里还时常出现"远似去年今日恨还同"、"愁恨年年长相似"、"新愁往恨何穷"一类概括某一时期思想情绪的紧缩了的词句。这些都不难看出李煜把抒情诗的写法引入词中,有意做力所能及的概括。

李煜以词抒写他个人的情怀却能引起许多人的共鸣,从艺术上看,也主要源于他的高度概括。词人有很高的文艺才能,又留心观察,敏于感受,深于体验,因而身边事物、生活感受经过他高度集中和精心提炼之后,往往隐去了他的身份和具体生活内容,概括为人们经常见到、感到、体验到的典型事物、典型心理和典型感受,这就具备了一定共性特征。如他的〔浪淘沙令〕,写他的囚虏身份只下了一个"客"字,囚虏的特有感受而用"罗衾不耐五更寒"这一般的形式表达,"一晌贪欢"的具体内容又不作交代,这就易于为人接受。在此基础上,他尤其能准确写出特定境遇中的特定感受,比如说,风雨凄凄、美梦初归的残春凉夜,必然激起客寄异地他邦、痛念故乡故国者的离怀;草侵庭阶、帘幕闲垂的凄清孤寂,必然引起有志未酬、一筹莫展者的深长慨叹;随着自然界的四季轮回而次第到来的春花秋月,必然使人沿着时间的线索回首不尽的往事,甚至发出时过境迁、物是人非的感喟。……李煜发掘、抓住并呈现出了这些典型处境与典型心理之间的必然联系,所以人们碰到相同的境遇时,常常产生与词人相类的心理。这就使得他由此发出的"独自莫凭阑"、"故国不堪回首月明中"、"风情渐老见春羞"等真情实感,令人常常感到似乎恰好道出了自己此时此地的内心感受,从而产生某种共鸣。不止于此,李煜还在感受中总结概括出"别时容易见时难"、"人生愁恨何能免"之类的人生经验,这些合乎人情物理的哲理句在词中的间或出现,更加强了词的说服力量。李煜词的这种神奇的艺术概括,使它产生出巨大艺术魅力。

他差不多所有词作,都通篇和谐完美。在立意谋篇上,其词首先做到了声情与文情的协调一致。早期所采用的〔浣溪沙〕、〔菩萨蛮〕、〔柳枝〕、〔渔父〕等调,声情细腻平和;晚期所采用的〔破阵子〕、〔乌夜啼〕等调,拍式错落,抑扬抗坠。选调上的前后变化,说明他很重视以词调的声情去适应词的内容,以取得声情并茂的效果。为此,他还把七言四句声诗《浪淘沙》改制成双调长短句。再者,李煜依据感情的发展变化结构篇章。大开大阖而外,有的回环往复有如楚骚,有的层次转多近于律诗,思想感情不仅多随着韵脚的改变而明变暗转,就是〔玉楼春〕那样一韵到底的词,也呈现出多个层次,并能做到"一转一深,一深一妙"。难于变化的令词到了李煜手中才真正变得摇曳多姿。他还像唐人绝句那样重视结句,因此词中的结句往往同时又是警句。或以景结情,以鲜明形象给人留下难忘的印象,如"想得玉楼瑶殿影,空照秦淮";或以情结情,笔到神出,如"别是一般滋味在心头";或别辟境界,趣味横生,如"归时休放烛花红,待踏马蹄清夜月"。这些结句表明,李煜在全词音律吃紧、词旨关键处极重神韵。

李煜词的表现手法多种多样,有时同一首词中就兼用比喻、夸张和象征。由于抒发强烈感情的需要,他学习韦庄、孙光宪词,更多地运用直抒胸臆的赋法,而很少借用男女别情来比兴寄托,李煜词与李璟、冯延巳词写作上的主要区别就在于此。〔子夜歌〕二首一吐为快,是这方面的代表作品。李煜在政治逆境中不像许多封建文人那样采取幽隐曲折的写法,正表明他忠于感情的充分表达。

词至李煜,大幅度地突破了在惨绿愁红的物象渲染中流露感情的传统写法,无论描写客观生活还是抒写心境,他最喜用、善用以简练的笔墨勾勒而不加烘托的白描。如他的〔长相思〕:

云一䈀,玉一梭,淡淡衫儿薄薄罗。轻颦双黛螺。 秋风多,雨相和,帘外芭蕉三两棵。夜长人奈何。

以极精练的线条勾画出人物的容貌、装束、意态、处境、心情,很有绘画上白描的造型美。

鲜明具体的形象,在李煜词中层出不穷。它们不同于时人精心为妇女著艳装、为花柳涂秾彩所雕饰成的香艳形象,纯净自然,富有活力。李煜尤其注重人物的动态描写,在〔浣溪沙〕中词人极力捕捉舞女的动势,最典型的是〔菩萨蛮〕("花明月暗笼轻雾"),惟妙惟肖的动态写真,使得前赴幽期密约的少女的个性化形象跃然纸上。李煜笔下的景物,春花在飘零,柳眼在悄长,庭苔滋漫,风雨凄紧,也大多处于变化流走之中,呈现出一种波荡不平的动势。由于词人善于捕捉、刻画变化中的形象,所以它们无论巨细都显得有生色。由于他能抓住事物的突出特征,做到了形神兼备,因传神更显逼真,这是韦庄等人词所不能企及的。

用具体的事物表现抽象的感情和认识,把内心世界外在化、具形化,大大丰富了李煜词的形象性。在他的词中,愁情恨绪变作了春江流水:"问君能有几多愁?恰似一江春水向东流!"变作了遍布大地的春草:"离恨恰如春草,更行更远还生!"变作了不可断截不可条理的团团乱丝:"剪不断,理还乱,是离愁。"这类句子的最大好处是,它们不是来自字面的雕琢,而是情动于中而形于象的结果。所以不只因形神相附而显得有馀韵,不率直,词人对愁恨的无可奈何的主观心理也得到了颇富情致的表现。匠心独运使其艺术感染力超过了以往不少名人以山水拟愁恨的佳句,以至成为言愁的千古绝唱。李煜还善于把抽象的理性认识形诸具体的景象,用"流水落花春去也"言大势已去,用"世事漫随流水"言一切皆空等等,词人的认识、观点都不是用抽象的议论道出。

创造完全意境是我国古代诗词的重要艺术特点,李煜在这点上有出色成绩。评词极重意境的近代学者王国维,从"词以境界为上"、"能写真景物、真感情者,谓之有境界"(《人间词话》)着眼,最推崇李煜的词。李煜创造的意境,没有着力太过而流于刻板的毛病,多是一幅幅纯真自然的传神的生活画面:"一棹春风一叶舟,一纶茧缕一轻钩。花满渚,酒满瓯,万顷波中得自由"(〔渔父〕)。"闲梦远,南国正清秋:千里江山寒色远,芦花深处泊孤舟。笛在月明楼"(〔望江梅〕)。前者,李煜曾题于南唐画家卫贤的《春江钓叟图》,词中有画;后者,无论整体或局部,都佳境独造。词人的〔捣练子令〕:

深院静,小庭空,断续寒砧断续风。无奈夜长人不寐,数声和月到帘栊。

以"寒砧"含蓄地点出怀念远人的主题,主要笔墨则用在思妇处境的描写上,并用风声、月光微妙地把思妇与远人联系起来。在意境上与李白的名作《子夜吴歌》("长安一片月")有异曲同工之妙。

李煜早期词偏重移情入景,显得景浓情淡;晚期词则偏重触景生情,显得景淡情浓。而后者已经达到出神入化、返朴归真的境地,最能体现李煜词意境的个性和艺术成就。如前面已经举过的〔虞美人〕,词中的春花、秋月、东风、江水、雕阑玉砌等等全都织入了词人现实的心境和回首的往事之中,景情融为一片,相映生辉。李煜词不是前景后情或前情后景,而是"情景齐到,相间相融"。他不泛设景物,还常把景物写成有感情的东西,使物情与我情自然交流,真景物与真感情的高度融合,使其词的意境臻于自然浑成的完美境地。因此,在他的词中常常浮现出抒情主人公不同时期的鲜明立体形象。

就"意"与"境"相对而言,李煜词的"意"表现得尤为突出。陈廷焯说,李煜词"无人不爱,以其情胜也"(《白雨斋词话》卷七)。其词每多感慨,"情为主,景为客"的特点比李璟词更显露;常是起句高唱,感情奔突而出;多用问句、叹句,入宋之作,篇篇如是。这种现象产生于今昔遭际的巨大差异,体现为行文的豪宕,呈现出词作中涌动着的不平之气。〔破阵子〕、〔浪淘沙令〕、〔乌夜啼〕诸词,都悲歌凄怆,沉痛淋漓,所造成的意境已不是日常生活的小镜头,而是整个人生的大片断,较前人词显得阔放。清人谭献用"雄奇"、"濡染大笔"(《复堂词话》)评它是有见地的。

李煜以个性化的语言、表现手法等毫不掩饰地大胆抒写他自己,形成他词的独特风格。周济在评论词家风格时形象地指出:"飞卿,严妆也;端己,淡妆也;后主则粗服乱头矣。"(《介存斋论词杂著》)李词以自然恣肆不同于温庭筠、韦庄词的秾艳、清丽。陈廷焯认为:李煜词"不及飞卿之厚","非词中正声"(《白雨斋词话》卷七);沈谦却说:李煜词"极是当行本色"(《填词杂说》)。古代许多词论家虽对温、李词风各有偏好,但都一致看出了二者之间存在着明显差异。

李煜早期词偏重以明丽的语言、白描的手法,描写他的帝王享乐生活,基调欢快,词风显得华贵清越,已与温词风格不同。经过中期的转变之后,晚期作品偏重以朴素的语言、直抒胸臆的赋法,抒写囚徒生活的哀苦愁恨,基调低沉,词风显得凄怆沉郁,"雄奇幽怨","回肠荡气",具有一定豪放因素,与温词风格相去更远。就整体来看,李煜词能柔能刚,能婉能直,情率之中饶风韵之致,基本上属于清婉沉着的风格,仍不出婉约一派。

李煜词虽说所表现的生活、事物未免单调重复,在形式上也不能说突破了令词的体制,可他对词的发展确实做出了巨大贡献。词至此冲破了"花间"樊篱,真正成为一种有力的抒情工具。大大提高了词体表现生活、抒发感情的能力,使其成为一种在文坛上占据重要地位的言情述志的新体诗。从这方面看,王国维所说的"词至李后主而眼界始大,感慨遂深,遂变伶工之词而为士大夫之词"(《人间词话》)是有道理的。前人论词的发展,或说"至柳永而一变"(纪昀《四库全书总目提要·东坡词》),或说至张先开始了"古今一大转移"(陈廷焯《白雨斋词话》卷一)。其实,词到李煜手中,无论内容或形式都发生了极为明显的变化。他在词史上,集五代词之大成,又开创了一个划时代的新时期。

宋代词坛直接受到李煜词风的影响,面目一新的词章引起不少文学大家的重视。王安石和黄庭坚曾以"李煜词何处最佳"为题进行研讨、推许,苏轼细心研读过李煜的词作,欧阳修、李清照、陆游评论前人文学也都言及李煜。在创作上,"宋初诸家靡不祖述二主"(冯煦《六十一家词选例言》),尤其是晏殊、晏几道。从语言、手法、意境等方面,李煜词既影响了秦观、李清照等颇有成就的婉约派词人,也启发了苏轼、辛弃疾那样的豪放大家。至于抒写性灵,从晏几道直至明清各代影响极为深远。元人白朴曾"檃括后主词"作〔水调歌头〕,寄托他的故国之思。清代著名词人纳兰性德,在唐宋词人中唯独推重李煜,称赞他的词兼擅"贵重"和"适用"之美(《渌水亭杂识》卷四),他自己的词也直抒性灵。近人王国维精心校补二主词,并在他的《人间词话》中说:"后主之词,真所谓以血书者也。"可谓推崇备至。

〔1〕 李煜的别号有钟山隐士、钟峰隐者、钟峰隐居、莲峰居士、钟峰白莲居士等。参见夏承焘《唐宋词人年谱·南唐二主年谱》。

〔2〕 马令《南唐书·女宪传》:"后主昭惠后周氏,小字娥皇,大司徒宗之女,甫十九岁,归于王宫。"

〔3〕 潘佑《为李后主与南汉后主书》云:"夫强则南面而王,弱则玉帛事

大,屈伸在我,何常之有。"其第二书亦曾强调指出:"盈虚消息,取与翕张,屈伸万端,在我而已,何必胶柱而用壮,轻祸而争雄哉!"

〔4〕 三十三首词中,一首〔望江南〕和一首〔望江梅〕当各分作二首;吕本据《词林万选》补录〔捣练子〕一首。

〔5〕 以往的论者大多据这三首〔菩萨蛮〕,断定李煜词中描写了爱情。其实,"铜簧韵脆锵寒竹"一首,写宴间与歌妓的轻狎,与小周后无涉;其他二首描述男女幽会情态,亦无爱情可言。李煜词中表现爱情的是〔采桑子〕("庭前春逐红英尽")、〔虞美人〕("风回小院庭芜绿")等伤悼大周后的词章。

〔6〕 一九五五年八月至五六年十月间,围绕李煜词中是否描写了真挚爱情、有无爱国主义思想和人民性等问题,在学术界曾展开过一场较为深入的讨论。其主要观点见《文学遗产》编辑部所编《李煜词讨论集》。

后　记

根据《中国文学通史系列》的编纂计划，唐五代部分列为上、下两卷，由两组同志分别执笔。上卷完成较早，下卷定稿较迟，因而使出版时间有所推迟，这是首先要向读者致歉的。

呈现在读者面前的这部书稿，是集体分工、个人撰写的成果。主编吴庚舜拟出章节目录后，由几位同志分头撰写。每一章从初稿到定稿，均由各撰著者在个人钻研的基础上独立完成。个别章节曾经集体讨论，所有章节皆做过几次修改。主编除做必要协调，使全书论述不致重复或扞格外，尽可能尊重各位撰著者的学术观点，一般不作改动。最后由吴庚舜通看全稿。

本书共三十三章。兹略按书中章节次序，将撰著者分工情况说明如下：

概论、贞元至大中时期文学概说、刘禹锡、李商隐、贞元至大中时期其他作家（上、下）、唐代小说（上、中、下）共九章——董乃斌；

大历至兴元时期文学（上、下）两章——蒋寅；

古文运动、韩愈、柳宗元、白居易（上、下）、孟郊贾岛与姚合共六章——许可；

新乐府运动、张籍王建及李绅、元稹、杜牧四章——吴庚舜（杜牧章，与陈刚合作）；

李贺一章——范之麟;

咸通至天祐时期文学概述、皮日休和陆龟蒙、咸通至天祐时期其他作家(上、下)共四章——刘扬忠;

唐代通俗文学(上、下)两章——张锡厚;

唐代的词、温庭筠和韦庄、五代十国文学(上、下)、李煜共五章——贺中复。

我们在撰写过程中,曾努力吸收已有学术成果,但限于水平和闻见,疏漏、不足之处在所难免,热切地期待着批评和指教。

本书的编撰和出版,承人民文学出版社古编室陈建根、冯伟民、宋红等同志给予大力帮助;陈贻焮、程毅中同志在百忙中审读书稿,提出宝贵而中肯的意见。谨在此向他们致以诚挚的谢意。

1993 年 10 月

The History
of
Tang Dynasty Literature